Gerhart Hauptmann

Buch der Leidenschaft

Roman einer Ehe

Gerhart Hauptmann: Buch der Leidenschaft. Roman einer Ehe

Entstanden: 1905-1929. Erstdruck: Berlin, S. Fischer, 1929.

Neuausgabe
Herausgegeben von Karl-Maria Guth
Berlin 2020

Der Text dieser Ausgabe wurde behutsam an die neue deutsche
Rechtschreibung angepasst.

Umschlaggestaltung von Thomas Schultz-Overhage unter Verwendung
des Bildes: Claude Monet, Rotes Haus im Schnee, 1895

Gesetzt aus der Minion Pro, 11 pt

Die Sammlung Hofenberg erscheint im
Verlag der Contumax GmbH & Co. KG, Berlin
Herstellung: BoD – Books on Demand, Norderstedt

ISBN 978-3-7437-3461-6

Bibliografische Information der Deutschen Nationalbibliothek

Die Deutsche Nationalbibliothek verzeichnet diese Publikation in der
Deutschen Nationalbibliografie; detaillierte bibliografische Daten sind
im Internet über www.dnb.de abrufbar.

Fratelli, a un tempo stesso, Amore e Morte
Ingenerò la sorte.
Cose quaggiù sì belle
Altre il mondo non ha, non han le stelle.

Leopardi

Der Bewahrer dieses Tagebuches stammt aus einer französischen Flüchtlingsfamilie. Seinen Namen verrate ich nicht, da er ihn mit dem versiegelten Manuskript, das sein Nachlass enthielt, nicht in Verbindung gebracht sehen will. Deutlich gesprochen: Er verleugnet das hier zum ersten Mal der Öffentlichkeit unterbreitete Tagebuch. Mit welchem Recht, entscheide ich nicht. Über die Gründe ließe sich streiten. Ich würde im gleichen Falle nicht so handeln. Leben, Lieben, Leiden ist allgemeines Menschenlos, und indem man dem Leben, Lieben und Leiden Worte verleiht, spricht man im Persönlichen doch nur das Allgemeine aus. Gewisse Dinge mit Schleiern verhüllen? Warum nicht, wenn es reiche und farbige Schleier sind! Aber dann nicht dort, wo es Wahrheit zu entschleiern gilt. Und dies, nämlich der Zwang dazu, das Bestreben, der Wahrheit ins Auge zu sehen, sich mit Wahrheit zu beruhigen, ist in den Selbstgesprächen dieses Tagebuches nicht zu verkennen.

Der Urgroßvater des Mannes, der diese Aufzeichnungen hinterließ, hat bereits eine Deutsche geheiratet, der Großvater, ein geschätzter Architekt, ebenfalls, der Vater eine Holländerin. Dies führe ich an, weil die so bedingte Blutmischung zu einer gewissen Schwere der Lebensauffassung, wie sie in den Meditationen zum Ausdruck kommt, recht wohl stimmen würde. Überhaupt: Der Verewigte möge mir verzeihen, wenn ich ihn schließlich doch nicht für den Verwalter, sondern für den Verfasser des Tagebuches halten muss und seiner Blutmischung auch das wunderliche Versteckenspiel im Verhältnis zu seinem postumen Lebensdokument zuschreibe. Denn wollte er, wie während des Schreibens, Selbstgespräche zu Papier bringen, die das ewige Schweigen bedecken sollte, so liegt schon darin ein Widerspruch. Sie konnten freilich ein Atmen seiner Seele sein, das ihn vor dem Ersticken bewahrte. So mochte er sie immerhin dem Feuer überantworten, wenn sie ihren Dienst getan hatten. Stattdessen siegelte er sie ein.

Wer etwas einsiegelt und verwahrt, wünscht es natürlich zu erhalten. Erhalten aber sind diese Selbstgespräche nur dann, wenn sie eines Tages, von Siegel, Schnur und Umschlag befreit, lebendig hervortreten. Es verstößt also keinesfalls gegen die Pietät, das scheinbare Nein des Erblassers zu übergehen und, indem man seinen einsamen Seelenmanifestationen den Resonanzboden schicksalsverwandter Allgemeinheit gibt, seinen uneingestandenen wirklichen Letzten Willen zu erfüllen.

Das Manuskript ist nicht vollständig abgedruckt. Es lag mir daran, das Haupterlebnis herauszuschälen: ein Schwanken zwischen zwei Frauen, das sich seltsamerweise über zehn Jahre erstreckt, obgleich auf dem ersten Blatt scheinbar der Sieg einer von beiden entschieden ist. Dieser Fall ist verwickelt genug und darf nicht, wie es im Original geschieht, vom Gestrüpp des Lebens überwuchert werden, wenn man ihn in seinem organischen Verlauf begreifen soll.

Ich möchte übrigens glauben, der Verfasser des Tagebuches würde in ebendieselbe Krisis verfallen sein, falls die beiden Frauen, hier Melitta und Anja genannt, zwei ganz andere gewesen wären. Er unterlag vielleicht einem Wachstumsprozess seiner sich im Umbau erneuernden und ewig steigernden Natur und hätte, um nicht dabei zu scheitern, Anja erfinden müssen, wenn sie nicht glücklicherweise vorhanden gewesen wäre. Jedenfalls wird, wer bis zum Schlusse des Buches gelangt, unschwer erkennen, dass die Lebensbasis des Autors eine andere als die am Anfang ist. Sie ist höher, breiter und fester geworden. Auch die Welt um ihn her hat ein anderes Gesicht: Das konnte nur ein Jahrzehnt harter innerer Kämpfe bewirken.

Agnetendorf, Oktober 1929.

Der Herausgeber

Erster Teil

Grünthal, am 10. Dezember 1894.

Merkwürdig: Die letzten acht Jahre meines Lebens erscheinen mir wie ein Tag, dagegen die Zeit von gestern zu heut durch Jahrzehnte getrennt auseinanderliegt. Mir ist, als wäre mein Reisewagen bei klarem Wetter allmählich hügelan gerollt, so dass die zurückgelegte Strecke von ihrem Ausgangspunkte an immer unter meinen Augen blieb, und plötzlich habe der Weg eine Biegung gemacht auf eine Art chinesischer Mauer zu, die Kutsche sei durch ein Tor gerollt und dieses habe sich, sobald sie hindurch war, für immer geschlossen und alles hinter mir versperrt.

Das hochverschneite Landhaus, darin ich dies schreibe, wird von mir, meiner Frau und den Kindern bewohnt, nicht zu vergessen mein Bruder Julius und seine Frau, die den östlichen Flügel für sich benützen. Gestern um die Dämmerung kam ich auf dem Bahnhof an, der tiefer im Tale liegt. Meine Frau, meine Kinder empfingen mich, und die ausgeruhten vierjährigen Litauer, die ich erst vor sechs Wochen gekauft habe, zogen den Schlitten, darin wir, in Pelzwerk wohl eingemummt, beieinandersaßen, mit Schellengeläute das Gebirge hinan. Weihnachten steht vor der Tür. Die Kinder lachten, forschten mich nach Geschenken aus, neckten und streichelten mich, indes meine Frau, im Gefühle mich wiederzuhaben, ein gesichertes Glück genoss.

Was bist denn du für ein Mensch? sprach ich zu mir. Äußerlich doch derselbe, denn die Gattin und die Kinder erkennen dich ganz für den, der du gewesen bist. Sie sind erfüllt von dem Jubel des Wiedersehens – und dir sitzt der Schmerz des Abschiedes wie ein unbeweglicher Stachel tief in der Brust! Warum erwärmt dich das volle und ahnungslose Vertrauen dieser hingegebenen Herzen nicht, sondern erzeugt einen ratlosen Schrecken in dir, wie etwas Furchtbares? Kannst du nicht, gewaltsam, ganz der Mann, ganz Gatte und Vater von ehedem wieder sein und in die vollkommene Harmonie dieser Seelen einstimmen?

Nein! – Es war, als habe irgendwo gegen die leichentuchartigen Schneeflächen der Talabhänge oder vor dem klaren und funkelnden Nachthimmel ein riesiges Haupt seine schweren Locken verneinend geschüttelt, kurz ehe mein Blick es treffen konnte. Es geht nicht an, du bist für sie tot!

Ich kam aus Berlin. Ich hatte eine berufliche Angelegenheit zu einem überraschend glücklichen Ende geführt. Nun auf einmal waren wir hinsichtlich unseres Durchkommens sorgenfrei. Für mich bedeutet das nicht allzu viel, für meine Frau, die von Natur geneigt ist, sich Sorgen zu machen, desto mehr. Die Freude über den Vermögenszuwachs steigerte ihr für gewöhnlich ernstes Wesen schon während der Fahrt zu einer Art Ausgelassenheit. Sie sagte mir, zu Hause angelangt, unter der freundlichen Lampe im warmen Zimmer, ich solle fortan keinen Anlass haben, sie wegen Niedergeschlagenheit und Trübsinns zu schelten, denn nun sehe sie meine Zukunft und die der Kinder gesichert nach Menschenmöglichkeit. Plötzlich stutzte sie aber und fragte mich, ob ich unpässlich sei. Ich verneinte das. Allein so viel ich mir nun auch Mühe gab, wenigstens diesen Abend noch der alte zu scheinen, bemerkte ich doch, dass sie beunruhigt blieb und wie in uneingestandener Angst vor irgendeinem drohenden Unheil ihre häuslichen Obliegenheiten verrichtete.

Ich habe unter anderen Schwächen auch die, nichts Wesentliches verbergen zu können. Außerdem hatten meine Frau und ich uns in dem Versprechen geeinigt, unsere Herzen sollten einander jederzeit und ohne alle Hinterhältigkeit offen sein. Als ich daher, mit der Lüge im Herzen, nach einer ziemlich peinvollen Nacht mich erhoben hatte und meine Frau mit schmerzlicher Dringlichkeit mich geradezu nach der Ursache meines veränderten Wesens fragte, bekannte ich ihr, wie in der Tat ein Ereignis in mein Leben getreten sei, unerwartet und unabweisbar, von dem ich nicht wissen könne, ob es zugunsten unseres gemeinsamen Lebens auszuschalten sein werde oder nicht. Und nun ergriff ich entschlossen und wie unter einem Zwang das Messer des Operateurs und trennte mit einem grausamen Schnitt zum größten Teile die Vernetzungen unserer Seelen, indem ich erzählte, dass ich einer neuen, leidenschaftlichen Liebe verfallen sei.

Sie glaubte mir nicht. Und jetzt, wo die Wunde gerissen war und blutete, verband ich sie, und um die Frau, die ich fast so sehr liebte wie mich selbst, am Leben zu halten, gab ich ihr allerhand Stärkungsmittel und behandelte sie in jeder Beziehung wie ein verantwortungsvoller Arzt. Ich gab mir den Anschein, als nähme ich nun plötzlich die Sache leicht, als habe ich wirklich nur einen Scherz gemacht, schnitt aber doch, mit »wenn« und »vielleicht« das Unheil ins Bereich des

Möglichen ziehend, verstohlen weiter Fäden entzwei, bis die arme Patientin im Fieber lag und alsbald mit ihrem Fieber mich ansteckte.

Ich habe ihr nun zum zwanzigsten Mal gesagt, es sei, um uns nicht in der ersten Verwirrung unserer Seelen zugrunde zu richten, nötig, den ganzen Konflikt auf einige Stunden wenigstens als nicht vorhanden zu betrachten, und bin dann heraufgeeilt, um schreibend für einige Zeit die Sachen kühl und als fremde zu sehen und so, wenn auch vorübergehend nur, ihrer Herr zu sein.

Nachmittags.

Es will ihr nicht in den Kopf. Und wie sollte sie auch nach dem, was wir einander gewesen sind und miteinander durchlebt haben, glauben, dass ich ihr unwiderruflich und unwiederbringlich verloren sei?! Sie wollte den Namen des Mädchens wissen oder der Frau, die es mir angetan habe, und als sie ihn, hin- und herratend, endlich erfuhr, fiel sie erst recht aus allen Himmeln, denn sie begriff es nicht, dass ein so unbedeutendes, oberflächliches Menschenkind mich fesseln könne. Sie meinte, es würde sie nicht gewundert haben, wenn irgendeine reife und bedeutende Frau – sie nannte Namen – mir Eindruck gemacht hätte. Aber dieses unbeschriebene Blatt, dieses halbe Kind ohne jede Erfahrung und ohne Charakter, wie sie es kannte, als Rivalin zu denken, verletzte im Innersten ihren Stolz. Es ist nicht unedel, sondern durchaus nur natürlich, dass sie mit starker Geringschätzung und entrüstet von dem Mädchen sprach und ihr alle erdenklichen Fehler andichtete: Leichtsinn, Verliebtheit, Vergnügungssucht, und dass sie für ganz unmöglich erklärte, ein so nichtssagendes, leeres Ding könne Sinn und Verständnis für meine Art und Bedeutung haben.

Seltsam, mir wird sofort um einige Grade leichter zumut, wenn von der Geliebten, sei's auch im Bösen, überhaupt nur die Rede ist. Ich verteidige sie wenig, denn es liegt mir gar nichts daran, wenn andere sie für etwas Besonderes halten. Im Gegenteil, so habe ich sie desto mehr und ausschließlich für mich.

Ich sehe übrigens ein, dass ich als Mann und Familienvater alles Erdenkliche aufzuwenden schuldig bin, um mich von dieser Raserei zu befreien. Aber die Stärke, mit der sie von meinem Wesen Besitz ergriffen hat, lässt wenig Hoffnung nach dieser Seite. Andre Hoffnungen leuchten in mir auf, erneuern die Welt mit der Kraft eines unerhörten

Feuerwerks und entschleiern Gegenden voll unbekannter, himmlischer Lockungen.

Ich bin über dreißig Jahre alt. Von meinen Kindern ist das älteste ein Junge von acht, das zweite ein Junge von sechs, das dritte ein Mädchen von kaum zwei Jahren. Vier Jahre war ich verlobt, woraus hervorgeht, dass ich zu denen gehörte, die warten können, und dass ich jung in die Ehe kam. Ich glaubte bisher durchaus nichts anderes, als dass nun mein ganzes Leben, und zwar bis zum letzten Atemzuge, in dieser Liebe gebunden sei. Außerhalb dieses festgefügten Familienweltsystems, darin meine Gattin für mich die Sonne, die Kinder und ich Planeten darstellten, lag für meine Begriffe nichts, was sein Bewegungsgesetz auch nur von fern zu ändern in der Lage war.

Es ist eigentlich gar nichts Festes in mir. Der entschiedene und gewisse Bau meiner Seele scheint von reißenden Wassern unterwühlt und hinweggespült, so dass ich statt fester Türme, Mauern, Gemächer und Stockwerke nichts als schwimmende Trümmer erblicke. Was soll ich tun? Ich sehe zu. Ich stehe in der Gewalt eines Naturereignisses, das umso furchtbarer ist, weil es äußerlich niemand bemerken kann. Ich sehe zu und hoffe und warte auf ein Wunder.

Mein ganzes Wesen unterliegt einer Umbildung. Worauf soll ich fußen?

Mitunter kommt mir das verwegene Spiel, das ich zu spielen gezwungen bin, in seiner Unerhörtheit zum Bewusstsein, und dann, muss ich sagen, schaudert es mich. Ich frage: Wie wird der Ausgang sein? und finde darauf durchaus keine Antwort. Bringt mir den Arzt! Ihr solltet doch wissen, dass der Zustand, dem ich verfallen bin, ganz unabhängig von meinem Willen ist. Wenn ich ein Gift auf die Zunge nehme, so kann ich nicht hindern, dass es mein Blut zersetzt und meine Maschine zum Stillstand bringt. Man flöße mir Wein durch die Gurgel, und ich werde betrunken, mein Wille leiste auch einen noch so entschlossenen Widerstand. Ebenso ist es vergeblich, mit dem Willen gegen den Typhus zu kämpfen, sobald er, und zwar in starker Form, uns einmal ergriffen hat. Wir müssen uns seinem Verlauf unterwerfen und anheimstellen, ob wir davonkommen oder nicht.

Grünthal, am 11. Dezember 1894, vormittags.

Soeben sprach mein Bruder Julius mit mir. Es konnte ihm nicht verborgen bleiben, dass etwas zwischen uns ist, was den Geist, den

Frieden, das Glück unseres ganzen Hauses infrage stellt. Was ich ihm aufklärend sage, nimmt er nicht ernst. Er betont immer wieder, es sei ja vielleicht nicht so unerhört, dass ein Mann in meinen Jahren und Verhältnissen sich nochmals verliebe, aber es gebe doch nur eine ganz bestimmte Art, den daraus erwachsenden Konflikt zu lösen. Ich bin anderer Meinung. Er widerspricht, und wir reden stundenlang hin und her, ohne am Schlusse einig zu sein. Er fragt auch, was ich beginnen wolle, und bezeichnet es als Wahnsinn – wie es mir denn auch beinahe erscheint –, mein gegründetes Hauswesen, Frau und Kinder zu verlassen und planlos davonzuziehen. Allein noch während mir davor graut, vor der Unzuverlässigkeit und Wandelbarkeit der eigenen Natur und ihrer Härte, jubelt es in mir auf, so dass ich plötzlich nicht anders kann und von meinem neuen Glücke zu reden beginne. Ich reiße, selbst hingerissen, den Bruder fort und merke ihm an, dass die trunkenen Schilderungen schon genossener und noch bevorstehender Freuden der jungen Liebe ihn völlig einnehmen, bis er mit mir zu schwärmen beginnt und seine Absicht, mich umzustimmen, vorübergehend gänzlich vergisst.

Nachmittags.

Ich habe ein unbestimmtes Gefühl davon, dass ich meiner Umgebung wie ein Kranker erscheinen muss, vor allem meiner geliebten Frau, der ich kaum von der Seite weiche. Das unsichtbare Ereignis bildet ein neues Band zwischen uns, und indem wir darüber reden, verschränken sich unsere Seelen mit einer seit Jahren abhanden gekommenen Innigkeit. Oftmals graust mir vor dem, was ich ausspreche, zeigt es doch meist die Verblendung durch Leidenschaft mit allergrausamster Offenheit, während es gleichzeitig auch verwirrend ist und nach Irrsinn duftet. Es ist ja nur Wahrheit, wenn ich sage, dass gleichsam ein Quell der Liebe, der meine ganze Welt übernetzt, in mir zum Durchbruch gekommen ist. Es ist ja nur wahr, dass in mir das »Seid umschlungen, Millionen!« singt und klingt und dabei meine Frau für Hunderttausende gilt. Es zieht mich zu ihr, ich liebe sie. Wenn das Innerste zweier Seelen sich berührt, so gibt es eine physisch deutlich empfundene letzte Einigkeit, und ich glaube nicht, dass ich während der ganzen Dauer unseres Verhältnisses sie je mit gleicher Stärke empfand. Und doch! Wie soll sie es mit der unausbleiblichen Trennung in Übereinstimmung bringen, von der im gleichen Atem die Rede ist? Während ich spreche, raunt es in mir: Gewiss, du liebst sie wie eine Sterbende. Ich erschrecke und hüte mich, diese nüchterne Stimme laut werden zu lassen.

Meine Frau und ich, wir tanzen in diesen Winterstunden einen gefährlichen Tanz. Wir laufen treppauf, treppab hintereinander her, umeinander herum, suchen einander im Reden und umschlingen einander schweigend in qualvoller Innigkeit. Was um uns vorgeht, beachten wir nicht. Es ist kein Winter um uns, kein Sommer um uns. Wir haben kein eigenes Dach über uns, keinen eigenen Grund unter unseren Füßen. Keine Freunde haben wir, keine Geschwister, keine Kinder. Die unerledigten Korrespondenzen häufen sich. Nicht ein Brief wird beantwortet. Wir haben keine Geschäfte, keine Interessen, keine Pflichten. Wir klammern uns nur aneinander wie Menschen, die über Bord gefallen sind und sich retten wollen. Meinethalben, sie wollen einander retten. Aber der eine kann schwimmen, der andre nicht. Und während der Schwimmer den anderen packt, befällt diesen die Todesangst, er klammert sich verzweiflungsvoll um den Retter, und jählings beginnt jener letzte Kampf, der alle Menschen zu Feinden macht.

Grünthal, am 12. Dezember 1894, vormittags.

Immer wieder gerate ich in Staunen über die vollkommen veränderte Art und Weise, mit der ich meine nächste Umgebung auffasse. Eines Tages erblickte ich bei einer Gebirgspartie von oben her dieses Tal und dachte, hier wäre gut Hütten bauen. Entzückt und begeistert stieg ich mit diesem Gedanken durch Wälder und über Wiesenpfade hinab und hatte binnen weniger Stunden das Bauernhaus mit dazugehörigen Ländereien, Grasflächen, Buchenhainen und Quellen käuflich an mich gebracht. Noch erinnere ich mich der unendlichen Freude von Frau und Kindern, als wir den schönen Grund unser eigen nannten und angefangen hatten mit dem Umbau der alten, zerfallenen Kate, die dann, aufs Beste verwandelt, unser behagliches Heimwesen werden sollte. Ich dachte nicht anders, als dass keine Macht der Welt mich vor meinem Ende von diesem Asyl und Grund trennen sollte. Ich hatte dies ganze Haus Jahre vorher aus wünschlichen Träumereien in meiner Seele liebevoll aufgebaut und, während es, jedermann sichtbar, wirklich erstand, wochen- und monatelang dem Maurer auf seine Kelle, dem Zimmermann auf die Axt, dem Tischler auf seinen Hobel gesehen. Jedes Möbelstück in der freundlichen Zimmerflucht hatte ich selbst gekauft und gestellt, und es hing kein Bild an den Wänden, wozu ich nicht eigenhändig die Fuge für den Nagel gesucht und einige Nägel mit ungeduldigem Hammer gekrümmt hätte. – Wie sieht mir nun alles auf einmal fremd und gespenstisch aus!

Ich habe mein Buch, in das ich dies schreibe, auf ein altes Stehpult am Fenster gelegt. Mich umgibt ringsum meine liebevoll aufgestapelte Bücherei, die den Weg meines suchenden Geistes kennzeichnet. Stiche, Abgüsse griechischer Büsten, Fotografien, allerhand Reiseerinnerungen liegen und stehen umher, und alles das bedeutet auf einmal für mich nur Plunder.

Grünthal, am 13. Dezember 1894, nachmittags.
Der heutige Tag hat mir den furchtbaren Ernst meiner Lage gezeigt, die ganze Zerrüttung meines bisherigen häuslichen Seins. Der Kampf zwischen mir und meiner Frau, Melitta, nimmt Formen an, die an Wahnsinn streifen. Ich höre von ihr bittere, schiefe und ungerechte Worte, die ich vergebens zu widerlegen suche. Ich stoße selbst bittere und ungerechte Worte aus, die sichtlich eine marternde Wirkung ausüben. Es kommt so weit, dass meine Frau einem hysterischen Anfall unterliegt und in schrecklicher, grotesker Weise zu tanzen beginnt. Das ist die Gefahr! Ein Zug der Schwermut war ihr bereits als Mädchen eigen. Damals erhöhte er ihren Reiz. Hernach kamen Monate, Jahre, wo dieser Gemütsausdruck sich auf mich übertrug und mein an sich heiteres Wesen in steter Abhängigkeit erhielt. Unsere Kinder waren einander schnell gefolgt, und das Abnorme der Zustände vor der Geburt und nach der Geburt hat die Mutter sehr angegriffen und sie gegen allerlei Einwirkungen, die das Gemüt berührten, wehrlos gemacht. Ich bin zu einer Zeit in den sogenannten Stand der heiligen Ehe getreten, wo junge Menschen gewöhnlich ihr Leben in Freiheit zu genießen beginnen. Aber was geht mich das alles in diesem Augenblick an, und was soll es damit? Will ich mich vor mir selbst entschuldigen? Es bedarf dessen nicht. Ich fühle in jedem Augenblick, dass ich einer Macht verfalle, also schuldlos bin. Melitta aber kann sich nicht mitteilen, sie kann ihr Herz nicht durch Schreiben erleichtern. Weshalb soll ich unedel sein und Anklagen in ein Buch setzen, ohne dass die Angegriffene Gelegenheit findet, sich zu verteidigen? Sie litt mehr als ich … leidet mehr als ich! – Wer leidet wohl mehr als derjenige, der sein Leiden in sich verschließen muss? Ich sah dieses Leiden, wenn sie in wortloser Grübelei unruhigen Schrittes hin und her lief, von einer Zimmerecke

zur anderen, wie eine Gefangene im Kerker, die dem Verhängnis nicht entrinnen kann. Sie sagt, ich hätte nur immer für die Mängel ihrer Natur Sinn gehabt, etwas Gutes in ihr niemals gesehen, ihr Wesen klein gemacht und erdrückt. Vergeblich beweise ich ihr in der Hitze des Streites das Gegenteil. Du hast mich, sage ich ihr, als einen nichtsbedeutenden, armen Jungen mit Entschlossenheit aufgegriffen. Dein Charakter war so, dass du der leidenschaftlichen Einreden deiner Verwandten nicht geachtet hast. Sie hielten mich alle für ein Geschöpf ohne Aussichten. Du glaubtest an mich! Du eröffnetest mir mit deiner Liebe und deiner Freigebigkeit die Welt, trotzdem du deswegen Spott genug zu erdulden hattest. Ich ging einen Weg, der im Sinne der Anschauung unserer Väter keiner war: denn was ist ein Mensch in den Augen eines guten Bürgers, der keinen bürgerlichen Beruf ergreift und sich mit Idealen befasst, statt nach Rang, Gold und Titeln zu streben?! Wenn ich dieses und Ähnliches zu ihr gesagt hatte, wiederholte sie doch ganz unentwegt, ich wisse das Gute in ihr nicht zu würdigen.

Grünthal, am 14. Dezember 1894, vormittags.
Die Nacht war unruhig und zum Teil schlaflos. Ich fürchte, es wird überhaupt mit dem Schlaf des Gerechten auf Jahre hinaus vorüber sein. Der Kopf summt mir von allerhand süßen und zärtlichen Melodien, trotzdem die Wolke des Schicksals in mein Haus hereinlastet und etwas Drohendes überall mich berührt. Ich habe heut eine Aufgabe. Die Aufgabe ist, in das Postamt des nächsten Dorfes zu gehen und nachzufragen, ob ein bestimmter Brief für mich dort lagert. Ich bin sehr unruhig und gespannt. Das frische, geliebte Kind hat sich zwar mit so unzweideutiger Neigung für mich erklärt, dass irgendein Zweifel an seiner Festigkeit vernünftigerweise nicht zulässig ist. Allein wann wäre der Liebende wohl vernünftig! Seine Zweifel steigern sich, selbst wo er sieht, ins Absurde hinein, wie viel mehr, wenn der Gegenstand seiner Leidenschaft seinen Augen entzogen ist. Es kommt ihm in diesem Falle mitunter so vor, als habe er nur geträumt. Die vergangenen glücklichen Augenblicke erscheinen ihm unwirklich, und er wartet krampfhaft auf einen Liebesbrief als feste Bestätigung. So geht es mir. Was kann sich übrigens alles ereignen in einem Falle, wie unserer ist, der sie, wenn etwas ruchbar würde, sogleich in die bittersten Kämpfe mit den Ihren verwickeln müsste: Kämpfe, in denen ihr fester Wille vielleicht unterliegt. Geduld!

Das ganze Haus ist von einem eigentümlichen, schmerzlichfestlichen Licht erfüllt. In einem persönlich tieferen Sinne liegt etwas von Karfreitagszauber darin. Die Fähigkeit, die mir innewohnt, zugleich der Darsteller in der rätselhaften Dichtung des Lebens und der Zuschauer dieses Dramas zu sein, ermöglicht mir, nüchternen Auges eine Art Weihe über uns allen zu erkennen. Ringsum keine Spur von Banalität. Es gibt kein Familienheim, wo nicht Banalität, wie Weinstein das Innere eines Weinfasses, unmerklich die Wände, Dielen und Decken, Möbel und Menschen überzieht, so dass mit der Zeit die Seele darin, wie der Wein im Fass, keinen Platz mehr hat. Nun sind aber unsere Seelen ausgedehnt und lodern wie qualvoll selige Feuer.

Es ist seltsam, wie weit mein Wahnsinn geht. Aller Augenblicke nehme ich den »Westöstlichen Divan« oder den zweiten Teil »Faust« zur Hand und finde überall Worte, die mich in meiner entschlossenen Liebe bestätigen. Das wäre an sich nicht wunderlich, aber ich tue noch mehr. Ich beweise mit diesen Bestätigungen meiner gequälten Frau, die doch nur immer aus allem Totenglocken des eigenen Glückes klingen hört, dass ich auf rechtem Wege bin. Ich spreche von einem Früh-Frühling, der mir wieder beschieden sei, und gehe so weit, ihr anzuraten, auch einem solchen neuen Frühling entgegenzuwarten. Wir weinen dabei zuweilen in seligem Schmerz und küssen uns. Vor unseren Seelen tauchen die ersten Tage, Monate und Jahre unserer Liebe auf. Wir leben in diesen vergangenen Zeiten zärtlich, als stünden wir mitten darin: Weißt du noch, wie du dich über die Gartenmauer herunterlehntest, mit dem schwarzen, seidigen Haar und dem bleichen Gesicht und in jenem Jäckchen, das wir Zebra nannten, weil es weich und gestreift wie das Fell eines Zebras war? Weißt du noch, wie lange ich winkte, sooft ich Abschied nahm? Und aus dem Schnellzug heraus, gegen die Talabhänge hin, wo euer Landsitz sich stolz und behäbig erhob? Weißt du noch, wie ich dir an die Gebüsche im Garten allerhand Zettel mit Liebesworten befestigt hatte, die du finden solltest, nachdem ich bereits aus eurem Kreise wiederum in die Fremde entwichen sein würde? Weißt du noch? Erinnerst du dich an den Frühlingsmorgen, den Heidenturm und den ersten Kuss? Weißt du noch? Ja weißt du noch? – Und wir gedachten an tausenderlei entzückende Einzelheiten unseres wahrhaft romantischen Liebesglücks.

Nachmittags.

Ich besitze den ersten Brief. Ich glaube, ich war ziemlich unsicher, als ich am Schalter stand, und wie ich aus dem ländlichen Postamt auf die Straße gelangt bin, weiß ich nicht. Die Schriftzüge wirken nüchtern, bestimmt und männlich, durchaus nicht wie von der Hand einer Siebzehnjährigen. Der Inhalt des Briefes dagegen ist von einer entzückenden Frische und hinreißend, wie aus der Pistole geschossen, wenn dieses Bild in Dingen der Liebe erlaubt sein kann. Und was kann süßer und weiblicher sein als die zwei Worte der übrigens namenlosen Unterschrift: Dein Eigentum!

Es ist natürlich, dass ich mit diesem Text im Kopf entzückt, entrückt und beseligt bin. Denn es gibt keinen Fürsten, Kaiser und Gott, der mit einer so geschenkten, so gearteten Gabe durch gleiche Gnaden wetteifern könnte. Ich kann meine Freude nicht verbergen, und da meine Frau nicht weiß, woher meine überschwängliche Laune stammt, sieht sie darin ein Zeichen veränderter Sinnesart, das sie zu ihren Gunsten deutet, und heitert sich, wenn auch allmählich und schüchtern, mit mir auf.

Den Brief in der Brusttasche, schreite ich mit ihr in den Zimmern umher oder sitze zu ihren Füßen am Fenstertritt, auf dem ihr Nähtischchen steht, und bringe nur eitel rosige Hoffnung zum Ausdruck, die mich erfüllt. Die Hindernisse, die Schwierigkeiten, die schweren Gefahren aller Art, mit denen unsere nächste Zukunft auf uns lauert, erkenne ich nicht an, überfliege ich. Ich sage einfach: Es wird alles gut werden! Dabei denke ich immer: Dein Eigentum ...

Ich habe ein tolles Gefühl in mir: vor Menschen sicherlich närrisch, schwerlich vor Gott. Mein Glück ist so groß, dass ich alles in seinem Gefühl vereinigen möchte. Ich möchte jedermann, aber vor allem denjenigen, die ich lieb habe, davon mitteilen. Ich glaube an arkadische Zustände, wo mein Glück wie eine leichte, bezauberte Luft alles zu ein und derselben göttlichen Trunkenheit in Liebe vereinigen kann. Indem ich dergleichen Ideen ausspreche, blickt meine Frau mich andächtig lauschend an, um schließlich, auf ihre Arbeit gebeugt, immer wieder leise, kaum merklich, den Kopf zu schütteln. – Dein Eigentum! Dein Eigentum!

Grünthal, am 15. Dezember 1894.

Besinne dich, komm zu dir selbst! Hat sich nicht eine betäubende Wolke auf dieses verschneite Haus gesenkt, die nicht nur meine Vernunft, sondern mich selbst ersticken will? Melitta schläft. Es ist gegen Mitternacht. Sie hat ein Schlafmittel eingenommen. Ich habe mein Lager oben unter dem Dach. Es ist mir mit vieler Mühe gelungen, mich für die Nacht zu isolieren. Wir dürften durch unsere Unruhe die Wirkung des Schlafmittels nicht infrage stellen, behauptete ich.

Furchtbar zerrüttende Nächte liegen hinter uns. Mit ruhigem Vorbedacht nenne ich sie Höllen. Die Tage sind schlimm: noch eine kleine Anzahl solcher Nächte aber, das wäre der Tod! – auch dies geschrieben nach ruhigem Vorbedacht.

Wir wüteten heute gegen uns selbst. Ein Grimm, eine Wut gegen uns, gegen unsere Vergangenheit, gegen die ganze Nasführung durch das Schicksal war in uns aufgekommen, eine Zerstörungswut gegen alles, was darin glücklich war. Wir wollten das Gestern nicht mehr wahrhaben, nachdem es uns zum Heute geführt hatte, diesem schrecklichen Heut, das doch wohl auf dem Grunde allen Glückes tückisch gelauert hatte. Der Gedanke, dieses ganze Leben war ein gemeiner Betrug, einigte uns.

Wir verfielen darauf, ein großes Autodafé anzurichten. Stöße von Liebesbriefen mussten her. Es war ein Fieber, wir waren irrsinnig. Alle steckten noch in den Umschlägen. Schübe und Kassetten wurden mit einem sinnlosen Eifer um- und umgekehrt, unsere Hände fuhren wie Wiesel in ihre Schlupflöcher. Alles musste vernichtet sein. Das kleinste Zettelchen, das von unserer Liebe hätte zeugen können, wurde dem Feuer überliefert.

Gut eine halbe Stunde lang und länger brannte der Papierberg hinterm Haus. Den Schnee zerschmelzend, hatte er sich bis zur nackten Wiesenkrume niedergesenkt. Wir standen dabei, die Kinder schürten das Feuer. So sündigten wir an den seligsten Jahren unseres Lebens, so vernichteten wir alle Wonnen, Sehnsüchte, Liebesbeteuerungen, alle diese heiligen Zeichen, bei denen der Gott der Götter uns die Hand geführt hatte.

Wie grausig doch das Lachen der ahnungslosen Kinder anmutete! Ich habe gesehen, wie sie unter Schmerzen von ihrer Mutter geboren wurden, habe sie gebadet, auf dem Arm getragen, trockengelegt, habe sie betreut, wenn sie krank waren – und morgen will ich mich nun von ihrer Mutter und somit auch von ihnen abwenden! Meiner Wege will ich gehen und sie allein lassen in der Welt! Ist dies eine Sache, die man ausführen, ja, auch nur ein Gedanke, den man denken kann?

Während das Feuer über dem Leichnam unserer Liebe zusammenschlug, der Wind hineinfuhr und die einzelnen papierenen Fetische der Vergangenheit auseinandertrieb, trug ich einen Fetisch verwandter Art heimlich auf der Brust, meinen Anja-Brief mit der Unterschrift »Dein Eigentum«, jenen, den ich verstohlen von der Post einer benachbarten Ortschaft geholt hatte. Und während die Kinder den einzelnen papierenen Flüchtlingen nachliefen und sie der Glut überlieferten, sprang dieser mit meinem Herzen, in dessen nächster Nähe er lag, wie der Reiter mit einem Füllen um. Heiß, heißer als irgendein im Feuer brennender war dieser Brief. Und wenn ich mir dessen bewusst werde, frage ich mich, wie es möglich ist, in einem Raum der Seele neben unendlichem Schmerz unendliches Glück zu beherbergen, wie es von diesem Zettelchen Anjas in jede Fiber meines Wesens schlug. Waren wir eigentlich und war ich eigentlich für das heute Geschehene noch verantwortlich? Ich fürchte nein, da ich nirgend einen Ausweg, nirgend ein Entrinnen sah. Ich hatte schreckliche Visionen. Sie bezogen sich auf mich selbst. Ich war der Henker, höllisch angeglüht, der in dem Feuer, darin er düster stocherte, nicht nur ein abstraktes, gewesenes Glück, sondern Weib, Kinder, Haus und Hof zu Asche werden sah. Und manchmal – es fehlte nicht viel – wollte er selbst in die Flamme hineinspringen.

Ich erschrak, als Melitta ihr Schlafmittel nahm. Mir kam der Gedanke: Wenn es Gift wäre?! Wer weiß es, zu welcher Lösung ich einmal greife ...

Grünthal, am 16. Dezember 1894, morgens.

Eines ist ganz unabänderlich: Ich muss fort. Mich graust es fast auszusprechen, aber weshalb sollte man sich selbst immer und immer schönfärberisch verfälschen: Die Leute, mit denen ich hier zusammenlebe, sind mir ganz fremd. Sie verstehen mich nicht. Sie quälen mich. Sie verlangen Dinge von mir, die darauf hinauslaufen, ich solle eigenhändig meinem Dasein ein Ende machen. Vielleicht wissen sie nicht, was sie von mir verlangen, dass mein Leben ohne mein »Eigentum« so wenig im Bereich des Möglichen liegt wie das Atmen in einer Luft ohne Sauerstoff. Was geht mich das an? Warum sind sie in Dingen des Lebens so töricht und unerfahren? Nein, ich muss fort! Ich halte es nicht mehr aus im Bereiche der flehenden, rotgeweinten Augen meines Weibes. Das glückliche Lachen meiner ahnungslosen Kinder foltert mich. Das endlose Diskutieren mit Gattin und Bruder über das Unabänderliche macht mich mürbe bis zum Umsinken. Und wäre das alles nicht – ich muss zu ihr! Ich bin wie in einem unterirdischen Kerker hier, in den weder Sonne noch Mond dringen kann. Die Tage sind wie riesige Quadern, durch die ich mich mit den bloßen Nägeln ins Freie zu wühlen habe, und ich fühle, wie schon an Stunden, ja an Minuten mein Mut erliegt, meine Kraft versagt. Ich will zu ihr! Was geht mich das alles an: ob meine Frau sich abhärmt, ob meinem Bruder Unbequemlichkeiten und Sorgen erwachsen, ob meine Schwägerin sich mit Hass gegen mich erfüllt, ob meine Verwandten mich für wahnsinnig halten oder verbrecherisch! Ist doch die Frage für mich – und es genügt, wenn nur ich das weiß –: hie Leben, hie Sterben! Ich weiß gewiss, dass ich dem langsamen, martervollen Hinsterben der alten Existenz das schnelle durch einen Schuss unbedingt vorziehen würde. Wären die Meinen dann besser dran? Aber nein: Ich will leben! Ich will nicht sterben! Und ich habe überhaupt keine Wahl. Es gibt kein Zurück. Ich fühle, dass über mich und über mein ferneres Leben im ewigen Rate entschieden ist. Die Mächte haben für mich die Entscheidung getroffen – ich fühle das. Ich fühle, dass kein Entrinnen ist.

In mir ist keinerlei Leichtsinn, wahrhaftig nicht. Ich kann behaupten, dass ich in einer Art tiefer Entschlossenheit die unentrinnbare Nähe des Schicksals empfinde und dass ich von klaren Befehlen starker Stimmen durch Tage und Nächte begleitet bin. Alle weisen mich vorwärts, keine zurück! Allein indem sie mich vorwärts weisen, versprechen sie nichts, sondern sie senden mich in eine wildzerklüftete, durch Gewölke und Sturm verdüsterte, undurchdringliche Welt hinaus, wo Kämpfe und Mühsale meiner warten.

Berlin, am 18. Dezember 1894.
Seit gestern bewohne ich ein möbliertes Zimmer in Berlin. Es ist frostig, wie diese Räumlichkeiten zu sein pflegen. Ich gelange zu meinem Tuskulum durch einen engen, nach Mänteln und Schuhwerk riechenden Korridor, den meistens fettige Dünste schwängern. Auf diese Weise fängt ein besonderes Martyrium für mich an.

Ich bin sehr verwöhnt, und indem ich um diese Jahreszeit ein behagliches Heimwesen aufgebe, wo alles meinen Gewohnheiten, Wünschen und Neigungen schmeichelte, mache ich mich eigentlich obdachlos. Ich weiß nicht, was für einen entsetzlichen Stil diese schwarzlackierten, mit gepresstem rotbraunem Plüsch überzogenen Möbel darstellen wollen. Ich weiß überhaupt nicht, warum sie da sind und die Öldrucke an den Wänden, in protzigen Goldleisten, die Papierblumen und dickverstaubten Makartbuketts und das schreckliche Bric-à-brac an Nippes, kleinen Vasen, japanischen Fächern, gestickten Deckchen und so fort; denn ich würde lieber in der gut gescheuerten Stube eines Kätners wohnen als in dieser Räumlichkeit.

Nun, was habe ich weiter damit zu schaffen! Wenn ich die Feder absetze, mit der ich in dieses Buch schreibe, nehme ich meinen Mantel um, stülpe den Hut auf den Kopf und begebe mich in die Winternatur, hinaus vor die Stadt, an die weitgedehnten, zugefrorenen Havelseen, und zwar nicht allein. Ich werde dabei die Stimme meiner Geliebten hören, das lustige Geläut ihres Lachens, werde ihren energischen Gang, ihre aufrechte Haltung bewundern und im Bewusstsein ihrer Gegenwart geborgen sein. Am Rande der Seen werde ich Schlittschuhe an ihre kleinen Füße legen, die meinigen auf Schlittschuhe stellen, und wir werden meilenweit über das Eis davonschweben, losgelöst von der ganzen, überflüssigen Welt.

Als ich sie gestern traf, verabredetermaßen auf einem großen, belebten Platz, war ich im ersten Augenblick beinahe enttäuscht. Meine erhitzte Einbildungskraft hat ihr Bild dermaßen ins Außerirdische gesteigert, dass keine Wirklichkeit es erreichen kann. Kaum aber waren wir eine Viertelstunde nebeneinander hingewandelt, so trat ihr ganzer Zauber wieder in Kraft und riss mich hin von einem zum andern überschwänglichen Augenblick.

Sie ist eher groß als klein. Sie beugt das kindliche Haupt nicht nach vorn, wenn sie grüßt, sondern wirft es zurück, so dass ihre großen, trotzigen Augen kühn hervorstrahlen mit einem graden, entschlossenen Blick. Ihr Händedruck ist bieder und fest. Man fühlt den Freund, nicht, wie bei manchen Frauen, nur das Weib in der molluskenhaft weichen Hand. Ein Geist des Vertrauens geht von ihr aus, der von mir als eine neue Schönheit empfunden wird.

Ihr Bruder, wie Anja erzählt, hat sie zuweilen, als sie noch ein Kind war, auf hohe Schränke gestellt und ihr befohlen, herunterzuspringen:

Sie hat das immer sofort getan. Er fing sie mit den Händen auf, wodurch ihr vertrauender Sinn bestärkt wurde.

Ich weiß nicht, wie ich in meinem Alter plötzlich das Glück einer so wundersamen Verjüngung empfinden kann. Es ist, als befinde sich die ganze Natur um mich her im Stande der Erneuerung. Mit einem Mal ist das rastlos Suchende aus meinem Wesen verschwunden, eingenommen und aufgesaugt von einer Erfüllung über Erwarten. Ich lese nichts mehr. Die hypochondrischen Grübeleien sozialistischer, ethischer, religiöser und philosophischer Essayisten erscheinen mir überflüssig oder gar wie hässliche, krankhafte Prozesse zur Vermehrung der Makulatur. Zuzeiten erscheint mir die geistige Produktion dieser Art einem Niagarafalle von Abwässern nicht unähnlich, und ich habe den Wunsch, dass irgendein bodenloser Abgrund sie verschluckt. Dies alles beschäftigt uns viel zu sehr in müßiger Weise und lenkt uns von dem einzigen Sinn des Lebens, von der Liebe, ab. Entzieht euch der Liebe nicht, das heißt: Ergreift das Glück und verleugnet dagegen ebenso wenig den Schmerz! In diesen Dingen geschieht das Aufblitzen der großen Mächte des Lichts und der Finsternis. Da kommt es vor, dass ein schnelles Leuchten dem Auge nachtbedeckte Paradiese enthüllt und jäher Schmerz die brennenden Höllen der Unterwelt. Ein anderes Dasein ist kein Leben!

Berlin, am 19. Dezember 1894.

Ich habe heute einen Brief von daheim. Jedes Wort darin hat Marter aus der Seele gepresst, jedes ist aus einer unerhörten Bestürzung geboren. Es sind wenige, gleichsam weinende Zeilen einer verlassenen Frau. Ich sehe den Brief, der neben mir liegt, immer wieder an und greife mir nach dem Kopf, als müsse ich mich aus dem Schlafe erwecken.

Wie das doch nur alles gekommen ist!?

Melitta und ich waren gemeinsam hier in Berlin. Eines Tages ergriff sie die Flucht, da ihr der Trubel unerträglich geworden war. Sie reiste heim und ließ mich zurück. Wenn sie das nicht getan hätte, würden wir vielleicht dem Verhängnis entgangen sein.

Denn nun stand sie nicht mehr zwischen Anja und mir. Wir konnten uns sehen, sooft wir wollten, in Konzerten nebeneinandersitzen und in einer Kette von gefährlichen Gelegenheiten unsere Neigung anfachen, bis es schließlich zur entscheidenden Aussprache kam. Als wir eines Abends bei milder Luft das Kronprinzenufer hinuntergingen, erhielten unsere Worte einen verwickelten Sinn, der uns beiden schließlich den Irrtum völlig benahm, wir seien einander gleichgültig.

Melittas Brief verlangt von mir eine Probezeit.

Geh nach der Schweiz, schreibt sie mir. Du brauchst nicht zu mir zu kommen, aber ich muss wissen, dass Du auch nicht bei Anja bist. Nach sechs oder acht Wochen entscheide Dich. Kehrst Du zurück, so wird alles vergeben und vergessen sein. Gehst Du zu Anja, habe ich mich damit abzufinden. – Wenn ich Dir je im Leben etwas gewesen bin, wirst Du mir diese Bitte nicht abschlagen.

Nein, gewiss nicht, das werde ich nicht. Ich werde sogar schon morgen nach Zürich abreisen. Anja freilich weiß es noch nicht.

Ich promenierte heute mit ihr unter den Säulen der Nationalgalerie, nachdem wir vorher Bilder betrachtet hatten. Erfüllt von den Eindrücken großer Kunst, empfanden wir eine beinahe unwiderstehliche Sehnsucht nach dem Lande ihrer herrlichsten Emanationen. In jeder Fiber zuckte uns unbändige Reiselust: »Kennst du das Land …? Dahin, dahin möcht' ich mit dir …«, und so fort und so fort.

Nun habe ich Anja mitzuteilen, dass ich ohne sie eine Reise antreten werde, dass ich mich von ihr trennen muss.

Es scheint mir ein Ding der Unmöglichkeit. Hierzubleiben jedoch ist ebenso wohl ein Ding der Unmöglichkeit, oder ich habe etwas unwiderruflich Schweres im Zustand Melittas zu gewärtigen.

Ich bin in Netze verwickelt, die unzerreißlich sind. Ich bin in eiserne Netze verwickelt. Ich kann nichts tun, wenn es mich morgen in eine öde und leere Ferne reißen wird. Es wird mich von der Geliebten losreißen, was, in einem gewissen Sinne genommen, tödlich für mich ist. Es ist der Tod, den ich auf mich zu nehmen habe in dieser Probezeit. Die Stunden werden wie Grabsteine sein. Ich bin nicht frei, ich werde hart eingeschnürt. Ich bin ein Gefangener.

Und welches Los, dass ich Anja nun auch Schmerz bereiten, ihr wehtun muss!

Und wird sie verstehen, dass ich es muss?

Ja, ja, sie wird es verstehen!

In diesem Augenblick hat Melitta bereits mein Telegramm, das ihr meine Abreise meldet: Nun brauche ich wenigstens nicht mehr zu erschrecken, wenn der Depeschenbote kommt.

Morgen also beginnt mein Leidensweg, dessen Ende ich nicht absehe. Das flüchtig blickende Auge, gute Melitta, mag dich in dieser Sache übermäßig und unbarmherzig belastet sehen. Es wird mir genügen müssen, meine sicherlich ebenso große Last stumm zu schleppen.

Zürich, am 24. Dezember 1894, abends 10½ Uhr.

Halte fest diese Stunde, halte fest! Morgen ist sie Vergangenheit. Ein ängstliches Flattern ist in mir, Ausgestoßenheit, eine neue, große Einsamkeit.

Ich bin allein gewesen den ganzen Weihnachtstag. Worte, nur die allernotwendigsten, sind über meine Lippen gekommen im Verkehr mit dem Hotelportier und den Kellnern, die in Restaurants und Cafés mich bedient haben. Draußen ist Schlackerwetter. Es fällt Regen mit Schnee untermischt, man friert in der Nässe, Kälte und grauen Finsternis, so sehr man auch den Mantel um sich zusammenzieht.

Ich bin vormittags durch die Straßen geschlendert, ich bin nachmittags durch die Straßen geschlendert, immer einsam und ruhelos. Der See ist grau, seine Ufer von Nebeln verschlungen. Schon gegen vier sah ich hinter den Fenstern die ersten Christbäume aufleuchten.

Ich schreibe in einem engen, überheizten Hotelzimmer. Drei Wochen früher in meinem Leben und heut – welcher Unterschied! Bedrückt mich der Alp einer Morgenstunde, und werde ich etwa in einigen Augenblicken erwachen, vom Jubel meiner Kinder geweckt? Durchaus nicht, nein, ich bin wirklich wach, in jenem Zustand jedenfalls, den man nach Übereinkunft Wachen nennt.

Als das unwiderrufliche Wort in Berlin zu Anja gesprochen worden war, konnte ich da wohl den heutigen Abend mit seinem schrecklichen Ernst voraussehen? Ahnte ich, was dieser Schritt für Aufgaben, für Entsagungen – und wie bald! – nach sich ziehen würde? Verbannung, Heimat-, ja Obdachlosigkeit. Und als ich mit schmerzenden Beinen immer noch durch den Schlick der Straßen schritt, steigerte sich, je leerer sie von Menschen wurden, in mir das Gefühl von Verlassenheit.

Überall leuchteten nun die Christbäume, huschten hinter den Scheiben die Schatten derer, die sich aus der nasskalten Nacht in ihr Licht und ihre Wärme geflüchtet hatten. Und ich musste der traurigen Stunde gedenken, die eine Mutter in den fernen schlesischen Bergen unter dem qualvollen Glanz dieser Weihnacht zu bestehen hatte.

Die Zähne knirschten mir aufeinander. Aber ich freute mich, dass ich litt. Es klingt paradox, dennoch ist es wahr: Durch den fast unerträglichen Grad meines Leidens wurde mein Leiden gelindert.

Ich wollte das Leiden, ich sah eine Legitimation meines Tuns darin.

Leichten Kaufes werde ich aus diesem Handel ganz gewiss nicht herauskommen. Schon die unmittelbaren ersten Folgen beweisen das. Was daran Gewinn ist, muss sich gegen einen Verlust behaupten, der unübersehbar ist. Es gibt keinen Freund und keinen Verwandten, weder Vater, Mutter noch Bruder, der mich verstehen wird. Sie werden mich aufgeben, weil sie mich für verrückt halten. Um Gewonnenes wahrhaft zu genießen, bedarf es einer glücklich durchgeführten schweren Amputation, einer Art Selbstverstümmelung. Verblendung, zu hoffen, ich könne lebend davonkommen! Tritt das beinahe Unmögliche dennoch ein, was muss die arme kleine Anja zu geben haben, wenn sie mir den Verlust ersetzen soll!

Wie unwahrscheinlich, wie seltsam dies alles ist! Warum habe ich mich eigentlich aus der Gemeinschaft der Menschen ausgeschlossen, statt in Grünthal zu sein?! Vor mir steht das verschneite Haus, stehen verwaiste Kinder, deren Weihnachtsfreude ihrer verlassenen Mutter das Herz brechen muss.

Und doch, und doch: Es gibt kein Zurück! Jetzt die Farce in Grünthal mitzumachen würde mir unerträglich sein.

Diese besondere Mischung von Leiden und Liebe, in die ich geworfen bin, erzeugt in mir eine vielleicht gefährliche, aber doch köstliche Illumination. Sollte man glauben, dass ich mit einem Gefühl von Gehobenheit weniger durch die Menschen als über die Menschen hinschreite!? »Lasciate ogni speranza« ging mir durch den Sinn. Waren sie doch von dem Wunder der Wunde, die ich in mir trug, ausgeschlossen. Dieses bürgerliche Dahinleben sah ich als etwas Totes, Apparathaftes an. Ich allein stand in der Wiedergeburt. Mich hatte die harte, aber schöpferische Hand des Gottes berührt. Mein Wesen erklang davon in den Grundfesten. Wenn ich den dicken Rauch eines Cafés durchschritt, war mir, als müssten die Leute aufstehen, als müssten alle Wichtigtuer und Schwätzer ihren Beruf für erbärmlich erklären und ihm abschwören, angesichts der Perle des Erwählten und Erleuchteten, die ich auf der Stirne trug.

Soll ich erschrecken über meine so gesteigerten Zustände? Sind sie nicht eine große, neue, vielleicht die schwerste Gefahr? Und falls es mir nicht gelingt, sie einzudämmen, könnten sie nicht die Meinen oder Anjas Vormund auf den Gedanken bringen, mich mit Hilfe eines Psychiaters zu entmündigen? Diese Sorge ist eine der unzähligen, die meine Nächte schlaflos machen. Beruht sie jedoch auf Verfolgungswahn, so ist dadurch wiederum meine geistige Gesundheit infrage gestellt.

Nein! Dies sind alles nur lästige Fliegen, die ich hinausjage. Ängste und Einbildungen dieser Art nenne ich jämmerlich und des großen Erlebens, das ich zu bewältigen habe, unwürdig. Ich stehe vielmehr in der Weihe einer tiefen Leidenschaft, der ich mich wert zu machen habe. Das ist ein irrationales Phänomen. Es hat immer die Menschen wie Zauberei, Verhexung oder Krankheit berührt, wo es aufgetreten ist. Junge Anjas sind auf Betreiben bestürzter und empörter Verwandter mit Hilfe törichter Pfaffen und Richter in Menge als Hexen verbrannt worden. Der Glaube an den Liebestrank musste durch Jahrtausende herhalten, weil man die natürliche Macht einer großen Leidenschaft nicht begriff.

Sie hat mich gepackt. Sie verfährt ohne Rücksicht gegen irgendetwas in mir. Ich bin ihr Gefäß, bin ihr Haus, sie erfüllt mich und waltet in mir, wie der Gott Israels in der Stiftshütte. Ich kann nur staunen und über sie nachgrübeln. Fast kommt es mir unverhältnismäßig vor, in Anja, der kleinen Anja, die Ursache von dem allem zu sehen. Aber schließlich vermag ja ein Kind, dem ein Schwefelholz in die Finger fällt, eine Scheune in Brand zu stecken und Dörfer in Asche zu legen. Anja kann die Ursache, kann aber vielleicht auch nur der Anstoß sein.

Gute Nacht, Melitta! Gute Nacht, meine Kinder! Gute Nacht auch, Anja, am Weihnachtsabend des Jahres achtzehnhundertvierundneunzig, der, solange ich Leben habe, nicht aus meinem Gedächtnis schwinden kann.

Zürich, am 25. Dezember 1894.

Ich habe heut in der Familie eines Freundes zu Mittag gespeist, der seit seiner Studentenzeit in Zürich lebt. Er ist Arzt und Dozent an der hiesigen Hochschule. Er hat es seit jeher vereinigen können, zugleich ein Frauenrechtler und Frauenverächter zu sein. Vor einigen Jahren hat er geheiratet, und zwar unternahm er den kühnen Schritt ziemlich unvermittelt zu einer Zeit, wo sein Hagestolzentum sich fast überschlug. Jetzt ist er der folgsamste Ehemann und nach wie vor ein rastloser Arbeiter.

Da es mir wohltut, meine einigermaßen kritische Lage einmal vor anderen auszubreiten und durchzusprechen, wie ich denn leider zu denen gehöre, denen ein volles Herz zu tragen, ohne dass der Mund davon überläuft, Mühe macht, habe ich ihn ins Vertrauen gezogen, und auf einsamen Gängen zu zweien am Seeufer oder die Hügel hinauf tauschen wir Rede und Gegenrede. Er hütet sich wohl, zu moralisieren oder mein Tun als verwerflich zu brandmarken. Die Überfülle von Gründen dafür, mit denen ich ihn überschwemme, bewirkt wohl auch, dass er nicht zu Atem kommt.

Er kennt meine Frau. Das Verhältnis, in dem wir zueinander gestanden haben, hat sich ihm als das glücklichste eingeprägt. Er unterdrückt, wie mir vorkommt, ein Kopfschütteln, wenn ich es ihm in anderem Lichte darstelle.

Wir nehmen die Diskussionen unserer Züricher Jugendzeit wieder auf, an denen sich damals noch mein Bruder Julius leidenschaftlich beteiligte. Mich erlöst eine solche Unterhaltung einigermaßen durch ihre unpersönliche Oberflächlichkeit. Die Frage der Polygamie wird durchgesprochen. Ich finde die Einehe unzulänglich, und zwar von jedem Gesichtspunkt aus, dem materiellen sowohl als dem ethischen. Mündige Menschen mit dem Recht auf Persönlichkeit müssen die Freiheit haben, sage ich, zu zweien, zu dreien, zu vieren zusammenzutreten. In dem Bestreben, unerbittlich Geschiedenes zu vereinen, stelle ich Eheformen auf, die dem Wesen höhergearteter Menschen entsprechen sollen. Warum sollte Anja nicht in den Kreis meines Heimwesens als dritte eintreten können, frage ich. Würde nicht Anjas Lachen, Anjas Musik – sie ist Geigerin – das Haus mit neuem, frischem Leben erfüllt haben?! Ihr verständiger, heiterer, oftmals übermütiger Geist würde vielleicht sogar die Wolken des eigentümlichen Tiefsinns zerstreut haben, der Melitta auch in guten Zeiten zuweilen umfängt.

Er habe mit solchen Luftschlössern, sagt mein Freund, ein für alle Mal aufgeräumt. Mensch sei Mensch, und Weib sei Weib. Mit Engeln – mein Freund ist Atheist – sei weder hier noch im Jenseits zu rechnen.

Ich brause auf, da Anja in meinen Augen weit mehr als ein Engel ist. Ich fange an, sie begeistert zu schildern, ihre Schönheit, Anmut und Festigkeit. Ich schwöre, sie würde mir überallhin nachfolgen. Es bedarf nur des Rufes, sage ich, und sie tritt auf Gedeih und Verderb an meine Seite, würde selbst durch Not und Schmach von mir nicht loszureißen sein.

Ein überlegenes Lächeln des Freundes reizt mich auf das Heftigste.

»Du glaubst mir nicht?«

»Nein, ich glaube dir nicht!« – Und er macht den Versuch, das Bild der Geliebten zu zerpflücken. Er tut das derb und rücksichtslos. Und nun ist das überlegene Lächeln auf meiner Seite. – »Ich wette, dass sie nicht kommt, wenn du rufst. Und wenn sie selbst käme, würde das höchstens ein Zeichen kindlicher Dummheit, sträflichen Leichtsinns oder gar von Verderbnis sein.«

Das war eine starke Lektion, die mir freilich gar keinen Eindruck machte.

»Entkleidet man die Welt, wie du«, sagte ich, »jeden Glaubens an eine höhere Menschlichkeit, so mag man ihr gleicherzeit Lebewohl sagen.«

»Julius und du, und du und Julius«, sagte er, »ihr wart leider immer von einer unbegreiflichen Gutgläubigkeit. Illusionisten wie ihr beide gibt es auf dieser Erde nicht mehr. Man könnte euch ausstellen und Entree nehmen!« – So war seine Art, er bewahrte noch die alte, derbe, studentische Offenheit.

Es war wohl zu merken, worauf er hinauswollte. So musste er sprechen, wenn er jemand, was er verschwieg, seiner Meinung nach vor dem Sturz in den Abgrund retten wollte.

Diese Bemühungen danke ich ihm. Andererseits aber sehe ich, dass er mir ein Fremder geworden ist. Darum besteht zwar die alte Neigung zwischen uns, aber nicht mehr das alte Verstehen. Irgendeinen Zugang zu dem wahren Ereignis meines augenblicklichen Lebens hat er nicht.

Zürich, am 27. Dezember 1894.

Und solang du das nicht hast,
Dieses: Stirb und werde!
Bist du nur ein trüber Gast
Auf der dunklen Erde.

Ich habe eben einen Freund in Enge, dem so geheißenen Stadtteil, besucht, dessen Anwesenheit ich erst am heutigen Morgen erfahren hatte. Ich war überrascht, ihn hier zu finden, denn er lebte bisher mit seiner Frau in einem Landhaus bei Berlin am Müggelsee. Ich konnte mir denken und fragte ihn deshalb nicht, warum er diese Gegend verlassen hat, um hier allein mit seinen Naturalien, ausgestopften Paradiesvögeln, Gürteltieren und Schmetterlingskästen, zu leben, darin Exoten in allen Farben schillern.

Also sind die Gerüchte wahr, die besagen, er habe seine Frau an einen seiner nächsten Freunde abtreten müssen. Auch er, dessen Gemütsverfassung, wie mir vorkam, eine heiter gelassene war, konnte sich nicht entschließen, auf diese Sache zurückzukommen, die ihn aus Deutschland vertrieben hatte. Aber die Themen, denen sich unsere Gespräche zuwandten, bewegten sich doch um das Trauma unserer Seelen herum.

Seltsam, er ist in der Lage Melittas und nicht in der meinen. Es wäre begreiflich, wenn er bei mir Halt und Hoffnung gesucht hätte, stattdessen suchte ich beides bei ihm: der Missetäter, der Sünder bei ihm, an dem man gesündigt, den man misshandelt hatte. Er, der weise, menschenfreundliche, naturnahe Mann, hat mich mit Halt und Hoffnung ausgestattet.

Man empfand es bald, dass er Handlungen wie die seiner Frau und die meine, Geschicke wie das seine und Melittas als naturgegebene, sich immer wiederholende Erscheinungen sah, die man einfach hinnehmen müsse. Das ganze Zeughaus moralischer Waffen, zum Strafvollzuge bereit, von drohenden Paragrafen geschriebener und ungeschriebener Gesetzesvorschriften strotzend, die jederzeit tödlich gehandhabt werden konnten, war für meinen Freund nicht in der Welt. Er wäre nicht hier, wenn ihm die Abtrünnigkeit seiner Frau keinen Schmerz bereitet hätte. Man hat ihn, wie erzählt wurde, als ihm die nackte Wahrheit in Form einer groben Untreue zum Bewusstsein kam, kaum vor einem gewaltsamen Ende durch eigene Hand zu bewahren vermocht. Er unterlag beinah seinem Schmerz. Es war sein Schmerz, den er wie einen Bergsturz, ein Eisenbahnunglück, einen Schiffbruch, eine Verwundung durch Feuersbrunst oder dergleichen zu bewältigen hatte. Er starb daran oder kam davon. Niemandem aber, ich bin überzeugt, und also auch nicht seiner Frau, machte er, weder in Gedanken noch in Worten, Vorwürfe.

Das war es, weshalb einem in seiner Nähe wohl wurde. Wir tauschten anfangs allgemeine Gedanken aus, durch die, wie in manchen früheren Fällen, die Verwandtschaft unserer Denk- und Gefühlsweise klarwurde. Dann legte ich eine umfassende Beichte ab, die ihn in meine Lage einweihte. Er hatte ein schmunzelndes Lächeln wiedergewonnen, das ihm früher eigen war. Sein Auge hat dann gleichsam etwas ewig Lächelndes. Es spricht von gütig stillem, belustigtem Verstehen menschlicher Zustände und von verzeihender Ironie, bis es plötzlich der Ernst überkommt. In solchem Ernst ist es wahrhaft teilnehmend, wenngleich es dann vor sich nieder oder in die Ferne, nicht aber auf den gerichtet ist, dem die Teilnahme gilt. Vor diesem Ernste also habe ich mein ganzes Erlebnis ausgeschüttet.

Mir wäre zumut, als sei ich vorher nie mit Bewusstsein jung gewesen, sagte ich. Wie mich diese neue, so überraschende Lebensphase habe überkommen können, wisse ich nicht. Das Hinwegräumen einer letzten Fremdheit zwischen Anja und mir habe sie eingeleitet. Ein neuer Lebensraum habe sich aufgeschlossen, aus dem ich zwar in den alten zurückblicken, aber nicht zurücktreten könnte. Meinethalben gliche das einer Verzauberung, und ich könne von mir aus die Ratlosigkeit von Außenstehenden wohl begreifen, die sich im Mittelalter durch den Gedanken an Hexerei halfen und in meinem Falle Anja als Hexe verbrannt hätten. Ich könne auch den Gedanken an die Giftmischerei der sogenannten Liebesträuke verstehen, erklärte ich.

Das Lächeln meines Freundes belebte sich. Er ließ sich eine Weile herzlich belustigt, wie mir schien, über Hexenwesen und Liebesträuke des Mittelalters aus, Gebiete, auf denen er Bescheid wusste. Später kamen wir dann überein, dass man über das Wesen der Liebe im Allgemeinen noch wenig wisse. In der Menge habe man davon eine rohe, im Bürgertum eine enge, in der Welt wissenschaftlicher Psychologie eine platte Vorstellung. Das Phänomen in seiner wahren und höchsten Entfaltung aber sei eine Seltenheit. Die großen Liebesgedichte der Weltgeschichte könne man an den Fingern herzählen. Aber – und nun kamen wir auf die vier Verse, die ich an die Spitze dieses Tagebuchblattes gesetzt habe:

> Und solang du das nicht hast,
> Dieses: Stirb und werde!
> Bist du nur ein trüber Gast
> Auf der dunklen Erde.

Mein lächelnd wissender Freund zitierte sie.

Seitdem bin ich damit beschenkt. Sie sind die Bestätigung dessen, was mir als Erlebnis beschieden ist. Sie gehen mir immer durch den Sinn und werden mir fortan immer durch den Sinn gehen, mir, in dessen Dasein nun zum ersten Male dieses »Stirb und werde!« getreten ist. Kein Zweifel, ich fühlte mich, eh dies neue Sterben und Werden über mich gekommen war, als ein trüber Gast auf der dunklen Erde: Nein, ich fühlte mich kaum als das, aber ich war es, wie ich nun im Rückblick erkenne.

Freilich, ein solcher Umsturz, ein solches Sterben und ein solches Neu-Werden ist nicht nur eine große und heilige, sondern auch eine gefahrvolle Aufgabe. Sie auf sich zu nehmen erfordert eine harte Entschlossenheit. Dennoch darf man sie nicht abweisen. »Merke auf den Sabbat deines Herzens, dass du ihn feierst«, sagt Schleiermacher, »und wenn sie dich halten, so mache dich frei oder gehe zugrunde!«

Das Sterben kann schnell oder langsam vor sich gehen. Langsames Sterben bedeutet einen langen, qualvollen Todeskampf. Wenn nicht irgendein Wunder geschieht, ist das, was in mir zum Tode verurteilt ist, in einem kurzen Kampfe nicht abzutun. Da ist Melitta, da sind die Kinder, mit tausend Fasern verwurzelt in mir, verwurzelt in meiner ganzen Familie. Denn die vater- und mutterlose Melitta hat mit einer rührend kindlichen Hingabe sich an meinen Vater und meine Mutter, als wären es ihre leiblichen Eltern, angeschlossen. Eine solche alles durchsetzende, tausendfältige Verschlungenheit und Verbundenheit spottet jeder Operation: Wenn man sie trotzdem versucht, wie ich, so heißt das so viel, als die eigenen Lebensfundamente angreifen, an ihnen rütteln, auf die Gefahr hin, dass der ganze Bau über einem zusammenstürzt.

Alles dieses kam zwischen mir und meinem Freunde zur Erörterung. Der mögliche schlimme, der mögliche gute Ausgang meiner Sache wurde erwogen, wobei ich natürlich nur diesen im Auge hatte. In dem Bestreben, ihn als gesichert erscheinen zu lassen, ging ich schließlich dazu über, auf sophistische Weise für den Fall der Scheidung einen Vorteil für die Meinen herauszurechnen. Ich sei für die Erziehung von Kindern nicht geeignet, sagte ich. Meine Heftigkeit würde wahrscheinlich auf die Dauer eine Entfremdung zwischen mir und meinen Kindern hervorbringen. Mein Einfluss würde schädlich für sie sein. Sähe ich sie aber nur gelegentlich, so würde das eine Bewachung ohne Reibung ermöglichen, und unser Verhältnis könne sich bei einiger Umsicht und Vorsicht zu einer wahren und dauernden Freundschaft entwickeln. Auch die Beziehung zu Melitta könne recht wohl in eine solche Freundschaft übergehen. Der Versuch dagegen, ein Leben in enger

Gemeinschaft aufrechtzuerhalten, müsse nervenzerrüttend und binnen Kurzem zerstörend für uns beide sein.

Lächelnd gab mein Freund mir recht und folgte mir bis zuletzt in die Höhen meiner Verstiegenheit. Anja war jung, sie wusste nichts von der Welt. Was für Gebiete des Geistes, was für reiche Lebensgenüsse, was für Schönheiten in Kunst und Natur konnte man ihr aufschließen und dadurch doppelt und dreifach sich selbst, denn es ist ja, wie ich weiß, in dem, wozu es uns drängt, was wir suchen und lieben, wonach wir hungern und dürsten und was wir begehren, keine Verschiedenheit. Sie ist arm, oder sagen wir mittellos. Zwar bin ich nicht reich, aber bemittelt genug, um ihr die Wunder Europas, die Wunder der Erde aufzuschließen. Nein, nein, es gibt kein Zurück.

Mein lieber philosophischer Freund, ich danke dir! Danke dir auch für dein Geleitwort, das mich fortan auf meiner gefährlichen Straße nicht mehr verlassen wird:

Und solang du das nicht hast,
Dieses: Stirb und werde!
Bist du nur ein trüber Gast
Auf der dunklen Erde.

Berlin, am 30. Dezember 1894, nachts.

Ich bin wieder hier. Ein Vorfall, zugleich schrecklich und lächerlich, hat mich nach Berlin zurückgeführt. Am 27. abends war ich mit einem beinahe entscheidenden Abschiedsbrief an meine Frau drei- oder viermal an den Bahnhofsbriefkasten in Zürich getreten und hatte ihn endlich mit Entschluss, unter gewaltigem Herzklopfen, in seiner Öffnung verschwinden lassen. Es war darin gesagt, wie ich mich zunächst außerstande fühle, von Anja zu lassen und zurückzukehren. Unmittelbar darauf wurde mir im Hotel ein Brief Anjas überreicht, für den ich Strafporto zahlen musste. Ich öffnete ihn, ich las und las, und die Wirkung war eine verheerende.

Sie, die Geliebte, teilte Erwägungen ihres jungen Vormunds mit, die sie sich, wie mir vorkam, zu eigen machte. Der Vormund, in berechtigter Sorge um sie, hatte gefragt, was aus unserer Verbindung werden solle. Es gäbe nur zwei Möglichkeiten ihrer Entwicklung, Konkubinat oder Ehe nämlich, von denen nur die zweite gangbar sei. Anja wäre nicht majorenn, und er, der Vormund, dürfe Dinge nicht zulassen, die ihren Ruf vernichten könnten. Übrigens müsse Duldung von seiner Seite auch den seinen aufs Schwerste schädigen.

Ich sah in diesem Brief eine Absage. Wenn er jedoch keine Absage war und Anja durch ihn die Heirat erzwingen wollte, so war die Wirkung nicht minder fürchterlich. Damit hätte mein zynischer Freund, der an die volle und reine Hingabe eines Weibes nicht glauben wollte und hinter allem, was danach aussah, Berechnung witterte, einen Triumph zu verzeichnen gehabt. So war denn, wie mir schien, auf eine am allerwenigsten vorauszusehende Art die Katastrophe vorzeitig eingetreten.

Das Bild der Geliebten war gestürzt. Heut, wenn ich den Züricher Brief in Ruhe durchlese, sehe ich, Gott sei Dank, als Grund dafür nur noch krankhafte Kopflosigkeit. Die Erwägungen über Ehe und Konkubinat trafen mich in einem wehrlosen Augenblick. Übrigens waren wir ja nur erst etwas wie korrekte Brautleute. Eben hatte ich lange und schwer gekämpft und mir den beinahe grausamen Brief an Melitta abgerungen. Mit einem ehrlichen Willensakt, der mir fast einen physischen Schwindel erregte, hatte ich mich, indem ich ihn dem Postkasten übergab, davon losgemacht. Ich wusste, was für ein Opfer es war, das ich meiner neuen Liebe gebracht hatte, welche ernste, verhängnisvolle, ja, welche an Wahnsinn grenzende Handlung damit unter voller Verantwortung geschehen war. Da kamen diese Blätter, die, wie es sich mir nun einmal darstellte, von einem vulgären Misstrauen imprägniert waren und durch Banalität der Gesinnung beleidigten. Sie rissen eine unüberbrückbare Ferne zwischen mir und Anja auf, ließen mich aber trotzdem erkennen, dass ich auf diese Weise zwar ernüchtert, nicht aber geheilt, sondern höchstens tiefer verwundet war.

Ich habe das Vorstehende wieder und wieder durchgelesen. Was ist geschehen, seit mir im Hotel der verhängnisvolle Brief überreicht wurde? Ich habe die ganze furchtbar verblendende Macht und Gefahr der Liebe kennengelernt. Das Bild der Geliebten war gestürzt, aber ich musste es ja wieder aufrichten, falls ich mich wieder aufrichten wollte nach einem lebensgefährlichen Schlag.

Kaum fünfzehn Minuten, nachdem ich den Brief erbrochen hatte, saß ich im ersten besten Bummelzug, der nach Deutschland führte. Wenn zwei oder drei Stunden später ein Schnellzug abgegangen wäre, der mich einen halben Tag früher nach Berlin gebracht hätte: Auf ihn zu warten würde ich nicht fähig gewesen sein.

Die qualvolle Spannung meiner Brust wurde erträglicher, als mein Zug ins Rollen kam. Es war ein gewöhnlicher Zug, wie gesagt, er hielt überall. Aber gerade darum hatte ich ein Coupé für mich allein.

Es sah einen Menschen, der nicht bei Sinnen war. Er unterhielt sich durchaus mit weiter nichts, als Fragen an das Schicksal zu stellen.

Er zählte auf Ja und Nein die Knöpfe seiner Weste ab. Er zählte die Plüschknöpfe auf den Sitzen. Er nahm Geldstücke aufs Geratewohl in die Hand und zählte sie ab. Er zählte eine Schachtel Streichhölzer ab. Er zählte ab und zählte ab und hörte nicht auf, sich an diesen Stumpfsinn wie an die letzte Planke eines Schiffbruchs anzuklammern. Die hauptsächlichste Frage aber war: Wird Anja auf dem Bahnhof sein?

Er fuhr die Nacht, er fuhr den Tag, ohne ein Auge zuzutun und in oftmals hörbarem Selbstgespräch. Sein Zustand während der zweiten Nachtfahrt verschlimmerte sich, und dann wieder, je mehr der Morgen und somit das Ziel sich annäherten.

Nun, ich begriff sehr wohl, dass die Krise, in der ich stand, keine gewöhnliche war. Mein kleiner Revolver, den mir vor Jahren seltsamerweise Melitta geschenkt hatte, war geladen. Ich wusste, sollte Anja mich nicht auf dem Lehrter Bahnhof erwarten – ich hatte ihr die Zeit meiner Ankunft telegrafisch mitgeteilt –, so war das eine deutliche Absage, und dann hätte ich den Lauf meiner Waffe nicht von meiner Schläfe, den Finger nicht von ihrem Drücker zurückzuhalten vermocht. Nie hatte die Stunde so unzweideutig mit mir gesprochen.

Nun, Anja erwartete mich.

Anja bringt den ganzen Tag und Abend bis in die Nacht hinein mit mir zu. Alle meine Befürchtungen sind von ihrem ersten Händedruck und Kuss in alle Winde geweht worden. Kein Wort von Ehe, kein Wort von Heiraten, kein Wort von einer Bedingung irgendwelcher Art. Sie gehört mir wieder bedingungslos als mein Eigentum, alles andre ist Diktat ihres Vormunds gewesen.

Berlin, am 5. Januar 1895.

Ich bin also wieder in Berlin, und meine Frau, an die ich fast jeden Tag schreibe, von der ich fast jeden Tag einen Brief erhalte, weiß, dass ich wieder mit Anja vereinigt bin. Wie viel Wochen, Monate, Jahre wird nun jeder Tag die zwei überaus schweren, finsteren Stunden haben: die eine, in der ich den neuen Brief der Verlassenen empfange, und die, in der ich ihn beantworte.

Aber es steigen große, kühne Pläne in mir auf. Warum soll es denn nicht wirklich möglich sein, statt zu trennen, zu vereinen? Oh, ich ahne, wie schwer dergleichen Versuche sind und wie viel moralischen Mut sie erfordern. Aber ich habe moralischen Mut. Warum soll ich nicht an die alles versöhnende, alles einende Kraft der Liebe glauben? »Das nussbraune Mädchen« von Herder fällt mir ein, jenes Volkslied »vom Mädchen braun, die fest und traun! liebt, wie man lieben kann«. Der Geliebte setzt sie den schwersten Prüfungen aus. Er spricht ihr schließlich von seiner »Buhle«. Ohne Bedenken ist sie bereit, sowohl ihm als seiner Buhle zu dienen. Ohne Zweifel war so etwas einmal Wirklichkeit. Ich hörte, als wir jung verlobt waren, gemeinsam mit Melitta in Hamburg eine Geigerin. Das hübsche Kind hatte mich bezaubert. »Was würdest du tun«, fragte ich meine Braut, »wenn ich ohne dieses Mädchen nicht mehr sein könnte?« – »Ich würde sie um deinetwillen ebenso lieben wie du«, sagte sie. – War das nicht gesprochen wie »vom Mädchen braun, die fest und traun! liebt, wie man lieben kann«?

Ich habe nie in meinem Leben tiefer als damals und mit größerem Staunen, mit größerer Ergriffenheit in das Wunder der Liebe hineingeschaut.

War es also nicht möglich, eine Ehe zu dreien aufzubauen?

Die jüdisch-christlichen Erzväter hatten viele Frauen. Streng gesinnte Prediger im Zeitalter der Reformation vermochten in der Heiligen Schrift keinen Ausspruch zu finden, durch welchen die Ehegatten auf einen Mann und eine Frau beschränkt wurden.

Die Moslemin leben noch heut in Polygamie. Ich denke daran, ein Moslem zu werden. Es wäre ja nicht zum ersten Mal, dass ein Mann in meinem Falle diesen Ausweg beschritten hat.

Auch Goethe hat sich mit dem Problem des Grafen von Gleichen beschäftigen müssen. Dieser kam aus dem Orient. Als er auf seine deutsche Stammburg zurückkehrte, brachte er seine orientalische Geliebte mit, der er Freiheit, Leben und Heimkehr zu verdanken hatte.

Was hätte mit dieser Frau, nach den Moral Vorschriften der Kirche in Ehedingen, geschehen müssen? Die Auskunft des Scheiterhaufens war wohl die nächstliegende.

Nein! Das Leben ist nie mit dem starren Schema, und zwar in keinem seiner unzähligen Zweige, ausgekommen.

Charlottenburg, am 7. Januar 1895.

Sind wir am Ende doch Geächtete? Unsere Wirtin bedient Anja und mich mit Freundlichkeit. Sie ist eine hübsche, sympathische Frau, die zurückgezogen in einem Raume der kleinen Wohnung lebt. Ihr Mann mag Oberkellner, Portier oder etwas dergleichen sein. Die Frau besorgt mir das Frühstück, besorgt uns gelegentlich das Abendbrot. Man merkt ihr an, dass sie für unsere Lage Verständnis hat und sie nach Kräften berücksichtigt.

Anja und ich sind viel unterwegs. Ich leide dabei unter einer Art Verfolgungswahn. Die Furcht, Bekannten zu begegnen oder auch nur gesehen zu werden, treibt uns in die dunklen Hinterzimmer entlegener Konditoreien und in kleine, versteckte Weinstuben. Manchmal sitzen wir in solchen Lokalen viele Stunden lang, ganz unserer Liebe, unseren Plänen, unseren Sorgen hingegeben, und hüten uns wohl, den außer uns einzig Gegenwärtigen, nämlich den Kellner, aufzuwecken, wenn er entschlummert ist.

Leidenschaftlich Liebende sind meist ruhelos. Eigentlich wären wir ja in meinem möblierten Zimmer am ungestörtesten und am sichersten. Es tritt aber, wenn man eine Weile darin vereinigt ist, eine unerträgliche, maukige Schwüle ein. Um ihr zu entgehen, muss man durchaus und bei jedem Wetter ins Freie.

Es gibt noch anderes, dem man entgehen will. Jene endlosen, unfruchtbaren Erörterungen nämlich, welche die beste Lösung des schicksalsschweren Konfliktes zum Zwecke haben. Sie drehen sich bis zur letzten seelischen Ermattung endlos im Kreise herum, so dass man im Augenblick, wo man das Ziel erreicht zu haben glaubt, von vorne beginnen muss. Ein solcher Konflikt kann nur durch Zeit, Geduld und wieder Geduld gelöst werden.

Charlottenburg, am 8. Januar 1895.

Es ist Mitternacht. Ich habe soeben Anja nach Hause gebracht. Der heutige Tag war ein überaus köstlicher. Er führte uns schon am frühen Morgen nach Spandau hinaus, wo wir die Schlittschuhe anlegten, um bei klarem Sonnenschein eine Fahrt über die weite Fläche des Tegeler Sees anzutreten. Die Bahn war gut, wir sind sichere Läufer, und so durchlebten wir wieder Stunden einer befreiten Zeit.

»Sorgen können nicht Schlittschuh laufen«, sagte ich. Wir hatten in der Tat alle unsere Sorgen und Kümmernisse, hatten das Einstige und Künftige zurückgelassen und genossen ausschließlich die Gegenwart.

Der Glanz der See- und Schneefläche war so groß, dass Anja plötzlich von einem wütenden Kopfschmerz befallen wurde. Sie trug an ihrem schlanken Körper ein graues, mit grauem Krimmer besetztes Winterkleid, wozu ein Krimmerbarett gehörte. Der Kopfschmerz ließ nach, als ich es ihr vom Scheitel nahm.

Nie haben uns Pfannkuchen, haben uns große Tassen heißen Kaffees so gelabt wie heut in der überheizten Tegeler Gaststube, in die wir nach langer Fahrt eintraten.

Ich lege mich nieder. Ich werde den Brief meiner Frau, der geschlossen vor mir liegt, nicht mehr aufmachen.

Charlottenburg, am 11. Januar 1895.
Es ist wiederum Mitternacht. Es ist nach Mitternacht. Ich habe heut mit Anjas Mutter gesprochen. Sie ist eine wundervolle Frau. Aber meine Lage ihr gegenüber war nicht gerade angenehm. Verwitwet, lebt sie mit ihren Töchtern von einer sehr geringen Hinterlassenschaft, nachdem ihr Mann in den letzten Lebensjahren ein großes Vermögen verloren hatte.

Das heutige Zusammensein mit ihr und Anja war im Großen und Ganzen eine Peinlichkeit. Es musste stattfinden, weil wir die Mutter als Bundesgenossin zu gewinnen hoffen. Auch wünschte die Mutter, um dem Fall mit vollem Verständnis gerecht werden zu können, von mir eingeweiht zu sein. Sich alledem zu verschließen, war ein Ding der Unmöglichkeit.

Wie aber verlief die Zusammenkunft?

Ihr Ort war die Nische in einem altertümlichen Restaurant. Anjas Mutter saß schwarz gekleidet vor einer roten Damastdraperie. Ich hatte ihr zur Linken, Anja ihr zur Rechten Platz genommen. Die ruhiggütige, in ihrem weißen Wellenscheitel immer noch schöne Frau stand Anja nicht gut, die überdies in Gegenwart der Mutter befangen war. Ihr Wesen schrumpfte gleichsam zusammen. Auch wurde sie durch die Art, mit der die Mutter sie bevormundete, klein gemacht.

Frau Lydia gilt als vorurteilslose Frau. In jungen Jahren Sängerin, sind ihr Leidenschaften vertraut, ist ihr Liebe etwas Heiliges. Trotzdem kamen wir beide im Großen und Ganzen aus dem Gebiete hölzerner und verlegener Phrasen nicht heraus.

Was für Unsinn habe ich nicht über meine Ehe zum Besten gegeben! Ich würde es ruchloses Zeug nennen, wenn es nicht zu albern wäre. Danach hätte ich von Anfang an mit meiner Frau unglücklich gelebt. Sie habe kein Vertrauen zu mir gehabt. Sie habe weder an meine Tüchtigkeit noch an meine Talente geglaubt, bevor ich ihr beides bewiesen hätte. Das war ein Gemengsel in dem wohl auch ein Körnchen Wahrheit ist, aber sein Wesensgehalt ist Lüge. Melitta hätte können ein Engel Gottes sein, ohne das Aufflammen einer Leidenschaft im Herzen eines Mannes verhüten zu können.

Es gab einen ernsten Augenblick. Frau Lydia unterlag einer tiefen Erschütterung: Sie galt nicht etwa der Tochter, auch nicht den Gefahren, die jene lief, sondern Melitta, deren Bekanntschaft sie einmal gemacht hatte. Mit der ganzen Herzenssympathie einer Frau schien sie plötzlich die übermenschliche Aufgabe zu erfassen, die das Schicksal Melitta zuwälzte. Und die Dame ersparte mir nichts. Es war ihr bekannt, unter welchen Umständen Melitta mich mit ihrer Liebe beschenkt, gegen welche Widerstände sie die Ehe mit mir durchgesetzt hatte. Sie wies darauf hin, auf die Kinder hin, sie gedachte des Aufstiegs, den ich genommen, der Freude, mit welcher Melitta ihn begleitet hatte, und so fort.

Ich konnte ihr nur in allem recht geben. Gerade darum: Was sollte ich antworten? Ich hätte ihr sagen müssen, was sie schon wusste und schließlich doch widerlegt haben wollte: Anlass zu einer Verlobungstorte oder zu einem Familienfest ist diese bitter ernste Sache nicht. Hier handelt es sich um ein Etwas, das, stark wie der Tod, unterjocht und dabei nicht fragt, ob der Unterjochte oder wer sonst mit dem Leben davonkomme.

Nun, selbst wenn ich es gewollt hätte, in diesem Augenblick hätte ich es ihr nicht einmal zu sagen vermocht. Bei völligem Schweigen meiner neuen Leidenschaft weckte das so zu reinem Ausdruck gebrachte Mitgefühl die alte, heiße Neigung zu Melitta in mir, und es war, als ob sich die Geschichte unserer Liebe und Ehe mit allem, was sie an Glück und Weh enthielt, in einen Schrei sieghafter Reue verwandeln wollte.

Es war mir danach minutenlang, als ob ich ohne die geringste Überwindung mich verabschieden, für immer von Anja trennen und zu den Meinen heimreisen könnte. Ich stellte mir vor, während ich allerlei leere, erkünstelte Dinge sprach, wie ich vor meinem verschneiten Gutshause ankommen und dort von den jubelnden Kindern, der noch immer fragend und düster blickenden Mutter empfangen würde. Liebste, sagte ich etwa zu meiner Frau, ich habe da irgendwelche tollen Kapriolen ausgeführt, verzeih mir, wir wollen weiter nicht daran denken. Alles ist wieder, wie es war.

Und wirklich, es liegt vor mir ein an meine Frau gerichteter Brief, der sie hoffnungsvoll stimmen muss. Es ist der erste Brief dieser Art, und ich glaube sogar, hierin etwas weitgehend. Hätte Anja diese Wirkung vorausgeahnt, sie hätte sich der Begegnung mit ihrer Mutter vielleicht widersetzt.

Köln, am 20. Januar 1895.

Ich bin auf dem Wege nach Paris. Ich habe dort einer Konferenz beizuwohnen. Ich hätte sie zwar hinausschieben können, aber ich ergriff die Gelegenheit, um die erneute Bitte meiner Frau um Innehaltung der Probezeit nicht unerfüllt zu lassen.

Das Alleinsein ist überdies ein Ausruhen. Es erleichtert mein Gewissen, den Wunsch meiner Frau befolgt zu haben, und da ich nicht mit Anja zusammen bin, belastet mich auch nicht das immerwährende Bewusstsein, an Melitta zu sündigen.

Ein Gefühl von Befreitsein ist in mir. Ich spreche mit niemand, hüte mich, Bindungen einzugehen, ich beobachte, lenke mich ab und kann mich allgemeinerem Denken hingeben.

Ich bin am Morgen, am Nachmittag und am Abend durch die belebten Gassen flaniert und habe natürlich den Dom besucht, unter dessen Masse sich mein Hotel zu ducken scheint. Ich hatte Stunden, in denen ich mich von keiner Sorge belastet fühlte. Allgemeines der Kunst, der Politik, die deutsche Kultur, die deutsche Vergangenheit überhaupt beschäftigten mich. Ich saß mit Behagen an der Wirtstafel. Ein Gang bestand in Würstchen und Sauerkraut, wozu ein Glas Bier gereicht wurde. Ich trank es aus. Ich trank auch eine oder anderthalb Flaschen Wein, einen ausgezeichneten Ingelheimer. Man muss Zeit gewinnen, sagte ich mir, es kann am Ende noch alles gut werden.

Ich habe nach Tisch Zigaretten für Anja gekauft. Der Sendung ist dieses Versehen beigegeben:

Opfer der Liebe sollt ihr mir ziehn,
An Ihrem Munde dürft ihr verglühn.
Selig vor allen werdet ihr sein,
Liebe entzündet euch, äschert euch ein.

Ich bin sehr gespannt auf Paris, das ich zum ersten Mal sehen werde. Vor einem Jahre freilich würde die Spannung eine freudigere gewesen sein, weil eben doch die heutige irgendwie mit dem Gedanken einer Verbannung verbunden ist. Trotzdem aber, ich freue mich. Es sollen in einer Unternehmung entscheidende Schritte getan werden. Und meine äußeren Angelegenheiten, die mir seit einiger Zeit keinerlei Interesse mehr einflößten, fangen mich wieder zu beschäftigen an.

Paris, am 23. Januar 1895.

Ich wohne im Grand Hôtel St-Lazare. Mein Freund, ein französischer Schriftsteller, der mich an der Gare St-Lazare empfing, hat mich hier untergebracht. Wir waren heute den ganzen Tag vereint und werden morgen und übermorgen wieder den ganzen Tag zusammen sein.

Nun merke ich doch, dass ich hier nicht, wie ich es wünschen würde, aufnahmefähig bin. Seltsam genug: Mein inneres Schicksal meldet sich doppelt stark unter der betäubenden Menge äußerer Eindrücke. Ich wehre mich gegen diese Riesenstadt. Sie kann durchaus nicht in mich eindringen.

Ist sie schön oder hässlich, ich weiß es nicht. Warum vergeude ich hier meine Zeit? Warum lasse ich mich durch meinen guten Freund von Pontius zu Pilatus schleppen, von Restaurant zu Restaurant? Wenn die wimmelnden Menschen um mich her Ameisen wären, könnten sie mir nicht fremder, nicht störender sein.

Zuweilen ist mir unter dem Eindruck des Lärms um mich her, als seien ich und die Meinen schiffbrüchig und wir würden von den Fluten hinabgerissen oder hinweggespült.

Mein französischer Freund hat bemerkt, dass irgendetwas in mir nicht im Lote sein könne. Er hat gespürt, dass meine Seele nur selten wirklich gegenwärtig ist. Verstohlenen Blickes will er mich ausforschen. Dabei gibt er sich Mühe, mich aufzuheitern, was ja auch, nachdem wir eine Flasche Champagner auf mehrere Flaschen Bordeaux gesetzt haben, einige Male leidlich gelingt.

Paris, am 24. Januar 1895.

Mein Freund erzählt mir, es liege ein rekommandierter Brief für mich auf der Post. Die Nachricht interessiert mich nicht. Briefe von meiner Frau und von Anja sind meistens einfache. Übrigens habe ich beiden meine genaue Adresse mitgeteilt.

Ich bin tatsächlich nicht in Paris. Meine Seele ist abwechselnd in dem fernen, verschneiten Landhaus bei Weib und Kind und bei Anja, die ich mir mit der Geige am liebsten vorstelle.

Ich leide natürlich an Eifersucht. Ich gönne es eigentlich keinem Menschen, dass er auch nur mit Anja spricht. Quälende Vorstellungen solcher und ähnlicher Art verfolgen mich. Aller Augenblicke muss mich mein Freund gleichsam aufwecken. Fern von Anja bin ich eigentlich lebensunfähig: Der Hauptstoff aus der Luftmischung, die meine Lunge braucht, fällt fort. Nie habe ich das Automatische, das Maschinelle meines somatischen Wesens so deutlich empfunden. Mein Körper erscheint mir seelenlos. Die Seele ist aber irgendwie noch daran befestigt, was sie immer wieder mit Bestürzung merkt.

Wir saßen in dem Restaurant, wo General Boulanger den Augenblick verpasste, der ihn zum Diktator Frankreichs, ja vielleicht zu einem zweiten Napoleon machen konnte. Er tafelte mit seinen Freunden hier in einem oberen, abgeschlossenen Raum und wartete der Dinge, als der Fanatismus der Straße seine deutlichste Sprache redete. Die Stunde schlug und fand ihn schwach.

Vor einiger Zeit hat er sich nun auf dem Grabe seiner Geliebten eine Kugel durch den Kopf gejagt.

Es müssen ungeheure Leidenschaften in ihm gewogt haben. Zu viel für einen Mann, der ja gerade die allgemeinen Leidenschaften beherrschen und meistern sollte.

Die ganze europäische Presse brachte verachtungsvolle Nekrologe. Die letzte Tat des Generals wurde als erbärmliche Feigheit ausgelegt.

Ich kann diesen Kommentaren nicht beistimmen.

Wer eine solche Tat für Feigheit nimmt, hat nie wahrhaft gelebt.

Ich habe heute mein Geheimnis nicht mehr gewahrt. Mein Zustand war so befremdlich für meinen Freund, dass ich ihm eine Erklärung zu geben schließlich nicht mehr vermeiden konnte. Er hatte mich und meine Frau gemeinsam in Deutschland kennengelernt. Ihm war es vorgekommen und musste es vorkommen, unser Verhältnis sei wolkenlos. Wir schienen ihm in einer glücklichen Jugend stehend, schienen heiter erwartungsvoll der Glücksvollendung unseres Daseins entgegenzuleben. Natürlich, dass er von meiner Eröffnung erschreckt, dass er bekümmert, ja in eine Art von Bestürzung versetzt wurde.

Aber ich war nun wenigstens in der Lage, mit ihm von allem zu sprechen, was mich bis dahin geheim ausschließlich beschäftigte. Unsere gemeinsamen Stunden waren nun auch nicht mehr jener quälenden Leere verfallen, unter der sie bisher gelitten hatten.

Paris, am 25. Januar 1895.

Ich merke es meinem Freunde an, dass er mich als einen Kranken betrachtet. Die Monomanie, mit der ich ihn jetzt in meinen Konflikt gleichsam hineindrehe, zeigt ihm wohl, wie ernst mein Zustand ist.

Er nahm mich heute mit sich in den Vorort Saint-Mandé, um mich seiner alten, verwitweten Mutter vorzustellen. Sie bewohnt mit ihren beiden Söhnen ein winziges Landhäuschen: Ich schien, solange ich darin weilte, ihr dritter Sohn zu sein.

Ich lernte dort auch den jüngeren Bruder meines Freundes kennen, der Priester ist.

In dieser schönen, sanften alten Frau vereinigen sich Würde und zarteste Herzlichkeit. Ob ihr wohl mein Freund etwas von meiner Gemütslage und meinem Schicksal angedeutet hatte? Und dieser junge Bruder und Geistliche, dessen Jünglingskopf der Soutane zu spotten schien, hatte er nicht ein wenig zu viel Wärme, feine Schonung, Rücksicht und behutsam vorgebrachte Tröstungen für mich? Es mochte am Ende auch hier eine kleine Indiskretion des Bruders mit untergelaufen sein.

An Bord der »Möwe«, 4. Februar 1895

Es stieg ein Morgen herauf zu mir
In der großen Stadt Paris,
Ein Morgen, trüb wie der trübe Gram,
Und der neblichte Ostwind blies:

Der brachte ein Blatt, ein kleines Blatt
Von einem jungen Reis,
Hereingeschaukelt auf meinen Tisch
Aus des Ostens Winter und Eis.

Wo kommst du her, du grünes Blatt,
So zart und unversehrt?
Von welchem Bäumchen nahm dich der Wind?
Wer hat dich mir beschert?

»Kennst du denn nicht den jungen Baum,
Der mich gesendet hierher?
Stolz trägt er die Krone, sein Stämmchen ist
So grad wie des Jägers Speer.«

Ich kannte das Bäumchen, ich kannt' es wohl,
Seiner Blätter und Blüten Duft.
Es stieg aus dem einen verwehten Blatt
Der Frühling und füllte die Luft.

Ein Licht wie Gold, ein Hauch wie Gras
Und grüner Maienschein
Brach in mein ödes, fremdes Gemach
Mit Klingen und Läuten herein.

Da flog ein Rabe herein zu mir,
Schwarzflüglig, ins goldene Licht,
Der brachte ein Blatt, ein rotes Blatt,
Wie der sterbende Herbst sie bricht.

Wo bringst du her das rote Blatt,
Du schwarzer Bote du?
Mir schlug das Herz so bang und weh,
Und der Rabe krächzte mir zu:

»Kennst du denn nicht den edlen Baum,
Der dir gegrünet hat?
Der alle seine Früchte dir gab?
Es ist sein letztes Blatt!«

Ein leiser Schrei wie ein Todesruf
Durchdrang die Frühlingsglut:

Da weinte das Blatt, das rote Blatt,
Einen roten Tropfen Blut.

Der Tropfen hing, und der Rabe flog
Hin über das grüne Reis.
Der Tropfen fiel, und das grüne Blatt,
Es ward wie Schnee so weiß.

Soweit ich blicke, kein Land um mich. Das Erlebnis, welches mich
an Bord dieses Dampfers geführt, wird hoffentlich durch kein zweites
ähnlicher Art künftig in Schatten gestellt werden.

Ich sitze an Deck, und diese Zeilen werden von mir nach meiner
Gewohnheit mit Bleistift notiert, in ein Buch, das auf meinen Knien
liegt.

Mein Ziel ist New York. Ich habe niemals daran gedacht, nach New
York zu reisen. Und noch am 31. Januar hätte ich jeden ausgelacht,
der mir gesagt haben würde, ich befände mich am 3. Februar bereits
auf dem Atlantischen Ozean.

Ich trage einen mit Seide gesteppten Paletot. In meiner Kabine liegt
ein kleines Köfferchen. Weder mit Geld noch Effekten, geschweige innerlich bin ich auf diese Reise vorbereitet. Ich kann nur denken, dass
ich durch einen brutalen Griff des Schicksals an Bord dieses Schiffes
geschleudert worden bin.

Es wird sicher gesteuert, dieses Schiff. Ich aber habe das Steuer verloren.

Warum soll ich nicht schreiben, wenn auch diese Zeilen vielleicht
nie von einem anderen Menschen gelesen werden?! Warum soll ich
nicht schreiben, wenn diese Tätigkeit mich erleichtert! Es ist mir, der
ich hier keinen Menschen habe, mit dem ich reden kann, wohltätig,
einen Teil der Last meines Erlebnisses auf fremde, imaginierte Schultern
abzuwälzen. Aber ich rede ja mit mir selbst. Meine Schreiberei ist ja
nur Selbstgespräch. In diesem Falle ist es so, als wenn jemand die
bleierne Bürde, die seine rechte Achsel zu zerquetschen droht, auf seine
beiden Schultern verteilt.

Das äußerliche Erlebnis, welches ich hinter mir habe und das etwa
festzuhalten wäre, ist ein überaus einfaches.

Ich hatte mit meinem Freunde auf gewohnte Art in Paris weitergelebt, als er mich eines Nachmittags für einige Stunden im Hotel absetzte. Abends wollten wir, glaube ich, in die Oper gehen.

Im Postbüro des Hotels wurden mir zwei Briefe überreicht: wiederum gleichsam feindliche Brüder, die sich in meiner Brusttasche zu vertragen hatten, bis ich auf meinem Zimmer war.

Ich las zuerst Anjas Brief, da ich mich gleichsam durch einen frischen Trunk stärken wollte, bevor ich mich der schweren und schmerzlichen Aufgabe unterzog, einen Brief meiner Frau auf mich wirken zu lassen.

Noch hatte ich nicht die geringste Ahnung, welche eiserne Faust aus diesem Briefe emporfahren und gegen meine Stirn schmettern würde.

Ich öffnete also, ich las nun auch diesen Brief, worauf es mir vor den Augen buchstäblich schwarz wurde. Während der ersten Sekunden wusste ich nicht, ob ich das Opfer eines Attentats geworden oder ob die Decke des Raumes über mir zusammengebrochen war. Ich kämpfte um meine Besinnung, um meinen Verstand, um mein Leben wie ein Rasender. Mit Aufbietung einer verzweifelten Energie schwamm ich blind unter den Trümmern eines nächtlichen Schiffbruchs herum.

Es ist mir vollkommen gleichgültig, ob man diesen Zustand, wenn man seine Ursache erfährt, als einen unmännlichen bezeichnen will. Es gibt keinen Mann, keinen echten Mann, den er nicht überkommen könnte.

Als das erste schwache Verstandeslicht über dem Geschehenen schwebte, war mein Gefühl: Nein, dies durfte nicht geschehen, eine solche furchtbare Grausamkeit habe ich um niemand, aber auch um niemand verdient! Nein: Wer dieses mir zufügen konnte, der kannte entweder die Tragweite seines mörderischen Verfahrens nicht, oder aber er musste mit der Möglichkeit eines tödlichen Ausganges für mich rechnen.

Und so richtete sich denn das dunkle Haupt meiner verlassenen Frau als das der Gorgo auf, deren Anblick den Menschen versteint.

Was stand nun eigentlich in dem Brief? Nur ein Kenner der Höhen und Tiefen der Menschennatur wird begreifen, wie ein so einfacher Inhalt solche Wirkungen haben konnte.

Also, was sagt der Brief meiner Frau?

Du hast, so schreibt sie ungefähr, durch Dein Verhalten gezeigt, dass ich auf eine Zukunft an Deiner Seite nicht mehr sicher rechnen kann. Ich vermag den Zustand der Ungewissheit nicht länger zu ertragen.

Ich habe darum beschlossen, mein und meiner drei Kinder Leben auf eine neue Grundlage zu stellen. Unser Schiff verlässt, wenn alles gut geht, Hamburg am 31. Januar. Am 1. Februar wird es auf der Höhe von Southampton sein und dort Passagiere an Bord nehmen. Wir sollen bei glücklicher Fahrt am 8. oder 9. Februar in New York eintreffen. Was dort geschehen wird, weiß ich noch nicht. Ich habe eine Jugendfreundin verständigt, die dort verheiratet ist. Ich nehme an, sie wird mir die ersten Schritte auf fremdem Boden erleichtern. Ich konnte nicht anders handeln. Lebe wohl.

An Bord der »Möwe«, 5. Februar 1895.

Ich verließ mich sozusagen gestern in einem Zimmer des Hotels St-Lazare. Da ich ohne alle Beschönigung wahr zu sein entschlossen bin, will ich in der Schilderung jener Zustände fortfahren, in die ich durch den Brief meiner Frau geworfen wurde.

Der Schlag, welcher mich gänzlich unerwartet, gänzlich unvorbereitet und also gänzlich widerstandslos getroffen hat, war so stark, dass es eine Zeit lang zweifelhaft blieb, ob ich ihn lebend und, wenn lebend, mit gesundem Verstand überstehen würde. Die schrecklichste Angst, die mich inmitten der vollständigen Bestürzung und Verwirrung, in die ich geraten war, ergriff, war die Angst vor dem Irrenhaus. Im Begriff, mich umzuziehen, hatte ich meinen Hemdkragen abgeknöpft, meine Stiefel ausgezogen und einige Kleidungsstücke abgelegt. Da ich nun zwar nicht nach Hilfe schrie, aber doch irgendeine menschliche Hilfe suchte, wäre es notwendig gewesen, mich wieder salonfähig herzurichten. Dies aber war bei dem Zustand meines Gehirns in der ersten Viertelstunde ein Ding der Unmöglichkeit. Weder sah ich, noch fand ich einen Gegenstand, noch konnte ich, von dem Geschehnis hingenommen, irgendeinen der Handgriffe ausführen, die zum Anziehen von Schuhen und Kleidern notwendig sind.

Ich konnte tobsüchtig, ich konnte durch einen Schlagfluss verblödet werden. Ich stürzte also ans Waschbecken und goss mir Wasser und immer wieder Wasser über den Kopf. Ich hatte dann das Gefühl, ich müsste etwas schnell Wirkendes, Stärkendes zu mir nehmen. Ich fand die Klingel, ich ließ mir drei rohe Eier aufs Zimmer bringen und goss sie in aller Eile hinab.

Nachdem eine halbe Stunde vergangen war, wurde ich einigermaßen Herr über mich und konnte ein wenig gesammelter nachdenken. Ich las den Brief zum zweiten, zum dritten Male. Richtig, da stand es: Der Dampfer sollte am 1. Februar in Southampton Passagiere an Bord nehmen.

Southampton, Southampton, wo war ich denn eigentlich? Wo lag Southampton, und welches Datum hatten wir heut?

Es stand im Augenblick bei mir fest, ich musste versuchen nach Southampton zu kommen, die Flüchtlinge in Southampton abzufangen.

Aber wie kam man nach Southampton, und welches Datum hatten wir heut?

Ich drückte den Knopf der elektrischen Klingel. Der Kellner erschien. Er wusste es nicht oder war wenigstens seiner Sache nicht sicher.

Wenn nur mein Freund erscheinen möchte, wenn ich nur irgendjemandem mich anvertrauen könnte! Wenn mir nur irgendeine helfende Seele, eine helfende Hand zur Seite wäre! Wenn ich nur wenigstens die ungeheure Aufgabe, mich straßenmäßig anzukleiden, erst erledigt hätte!

Nach einiger Zeit stand ich nun wenigstens unten in der Hotelhalle und sprach mit einem deutschen Angestellten des Empfangsbüros. Es war wirklich der 1. Februar. Aber es war nicht möglich, Southampton noch am gleichen Tage zu erreichen. Man hatte drei Stunden Schnellzugfahrt bis Le Havre. Die Nacht verging mit der Überfahrt. Das Dampfboot konnte bei ruhiger See morgens in Southampton eintreffen.

Aber es war heut ja schon der 1. Februar, wo der große Überseedampfer Passagiere in Southampton aufnehmen sollte. Warum traf dieser Brief denn nicht vierundzwanzig Stunden früher ein? Ich wäre rechtzeitig an Bord des Dampfers erschienen, hätte meine Frau umarmt, ihr aufs Neue meine ganze, ungeteilte, unendliche Liebe dargebracht, hätte die Kinder ans Herz gedrückt, und wir wären an Land gegangen.

In Southampton, oder wo es nun gerade war, würden wir geblieben sein und hätten das unausdenkbare Glück unserer Wiedervereinigung gefeiert. Es wäre gewesen wie nach einem Gewittersturm, wenn die Sonne das Gewölk zerteilt, Not und Angst aus den Herzen flieht und der Regenbogen am Himmel steht. So finster, so trostlos musste es werden, hätte ich dann zu meiner Frau gesagt, damit wir fähig wurden, ein so unaussprechliches Glück zu genießen, wie es uns jetzt beschieden ist. Wir hatten einen furchtbaren Traum. Wir sind erwacht, der Morgen ist da, verzehnfacht unsere Glückseligkeit!

Denn dass ich, wenn es überhaupt noch möglich war, zu den Meinen zurückkehren, dass ich von jetzt ab meiner armen, gemarterten, geliebten Frau ausschließlich gehören würde, dass mein weiteres Leben darin bestehen würde, nach Kräften wiedergutzumachen, was ich an ihr gesündigt, an ihr verbrochen hatte, darüber konnte in jenen Augenblicken kein Zweifel sein.

War es denn aber auch wirklich der 1. Februar? Fast hielt ich es für unmöglich, eine so furchtbare Härte des Schicksals vorauszusetzen. Und es war dennoch der 1. Februar. Der Dampfer konnte indes verspätet sein. Ich klammerte mich an diesen Gedanken wie ein zum Tode Verurteilter an den Gedanken der Begnadigung. Und in der Tat: Der Herr im Empfangsbüro musste zugeben, dass infolge schlechten Wetters, wenn auch sehr selten, von Cuxhaven bis Southampton Verspätungen bis zu vierundzwanzig Stunden vorkamen. Er nannte mir ein Verkehrsbüro, wo ich Genaues erfahren könne. Ich wurde von einem Hotelboy dorthin geführt.

Es war nicht zu ändern, ich hatte vor dem deutschen Angestellten eine ziemlich klägliche Rolle gespielt. Meine Zerrüttung konnte ihm nicht verborgen geblieben sein. Ich redete wirres Zeug durcheinander. Mir tanzte ja Nebel vor der Stirn, aus dem ich nur hin und wieder Gesichter, Köpfe, einzelne Glieder von Menschen, Teile von allerlei fremden Gegenständen auftauchen sah. Man hatte endlich den eingeschriebenen Brief, von dem mein Freund gesprochen hatte, im Hotelbüro deponiert, nachdem er acht Tage auf der Post gelagert hatte. Ich musste wieder und wieder ansetzen, bevor ich meinen Namen unter die Empfangsbescheinigung setzen konnte, so tanzte der Federhalter in meiner Hand.

Wir standen in der Schiffsagentur. Kein Zweifel: Nochmals wurde bestätigt, es war heut der 1. Februar. Die »Auguste Viktoria« sollte heut auf der Höhe von Southampton Passagiere aufnehmen. Ich wollte wissen, ob man wohl noch den Anschluss erreichen könnte. Wie ich das meine, fragte man mich. Ein Dampfer könne doch gelegentlich bei schlechtem Wetter verspätet sein. Die Herren hinter der Barre sahen mich und sahen einander befremdet an. Dann zuckte der eine ungläubig die Achseln. »Die ›Auguste Viktoria‹«, sagte er, »ist ein Doppelschrauber und ein nagelneues Schiff. Eine Verspätung von vierundzwanzig Stunden auf einer so kurzen Strecke ist ausgeschlossen, oder es müsste etwas ganz Außergewöhnliches ...« Aber er unterbrach sich und sagte dann: »Ich kann ja nachsehen.«

Er verschwand in den inneren Büros, kam wieder und sagte etwas, das ungefähr so auf mich wirkte, als ob man irgendeinen Giftstoff in meinen Blutkreislauf eingeführt hätte. Ich grüßte und tappte mich, ohne ein Wort zu sagen, davon.

»Die ›Auguste Viktoria‹ ist heute Vormittag sechs Uhr dreißig auf der Höhe von Southampton eingetroffen und hat ihre Fahrt um sieben Uhr dreißig fortgesetzt.«

Ich traf in der Hotelhalle, Gott sei Dank, meinen Freund. Er erschrak, als er mich sah, und fragte sogleich, was geschehen sei. Es folgte nun eine halbe Stunde, in der wir die Lage von allen Seiten betrachteten, welche durch die unerhörte Tatsache geschaffen war, mit der ich ihn bekannt gemacht hatte.

Ohne diesen Freund würde ich, wie ich fest überzeugt bin, der Geistesumnachtung verfallen sein.

An Bord der »Möwe«, 6. Februar 1895.

Die Meinen, Frau und Kinder – um den Faden von gestern wieder aufzunehmen –, schwammen also, während ich in der Halle des Hotels mit meinem Freunde sprach, bereits auf dem Atlantischen Ozean. Keine Macht der Welt vermochte sie dort mehr zu erreichen noch gar zurückzubringen. Eine solche Art Trennung war eine ganz andere als jene, die ich bis dahin ertragen hatte. Diese war ein Weh, mit dem ich zu leben vermochte, die neue Trennung riss mir das Herz aus der Brust.

Ich glich jedenfalls einem schwer Verwundeten, der, wenn es nicht gelingt, das Blut zu stillen, verbluten muss. Unaufhaltsam schien es, unter stechenden Schmerzen, im Bewusstsein der unabwendbaren Tatsache hinzuschwinden, dass ein Schiff die Meinen mit jeder Minute weiter und weiter von mir entfernte, in die gefahrvollen Ödeneien des Ozeans und dann einer völlig fremden Welt.

So waren sie also mindestens für Wochen von mir losgerissen. Was auch immer da draußen mit ihnen geschehen mochte, ich konnte ihr Schicksal weder lindern noch teilen. Sie waren für mich lebendig tot und hinwiederum ich lebendig tot für sie.

Ich konnte nicht zu meiner armen Frau hineilen, konnte nicht vor ihr niederfallen und Abbitte tun. Ich konnte ihre furchtbaren Seelenqualen nicht durch das Bekenntnis meiner Reue und meiner neu erwachten, heißen, grenzenlosen Liebe in Freude verwandeln. Vielleicht unterlag sie ihren Qualen auf dieser Fahrt. Ein naher Verwandter von ihr hatte in ihrem Alter den Tod gesucht. Ging schließlich, was sie auf sich genommen hatte, nicht über Menschenkraft? Ich sah Gespenster, schreckliche Bilder drängten sich. Eine tote Frau wurde, auf ein Brett gebunden, ins Meer versenkt, drei Waisenkinder erreichten New York und mussten, wenn sie nicht etwa Verbrechern in die Hände gerieten, der Armenpflege zur Last fallen.

Dies war die peinvollste meiner Befürchtungen: Meine Frau könnte dahingehen in der finsteren Trostlosigkeit ihres verlassenen und verratenen Herzens, ohne von meiner Sinneswandlung etwas erfahren zu haben, ohne von meiner Reue, meiner Rückkehr, meiner wiedergeborenen Liebe zu wissen, meiner ausschließlichen, leidenschaftlichen, ewigen Liebe zu ihr.

Aber wenn meine arme Frau mich liebte, wie konnte sie diesen furchtbaren Schlag führen?! dachte ich dann. Wenn sie mich einigermaßen kannte, wie konnte sie mir das tun? Wie konnte mein Bruder Julius das zulassen? Er war all die Zeit hindurch in nächster Nähe meiner Frau. Warum bin ich nicht von der drohenden Gefahr unterrichtet worden, als ich sie abzuwenden noch in der Lage war? Und warum hat meine Frau den folgenschweren Entschluss in einer Zeit gefasst und durchgeführt, wo ich ihrem Wunsche gemäß von Anja getrennt lebte? Ich war ja eigentlich nur verreist, wie es auch früher oft geschehen ist. Sie lebte allein, ich lebte allein, der gesamte Konflikt war suspendiert.

Ich weiß nicht, wie weit ich meinen Freund in dies alles einweihte. Sein Bemühen ging darauf aus, mich zu beruhigen. »Du musst dich fassen. Die Dinge sind schmerzlich, naturgemäß«, sagte er. »Aber sie sind weder trostlos noch hoffnungslos. Eine Fahrt nach Amerika auf einem modernen Ozeandampfer ist heute kein Wagnis mehr. Das viele Neue, was deine Frau zu sehen bekommt, wird sie in Anspruch nehmen und von ihrem Schmerz ablenken. Deine Schreckbilder haben eine minimale Wahrscheinlichkeit. Dagegen unterliegt es gar keinem Zweifel, ihr werdet euch binnen Kurzem wiedersehen. Du siehst nur die Nachtseite deiner Angelegenheit. Aber sie hat auch eine Lichtseite: Mit einem Schlage bist du über deinen Konflikt hinweg. Es ist vielleicht eine furchtbare, ist vielleicht eine Pferdekur, aber sie hat die Krise herbeigeführt, und eigentlich bist du bereits genesen.«

Mein Freund veranlasste mich, zu essen, zu trinken, er verließ mich fortan keinen Augenblick. Wir gingen zusammen abermals nach der Schiffsagentur, um uns zu erkundigen, wann der nächste deutsche Amerikafahrer Southampton passiere. Der Schnelldampfer »Möwe«, ein älteres Schiff, passierte vermutlich am 3. Februar. Er konnte noch Passagiere aufnehmen, und so verließ ich die Agentur mit den Karten zur Überfahrt. Denn dass ich den Meinen nachreisen würde, war nicht einen Augenblick zweifelhaft.

Der Fahrschein in meiner Tasche brachte mir eine Erleichterung. Es war, als sei dadurch eine Art Verbindung zwischen mir und den Meinen hergestellt und als sei nun beinah die Wiedervereinigung sichergestellt. Trotzdem grauste mir bei dem Gedanken, noch etwa vierundzwanzig Stunden in Paris festgehalten zu sein. Ich fürchtete mich vor der kommenden Nacht, in der zu schlafen ich bei dem Zustande meines Hirns nicht die allergeringste Aussicht hatte. Noch immer war ich nicht sicher, ob es dem hereingebrochenen Ansturm standhalten konnte und ob ich nicht doch noch mit einer Gehirnentzündung abschließen würde. Mich erwartete außerdem jene entsetzliche Ungeduld, die jemand empfindet, der verstiegen, an einen bröckelnden Felsen geklammert, über dem Abgrund hängend, auf Rettung harrt. Ich lechzte mit allen Organen des Leibes und der Seele nach den Gefahren des Meeres, dem Ozean. Ich würde, den Fuß an Bord meines Dampfers, wie ich fühlte, zur Hälfte genesen sein. Von diesem Augenblick an schwamm ich ja mit den Meinen auf ein und demselben Meere, hatte das Element und seine Gefahren mit ihnen gemein. Je mehr es dann stürmte, je mehr ich geschüttelt wurde, umso besser für mich. Dann brauchte ich wenigstens nichts vor ihnen vorauszuhaben. Solange sie schwammen, hasste ich festes Land, weil es unbeweglich und sicherer war, und es schien mir, als ob ich es nie geliebt hätte.

Wir saßen bei Tisch, mein Freund und ich, und da zog ich zufällig mit dem Taschentuch jenen Brief aus der Tasche, den ich acht Tage nicht abgeholt hatte. Es war unterblieben, weil man mir sagte, dass er aus Bremen sei, wo mein ältester Bruder, Marcus, seinen Geschäftsbetrieb hat. Wir waren entzweit, hatten im letzten Vierteljahr öfters heftige Briefe gewechselt, und ich war nun eben nicht ungeduldig, wie ich meinte, das neuste Dokument dieser Art in Empfang zu nehmen.

Nun aber, endlich, erbrach ich den Brief und musste zu meinem Schmerz erkennen, wie unrecht ich in diesem Falle getan, denn gerade dieser geringgeschätzte und zurückgestellte Brief war dazu bestimmt, mich über die Absichten meiner Frau rechtzeitig aufzuklären. Mein Bruder schrieb: »Es geht nicht an, was Du mit Deiner Frau auch für Differenzen gehabt haben magst, dass sie ohne Deinen Willen ins Ausland geht, vor allem aber, dass sie Deine drei Kinder ins Ausland verschleppt. Dazu hat sie kein Recht, und noch bist Du der Vater, und Ihr seid nicht geschieden, die Verfügung über Deine drei Kinder hast Du allein. Zwar sollte mir das Versprechen abgenommen werden, Dir gegenüber von der Sache zu schweigen, aber da ich dies als ein Verbrechen gegen Dich und Deine Kinder betrachten muss, schweige ich nicht ...«, und so ging es fort.

Ich würde also, rechtzeitig in Besitz des Briefes gelangt, schon in den ersten Pariser Tagen von der drohenden Gefahr unterrichtet gewesen sein und hätte die Katastrophe verhindern können. Die Vorsehung hat es anders bestimmt und mir, indem sie mein Ahnungsvermögen mit Blindheit schlug, den Brief meines Bruders unterschlagen.

Es kam nun doch die gefürchtete Nacht, vor der ich mich gern gerettet hätte, indem ich mit meinem Freund bis zum Morgen beisammenblieb. Aber wie es nun einmal ist bei Menschen, die an einem Unglück nur mittelbar teilnehmen, es kommt der Augenblick, wo sie ihre Pflicht nach Kräften getan zu haben glauben, wo sie an sich selbst denken, wo die Natur ihr Recht fordert und sie ermüdet in ihre gewohnte Bequemlichkeit zurücksinken. In solchen Augenblicken muss der Verlassne erkennen, dass im großen ganzen die empfundene Anteilnahme, genau besehen, nur Grimasse, nur eine Maske war und dass er durchaus nur auf sich selber gestellt, auf sich selbst angewiesen bleibt. Dieser Augenblick ist ein furchtbarer, denn nun stürzen sich die Dämonen von allen Seiten wütend wie auf ein wehrloses Opfer herein, und es gilt einen Kampf ohne Beistand auf Tod und Leben.

So ist denn auch diese schrecklichste aller meiner bisherigen Nächte mir nicht erspart geblieben, und diese »noche triste« ist nun für immer mit der großen Stadt Paris verknüpft.

Es war ein giftiges, ein unsäglich peinvolles Licht, das in meinem Hirn brannte. Ich hatte das Gefühl, ohne Stirn zu sein. Ich irrte durch eine zerstörte Stadt. Natürlich suchte ich meine Frau. Ich hatte ihrer Seele etwas Schreckliches angetan, und sie war, wie ich glaubte, mit dem letzten Entschluss der Verzweiflung ins Dunkel davongerannt. Ich lief mit dem nutzlosen, bettelnden Schrei des Herzens an Kanälen und Brückengeländern hin, die Schwärze der Nacht anflehend, sie möge mich meine geliebte Frau finden lassen, ehe sie Zeit hätte, den letzten Schritt der Verzweiflung zu tun. Verzweiflung, Verzweiflung und immer wieder Verzweiflung ist es gewesen, durch die ich in dieser Nacht gejagt, gehetzt und im Traume gepeitscht wurde. Ich sah den Vater, die Mutter im Traum. Ich sah meinen Vater mich streng, gläsern und vorwurfsvoll anblicken. Ich hörte meine Mutter weinen und Gott auf eine rührend einfache Weise bitten, er möge sie endlich von der Welt nehmen.

Meine Augen, wenn ich erwachte, schienen zwei brennende Höhlen zu sein. Wenn ich danach etwa wieder einschlummerte, war es, um sofort wieder aufzufahren. Wer kennt nicht diese schreckhaften Unterbrechungen des Schlafs, die uns jedes Mal den letzten bewussten Augenblick vor einem schweren Unglück vorgaukeln. Ich wollte lieber alle Gewalt anwenden, um wach zu bleiben, als noch einmal auf solche Weise geweckt werden. Aber schon träumte ich wieder, in der Meinung, ich wache noch. Eine Stimme sagte: Es wird Blut geben, es wird Blut geben! Eine andere: Du bist charakterlos und bist würdelos. Kein Teufel konnte grausamer, kein Vandale roher und wilder im Zerstören sein. Du hast gewütet wie ein Mordbrenner gegen dich selbst, dein ganzes Haus, unter dessen Trümmern dein Weib, deine Kinder, deine Eltern, deine Ehre, deine Treue, deine Liebe, deine Vergangenheit, Gegenwart und Zukunft begraben liegen!

Ja, es war wirklich Heulen und Zähneklappern in dieser Nacht. Herr, sende Lazarum, dass er die Spitze seines Fingers ins Wasser tauche und kühle meine Zunge, betete ich. Aber die Bitte war vergebens. Ich war der Mörder meiner Frau. Zwar fragte ich immer wieder: Warum hast du mir das getan? Und ich fragte mich selbst, warum sie mir das angetan habe, warum sie mich in diese Höllen, die meine Seele mit brennenden Zungen aufzehrten, hinabgestoßen habe. Damit konnte ich meine Schuld nicht abwaschen, und schließlich lag ich nicht darum in diesen Höllen, weil ich Weib und Kinder auf hoher See wusste, sondern weil in den wüsten Bildern dieser Nacht meine Frau bereits ein Opfer meiner Schuld geworden schien und ihrem Leben ein Ende gemacht hatte. Es war jenes fürchterliche »Zu spät, zu spät!«, das mich folterte und mir nur den Ausweg zu lassen schien, mit dem ein Judas Ischariot sein erbärmliches Dasein austilgte.

Auch diese Nacht ist vorübergegangen, und siehe da, ich lebe noch. Ich erhob mich vom Bett, als ein klarer Morgen über Paris heraufdämmerte. Ich fühlte mich leer, fühlte mich ebenso ausgebrannt wie ausgeweint. Die Höllen der Nacht verloschen, und mit dem wachsenden Tageslicht fühlte ich den Wunsch zu leben, die leise Hoffnung auf Begnadung in mir aufsteigen. Vielleicht musste ich diese Prüfung erleben, wie Saulus sein Damaskus erlebte. Seltsam, mein Schicksal, die Schrecken und Martern dieser Nacht ließen mir wiederum jene Empfindung zurück, die mich über den gemeinen Alltag und Alltagsmenschen weit erhob. Beinahe kam es mir nun vor, als seien mir diese Dinge nicht von einem gehässigen Strafrichter zudiktiert, sondern als sei ich, als der Auserwählte einer Gottheit, gewürdigt worden, höchstem Dasein entgegenzuwachsen.

Nachdem ich ein Bad genommen; ging eine Verjüngungswelle durch mich hin. Mein Lebenswille war aufgewacht. Ich vermochte den Entschluss zu fassen, mein Schicksal mutig auf mich zu nehmen und ihm mit Aufbietung aller meiner Kräfte standzuhalten. Ich nahm ein reichliches Frühstück ein, das ich mir gleichsam zudiktierte, weil ich, von der psychophysischen Einheit des menschlichen Organismus überzeugt, der Seele durch den Körper neue Kräfte zuführen wollte. Auch fing ich an – die furchtbare Bilderflucht der Nacht war, Gott sei Dank, verdrängt durch das Tageslicht –, meine Lage mit kühlem Verstande zu untersuchen. Ich prüfte aufs Neue den Brief meiner Frau und glaubte zwischen den Zeilen zu lesen, dass der getane Schritt keineswegs die Trennung, sondern die Wiedervereinigung zum Zwecke habe. Wenn das so war, brauchte ich eine Verzweiflungstat meiner Frau gegen sich selbst nicht mehr zu fürchten. Die andere Furcht, dem Schiff könne auf dem Ozean ein Unglück zustoßen, war ja vielleicht insoweit provinziell, als sie nicht über die Sorge hinaus berechtigt war, die sich meldet, wenn man einen geliebten Menschen mit dem Wunsche »Glückliche Reise!« der Eisenbahn anvertraut. Und so hatte ja meine Lage vielleicht gar nicht das Tragische, das ich ihr in der ersten Bestürzung andichtete.

Gleich nach dem Frühstück kam mein Freund. Er hatte aus irgendeinem Grunde seinen Bruder, den jungen Geistlichen, mitgebracht. Die beiden nahmen mich zwischen sich und halfen mir bei Abwicklung meiner Geschäfte, wozu noch der ganze Tag bis zum Abend verfügbar war. Der Zug nach Le Havre verließ gegen sechs Uhr abends Paris.

Schon heute weiß ich nicht mehr, wie wir den Tag verbracht haben. Meine beiden Freunde verließen mich jedenfalls nicht. Nach dem Mittagessen im Café trafen wir einen mir bekannten Theaterdirektor aus Berlin, der von hier Stücke, Pariser Ware, in der Reichshauptstadt einführt. Er beeilte sich, meinen Freunden zu versichern, dass weder er noch seine Frau Preußen oder Deutsche seien, musste aber erleben, dass seine Frau, wahrheitsliebender als er, seine Behauptung mutig bestritt.

Sie sei Preußin, sagte sie, denn sie sei Oberschlesierin. Der Mann bemühte sich dann vergeblich, sie von ihrer Behauptung abzubringen und ihr einzureden, dass sie über ihr Geburtsland nicht genügend unterrichtet sei.

Meine Freunde sagten beim Herausgehen, dass diese Würdelosigkeit, die man leider vielfach bei Deutschen beobachte, die nach Paris kämen, die Abneigung gegen die Sieger von 70/71 zu verstärken geeignet sei.

Mein Gemüt war inzwischen ruhiger und freier geworden, da ich der Aussicht enthoben war, die kommende Nacht in einem stillstehenden Bette, preisgegeben der Wut meiner Einbildungen, zubringen zu müssen. Um neun oder zehn Uhr sollte ich in Le Havre sein, dort erwartete uns bereits das Boot, mit dem die Überfahrt nach Southampton ohne Verzug angetreten werden konnte. Das gab zielstrebige Bewegung, körperliche Beschäftigung. Jeder Schritt, jede Minute führte mich den Meinen näher und somit der Wiedervereinigung.

Meine Freunde standen auf dem Perron, wohin sie mich treulich begleitet hatten, bis endlich der Zug in Bewegung geriet. Es wurde mit Taschentüchern gewinkt, bis wir uns aus dem Gesicht schwanden.

Mit dem Anrollen und Fortrollen der Räder kam über mich ein befreites, tiefes, zuversichtliches Aufatmen.

Doch nun, gleichsam sicher verstaut und gewiss, dem rechten Ziele entgegenzueilen, ohne dass ich deshalb mich weiter zu sorgen oder etwas zu tun brauchte, nun fühlte ich eine Stelle in mir, die schmerzhafter wurde, je weiter die Reise in der neuen, gesicherten Richtung ging. Langsam, langsam, nicht lange danach, als der Zug mit sechzig Kilometer Geschwindigkeit durch die mondbeglänzte Winterebene rauschte, stieg ein kleines, unterdrücktes, vergessenes und verratenes Bildchen in mir auf, das Köpfchen Anjas, das sich auf seinem feinen Hälschen neigte. Mit diesem Augenblick fing das seltsame Schaukeln in mir an, das auch hier auf dem Schiff nicht nachlassen will und das ich vielleicht am besten so schildere: Zwischen zwei Brunnen ist ein Pfahl aufgestellt. Quer auf dem Pfahl ist eine Stange angebracht, an deren beiden Enden je ein Eimer in jeden der Brunnen hängt. Irgendeine unsichtbare Kraft bewegt nach gewissen längeren Zwischenräumen die Querstange. Sie drückt das rechte Ende herab, worauf der rechte Eimer im rechten Brunnen versinkt und der linke Eimer sich über den linken erhebt und, mit Wasser gefüllt, sichtbar wird – sie drückt das linke Ende der Stange herab, der linke Eimer versinkt alsdann, und der rechte steigt über seinen Brunnen ans Tageslicht. Solche Brunnen mussten in mir sein und die Vorrichtung über den Brunnen, die bald Weib und Kind aus dem Dunkel in die Helle des Bewusstseins hob und Anja ins Dunkel versenkte, bald wieder diese zur Beherrscherin der bewussten Seele machte und Weib und Kind in der Nacht des Unbewussten verschwinden ließ. Seltsam, in hohem Grade beunruhigend, wie ich diesem Wechselspiel, das ganz ohne mein Zutun sich vollzieht, gleichsam unbeteiligt zuschauen kann.

Es war etwa nach der ersten halben Stunde Fahrt, als Anjas Bild zum ersten Male wieder meine Blicke auf sich und rückwärts zog und als meine Seele, vor diesem Bild neuerdings hinschmelzend, ihre Härte abstreifte. Hatte ich denn nicht diese Macht, dieses Bild für endgültig überwunden angesehen? Und nun schien es mit einem stummen, traurig bitteren Lächeln seine Herrschaft wiederum anzutreten. Zwei seltsame Augen richteten sich auf mich, die dunkel, groß, schweigend und feucht waren, gleich darauf von der Wimper fast ganz verdeckt, darunter ein kindlicher Mund, dessen wehe Süße ein kaum merklicher Anflug von Spott noch betörender machte. Ich war bestürzt, ich war fassungslos. Ein kurzer Brief mit der sachlichen Nachricht von dem Geschehenen und meiner Amerikafahrt war von Paris aus an Anja abgegangen. Ich hätte an meinen Hausverwalter nicht anteilloser schreiben können. Jetzt musste ich mit Schrecken bemerken, welcher Täuschung ich unterlegen war. Hatte nicht meine Reue dieses furchtbare Bild im Wasser ihrer Tränen aufgelöst? Hatten es nicht die brennenden Zungen der durchlebten höllischen Nacht aufgeleckt und verdunstet? Hatte ich es nicht beinahe verflucht, es gleichsam wie eine Pestleiche mit dem ungelöschten, fressenden Kalk meines Hasses überschüttet und eingesargt? Jetzt schlug ich mir mit der Faust vor den Kopf, dass mein Nachbar im Seitengange des Wagens, der durchs Nebenfenster in die Nacht blickte, mich befremdet anglotzte. Nein, dies Bildnis war nicht in Salzwasser aufgelöst, in der Hölle verdunstet oder für immer eingesargt. Es war da und belehrte mich durch einen glühendkalten Fieberschauer über seine gnadenlose Unsterblichkeit. Ich wollte mich gegen den Dämon auflehnen. Bald schmolz aber aller Trotz dahin, und mir wurde klar, dass ich über ein neues Trennungsweh und über eine neue, schwere Abschiedsstunde nicht in diebischer Weise hinwegkommen konnte. Mehr und mehr, mit weicher, süßer und sanfter Gewalt, zog Anja in meine Seele ein und bemächtigte sich des verlorenen Reichs. Und nach und nach stieg alles und alles, was ich mit ihr erlebt hatte, in mir auf. Ich sah ihren Unglauben, ihren leisen Schreck, ihr tiefes Befremden, ihr kurzes, peinvolles Nachdenken im Augenblick, nachdem sie den Abschiedsbrief gelesen haben würde. Die Verzweiflung jedoch blieb aus. Ich hatte von ihr nicht Verzweiflung, das glaubte ich genau zu wissen, sondern Verachtung zu gewärtigen. Ich sah sie nur kurz und resolut den Kopf in den Nacken werfen, vielleicht ein paar Schluckbewegungen machen und wortlos, ohne sich irgendjemandem mitzuteilen, etwas Nützliches tun.

Ich glaubte, ich hätte Anja entsagt. Allein sofern ich ihr nicht entsagt hätte, war sie doch nun verloren für mich. Nicht allein musste sie sich nach Empfang meines Briefes als frei betrachten, sondern es war nur natürlich, Schmerz und Gram, wenn beides bestand, im Rausch der Berliner Wintervergnügungen zu betäuben. Und ich biss mir die Lippen bei dem Gedanken wund, der Mund eines anderen könnte entweihen, was der meine genossen, und womöglich Früchte pflücken, die zu rauben ich mir versagt hatte.

Bei solchen Betrachtungen war es mir, als wenn ich aus dem Zuge hinausspringen müsste. Plötzlich fühlte ich mich gebunden wie ein Tier, das man gegen seinen Willen da- oder dorthin schleppt. Mich schleppte man also über den Ozean nach Amerika. Ich bin kein Tier, ich bin ein Mensch. Und wenn die Vorwärtsbewegung des Zuges vorher befreiend auf mich gewirkt hatte, so schien sie jetzt der brutale Ausdruck meiner Gefangenschaft. Man riss mich von Europa los. Man riss mich von meiner Liebe los. Man riss mich von meinem Glücke los. Man riss mich von meiner Zukunft los, man riss mich von meinem Leben los, man riss mich von mir selber los. Es gibt in der alten Kriminaljustiz eine furchtbare Todesart: Zwei auseinanderstehende junge

Bäume werden gegeneinander herangebogen und an die Spitze eines jeden ein Arm des Delinquenten mit unzerreißlichen Tauen gebunden. Dann lässt man beide Bäume zurückschnellen. Der Zustand des Delinquenten nun, ins Seelische übertragen, trat bei mir ein.

Gott sei Dank, er war kein bleibender. Nach einiger Zeit verblassten das Bild und die beherrschende Kraft Anjas wiederum: Der eine Eimer der seltsamen Schaukel, die ich geschildert habe, verschwand, und der andere allein schien im Dasein zu schweben. Nun gehörte ich wieder meiner Frau, meinen Kindern an. Es beglückte mich – ich hätte die eilenden Räder dafür streicheln mögen –, dass ich gleichsam auf der Jagd nach ihnen begriffen war. Ich war auf der Jagd nach dem Glücke begriffen, und ich würde es sicher einholen.

Ich sah das Sternbild des Großen Bären am Nachthimmel. Durch dieses Sternbild bin ich drei- oder viermal in Augenblicken meines Lebens, über die ich nicht hinwegzukommen fürchtete, auf eine seltsame Weise getröstet worden. Ich werde dich wiedersehen, sagte ich mir, und mich bei deinem Anblick an die schwere Krisis dieses Augenblicks nur noch erinnern. Ungeheuer zwar scheint mir jetzt der Berg, scheint mir die Arbeit, die ich zu überwinden habe, aber ich werde dich, du Sternbild, wiedersehen und mich nur noch an ein Längstvollbrachtes erinnern.

Ich begab mich in den Speisewagen, aß und trank. Das Diner war vorüber. An einigen Tischen in dem verqualmten Raum lärmten kartenspielende Kaufleute. Es ist mir bei meiner Gemüts- und Nervenlage schwerer als sonst, ohne peinlichen Widerwillen solchen brutalen Vorgängen beizuwohnen. Aber bald gewann der Wein, dem ich zusprach, seine Macht über mich: Es gelang mir, eine Arbeitspause in der Schicksalsfron, die mich unterjocht hatte, durchzusetzen.

Ich trank also, und am Himmel der Große Bär begleitete mich. Ich hing mich mit den Augen an ihn, nachdem ich immer wieder durch Hauch und Hand das Fenster von Eiskristallen befreit hatte. Sei getrost, klang es nun wieder in mir, was du jetzt durchzukämpfen hast, wird deinen Gesichtskreis erweitern, dich auf unverwelkliche Weise bereichern. Und es war, als ob die Orchestermusik, die bei nächtlichen Bahnfahrten nicht selten unsrem inneren Ohr auf fast übersinnlich-sinnliche Weise hörbar wird, geradezu in freudig triumphalen Rhythmen zustimmte.

Le Havre. Im gemeinsamen Schlafraum des Dampfbootes beherrschte mich wieder besonders stark das Gefühl, gefesselt zu sein. Unter all diesen fremden Menschen, die nach und nach hinter die Vorhänge der Kojen krochen, konnte man sich wie auf ein Sklavenschiff verfrachtet vorkommen. Man war nur noch Masse, nicht der Einzelne. Aber zugleich fühlte man sich, mehr als in Einsamkeit, verlassen. Die nackte Selbstsucht des Einzelnen, zutage tretend in unbedingter Brutalität, mit der jeder dem anderen kleine Reisevorteile abzugewinnen suchte, ließ deutlich werden, was Menschenbruder von Menschenbruder im Ernstfalle zu erwarten hat.

Ich stand auf, als die Luke über mir, grau wie ein starblindes Auge, sichtbar ward. Auf Deck war es windig, unbehaglich und kalt. Der Schatten, der ferne gedehnt über die Wasseröde stieg, war die englische Küste. Hatte ich je geahnt, welche Umstände, welcher Zwang, welches Schicksal mich veranlassen würden, meinen Fuß auf diese Küste zu setzen?

Ich beeile mich, über die Eindrücke unserer Landung im Morgengrauen und meines Aufenthaltes in Southampton hinwegzukommen. Abschieds- und Ermunterungsbriefe meiner Eltern und meines Bruders Julius erreichten mich. In dem des Bruders stand:

Heinrich, der Wagen bricht! –
Nein, Herr, der Wagen nicht,
Es ist ein Band von meinem Herzen,
Das da lag in großen Schmerzen,
Als Ihr in dem Brunnen saßt,
Als Ihr eine Fretsche wast.

Gewiss, ein Band mochte gesprungen sein, aber das Zitat meines Bruders Julius – es stammt aus einem Grimmschen Märchen – erregte mir höchstens Bitterkeit. Meine Seele verzieh ihm nicht, dass er mich über den Schlag, der gegen mich geführt werden sollte, nicht aufgeklärt, dass er in diese furchtbare Kur, durch die mein Leben aufs Spiel gesetzt wurde, einwilligte. Ich kann mir noch jetzt keinen Begriff machen, welche Geistesverfassung, welche Gründe ihm eine solche Handlung ermöglichten. »Heinrich, der Wagen bricht!« Gut, aber hatte er nicht bewusst darauf hingewirkt, dass die Achsen meines Wagens, dass mein Wagen brechen musste? Der Gedanke an eine solche Absicht empörte mich. Wie konnte mein Bruder sich erlauben, meinen Wagen zu zerbrechen oder nicht zu verhindern, dass es geschah? Wie konnte er, der heimtückisch diesen schweren Unglücksfall hatte herbeiführen helfen, den trösten wollen, der mit zerbrochenen Gliedern auf der Straße lag?

Heinrich, der Wagen bricht! –
Nein, Herr, der Wagen nicht.

Dies empfand ich wie Hohn, über einen besiegten Gegner ausgegossen.

Es ist ein Band von meinem Herzen,
Das da lag in großen Schmerzen.

Schön. Eigentlich hatte ich ja aber gar kein Band um mein Herz gehabt. Vielmehr war mein Herz über seine Grenzen getreten, übergeflossen. Und wie konnte er wissen, tausend Kilometer und mehr in Luftlinie von hier entfernt, ob mich sein Brief nicht in einer englischen Irrenzelle erreichte. Nein, nein! Wenn etwas zerbrach, mein lieber Bruder, so war es vielmehr das Band zwischen mir und dir. So wie du handeltest, handelt nicht Bruderliebe, sondern höchstens trauriges Ungeschick. So einfach, wie es dir scheinen will, sind Schicksale nicht zu unterbinden, hinwegzudekretieren oder auszuradieren. Indem ich dies schreibe, trage ich in mir wiederum den Beweis davon.

Und nun gar:

Als Ihr in dem Brunnen saßt,
Als Ihr eine Fretsche wast.

Weder habe ich in einem Brunnen gesessen, noch bin ich je ein Frosch gewesen. Aber der Prosaschluss dieses Bruderbriefes war das Ärgste an Ahnungslosigkeit und der Gipfel der ganzen gutgemeinten Unwissenheit. »Das Band ist also vom Herzen«, hieß es da, »wir sind tief glücklich, sehen mit innigem Behagen in Gedanken ...« Nun genug! Schon allein das Wort »Behagen« in diesem Augenblick musste mir den Magen umwenden.

Ich hatte in einem kleinen Gasthaus am Hafen ein Zimmer genommen. Ein großes Doppelbett stand darin. Das Wasser gefror in der

Waschschüssel. Hier wollte ich die Abfahrtsstunde des kleinen Salondampfers abwarten, der uns an den großen Ozeanfahrer bringen sollte. Nun, in diesem Zimmer hatte ich wiederum schwere Stunden. Jenes Schwanken, von dem ich bereits gesprochen habe – es wurde durch die zwei Brunnen und die beiden Eimer verbildlicht –, also jenes Schwanken fing wieder an, in welchem abwechselnd das Haupt meiner Frau und das Bild Anjas auftauchten. Mit dem Antlitz meiner Frau erschienen jedes Mal nicht nur meine Kinder, es erschien unser Landhaus, erschien das gemeinsame Leben, das wir geführt hatten, von der ersten Begegnung an. An die Verlobung dachte ich, an die ganze zum Teil unsagbar glückliche Zeit, die zwischen Verlobung und Hochzeit lag, kurz, alles und alles tauchte auf und machte sich auf rätselhafte Weise in einem Augenblick gegenwärtig, was mit unserer Liebe und Ehe zusammenhing. Alle Beteuerungen, Versicherungen, Schwüre, die unser Band fester geschlungen hatten, traten anklagend vor mich hin, alle Wohltaten, die ich empfangen, alle gemeinsamen Freuden und Hoffnungen, auch die qualvollen Schmerzen, die meine Frau in den Geburtsstunden unserer Kinder hatte erleiden müssen. – Aber mit dem Antlitz Anjas tauchte dann eine neue, eine ganz andere Welt empor. Die Melancholien, die Ängste, die Sorgen, der Kleinmut, die Selbstquälerei, die Verfinsterungen, unter denen meine Frau so bitter litt und die alle mitzuleiden ich durch unser Zusammenleben verurteilt war, waren nicht mehr. Anjas Seele war heitere Zuversicht, Gegenwartsfreude und ganz ohne jenen Sorgenapparat, ohne den ich – auch von meinen Eltern her kannte ich ihn – eine Ehe für unmöglich gehalten hatte. Anja scheint ohne jedes Lebensprogramm, ohne alle bürgerlichen, materiellen Ansprüche, durch und durch Glaube und Zuversicht. Sie fragt nicht, sie fordert nicht, sie befürchtet nicht. Ob ich arm oder reich werde, geht sie und ihre Liebe nichts an. Jeder Augenblick unserer Gemeinsamkeit erschien uns beiden als Vollkommenheit.

Ich sah das große Doppelbett, und leidenschaftliche Illusionen marterten mich. Die gefährliche Frage tauchte wirklich auf: Warum lässt du dich eigentlich über den Ozean nachziehen? Hat sie es, die gegen dich solche rücksichtslosen Schläge führt, um dich verdient? Du würdest gewiss nicht deinen Fuß auf das große Schiff setzen, wenn Anja jetzt hier wäre und du in ihrem vollen Besitz.

In der Gegend des Herzens, am Hemd mit einer Nadel befestigt, trug ich ein kleines, seidenes Taschentuch. Ich habe es wieder dort angeheftet, nachdem ich es in Paris, im ersten Wirbel der Ereignisse, mit Abscheu von mir getan hatte. Das öde Zimmer in Southampton hat die Raserei meiner Küsse, die Raserei meiner Tränen, meiner Sehnsucht gesehen. Ich schrieb der Geliebten, ich fühle ihr Tuch auf meinem Herzen wie ihre warme, treue Hand, und sie begleite mich über den Ozean. Er war nicht mehr kalt und lapidar, dieser Brief, und Anja konnte vielleicht aus ihm ersehen, dass für sie nicht alles verloren war.

Und wiederum stieg das Bild meiner Frau empor, und es gab ein furchtbares, immer schneller werdendes Schaukeln, einen Wechsel, ganz unabhängig von mir, der mir, wie einem unbeteiligten Zuschauer, die alte Angst, ich könne den Verstand verlieren, wiederum nahebrachte.

Habe ich nun einigermaßen die Ereignisse nachgeholt, die in ihrer Aufeinanderfolge zu hastend und in ihren Wirkungen zu stark waren, um sie sogleich festzuhalten? Ich denke nein. Höchstens zum geringeren Teil. Aber Hauptsache ist, ich lebe, habe das Schlimmste einigermaßen überwunden.

Heinrich, der Wagen bricht! –
Nein, Herr, der Wagen nicht.

So weit wenigstens hast du, mein Bruder, wahr geredet.

An Bord der »Möwe«, 7. Februar 1895.
Es ist noch nicht Tag. Schon beginne ich meine Bleistiftnotizen. Ich sitze an Deck in meinem seidengesteppten Luxuspaletot. Eigentlich ist es tragikomisch, sich vorzustellen, in welchem inneren und äußeren Zustand ich auf das Schiff gespült worden bin. Meine Reiseeffekten sind für Hotels, Theater, Salons bestimmt. Und nun sitze ich hier beim Morgengrauen, den Rücken an eine lackierte Metallwand gelehnt, im Aufruhr einer kosmischen Wüste.

Der Dampfer rollt, als müsse sich das Schiff, wie eine Spule, um seine Längsachse ganz herumdrehen. Es wäre allerdings fraglich, ob ich dann auf der anderen Seite wiederum mit heraufkäme. Was lässt sich von solchen äußeren Umständen sagen, als dass sie einigermaßen großartig, aber im Grunde trostlos sind. Der Himmel ist grau und hängt sehr tief. Die mächtig bewegte und doch so monotone Hügelland- schaft des Ozeans kommt mir vor wie eine gleichmäßig in Gang gehaltene Maschinerie. Eine ziemlich furchtbare, menschenfeindliche Maschinerie. Am Anfang schuf Gott Himmel und Erde. Die Erde war wüst und leer, und der Geist Gottes schwebte auf dem Wasser. Von dem Geist Gottes über diesen Urgewässern spüre ich nichts. Jedenfalls nicht, soweit irgendeine Beziehung zu Mensch, Menschenschicksal und Menschengeist infrage kommt. Ganz ungeheuer scheint darum immer wieder die Kühnheit, die den Menschen dazu geführt hat, sich in die fürchterliche Gottlosigkeit der Urgewässer hineinzuwagen, in die nackte Verlassenheit. Nein, die Tatsache wird auch nicht erklärt durch eine einzige psychische Eigenschaft. Kühnheit setzt ein Ziel voraus. Ein Ziel aber setzt eine Lockung voraus. Eine Lockung setzt Not und Leiden voraus. Der Weg zwischen Not und Lockung setzt den Glauben, den Glauben an ein Ziel voraus. Der Glaube aber gibt den Beweis, dass Ziel von Illusion kaum verschieden ist. Nicht also Vernunft, Verstand und Mut haben das menschenfremde Meer der Menschheit dienstbar gemacht: Der Wahnsinn, der menschliche Fieberwahnsinn, die menschliche Tollheit und Blindheit haben es der Menschheit dienstbar gemacht.

Mein Steward bringt mir einen gewaltigen Tassenkopf voll heißen, ungezuckerten Tees herauf, eine Menge Zwieback füllt meine Hand und verschwindet in meiner Paletottasche, die ein unangenehmes samtenes Futter hat.

Die Menschen wurden also, wie ich aus dem vorher Geschriebenen folgere, ungefähr auf dieselbe Weise wie ich, gleichsam willenlos rollend, zu Entdeckern und Überwindern des Weltmeers gemacht, wie ich in den Faden oder das Gewebe der Schicksalsschwestern verwickelt. Ich gehe weiter und sage: Überall und immer hat den Menschen, wie mich, Eros über Länder und Meere geführt. Die Netze der Parzen sind von Fäden gewebt, die Fäden aus Fäden zusammengesponnen. Die aus den Locken des Eros gesponnenen sind auch in diesem Gewebe die stärksten. Meine Seele ist bis zum Zerreißen von ihnen gespannt. Weniger, weil ich Furcht vor dem Tode habe, als weil ich in dieser Weise gebunden bin, möchte ich nicht auf dem Meere Schiffbruch erleiden und untergehen. Deshalb werde ich zum Feigling, zum Jämmerling, wenn ich mir diese Möglichkeit ausmale.

An Bord der »Möwe«, 7. Februar 1895, nachmittags.
Wir laufen höchstens noch die halbe Geschwindigkeit. Ich bin außer den Matrosen und überhaupt Seeleuten der einzige Mensch an Deck.

Ich glaube, man sieht mich für mutig an, aber es erfordert für mich einen viel größeren Mut, in die dumpfen Kabinen hinabzukriechen. Hier oben ist zwar ein ziemlich wüster Wassergraus, aber die Luft ist erfrischend und stählern.

Es waren nur wenige Leute bei Tisch. Vielleicht wird es mir einmal möglich sein, wenn das Versprechen des Großen Bären wahr werden sollte und ich vom sichern Port einst auf diese Reise zurückblicke, die Menschen zu schildern, die mit mir an Bord der »Möwe« sind, voran den Kapitän und die ausgezeichneten Offiziere. Es lohnt sich wohl, einen solchen Ozeanüberwinder auf seiner Fahrt, seine Leistung und menschliche Fracht und den Geist festzuhalten, der die erzwungene Menschengemeinschaft an Bord durchdringt.

Aber von meiner Seelenverfassung abgesehen, gibt es nun seit zwei oder drei Tagen für mich auch keine physischen Ruhepunkte. Mein Stuhl, ja ich selbst werde angebunden, oder ich muss mich irgendwo anklammern, wenn ich nicht Hals und Beine brechen soll. Es ist nicht anders, ob ich nun esse, trinke, in der Koje liege, schreibe oder irgendwelches Bedürfnis verrichte. Das so in dauernder Vibration erhaltene Nervensystem wirkt natürlich auf mein Bewusstsein, bedingt die Vorstellungen, die Gedanken, die Ideen, die Erinnerungen und Assoziationen, die in meinem Geiste auftauchen. Ich kann bemerken, dass ich, wie in meinem äußeren Leben, so auch innerlich die Zügel verloren habe. In mir sind völlig freie Mächte, die sich kaleidoskopisch darstellen. Das innere Auge zwar beobachtet kühl, aber sonst wird allmählich die Macht der Vernunft, die Macht des Verstandes ausgeschaltet. Zum Beispiel nimmt ein wachsender Aberglaube in mir geradezu köhlerhafte Formen an. Ich mache das Ja oder Nein, das Glück oder Unglück meiner Zukunft fortwährend und immer wieder von Kleinigkeiten abhängig: ob ein Streichholz brennt, ob sich meine Zigarette entzündet oder nicht, ob die Zahnstocher in einem Gefäß, die Knöpfe, die Buchstaben einer Zeile, die Zeilen einer Seite, die Glieder meiner Uhrkette eine gerade Zahl ergeben oder nicht, ob eine Spritzwelle, die entstehen wird, wenn das Vorderteil des Schiffes sich in den nächsten Wogenberg vergräbt, das viertel, das halbe, das ganze Schiff überfliegen wird oder nicht. In alledem und unzähligen andern Dingen möchte ich Zeichen des Himmels sehen, Zeichen einer göttlichen Macht, die mir im Voraus den Gang meines Schicksals mit einem ungeheuren Anteil an meiner Wenigkeit mitteilen will.

An Bord der »Möwe«, 8. Februar 1895.

Das schlechte Wetter und die See gehen mit einer unverkennbaren Hartnäckigkeit gegen uns an. Wir haben von den dreitausend Seemeilen, die zurückzulegen sind, erst einen kleinen Teil hinter uns.

Ich stelle allerlei Betrachtungen über die Psyche des Seefahrers an. Die See ist ihm eine feindliche Macht, das Schiff eine lebendige, befreundete Persönlichkeit. Je zäher der Kampf zwischen diesem und der See sich gestaltet und je länger er dauert, umso zermürbter wird die Seele des Seefahrers. Allmählich erleidet sie eine Umlagerung. Die Verstandeskräfte, deren er auf dem Lande sicher zu sein glaubte, verflüchtigen sich. Er personifiziert die See, personifiziert das Schiff, fängt an, die eine Person mit Hass, die andre mit zärtlicher Liebe zu betrachten. Er streichelt das Schiff. Er belobt das Schiff. Er sagt, indem er Tränen der Rührung verschluckt: Du braves, braves Schiff!, wenn es wieder und wieder den gewaltigen Widerstand eines Wellenberges gebrochen hat. Allein es sind deren Legionen, die feindlichen Heere in ungeheurer Übermacht. Wohin man den Blick wendet, nichts als Feinde. Unten der Feind, ringsum auf allen Seiten der Feind, oben der Feind, der rasende Böen über das knackende und ächzende Fahrzeug herabsendet. Auch der Sturm wird personifiziert. Er lässt schwarze Mächte, dunkles Gewölk von überallher das Schiff angreifen. Sie suchen es zum Kentern zu bringen, zu zerbrechen, in die Tiefe zu drücken, die Schraube, das Steuerruder abzuschlagen, es um jeden Preis aufzuhalten. Hunderte von Dämonen scheinen sich zusammenzutun und führen ein Stück aus, wonach es scheint, als sei das Schiff wider einen Felsen gelaufen. Man hört die Menschen im Innern aufkreischen.

Ich habe diese Seereise unvorbereitet angetreten: nicht von einem freien Entschluss, von einem starken, frohen Willen getragen, sondern zwangsmäßig und willenlos. Darum ist es vielleicht nicht richtig, wenn ich meine Zustände verallgemeinere. Meine Seele war bereits krank, verwundet, zerrissen, als ich das Schiff betrat, was Wunder, wenn sie mich jetzt, mehr und mehr geschwächt und zugleich fieberhaft aufgeregt, mit allerlei Wahngebilden ängstet. Es ist eben immer noch nicht ausgemacht, ob mir nach alledem mein gesunder Verstand erhalten bleiben kann. Ich stelle mir vor, die Schraube bricht. Wir würden steuerlos in der aufgeregten See umhergetrieben. Und mit Grauen wird mir bewusst, dass ich Gleichmut, Passivität, Geduld, Mut, Vertrauen, wie sie ein solcher Zustand verlangen würde, nicht aufbringen könnte.

Entweder man bindet mich, sperrt mich ein, sage ich mir, oder ich stürze mich ohne Besinnen vom Bord hinunter. Sollte ich aber gar in ein Rettungsboot, und wäre die Rettung flugs gewiss, aus der Unerträglichkeit eines solchen Seelenzustandes gäbe es für mich nur eine Rettung: in die Bewusstlosigkeit. Dies wäre unmännlich, wäre feig. Gewiss, ich bin feig, gewiss, ich bin unmännlich. Die Frage ist, warum ich es bin. Weil ich mir den Tod, den Untergang in diesem Augenblick nicht vorstellen kann. Ich darf nicht sterben, ohne den Ausgleich in meinem Konflikt gefunden und mein Weib, meine Kinder wiedergesehen zu haben. Und wäre ich nicht verflucht und verdammt in alle Ewigkeit, wenn ich Anja in der Welt zurückließe, wenn ich sie hergeben, einem anderen Manne überlassen müsste? Ist nicht mein ganzes Wesen durchsetzt von einer unerträglichen, übermenschlichen Ungeduld? Kann man sterben mit solcher Ungeduld? Kann man Ruhe finden mit solcher marternden Ungeduld? Vor dieser alles fressenden, alles verschlingenden Ungeduld wird alles um mich, Schiff, Menschen, See, zu einem einzigen, hässlichen Hindernis, die himmlische Stunde des Ausgleichs zu erleben, die Stunde des Wiedersehens, Wiedertastens, Wiedervereinens mit Weib und Kind, und dann die Stunde des Durstlöschens jenes leidenschaftlichen, höllisch-folternden Durstes nach Ihr, jenes Durstlöschens … jenes Durstlöschens … Stürbe ich mit diesem qualvollen, ungelöschten Durst, den der Tod nicht stillen kann, was sollte mich dann im Jenseits erwarten? Solche und ähnliche Ängste lodern mit einer so stechenden Glut in mir, dass mich lähmender Schrecken packt und feige Angst des Soldaten, der aus Furcht vor der Kugel sich selbst eine Kugel durch die Schläfe jagt.

An Bord der »Möwe«, 9. Februar 1895.

Das Wetter ist ärger und ärger geworden. Die Passagiere des Schiffes, mit denen ich sprechen musste, weil ich sie nicht umgehen konnte, bieten Bilder der Angst und der Vertrauenslosigkeit. Rettungsboote sind abgeschlagen. Einer von den beiden Notmasten des Dampfers ist über Bord. Der Gedanke, einmal wieder Land zu sehen, in den Hudson einzulaufen, womöglich am Kai zu liegen, erscheint fast als eine Absurdität. Das Chaos von Sturm, Eis, Schnee, Regen und Sturzseen, von Windgepfeif und Sirenengeheul hat augenblicklich, Gott sei Dank, etwas nachgelassen.

Ich habe mich wieder an Deck heraufgemacht. Ich bin samt meinem Stuhl an einer Rückwand befestigt. Wenn ich sage, der Sturm habe nachgelassen, so schaukelt trotzdem die gigantische Schaukel, auf der ich sitze, noch toll genug. Dies aber mag schließlich sein, wie es will. Nicht deshalb halte ich meinen Bleistift in der Hand und habe mein Tagebuch auf den Knien. Ich will, ohne Erbarmen gegen mich, schriftlich festhalten, wie und warum ich vor mir selber verächtlich geworden bin. Ich werde es um so viel weniger sein, als Wahrhaftigkeit gegen mich diese Zeilen auszeichnet.

Wirklich habe ich kaum etwas Eigenes oder Achtungswertes übrigbehalten außer meiner Wahrhaftigkeit. Sie wird getragen von einem Überbleibsel meiner Willenskraft. Vielleicht kann sich der Gestürzte eines Tages daran wiederaufrichten. Das Verächtliche trug sich in meiner Kabine zu. Es war wieder die Zeit, wo meine Vorstellungswelt sich ausschließlich mit Weib und Kindern beschäftigte. Tausend selige Augenblicke aus dem Liebesleben mit meinem Weibe, aus dem häuslichen Leben mit ihr und den Kindern umgaukelten mich. Dies Eden hatte ich preisgegeben. Um nicht herausgeschleudert zu werden, auf mein Bett gezwängt, verwünschte ich einmal wieder, was ich getan hatte. Es drang Wasser in meine Kabine ein. Die Bewegungen meines Käfigs schienen fort und fort zuzunehmen. Steigende Not, steigende Angst, schwindende Hoffnung erhöhten mein Bewusstsein von Strafwürdigkeit. Was ich getan hatte, schien mir eine unverzeihliche Schlechtigkeit, und ich glaubte, dass Gott es ebenso ansähe. Mit einem Male verfiel ich, und zwar mit einer Gewalt ohnegleichen, jenem Schifferaberglauben, wonach es bei solchen fortgesetzten Stürmen, bei solcher dämonischen Hartnäckigkeit der See weniger auf das Schiff als auf irgendeinen Schuldigen im Schiff abgesehen ist. Da ist kein Zweifel, ich bin der Schuldige, dachte ich. Dieses gute Schiff ist gefährdet, solange ich darauf bin, und es wäre gerettet, wenn man mich über Bord würfe. Der Angstschweiß perlt mir bereits auf der Stirn. Ich höre Stimmen im Korridor. Ich glaube Worte zu verstehen, wonach man bereits auf der Suche nach dem Schuldigen sei. Die Fotografie Anjas, durch glühende Küsse ramponiert, liegt, vom Bett zu erreichen, im Netz über mir. Daneben ein kleiner Bleistift, ein Notizbuch: Geschenke von ihr, die mir Fetische sind. Scheu wie ein Dieb in der Nacht erhebe ich mich und raffe diese Dinge zusammen. Ich schleiche mich wie ein Verbrecher an Deck. Aber nicht etwa, um mich für das Schiff zu opfern

– ich weiß nicht, um welche Nachtstunde es sein musste –, sondern um Anja zu opfern. Ich zerriss ihr Bild und ließ die Schnitzel von einer Bö über Bord jagen. Bleistift und Notizbuch flogen hinterdrein. Aus erbärmlicher Feigheit habe ich Anja in effigie hingemeuchelt. Mag es ein Akt nervöser Zerrüttung, mag es die Handlungsweise eines Unzurechnungsfähigen sein, der Ekel vor ihr liegt mir doch auf der Zunge. Es scheint mir, mit diesem Verrat erreichte ich den Tiefpunkt der Erbärmlichkeit.

Und schließlich, wen betrog ich damit? Jene Erinnye, die mich zu suchen schien, um mich in den Ozean zu versenken, mir ein furchtbares, unausdenkbares Los zu bereiten, indem sie meinen Leichnam verlassen, vergessen umhertrieb zwischen den taumelnden Bergen der See? Ist nicht meine Sünde, meine Schuld, ist nicht Anjas Bild noch immer mit mir verwachsen?

An Bord der »Möwe«, 10. Februar 1895.

Mein Sein ist gebrochen, mein Haupt ist leer –
Sonne, du klagende Flamme!
Es trifft mich dein Blick zwischen Wolken und Meer,
Sonne, du klagende Flamme!
Schwer rollet das Schiff, und es wälzt sich dahin,
Ich habe vergessen, wer ich bin –
Sonne, du klagende Flamme!

Du weinst nur verblassend, verdammest mich nicht,
Sonne, du klagende Flamme!
Meinen Gram zu durchdringen gilt dir Pflicht,
Sonne, du grausame Flamme!
Du beklagst meine Welt, du beklagst ihre Not,
Lassest fließen dein Blut, so heiß, so rot,
Sonne, du leidende Flamme!

Du verscheuchst meinen Schlaf in der schwärzesten Nacht,
Sonne, du stechende Flamme!
Entblößest die Wunde, die du mir gemacht,
Sonne, du schreckliche Flamme!
Erweitere nicht ihren blutenden Rand,

Nimm weg, nimm weg deine brennende Hand,
Sonne, du fressende Flamme!

Du lohst mir im Haupt, dort erblindest du nie,
Sonne, du rasende Flamme!
Wie ertrag' ich dich dort oder lösche dich, wie?
Sonne, du tosende Flamme!
Lass ab, du allmächtig wütendes Licht,
Sonst zerbricht dein Gefäß, deine Wohnung zerbricht,
Sonne, du heilige Flamme!

Versink in die gläsernen Berge der See,
Sonne, du ewige Flamme!
Lass ruhn meine Schuld, mein verzweifeltes Weh,
Sonne, du rastlose Flamme!
Gewähre der Nacht, zu ersticken mein Leid:
Nimm von mir, nimm von mir dein flammendes Kleid,
Sonne, barmherzige Flamme!

Lass ruhen den Mann, seine Qual, seine Last,
Sonne, barmherzige Flamme!
Schlummernd umarmt er des Schiffes Mast –
Sonne, barmherzige Flamme!
Mag er träumen, so gut er's vermag,
Und morgen erschaff ihm den neuen Tag,
Sonne, du herrliche Flamme!

Dann mache ihn stark, dass er seiner sich freut,
Sonne, du jubelnde Flamme!
Und lass ihn rufen, befreit und erneut:
Sonne, du jubelnde Flamme!
Ich höre es raunen in mir: Es sei!
Und lasse erschallen mein Jubelgeschrei:
Sonne, du jauchzende Flamme!

Grand Union Hotel, New York, am 15. Februar 1895.
Ich habe den Fuß auf festem Lande. Es ist früher Morgen. Gestern
Mittag gegen zwölf Uhr hat die »Möwe« am Kai in Hoboken festge-

macht. Etwas Unglaubliches scheint wahr geworden: Der Graus dieser Seefahrt liegt wie ein Spuk hinter mir.

Seit dem 10. habe ich nichts mehr aufgezeichnet. Ich hatte dazu in dem Tohuwabohu der letzten Tage weder die Fähigkeit noch die Möglichkeit. Ich war zu einem Frachtstück geworden.

Zehn oder zwanzig Seemeilen vor der herrlichen Einfahrt in den Hudson klarte das Wetter auf. Die See ward ruhig, Möwen und andere Seevögel tummelten sich, Segel und Dampfer belebten die Fläche, alles erhielt den Charakter des Heiteren, Festlichen. Die Musik kam an Deck. Unter frohen und mutigen Klängen lief unser Schiff, fast ohne zu schaukeln, dahin.

Vielleicht wird die Zeit kommen, wo ich das Überwältigende dieser Hafeneinfahrt schildern kann. Heut vermag ich es nicht, da ich allzu sehr an mein eigenstes Schicksal gefesselt und mit ihm beschäftigt bin.

Wir passierten die Freiheitsstatue, das Gewimmel der gewaltigen Fähren im Hafen. Wir sahen die ersten Wolkenkratzer. Es ging eine Welle von Energie, eine Art Eroberungslust durch mich hin, ein Kolumbus-Gefühl sozusagen. Dann aber wurde mein Auge von dem sich immer mehr nähernden, immer größer werdenden Kai angezogen, wo, Kopf an Kopf, eine Menschenmenge das viele Tage überfällige Schiff erwartete. Ich wusste, unter den Wartenden an der Schwelle des neuen Erdteils stand mein Weib. Mit diesem Augenblick war die Seefahrt vergessen, Anja vergessen, Paris vergessen und was man mir angetan, und alles, was mich umgab, inbegriffen New York und Amerika, war zur bloßen Staffage geworden. Erwartung, eine mein ganzes Wesen erschütternde Vorfreude überwältigten mich. Ich hätte aufjauchzen mögen, in einer nie gefühlten, tränenüberströmten Wonne und Dankbarkeit. Nun musste ein neues Leben anfangen. Schüchtern sah ich mich um und machte mich nach Kräften unscheinbar, um die Menschen von dem, was in mir vorging, nichts merken zu lassen. Aber ich fürchtete, dass es unmöglich sei, das zitternde Glück, den rasenden Jubel, das weinende Dankgebet meines Innern geheimzuhalten. Nie fühlte ich je etwas annähernd Ähnliches. Ohne die Schuld, das Elend, die Not, die Gefahr, die ich hinter mir hatte, würde ich diese Möglichkeit meines Wesens, diesen hymnisch-überirdischen Ausbruch von letzter Glückseligkeit niemals kennengelernt, nie entdeckt haben.

Kurze Zeit danach, das Schiff hatte am Kai festgemacht, hing mir mein gelbgelockter, achtjähriger Sohn Malte an der Brust, aber nicht Melitta, die, so sehr ich mich umblickte, nirgend auftauchte.

Dr. Hüttenrauch hatte den Jungen von Springfield, wohin meine Frau zunächst gegangen war, nach New York gebracht.

Ob Melitta, wenn sie mir diese Enttäuschung bereitete, mich strafen wollte, weiß ich nicht. Es wäre dann keinesfalls die Art, wie der verlorene Sohn im Alten Testament bei seiner Heimkehr und im Neuen der Sünder, welcher Buße tut, behandelt werden. Ich hatte Not, vor Hüttenrauch meiner Betretenheit Herr zu werden. Es gelang mir durch Maltes Gegenwart.

Melitta hat einen Fehler gemacht. Sie hat einen folgenschweren Fehler gemacht, hat böse Gedanken in mir aufgerufen. Eine frostige Welle der Entfremdung stieg in mir auf. Die erste Nacht in Amerika hatte ich mir als möglicherweise schlaflos gedacht, aber gewiss nicht so, wie ich sie durchwacht habe. War eine Frau, der es möglich ist, in einem solchen Augenblick die Beleidigte zu spielen, sich berechnend und geizig zurückzuhalten, statt mir beim ersten Schritt auf fremden Boden wortlos um den Hals zu fallen, der Martyrien wert, die ich um ihretwillen erlitten, des Opfers, das ich ihr gebracht habe? Wenn es so stand, waren dann nicht meine Bangnisse, meine marternden Sorgen, meine unerträglichen Ängste um sie lächerlich? Lag nicht in einem solchen Verhalten eben die Lieblosigkeit, die Melitta den beinahe tückischen Streich ihrer Flucht möglich gemacht hatte zu einer Zeit, als ich auf ihren Wunsch von Anja getrennt lebte? Zum Teufel, glaubte man etwa jetzt das Heft in Händen zu halten, hielt mich für besiegt und wollte mich diesen Zustand fühlen lassen? Habe ich noch nicht genug gelitten, und ist mir eine Art Canossa zugedacht? Um Himmels willen, ich mag das nicht ausdenken. Aber wenn etwas Ähnliches in der Luft läge, ich wäre von meinen Gefühlsduseleien sofort geheilt.

»Deine Frau ist noch sehr erschöpft«, sagte mein Freund, »ich riet ihr ab, nach New York mitzukommen.« – Immerhin, immerhin! Es waren seit ihrer Ankunft fünf Tage vergangen, und die Bahn von Springfield fährt kaum ein paar Stunden bis New York: Bin ich Melitta nicht ohne Besinnen, wie von einer mir unbewussten Macht hingerissen, nachgefolgt? Über dreitausend Seemeilen nachgereist? Und die entsprechende Kraft bei ihr reicht nicht hin, sie mir auch nur auf Steinwurfsweite entgegenzubringen? Hat sie mir noch nicht genug Bitteres angetan? Und musste sie denn nicht zittern bei der Frage, wie ich den Schlag überstehen würde, und nun, da er überstanden war, befreit von Ängsten, erlöst und glücklich sein? Und wenn sie erlöst und glücklich war, wie konnte sie in kalter Geduld ausharren, statt mir gleichsam im Flug ihre Verzeihung entgegenzutragen und meine Verzeihung zu erhalten?

Ich habe in dieser Nacht auch darüber gesonnen, wie Anja im gleichen Falle gehandelt hätte. Es heißt, dass Ratten Stahl zernagen. Anja würde Stahl zernagt haben, um rechtzeitig am Landungsplatze zu sein.

Springfield, am 17. Februar 1895.

Indes ich dies schreibe, sind meine Frau und ich wieder vereint, die Höllen, die ich durchschritten habe, Vergangenheit. Wir sind im ersten Stock eines kleinen Holzhauses untergebracht. Ich kann die Decke des einzigen Raumes, den wir bewohnen, mit der Hand erreichen. Er wird durch einen Anthrazitofen, dessen Kohle ich glühen sehe, mit einer tropischen Wärme erfüllt. Fünf Feldbettstellen sind quer zur Länge des Raumes aufgestellt. Hinter einem Vorhang ist fließendes Wasser und ein Gaskocher. Draußen zählt man fünfzehn Grad unter Null, es schneit, und Schneemassen häufen sich, wie ich es in Europa nicht erlebt habe.

Sie benutzen hier eine neue Art von elektrischer Bahn. Auf dem Wagen ist eine Stange und auf dieser eine Rolle angebracht. Die Rolle läuft zischend und fortwährend blaue Blitze erzeugend eine Drahtschnur entlang, die durch ein Netzsystem zwischen Masten über der Straße festgehalten wird. Doch genug, ich bin ja kein Techniker.

Es war immerhin ein seltsamer Augenblick, als ich meine Frau in dieser Umgebung wiedersah. Die Tür war verschlossen. Ich musste anklopfen. Erst als ich es mehrmals getan hatte, öffnete sie, beinahe, als ob sie mich nicht erwarte. Als wir aber einander sahen, gab es kein Halten mehr.

Mein Freund hatte mich bis zur Haustür gefühlt und die Kinder dann mit sich genommen. Melitta und ich waren also allein. Die Straßenbeleuchtung brannte schon, das Zimmer empfing sein Licht von dort und von der Glut des Anthrazitofens. Die Versöhnung war eine wortlose.

Hinter dem Vorhang ist meine Frau bei dem Licht einer Kerze und dem bläulichen Schimmer des Gaskochers mit der Bereitung des

Abendessens beschäftigt. Es muss hier alles aufs Einfachste hergerichtet werden, denn wir, in Europa immerhin wohlhabend, sind im Dollarlande beinahe arm. Hier erhält man für einen Dollar das, was drüben höchstens eine Mark kostet.

Es ist mir zumut, als seien wir Auswanderer, eine in eiserner Liebe verbundene Kolonistenfamilie, die in der Neuen Welt ein neues Leben beginnen will.

Mich durchdringt eine tiefe Ruhe, eine tiefe Befriedigung. Mag es bei uns nun auch ärmlich zugehen, wir sind wieder vereint, und das ist die Hauptsache. Ich ruhe aus in einem Gefühl der Geborgenheit. Wie herrlich ist das, wie himmlisch beglückend ist das: Jede Empfindung hat ihre konfliktlose Einheit wiedererhalten. Da ist die Frau, die mich zu meinem Glücke für sich und die Kinder wiedererobert hat. Ihr Mittel war ein bedenkliches, aber die Liebe gab es ihr ein, der Erfolg hat ihr recht gegeben.

Wie gesagt, die Kinder sind, ich glaube, um etwas einzukaufen, noch einmal, behütet von meinem Freunde, fortgestürmt. Nicht mit einem Wort hat ihre Mutter ihnen die wahre Ursache ihrer Reise verraten. Und so ist sie ihnen eine Naturgegebenheit, über die sie sich keine Gedanken machen. Jedenfalls ist der Papa wieder da, das erzeugt einen endlosen Wirbel von Fröhlichkeit.

Ich höre die Kinder auf der Treppe.

Ich danke dir, Gott! Ich danke dir, Gott!

Springfield, am 18. Februar 1895.

Das Land gefällt mir. Alles berührt mich heimatlich. Auf jedem Abhang rodeln die Schulbuben. Die unvorhergesehene Entwicklung meiner Lebensverhältnisse hat mich hierhergeführt und meine Familie und mich gleichsam auf eine neue Basis gestellt. »Amerika, du hast es besser«, sagt Goethe, »als Europa, das alte, hast keine verfallene Schlösser und keine Basalte.« Sollte man nicht in dem unbeabsichtigt Erreichten einen Wink sehen, auf diesem Boden ein neues Leben vollbewusst zu beginnen und aufzubauen? Liegt darin nicht etwas unendlich Lockendes und ebenso Spannendes? Den alten Müllhaufen der Jahrtausende, mit dessen Aufräumung Europa nicht fertig werden kann, dessen Miasmenluft die klarsten Gehirne schwächt und vergiftet, hätte man, nicht anders als einen Eimer Kehricht, über Bord geworfen. Mein Name wird in Europa genannt, ich stehe in der Öffentlichkeit. Erfolge und

Misserfolge haben mich abwechselnd erhoben oder gedemütigt. Ich würde alle diese Fäden zerreißen, zerschneiden und die leere Hülse meines Namens als gelegentlichen Spielball zurücklassen. Ich hätte, wie Hans im Glück, meinen Mühlstein in den Brunnen geworfen, wäre frei von jeder Last, die mich knechten will. In Europa war ich gleichsam Raupe, in Amerika bin ich Puppe, binnem Kurzem bin ich vielleicht Schmetterling. Man ist jünger hier, ich bin jünger hier. Ich möchte das Bild ausstreichen, das ich gemalt habe, das Haus abtragen, das ich baute, meine Baupläne ins Feuer werfen, womöglich meinen Namen ändern, meiner Religion absagen, und so fort. Vergesst mich, vergesst mich, ihr, meine Europäer! Ihr lieben Deutschen, vergesst mich, vergesst mich! Und möge ich auch euch nie ins Bewusstsein dringen, ihr Amerikaner! Meine Tat, mein Glück: Ungesehen, ungekannt, ungenannt sollen sie sein. Und nun muss ich noch einmal, zum letzten Male, deiner gedenken, du arme, kleine, enttäuschte Europäerin. Ich hab dich geliebt, Anja, das ist gewiss. Aber ich habe dich nur enttäuscht und nicht betrogen. Du bist jung, jung. Ich weiß, die Erfahrung, die du gemacht hast, überwindest du schnell. Die Trennung kommt noch zur rechten Zeit. Später würde sie dir vielleicht unheilbare Wunden zurücklassen.

Es ist eine unabänderliche Tatsache: Ich habe Anja wie Schneewittchen in meiner Seele aufgebahrt. Der Vorgang hatte eine geradezu beunruhigende Anschaulichkeit. Sie lag mit Myrte und Brautschleier in einen Glassarg gebettet da. In diesem Augenblick aber wusste ich, dass sie für mich gestorben war. Schneewittchen ist wieder auferstanden, einerlei: Dies ist eine wirklich Tote, sie wird nimmermehr auferstehen. Und so habe ich ihr Lebewohl gesagt.

Niemals wird dein Andenken in mir verlöschen, Anja, nie, nie! Nie wird dein Glassarg, du süße, heilige Braut meiner Seele, in ein anderes Grab gelegt werden als das meiner Brust. Niemand braucht davon zu wissen, dass ich bis ans Ende meiner Tage an deinem Sarge beten werde. Nur allein das wird mir die Kraft geben, mein neues Leben aufzubauen, dass ich es auf Entsagung gründe. Auf Entsagung gründe ich mein Leben, du meine süße, tote, hingeopferte Braut. Und indem ich täglich meine Andachten an deinem Sarge, im Anblick deiner Schönheit halte, werde ich diesen Grundsatz erneuern. Ich werde mein Dasein zu einem Rausch der Entsagung machen.

Lebe denn ewig, ewig wohl!

Springfield, am 21. Februar 1895.

Zwischen meiner Frau und mir ist eine stille Harmonie. Eigentlich ist dies ein Zustand, den wir nur aus den Jahren kennen, in denen wir verlobt waren. Nach der Hochzeit, der nur acht oder zehn Gäste beiwohnten, setzten die üblichen Meinungsverschiedenheiten ein. Die Frau will den Haushalt so, der Mann will ihn anders geführt wissen. In den ersten Tagen wird ungenießbares Essen auf den Tisch gebracht. Man hat eine Wohnung im vierten Stock eines Hauses, an dem in jeder Minute ein Stadtbahnzug oder Fernzug vorüberdonnert. Das Lebensniveau verändert sich. Die Frau ist nun nicht mehr das verwöhnte, reiche Mädchen, sondern ganz einfach die Ehefrau. Die Ehefrau eines Mannes etwa, der den Kampf um Dasein und Geltung erst antreten muss. Die Umstände sind eng, der Lärm und die Flitterwochen machen nervös. Dem Taumel der Nächte folgt Ermüdung und Reizbarkeit. Die Frau will sparen. Der Mann ist nicht engherzig. Wie wird es gehen, wie werden wir auskommen? Du wirst ja einst Geld verdienen, aber heut verdienst du noch nichts. Und übrigens bist du ein Idealist. Was soll werden, wenn meine Mittel zu Ende sind? Es kündigt sich an, was der Sinn der Ehe ist: Ängste, Besorgnisse, Unbehagen. Man sorgt, man grübelt, wie man alles einrichtet, und schon ist, bevor man zu irgendeinem Schlusse gekommen ist, das erste große Ereignis im Anzuge. Das geht alles zu schnell, wer will da zu Atem kommen?! Die nahen Leiden der Frau werfen Schatten voraus. Mit dem Frühling ist es nichts mehr, der drückende, brütende Sommer ist da. Gewitterwolken belasten den Himmel. Eine schöne, liebe, junge Frau geht in Tränen umher. Sie hat sich alles ganz anders gedacht, ist ihr anzumerken. Noch hält der Mann die Beziehungen aufrecht zu den Freunden seiner ledigen Zeit. Sie finden die Form nicht, welche der jungen Frau nicht verletzend sein würde. Sie wendet den Blick voller Sehnsucht auf ihr Mädchendasein zurück, der Mann auf die einstigen Männerfreundschaften. Es kostet lange Kämpfe, bevor diese Kinderkrankheiten der Ehe überwunden sind.

Völlig anders geworden ist unsere Beziehung seit der Wiedervereinigung. Das abgeklungene Gewitter hat, scheint es, meiner Frau gezeigt, wie töricht es war, wesentlich glückliche Zeiten mit Sorgenqualm zu beladen, statt für jeden Atemzug dankbar zu sein. Die Luft ist also gereinigt worden. Wir leben schweigsam und einig hin, keine Meinungsverschiedenheit ist mehr auszufechten.

Ich vermeide es, Anklagen auszusprechen, wie immer auch Melittas hinterhältige Flucht mich noch zuweilen wurmen mag. Und wozu soll es schließlich führen, ihrem harmonischen Wesen das Bewusstsein eines Vergehens einzuhämmern?! Sie würde höchstens in ihren alten Kleinheitswahn, ihren Selbstverkleinerungstrieb zurückfallen und mir sagen: Du weißt ja, ein wie überflüssiger, unbedeutender, wertloser Mensch ich bin.

Nein, wir leben in Harmonie. Wir haben eine Mauser, eine Katharsis durchgemacht. In unseren Gesprächen wurde bisher Anjas kaum gedacht. Dagegen beschäftigt uns die Frage, ob wir nicht in Amerika unser Glück versuchen, uns hierher verpflanzen sollen. Wir spüren, dass damit die an sich nicht große Gefahr eines Rückfalls in meine Verfehlung ausgeschlossen sein würde.

Ich habe den Abschiedsbrief an Anja geschrieben unter ausdrücklicher Billigung meiner Frau. Es geht natürlich nicht an, dem armen Kinde den Trennungsschritt und -schnitt in seiner eisernen Notwendigkeit unerklärt zu lassen. Meine Frau begreift, ich möchte von dem enttäuschten Mädchen nicht verachtet, sondern verstanden sein.

Ich habe ein kleines Tischchen an eines der beiden Fenster gerückt. Als ich daran Platz genommen und, vor mir Tintenfass und Papier, den Federhalter ergriffen hatte – seltsam, da glaubte ich in Anjas Nähe zu sein. Dies ist eine Überraschung für mich, von der ich natürlich schweigen werde.

Zwischen mir und Anja liegt ja der ganze Atlantische Ozean. Und doch, die Berührung des Tisches, der Tischplatte, des Papiers, welches alles das Medium meiner Seele ist und an Anja gerichtete Worte trägt, hebt auf eine fast wunderbare Weise die unendlichen Fernen auf, und ich ertappe mich oft dabei, wenn ich kopfschüttelnd dieses ganze Gerät untersuche, um sein Geheimnis zu erforschen.

Morgen wird mir ein Raum im Dachgeschoss zur Verfügung gestellt, wo ich arbeiten will. Ich werde mir einen großen Tisch und einige hier sehr billige leichte amerikanische Möbel kaufen und ihn einigermaßen einrichten. Ich freue mich schon darauf, dort mehrere Stunden des Tages, nach alter Gewohnheit, mit meinen Gedanken allein zu sein.

Springfield, am 23. Februar 1895.
Mein Arbeitszimmer ist gerichtet. Ein langer Tisch ziert es wie einen Beratungsraum. Als einziger Ratsherr aber sitze ich selbst daran und

berate mich mit mir selber. Ich bin allein und nicht allein. Unnötig zu sagen, dass man unter lebhaften Menschen einsamer ist. Unter lebhaften Menschen ist man einsamer. Will man ihnen nahebleiben, wahrhaft in ihrer Gesellschaft sein, muss man sich von ihnen gelegentlich absondern. Diese Erfahrung hat für das häusliche Leben erhöhte Wichtigkeit.

Nein, ich berate mich nicht nur mit mir selbst. Es ist gradezu ein Zudrang von Seelen nach meinem Tisch. Eltern, Brüder, Freunde, Berufsgenossen gehen aus und ein, ebenso Frau und Kinder, obgleich körperlich von mir getrennt und meine Klausur peinlich respektierend.

Arbeite ich? Was arbeite ich? Oder habe ich Arbeit nur vorgeschützt, um mir dies Refugium zu erobern?

Es hat mich nach dieser Zelle gezogen, wie es den Hirsch nach frischem Wasser verlangt. Wie hinterhältig kann Eros sein! Mit welcher verborgenen Tücke legt er uns und anderen seine Schlingen! Mir ward sein Streich bald deutlich genug.

Ich hatte bereits kein gutes Gewissen mehr, als ich Melitta mit Eifer und Liebe alle Zurüstungen treffen sah, um mir den stillen Aufenthalt so behaglich wie möglich zu machen. Sie ahnte nicht, welcher gefährlichen Schwäche sie dadurch Vorschub leistete und welcher scheinbar überwundenen Macht sie mich auslieferte.

Lasst uns nicht gleich die Büchse ins Korn werfen!

Melitta hat Rosen auf den Tisch gestellt. Es sind solche Rosen, wie ich sie in Europa bisher nicht gesehen habe. Der lange Stängel, auf dem das Köpfchen sitzt, ist von einem fast giftigen Grün, die Rose selbst klein und rot wie Blut.

Und was wurden mir diese Rosen, kaum dass ich sie sah, kaum dass Melitta gegangen war und ich die Tür hinter ihr verriegelt hatte!

Ich blickte sie an, als ob ich eine Erscheinung sähe, und ich möchte vermuten, ich sei bis unter die Nägel weiß geworden. Dann nahm ich Platz, blätterte Manuskripte und Bücher durch, schob sie geräuschvoll hin und her, kurz, markierte Harmlosigkeit. Nach einer Weile erhob ich mich und trat an die Türe, um zu lauschen.

Es ist hier oben kein zweiter Raum, der Flur war still, einen Kommenden hätte das Knarren der Holztreppe anzeigen müssen.

Warum war ich eigentlich aufgeregt? Warum pochte mein Herz auf angstvolle Weise? So muss es etwa einem Priester ergehen, dessen Triebe auf dem Punkt sind, ihn und sein Keuschheitsgelübde nach langer Gegenwehr zu überwältigen, und der sich im sicheren Verstecke dem geliebten Gegenstand und der Sünde ausgeliefert sieht.

Die Wahrheit ist, ich konnte von der Idee nicht loskommen, dass sich Anjas Schönheit dieser Rosen bedient habe, um sich mir so zu offenbaren.

Scheu, zitternd und mit schlechtem Gewissen, Melitta unzählige Male um Verzeihung bittend, hob ich eine der Rosen aus dem Glas und verwühlte die Lippen in ihrem Schoß.

Lasst uns nicht gleich die Büchse ins Korn werfen!

Die ewige Stadt der Liebe wird zwar mitunter in einem Tage erbaut, aber sie kann nicht in einem Tage zerstört werden. Gewiss, die Tote ist auferstanden. Der Sarg aus Glas in meinem Innern ist leer. Das glühende Leben der Liebe hat mir den heißen, purpurnen Mund gereicht. Ihn zerwühle ich nun mit wütenden Küssen. Mein Entschluss ist hinweggefegt, der Entsagungsgedanke zerflattert. In dieser stillen Kammer schwelge ich in der verbotenen Frucht, fröne ich mit Inbrunst der Sünde, verrate zum zweiten, zum dritten, zum hundertsten Male mein Weib.

Soeben bin ich wieder die knarrende Treppe heraufgestiegen. Ich wundre mich, dass meine Frau von dem Kultus, den ich treibe, von dem Verrat, den ich übe, von der Hörigkeit, in die ich wieder verfallen bin, keine Ahnung hat. Ich bin zerstreut, abwesend in ihrer Gegenwart. Mich beherrscht nur der eine Gedanke: Wie kommst du nur immer wieder in die Kammer hinauf, an den Mund deiner Rose, deiner Geliebten?

Aber lasst uns die Büchse nicht ins Korn werfen!

Springfield, am 25. Februar 1895.

Wiederum sitze ich in meinem Refugium, teils in der Fron meiner Leidenschaft, teils im Kampf mit ihr. Da ich hier getreulich Buch führe, will ich jetzt einen Umstand nachholen, der von ihrer Macht Zeugnis gibt. Noch kann ich mich nämlich nicht entschließen, eine Idolatrie aufzugeben, der ich verfallen bin. Während ich dies mit der Rechten schreibe, fühle ich mit der Linken nach meiner linken Brusttasche, wo, unter dem Hemd, immer noch jenes seidene Tüchelchen befestigt ist, das mir Anja bei der Abreise von Berlin gegeben hat.

Ohne es auf dem Herzen zu spüren, hätte ich am Ende den Entschluss, den Boden Europas zu verlassen, nicht zu fassen vermocht.

Ohne es auf dem Herzen zu spüren, es von Zeit zu Zeit mit der Hand sanft und innig dawiderzudrücken, hätte ich während der Seereise meine äußere, meine innere Haltung kaum bewahrt. Ich behandle mein Idol natürlich mit allergrößter Heimlichkeit, was besonders am Abend, beim Auskleiden, da wir in engem Raume wie die Eskimos hausen, eine recht peinliche Schlauheit erfordert. Eines Tages, ich gebe die Hoffnung nicht auf, ich halte zähe an dem Glauben fest, werde ich auch dieses Fetisches ledig sein.

Immerhin, da zu jener Zeit auch die Empfindungen entschwunden sein werden, die mich mit ihm verbinden, der Zauber erloschen sein wird, der ihm innewohnt, darf ich es mich nicht verdrießen lassen, etwas davon festzuhalten, solange die seltsame Beziehung noch in Blüte ist. Ich gestehe mir demnach, das Tüchelchen auf meiner Brust wird nicht als Tuch empfunden. Es ist also kein toter Gegenstand. Es pulsiert Blut, es zuckt gleichsam weiches und zärtliches Leben in ihm. Die Verwandlung des Tuches ist eine vollkommene, denn ob ich es an die Stirn oder an den Mund bringe, überall und immer gehen Ströme des Lebens von ihm aus. Es kommt kein Augenblick, wo es versagt und also das Tüchlein zum bloßen Tuche wird. Etwas Objektives rechtfertigt diese für mich doch so vollkommen wirkliche Tatsache nicht. Also schafft Wahnsinn Wirklichkeit. Der Pfeil des Eros, das Gift des Eros schafft diese Wirklichkeit durch den Wahnsinn, mit dem er sein Opfer umnachtet.

Ich glaube, man bucht dergleichen Dinge unter die Verirrungen eines Triebes, dem alles und jedwedes Leben auf Erden und wo immer sein Dasein verdankt. Seine Verirrungen sind sehr vielfältige, und freilich ist es nicht ausgemacht, ob man sie mit Recht oder nur aus menschlicher Beschränktheit Verirrungen nennt. Stellt man sich die Macht, Dauer, die unendlichen, universellen Inhalte des Lebens vor, so wird man nur mit einer gewissen Überheblichkeit hoffen können, den Trieb, der sie schuf, zu schulmeistern.

Das Feuer vermag die Erde in nichts aufzulösen und dich mit ihr, ohne dass dich deshalb eine Schuld träfe. Beherbergst du aber den dir angemessenen Teil, so hast du in ihm das Schaffende, das dich Gestaltende. Ähnlich ist es mit dem Feuer der Leidenschaft. Es kann dich erbauen und beseligen, es kann dich beseligen und zerstören: zugegeben, dass ich in dieser Beziehung noch immer gefährdet bin.

Unterliege ich nicht zugleich wiederum einer Art von Verfolgungswahn? Man hat mir als Kind einen übertriebenen Respekt, eine sklavische Angst vor Obrigkeit, Gesetz, Moralgeboten und dergleichen beigebracht. Der Zustand, in dem ich bin, macht es mir stündlich deutlich, dass er mich außerhalb alles Normalen stellt. Daraus erwächst mir die Vorstellung von Bedrohungen, Bedrohungen durch Gesetz und Gesetzesgewalt. Ich habe Psychiatrie gehört. Nicht nur bei dieser Gelegenheit habe ich die Not und das Elend von Menschen gesehen, die man gegen ihren Willen in Irrenanstalten hält. Etwas in mir beständig Nagendes wollte mich, wie mir schien, wiederum darauf aufmerksam machen, ich könne auch wohl einem ähnlichen Schicksal anheimfallen, wenn nicht das Feuer in mir gelöscht würde. In meinem abgeschlossenen Raume, den ich vielleicht nicht hätte beziehen sollen, ertappe ich mich auf Vorstellungen, die ich bei jedem anderen als unumstößliche Zeichen von Geisteskrankheit ansehen würde.

Sollte die ganze Krisis etwa in jeder Beziehung über meine Kräfte gehen? Sachte, sachte, brenne meinethalben mein Herz, den Kopf aber wollen wir kühl behalten. Jeder Mensch hat Stunden, in welchen seine Meinungen, seine Empfindungen, seine Wünsche und Handlungen von denen eines Irrenhäuslers nicht zu unterscheiden sind. Noch habe ich das Steuer in der Hand, noch kann ich der festen Hoffnung sein, den sicheren Hafen zu gewinnen. –

Ob Anja mir wohl auf meinen Brief antworten wird? Ich habe Grund, das zu wünschen, weil ich mit Hilfe ihres Briefes und weiterer Briefe von ihr meine Heilung umso schneller und sicherer bewerkstelligen kann. Wie man eine Trennung auf Zeit von einem geliebten Menschen leicht erträgt und eine Trennung durch den Tod viel schwerer erträgt, so kann man sich leichter damit abfinden, eine Leidenschaft in den Stand einer Freundschaft herabzudrücken, als die Aufgabe zu unternehmen, sie mit Stumpf und Stiel auszurotten. Der geliebte Gegenstand stirbt damit nicht, denn er stirbt der Freundschaft nicht. Ist er aber der Leidenschaft gestorben, so ist er nur diesem Teil der Leidenschaft gestorben, der nicht in der Freundschaft lebendig ist.

Irgendwo wird gesagt, eine Wunde sei durch die Berührung mit dem gleichen Speere zu heilen, der sie gerissen habe. Nach diesem Grundsatz soll mir der Brief Anjas, sollen mir selbst weitere Briefe Anjas gleichsam als heilende Berührungen willkommen sein. Auch Melitta ist dieses Verfahren einleuchtend. Mit einer Zartheit, einem Verständnis ohnegleichen geht sie auf meine Gedanken ein. Sie sagte gestern, das Bekenntnis meiner noch nicht ganz gewichenen Neigung flöße ihr viel mehr Vertrauen ein, als wenn ich diese ganz ableugnete. Wie ich aber die ganze Angelegenheit abwickeln wolle, solle mir ganz und gar überlassen bleiben.

Ich mache mit Melitta zuweilen Spaziergänge. Ein junges Liebespaar könnte bei einem solchen Anlass nicht zärtlicher sein. Gestern hatte sie plötzlich Tränen im Auge. Wir hatten allerlei Pläne gemacht, unser Landhaus im Geiste umgebaut, den Beschluss gefasst, eine Wohnung in Dresden oder auch etwa in Weimar zu mieten. – »Was rührt dich so plötzlich?«, fragte ich. – »Anja!«, gab sie mir zuckenden Mundes zur Antwort. »Nun, ich habe auch Qualen ausgestanden«, fuhr sie fort, »nochmals könnte ich sie nicht durchmachen. Und ich habe das ältere Anrecht auf dich. Und wäre ich nicht, dann sind doch die Kinder da.«

Springfield, am 26. Februar 1895.

Ich finde, dass die Zeit hier ein bisschen langsam vergeht. Allerlei gibt es zwar zu erwägen, zu planen und zu beschließen, aber irgendwie bleibt in mir eine nagende Ungeduld. Dabei darf ich mit mir zufrieden sein. Deutlich fühle ich von Tag zu Tag den Gesundungsprozess fortschreiten. Noch immer zwar warte ich auf den Brief und zähle die Tage, nach deren Verlauf ich ihn frühestens erhalten kann. Es würde mir eben lieber sein, wenn ich die Lösung von der Geliebten nach und nach durchführen könnte, nicht überstürzt, um ihr weniger weh zu tun. Schreibt sie nicht, und es wäre ja möglich, dass sie in meiner Amerikafahrt den endgültigen Bruch gesehen hat, so ist es mir recht, und ich werde dann ganz gewiss der Kraft nicht ermangeln, dieser Wendung zu begegnen. Beinahe setze ich sie voraus.

Wir erwägen weiter, ob wir in Amerika bleiben und hier unser Leben neu aufbauen sollen. Ich sehe die Deutschen hier als eine Herde ohne Hirten an. Ein Mensch wie ich hätte unter ihnen vielleicht eine Aufgabe. Im kaiserlichen und militaristischen Deutschland habe ich sie nicht. So glanzvoll es auch nach außen ist, so wenig kann dieser Glanz erwärmen, und besonders nach innen kann er einem schlichten, menschlich denkenden Manne nur Augenschmerzen verursachen. Warum soll ich lügen? Ich hasse diese eitle, dünkelhafte, herausfordernde, ganz und gar schwachköpfige, säbelrasselnde Militärdiktatur mit der Kotillonpracht ihrer Uniformen und Orden, die dem eigenen Staatsbürger täglich und stündlich, als wäre er eine wilde Bestie, mit dem aufgepflanzten Bajonette droht. Ich möchte immer diese finster gereizten Grimmböcke von Militärs fragen: Wer tut euch denn was? Man kann in Deutschland augenblicklich nur mittels eines wohlbegründeten philosophischen Gleichmuts Menschenwürde aufrechterhalten, da eben diese Menschenwürde in dem herrschenden System die seinen Bestand am meisten gefährdende Sache ist.

Meine Jungens haben sich inzwischen auf amerikanischem Boden heimisch gemacht. Heute gegen die Mittagszeit sah ich eine Wolke von Gassenbuben im Gewirr der Hauptstraße hinter einem Gefährt herlärmen, dessen Kutscher sich gegen das kleine Gelichter in irgendeiner Weise vergangen hatte. Ich sah näher zu und erkannte zu meinem nicht geringen Erstaunen meine Sprösslinge unter den Hauptschreiern.

So in ganz neue Verhältnisse hineinzuwachsen hat im Grunde den größten Reiz. Meine Frau ist der gleichen Meinung. Ich habe mir ein Reißbrett, Schiene, Zwecken etc. gekauft und fange an, allerlei zu entwerfen, damit ich gelegentlich etwas zeigen und, wenn ich geschäftliche Verbindungen anknüpfen sollte, vorlegen kann. Im Allgemeinen sollen die nichtdeutschen amerikanischen Kreise gegen den Deutschen ablehnend sein. Ich bin aber optimistisch genug zu glauben, man könne mit etwas Tüchtigem – selbst wenn dies wahr sein sollte – durchdringen, und übrigens würde ich ja meine Hauptaufgabe in der Verbindung mit dem amerikanischen Deutschtum sehen. Dieses Deutschtum zu zentralisieren, zu stärken, es seiner selbst bewusst zu machen, ihm einen Begriff von seiner Macht zu geben, diese Macht in kulturelle Tat umzusetzen, kulturelle Tat für Amerika, freilich auch darüber hinaus für die ganze Erde, wäre das nicht eine große Aufgabe?

So weit bin ich nun übrigens auch schon amerikanisch, dass mich der praktische Erfolg, dass mich der Dollar nicht gleichgültig lässt. Ich baue täglich und stündlich Luftschlösser! Richtig ist, ich habe in Europa von den zahllosen Bauten dieser Art wirklich schon einen und den anderen auf den festen Erdboden heruntergezogen, aber grade jetzt befinde ich mich wieder einmal in einer Geistesverfassung, wo solche Luftschlösser in krankhafter Menge und ungeheuersten Dimensionen um mich emporwuchern. Oft zwinge ich mich nur mit dem Aufwand größter Willenskraft auf den Boden der Wirklichkeit zurück.

Zum Beispiel, auf dem Reißbrett neben mir zeigt sich im Entwurf ein mit dorischen Säulenhallen ausgestatteter Bau, den ich allen Ernstes, unbeschadet meiner amerikanischen Pläne, auf einer Insel in der Ostsee errichten möchte, die nur mir und den Meinen gehören soll. Einen solchen Plan zu verwirklichen liegt nicht außerhalb jeder Möglichkeit. Dagegen liegt außerhalb jeder Möglichkeit, was ich unter dem Begriff »die Meinen« verstehe. Unter »die Meinen« denke ich mir einen Freundeskreis, den ich noch immer, vielleicht mit zweifelhafter Berechtigung, in meine Träume möglicher Glückseligkeiten einbeziehe. Er wird von Jugendfreunden gebildet. Es sind jene jungen Menschen, denen ich mich auf der Schule, der Universität, der polytechnischen Hochschule innig, in gleicher Gesinnung verband, wie sie sich mir verbunden fühlten. Aber ich will nicht abschweifen. Übrigens gehört mein älterer Bruder, nicht so mein ältester, in den Kreis.

Was uns verbindet und verband, ist eine gemeinsame Utopie. Hier ließe sich manches über das Wesen der Utopie sagen, die keineswegs nur eine müßige Spielerei für Fantasten ist. Jeder, er sei, wer er wolle, arbeitet täglich an seiner Utopie. Die Belege zu finden dürfte nicht schwerfallen. Und ebenso arbeitet die Masse, die Nation, die Menschheit an ihrer Utopie, wofür nicht nur Religionen den Beweis liefern. Über jedem Dorf, wie viel mehr über jeder Stadt, schwebt millionenfältig die Utopie. Wir waren jung, wir waren glückselig. Aufgrund dieses Umstandes, aufgrund der Neigung, die uns zusammenschloss, erstrebten wir eine noch höhere, ja die höchste Glückseligkeit. Bei unserem Lebensgefühl und leidenschaftlichen Anspruch auf nahe Erfüllungen war ihre Verlegung in ein Jenseits nicht angängig. Es bewegte uns Ungeduld. Es konnte nicht anders sein zu einer Zeit, wo wir das andre Geschlecht nur erst als Traumgebilde umarmt hatten. Der Jünglingsbund, den wir bildeten, musste, durch Sympathie geschaffen, naturgemäß kommunistisch sein. Da gab es nichts, materiell oder ideell, was wir uns gegenseitig nicht mitteilten. Auch von außen wurde am Ende die Idee des Kommunismus, wie sie zur gangbaren Geistesmünze geworden ist, in unseren Bund gebracht. Wir fassten sie leidenschaftlich auf, um sie in unserem Sinne zu erfüllen und auszubauen. Das Chaos, das uns umgab, schien uns seelenlos und überlebt zu sein. Wir wollten fliehen, wollten ein neues Leben anfangen, am liebsten auf einer entlegenen Insel im Ozean. Bei dem, was wir planten, wären wir im Bereiche der christlichen Zivilisation gestört, ja verfemt worden. Ich erinnere mich, dass wir die Ehe nicht dulden wollten, ebenso, dass wir die Weltverneinung des Christentums mit ihrer Verachtung des Leibes und der natürlichen Triebe als verderblichen Wahnsinn bekämpften.

Unter »die Meinen« also verstand ich Freunde, verstand ich schöne junge Frauen, die, einem Liebes- und Schönheitskultus hingegeben, meine Insel bevölkern sollten. Marmorstufen führten von meinem tempelartigen Wohngebäude ins Meer. Nachts wurden auf den Treppenpfeilern gewaltige Feuerbecken in Brand gehalten. Der Wohntempel hatte ein säulenumgebenes, weites und herrliches Atrium, das mystischen Bädern dienen sollte. Weshalb plane ich gerade jetzt eine solche Wunderlichkeit? Und warum vertiefe ich mich mit Eifer und Fleiß in die Lösung der architektonischen Aufgaben, als ob sie ein Rockefeller bei mir bestellt hätte? Weil ich, solange ich diesen Ernst und Eifer aufwende, die Utopie zum Teil verwirkliche. Darin liegt ein Quietiv, denn: Natürlich ist auf jener Insel, in jenem göttlichen Tempelheim und Kult auch die Unvereinbarkeit meiner Liebe zu Melitta und zu Anja ausgeglichen. Dagegen kommt die Vertiefung in meine Aufgabe einer Betäubung gleich, sie tötet Zeit und schaltet quälende Unruhen aus, die ja schließlich noch immer ihr Wesen treiben.

Springfield, am 1. März 1895.

Ja, sie treiben noch immer ihr Wesen, ich meine die quälenden Unruhen, von denen ich auf dem letzten Tagebuchblatt gesprochen habe, trotzdem, wie ebenso wenig zu verkennen ist, die Klärung der Atmosphäre fortschreitet. Mit dem Briefe, den ich noch immer erwarte, wie auch sein Inhalt beschaffen sei, wird endgültig Klarheit eintreten. Es würde freilich bedauerlich sein, wenn ein Brief überhaupt nicht einträfe. Das könnte den Abschluss, die endliche Klärung, den endlichen Frieden beträchtlich hinausschieben. Ich würde den Gedanken nicht loswerden, von Anja als Schwächling verworfen zu sein. Sie ist vielleicht zu gesund, um sich von dem inneren Kampf, den ich kämpfen musste, von den Mächten, die dabei im Spiele sind, den rechten Begriff zu machen.

Wäre es zu ertragen, von ihr verachtet, von ihr verworfen zu sein? Schwerlich, wenn ich je nach Europa zurückkehre. Eine Entfremdung, eine Gleichgültigkeit, eine Erkältung, wie sie vorher eingetreten sein müsste, vermag ich mir einstweilen nicht vorzustellen nach dem, was nun einmal zwischen uns gewesen ist. Die Blutsverwandtschaft von Geschwistern verleugnet sich nicht, und wenn sie sich noch so feindlich begegnen. Der körperlichen Verwandtschaft und Ähnlichkeit entspricht eine seelische, eine Gemeinsamkeit, die man beinahe Einheit nennen kann, wiederum unbeschadet aller Schicksale, die eine feindliche Trennung bewirkt haben. Welche Umstände außer der Gleichheit des Blutes diese Einheit bewirkten, ist hier gleichgültig: genug, dass sie durch nichts wiederaufzuheben ist. Es ist das Gleiche mit einem echten Liebespaar. Die einmal gewonnene Einheit ist durch nichts wiederaufzuheben. Wie immer sich mein äußeres Schicksal gestalten mag, irgendwie werden Anja und ich stets verbunden sein.

Der Bruder, die Mutter, die Schwester können sich gegen Anja vereinigt und ihr Schweigen erzwungen haben. Vielleicht ist auch der Vormund wieder ins Mittel getreten. Es gibt noch diese und jene andre Möglichkeit, die Anja am Schreiben verhindern könnte. Sie könnte infolge der Katastrophe nervenkrank geworden sein. Musste ihr nicht der jähe Bruch, dessen innere Gründe ihr verborgen waren, als eine Brutalität erscheinen, die alle ihre Begriffe von Liebe, Treue und Manneswürde über den Haufen warf? Eine furchtbare Angst erfasst mich bei dieser Möglichkeit. Es gäbe kein Weiterleben für mich, wäre sie Wirklichkeit geworden. Dies ist so wahr, dass ich innerlich schaudere. Und wenn ich sehe, wie meine Frau die Gefahr nicht ahnt, die im Augenblick all unsere neuen Hoffnungen und Entwürfe zunichte machen kann, so gerate ich manchmal in einen Zustand, der sie veranlasst, besorgte Fragen an mich zu richten. Dann zuckt es in mir. Ich möchte aufschreien, weil die Vision der mehr als fünftausend Kilometer breiten Wasserfläche, die mich von der Geliebten trennt, mich gleichsam erschlägt und die Unmöglichkeit, hilfreich an der Seite Anjas zu stehen, furchtbar an meinen Nerven reißt.

Springfield, am 10. März 1895.
Noch immer habe ich keinen Brief. Ich lasse mir, meiner Frau gegenüber, nichts merken von der Pein, die mir das Warten verursacht. Wer weiß, wie lange ich das noch durchsetzen kann. Mein Brief mag verloren gegangen sein. Anjas Brief kann verloren gegangen sein. Auch sind die Schiffe meist überfällig bei dem üblen Wetter, das in dieser Jahreszeit das gewöhnliche ist. Doch Erwägungen dieser Art bringen nur vorübergehend Beruhigung. Dadurch wird meine Seele von ihrem Marterpfahle nicht losgelöst. Wirklich steht sie am Marterpfahl, den Blick auf den Ozean gerichtet. Was meiner Seele widerfährt, was sie empfindet, was

sie tut, sieht mir äußerlich niemand an. In Wirklichkeit ist für mich außer dem feindlichen Kosmos nur noch ihr Schicksal vorhanden. Manchmal ist es, als ob sie auch diesen, den Kosmos, sprengen und auflösen wollte, nachdem sie längst den unzulänglichen kleinen Körper, in dem sie lebt, verflüchtigt hat. Mehr und mehr aber ist ihr Schicksal Verdüsterung. Ich lache, ich rede albernes Zeug, suche mich, meine Frau, meine Kinder, das ärztliche Ehepaar Hüttenrauch zu belustigen, und innen spüre ich die kosmische Nacht und das Grauen der Abgründe, in die wir hineingeboren sind. Wie kann man, frage ich mich, von dem Erscheinen oder Nichterscheinen eines albernen Blättchens Papier so abhängen? Hätte ich zu wählen, ob es erscheinen oder nicht erscheinen sollte, selbst wenn es mein Todesurteil enthielte, ich würde es leidenschaftlich herbeirufen. Und wenn es erschiene, würde ich zum ersten Male den ungeheuren weißen Fittich eines fast allmächtigen, schöpferischen Engels zu sehen glauben, mit dem Zauberwort Licht auf der Zunge.

Sollte mir vorbehalten sein, nach Jahren einmal diese Zeilen zu lesen, ich fürchte, ich werde sie kaum verstehen. Schon heute sehe ich ihren Gehalt als krankhaft an.

Springfield, am 15. März 1895.
Gestern kam der erwartete Brief. Es war gegen zehn Uhr am Vormittag. Es ist jetzt beinahe ebendieselbe Tageszeit. Trotzdem bin ich noch weit entfernt davon, etwas Geordnetes über das Ereignis denken oder sagen zu können.

Welche brutale Kraft in einem Briefe verborgen sein kann, darüber habe ich in Paris meine erste große Erfahrung gemacht. Gestern machte ich meine zweite. Anjas Brief versetzte mich, und tatsächlich auch meine Frau, in einen wahren Taumel von Glück.

Mit einem Schlage waren alle beklemmenden Dünste, zusammenschnürenden Ängste, alle düster lastenden Gewölke vom Himmel genommen.

Ich habe den Brief, nur wenige Stellen ausgenommen, meiner Frau gezeigt. Woran liegt es nur, dass wir beide gleichermaßen durch seinen Inhalt erlöst wurden? Ganz einfach: Dieser Inhalt ist kerngesund und vollständig unsentimental.

Der ganze Vorfall, der ganze Abfall, die fluchtartige Reise und ihre Tragik: Sie werden mit keinem Worte berührt. Und was man überhaupt nicht erwähnt, daran lässt sich auch keine Erörterung knüpfen. Man ist ganz einfach über den großen Teich gereist, worin durchaus nichts Tragisches liegt, nicht einmal etwas Außergewöhnliches. So wird auch, nachdem das Psychische ausgeschaltet ist, vom Physischen kaum Notiz genommen. Das Schreiben atmet eine so erfrischende Unbefangenheit, ja Nüchternheit, als ob es einem ganz gewöhnlichen Briefwechsel etwa zwischen Berlin und Dresden sein Dasein verdankte.

Der Umstand hat geradezu etwas Erheiterndes, außer dass er etwas Verblüffendes hat, besonders wenn ich mir vorstelle, welche finsteren Sorgen ich mir um Anjas willen gemacht habe. Da ich an ihrer Liebe zu mir nicht zweifelte, wie hätte ich an den bitteren Wirkungen einer Enttäuschung zweifeln können, die ihr meine Flucht machen musste. Ich klagte mich an, ich verurteilte mich, mich marterte der Gedanke, dass ich das junge Geschöpf durch meinen Vertrauensbruch vielleicht tödlich verwundet hätte. Aber der heitere, lebensvolle Ton des Briefes widersprach alledem oder verriet jedenfalls nichts davon.

Wie ich eben wiederum feststelle, enthält er allerdings auch nichts, was ihn über den Ton einer braven und fröhlichen Gemeinschaft erhebt. Über den Händedruck geht er nicht hinaus, von Küssen ist diesmal abgesehen. Aber auch diese besonderen Umstände lassen sich als Ausdruck einer widerfahrenen Kränkung beim besten Willen nicht auslegen. Dazu atmet der Brief zu viel lustige Kameradschaftlichkeit.

Dies schreibe ich natürlicherweise in meinem Refugium, meiner Dachkammer. Sie ist ganz und gar von dem Geist des Briefes, von der gesunden Frische Anjas erfüllt. Wie sollte es anders sein, als dass ich mit den Blättern, welche die energischen Zeichen ihrer Hand aufweisen, Idolatrie treibe. Der Liebende neigt zur Selbstquälerei. So ist mir der Gedanke gekommen, ob ich auch wirklich mit meiner Freude über die Art des Briefes nicht der Betrogene bin. Kann da wirklich Liebe sein, wo ein so großes Unvermögen vorhanden scheint, ein solches Ereignis wie das obwaltende in seiner Schwere zu begreifen? Wo ein solches Ereignis nicht den geringsten Eindruck gemacht zu haben scheint? Ja, sage ich mir und bin dessen gewiss: Da kann wohl wirkliche Liebe sein. Ich kenne Anja hinreichend. Ich kenne ihren klugen Instinkt, der ihr diesmal alles Lamentieren verboten hat, ja, aus Rücksicht auf mich verboten hat, auf irgendein Für und Wider, Recht oder Unrecht, ja, auch nur auf irgendeine Erörterung der neugeschaffenen Sachlage einzugehen. Ich sage ausdrücklich, in Rücksicht auf mich. Hat sie mir doch mehr als einmal gesagt, dass meine Gemütsanlage mich, verglichen mit jedem anderen, bei jedem irgend gegebenen Seelenkonflikt zu hundertfachem Leiden verurteile. So will sie eben nichts anderes als: Da bin ich, ich bin ganz einfach zur Stelle! gesagt haben. Wenn du mich brauchst, ich bin zur Stelle. Brauchst du mich nicht, so macht es nichts. Wenigstens ist das nicht deine Sache, ob es mir etwas macht oder nicht. Und dafür, dass es sich so zu mir stellt, möchte ich dem tapferen Mädchen den Fuß küssen.

Schließlich gibt mir freilich ein ganz winzig kleines getrocknetes Veilchen mit einer ebenso winzigen Haarsträhne zwischen Seidenpapier, Dinge, die ich beiseite geschafft und in meiner Brieftasche versteckt habe, in dieser Sache eine gewisse Sicherheit. Und die beiden Schlussworte: »Dein Eigentum.«

Springfield, am 16. März 1895.

Unsere befreite, erlöste Stimmung hält an. Die Spannung, der ich enthoben bin und die sich auf meine Frau übertrug, hat sich zugleich auch von ihr gelöst. Dem ganzen Konflikt ist jedenfalls für den Augenblick wieder seine Schwere genommen. Wo man vor wenigen Tagen im Grunde eigentlich keinen Ausweg sah, ist plötzlich eine breite Straße freigelegt. Und wo eine unberechenbare Bindung dunkel empfunden wurde, ist nun das volle Gefühl der Freiheit da. Denn das bittere Schuldgefühl Anja gegenüber hat sich als gegenstandslos erwiesen. Wir sehen beide, Melitta und ich, dass die Verlassene und Betrogene sich weder verlassen noch betrogen fühlt und irgendeine Forderung, irgendein Anspruch von ihr keinesfalls zu befürchten ist. Meine Frau, so scheint mir, fasst die neue Lage dahin auf, als sei ich nunmehr in aller Form und endgültig freigegeben.

Ich wiege mich mit ihr in dem heiteren Zustand neugewonnener Ruhe und Sicherheit. Es ist mir zeitweilig so zumut, als ob ich einen alpdruckartigen Traum und nichts anderes überwunden und hinter mir hätte. An alpdruckartigen Träumen leide ich. In wie manchen Nächten, wenn ich davon befallen war und, in qualvoller Lähmung ächzend, nicht aufwachen konnte, hat meine Frau mich durch Anruf und Rütteln zum Bewusstsein gebracht. Etwas Ähnliches ist es auch jetzt mit mir. Nur dass die Erweckung diesmal von jemand anderem ausgegangen ist.

Eigentlich ist es unbegreiflich, wie ich dieses bisschen Liebschaft so aufbauschen und die Besuchsreise meiner Frau nach Amerika auf einem der komfortabelsten, hochmodernen Doppelschrauber so tragisch nehmen konnte. Hätte mich nicht in Paris die Nachricht davon bei einem Haar um den Verstand gebracht? Ist das nicht geradezu lächerlich? Wie kann man um Gottes willen so unmännlich sein und, kaum dass die Gäule des Schicksals ein bisschen in schnellere Gangart geraten, die Zügel sogleich verlieren und schleifen lassen? Dies grenzt wahrhaftig an Jämmerlichkeit. Da seht euch dies tapfere Mädchen an. Und mag sich jeder ein Beispiel nehmen, wie man einer Schicksalswendung, meinethalben von ernsterer Art, begegnen soll: aufrechten Kopfes, mit freier Stirne. Oh, ich sehe dich vor mir mit deiner aufrechten Haltung und deinem schnellen Stakkatoschritt, mein liebes Kind, dem freien und kühnen Blick, der nicht daran denkt, sich vor irgendwem oder irgendetwas beiseitezuwenden oder gar in den Staub zu senken. Ich will bei dir in die Lehre gehn. War nicht Gefühlsduselei das Wort, das mein Vater uns Jünglingen immer wieder entgegenschleuderte, um eine gewisse Familienanlage, die er kannte, zu bekämpfen? Ich weiß nicht, ob mein Vater den Begriff Gefühlsduselei auf eine Eigenschaft seiner oder der Familie meiner Mutter anwandte. Sicher ist, dass ich meine Mutter schon als kleiner Junge viel seufzen und klagen, viel Vergangenes betrauern, Zukünftiges fürchten hörte und vor allem viel Tränen vergießen sah. Die Jähzornsausbrüche meines Vaters – er neigte wie jeder Mann und vielleicht etwas mehr als jeder dazu –, die, mit Fug oder nicht, sich oft durch eine gewisse Schmerzensseligkeit meiner Mutter entfesselten, verschlimmerten diesen Zustand bei ihr, und somit verschlimmerten sie sich selber. Wie gerne wäre er von seinen Zornesausbrüchen durch eine Anja erlöst worden. Die Eigenschaften, die sie besitzt, würden meinen Vater von seinem Erbübel geheilt haben. Er bohrte sich gern mit wachsender Heftigkeit, düster-prophetisch drohend, in die tragische Seite des Lebens hinein, eine Sucht, die, wie Feuer durch Wasser, gelöscht worden wäre, wenn er ein Wesen wie Anja zur Seite gehabt hätte.

Springfield, am 17. März 1895.

Noch haben wir klaren Winterfrost. Der Schnee liegt hoch, er blendet und glitzert. Die Räder der Lastwagen auf der Straße knirschen und klimpern wie über Scherben darüber hin. Über diesen Wintertagen liegt Heiterkeit. Der Frühling ist schon darin enthalten. In unseren Seelen spiegelt sich jedenfalls ein solches gläubig-hoffnungsgewisses Mysterium. Irgendwie wird sich alles verjüngen, erneuern, ausgleichen.

Wir gehen nach Europa zurück. Aufgegeben ist der Gedanke, hier in Amerika unser Leben fortzusetzen. Die Heimat lockt. Sie taucht mit ihren Strömen, Ebenen, Wäldern, Hügelungen und Gebirgszügen stündlich vor unserem inneren Auge auf. Zu unsrer Heimat gehört aber nicht nur Deutschland, sondern der ganze unvergleichlich reiche und liebliche Kontinent mit seinem Kranz von alten Kulturländern und ihrer wurzelhaften Gegenwart und Vergangenheit. Wenn ich mit meiner Frau oder meinem Freund, dem Arzt, durch den Schnee stapfe, so ist ein enthusiastisches Blühen in mir, ein Zustand, der sich auf meine Begleiter meist überträgt. Meine Wachträume sind dann nicht nur architektonisch, sondern auch plastisch-bildnerisch. Nicht nur, dass ich den Wolkenkuckucksbau meiner griechisch-römischen Villa fortsetze, sondern ich entwerfe auch allerhand plastischen Bildschmuck, der sie schmücken soll. Der Bildhauer wacht wieder in mir auf. Eine allgemein bildnerisch-produktive Welle lässt die Fülle aller Neigungen, denen ich jemals unterlag, in mir aufstehen. Vollebendig steigt der Grieche, steigt der Römer, steigt der Florentiner in mir empor und nimmt sein altes Dasein wieder auf. Im Grunde, glaube ich, neigen alle Begabungen zur Universalität. Ich weiß davon ein Lied zu singen, selbst in meinen geringen Verhältnissen. Die Synthese oder, wenn es erlaubt ist, das Amalgam der Innenwelt dieser Tage ist wiederum Zeugnis davon. Indem sich Menschenschicksale romanhaft oder in dramatischen Szenen vor meinem inneren Blick entwickeln und darstellen, bin ich dichterisch, und mich überkommt eine Leidenschaft, sie gestaltend festzuhalten. Unter solchen Gesichten sehe ich mich, zugleich den Mann im Bildhauerkittel, sein vollendetes Werk in Ton und sein Leben atmendes Modell im Atelier stehen, und es liegt bei mir, ob ich in der Situation im Bildhauer oder in seinem klassizistischen Werk aufgehen will. Klassizistisch, was ist denn das? Es ist ein Wort, und es wirkt herabsetzend. Mir fällt zum Beispiel das göttliche Werk von Schadow, ein Grabmal zu Berlin in der Dorotheenstädtischen Kirche, ein. Es ist von überirdischem Adel, von außerirdischer Herrlichkeit, von fast beispielloser Meisterschaft und dem schönsten griechischen ebenbürtig. Man wird ihm in keiner Weise gerecht, wenn man es mit der Marke klassizistisch bedruckt und im Kellergewölbe der Kunst magaziniert.

Aber ich sprach von der Synthese der Künste in mir, dem Amalgam. Meine Bronzen, meine marmornen Bildsäulen nehmen Leben an. Ich kann sie in der Erstarrung nicht festhalten. Sie schreiten, springen, tanzen, begegnen, bekämpfen sich, unterliegen der Lebensnot und Liebesleidenschaft, verwandeln sich in Fleisch und Blut, kurz, haben Schicksale.

Mitten im Schnee, wie gesagt, ist das Drängen, Quellen und Glucksen eines überall aufdringenden Frühlings in mir. Ich brauche, so stark ist das Drängen, oft viele Stunden lang nicht an meine besondere Verwicke-lung, also weder an Anja noch an Melitta zu denken. Ich selbst bin mir wieder mein Ein und Alles, bin mir in wahrem und gesundem Egotismus zum einzigen Wunder des Lebens geworden.

Washington, am 28. März 1895.

Die befreite Stimmung hält an. Ich habe gewissermaßen die Arme wieder freibekommen. Eine große Anzahl gleichsam in das Nichts verflüchtigter Interessen ist wieder da. Ich nehme wiederum teil an vielerlei Dingen, die mich nicht unmittelbar anlangen, Dingen der Kunst und Wissenschaft, Dingen des öffentlichen Lebens.

Es ist alles wieder fast ganz wie sonst geworden. Wir suchen Ein-drücke, Melitta und ich, und finden Eindrücke. Die Seele mit ihrer Alleinherrschaft und ihrem Schicksal tritt zurück. Trotzdem habe ich nicht Lust, New York, Philadelphia, Washington, kurz, meine Reiseein-drücke zu schildern. Sie finden schließlich doch keinen neuen Spiegel in mir. Natur bleibt Natur. Ich habe fast immer das gleiche gute Ver-hältnis zu ihr. Die Verknäulung der Zivilisation von New York, wo sich unter den Hieben einer unsichtbaren Peitsche, unter der Lockung des Dollar-Zuckerbrots der Mensch um den Menschen dreht, ist mir schreckenerregend.

Und nun die Frauen. Man sagt, die Amerikanerinnen seien schön. Die Leidenschaft für Anja, mag sie im Schwinden sein oder nicht, hat mir jedoch keinen Blick, keinen Sinn, keinen Nerv für irgendein ande-res, neues Weibwesen übriggelassen.

Washington, das Kapitol, der höchste Gerichtshof, der Senat, das Unterhaus, ernste, eindrucksvolle Dinge. Die große Bank der Vereinig-ten Staaten, ein Keller, in dem mir, gedeckt von Revolverläufen, eine Note von einer Million Dollar in die Hand gegeben wurde. Das Weiße Haus, die schlichte Villa des Präsidenten, unser kleines Hotel, ein behagliches, anheimelndes, deutsches Provinzialhotel, von einem deutschen Wirte geleitet, das Washington-Denkmal, alles da und dort isoliert im Stadtbereich, ohne Zusammenhang. Schließlich die Nigger, die südliche, weiche Luft. Gott sei Dank, übermorgen werden wir abreisen. Im Grunde ist mir das alles ja gleichgültig. Denn schließlich, ich möchte lieber heut als morgen nach Europa zurück.

Washington, am 29. März 1895.

Mein Freund Hüttenrauch, durch und durch Demokrat, schwelgt hier im Zentrum der Demokratie. Es ist wohl ihr Weltzentrum. Der zweite Tag, an welchem wir hier verweilen, hat mir die bürgerlich-demokratische Wärme des Ortes fühlbar gemacht. Gott weiß, womit es zusammenhängt, dass es mich immer reizt, mein Leben auf einem neuen Boden ganz neu anzufangen: Ich glaube, mit irgendetwas in meinem Zustand, dessen ich überdrüssig bin. Wäre mein Leben ein Brief oder ein angefangenes Bild, ich könnte es einfach zerreißen und ein neues anfangen. Der Bildhauer zerschlägt, wenn es ihm nicht behagt, sein Tonmodell. Eine Rechnung, die nicht aufgeht, wird durchgestrichen. Zu alledem neigt meine Natur. In jedem Neubeginn liegt ein großer Reiz. In der Luft liegen dann noch alle Hoffnungen und alle Möglichkeiten, und sie sind unbeschränkt, sind grenzenlos. Ein begonnener Bau, ein begonnenes Werk zwingen selbst den Meister unter ihr Gesetz. Alles abschütteln, vergessen, was man war und was man ist, und da scheint gerade Washington für einen Neubeginn und eine Natur wie die meine der Ort.

Und warum das? Weil etwas Schlichtes, Kontemplatives diese Stadt beherrscht, weil ihre quietistische Atmosphäre etwas so Produktives in sich zu schließen scheint und weil diese Verbindung meinem Wesen so angenehm ist. Das Weiße Haus: Das Oberhaupt eines Weltteils residiert in ihm. Dieser hohe Bewohner, das Haus, seine Umgebung: schlichte, phrasenlose Bürgerlichkeit, edle, wesenhafte Einfachheit. In dieser beinahe ländlichen Stadt werden die Geschicke eines Weltteils entschieden, und wenn ein denkender Kopf lange genug an diesem Orte ist, so muss es dahin kommen, dass er beteiligt wird an den hier getroffenen Entscheidungen.

Ich seufze auf. Ich möchte den gordischen Knoten lieber zerhauen, zu dem sich der Faden meines Lebens verwickelt hat. Ich möchte den Kopf aus der Schlinge ziehen, ich möchte meinem Schicksal entlaufen.

Ich möchte den Kopf in den Sand stecken wie ein Vogel Strauß. Das sind die Ursachen, warum ich mit einem Neubeginn und mit den Alleen, Plätzen, Parkanlagen und Villen dieser Stadt liebäugele.

Springfield, am 7. April 1895.

Wir sind wieder in S. Ein Brief von Anja hat mich einigermaßen aufgestört.

Sie hat auf einer großen Gesellschaft Sarasate kennengelernt. Sie hat eine große Hochzeit mitgemacht und sich wundervoll amüsiert. Ein junger Professor, Arzt an der Charité, hat ihr besonders den Hof gemacht. Ich habe sie selbst in Gesellschaft gesehen und weiß, wie leicht sie Männern den Kopf zu verdrehen vermag. Der junge Professor hat bei der Mutter Besuch gemacht: Am meisten Ängste erzeugt mir der dritte Bericht.

Aber das Ärgste kommt zum Schluss: Sie ist nämlich beim Tanzen ausgeglitten, ist mit dem Kopfe gegen eine Klavierkante geschlagen, und man hat sie nach einer tiefen Ohnmacht nach Hause gebracht. Sie liegt zu Bett, und da sie sich in der kritischen Zeit mehrmals übergab, schloss der Arzt auf Gehirnerschütterung. Es hat sich Gott sei Dank nicht bewahrheitet, denn sie schreibt acht Tage später, nachdem die Gefahr vorüber ist. Wer ist ihr Arzt? Der junge Professor von der Charité, der ihr auf der Hochzeit den Hof machte.

Wir haben auf dem Doppelschrauber »Auguste Viktoria«, der am 21. April Hoboken verlässt, Plätze belegt.

Es ist mir nicht möglich, den Zustand der Unklarheit länger auszuhalten und immer aufs Neue mit Gespenstern kämpfen zu müssen, die selbst am hellen Tage, aber besonders des Nachts um mich aus dem Nichts hervorwachsen.

An Bord der »Auguste Viktoria«, 23. April 1895.

Es ist nicht die stärkste Phase der Leidenschaft, viel eher eine abklingende, eine versöhnende, wenn die Seele lyrisch wird. »Kleiner Elfen Geistergröße eilet, wo sie helfen kann«, liest man bei Goethe. Nun, mein Wesen hat sich in den letzten Wochen auf dem amerikanischen Kontinent recht viel in lyrischen Schwebungen hin und her bewegt. Sie bedeuten eine Art Kultus meiner selbst, eine Art Selbstgenuss. Diese Schwebungen sind musikalisch, auch ohne Musik. Aber die Musik kommt ihnen entgegen. Mein Bruder Julius, den ich jetzt in meinen Heimatbergen weiß und wohl bald wiedersehen werde, unterliegt diesem Entgegenkommen, sooft er auch nur einen Musikautomaten hört. Er stützt sogleich den Kopf in die Hand und kann nicht umhin, lyrisch zu zerfließen. Wie gesagt: Auch mich beherrschte vielfach in den letzten Wochen lyrische Zerflossenheit. Nicht nur, dass ich Volkslieder dudelte, innerlich oder im Traume hörte, sondern ich konnte auch selbst nicht umhin, gefühlsduselige Gedichte, wie mein Vater sagen würde, niederzuschreiben und sehnsuchtssüße Klänge in mir zu gebären. Ich weiß nicht, wie ich mich dazu stellen soll. Etwa dies alles als Weichlichkeit ablehnen? Aber wenn es ein Leben gibt, gibt es auch Erlebnisse. Und solche sind zugleich innerlich und äußerlich. Ohne Innerlichkeit sind es keine Erlebnisse. Und es müssen innerliche Entdeckungen mittels innerlicher Offenbarungen sein. Ohne neu zu sein, sind es ebenso wenig Erlebnisse. Nein, es liegt mir ganz fern, die lyrischen Schwingungen der letzten Wochen zu entwerten und geringschätzig abzutun. Es sind eben wahre Erlebnisse. Es sind Entdeckungen, Offenbarungen. Einerlei, ob dieses Tagebuch einmal in die Hände eines Unberufenen gerät oder nicht und ob er dann von Hysterie oder ähnlichen schönen Dingen sprechen wird oder nicht, wenn ich mir hier eine sehr tränenreiche Zerflossenheit eingestehe und dennoch diese Zerflossenheit auch an sich für reich halte. Das, was man Persönlichkeit nennen mag, war dabei fast gänzlich in mir aufgelöst. Der Begriff Weltschmerz hat niemals für einen echten Gemütszustand dieser Art ausgereicht, auch nicht, bevor er, wie heut, zur Banalität erniedrigt wurde. Immerhin erstreckte sich mein lyrisches Wehgefühl wirklich über das Wesen der Welt. Es war Entsagung darin, Trennung, Verlust, Abschied, Erkenntnis von alledem als dem Wesen des Lebens, und als ob das Wesen des Lebens sich auch so noch als Leben erweisen wollte, es war Wollust und Wonne darin.

Damit ist nicht genug gesagt. Die Stärke, die Neuartigkeit der Anwendung der Affekte war das Merkwürdige. Ich darf wohl sagen: Im Lichte dieser Gefühle stand die Welt durch einen neuen schöpferischen Akt erschlossen da. Die sogenannten fünf Sinne, die ja meistens die empfangenen Reize dem Verstande überantworten, schienen in den Dienst eines anderen Erkenntnisorganes gestellt. Wie mir vorkommt, eines Organes, dem, noch mehr als dem Verstande, Übersinnliches aus den Sinnen zu ziehen gegeben ist. Die Verbindung von Seele und Welt ist nicht nur unendlich wunderbar, sondern auch inniger. Irgendetwas ist da, was in gleichsam brünstiger Verschmelzung zu Einem mit Allem wird. Durchstoße ich noch eine dünne Wand, so erkenne ich vielleicht, dass eine Art Vermählung meiner mit der Welt im Gange gewesen ist, und dann war das neue Erkenntnisorgan vielleicht eben nichts anderes als die Liebe.

Es war die Liebe, es ist gewiss.

Kein Wort vermag die Größe, die Ergriffenheit meines Zustandes auszudrücken. Im Dom zu Padua sah ich ein kniendes Weib, eine prächtige Bäuerin. Der Priester schob ihr die Hostie in den Mund. In diesem Augenblick ward sie verwandelt. Sie war nicht verzückt, sie war nicht vertieft, einem betenden Mohammedaner gleich. Aber sie erlebte etwas, dies war zu erkennen, wofür keine Sprache Worte hatte. Irgendein elementarer Grundquell in Abgrundtiefen war aufgebrochen. Sie war entrückt, ertrunken darin.

So bin ich denn wieder meinem besonderen Schicksal ganz nahegerückt. Ein ähnlicher Grundquell hatte ja auch in mir den Weg zum Licht gesucht. Auch die Bäuerin sah ich ja nach kurzer Zeit wieder in nüchternem Gespräch vor der Kirche stehen. Der sterbliche Leib kann, ohne in Asche verwandelt zu werden, den unenthüllten Eros nicht lange beherbergen. Und so ist es mir wiederum gegeben, vom Aufbrechen und Ineinanderfließen der Liebesströme Anja und Melitta bis zur lyrischen Überschwemmung nüchtern zu reden. Der Strom der Heimatliebe, des Heimwehs trat hinzu, in der Fremde aufgebrochen, ein Gerriesel von zahllosen Quellen, Liebe zu Vater, Mutter, Geschwistern, Freunden, zur eigenen entschwundenen Jugend, und schon wiederum das Gefühl des Ebbens aller dieser Ströme und Quellen über kurz oder lang.

An Bord der »Auguste Viktoria«, 26. April 1895.

Unter gleichmäßig schönem Wetter vollzieht sich unsere Fahrt. So finster, stürmisch und gefahrvoll die Reise nach New York in jeder Beziehung war, so heiter, glanzvoll und ruhig ist diese, die uns dem alten Kontinent wieder entgegenträgt. Sind ihr Glanz, ihre Heiterkeit, ihr Friede trügerisch?

Was sehe ich in den lieben, dunklen, schwer zu ergründenden Augen meiner Frau? Ohne Zweifel, in ihrem Wesen liegt eine weiche Ausgeglichenheit. Ihre Erscheinung erregt auf dem großen Dampfer einiges Aufsehen. Sie ist von südlicher Üppigkeit. Die tiefe Schwärze des

Haares sticht von dem vollen, bleichen Oval des Gesichtes ab. Man verfolgt sie mit den Augen, wo sie mit einem gleichsam schwebenden Gange vorüberwandelt. Melitta liebt Schmuck. Sie trägt an den Ohrläppchen goldene Ringe, die in der Größe zwischen Fingerringen und kleinen Armbändern die Mitte halten. Man zerbricht sich die Köpfe, von welcher Nationalität sie wohl sein könnte. Nein, keine Italienerin, eher noch eine Spanierin. Aber auch keine europäische Spanierin, eine Kreolin möglicherweise. Der Nasenrücken, von dem Treffpunkt der tiefschwarzen Brauen bis zur Spitze, ist breit und kurz, die reine Stirn eher niedrig als hoch, rund und edel das Kinn, das Kinn einer Berenike. Melittas Handgelenke sind breit, das rechte von einem es ganz verbergenden, schweren und mattgoldenen Armband umzirkt. Goldene Ringe mit breiten Steinen schmücken die fraulich weiche, gepflegte Hand.

Ganz gewiss, Melittas Erscheinung ist anziehend. Dabei hat sie eine verbindliche Art, Freundlichkeiten zu quittieren, die man ihr von allen Seiten zu erweisen sucht. Ich werde bei alledem übersehen, wie mir scheint. Ich verhehle mir nicht, dass ich Grund habe, auf eine Frau wie sie stolz zu sein.

Die Kinder sind überall wohlgelitten auf dem schönen und großen deutschen Schiff. Sie teilen den Schlafraum mit ihrer Mutter. Beim Aufstehen und beim Schlafengehen herrscht die größte Behaglichkeit. Es wird viel gelacht und mit Betten geworfen. Alledem sieht Melitta zu mit einer weichen, schweigsam … soll ich sagen: schweigsam-resignierten Freundlichkeit? Ihr Wesen hat etwas geduldvoll Wartendes.

Frau Hüttenrauch ist in der Neuen Welt geblieben, aber nur, um die Zelte endgültig abzubrechen, während Hüttenrauch mit uns nach Europa reist. Das Zusammensein mit ihm während der köstlichen Fahrt ist wie immer höchst anregend. Oft, wenn wir Melitta aus der Ferne beobachten, nimmt er Gelegenheit, mir gründlich den Kopf zu waschen, dass ich je daran gedacht hätte, eine so schöne und liebreizende Frau gegen irgendein dunkles X oder Y auszutauschen. Er sagt: Siehst du nicht, wie du von allen Seiten beneidet wirst?

Wirklich, ich hätte es nie geglaubt: Anjas Bild ist nur noch sehr schwach in mir. Nie habe ich so wie während dieser sorglos-glanzvollen Seereise erkannt, wie blind ich meinem eigenen Reichtum gegenüber bisher gewesen bin. Fast wünsche ich, diese Reise möchte sich über so viel Monate, als sie Tage dauert, ausdehnen. Bin ich nicht stolz auf Weib und Kind? Auf den Ältesten, meinen schönen Knaben mit dem blonden Pagenhaar, dem sie alle huldigen? Ein so ausgeglichenes, stilles Wohlbehagen wie in diesen zweiten und besseren Flitterwochen empfand ich nie. Und bis zur Verliebtheit, gestehe ich mir ein, geht das neuerstandene, mit einer schweren Wonne gesättigte, neuartig süße Gefühl, womit mich Melittas Anblick beschenkt.

Sollte eine Genesung, eine volle Genesung möglich sein? Müsste nicht, wenn ich das Opfer zu bringen imstande bin, die Innigkeit unserer Verbindung sich steigern? Diese neue Phase der Liebe aber, würde sie nicht mit einem neuen, zweiten, früher nicht gekannten Blühen durch uns hinfluten? Wir waren Kinder. Jetzt hätte uns nicht Standesbeamter noch Geistlicher, sondern die Schmerzenserfahrung, der Schmerz verbunden und nach peinvoller Trennung durch reinere Gluten wieder geeint. Auch hier wieder etwas von der Wollust der zehnfachen Freude im Herzen der verzeihenden Frau über den Sünder, der Buße tut, verbunden mit der ewig zitternden Dankbarkeit für den Verzicht, der, um ihretwillen geschehen, ein ihr immer dargebrachtes Opfer ist. Im Mann dagegen, in mir, der große Selbsterweis der Kraft, der höchsten Kraft im Menschen, mit der er sich selbst zu überwinden vermag. Mit diesem Beweise, gefestigt und stolz, würde ich jetzt erst Melitta einen wahren und ganzen Mann darbringen, und damit würde neben den äußerlichen Weihen die echte, höchste, innerliche Weihe über uns gekommen sein.

Ich hatte das Buch bereits zugeklappt. Nun will ich für irgendeine künftige Zeit, wann ich diese Seiten vielleicht wiedersehe, auch einen Zweifel noch aufzeichnen, der mir soeben gekommen ist: Haben meine Empfindungen vielleicht nur deshalb diesen Grad von Wärme wieder erreicht, weil unter der Schwelle meines Bewusstseins doch die sichere Erwartung ruht, Anja bald wiederzusehen?

Berlin, am 2. Mai 1895.
Wären wir immer so fortgereist, ich hätte nichts dagegen gehabt. Meine Bahn wäre die Bahn des Schiffes gewesen, meine Grenzen der Schiffsbord. Niemandem hätte ich wehgetan, meinem Weibe und meinen Kindern angehört, einen Freund hatte ich an der Seite.

Nun also, heute sitze ich in Berlin in einem Hotelzimmer des dritten Stocks: Mullgardinen, Waschtisch, Wasserkrüge und Wasserflasche, knarrende Bettstelle. Das Gasthaus ist alt, am Karlsplatz gelegen, der

Tag war heiß, die Nacht ist heiß, in den Straßen der Trubel des Nachtlebens.

Nun also: Heut sitze ich in Berlin und habe Anja wiedergesehen, bin etwa von mittags an; wo ich ihrer überschlanken, ziemlich eckigen Formen auf dem Lehrter Bahnhof ansichtig wurde, bis Mitternacht mit ihr zusammengewesen. Meine Frau mit den Kindern ist nach Grünthal vorausgereist.

Ich müsste lügen, wenn ich sagen sollte, dass in den jüngst verlebten Stunden etwas gewesen wäre, was die Seelenkrisen des letzten halben Jahres mir selbst nachträglich rechtfertigen könnte. Die Seele zaudert, es hinzuschreiben: »Tant de bruit pour une omelette«, und es ist auch natürlich ein Wort, das sich in meinem Falle nicht rechtfertigt. Aber ein solcher Maitag, eigentlich ist es ein Junitag, mit einer verbotenen Liebe in und um Berlin ist eigentlich dann am schönsten, wenn er überstanden ist. Was sind das für eigentümliche Wendungen, die ich hier zu Papier bringe? Es sind die Äußerungen einer tiefen Traurigkeit, wie sie mich manchmal in dieser Riesenstadt überfällt. Sie ist vielleicht eine Folge der Müdigkeit. Allein sie nimmt einen gefährlichen Umfang an, diese Müdigkeit. Es ist eine Lebensmüdigkeit. Es ist jene tiefe Ernüchterung, die, wenn nicht neue Illusionen sie ablösen, ein langes Fortvegetieren unmöglich macht. Die alte Leier, möchte man sagen, wenn man sich den Kreislauf des Tages auf seine nackten, nüchternen Tatsachen reduziert. Immer das Gleiche, immer das Gleiche. Man steigt aus dem Bett, man zieht sich an – um sich auszuziehen und wieder ins Bett zu steigen. Lohnt es, dass sich der Körper, dass sich die Seele in der Zwischenzeit Lasten aufbürden, die so schwer sind, dass man sogar am Tage schlafen möchte, was einem nicht einmal nachts mehr möglich ist?

Anja ist eben noch sehr jung, von Reflexionen nicht angefressen. Ich war ganz erstaunt, zu erkennen, wie ahnungslos-oberflächlich, wie lustig sie mir entgegentrat. Ich verzichtete augenblicklich auf den Versuch, ihr einen Begriff von dem zu geben, was ich durchgemacht hatte.

Ich nahm eine Droschke, und wir fuhren nach Pankow hinaus. Der schöne Park und die Einsamkeit waren es, die mich anlockten. Mit Anja gesehen zu werden ist mir unangenehm. Was aber in solchen Fällen geschieht, geschah auch in unserem Falle. Die verschwiegensten Gänge wurden aufgesucht, die verschwiegensten Bänke eingenommen. Da aber in öffentlichen Parkanlagen kein Weg und keine Bank sich als hinreichend geborgen erweisen, so wird damit gewechselt bis zur inneren und äußeren Abgeschlagenheit. Hat die Müdigkeit ihren höchsten Grad erreicht, so begibt man sich auf die Restaurantsuche. Man sieht sich erst das eine, das zweite, dann das dritte von außen an. Ist man beim dritten angelangt, hält man das erste für das richtige. Hat man das erste wieder erreicht, denkt man, das dritte wird wohl doch das richtige sein. Endlich ist man dann doch in irgendeinem Gastzimmerwinkel untergebracht.

Ein solcher Zustand entbehrt nicht des Typischen. So sahen wir denn auch Pärchen genug, die in unserem Falle waren und da und dort, besonders im Restaurant, nicht gerade mit ausgeprägtem Selbstbewusstsein auftraten. Anja war hierin eine Ausnahme. Ich dagegen gehörte, gleichsam von mir selber losgelöst, in die Schar der schlechten Gewissen mitten hinein.

Ich darf nicht behaupten, ich hätte diesem tristen Gastspiel unter den Deklassierten der Liebe irgendeinen Geschmack abgewonnen. Schon die Blicke sind kein Vergnügen, mit denen man von allerlei Leuten und Ständen gemustert wird. Sitzt man nebeneinander, durchaus wie sich's gehört, auf einer Bank, so schreitet meistens besonders langsamen Schrittes ein Schutzmann vorüber, in dessen durchbohrendem Auge unschwer die Worte »Ich werde Sie aufschreiben!« oder gar »Ich sollte Sie arretieren!« zu lesen sind. Möchte er einen doch arretieren! Anders ist, was einem jungen Mädchen aus guter Familie damit angetan werden kann.

Höchst peinlich ist dieses Gefühl der Obdachlosigkeit, der Rechtlosigkeit. Man würde dieses Gefühl nicht haben, wenn man mit einem Mädchen spazieren ginge, mit dem man durch keinerlei leidenschaftliche Neigung verbunden wäre.

Wo stehe ich eigentlich in diesem Augenblick?

Die unterbrochene Beziehung ist wieder angeknüpft. Es ist nichts geschehen oder besprochen worden, was über das hinausgeht, was jedes gewöhnliche Liebespärchen tut oder bespricht. Man küsst sich, man hat die Hände ineinandergelegt, man genießt die Gemeinsamkeit und versichert sich seines Besitzes, soweit dies bei Versprochenen gestattet ist. Tant de bruit pour une omelette: Warum hat sich eigentlich um diesen Tatbestand eine so gefährliche Tragik zusammengezogen?

Bin ich nicht eigentlich etwas enttäuscht, dass Anja von dieser ganzen Tragik und ihren Leiden keine Ahnung zu haben scheint und überhaupt keinerlei Neugier äußert, das zu erfahren, was in der Zeit der Trennung vor sich gegangen ist? Wie tief, wie bedeutend, dagegen gehalten, steht Melitta vor meiner Seele in diesem Augenblick! Geadelt durch eine Kette unendlicher Leiden, fast tödlich verwundet und verzeihend zugleich. Was hat mir Hüttenrauch nicht alles von ihrer körperlichen Erschöpfung bei Ankunft in Springfield mitgeteilt. Frau Hüttenrauch musste ihr die Kleider ausziehen, als sie mit den Kindern das Ziel erreicht hatte. Kaum eingetreten, war sie unausgekleidet wie tot auf das nächste Bett gesunken und erst nach vierundzwanzig Stunden wieder aufgewacht.

Wie gesagt: Nicht die geringste Notiz nimmt Anja von alledem. Damit ist es mir selbst infrage gestellt. Es nimmt sich merkwürdig unnütz aus, gewissermaßen höchst überflüssig.

Sie ist zu jung. Der Seelenraum reicht noch nicht hin, um ein so voluminöses Leidensschicksal zu begreifen oder gar in sich aufzunehmen.

Habe ich eigentlich in der Blindheit meines ersten Rausches gesehen, dass sie noch ganz ein Backfisch ist? Ohne sie zu erkennen, hatte mein Blick sie mehrmals gestreift, als ich aus dem Coupéfenster sah. Gott weiß es, was für ein überirdisches Glanzphänomen ich erwartet hatte. Schließlich gestand ich mir ein, dass wirklich das und das kleine Mädchen unter den vielen, die den Bahnsteig bevölkerten, eben doch die Ersehnte war.

So bohnenstangenmäßig unproportioniert hatte ich sie nicht in Erinnerung. Der kleine Kopf, die eckigen Schultern, die Hüften vielleicht zu breit, die Füße zu lang, ein solches Ensemble hatte mir keineswegs vorgeschwebt. Das graue Wollkleidchen, ein ebenfalls graues Barettchen machten beinahe den Eindruck von Dürftigkeit. Aber mir fallen die Augen zu. Ich bin übermüdet und ungerecht, ich denke, wir wollen den Morgen abwarten.

Grünthal, am 9. Mai 1895.

Als wenn nichts vorgefallen wäre, wohne ich wieder in meinem Haus und verbringe die Tage mit meiner Familie. Ich habe in diesem Buche geblättert und kaum für wahr halten können, was seit dem Tage der Wintersonnenwende, also seit nicht viel mehr als vier Monaten geschehen ist. Alles geht wiederum seinen Gang, als wäre er nie unterbrochen worden.

Es ist damit eigentlich alles gesagt, und ich könnte das Tagebuch wieder zuklappen. Über das Wesen der Zeit zu philosophieren, was naheläge, bin ich nicht aufgelegt. Auch darüber wäre manches zu sagen, wie es mit der Realität von etwas Vergangenem beschaffen ist.

Der Mai ist diesmal ein wirklicher Mai. Zwar auf den Gebirgskämmen liegt noch Schnee, aber:

> Unter der Berge Schnee und Eis
> Schluchzen die Vögel frühlingsheiß.

Überall gurgeln und glucksen die Schmelzwasser, das Grün der unendlichen Wiesen ist neu und darüber die duftenden Wolken der Obstblüte. Andere Wolken gibt es nicht.

Die Macht der Heimat, die Macht der Laren ist groß: Erwärmende und beglückende Mächte, die in Behagen und stilles Genügen einlullen.

Hiermit ist freilich die Wirkung dieser Mächte nur obenhin berührt. Es strömt ein unendlicher Segen von ihnen aus. Was mich betrifft, ich bin ganz einfach glückselig, zu Hause zu sein, und auch Melitten ist ein ähnlicher Zustand anzumerken.

Von dem Schicksal, mit dem wir den Winter über gerungen haben, sprechen wir nicht.

Wir hoffen auf die Wirkung der Zeit. Im Übrigen ist dies eine gewiss: Das Haus, das mir in den kritischen Tagen des Dezember fremd und feindlich geworden war, zeigt uns wieder das alte Gesicht, und wir genießen in ihm den erwärmenden Geist familiärer Geborgenheit.

Kann dieser Zustand dauernd sein, oder genießen wir ihn nach unseren stürmischen Fahrten auf zwei Meeren als wohlverdiente Rast, um, komme was wolle, uns zu stärken? Unterliegen wir ohne unser Zutun einem wohlbegründeten Rhythmus der Natur, der ein erhaltungsgemäßer ist und diese Kampfpause uns aufnötigt?

Über meinem Verkehr mit Melitta und den Kindern liegt jedenfalls wieder der Geist der Häuslichkeit, der Familie, der Liebe und in dem, was man nicht gern mit dem Worte Ehe bezeichnen will, eine rührendsüße Erneuerung. Wir haben verlernt zu diskutieren. Es ist, als hielte uns die gleiche, geheime Angst davon ab, etwas Verborgenes aufzudecken, was unser friedliches Glück am Ende gar Lügen strafen könnte.

Als ob nichts geschehen wäre, haben mich meine Freunde in Berlin wieder aufgenommen. Keiner beging eine Taktlosigkeit, indem er auch nur nach dem Grunde meiner Amerikareise gefragt hätte. Von vielen Seiten trat man mit neuen Unternehmungen an mich heran, bei denen man sich meiner Mitwirkung zu versichern wünschte.

Ich habe in Bremen meinen ältesten Bruder, Marcus, wiedergesehen, dessen warnender Brief leider von mir nicht rechtzeitig eröffnet wurde. Marcus allein hat das Herz auf dem rechten Fleck gehabt. Der Dienst, den er mir leisten wollte und im moralischen Sinne, wenn auch ohne Erfolg, geleistet hat, wird ihm von mir nicht vergessen werden und hat uns einander nähergebracht. Er hat schwer zu kämpfen, sein Vermögen ist nicht groß genug, um starke Fehlschläge auszuhalten. Die Erschütterung scheint eingetreten zu sein. Er klagte mir sehr, allein er hat Hoffnungen. So führte er mich in ein kleines, abgelegenes Gässchen der alten Stadt, wir traten durch Schlosserwerkstätten bei einem ungeheuer dicken Manne ein, der an einem Schraubstock arbeitete. Die Wände seiner dämmerigen Werkstatt, einer kleinen Stube, waren von oben bis unten mit Instrumenten behängt. Dieser Erfinder, von bleierner Haut, massig bis zur Unbeweglichkeit, ist an sich eine Monstrosität. Seine Versuche, an die mein Bruder glaubt, haben bereits dessen halbes Vermögen verschlungen. Er hat in der Tat schon zum dritten oder vierten Male einen kleinen Motor konstruiert, dessen ungeheure Kraftentwicklung aus einer ununterbrochenen Explosion kleiner Benzinmengen herrühren soll, die, auf glühendes Metall tropfend, schnell verdunsten. Man hat den letzten der konstruierten Motoren in einen Straßenbahnwagen eingebaut, der tatsächlich bei dem Versuche mit Leichtigkeit eine ziemliche Strecke bewegt wurde, bis leider der Motor in Stücke ging. »Es handelt sich nur noch darum«, sagte mein Bruder, als wir das erfinderische Monstrum verlassen hatten, »für den Motor ein Metall oder eine Legierung zu finden, die dem inneren Druck dauernd widersteht.

Wenn wir dann einmal so weit sind«, fuhr er fort, »dann dürften wir bald auf ein Patent zu pochen haben, das seine Besitzer zu Milliardären macht. Die Eisenbahn wird überflüssig, der Motor wird in alle Gefährte eingebaut, und noch zwei technische Probleme sind damit gelöst, woran sich die Menschheit bisher vergeblich versuchte: Nicht nur die Lenkbarkeit des Luftschiffes wird erreicht, sondern wir werden auch ohne Ballon mittels des Motors endlich fliegen.«

Alles dieses mag richtig sein, aber ich fürchte, dass der bekannte enthusiastische Optimismus meines ältesten Bruders die Verwirklichung solcher Wunder in einer zu nahen Frist ins Auge fasst. Darüber wird noch mancher Erfinder und mancher Unternehmer zugrunde gehen.

Ich habe in Bremen auch meinen Vater und meine Mutter gesehen. Mein Vater ist im Begriff, sich von Marcus loszulösen, in dessen Geschäft er arbeitet, und in eine Kleinstadt überzusiedeln. Wie immer: Unstimmigkeiten zwischen Vater und Sohn sind schuld daran.

Auch bei diesem Wiedersehen bin ich ähnlich wie bei dem mit Anja einigermaßen befremdet worden, weil ich auch hier erkennen musste, dass meine Eheschicksale nicht so grundstürzend gewirkt hatten, als ich vermutete. Hätte ich mich in meinen Gedanken hier nicht einer Übertreibung schuldig gemacht, so hätte dies meine Lage erheblich erleichtert.

Meinen Bruder Julius habe ich wegen seines Verhaltens in dem hoffentlich überwundenen schweren Konflikt mehrmals auf Wanderungen zur Rede gestellt und ihm besonders sein »Heinrich, der Wagen bricht ...«, womit er mich in einem Brief nach Southampton beglückt hatte, vorgehalten. Aber meine Entrüstung begriff er nicht. Mag sein, ich schritt gesund und frisch neben ihm. Er dachte: Du lebst, und das ist wohl die Hauptsache! und sah keinen Grund, sogenannten Verfehlungen nachzugehen, die weit zurücklagen und überdies das günstige Endergebnis nicht verhindert hatten.

Konnte und mochte mein ewig grüblerischer Bruder sich in Vergangenes so wenig hineinversetzen, mit welchem Recht war ich ein wenig enttäuscht und gereizt, als es mir nicht gelang, Anja, die doch eigentlich noch ein Backfisch war, von dem Leiden einen Begriff zu geben, das ich fern von ihr durchgemacht habe?!

Grünthal, am 2. Juni 1895.

Mein Freund Jean Morel aus Paris ist hier. Derselbe, der mir, verbunden mit seinem Bruder, in Paris so liebevoll beigestanden hat. Der Franzose gefällt sich sehr in unserem ländlichen Aufenthalt. Er ist sehr befriedigt, zu sehen, wie sich alles zwischen mir und Melitta ausgeglichen hat. Dies, wie er mir offen gesteht, ist schon in den kritischen Pariser Tagen sein Wunsch gewesen. Weder er noch sein Bruder haben das natürlich zu äußern gewagt, weil mein Zustand damals allzu bedenklicher Art gewesen sei. Er versichert mich, sie hätten beide ernste Sorge um mich gehabt.

Sollte ich etwa nicht wissen, dass es berechtigt war?

Wie gesagt, Jean Morel gefällt sich hier. Weite Wiesen und Wälder, wie er sie zu sehen bekommt, kannte er nicht. Ausflüge führen uns bis über die Waldgrenze, und er genießt die leichte, stählerne Luft, den weiten Ausblick auf Berge und Ebenen nach Böhmen, nach der Lausitz hinein und in die Gebiete von Preußisch-Schlesien. Auch das mit Flechten patinierte wilde Trümmergestein, das Knieholz und die Sumpfwiesen des alten Granitrückens ziehen ihn an. Auf unseren Gängen wird mancherlei durchgesprochen. Er behauptet, ich sähe trotz der angenehmen Umstände, in denen ich lebe, und der kräftigen Luft dieser Berge immer noch etwas kränklich aus. Und in der Tat – wir haben uns bei einem der Fotografen, die man meist bei den Berggasthäusern findet, fotografieren lassen – nach meinem Bilde muss ich es zugeben. Ein Gefühl von überschüssiger Lebenskraft habe ich nicht.

Trotzdem: Ich arbeite fieberhaft. Ich wälze zur Tages- und Nachtzeit Entwürfe. Und man kann mich sogar in heiterster, übersprudelnder Laune antreffen.

Von Anja erhalte ich jetzt nur selten einen Brief. Sie hat eine Reise zu Verwandten angetreten, die im Osten Deutschlands begütert sind. Es steht in den Briefen etwa dies: Wir haben im Pastorhause zu Stablau einen Geburtstag gefeiert. Es ist bis morgens um fünf getanzt worden. Der junge Vikar X. hat mich nach Hause gebracht. – Es heißt: Ich reite mit Onkel Heinrich aus. Er ist fünfzehn Jahre jünger als seine Frau, er ist mit Tante Berta sehr unglücklich. Er sagt, seit ich da sei, lebe er auf. – Es wird berichtet: Ich bin drei Tage lang mit den Söhnen des Pastors, zwei Vettern, die Studenten sind, mit Dr. Soundso und mit Gott weiß wem teils zu Wagen, teils zu Fuß über Land gewesen. Wir haben den und den und den und den Onkel und die und die Tante besucht, und überall ist es hoch hergegangen. – Es heißt auch: Wenn ich immer in der Gegend wäre, würde es nicht so langweilig sein.

Nun, solche Berichte sind mir nicht gleichgültig. Sie erzeugen ein nicht gerade immer gegenwärtiges nagendes Gefühl und stören mitunter meine Ruhe. Schließlich bleibe ich aber Herr der Umstände. Was sollte ich denn auch anderes tun? Kann ich von Anja verlangen, das Leben einer Nonne zu führen, sich womöglich einmauern zu lassen, solange ich mich im Schoße meiner Familie, als wäre sie gar nicht da, einem sommerlichen Wohlleben hingebe? Und wenn ich auf solche Gedanken verfiele, es wäre das letzte, worauf eine heiter freie Natur wie die ihre einginge.

Die Art, wie ich mit Melitta von Anja rede, hat wieder jene Unbefangenheit wie damals, als sie für uns noch das kleine, unbedeutende Mädchen war, dem wir ein bisschen in der Gesellschaft forthelfen wollten. Freilich bewegen wir uns dabei mit einer gewissen Vorsicht wie über einer Eisdecke, deren Tragfähigkeit noch nicht ganz sicher ist. »Nun Gott«, sagt Melitta, »sie wird einen Pastor oder den jungen Arzt heiraten, vielleicht einen Gutsbesitzerssohn, lange ledig bleiben wird sie nicht.« Ich hatte die Kühnheit – oder dachte ich wirklich so? – ein »Je eher, je besser!« hinzuzusetzen. Und wirklich, ein solcher Abschluss der ganzen Krise würde mir, wenn er auch immer noch einer nicht ganz leichten Operation gleichkäme, beinah willkommen sein.

Einmal, nur noch einmal vor der Trennung möchte ich sie aber doch wiedersehen. Mag sie dann ihren Pastor heiraten. Soll ich und muss ich von ihr los, dann möchte ich wenigstens ganz und mit voller Genugtuung von ihr loskommen. Ich brauche es mir selbst nicht zu sagen, was mit diesen Worten gesagt und verborgen ist.

Völlige Ruhe, völlige Erlösung von ihr halte ich nur für möglich, wenn diese Genugtuung vorausginge. Sie zu nehmen, bedeutet etwas Ähnliches wie der sabinische Frauenraub, unverblümt jedoch: eine Niederträchtigkeit. Ist das so? Ich habe das Wort gleichsam gegen meinen Willen hingeschrieben. Ich wäre also ein Mann, der, was ich bisher für völlig ausgeschlossen gehalten habe, einer bewussten Niedertracht fähig ist.

Ja! Ja! Ich bin dieser Mann! Ich würde, wenn mir heut die gefürchtete Verlobungsanzeige ins Haus flöge, mit den abgefeimtesten Mitteln vorgehen und versuchen, mein Ziel zu erreichen. Für Gewissensskrupel und Gewissensqualen wäre ja nachher Zeit genug. Den Raub, wie er seiner Natur nach einmal ist, könnte mir jedenfalls niemand mehr abjagen.

Immerhin würde meine Tat in den Augen der meisten eine verbrecherische Handlung sein, die, würde sie bekannt, mich moralisch vernichten könnte. Ein junges Mädchen, noch unter Vormundschaft, einem Ehrenmanne verlobt, womöglich einem Seelsorger, würde dann von einem Schurken zu Fall gebracht. Dennoch, zu ändern wäre nichts, wenn das, was wir an die Wand malen, einträte. Dann wäre ich eben ganz einfach nicht mehr Herr über mich.

In der Stille meines Zimmers, über dem Blatt meines Tagebuchs, manifestiert sich mir ganz deutlich jene neue Wesenheit, über die ich in einem gegebenen Fall nicht Herr werden könnte. Sie ist blind, taub, hart und gebieterisch. Sie will nichts wissen von alledem, was ich sonst bin und darstelle. Keine Verpflichtung, die ich Menschen und Dingen gegenüber eingegangen bin, erkennt sie an. Komme, was wolle, aber es geschieht, was geschehen muss! ist der einzige Leitspruch ihres unbeugsamen Willens.

Ich schreibe und denke Torheiten – still!

Bromberg, am 22. Juni 1895, abends 8 Uhr.

Ich bin Knall und Fall abgereist. Und jetzt bin ich hier. Mein Freund Morel hat seltsame Augen gemacht, als ich Abschied nahm und ihn bei den Meinen sitzenließ. Auch meine Frau hat seltsame Augen gemacht. Ich weiß nicht, mit welchem Lügengewebe ich beide abspeiste.

Aber in mir war eine finstere Entschlossenheit. Sie war plötzlich da, diese Entschlossenheit. Es war etwas Hartes, Unbeugsames, etwas ganz ohne Lyrik über mich gekommen. Um meinen Willen durchzusetzen, würde ich über Leichen gegangen sein. Bedenklichkeiten jedweder Art waren hinweggefegt. Keinerlei Reflexionen trieben mehr ihr Wesen oder Unwesen in meinem Seelenraum. Die Atmosphäre darin war gnadenlos leer, kalt und rein. Irgendwo tief in meinem Innern lag, der Vereisung verfallen, meine Gefühls- und Vorstellungswelt und damit auch die Frage, um deren Lösung ich mich all die Zeit her nutzlos abmühte. Eine eisige, harte Trockenheit hatte alles in sich aufgenommen.

Und da ich schon einmal diese frostige, eisklare Winterwildnis heraufbeschworen habe, so will ich auch noch den ausgehungerten Wolf hineinsetzen. Es war in mir ein einziger Trieb, und noch diesen Augenblick ist er der einzige. Er ist so beherrschend und stark, wie es der Hunger des Raubtieres ist.

Es ist nicht nötig, zu sagen, worum es sich handelt. Ich selber weiß es, und damit genug. Dieser ausgehungerte Wolf ist da und spricht seine Sprache. Wir wissen, dass dies keine eigentliche Sprache ist, aber sie ist mehr als Sprache. Der hungerkranke Wolf ist da. Sein Opfer muss fallen, Mensch oder Tier. Oder aber, es gibt keine andre Wahl, ich selbst muss zugrunde gehen.

Ich hätte Mutter, Bruder und vor allem Vormund zu berücksichtigen. Ich hätte die Gebote der Sitte und Sittlichkeit zu berücksichtigen, die im Großen und Ganzen anzuerkennen und zu halten mir bisher selbstverständliche Pflicht gewesen ist. Aber die Furcht vor Menschen und Geboten besteht in dieser Sache nicht mehr. Ein hungernder Wolf hat gleichsam in einer kahlen Wüste mit gierig schillernden Lichtern sein Opfer unabirrbar ins Auge gefasst.

Anja schrieb, sie werde vom Lande hereinkommen. Das soll morgen Vormittag sein. Ihr neuester Brief ist beinah noch flüchtiger als die meisten in letzter Zeit. Es ist zu ersehen, es würde ihr kaum viel ausgemacht haben, wenn sich mein Kommen noch über Wochen verzögert hätte. Wenigstens drängt sich der Eindruck mir auf.

Die Frage entsteht: Ist Anja gegen dich abgekühlt? Die Antwort sagt: Vielleicht ist Anja gegen dich abgekühlt. Aber in der nächsten Sekunde schon erfährt diese Antwort eine jähe und schreckliche Steigerung: Ja, Anja ist gegen dich abgekühlt. Nur ein urteilsloser Narr wie du konnte sich darüber hinwegtäuschen. In Wahrheit sind ihre Briefe nichts weiter als die Vertuschung dieser Tatsache, als der Versuch, den jähen Bruch zu vermeiden, um unvermerkt gleichsam die Sache im Sande verlaufen zu lassen. Anja ist nicht nur abgekühlt, sie gehört in Wahrheit schon einem anderen. Und nun tritt vor den inneren Blick Gesicht auf Gesicht, von denen eines Anja beim Verlobungsfest im Pastorhause, das andre bei einem ebensolchen Fest im Gutshause zeigt, ein Pastor ist hier, dort ein Gutsbesitzer der Auserwählte. Ein drittes Gesicht zeigt Anja im Wagen des jungen Kreisarztes, der sie mit auf die Praxis genommen hat und eben das Jawort von ihr erhält. Solche Vorstellungen bekommen sogleich den Rang von Tatsachen, obgleich ja höchstens eine davon ihn behaupten könnte. Und so wirken sie auch mit der niederschmetternden Kraft einer Tatsache herzerstarrend in mich zurück.

Der objektive Betrachter in mir, der beinahe den Dienst versagt, neigt zur Kapitulation. Der Verstand will wissen: der Glaube, ein junges, lebenshungriges Mädchen von Anjas Art und Unerschrockenheit werde sich, umworben von heiteren, hübschen, gesunden und wohlsituierten Landmenschen, mir bewahren, sei geradezu eine Lächerlichkeit. Muss ihr nicht jeder freie, kraftvolle Mann, der, ohne schwere Konflikte zu gewärtigen, sein Leben mit dem ihren verbinden kann, genehmer sein als ich, der ihr bisher nur ein eigentlich unerreichliches Ziel weisen kann? Darf ich außerdem sagen, dass ich ihr einen anderen Beweis als den meines Wankelmutes gegeben habe? Und muss es mir überdies nicht mehr als verständlich erscheinen, bei der Macht, die das hübsche junge Kind über mich gewonnen hat, die Männer, die sich ihr nähern, von der gleichen Macht unterjocht zu sehen? Kurz und gut, wenn ich morgen auf dem Bahnhof den Zug erwarte, mit dem sie, meinem Vorschlag gemäß, eintreffen soll, so geht es wieder einmal auf Leben und Tod. Bleibt sie aus – nun, so darf ich vielleicht noch nicht alles aufgeben, aber ich werde einige Kraft brauchen, um dem Augenblick gewachsen zu sein.

Was geschieht in Wahrheit, wenn sie nicht aus dem Zuge steigt?

Ich habe dann die Wahl zwischen Tollheit und Erbärmlichkeit. Ich hätte sogar beides bestimmt zu gewärtigen. Das tollste Beginnen, das sich denken lässt und zu dem ich mich ohne Besinnen entschließen müsste, würde unfehlbar in Ohnmacht enden und also mit Erbärmlichkeit. Oder wie sollten sich die Zustände anders entwickeln, wenn ich im Kreise ihrer derben Gutsbesitzer, Ärzte und vierschrötigen Pastorensöhne auftauchte? Wenn ich vielleicht verwildert und zerstört, was sicher wäre, falls ich sie aufstöbern könnte, bei ihrer Verlobungsfeier auftauchte? Wenn ich unvermittelt vor ihr selbst auftauchte, etwa in einem Augenblick, wo sie Hand in Hand mit dem Bräutigam steht und gerade ein Toast auf sie mit erhobenen Gläsern ausgebracht worden ist? Ich würde nichts weiter tun als sie anstarren. Anfänglich könnte ich sie nur anstarren. Es müsste sich dann ja zeigen, ob sie mir noch gehört oder mir ewig verloren ist. Ein furchtbares Wort, dies »ewig verloren«! Was tue ich aber, wenn sie erschrickt und an die gewölbte Brust ihres Pfarrersohnes flüchtet? Dann zöge ich etwa den Revolver heraus, den Melitta als Braut mir gegeben hat. Nicht um irgend jemandes Glück, sondern nur um mein eigenes Leiden abzutun. Ich würde sagen: Anja, komm mit! Du kannst keinem andern, nur mir gehören. Anja, du weißt es, also betrüge doch dich und andere nicht! Anja, komm mit! Komm mit auf die Landstraße! Durch Feuer und Wasser, durch Rosen und Kot, durch Flüsse und Meere, durch Täler und Berge, durch Himmel und Höllen will ich fortan nicht von deiner Seite gehn. Nicht einmal der Tod soll mich von dir scheiden!

Was würde geschehen, wenn Anja auch jetzt noch schwiege? Oder wenn sie mit einem Lachen antwortete? Die breiten Luthermänner, die vierschrötigen Pastoren von Westpreußen mit ihren Enakskindern von

Söhnen, die breitschultrigen Gutsbesitzer, Gutsinspektoren und jovialen Landärzte würden über mich herfallen. Man hätte mir wahrscheinlich bereits am Beginn die Waffe von rückwärts aus der Hand gedreht, ich flöge hinaus, hinaus vor die Tür. Der Lärm wäre groß, Hundegeheul des ganzen Dorfes empfinge mich. Aber ich müsste wiederum gegen den Eingang anrennen. Wetterharte Fäuste würden mich wieder und wieder zurückstoßen: einen Betrunkenen, einen Irren, einen entsprungenen Zuchthäusler. Inzwischen wäre vielleicht die Nacht hereingebrochen. Ich würde mich schließlich noch einmal flüchten wollen und es bewerkstelligen, und dann schliche ich mich ganz gewiss, von Hunden verfolgt, selbst wie ein Hund um den Wohnort Anjas herum. Ich hörte vielleicht die betrunkenen und grölenden Gäste heimgehen ... genug! Bis zu welchen schrecklichen Phantasmagorien steigert sich Eifersucht!

Berlin, am 30. Juni 1895.

Was habe ich von mir selbst gewusst, und was weiß der Mensch überhaupt von sich selbst? Ebenso gut könnte ich sagen: Was weiß der Mensch von Hass und von Liebe, was kann er Erschöpfendes wissen von den unendlichen Möglichkeiten der Pein und der Lust? Haben mir die Wochen vor meiner Reise die Liebesleidenschaft als eine schleichende Krankheit offenbart, so hat sich mir nun ihre Erfüllung gezeigt.

Ich übergehe das Warten, bei dem sich jene schon erwähnten Ausschweifungen der Fantasie erneuerten.

Als Anja, äußerst einfach gekleidet, in der herben Frische ihrer Jahre, mit einem schlecht verschnürten Pappkarton, ihrem überhaupt einzigen Reisegepäck, in Bromberg aus dem Lokalzuge stieg, wurden alle Gespenster ins Nichts gefegt. Es fiel während der ersten Stunde kein Wort, aus dem man auf eine Entscheidung hätte schließen können, die unausgesprochen zwischen uns lag. Natürlich dachten wir nicht in Bromberg zu bleiben. Ein möglichst versteckter, stiller, ländlicher Ort schwebte uns vor. Aber schon mit dem ersten Schritt von der Bahnhofstraße in die Stadt beschlich uns wiederum das schlechte Gewissen von Geächteten. Kurz darauf hatten wir uns glücklich in mein Hotel hineingewagt, den Pappkarton dem Portier übergeben und saßen im verstecktesten Winkel des Restaurants, wo gerade das Mittagessen serviert wurde.

Anja erzählte lustig und viel von ihren Erlebnissen. Dieser Ohm und jener Ohm wurde geschildert, diese oder jene Großtante oder Tante mit ihrer Eigenart; aber so, wie wir uns unterhielten, ohne dass der leiseste zärtliche Blick oder die leiseste Berührung stattgefunden hätte, würde man höchstens einen legitimen Onkel mit seiner legitimen Nichte in uns haben vermuten können. Nach Tisch begaben wir uns in die Stadt, nahmen den Kaffee in einer Konditorei, es wurde mir dies und jenes Haus einer wohlsituierten Verwandten gezeigt, und ein gewisses inneres Zögern, eine gewisse Unschlüssigkeit brachte es mit sich, dass wir zum Abendbrot noch in einem Bromberger Restaurant saßen und die Abreise auf den kommenden Morgen verschoben hatten. Anja nächtigte im Hotel. Ich verlangte für sie, es war Gott sei Dank schon spät, beim Portier ein Zimmer, nicht ohne lächerliche Verlegenheit. Der Pappkarton wurde ihr nachgetragen, wir nahmen kurz und hölzern Abschied auf dem Korridor, und ich fand mich gleich darauf in meinem Zimmer. Hier atmete ich mit einem deutlichen Gefühl der Entspannung mehrmals auf.

Der Mensch ist eigentlich immer allein. Trotzdem: Jeder zweite Mensch hat die Macht, seine Seele wie einen Wocken Flachs aus sich heraus und auf eine Spule zu spinnen. Dann bleibt nicht mehr allzu viel übrig von ihr. Darum muss sich der Mensch unbedingt zuzeiten von seinen Mitmenschen und gegen seine Mitmenschen absperren dürfen. Und am wichtigsten ist diese Absperrungsmöglichkeit, wenn der Körper ermüdet ist, mit dem vollen Recht, den Schlaf zu suchen. Liebesnächte bilden die Ausnahme.

Mit Anja bin ich nun sechs Tage lang, außer im Schlaf, vereinigt gewesen. Diese Notiz, wie alle auf dem heutigen Blatt, mache ich in Berlin. Erst auf der Fahrt hierher – Anja ist wieder zu Verwandten gegangen – bin ich zu mir selbst gekommen. Ich habe Zeit, denn ich bleibe einige Tage hier, um zwischen Bromberg und Grünthal eine gewisse Entfernung zu legen. Der Gegensatz ist zu groß und die Veränderung, die mein ganzes Wesen erlitten hat: Es bedarf einer neutralen Sphäre, um sich allmählich rückbilden und das frühere Sein wenigstens einigermaßen glaubhaft spielen zu können.

Wir zogen, Anja und ich, in der Bromberger Gegend zu Fuß herum. Da man das Geld in meiner Tasche nicht sehen konnte, hätte man uns, ich trug den Pappkarton grau vom Staube der heißen Landstraße, für Vagabunden nehmen können. In einer Beziehung waren wir es, denn was uns versklavte und zugleich bedrückte, ist etwas wesentlich Lichtscheues. Es sucht den Versteck, es lechzt nach Verborgenheit. Je mehr sich der Staub auf den Schuhen häuft, die Fußschmerzen zunehmen, Schweiß den Rücken herunterläuft, umso stärker wird das Paria-, wird das Vagabundengefühl.

Wo kamen wir mit unserem Pappkarton nicht überallhin auf unserer Wanderung, immer weitergetrieben, durch Dörfer und Marktflecken, wahrhaft ausgestoßen, ziellos und obdachlos! Denn wir wagten es nicht, jemand um Quartier anzugehen vor der Dunkelheit, und Ende Juni wird es spät dunkel.

Beinahe vergessen hätte ich, dass Anja ihre Geige im Kasten mit sich trug, wodurch wir an fahrende Bettelmusikanten erinnerten. Wir lachten viel, wenn wir uns vorstellten, auf welche Weise wir leicht einer Ebbe in unserer Kasse aufhelfen könnten: Anja hätte vor den Häusern und in Höfen aufgespielt, und ich würde dazu gesungen haben, schlecht und recht, ungefähr so klangvoll, wie es auf der Studentenkneipe geschieht. Eines Abends waren wir wieder einmal, verstaubt und wegmüde, aber glücklich, in einem Dorfgasthaus angelangt. Wir nahmen im leeren Tanzsaal des Hauses unser Abendbrot. Im Gastzimmer, durch eine Türe von uns getrennt, saßen die Honoratioren. Der freundliche Wirt hatte Verständnis für uns. Der Himmel weiß es, wieso ich meinen Wunsch, Anjas Geige zu hören, nicht unterdrücken konnte, da wir doch alle Ursache hatten, uns still zu verhalten.

Aber o Schrecken! Als sie geendet hatte, stürzten der Arzt und der junge Pastor des Ortes herein. Es war ein Rausch der Begeisterung. Man stellte sich vor, man wollte mehr hören. Der Lehrer war zugleich Organist und begann Anja von Bach und Händel zu schwärmen. Ich legte ihr und mir ein und denselben Namen bei, den ich mir in New York gemerkt hatte, und überließ es den Herren, als wir uns gleich darauf zurückzogen, über die Frage nachzudenken, ob wir Onkel und Nichte seien oder ein junges Ehepaar.

Morgens, kaum war es Tag geworden, mussten wir wieder in den brennenden Staub der Straße hinaus. Scheu und innerlich gehetzt, wie wir immer waren, fühlten wir uns am sichersten zwischen den Ortschaften, außer wenn ein berittener, uns mit den Augen scharf aufs Ziel nehmender Gendarm vorüberkam. Er hätte uns leicht sistieren können, wenn er geruhte, uns für verdächtig zu nehmen. Dann hätten wir an der Seite des Pferdes Schritt halten müssen, und man hätte möglicherweise, falls man unsere Personalien – wir hatten keine Papiere – nicht einwandfrei feststellen konnte, uns bis zur Klärung der Sache in Polizeigewahrsam gebracht. Es genügt, sich einer Schuld bewusst zu sein, bestünde sie auch nur in einem Verstoß gegen das Herkommen, um sich von aller Welt für verfolgt zu halten. Besonders wenn man, wie in unserem Falle, in einem immerwährenden Zustand hohen Fiebers ist. So grenzten wir überall an das Hässliche mit dem Schönheitsdurst in der Brust, mit der Überempfindlichkeit unserer Seelen an das Alltäglich-Rohe und schließlich mit der Reinheit unserer Empfindungen an Abschaum und Schmutz.

Anja und ich hatten uns irgendwo in der Heide wie andere Ausflügler niedergelassen, als ein Gymnasiast vorüberkam, es mochte ein Quartaner sein, der mich, ohne dass ihn jemand gereizt hätte, mit einem gemeinen Ausdruck belegte. Es war ein Wort, durch das die tiefe Verderbtheit seiner dreizehnjährigen Seele sich kundmachte. Ich würde meiner Art gemäß den Jungen sofort durchgebleut haben. Aber die Zweideutigkeit der Situation, in der ich war, band meine rächende Hand.

»Ich bin einen Tyrannen losgeworden«, hat Platon im Alter gesagt, als ihn jene Kraft verließ, durch die allein sich das Leben der Gattung erhalten kann. Mir ist, als sei ein bleierner Mantel von meinen Schultern gefallen, der sie eine glühende Woche lang belastet hat. Es war eine Fron, womit ich mich abzufinden hatte. Hat jemand diese Macht nie erlebt, so ist er nur in den kindlichen Eros von Eleusis, aber nicht in die ganzen Mysterien eingeweiht.

Ich atme auf, bin ihnen entronnen, aus dem Reich der Deklassierten Gott sei Dank wieder aufgetaucht. Den Fuß auf der Erde, spüre ich außerdem wieder den Boden des Rechts und damit die alte Kraft und Sicherheit.

Von den Paradiesen, deren Tore unter der unabwendbaren Tyrannei und furchtbaren Hörigkeit solcher Tage erschlossen werden, rede ich nicht. Nur ihr Endergebnis berühre ich noch. Wie durch ein läuterndes Feuer ist mein Wesen von allen giftigen Dünsten, dem Nagen und Zerren unerfüllter Wünsche, dem Reißen verzweifelnder Begierden gereinigt und befreit worden. Es herrscht ein anderer Geist in mir, dessen innerster Kern fortan unangreifbar ist. Denn nicht einmal Götter vermögen es ungeschehen zu machen, wenn man die Frucht vom Baume des Lebens genossen hat.

Grünthal, am 3. Juli 1895.

Eben habe ich eine recht hässliche Szene erlebt. Benommen von der Erinnerung schicksalsschwerer Erfüllungen, war sie mir auf eine unausdrückbare Weise abstoßend. Melitta nämlich suchte irgendetwas in den Taschen meines Sommerpaletots, und stattdessen, was sie suchte, war es ein Paar zartduftender Damenglacés, das sie ans Licht brachte. Natürlich sind es Anjas Handschuhe. Ich weiß nicht, wie sie dorthin gekommen und dort geblieben sind. Das sagte ich auch mit gutem Recht. Natürlich hatten wir anderes zu tun auf unseren Irrfahrten, als uns um den Verbleib von Handschuhen zu bekümmern. Andrerseits musste Melitta meine Behauptung, ich wisse nicht, wie diese Glacés den Weg in meine Taschen gefunden hätten, wie das freche Leugnen eines Ertappten vorkommen. Kurz, dieser Fund machte ihr klar, wo ich in der Zeit meines Fernseins gewesen bin.

So ist denn das Kartenhaus unseres neubegründeten Familiendaseins jäh zerstört worden.

Grünthal, am 28. September 1895.

Soeben ist eine Epoche meines Lebens schmerzlich abgeschlossen. Der Haushalt in Grünthal ist aufgelöst. Ich schreibe dies in der verödeten Wohnung, die jahrelang ein so still geborgenes, warmes Familienleben beherbergte.

Ich bin soeben von Hirschberg zurück, wohin ich Frau und Kinder zur Bahn begleitet hatte. Sie sind nach Dresden in ihr neues Domizil abgereist.

Der Wind von den Bergen klagt ums Haus, der Abend dämmert. Ich habe, ohne eine Störung fürchten zu müssen, Zeit, die Räume und Wände des lieben Hauses noch einmal abzuhorchen und abzuklopfen. Einst ließ ich hier Melitta auf den Trümmern unseres Glückes zurück. Diesmal muss ich, von ihr verlassen, noch den Abend über und durch die Nacht hier aushalten.

Ich denke an Melittas schönes dunkles Haupt, wie es, umgeben von den blonden Scheiteln unserer Kinder, aus dem Coupéfenster sah. Die Augen aller, nicht nur die meinen, wurden von diesem Bilde angezogen. Und dann, als der Zug in Bewegung kam und das Abschiedswinken einsetzte, gewann da nicht jedermann den Eindruck innigsten Familienglücks? Aber man verstand den Sinn dieses Winkens nicht, der sich mir umso marternder mitteilte. Denn die Frau am Fenster winkte nicht so, wie man es bei Abschieden tut, sondern sie winkte und hatte ihre Kinder angewiesen, das Gleiche zu tun, wie man winkt, wenn man jemand zu sich und nach sich ziehen will. Das, was zwischen Melitta und mir unausgesprochen geblieben war, ob nämlich ihr neues Dresdner Heim als Witwensitz zu verstehen wäre, war von diesem für mich qualvollen Winken die Ursache. Sie hatte alles, alles verziehen und wollte mich trotz allem und allem wiedergewinnen für die alte Gemeinsamkeit. So viel Liebe, so viel Verzeihen! – und auf meiner Seite ein schreckliches Hellsehen, wie nutzlos dieser Aufwand einer großen Seele an mich verschwendet wurde. Wo sie hoffte, war für mich Hoffnungslosigkeit, verzweifelndes Wissen, wo sie glaubte.

Warum bin ich Melitta über den Atlantischen Ozean nachgereist? Ihre Leiden sind dadurch verlängert, ihre Widerstandskraft vermindert, ihr Stolz gedemütigt worden. Die Absicht, dass es so sein sollte, hatte ich natürlich nicht, denn ich hielt den Konflikt durch die Reise für abgeschlossen. Für Melittas und der Kinder Verbleiben in Amerika bestand sowieso keine Möglichkeit. Sie wären bei unseren für jenes Land geringen Mitteln bald dem Mangel verfallen. Melittas Amerikafahrt war ein Verzweiflungsschritt, der in keinem Falle gut ausschlagen konnte.

Seit den Tagen um Bromberg kommt für mich eine Trennung von Anja nicht mehr in Betracht. Aber vorläufig auch die Scheidung von Melitta nicht. Jetzt kämpft sie bewusst und würde, auch wenn ich es dringend wünschte, mich nicht freigeben. Man muss auf Zeit und Zukunft vertrauen, wenn man an einer Lösung dieser Verknotungen nicht verzweifeln will.

Berlin, am 10. Oktober 1895.
Anja ist nun Schauspielerin. Sie glaubt Talent für diesen Beruf zu besitzen, und nachdem sie bei einem hiesigem Bühnenleiter vorgesprochen, wurde sie engagiert.

Unter dieser Wendung der Dinge leide ich.

Es ist so gekommen aus vielen Ursachen. Eine von ihnen, die hauptsächlichste, besteht wohl darin, dass die Ehe eben zwischen Anja und mir nicht erörtert wird.

Ich habe mir eine kleine Hinterhauswohnung gemietet und notdürftig eingerichtet, nicht weit vom Joachimsthalschen Gymnasium. Die Frau des Portiers besorgt das Aufräumen, den Morgenkaffee koche ich selbst.

Manchmal ist Anja schon zum Frühstück da, und dann besorgen wir das gemeinsam.

Ich kann hier arbeiten, arbeite viel, Anja studiert ihre Rollen hier und bleibt tagsüber an meiner Seite. Dann kommt das Theater, kommt der Dienst. Nachher bringe ich sie bis an die Tür der Wohnung ihrer Mutter zurück.

In einer kleinen Weinstube am Kurfürstendamm essen wir unser Mittagbrot, abends werden wir da- und dorthin verschlagen oder kaufen uns etwas ein, womit wir uns in unser Hinterhausversteck zurückziehen.

Wir leben also in engster Kameradschaftlichkeit.

Nicht leicht ist es für mich, wenn ich sie abends ins Theater ziehen lassen muss. Wer wüsste nicht, was das Theater ist, besonders hinter der Bühne ist, was für Gefahren dort auf ein junges Mädchen warten. Ich hole sie vom Theater ab. Es kommt vor, dass ich nicht in die Stadt hineinfahre, sondern sie am Bahnhof Bellevue oder am Bahnhof Zoologischer Garten erwarte. Wenn sie sich dann gelegentlich verspätet, ein Zug nach dem andern in die Halle tobt, hält und weiterrollt, ohne dass sie vom Trittbrett herunterspringt, wird der Zustand, in den ich gerate, ein krankhafter. Ich kann so wenig dagegen aufkommen, dass ich die sich überstürzenden Einbildungen, trotzdem ich sie selbst für unsinnig halte, in ihrer Wirkung als Tatsachen fühle. Ich stelle mir einen bestimmten, dann einen zweiten, dann einen dritten wohlbekannten Schauspieler, ihren Kollegen, vor, talentvolle, witzige, reizvolle Menschen, die Routiniers im Umgang mit Frauen sind, und gestehe mir ein, es sei eines Dümmlings würdig, anzunehmen, ein frisches Mädchen, wie Anja ist, werde ihren Zudringlichkeiten gegenüber standhalten. Was tat, um die Fremdheit auszuschalten und andere Hindernisse hinwegzuräumen, nicht allein der im Theater übliche Duz-Jargon? Unter den Schauspielern herrscht, solange sie auf den Brettern sind, eine sehr begreifliche Kameradschaftlichkeit. Durch ihre jeweilige Rolle werden sie vor dem Auftritt, während des Auftritts und nach dem Auftritt in einem Erregungszustand erhalten. Jene Verbindung aber, die unter den Mitspielern eines Stückes naturgemäß während der über Wochen dauernden, täglichen Proben sich herausbilden muss und die das gemeinsame öffentliche Auftreten dann noch festigt, kommt hinzu und schafft eine Atmosphäre, die gegenseitige Annäherungen zu einer fast selbstverständlichen Erscheinung macht. Hat man sich auf der Bühne umarmt und geküsst, warum soll man es nicht in ganzem und halbem Scherz, in halbem und ganzem Ernst hinter der Bühne tun?! Witz und Scherz feiern ja hinter der Bühne Orgien, und man würde begründeterweise eine Schauspielerin kameradschaftlich fallenlassen, die einen gewagten Scherz krummnehmen oder anders als durch Humor parieren wollte.

Witz und Scherz feiern hinter der Bühne Orgien: Ist diese Behauptung zu stark oder nicht? Sie ist nicht zu stark, wie ich glaube. Der Kulissenhumor wird durch vielerlei Gründe bedingt, worunter natürlich die witzigen Köpfe der Schauspieler obenan stehen. Diese Köpfe haben sich in eine tragische oder komische Rolle hineingelebt, und wenn ihre Träger von der Bühne abtreten, so suchen sie den Kontrast, und es ist oft ein derbes Witzwort, das den Tragiker wieder zum natürlichen Menschen macht. Wer wüsste nicht überdies, wie bei erregten Nerven tieftragische Gelegenheiten durch unaufhaltsames krampfhaftes Gelächter Unterbrechung erleiden. Der tragische Schauspieler tobt sich nicht selten hinter der Bühne, besonders nach dem Auftritt, in allen erdenklichen Humoren aus, wogegen vor dem Auftritt der Galgenhumor allein das Seine tut. Dagegen ist ein tiefer Seufzer, wie man mir sagt, das erste, was man hört, wenn ein gewisser Komiker, während das Publikum noch gleichsam wiehernd unter den Bänken liegt, von der Bühne in die Kulisse getreten ist.

Ich merke, ich bin etwas abgekommen. Ich wollte den Versuch machen, einen Zustand zu schildern und womöglich loszuwerden, indem ich seine Absurdität mir klarmache. Ich sehe Anja nach jedem Stadtbahnzuge, dem sie nicht entsteigt, in einer ärgeren Situation. Erst ist es ein Kuss, dann ist es eine Umarmung, was ich deutlich im Geiste vor mir sehe. Der schöne junge Schauspieler X., der sich in seiner Wohnung vor dem Zudrang der Berliner Backfische kaum retten kann, hat Anja nach dem Theater eingeladen, und sie sitzen bei Dressel oder in einem anderen Restaurant. Was danach geschieht, das mag Gott wissen. Das Schlimmste ist: Wie soll ich sie finden? Ist es menschenmöglich, alle Restaurants, alle Chambres séparées von Berlin heute noch abzusuchen? Und ich gerate über Anja in maßlose Wut. Meine Wut gegen den Schauspieler, übrigens mein Freund, ist noch viel maßloser. Ich werde noch einen Zug abwarten, dann eine Droschke nehmen, nach Hause eilen, meinen Revolver zu mir stecken, nach der Stadt fahren, die Lieblingswinkel meines Freundes absuchen und – hol' mich der Teufel! –, sollte ich eine unliebsame Überraschung erleben, in das Chambre séparée, in die Box hineinknallen ...

Aber da steigt meistens Anja ahnungslos aus dem Abteil auf den Bahnsteig herunter.

Dresden, am 18. Oktober 1895.

Melitta hat mit den Kindern eine hübsche Etage bezogen. Ich besitze zum ersten Mal mein eignes Schlafzimmer. Seit gestern Abend bin ich hier. Ich weiß, dass es nur auf wenige Tage ist, und doch habe ich ein Gefühl der Geborgenheit.

Meine Kinder scherzen und lachen mit ihrem Vater ahnungslos. Meine Frau erkennt, dass ich mich bei ihr, in der neuen Umgebung, wohlfühle. Ihr Wesen ist von einer stillen, warmen Gleichmäßigkeit. Sie hat, wie es scheint, den Gedanken an Anja und unseren Konflikt ausgeschaltet und ist sich schlüssig geworden, mit dem, was für sie übrig geblieben ist, zunächst zufrieden zu sein.

Welche Beruhigung kann ein umfriedetes Hauswesen mitteilen! Bevor ich das unter den jetzigen, lebenserschwerenden Umständen erfuhr, wusste ich es nicht. Einen Mann wie mich kann nur der Grund und Geist der Familie stark machen.

Jetzt, da ich, wenn auch nach eigenem Willen ausgestoßen, in dieser Welt nur zu Gaste bin, spüre ich wie nie ihren Wert und den ganzen Verlust, den ich auf mich nehme.

Wie kommt es, dass diese Zimmerflucht in einem Mietskasten, die Melitta mit den Kindern vor wenigen Wochen bezogen hat, mich so warm und altvertraut anmutet? Trat ich nicht, von einem fremden Dienstmädchen im Entree begrüßt, trotzdem wie in den Raum meiner eigenen Seele ein? Nein, meine eigene Seele ist es nicht. Wenn es im Seelischen etwas dem Mutterschoß Entsprechendes geben könnte, so ließe sich hiermit ein Vergleich wagen. Oder man würde auf eine Art Nestbrutgefühl zurückgehen, das ein gemeinsames Erzeugnis von Vater, Mutter und Kindern im Neste ist. Ich schreibe dies alles hin und berühre damit nur leicht das Mysterium. Die Flurtür hinter mir zudrückend, begriff ich mit allem, was ich bin und darstelle, dass ich der Fremde entronnen war.

»My house is my Castle«, sagt der Engländer. Mit vollem Auf- und Ausatmen genieße ich wieder einmal dies Gefühl. Der Friede, die Ruhe, die mich umgeben und alle schmerzhaften Anspannungen zunächst einmal auflösen, zeigen mir deutlich, zu welcher Kraftverschwendung ich in meinem entwurzelten Dasein sonst gezwungen bin.

Die fruchtbare Wärme der Häuslichkeit, die umfriedete Legitimität in ihrer nicht einmal beachtenswerten Selbstverständlichkeit würden fast die Gesamtheit meiner Kräfte für die Aufgaben meines Berufes frei machen. Denn diese Aufgaben, dieser Beruf, deren Eigenart und Bedingungen ich in die Buchführung dieser Blätter nicht verwickeln will, stellen an mich die härtesten Ansprüche. Es gibt auf dieser Bahn kein Zurück. Gäbe es übrigens ein Zurück, so würde es für mich keines sein.

Meine Bahn, mein Ziel und die dazugehörigen Aufgaben angehend, wächst mir hier Zwölfmännerkraft: Melitta selbst hat ein großes Verdienst daran. Sie ist in meine Arbeit hineingewachsen. Es ist, als ob die Aura ihres Heimwesens, die unsere leiblichen Kinder hervorbrachte, auch das beste Klima für meine geistigen Ernten wäre.

Wir haben heut einen Freund aus Norwegen zu Tisch gehabt. Es ist ein verehrungswürdiger Mann, dessen Gegenwart meiner Frau und mir ein Fest bedeutet. Bei einem angenehmen Moselwein saßen wir so ziemlich den ganzen Nachmittag und haben auch das Problem der Polygamie durchgesprochen.

Melitta sagt, wenn eine Frau wirklich liebe, sei sie mit irgendeiner anderen zu teilen unfähig. Ich hüte mich wohl, ihr zu antworten, die Tatsache sei in ihrem Fall schon vorhanden, und sie schicke sich an, ihr mehr und mehr gewachsen zu sein. Gerade Frauen, sage ich, die von einer leidenschaftlichen Liebe befallen sind, suchen den Genuss des Gegenstandes ihrer Liebe um jeden Preis. Ich nenne ihr Namen von Männern, die sie kennt und die gerade deshalb, weil sie nicht gewillt sind, irgendeiner Frau treu zu sein, von vielen mit leidenschaftlicher Inbrunst geliebt werden. Ich weise auf die Gepflogenheiten der Mohammedaner, ja der Mormonen hin wo polygame Einrichtungen keine anderen Mängel als die eben immer vorhandenen, allgemein menschlichen aufweisen. Liebe ist übrigens Liebe, sage ich. Ebenso wie jedes unter fünf Kindern die ganze und nicht den fünften Teil der Liebe einer Mutter erhält, so kann es recht wohl mit zwei Frauen gegenüber einem Manne sein.

Melitta scheint ihrer Liebe zu mir eine tiefe Duldung abgewonnen zu haben. Gespräche wie diese werden zwar in den Kreisen von Künstlern und Gelehrten oft und immer geführt. Aber Melitta weiß recht wohl, wie es sich hier um mehr als bloße Gespräche handelt. Ich spüre es, wie sie leidet und ernsthaft nachgrübelt und ihre Kraft in Erwägung zieht, wenn sie sich einer Ehe zu dreien anpassen sollte. Irgendwie scheint ihr im Ganzen die neue Lage doch hoffnungsvoller zu sein, ist es doch so, als wolle ich an ihr und den Kindern festhalten. Und wenn sie sich gewissenhaft mit dem Gedanken einer Gemeinschaft zu dreien beschäftigt, tut sie es möglicherweise nur deshalb, weil sie der Zeit vertraut und der Meinung ist, ein solcher Versuch würde gerade den Sieg des Altgewohnten beschleunigen. So zählen wir beide in entgegengesetzter Richtung auf die Wirkung der Zeit. Mich soll sie nach Melittas Erwartung leise, leise von Anja loslösen, nach meiner Erwartung Melitta von mir.

Dresden, am 20. Oktober 1895.

Ich liebe diese Stadt. Nicht nur liebe ich sie, weil ich sie an der Seite meines Vaters in frühester Jugend sah, sondern aus vielen anderen Gründen. Sooft ich die kurze Bahnfahrt von Berlin hierher hinter mir habe, unterliegt mein Wesen einer Veränderung. Ich bin jünger als in Berlin, ich bin deutscher als in Berlin, ich fühle Boden unter den Füßen. Irgendwie geht meine Seele in die Stadt und Landschaft über und wiederum diese in meine Seele.

Habe ich gut daran getan, meine Frau gerade hierher zu verpflanzen, wenn ich meine Loslösung von ihr und ihre von mir betreiben wollte? Habe ich nicht immer eine Art Heimweh, wenn ich, fern von dieser Stadt, an sie denke? Und nun Melitta mit den Kindern hier wohnt, tritt es nicht verstärkend zu dem natürlichen Heimweh nach meiner Familie?

Melitta hat in einem der schönsten alten Herrensitze der Lößnitz, der ihrem Vater gehörte, einen Teil ihrer Jugend verlebt. In den Gärten und Weinbergen, die ihn umgaben, habe ich sie kennengelernt. Das Besitztum ist leider verkauft. Wir haben aber gestern einen Ausflug dahin unternommen, an der Parkmauer zu klingeln gewagt, und da die Herrschaft abwesend ist, hat der Gärtner uns und die Kinder eingelassen.

Die Phylloxera hat den Weinberg zerstört, Parkwege und Rasen lagen unter gelben Polstern und Teppichen gefallener Blätter, ein herbstlicher Sonnenblick fiel hie und da in dies melancholische Reich der Vergangenheit, was mit der Grundstimmung unserer Gemüter – ich denke dabei nicht an die Kinder – recht wohl übereinkommen wollte. Aber natürlich gibt es dabei doch, aus Edelmoder und Herbstfäden hervor, ein fremdartig wunderliches Neublühen: ein schwermütig süßer Zauber, dem Melitta und ich denn auch, Hand in Hand schreitend, verfallen sind.

Mich selbst zu belügen, kann der Zweck dieser Aufzeichnungen nicht sein. Deshalb muss ich mir bekennen, dass ich heute wieder zu der Ansicht neige, es wäre vielleicht für mich besser, wenn ich Anja niemals gesehen hätte. Wie rein, wie klar, wie in sich einig und wie gelassen, ja mühelos hätte sich dann mein Leben aufgebaut. Und wenn ich nur einmal solchen Erwägungen mich anheimgebe, so ist es ein kleiner Schritt, mich zu fragen: Gibt es für die Loslösung von Anja noch eine Möglichkeit?

Nein, es gibt keine Möglichkeit.

Die Mutter, der Bruder Anjas würden es ganz gewiss begreifen, es wahrscheinlich sogar begrüßen, wenn ich mich loslöste und an meiner Familie festhielte. Ein solcher Entschluss fände am Ende nach meinem ganzen Verhalten ihre Billigung. Welche Bedeutung aber hätte im Verhältnis zwischen Anja und mir ein solcher Entschluss? Wir könnten das Wort Loslösung ohne Weiteres aus unserem Sprachschatz hinauswerfen, da es für uns eine inhaltlose Hülse ist. Eifersucht auf meine Frau und Familie kennt Anja nicht. Den Anspruch, ich müsse mich von ihr losreißen, stellt sie nicht. Anja sagt, selbst wenn sie gezwungen würde, sich anderweitig zu verheiraten, es könnte an unsrer Beziehung nichts ändern. Nichts, was es auch sei, würde sie hindern, auf meinen leisesten Wink hin mein eigen zu sein.

Die Einheit, in der wir uns verbunden fühlen, ist in der Tat irgendwie eine natürliche. Verstandesoperationen und Willensakte, wie immer geartet, wenn sie sich gegen diese Einheit richten wollen, haben alle dasselbe Schicksal, nämlich sich aufzulösen ins Nichts. Als Mittel gegen diese Macht sind sie untauglich.

Trotzdem nehme ich hier ein Betragen an, als ob kein Abschied von Dresden und von den Meinen nahe wäre. Und wie schon gesagt, ich grüble darüber nach, wie Unzuvereinbarendes am Ende doch zu vereinen sei.

Jeden Morgen vor dem ersten Frühstück führt mich mein Weg durch die sogenannte Bürgerwiese in die Alleen des Großen Gartens, der in seiner herbstlichen Schönheit unvergleichlich ist. Es war in der Bürgerwiese, wo ich vor mehr als einem Jahrzehnt Melitta meine Liebe gestand. Die schöne Erbin war so erschrocken, dass sie sich unwillkürlich auf dem Absatz herumdrehte und den Weg in entgegengesetzter Richtung fortsetzte, eine Wendung, die ich natürlich mitmachte. Bald aber kamen wir in die alte Richtung zurück und endeten im sogenannten Japanischen Palais, wo Abgüsse von Monumentalwerken des Bildhauers Rietschel, insbesondere seines Luther, zu sehen sind. Im Gips- und Staubgeruch des Museumsraumes konnte ich fühlen, wie ein Etwas in der Seele des jungen Mädchens an der Zerstreuung aller Bedenken arbeitete und endlich, wortlos, in der Duldung zarter Annäherung das Ja zum Ausdruck kam.

Damals war ich ein junger Fant. Es kam mir bei, ich mochte es wohl von irgendeinem Roman her im Gedächtnis haben, ein düsteres Bild von mir zu entwerfen und mich damit interessant zu machen. Ohne es selber zu glauben, sagte ich ihr, dass ich ruhelos, unberechenbar, ja gefährlich und gefährdet sei und dass eine Frau, die sich mir verbände, sich auf Leiden und Schmerzen gefasst machen müsse. Oder sprach vielleicht doch, ohne dass ich es wollte und wusste, damals der Geist der Wahrheit aus mir?

Heute haben jedenfalls Prophezeiung und Warnung sich gründlich bewahrheitet.

Vor einigen Stunden sind Melitta und ich den uns so bekannten Schicksalsweg gemeinsam gewandert. Wir haben die Stelle wiederzufinden gesucht, wo es zu der folgenschweren Kehrtwendung kam, wir haben die Schelle des Rietschel-Museums gezogen und sind zu bewusster Erinnerungsfeier unter die Gipskolosse getreten, deren Staubdecke erheblich dicker geworden ist.

Ganz gewiss ist der Frühling schön. Aber das schwermütigsüße Herbstliche dieser Stunde hat uns doch wiederum rätselhaft innig die Hände ineinandergefügt.

Später auf der Wanderung kreuz und quer durch den Großen Garten erwogen wir wieder und wieder das Gleichen-Problem. Sollte es ganz unmöglich sein, in schöner, stiller Landschaft irgendwo hier in der Umgegend ein gemeinsames Leben zu dreien auf eine edle und harmonische Weise zu verwirklichen? Man fände gewiss einen ähnlich verschwiegenen, durch weite Mauern abgeschlossenen alten Herrensitz wie den, in welchem Melitta groß geworden ist. Und warum sollte man sich denn nicht durch ernstes Arbeiten an sich selbst zu dieser zweifellos edlen Form der Lösung eines Konfliktes durchringen, einer edleren und humaneren Form, als der brutale und blutige Trennungsriss sein würde?! Oder steht Zerreißen, Trennen, Vernichten höher als Heilen, Versöhnen, Vereinen und Aufbauen?

Bußbek, am 2. März 1896.

Wie ich sehe, habe ich den Winter vorübergehen lassen, ohne etwas zu notieren. Ich befinde mich augenblicklich in einem Orte bei Bremen, Bußbek, im Hause meines ältesten Bruders, unter Verhältnissen, die nicht erquicklich sind. Gerade das Unerquickliche aber drückt mir meist die Feder in die Hand. Man blättert in den noch unbeschriebenen Seiten des Buches, fasst ihrer ein Dutzend zwischen die Finger und sagt sich, wenn diese erst beschrieben sind, liegen die augenblicklichen Übelstände schon wieder in der Vergangenheit.

Also, mein Bruder Marcus hat seine Zahlungen einstellen müssen. Verschiedene resultatlose Unternehmungen haben sein Vermögen geschluckt. Eine kleine Bankfirma und zwei seiner Kompagnons, die, weil sie kein Geld besaßen, auch keines verlieren konnten, einigen sich, indem sie meinen ausgesogenen Bruder hinauswerfen und seinem Schicksal überlassen.

Er hat sich hier eine hübsche Villa gebaut, in der aber nun kein Ziegelstein mehr sein eigen ist. Der Maurermeister, der Zimmermeister, der Tischler, der Ofensetzer wollen Geld, die Klingel geht alle Augenblicke. Meine Schwägerin hat die größte Not, das Eindringen der Lieferanten zu verhindern, die Lüge aufrechtzuerhalten, dass mein Bruder nach Bremen gefahren, also nicht zu Hause sei. Er und ich aber stehen während dieser Zeit in seinem höchst behaglich eingerichteten Arbeits- und Rauchzimmer und beschäftigen uns, indem wir mit einer Gummipistole nach dem Spiegel schießen. Was sollen wir schließlich anderes tun?

Mein Bruder, aber vor allem die kleine Bankfirma hat mich hergerufen. Ihre Chefs versuchten, bei einer Konferenz gestern in den Büros, mich einzuschüchtern. Nun sollte ich bluten, weil von meinem Bruder nichts mehr zu holen war. Ich denke mir aber, dass ich besser tue, keinen nutzlosen Versuch zu machen, den Sturz ins Leere aufzuhalten, sondern die fraglichen Summen für die spätere Unterstützung meines Bruders und seiner Familie aufzuheben.

Oder schießen wir nach dem Spiegel, weil die bittere Lage uns eine Art Galgenhumor aufnötigt? Gewiss, ich hätte sie mit einem Schlage verändern können, wenn ich mein halbes oder ganzes Vermögen zu ihrer Sanierung verwandt oder aber eine Bürgschaft in ähnlicher Höhe übernommen hätte. Davon konnte jedoch schon im Hinblick auf Melitta und die Kinder nicht die Rede sein. Während des Schießens wurden von Marcus die Verhältnisse sprunghaft dargelegt. Industrielle Unternehmungen, die im Aufblühen begriffen sind, litten an Kapitalmangel. »Es ist kein Zweifel«, sagte Marcus, »dass meine Kompagnons, nachdem sie mich glücklich hinausgeworfen, die nötigen Gelder beschaffen und binnen Kurzem große Gewinne einstecken werden. Hundertfünfzigtausend Mark würden mich nicht nur retten, sie würden meine Stellung im Konzern unantastbar machen und den in hohem Grade lukrativen Fortgang des Ganzen gewährleisten.« Schließlich legte mein Bruder dar, was für Chancen man aus Kapitalmangel hatte aus der Hand geben müssen.

Es ist recht merkwürdig, zu wissen, dass man die Macht in Händen hat, einen vom Unglück erdrückten Menschen durch ein Wort in einen glücklichen umzuwandeln, einen ohnmächtigen und besiegten in einen aufrechten und tatkräftigen. Ich könnte die von bitterem Kummer niedergedrückte, von schwerer Enttäuschung zermalmte Frau meines Bruders mit zwei Worten aus der Nacht ihres Unglücks zu neuem Leben aufwecken. Ich könnte der Familie, welche im Augenblick im Orte bereits allgemein gemieden wird, im Handumdrehen die verlorene Achtung wieder verschaffen. Es gab mehr als einen Augenblick, wo es mir schwer war, dieser Verlockung nicht nachzugeben. Würde auch alles, dachte ich, über Jahr und Tag wieder auf dem jetzigen Standpunkt anlangen, und würde damit mein Vermögen verloren sein: einmal sich als Retter gefühlt, einmal eine solche Macht ausgeübt zu haben, Dank und Glück der Geretteten erlebt zu haben, wäre vielleicht nicht zu teuer bezahlt.

Stattdessen wird morgen wieder von früh bis abends die Hausklingel in Bewegung sein. Der Schlächter wird kommen, der Bäcker, der Milchmann, die Gemüsefrau, aber nicht um Waren ins Haus zu bringen, sondern um Rechnungsbeträge einzufordern, die über Jahr und Tag aufgelaufen sind. Dann wird man meinen Bruder mit Weib und Kind aus dem ihm so lieb gewordenen Heimwesen hinauswerfen. Mein

Bruder ist Pilzkenner: Pilze zu suchen, um seine Kinder damit satt zu machen, das höchstens bleibt ihm dann.

Dies alles ist bitter, aber es muss sich zwangsmäßig abwickeln.

Es kommt hinzu, dass mein Bruder in seinem Wesen irgendwie verändert, irgendwie nicht mehr der alte ist. Ich sehe mich einem etwas aufgeschwemmten Manne gegenüber, der nicht mehr ganz leicht atmet, dessen Humore mehr resignieren als vorwärtsdrängen. Manchmal kommt es mir vor, als ob mitten in der peinlichen Katastrophe eine Art befreienden Aufatmens an ihm festzustellen sei.

Man konnte die Sache kommen sehen. Je unklarer seine Verhältnisse wurden, umso mehr wurde Marcus in einen Zustand krampfhafter Selbsttäuschung hineingehetzt, der sich in einer peinlich berührenden Großsprecherei äußerte. Einige Jahre war er mit seinem Anhang eine hier beinahe populäre Figur. Man kann nicht sagen, dass dieser Anhang einen besonders vertrauenerweckenden Eindruck machte. Ich habe den Bruder öfters unter seinen Leuten das große Wort führen hören, und mir war recht unwohl dabei. Er pflegte dann wieder und wieder mit lauter Stimme Bilanzen zu ziehen, alle seine Kreditposten aufzuzählen, sein Haus und sein Mobiliar abzuschätzen, unsichere Zukunftsaussichten als sichere Tatsachen zu buchen, und so fort.

Ich war, bevor ich heute Morgen hier ankam, in den Bremer Geschäftsbüros. Von manchem altbekannten Gesicht wurde ich mit mattem Lächeln empfangen, von anderen recht seltsam angeblickt. Der kleine Bankier, der nun dort als unumschränkter Gebieter waltet, zog mich in sein Privatbüro, wo er und die Kompagnons mich bearbeiteten. Der Bankier, der, entweder um kein Geld zu verlieren oder um welches zu gewinnen, offensichtlich den ganzen Betrieb in seine Hand bekommen will, suchte mich zu größeren Einlagen zu bewegen. Als er damit nicht weiterkam, ging er dazu über, mir verblümt mit der Möglichkeit eines gerichtlichen Nachspiels zu drohen, das für meinen Bruder bedenklich ausgehen könnte. Ich sollte an meinen guten Namen denken und an dem Flecken, der eben doch in diesem Falle auf der ganzen Familie haften würde. Aber da kam er bei mir nicht an. Nicht nur, um ihm die Lust zu einem ähnlichen Erpressungsversuch für immer zu nehmen, sondern weil ich wirklich so denke, sagte ich ihm: »Hat mein Bruder Dinge getan, wie es ja gelegentlich im Geschäftsleben vorkommen soll, die ihn mit dem Strafrecht in Konflikt bringen können, so mag er die Folgen auf sich nehmen. Stellt man ihn also unter Anklage und erweist sich seine Schuld, die übrigens nicht besteht, so bleibt er trotzdem mein Bruder, und ich werde, sobald er seine Buße, wie immer sie ausfallen möge, hinter sich hat, ihm meine Hilfe in jeder nur möglichen Weise zuwenden. Er wird dann, durch Erfahrung gewitzigt und vermöge der hohen Intelligenz, die ihm eigen ist, den Lebenskampf mit entschlossenem Mut wiederaufnehmen.« – Von der Sache war nicht weiter die Rede. Das Ganze bleibt immerhin eine unerfreuliche Zugabe.

Ich habe gerade genug mit mir selber zu tun. Nachdem das Schicksal den Wurm in meine Ehe brachte, schreitet die Vermorschung des einen Pfeilers unserer Familie unaufhaltsam fort, während hier ein anderer Pfeiler bereits zusammengebrochen ist. Soll mir dabei nicht ein wenig ängstlich zumute sein? Eins ist gewiss, ich muss mich so schnell wie möglich aus dieser trostlosen Atmosphäre herausflüchten.

Bußbek, am 3. März 1896, vormittags.
Alles durch die Gegenwart Verdrängte hat mich heute Nacht in Träumen heimgesucht. Ich muss eilen, bevor es versinkt, wenn ich etwas davon festhalten will. Erstens: Der Schreckenstag in Paris, als ich von der Amerikareise meiner Frau und meiner Kinder erfuhr, spukte wiederum. Dieses Erlebnis hat sich ein für alle Mal in mir festgesetzt. Fast jeder meiner Träume trägt Elemente davon. Wiederum kreisten meine Traumbilder um den Gedanken »zu spät« herum. Melitta war im Zustand letzter Verzweiflung mit dem Entschluss, sich das Leben zu nehmen, davongerannt. Ich wusste, dass ich sie in der großen, nächtlichen Stadt nicht mehr auffinden konnte. Es gab also keine Möglichkeit, sie mit dem einen Wort, das ich jetzt wusste, zu beglücken. Ich vermochte nicht mehr wortlos meine Brust aufzureißen und zu sagen: Da hast du mein ganzes Herz. Nichts ist darin, was nicht dir gehört! Es war zu spät. Kein noch so lauter Aufschrei der Seelennot vermochte sie mehr zu erreichen. –

Nun, Gott sei Dank, Melitta lebt. Es hat eine Art Versöhnung mit dem Schicksal stattgefunden. Nach meinen Eindrücken zu urteilen, hat der lindernde Einfluss der Zeit sein Werk getan. Melitta gestaltet sich mehr und mehr ein stilles, harmonisches Sein in der schönen, von der Elbe durchflossenen Gartenstadt. In dieser Beziehung darf ich aufatmen.

Aber in meinem Traum wurde Alp durch Alp abgelöst. Anja ging an der Seite eines anderen in enger Verstrickung an mir vorbei und kannte mich nicht. Ich rief sie an, sie kannte mich nicht. Ich schrie, ich geriet in Raserei. Ich erinnerte sie an unsere erste Begegnung, erinnerte sie an die Stunde, wo ich ihr meine Liebe bekannt hatte, an das, was ich um ihretwillen gelitten hatte, erinnerte sie an alle die Dinge, von denen nur sie und ich wissen – sie kannte mich nicht. Ich schleuderte mein Inneres rasend aus mir heraus, Herz, Nieren, Hirn und damit meine ganze Seele. Als mein Wesen so mit dem letzten Versuch, die Mauer der Fremdheit zu durchschlagen, scheiterte, fand ich mich schweißgebadet hier im Hause des Bruders auf.

Meine Nächte sind überhaupt nicht gut, und auch meine Tage lassen zu wünschen übrig. Zwar ist in meinem Konflikt eine Art Stillstand eingetreten, ein Zustand, mit dem sich leben lässt. Aber in meinen Nerven, unabhängig davon, scheinen sich Nachwehen überstandener Zeiten geltend zu machen. Anfallsweise überkommen mich seltsame Stimmungen, zum Beispiel eine Art Lebensangst. Dann werde ich von dem Gedanken gepeinigt, das Leben könne ein endloser Zustand sein, von dem zu erlösen nicht einmal der Tod die Macht hätte. Das ist wohl der Ausdruck einer Seelenermattung, einer Seelenmüdigkeit, die sich sträubt, den beschwerlichen, aussichtslosen Weg durch das Dornengestrüpp des Daseins fortzusetzen. Übrigens machte mich schon als Kind meine Mutter zum Mitwisser ähnlicher Zustände, die also wohl als Erbe auf mich gekommen sind.

Da ist es nun Anja allein, vor der diese lebensfeindlichen Mächte davonflüchten. Seltsamerweise gerade sie, durch deren Vorhandensein die Last meines Schicksals vervielfältigt worden ist. Ich hätte mich also mit etwas beschwert, wodurch allein sich mein Herz und Gemüt erleichtern kann. Darum hat Anjas Frische, ihr mutiger Schritt, ihr durch keine Reflexion geschwächter Lebenssinn mich wohl so unwiderstehlich angezogen, ihre Davidhaftigkeit, die sie, wie ich ahnen mochte, befähigte, Sauls schwarze Stunden hinwegzuscheuchen. Das letzte und höchste Mittel dazu ist ihr Geigenton, dieser von allen Feuern des Himmels gespeiste Klang, den ihr niemand zutrauen würde.

Ich wollte von meinen schlechten Tagen und Nächten reden und bin wieder bei Anja angelangt. Der Weg zu ihr ist noch immer der Rettungsweg. Ich mag mich mit Arbeit, Kummer, Verwirrungen und Verdüsterungen aller Art herumschlagen bis zur Hoffnungslosigkeit, schließlich hellt sich an irgendeiner Seite das Himmelsgewölbe auf, und in meiner Hand ruht gleichsam die Türklinke zu Anjas Haus.

Bußbek, am 3. März 1896, nachmittags.

Noch bin ich hier festgebunden. Mein Bruder hält seinen Nachmittagsschlaf. Meine Schwägerin ist ausgegangen, um die Lebensmittellieferanten zu bezahlen, wozu ich einiges vorgestreckt habe. So wird wenigstens hier im Ort Ruhe sein.

Mein sonst fast nur in allerlei Humoren schillernder Bruder Marcus legte mir heute plötzlich eine längere Beichte ab. Tief erschrocken war ich und bin es noch, weil ich erkennen musste, wie vollständig Marcus unserem Vater entfremdet ist.

»Rede mir nicht mehr von Kindesliebe«, sagte Marcus. »Mir soll man damit nicht mehr kommen. Ich habe diese Lüge viel zu lange mit mir durchs Leben geschleppt. Rede mir nicht von Dankbarkeit, die ich Vater und Mutter schuldig wäre. Die Mutter hat mich geboren, gewiss. Das hat ihr vielleicht sehr weh getan. Ich habe sie nicht darum gebeten. Und als sie merkte, dass sie mich zu erwarten hatte, war sie möglicherweise, wie die meisten Frauen, sehr unglücklich.

Vater hat mich seit meinem achtzehnten Jahre ausgenutzt. Ich denke gar nicht mehr dran, mir in dieser Beziehung etwa aus Kindesliebe ein X für ein U zu machen. Ich war in einer Volontärstelle, große Reederei, Auswandererbüro, und so fort. Ich merkte, dass ich vorwärtskam, ich merkte, dass ich Erfahrungen machte. Da rief er mich in diese verdammte Klitsche nach Weißenborn. Da musste ich zwei Lehrjahre meines Lebens mit Gastwirtspielen in dieser Wanzen- und Flohbude zubringen, musste mit diesen Schwindsuchtskrächzern, die Haus und Betten verseuchten, schöntun, um Pfennige schachern und stundenlang scharwenzeln und schwatzen, um einen Dreier zu retten, den sie mir an Logis und Mittagessen abhandeln wollten. Die Zeit war versäumt, der Anschluss verpasst, als ich endlich wieder frei wurde. Dann machten wir unsere Heiraten. Ich wollte arbeiten. Unreif trat ich ins Geschäftsleben. Das erste Lehrgeld kostete mich das halbe Vermögen. Vater hängte sich an mich an. Mutter und er kamen nach Bremen, er trat ins Geschäft, das heißt, er nahm ein Gehalt entgegen wie ein Oberregierungsrat, obgleich er doch fünftes Rad am Wagen war. Außer dass er große Worte machte, habe ich nichts gesehen, was auf eine Arbeit hindeutete. Tu das nicht, tu das nicht! hat er gesagt. Von Wechselreiterei hat er gesprochen. Das ist gefährlich, das ist verhängnisvoll, hat er gesagt. Fall nicht ins Wasser! sagt man zu einem, der am Ertrinken ist. Klugscheißen ist leicht, Bessermachen ist eine andre Sache. Als er merkte, ich werde nun bald einen Kampf auf Leben und Tod durchzurackern haben, der vielleicht nicht sehr komfortabel für einen älteren Herrn wäre, da hat er nicht etwa gesagt: Guter Marcus, ich war lange Jahre dein Kostgänger, ich habe die gute Zeit mit dir durchgemacht: Nun zähle auf mich in der schlechten. Nein! Sondern als das erste, das zweite, das dritte Leck in die Schiffswand kam, da dachte er sich: Die Sache wird mulmig ... und – da verließen die Ratten das Schiff.

Ich sage dir«, schrie mich mein beichtender Bruder an, »Vater und ich, wir haben uns einmal mit geballten Fäusten, Auge in Auge gegenübergestanden. Ich habe ihn angeschrien: ›Dir, deinem niederträchtigen Egoismus, verdanke ich, wenn ich untergehe, meinen Untergang. Mein Blut über dich! Mein Blut über dich!‹, habe ich gebrüllt. – ›Du warst ein Nichtsnutz von Jugend an!‹, schrie er dagegen. ›Ich habe dir dein Ende im Gefängnis, dein Ende am Galgen nicht einmal, sondern hunderttausendmal vorausgesagt!‹ – Was meinst du wohl, was ich da getan habe? Ich habe ein einziges Mal aufgelacht, dann habe ich mich, es war im Büro, weggedreht und habe ihn stehenlassen. Mit den Worten habe ich ihn dann stehenlassen: Er möge doch dafür sorgen, dass aller überflüssige Ballast je eher je lieber aus dem Schiff käme.«

Als er das gesagt hatte, war das runde, volle Gesucht meines Bruders klein geworden, jeder Tropfen Blut war daraus gewichen. Selbst seine Lippen schienen mir weiß.

Ich dachte an Vater, der nun still mit Mutter in Liegnitz lebt. Meine Verehrung für ihn ist groß. Welche hartem Kämpfe, Erlebnisse und Stürme müssen vorausgegangen sein, um das ganze Kapital kindlicher Liebe, das ja auch in der Seele meines Bruders Marcus vorhanden war, so in alle Winde zu jagen!

Dann begann er aufs Neue zu sprechen. »Damals«, sagte er, »als Vater mir geschrieben hatte, dass ich in Weißenborn nötig sei, hätte ich ihm: Ja Kuchen! zurückdrahten sollen. Ich roch aber noch nach Muttermilch und lag geistig noch in den Windeln. Und in diesen verwünschten zwei Jahren, die ich – der Teufel hol' sie! – aus kindlicher Pietät mir aufgehalst hatte, hätte ich mich bei einem Haare tatsächlich ins Zuchthaus oder – es lebe die Prophetie unseres lieben Papas! – an den Galgen gebracht.«

Ich fragte Marcus, was denn da vorgefallen sei.

»Ich habe bisher zu niemand von dieser Geschichte gesprochen«, sagte er. »Es scheint aber mit mir so zu gehen wie mit allen Ertrinkenden, dass ihnen nämlich in den letzten Augenblicken ihr ganzes Leben noch einmal zum Bewusstsein kommt.

Es war eine Minute vor Table d'hôte. Beide Hotelsäle waren mit Menschen gefüllt. Da ließen die Kellner sich im Büro melden. Nun, die befrackte Gesellschaft trat ein. Der Sprecher sagte, sie bäten um ihr Gehalt, sie würden sogleich den Dienst verlassen.

Ich betrachtete mir den Rädelsführer einen Augenblick. Im nächsten sah ich, wie mir vorkam, sämtliche Kellner davonstieben. Durch ein Guckloch fiel mir auf, dass die Arbeit in den Sälen fieberhaft im Gange war. Aber etwas zog sich immer wieder wie eine Qualle vor meinen Augen zusammen und verbreiterte sich, und inmitten dieser Erscheinung – ich sehe alles so deutlich, als ob es vor zwei Minuten geschehen wäre – lag irgendetwas, das einer schwarzen, formlosen Masse glich. Ich fragte mich: Was ist das für eine formlose Masse, die hier im Büro auf der Erde liegt? Dann sah ich: Es war ein befrackter Mann, und langsam, langsam dämmerte mir, es musste der Rädelsführer sein, dem irgendetwas geschehen war. Aber nein, ich hatte ihn ja nicht mit einem Faustschlag, aber mit einer Ohrfeige niedergeschlagen, die im Effekt einem Faustschlag glich.

Der Rädelsführer regte sich nicht. Ich verschloss das Büro, ich besprengte sein Gesicht, ich versuchte ihm Kognak einzuflößen, ich erkannte plötzlich, dass ich nicht mehr ein Sohn aus guter Familie, sondern ein Totschläger war. Ich durchlief blitzschnell die Wege im Geist, welche vom Steckenpferdchen bis zur Galgenschlinge heraufführten, und so fort und so fort. Draußen hörte ich Klappern, Klirren und Rennen bei Table d'hôte, stellte wiederum durch das Guckloch fest, dass alle Gäste ordnungsgemäß bedient wurden, und sagte mir, dass in diesem Augenblick die meisten Hotelzimmer leer, die Flure und Treppen verlassen seien. Somit bestehe vielleicht die Möglichkeit, den toten Kellner unbemerkt in seine Kammer hinaufzuschaffen. Ich schloss das Büro hinter mir ab, untersuchte die Treppen bis zum Boden, wo ich die Kammer des Kellners, die verschlossen war, gewaltsam zu öffnen hatte, was mir seltsamerweise sofort gelang.

Nun also: Ich habe mir tatsächlich den befrackten Toten auf den Rücken geladen und habe diese Last zwei Stockwerke hoch bis in die Dachkammer transportiert, und du kannst mir glauben, dass ich hie und da im Leben etwas Angenehmeres getan habe. Ich wurde ruhiger, als er auf dem Bette lag, und nun tat ich etwas, was ganz in der Ordnung war, ich rannte zum Arzt hinüber, fand ihn zu Haus, sagte ihm, was geschehen war, und als wir die Kammer des Toten betraten, war dieser zwar noch wie vorher ganz regungslos, aber er hatte sich eine nasse Kompresse auf die Stirn gelegt.

Und, du magst es mir glauben oder nicht: Eine Stunde später putzte er Gläser.«

Berlin, am 10. März 1896.

Anja wird im Theater nicht genügend beschäftigt. Sie ist ungehalten deswegen, was man ihr nicht verdenken kann. In meiner Ansicht über ihre Begabung als Schauspielerin bin ich schwankend geworden. Ich hatte bis vorgestern Abend vermieden, sie auf der Bühne anzusehen. Ich bin nicht eigentlich sentimental oder nervenschwach, aber ich glaubte, ich würde dabei irgendwie aus der Haut fahren.

Also vorgestern Abend sah ich sie. In einer Loge versteckt, erwartete ich mit Herzklopfen ihr Erscheinen. Plötzlich, ich begriff es nicht gleich, kam sie aus der Kulisse gefegt.

Anja bewegte sich und sprach in dem Salon, den die Bühne darstellte, als ob sie bei sich zu Hause wäre. Dieses Alleinsein, dieses scheinbare Ausschalten des Publikums, dies völlige Nichtbeachten des Fehlens der vierten Zimmerwand ist mir nur noch bei der allergrößten in ihrem Fach aufgefallen.

Unbeachtet und ungesehen von Anja, wie ich gekommen, schlich ich mich aus dem Theater fort. Gestern sprach ich von dem empfangenen guten Eindruck mit ihrem Direktor. Dr. Mahn ist nicht meiner Ansicht.

Wenn aus Anja etwas werden solle, sagte er, dann müsse sie in die Provinz. Das sei die rechte Schule für sie. Dort könne sie sich durch alle Rollen hindurchspielen. Dort müsse sie jeden Tag vor das Publikum und werde sich die Routine aneignen, ohne die nun einmal das Theaterspielen nicht denkbar sei. Man müsse sich auf der Bühne heimisch machen, müsse lernen, auf dem Theater zu Hause zu sein.

Eine Weile stritt ich mit Mahn, denn das war es ja eben, was ich bei Anja in überraschendem Maße gefunden hatte. Man braucht schließlich nicht zu lernen, was man schon kann. Man schickt keinen Frosch in eine Schwimmschule. Schließlich aber war Mahn der Theatermann und ich nur der Laie, und ich konnte mir nicht verhehlen, worauf er hinauswollte.

So machte ich also mit Anja Pläne, da ja schließlich etwas geschehen muss. Ich bin dafür, dass sie ihr Geigenstudium fortsetze, aber sie selbst, ihr Bruder und ihre Familie sind einig darin, es sei besser für sie, auf dem nun einmal betretenen Wege weiterzugehn. Ich habe nach Hannover geschrieben und einem mir befreundeten Dramaturgen Anjas Begabung im besten Lichte dargestellt.

Aber welchen Unsinn betreiben wir eigentlich? Was können denn bei unserer innigen Verbindung noch für getrennte Ziele übrig bleiben? Kann ich im Ernst daran glauben, ich werde in Berlin leben und Anja werde in Hannover sein? Freilich suche ich meinen Pflichten zu genügen, und allerlei Erfolge, die zu verzeichnen sind, auch Angriffe, die man gegen mich richtet, beweisen, dass meine Hände nicht müßig sind. Schließlich aber würde alles das ohne Anjas immerwährende Gegenwart nicht zustande kommen.

Nicht, dass sie mich etwa zur Arbeit irgendwie anregte oder gar anhielte, aber eine Lunge atmet eben nicht ohne den nötigen Sauerstoff. Es ist nur ein scheinbarer Widerspruch, wenn ich sage, die Liebe zu Anja hat mich um jeden Ehrgeiz gebracht, und es ist wiederum sie, um deretwillen ich von einem gesteigerten Ehrgeiz befallen bin. Irgendein imaginäres Etwas, nicht zu trennen von Eros, war das, wozu mein Ehrgeiz mir früher das Mittel erschien. Dieses imaginäre Etwas ist verschwunden: Die Geliebte nimmt seine Stelle ein. Aber nun möchte mein Ehrgeiz, der mit meiner Liebe ein und dasselbe geworden ist, alle Schönheit, allen Glanz, allen Ruhm, alle Macht auf mich herabreißen, um es vor Anjas Füßen auszubreiten.

Ich lese das, und wer immer es so obenhin liest, mag denken, dass ich hier sehr gewöhnliche Liebesphrasen hingesetzt habe. Es ist mir gleich, ich suche und brauche vor mir selbst dafür keine Legitimation. Genug, dass die hier zugrunde liegende Empfindung eine kühl und objektiv gefasste Tatsache ist. Ich stelle fest, die Glorifizierungsversuche, der leidenschaftliche Hang, Teppiche, Perlen, Juwelen, Brokate, Seiden, kurz, jeden Reichtum der Erde mit den Gedichten der Dichter, den Tönen der Sänger vor Anja hinzuschütten, ist innerlich zwangsmäßig bis zur Peinigung. Mir ist, als wäre es schwere Versündigung an ihr und mir, diese Zeugenschaft unserer Liebe nicht öffentlich abzulegen. Alles, was ich entwerfe und ausführe, gilt nur ihr.

Ist so eigener Ehrgeiz durch Ehrgeiz für Anja abgelöst, so wird er wiederum nicht selten durch eine fast unüberwindliche Neigung zur

Weltflucht aufgehoben: Weltflucht, selbstverständlich mit ihr. Sooft dieser leidenschaftliche Zug und Wunsch von uns Besitz ergreift – auch Anja wird von ihm ergriffen –, scheint uns außer der Sonne, der Himmelsluft, außer einem grünen Wiesenplan und einem Häuschen darauf alles, aber auch alles überflüssig. Unsere Liebe gleichsam vor den Menschen retten, geizig verstecken möchten wir. Man könnte irgendwo an den Hängen des Ural, in der Cyrenaika, in Peru oder sonstwo eine kleine Hütte bewohnen. Es war uns zumut, als vergeudeten wir, solange wir das nicht hatten, den Reichtum unserer kostbaren Zeit. Und was mich betrifft, ich möchte sogar in solchen Augenblicken aus meinem Geist allen nutzlosen Ballast hinauswerfen. Was brauche ich diese tausendfältige geistige Belastung und Ausrüstung, denke ich dann, wenn ich alle diese törichten, künstlich gezüchteten Bedürfnisse, welche das Kulturleben ausmachen, nicht mehr anerkenne, nicht mehr habe, nicht mehr befriedigen will. Was sollen mir alle diese eingebildeten Werte, denen ich unter Mühen, Leiden, Verbitterungen, Kränkungen rastlos nachjage, diese Verstaubungen, Verunreinigungen, Verwundungen und Verstrickungen, durch die man sich durcharbeiten muss? Ich brauche ja keine Eisenbahn und dann natürlich erst recht keine Fahrkarte. Und dann auch das Geld nicht dafür, das ich mir sonst mühsam erarbeiten muss. Was brauche ich gemalte Bilder und Fotografien, solange ich gute Augen im Kopfe habe? Sehe ich nicht Anja? Und Bilder um Bilder in der Natur? Der Blinde nun wieder kann mit gemalten Bildern auch nichts anfangen. Musik! Nun ja: Es gibt einen Bach, es gibt Haydn, Mozart, Beethoven. Aber die Stimme und Geige Anjas, meine eigene Stimme, Gesang der Vögel, Flüstern der Baumkronen, Rauschen des Meeres, Glucksen der Bäche, Gebrüll der Kuh ist auch Musik. Was kann ich dafür, wenn ich hierin bescheiden bin? Was kann ich dafür, wenn ich sogar, in den Rausch meiner Liebe gehüllt, mir nicht einmal bescheiden vorkomme, sondern mich auf eine unaussprechliche Weise beschenkt fühle?

Berlin ist finster, neblig und regnerisch. Wie Obdachlose wandern Anja und ich noch immer in allen Teilen der Stadt, allen Ausstellungen und Museen herum. Gestern promenierten wir lange, um dem Regen zu entgehen, wiederum in dem Säulengang der Nationalgalerie und machten Pläne und Pläne für die Flucht aus der Welt. Wir wollen ausschließlich uns allein leben. Hier in Berlin haben wir allerdings auch schon einen Anfang gemacht. Ich entziehe mich fast ganz meinen

Freunden, außer wo es beruflich unmöglich ist. Wir wollen aber von allem fort. Was ist uns der deutsche Kaiser, das Kaiserreich, die hundertundein Kanonenschüsse, die man im Lustgarten wegen der Geburt eines Prinzen löst?! Wir wollen von keinem Berlin, keinem Theater, keinem Konzert, keiner Familie, keiner Politik, keinem Beruf wissen. Am liebsten wäre es uns, wenn um uns eine uns völlig unverständliche Sprache gesprochen würde und unsere Sprache unserer Umgebung ebenso unverständlich bliebe. Wir möchten nur uns, der Natur und Gott gegenüber Menschen, möchten eigentlich Adam und Eva im Garten Eden sein.

Wie würde sich dann der Garten der Erde ganz anders um uns ausbreiten, die Kuppel des Himmels sich in ganz anderem Sinne über uns auftürmen! Dann erst stünden wir ganz im Zentrum des großen Mysteriums. Wortlos würden wir in es hineinwachsen und schließlich voll und endgültig eins mit ihm sein.

Berlin, am 14. März 1896.

Es grunelt. Der Frühling ist in der Luft. Ich habe nur eine ungefähre Vorstellung davon, was ich zuletzt niedergeschrieben. Sie ist hinreichend, um mir bewusst werden zu lassen, dass das, was mir jetzt durch die Seele geht, kaum damit recht in Einklang zu bringen ist. Das Bewusstsein gleicht einer Bühne, auf die immer neue Schauspieler steigen, neue Gestalten, die sich aufspielen, als ob nun die Bühne auf ewig von ihnen beherrscht werden würde, die aber bald daraus ins Dunkel zurücktauchen. Derer, die im Dunkel auf ihr Stichwort warten, sind Legion, zahlreich sind sie, wie in Ägypten Fliegen und Heuschrecken.

Freilich, um bei dem Bilde zu bleiben, gibt es Lieblingsdekorationen und Lieblingsschauspieler. Es können Gedanken, können affektive Regungen, können Bilder, können Töne sein. Augenblicklich ist, wie ich mir eingestehe, eine meiner Lieblingsdekorationen wieder aus dem Nebel getreten.

Die Bühne stellt mein Haus, abwechselnd von innen und außen gesehen, stellt meinen Garten in Grünthal dar. Ein anderer Eros als jener, dem ich zuletzt huldigte, hat auf der Bühne die Oberhand und gibt den Dingen Wärme und Licht. Melitta erscheint in der Dekoration. Ich selbst erscheine mit meinen Kindern. Wir sind aus dem Hause getreten, um den blauen, weißen und braunen Krokus zu betrachten, der am nassen Abhang, dicht unter der Schneegrenze, aus der Erde sprießt.

Soll ich es leugnen, ich sehne mich, von einem anderen Eros wiederum in Besitz genommen, nach Melitta, nach den Kindern, nach Grünthal zurück. Und wahr und wahrhaftig, mir taucht der Gedanke auf, es könne sich mit der Übersiedlung Anjas nach Hannover doch wohl eine völlige Loslösung vorbereiten.

Pfingsten und die großen Ferien werden Melitta und die Kinder in Grünthal zubringen. Wie waren doch diese Sommerzeiten auf den Bergwiesen, in den Bergwäldern und auf dem Gebirgskamm immer so wundervoll! Wie befreiend, köstlich und festlich die weiten Wanderungen! Ich weiß nicht, ob ich mich mehr nach meiner Familie oder nach den landschaftlichen Herrlichkeiten meiner Heimat zurücksehne.

Wie aber werde ich es ertragen, wenn Anja in Hannover ist? In einer Umgebung, wo ich ihren Namen nicht einmal nennen darf und mich stellen muss, als ob ich ihre Existenz vergessen hätte?

Ich könnte mich wieder dem Sport zuwenden. Ich habe als einer der ersten in Deutschland auf Skiern gestanden und Tennis gespielt. Ich werde mit meinen Jungens mich in Tennis- und Fußballkämpfe stürzen. Wir werden Bowlen ansetzen in unserem kleinen Buchenwald, Wein und Bier trinken und Picknicks abhalten. Ich werde Freunde einladen, und ich werde versuchen, den alten Übermut meiner Jugend auferstehen zu lassen. Die Freude Melittas, die Freude der Kinder, die ihren Vater wiederhaben, wird mir Anjas Lachen ersetzen, das ich freilich entbehren müsste.

Wie schön und geschlossen man solch einen grünen, von Bergen umgebenen Sommer mit Arbeit und Genuss gestalten kann. Übrigens werde ich mir ein kräftiges schottisches Pony zulegen und weite Ritte in die morgendlichen Wälder tun. Beim ersten besten Bach, wie sie dort überall mit großem Wasserreichtum von den Höhen stürzen, werde ich vom Pferd und ins Bad steigen. Ich werde halbe Tage lang und länger so mit mir allein zubringen und mit niemandem als der Einsamkeit und der Natur in Liebe verbunden sein. Auch bei dieser Art und Weise zu leben kommt ein Eros infrage, der darüber die Herrschaft hat. Ich kenne ihn. Ich weiß recht gut, bis zu welchem Grade ich seinen Wonnen verfallen kann, weiß auch, dass ich keiner Art von Leben und Dasein gewachsen bin, wenn ich nicht regelmäßig und rhythmisch unter sein göttliches Zepter zurückkehre. Er vertieft, vereinfacht, weitet und beruhigt das Lebensbereich. Am Ende könnte die Harmonie, die er gibt, über alles Zerrüttende, leidenschaftlich Zerrissene, Disharmonische am ehesten Herr werden.

Mein Freund, der Dramaturg aus Hannover, ist hier gewesen. Er hat, nach einem Gespräch mit ihr und mir, Anja vom Fleck weg engagiert, wodurch denn nun also der Würfel gefallen ist. Am ersten Mai soll sie ins Engagement treten.

Und wiederum habe ich das Gefühl, als ob ich einen elektrischen Draht angefasst hätte. Trennung! Trennung! Trennung! Drei Schläge sind es, und die Erkenntnis des Wortes, vom ersten zum zweiten, zum dritten der Schläge, steigert sich. Beim dritten der Schläge ist es mir, als ob ich vor einem Abgrund zurücktaumle. Mir klingen die Ohren, ich schließe die Augen, ich sehe nichts.

Auf welche Wege bin ich geraten? Was will ich tun? Nicht mehr und nicht weniger, als alle erdenklichen Mittel und Kräfte gegen Anja feindlich aufrufen. Den Kauf eines Gaules, eines schönen Bildes, einer Bronze, eines holländischen Bogens aus Zitronenholz, allerlei Spielzeug blicke ich unter diesem Gesichtspunkt an. Einen Arbeitstempel im Garten will ich mir bauen, Gewächshäuser einrichten, einen sogenannten Kunstgärtner anstellen, alles, um mich zu betäuben, zu beschäftigen, von dem Gedanken an Anja und von meiner Liebeskrankheit abzulenken. Es soll mich Anja vergessen lassen, vergessen, dass ich dieses Geschöpf, das sich mir in vertrauender Liebe hingeschenkt, betrogen, roh in die Welt hinausgestoßen, schutzlos unter wilde Tiere geschleudert habe. Und für den Fall, dass sie ihnen entrinnen, von ihnen gehetzt flehend und schreiend an meine Tür pochen sollte, verrammle ich schon von vornherein diese Tür. Ich verrammle sie mit Tischen, Picknickkörben, Wein- und Bierflaschen, Bildern, Bronzen, neuen Büchern und Bücherschränken. Reißbretter und Reißschienen baue ich dahinter auf, ein Gaul und verschiedene Philosophen werden quer und lang dahintergestellt. Eine Schar von Freunden mit Ideen, Plänen, Malerpinseln und Schriftstellerfedern, Mikroskopen, Seziermessern, vor allem aber Wein- und Biergläser in der Hand, sind bereit zur Verteidigung. So gedenken wir Anjas Angriff abzuschlagen. Ich selber aber werde durch ein Dachfenster gucken und zu meiner Geliebten hinunterbrüllen: Ich kenne dich nicht!

Da habe ich mich ja wirklich in eine überaus anmutsvolle Lage hineingedacht. Aber was würde nun Anja sagen, wenn sie gehetzt, zerlumpt und mit wunden Füßen zur Burg des tapferen Mannes und zu seiner Dachzimmerluke emporblickte? Nichts weiter als: Geliebter, betrüge dich nicht! Dich kann außer dem Tode und dem Wahnsinn keine Macht Himmels oder Erden mehr von mir loslösen!

Ich fürchte, mein Liebling, du hast recht. Sooft ich einsehe und begreife, dass wir einen langen, langen Weg vor uns haben, der uns doch vielleicht niemals ganz vereinigt, niemals ohne die bitter schmerzlichsten Schuldgefühle unsere Liebe genießen lässt, und sooft ich dann eine Art und Weise der Loslösung finden will, komme ich, wenn ich diese erkannt zu haben glaube, jedes Mal zu einem Punkt, wo mir durch eine blinde Wand jede Aussicht genommen ist. Ich sehe dann höchstens einen Menschen, der eine Art Harakiri vollzieht und sich die Aufgabe stellt, sich selbst Herz und Lunge aus dem Leibe zu nehmen, ohne daran zugrunde zu gehen. Dieser Mensch aber bin ich selbst.

Liegnitz, am 25. März 1896.

Ich bin gleichsam wieder zum Kinde geworden. Es ist wohl immer so, wenn ein erwachsener Mensch wieder in das Haus seiner Eltern kommt.

Das Hauswesen wirkt ein wenig trübselig.

Ich gedenke des armen Bruders Marcus, der Auftritte, die es zwischen Vater und ihm gegeben hat, der Not, in die er geraten ist, und bin erstaunt, wie sehr der Vater sein Schicksal, ja seinen Namen auszuschalten imstande ist, nicht nur aus dem Gespräch, wie mir scheint, sondern auch aus seinen Gedanken.

Natürlich bin ich froh, dass wir aller Voraussicht nach Vater und Mutter bei ihren bescheidenen Ansprüchen vor dem Mangel bewahren können. Vater, wie ich deutlich merke, hat in dieser Beziehung Vertrauen zu mir. Er ist ja nun über siebzig Jahr, das gibt ihm ein Recht auf den Ruhestand.

Er hat eins von den kürzlich erfundenen Velozipeden gekauft, fährt bereits recht gut und macht ausgedehnte Touren. Meine Mutter findet das lächerlich.

Meine Schwester und eine ältere Freundin, Tante Henschke, haben sich in dem Badeort Schlierke, nicht weit von hier, niedergelassen. Sie waren heut tagsüber da. Ich verehre meinen Vater und fühle, besonders in seiner Gegenwart, ihn noch immer als Autorität. Meine Schwester treibt einen Kultus mit ihm. Er sitzt am Fenster, er geht, er steht, sie weist mich mit himmelnden Augen auf ihn hin und flüstert mir zu: Der gute Vater! Wie er sich wäscht, pflegt, kleidet, wie er das spärliche weiße Haupthaar frisiert, den dichten weißen Schnurrbart trägt, das alles, was meine Mutter belächelt, erregt ihr Bewunderung. Sie sagt: Sieh dir die andern Männer an, und dann betrachte dir unsern Vater! Er ist der geborene Aristokrat.

Es ist richtig, dass sich mein Vater mit gutem Geschmack zu kleiden pflegt, und zwar seinem Alter angemessen. Einen Anzug schlechter Machart oder von anderem als bestem Tuch zu tragen wäre ihm ein Ding der Unmöglichkeit. Wäsche, Handschuhe, Fußbekleidung, Kopfbedeckung, alles ist von bester Eigenschaft. Mehrere Stunden braucht er zum An- und Auskleiden. Jeder Gegenstand wird dabei eine Art Heiligtum. Kein Dienstmädchen und kein Hausdiener kann sich rühmen, meinem Vater während der letzten zwanzig Jahre einen Schuh geputzt, einen Anzug ausgeklopft und gebürstet zu haben. Mit einer Bürstensammlung und allen wohlgepflegten Utensilien werden alle diese Dinge eigenhändig ausgeführt.

Natürlich macht eine solche Bekleidungskultur trotz aller Schonung der Gegenstände eine nicht ganz geringe Jahresausgabe notwendig, besonders da mein Vater immer mehrere nagelneue Hüte, nagelneue Anzüge und Mäntel sowie einige Paar nagelneue Schuhe in Vorrat hält.

Während der letzten zwanzig Jahre sind meiner Mutter vielleicht zweimal je ein Paar neue Filzschuhe geschenkt worden. Alle vier oder fünf Jahre benützte sie etwa einmal ein mindestens dreißig Jahre altes schwarzes Seidenkleid. Nie habe ich meine Mutter oder jemand anders für meine Mutter einen Hut, eine Blume, ein Kleid, ein Paar Schuhe, ein Stück Wäsche anschaffen sehen. Sie benützte einzig und allein jenen alten Bestand, den sie in die Ehe mitgebracht und, wo es nötig und möglich war, persönlich mit Fingerhut, Nadel, Zwirn und Schere den neuen Verhältnissen angepasst hatte.

Oft sagt meine Mutter, wenn sie freies, eigenes Vermögen besäße, über das sie jederzeit verfügen könne, würde sie vielleicht nicht so bescheiden sein. Aber es gäbe nichts so Furchtbares, als jemand anders um Geld bitten zu müssen. Um das aber zu vermeiden, habe sie sich mehr auf das Haus beschränkt, sich vereinfacht und jede Art Eitelkeit abgelegt.

Mein Vater ist übrigens Sammler geworden. Es sind alle Arten von Tischlerhobeln, die er zusammengetragen hat. Er hat solche Werkzeuge winzig klein und andere über meterlang. Ich gebe zu, dass es Kunstwerke und dass sie schön zu sehen sind. Natürlich werden sie nicht benützt, sondern nur, um sie bewundern zu lassen, hervorgeholt. Der Sammler gibt sie nicht aus der Hand, er lässt niemand auch nur mit der Fingerspitze darankommen, er dreht sie, wendet sie, so dass der Betrachter sie von jeder Seite bestaunen kann, worauf er mit der Rechten etwa darüber hinstreichelt und sie, als ob sie zerbrechliches Glas wären, wieder in ihre Behälter legt.

Warum sehe ich denn nur das Gesicht meines Bruders Marcus immer, zu sonderbarer Grimasse verzerrt, über die geruhsame Hobelsammlung hinwegblicken?

Wir haben den Abend in einer kleinen, dämmrig-behaglichen Weinstube, natürlich ohne Mutter, zugebracht, wo man recht billig offene spanische Weine trinken kann: mein Vater, meine Schwester, Tante Henschke, die ein immer gut gelauntes, kluges, gebildetes altes Fräulein ist, und ich.

Wir waren durch den Geist des Elternhauses vereint, verbunden, zusammengehalten, und es bildete sich jene Atmosphäre um uns, die uns während unserer Kindheit Lebensluft bedeutete. Dass es mit Marcus nicht gut stand, wurde nicht erwähnt, dass ich in einer vollkommen glücklichen Ehe lebe, vorausgesetzt.

Es war viel Hoffen, Wünschen und Planen in der Luft. Vater gedenkt ebenfalls in den Badeort Schlierke überzusiedeln, wo er vor zweiundsechzig Jahren in die Volksschule gegangen ist. Er rückte mit der Frage heraus, ob ich nicht in Schlierke ein gewisses kleines Haus mit Garten, natürlich auf meinen Namen, erwerben und ihn und die Mutter hineinsetzen wolle? Er nannte den Preis, und ich sagte zu. Es war kein geringer Augenblick, die Freude zu fühlen, die man erregt hatte und die mein Vater unter dem ihm eigenen gemessenen Wesen doch nicht zu verbergen verstand.

Kurz, es war Liebe, Erneuerung, irgendwie Jugend und Neubeginn in der Luft. Die Gläser wurden geleert und gefüllt und auf das Leben im neuen Hause angestoßen.

»Wundervoll«, sagte meine Schwester, »wie wir nun alle wieder in ein und derselben Gegend der alten Heimat landen werden! Vater und Mutter, Tante Henschke und ich in Schlierke unten, du in Grünthal mit Weib und Kind und außerdem Julius mit seiner lieben Lore.«

Man lobte die schöne Landschaft der bergigen Gegend. Man hatte den kleinen, freundlichen Badeort, Mutter erreichte in zwei Minuten die Promenade. Dort konnte sie, wenn sie wollte, täglich sitzen und im Freien schöne Musik hören. Es war ein hübsches Theater da. Man trank seinen Kaffee in den Anlagen mit dem Wall des Gebirges vor Augen.

Wie sehr ich doch mit solchen Plänen und Aussichten einverstanden bin! Wie sehr ich sie zu den meinen mache! Bald, als wäre ich noch das Kind im Elternhaus, bald, als wäre ich Vater und Mutter selbst und ginge daran, mir einen friedlichen Lebensabend vorzubereiten. Wir haben eben trotz aller Eruptionen und Kämpfe innerhalb der Familie einen ausgesprochenen Familiensinn. Bei unserer etwas aus dem Durchschnitt fallenden Art sind wir mehr als andere auf uns angewiesen.

»Passt auf, es wird gut werden«, sagte meine Schwester. »Passt auf, es wird eine glückliche Zeit werden. Es ist das Beste, was wir tun konnten. Und pass auf!«, sagte meine Schwester zu mir. »Auch du mit Melitta und den Kindern, ihr werdet bald Dresden satt haben und in das schöne, schöne Grünthal zurückkommen.«

»Ich bin froh«, sagte der Vater, »mit Mutter einen Platz zu finden, von dem uns niemand verjagen kann und wo wir in Frieden die paar Jahre, die wir etwa noch zu leben haben, verbringen können.« – Und auch ich, wie gesagt, bin mit mir zufrieden und mit dem, was zu tun mir in dieser Sache zugefallen ist: Ein langes Leben voller Mühen und Sorgen liegt hinter meinem Elternpaar, und ich bin vom Schicksal berufen, ihnen dieses mühevolle Dasein durch einen abendlichen Glanz zu verklären.

Grünthal, am 28. März 1896.

Ich bin heraufgekommen, um einmal wieder nach dem Rechten zu sehen. Ein Teil des Hauses wird noch immer von Julius und seiner Frau bewohnt. Die Räume unsrer alten Wohnung sind unverändert geblieben. Die Frau des Hausmannes hat sie in Ordnung gebracht und mein Bett überzogen.

Ich fange mit solchen nebensächlichen Umständen an, weil ich ruhig werden will. Denn was ich hier mit meinem Bruder und meiner Schwägerin erlebte, war sicher nicht das, was ich gesucht habe. Ich bin auch im Grunde gar nicht hier, um nach dem Rechten zu sehen. Ich wollte ein oder zwei besinnliche Tage in dem von mir so geliebten und mir so werten Hause zubringen.

Auch darum kam ich natürlich herauf, weil ich mit Vater in Schlierke, also in nächster Nähe war. Das Haus ist gekauft, und Vater ist nach Liegnitz zurückgereist.

Der Empfang, der mir gestern gegen Mittag durch Bruder und Schwägerin zuteil wurde, ist wohl unter allen, mit denen man mir jemals begegnete, der frostigste. Schließlich war ich im eigenen Haus. Ich hätte sonst folgern müssen, mein Besuch sei hier unwillkommen und mir liege es ob, durch schleunigstes Schließen der Tür von außen diesem Umstand Rechnung zu tragen.

So weit geht meine Feinfühligkeit nun freilich nicht.

Es stürmt, es regnet, es schneit dazwischen, es ziehen Nebel, aber schließlich sitze ich in meinem lieben, alten, geheizten Arbeitsraum und habe mir von der Hausmannsfrau einen Grog brauen lassen.

Ich konnte natürlich nicht verstehen, wieso ich einen solchen Empfang verdient hatte. Er stellt im Übrigen eine Erfahrung dar, auf die ich durch keinen einzigen Präzedenzfall im Verkehr mit meinen Geschwistern vorbereitet bin. Schon als ich das Mittagessen am Tisch meines Bruders genießen musste, konnte ich mir ohne Schwierigkeiten einbilden, ich sei ein seinen Freitisch hinunterwürgender Bettelstudent. Beinahe hätte ich alles wieder herausgegeben.

Ich wurde belehrt: Julius sei nun in meinem Hause an Ruhe gewöhnt. Auch sei er in eine Arbeit vertieft, deren Misslingen er fürchte, sofern er gerade jetzt gestört werde.

Mein Bruder leidet an einer ungewöhnlichen Reizbarkeit. Ich bin ihm in der öffentlichen Geltung ein wenig vorausgeeilt, trotzdem er, als der Ältere, immer, wenn auch im Ganzen mit Sympathie, auf mich herniedergesehen hat. Schon dadurch ist sein gutes Verhältnis zu mir gestört, verkehrt und verwandelt worden. Er hat mich gestützt, mich gefördert und in jeder Weise ermutigt, solange ich unterstützungs-, förderungs- und ermutigungsbedürftig war: Als ich es plötzlich nicht mehr war, konnte man sehen, dass dieser Umstand schwere Verwirrungen bei ihm anrichtete.

Ohne Ehrgeiz kein irgendwie geartetes Wirken in der Welt. Ehrgeiz ist eine Kraft oder Leidenschaft, welche teils lockt, teils mit der neunschwänzigen Katze vorwärtstreibt. Mit der neunschwänzigen Katze wird mein Bruder Julius erbarmungslos vorwärtsgetrieben, seit ich ihm einige Nasenlängen zuvorgekommen bin.

Schon durch meine Erzählung von dem Hauskauf, der soeben zustande gekommen war, hatte ich ihn aufs Schwerste gereizt. Als ich voraussetzte, er werde sich darüber freuen, war ich töricht genug, die unzähligen Wucherungen seines Ehrgeizes nicht in Betracht zu ziehen. Er neidete mir den Augenblick, wo ich etwas Gutes für unsere Eltern hatte tun können: Was er nicht getan hatte und auch nicht hätte tun können, aber doch leidenschaftlich gern getan haben würde.

Er gönnte mir nichts, weder äußeren noch inneren Gewinn, was sich aus den besonderen Glücksumständen ergab, durch die mich das Schicksal vor ihm – ungerecht, wie immer! – auszeichnete. Er wollte nicht nur der bessere Gelehrte, Fachmann und Praktiker sein, sondern auch der bessere Vater, Gatte, Freund, Bruder und Sohn. Bruder allerdings nicht auf mich, sondern auf meine anderen Geschwister bezogen.

Seine Frau leidet zwar an alledem: Das gequälte, gepeitschte und reizbare Wesen meines Bruders macht auch ihr das Leben nicht leicht. Die Schläge der neunschwänzigen Katze aber fühlt sie womöglich noch schmerzhafter, weil sie von ihnen, aus Liebe zu meinem Bruder, in meinem Bruder noch stärker als er getroffen wird.

Ob meine Schwägerin Lore deshalb zu einer wirklichen Abneigung gegen mich übergegangen ist, weiß ich nicht. Das Auge des Wohlwollens schenkt sie mir jedenfalls nicht.

Nun, ich glaube, ich kann mich allmählich dem Kern meines heutigen Themas annähern.

Nachdem sich mir der Vormittag so wenig erfreulich gestaltet hatte, erlebte ich den eigentlichen Widersinn erst am Nachmittag.

Ich schäme mich, ihn erlebt zu haben, und noch mehr, ihm in keiner Weise durch Ruhe und Haltung gewachsen gewesen zu sein. Der wäre kein Mann, der sich zum zweiten Male so verhalten würde, aber auch der wäre kein Mann, der nicht den Mut hätte, sich die ganze Wahrheit einzugestehen.

Mein Bruder hat mit dem Vermögen seiner Frau, wie sich bei dem Vorfall gestern Nachmittag herausstellte, noch weniger gut gewirtschaftet, als ich vermutete. Die Art, wie er um einen Teil seines Kapitals gekommen ist, hängt zweifellos mit einer edlen Gesinnung zusammen, die ihn seinen Freunden gegenüber allzu freigebig macht. So hat er auch an Marcus jüngst wieder mehr als ich getan. Gestern Nachmittag nun wurde von ihm eine sehr erhebliche Summe eingefordert, für die er im Interesse irgend jemandes Bürgschaft geleistet hat. Natürlich, dass er nicht aus noch ein wusste.

Ziemlich verändert, versöhnlich gestimmt, trat er am Nachmittag bei mir ein. Und ohne viel Umstände, indem er eine hohe Geldsumme und den Zahlungszwang als eine Kleinigkeit hinstellte, verlangte er mit der Selbstverständlichkeit des älteren Bruders, dass ich einspringen sollte. Davon konnte nun nicht die Rede sein.

Das Vermögen meiner Frau gehört ihr. Wenn es angegriffen ist, so bin ich mit Erfolg dabei, das Fehlende zu ergänzen. Gerade wie die Dinge nun einmal liegen, muss die materielle Freiheit meiner Frau besonders gesichert sein. Natürlich die Kinder einbegriffen.

In aller Ruhe erklärte ich also meinem Bruder, dass ich eine Möglichkeit, ihm aus meinen Mitteln zu helfen, nicht ins Auge fassen könne. Mein Bruder ging, und ich setzte mich wieder an meinen Tisch, um eine gewisse Arbeit fortzusetzen.

Dabei überlegte ich mir, wie meinem Bruder auf andere Weise etwa zu helfen sei. Er war ja durchaus nicht mittellos. Das Zugebrachte der Frau musste zum großen Teil noch vorhanden sein, aber wohl auf ungeschickte Weise festgelegt. Er hatte davon gesprochen, ich solle auf das Grünthaler Haus eine Hypothek nehmen. Aber gerade in diesem Hause liegt ein Teil des Vermögens meiner Frau, und ich hatte kein Recht, dies Vermögen durch eine Hypothek zu halbieren, indem ich den Erlös im Sinne meines Bruders auf Nimmerwiedersehen hinauswürfe.

Über dies alles dachte ich nach, als ich Türen schlagen und trampeln hörte und fast im selben Augenblick geballte Fäuste und, ich möchte sagen, schäumende Mäuler – ich hatte mich unwillkürlich vom Tisch erhoben – dicht unter meinen Augen sah. Das waren keine gesunden Menschen, sondern es waren Tobsüchtige im Zustande sinnloser Raserei. Mein Bruder brüllte, schrie, spie, meine Schwägerin kreischte, krähte, spie und schrie. Ich habe manches gesehen, aber ich ahnte nicht, dass es einen solchen Zustand gibt, geschweige dass Menschen in ihn geraten können.

Einen Augenblick fragte ich mich, ob denn dieser entstellte Mensch mein Bruder sein könne, er, der über Philosophen und Forscher, von Thales bis Kant und Fichte herauf, so schön zu sprechen verstand! Ob diese Frau meine Schwägerin sei, die ich, sie mochte jetzt fünfundzwanzig sein, als ein fast unirdisch zartes, achtzehnjähriges Mädchen gekannt hatte, deren größter Reiz ein feines, in sich gekehrtes Wesen war.

Die ganze Erscheinung, die ich so plötzlich und gänzlich unerwartet vor mir sah und für die ich eine Erklärung noch jetzt nicht finde, gewann für meinen Blick etwas an sich so Grausiges, dass eine Art panischer Schrecken mich anpackte. Hier hatten sich zwei mir im Grunde liebe Menschen in zwei Unholde verwandelt: Es schien da plötzlich eine Verkleidung von zwei wirklichen Höllenboten gefallen zu sein, die sich bis dahin nur zweier Golems bedient hatten, meines sogenannten Bruders und meiner sogenannten Schwägerin. Was als Grimasse, Entstellung, keuchender, wutspeiender Hass, Drohung, tödlicher Blick, Gewalttätigkeit, ja Mordsucht auf mich eintobte, blieb eine Unerklärlichkeit, die mich in eine bis dahin nicht gekannte Bestürzung versetzte. Ich glaube, es war der Grund meines Grauens, dass ich gleichsam zwei rasende Leichname mit ertöteten Seelen vor mir sah, die ich dereinst im Leben gekannt und geliebt hatte. Dann war es, als ob das Gleiche, was diese Seelen getötet hatte, auch meine Seele erwürgen wolle, worauf auch ich die Besinnung verlor und vom Wahnsinn der Angst ergriffen wurde. So wich ich mit allen Zeichen läppisch-kindischer Todesangst an die Wand zurück, und mein Arbeitszimmer, das Zimmer meiner Entwürfe und Werke; war für Minuten in den Käfig eines Tollhauses umgewandelt.

Ich traf neulich einen befreundeten Künstler, der das Erdbeben auf der Insel Ischia erlebt hatte. Er saß mit Freunden beim Wein um den Tisch, als der Tisch mit den Freunden in einem sich plötzlich öffnenden Abgrund verschwand: Er selbst blieb an dessen Rande zurück und hat die Freunde nie wiedergesehen. »Sehen Sie«, sagte er mir, als wir im Gewühle der Linden hinschritten, »hier, dort, da, oben, unten, nirgend, wo ich auch gehe, stehe, liege, habe ich seit jenem Erlebnis noch das Gefühl der Sicherheit. Ich werde es nie zurückgewinnen. Ich werde nie wieder die Erde so sehen, wie ich sie vor dem Ereignis gesehen habe.« – Ebenso wenig werde ich meinen Bruder und meine Schwägerin, wie den Menschen überhaupt, jemals wieder so sehen, wie ich ihn vor meinem gestrigen Erlebnis sah.

Ich habe den Menschen kennengelernt, wie er außerhalb alles dessen sein würde, womit die sogenannte Zivilisation seine Seele frisiert, parfümiert, wäscht, schminkt, kastriert und kostümiert, womit sie seine Seele im Ganzen und Einzelnen vor allem maskiert. Mit einem Ruck versank mir gestern die ganze große Lüge der Zivilisation, geschweige dass noch irgendetwas sichtbar, riechbar, hörbar, schmeckbar und tastbar an Kultur erinnert hätte.

Ich fürchte, ich fürchte, dass mein Bruder Julius und meine Schwägerin heute in meinem Innern durch Selbstmord geendet sind.

Mit welchem unerwarteten Resultat verlasse ich diese Gegend, die uns im Dämmer der Liegnitzer Weinstube wieder einmal so allversöhnlich und freundlich-lockend vorschwebte!

Bad Schlierke, am 30. April 1896.

Das ist es also nun, was ich in dem für meine Eltern neuerworbenen Hause zuerst erleben sollte: Stunden bei verschlossener Tür, während deren ich, ein tätiger, vierunddreißigjähriger Mann, mir nur immer, um nicht hörbar zu werden, das Taschentuch wie einen Knebel in den Mund stoßen musste. Ich will ja nur eine Art Spiegel für mich selbst aufbewahren: Weshalb sollte ich denn nicht von Weinkrämpfen reden, die mich geschüttelt haben?! In diesem Augenblick bin ich ausgewunden und ausgeweint.

Weder die Griechen noch die Römer hielten das Tränenvergießen für unmännlich. Unsere Zeit meint in dieser Beziehung männlicher und würdiger geworden zu sein, aber sie ist nur stumpfer geworden.

Kurz und gut, ich habe aus Herzensgrunde geweint und geweint und schäme mich nicht, geweint zu haben.

Was aber ist davon die Ursache?

Dass Anja nach Hannover gegangen ist!

Wenn Anja in Berlin ist und ich in Dresden, in Liegnitz oder hier, hat mich niemals ein solcher Paroxysmus übermächtigt. Ich habe nie mehr als das natürliche, durchaus nicht unerträgliche Trennungsweh gefühlt, das mich an gelegentlich heiterem Wohlbehagen nicht hindern konnte.

Heut bin ich gebrochen, fühle unerträglichen Schmerz in der Brust.

Anja und ich haben vor der Trennung mehrere Tage in der Verborgenheit einer kleinen Stadt gelebt. Irgendwie hatten wir beide das Gefühl davon, dass der nahe Abschied ein anderer als alle früheren sein sollte. Es war ein Gefühl, das den Stunden, die wir durchlebten, durchliebten, durchlitten, eine schwer erträgliche Schmerzenswollust gab. Endlich brachte ich Anja zur Bahn. Der Zug rückte an und bewegte sich, ich folgte ihm qualvoll und trostlos mit den Augen. Als ich aber den

Bahnsteig verlassen und im Freien eine nahe Böschung erstiegen hatte, schob sich der Zug noch einmal zurück, und ich konnte Anja, die mich nicht sah, beobachten, wie sie, allein im Coupé, sich über ihr Handtäschchen bog, sich schneuzte und die Augen trocknete.

Abermals musste ich Anja sehen, die mich wieder nicht sah und, allerlei ordnend, sich immer noch, wie es schien, mit ihren Augen zu schaffen machte, als der Zug nun wirklich seines Weges fuhr. Dass ich sie sah und nicht mehr von ihr gesehen wurde, dass mir also solcherart unsere Zukunft, das Einander-Gestorbensein im Leben, im Zufallssymbol vor Augen stand, raubte mir nun meine Fassung durchaus.

Denn das ist, wie gesagt, der Punkt: Es liegt nicht einer der bei uns üblichen Abschiede hinter mir, sondern, obgleich unausgesprochen, ein anderer. Unausgesprochenes, Unaussprechliches ist es, was diesen Trennungsaugenblicken ihren Charakter gab. Wir wussten, ohne es einzugestehen, dass diese Lösung den Beginn unseres Auseinanderlebens bedeuten sollte und jeder von uns einen anderen Weg beschritt: ich rückwärts gewandt, Anja dagegen in die weite, feindliche Welt.

Was hat uns zu diesem Schritte gedrängt? Das aussichtslose und mühselige Einerlei unseres Provisoriums. Aber wurden wir denn überhaupt dazu gedrängt? Gott weiß, wie es kam, dass wir eines Tages die Möglichkeit einer Lockerung unserer Bindung erörterten. In alle Ewigkeit konnte es nicht so weitergehen. Wessen Geduld aber, als wir bis dahin gelangt waren, Anjas oder meine, mag zuerst gerissen sein? Wir stellten uns eine furchtbare Aufgabe.

Der heimliche Wühler war ich, wie ich fürchte. Die Idee hatte sich nun einmal in mir festgesetzt, sie hatte sich in mich eingenistet. Das ganze Frühjahr hindurch bedrängte sie mich, es war, als sei ich von ihr besessen. Am Ende hatte die Krise jetzt ihren Abschluss erreicht, überraschenderweise, vielleicht wie etwa eines Tages plötzlich das Fieber eines Kranken weicht und die Genesung gesichert ist. Es mochten auch andere Ursachen mitwirken. Der Niederbruch meines Bruders in Bußbek rief meine familienerhaltenden Instinkte auf. Das wankende Haus sollte wenigstens, soweit ich dazu mitwirken konnte, einen unversehrten Pfeiler behalten. Ich empfand überdies eine gewisse Unlust, in der alten Weise fortzuschlingern, ein Nicht-mehr-Wollen, gipfelnd in einem jähen Eigensinn.

Damit bin ich dem Tiefpunkt, dem äußersten Tiefstand meines Wesens in dieser Sache nahegekommen. Die Übersiedlung Anjas nach

Hannover bot mir die Gelegenheit zu einer ganz gewöhnlichen Niedertracht. Jetzt konnte man Anja ganz einfach abschieben. Jedermann wäre damit befriedigt, und die ganze ärgerliche Angelegenheit würde im Sande versickert sein.

Ich wollte Anja kaltblütig aufopfern. Ich zeihe mich eines Aktes bewusster Brutalität, der überdies noch Verrat und schnödester Undank ist. Einen Fall dieser Art gibt es in meinem sonstigen Leben nicht. Aber er hat sein Gutes gehabt. In diesem Augenblick erweist er selbst seine Undurchführbarkeit.

Ich öffnete meiner guten Mutter, die wohl mein krampfhaftes Schluchzen gehört hatte und zu mir hereinwollte. Eh sie begriff, worum es ging, goss ich einen Schwall von empörten, entrüsteten, verzweifelten Worten über sie aus, der sie wohl tiefer betroffen hätte, wenn sie nicht ähnliche Ausbrüche bei ihren Söhnen öfters erlebt hätte.

Ich tat, da sie die Repräsentantin der Familie war, als ob sie an dem Versuche schuld wäre, den ich um dieser willen unternommen hatte. In Übertreibungen ohne Maß warf ich ihr, die von der Sache nichts wusste, vor, man treibe mich in Zugeständnisse hinein, die einem Menschen wie mir das Leben zur Hölle, ja überhaupt unmöglich machen konnten. Sie wollte wissen, auf welche Fälle das zuträfe. Auf eine doppelte Hinrichtung trifft es zu, tobte ich, auf meine und Anjas Opferung!

Sie konnte mit dieser Eröffnung nichts anfangen.

»Ihr verlangt«, fuhr ich fort, »dass ich in der Gabeldeichsel meine Familie durch die Welt ziehe, an den Göpel gespannt, ihr Brotgetreide dreschen soll. Dabei muss ich immer und immer im Kreise herumgehen, und man legt mir noch Scheuklappen an. Aber ich bin kein versklavtes Tier, weder ein Ackergaul noch ein Packesel, ich bin sozusagen Gottes Ebenbild, Ställe sind für mich keine Wohnungen!«

»Wieso denn Ställe?«, fragte die Mutter.

»An den Göpel, in die Deichsel, in die Sielen, an die Zugblätter, in den Stall wollt ihr mich. Aber ich bin an Freiheit gewöhnt, bin an Steppen und Höhen gewöhnt, bin nicht als Gaul, sondern höchstens als Reiter an den Sattel gewöhnt. Ich habe Größeres vor als ein Dasein mit Kachelofen und Bratäpfeln. Ich bin anderer Dinge gewürdigt worden, schmeckend, riechend, sehend, hörend, als euch allen miteinander, Melitta inbegriffen, auch nur zu ahnen gegeben ist!«

»Nun ja, das mag sein«, sagte meine Mutter. »Aber was Melitta angeht: Versündige dich nicht.«

»Wer spricht davon, wer sich an mir versündigt? Wenn ich sterbe, begräbt man mich. Es wird niemand länger als fünf Minuten beschäftigen, die Frage zu beantworten, woran ich gestorben bin, und wenn ich an gebrochenem Herzen gestorben wäre.«

»So leicht stirbt man an gebrochenem Herzen nicht. Im Übrigen aber sorge nur, dass nicht etwa jemand anders auf diese Art sterben muss.«

»Mag sterben, wer will, das ist mir gleichgültig. Diese ewigen Drohungen, Warnungen und Beängstigungen schrecken mich nicht. Anja ist auch seit dem Augenblicke tot, an dem sie mich aus dem Gesichtskreis verloren hat. Und wie du mich siehst, bin ich ebenfalls tot, gute Mutter, und wenn ich noch so sehr schreie und mit den Armen herumfuchtele.«

Die Mutter strich mir mit ihren gichtischen Händen über den Kopf und sagte: »Du hast es nicht leicht, lieber Junge.«

»Alles hängt, saugt, zehrt, reißt an mir. Alle tun es, nur Anja nicht. Und gerade sie habe ich fortgestoßen. Alles hängt sich mit stummen Bitten an mich, will mich belasten, macht mir Vorschriften. Anja allein macht mir keine Vorschriften, bittet um nichts und belastet mich nicht. Und eben deshalb wird sie geopfert, sie, die allein unter allen meinen Schritt beflügeln, meine Seele begeistern, mein Gemüt überschäumend froh machen kann.«

Was meine Mutter darauf erwiderte, hätte wohl einen gröber besaiteten Menschen, als ich bin, zur Besinnung gebracht.

»Siehst du, ich habe Vater abgeraten. Das Haus ist hübsch, er freut sich darüber, eine kleine Gartenwohnung hätte mich aber ebenso glücklich gemacht, und das hätte dich doch wenigstens nicht noch von unserer Seite mit einer neuen Last bedrückt.«

Ich bat meine Mutter um Entschuldigung.

Es schlug mir aufs Herz, wie sehr dieser erste, gleichsam erinnyengepeitschte Besuch ihr die Freude daran und an meiner Wohltat verbittern musste.

Ich wurde ruhig, und da mein Vater abwesend war, hatte ich Zeit, ihr die Sachlage zu entwickeln.

Ich gab ihr von Anjas Wesen eine Schilderung, erzählte von ihrer Sprödigkeit, ihrer Tapferkeit, aber auch von der Ergebenheit, durch die sie gänzlich in mir aufgehe. Meine Liebe sei, sagte ich, zu einem Teil auch väterlich. Sie in Hannover am Theater zu wissen bedeute Unruhe und Kummer für mich, nicht so aus moralischen Gründen, als weil mir bekannt sei, welches Martyrium sich mit dem Bühnenberuf verbinde. Und übrigens wisse ich eben einfach nicht, wie ich leben solle ohne sie.

Die Mutter sagte: »Mein guter Junge, du tust mir ja leid. Ich wünschte, meine drei Söhne hätten weniger Begabung und weniger zarte Seelen als Lebensmitgift bekommen. Ihr seid leider zum Glück nicht gemacht, Ruhe und Frieden gibt's für euch nicht. Das Wort Behaglichkeit oder gar Gemütlichkeit hat für euch jeden Sinn verloren, und mein himmlischer Vater weiß, in wie mancher Nacht und wie manchem Gebet ich ihn um das, was euch fehlt, gebeten habe. Ich weiß nicht, was aus alledem noch einmal werden wird. Da liegt das Gold, vor euren Füßen liegt das Gold, ein gutes Geschick hat es euch vor die Füße gelegt, aber ihr mögt es nicht aufheben. Stattdessen ist es, als flöget ihr rechts und links vom Wege auf alles, worin ein Unglück oder gar Unheil stecken kann.«

Ich warf dazwischen: »Mutter, ein großer Dichter sagt: Nichts vermag jemand, der kein Unglück erfahren hat.«

»Ach, geh mir mit deinen großen Dichtern. Diesem Satze nach gibt es ja überhaupt keinen Menschen, der nichts vermag, und zwar, weil es keinen gibt, der kein Leid erfahren hat. Und ich zum Beispiel, lieber Titus, müsste wer weiß wie viel vermögend sein, wenn das Wort deines großen Dichters zuträfe.

Mein Vater und meine Mutter liebten einander noch im siebzigsten Jahr mit der innigsten Zärtlichkeit. Nie haben wir Kinder etwas anderes in ihrem Zusammenleben gesehen als Harmonie. Wir lebten bescheiden, lebten zufrieden, und keiner dachte daran, aus dem schlichten bürgerlichen Kreise auch nur in Gedanken herauszutreten. Für alles das habt ihr keinen Sinn. Nichts ist euch heilig, alles wollt ihr von frischem durchdenken. Ihr leidet an einer schrecklichen Ruhelosigkeit. Da fandet ihr eure lieben Frauen, es fiel euch gleichsam ein sonst nur in Märchenbüchern vorkommendes Glück in den Schoß: Marcus, Julius und du, ihr wurdet auf einmal sorgenfrei. Eure Frauen waren unabhängig und wohlhabend, eure Frauen waren brav, lieb und gut, ihr konntet euch keine besseren wünschen. Das ist also, dachte man, ein Wink von Gott, jetzt würdet ihr auch zu Ruhe und Frieden kommen. Nun sieh, was aus Marcus und seiner Familie geworden ist: Sie wissen nicht, wie sie satt werden sollen. Julius ist durch sein unbefriedigtes Streben unglücklich. Materiell aber wird er möglicherweise eines Tages dorthin gelangen, wo Marcus gelandet ist. Und du? Aber wie es mit dir steht, musst du ja selbst wissen!«

Nach kurzem Stillschweigen fuhr meine Mutter fort:

»Dir ist es in einem, ist es im anderen Sinne geglückt. Du hast auch mit deiner Arbeit Erfolg, deine Sachen bringen dir schöne Vorteile. Aber nun kehrst du dich plötzlich gegen dich, erschwerst deine Aufgaben, gefährdest durch dein leidenschaftliches Wesen und durch das, was du dir aufbündelst, alles, was du hast und bist!«

Ich habe die Worte meiner Mutter ungefähr so niedergeschrieben, wie sie gesprochen worden sind. Ich sah mich durch sie getröstet und habe Fassung wiedergewonnen.

Grünthal, am 3. Mai 1896.

Pfingsten, das liebliche Fest, ist gekommen. Insofern wenigstens, als Melitta und die Kinder bereits zu den Pfingstferien hier eingetroffen sind. Leider steht Melittas immerhin sichtbare Pfingstfreude, die Heiterkeit meiner Jungens, das überwältigende Grünen und Blühen in der Natur zu meinem Innern in peinlichem Gegensatz. Es ist unverkennbar, Melitta glaubt wieder einmal, es sei durch Anjas Entfernung nach Hannover ein wichtiger Schritt nach vorwärts geschehen, natürlich im Sinne ihrer Hoffnung. Sie ahnt nicht, wie es in Wahrheit damit beschaffen ist.

Wir teilen noch immer mit Julius das gleiche Haus. Trotzdem unsere Wohnungen eng beieinanderliegen, vermeide ich nach dem, was neulich geschehen ist, eine Begegnung mit ihm und Lore nach Möglichkeit. Wie seltsam, bis zu welchem Grade der Kälte unsere Beziehung gediehen ist. Als Knaben lebten wir fast wie Zwillinge, Zwillinge freilich mit einem Altersunterschied. Ich litt unter dem älteren Bruder, wie ein Zwilling wohl kaum unter einem Bruder gelitten hätte. Ich litt manchmal furchtbar unter ihm. Da man uns gemeinsam nach Bunzlau auf ein und dieselbe Schule, in ein und dieselbe Pension, in ein und dieselbe Stube gesteckt hatte, so mussten sich alle die Übel ergeben, die bei engem Zusammenwohnen unvermeidlich sind. Auch die Schrecken wie manchen Ehelebens lassen sich zurückführen auf räumlich beengtes Zusammensein.

Es kam dann Gott sei Dank eine andere Zeit: Studenten- und Studienjahre, in denen aus dem ungleichen Brüderpaar ein wirkliches Freundespaar geworden war. Leider ist nun auch dieser Zustand vorüber.

Wäre es anders, ich würde die fortwährenden Kämpfe meines Gemütes nicht so allein auszutragen haben. Oft sind sie zu physischen Martern gesteigert, und ich bin nahe daran, den Versuch zu machen, eine Art Befreiung herbeizuführen, indem ich meine Seele in die des Bruders ausschütte. Dann aber muss ich mir jedes Mal eingestehen, die Seele meines Bruders Julius, seine Freundschaft für mich sind tot.

Hat mich Julius nicht geliebt, auf alle mögliche Weise gefördert, sich nicht beinahe vernarrt in mich gezeigt? Hat er nicht Studenten und Professoren begeistert auf mich hingewiesen? Hat er nicht ihnen und mir unentwegt meinen kommenden Ruhm, wie er es nannte, prophezeit? Und als mein erstes Werk entstanden war, hat er nicht in Briefen an mich frohlockt und mich beglückwünscht aus Herzensgrund? Und nun, kaum ein halbes Jahr, nachdem mein Name in der Öffentlichkeit ein wenig genannt wurde, dieses willensstarke, kalte, entschiedene Abwenden!

Weiß mein Bruder, gegen welche Lasten ich mich zu stemmen habe, wenn ich nicht erdrückt werden will? Er weiß es nicht, und er will es nicht wissen. Ich bin nicht mehr: Er hat mich in der eisigen Taygetosschlucht seiner Seele abgewürgt. Mein Bruder ist zum Spartaner geworden. Er hat keinen Sinn, weder Auge noch Ohr noch Gefühl mehr für mich. Er würde den Schuss nicht hören, wenn ich auf den Gedanken käme, in den Tod zu gehen.

Gott weiß es, ob ich die Wonnen dieser Pfingstzeit auch nur noch durch einige Tage, ohne verrückt zu werden, aushalte. Ich möchte fort. Ich möchte alle diese zerrenden, zupfenden, reißenden, schneidenden, Hohn oder Neid blickenden Mächte, Bindungen, Anmaßungen abschütteln, dieses klebrige, dumpfe, muffige, feindlich-freundliche Familiensein, dieses glühende Netz, in das verwickelt, wir blöde und sinnlos herumstolpern.

Was gehen mich Melittas bettelnde Blicke an? Ich bin ausgeraubt. Kann ein Ausgeraubter, ein Bettler etwas hinschenken? Ich bin leer. Körper und Seele sind ausgeweidet. Wenn etwas darin ist, so ist es außer dem Nichts nur der Schmerz. Außer dem Nichts nur die Schmerzensunendlichkeit. Wozu soll ich essen, wozu soll ich trinken?

Wozu soll ich Luft schnappen, wo keine ist? Wozu soll ein Toter vor Toten Grimassen und Worte machen?

Schmiedeberg-Stern, am 7. Mai 1896.

Ich bin hierher nach einer mehrtägigen Gebirgswanderung gelangt, die ich mit Freunden unternommen habe: Professor S., Dr. T. und einige andere Herren hatten sich in Grünthal zusammengefunden, so unternahmen wir diese Bergpartie.

Die Zeit stand still. Sie wollte nicht fortschreiten. Ich konnte kein Ende der acht oder zehn Ferientage absehen, die ich noch vor mir hatte. Die Beengung wuchs. Ersticken oder durchbrechen: Eines von beiden musste binnen Kurzem geschehen sein. Die Lüge, in der ich lebe, bei diesem Zustand meines Innern aufrechtzuerhalten, wurde schwerer und schwerer mit jedem Augenblick. Ich musste mich stellen, als ob ich mit Leib und Seele bei Weib und Kindern sei, während doch nichts als mein Körpergewicht noch zugegen war. Es war keine Sehnsucht mehr, was mich zu der fernen Geliebten zog, mir wurde vielmehr die Seele von einer unwiderstehlichen Kraft erbarmungslos aus dem Leibe gezogen. Dabei war ich voller Ängste um sie und Bangigkeit.

Ich sagte mir, wenn ich mich dieser Fußpartie anschließe, so werde ich zwei, drei Tage Zeit im Handumdrehen getötet haben. Ich werde den Teufel betrügen und dreien seiner alphaften Höllengeburten, die er mir in den Weg stellte, ein Schnippchen schlagen. Diesen Eisen-, Phosphor-, Schwefelgeruch, den sie mir zu atmen geben, werde ich in reine Bergluft umwandeln. Auf den Höhen verliert sich wohl auch der Rost- und Stahlgeschmack, der mir widerlich in der trockenen Mundhöhle sitzt. Übrigens bin ich doch wohl körperlich krank. Ich sehe wirklich nicht nur auf den Fotografien höchst jämmerlich aus, sondern auch hier im Spiegel meines Hotelzimmers. Mein Spiegelbild zeigt einen abgemagerten, ausgemergelten Mann, dessen Augen tief in den Höhlen liegen. Sein Gesichtsausdruck ist müde und trübselig. Allzu deutlich zeigt sich unter der schlaffen Haut die Schädelform. Über den Zahnreihen schließen zwar die Lippen noch, aber es fehlt am Ende nicht viel, so sage ich mir, und dieses fleischlose Haupt könnte einem Künstler als Modell dienen, der einen Totentanz malen will.

Wenn ich nun Lust und Muße hätte, könnte ich meine Erfahrungen darüber ausführlich behandeln, inwieweit der Körper auf die Seele, die Seele auf den Körper wirken kann. Aber ich mag mich auf alle die

Subtilitäten, die darüber im Schwang gehen, nicht einlassen. Ohne alle Frage ist jedenfalls, gleichviel ob man Seele und Körper als getrennt oder als Einheit auffassen will, dass etwas Immaterielles, wenigstens etwas, das sich den Sinnen entzieht, vermögend ist, schwere physische Störungen zu verursachen. Oder welche materiellen Qualitäten will man den drei Worten: Sorge, Kummer, Gram zusprechen, von denen eines allein den stärksten und gesündesten Körper zugrunde richten kann?

Oder könnte in meinem Falle ein Arzt helfen? Gesetzt, ich ließe einen Arzt rufen. Ich sagte ihm etwa so und so und das und das. Etwa diese und jene Beschwerden fühle ich. Ich esse nicht, und wenn ich esse, so widersteht es mir, und gelegentlich wird mir übel. Was ich gegessen habe, verdaue ich nicht. Ich bekomme davon nur Sodbrennen und fortgesetztes Aufstoßen. Ich schlafe nicht, das heißt, ich lege mich todmüde zu Bett, verliere das Bewusstsein, und wenn ich erwache, liegen zwei Stunden Schlaf hinter mir. Den ganzen übrigen Teil der Nacht aber bin ich den Dämonen meiner Sorgen, meines Kummers, meines Grams ausgeliefert. Ich habe ein peinigendes Gefühl auf der Brust. Die Art des Schmerzes ist nicht zu beschreiben. Er ist nicht stillstehend. Man könnte ihn mit einem Schmerzgewölke vergleichen, das sich ausdehnt und zusammenzieht und auch wohl einmal für ein paar Stunden verschwinden kann. Darauf verschriebe mir der Arzt wahrscheinlich Natron oder Salzsäure, er drückte mir sein Lieblingsschlafmittel in die Hand und vielleicht eine zweite Chemikalie, die bestimmt wäre, auf das Sonnengeflecht oder irgendeinen anderen Nervenkomplex zu wirken. Seine Behandlung würde vollständig nutzlos sein. Die Salzsäure würde ebenso wenig wie das Natron wirken, die Chemikalien so lange, als die Lähmungen durch sie vorhielten, aber da ich schließlich wieder aufwachen müsste oder mich durch Chemikalien endgültig abtöten, so würde bald alles wieder beim alten sein.

Sagte indessen dieser Arzt: Ich befehle Ihnen, steigen Sie sofort auf die Bahn, und verlassen Sie den Zug erst, wenn Sie in Hannover sind, alles Weitere wird sich finden: Im Zug bereits wäre ich zur Hälfte, bei der Ankunft in Hannover zu dreiviertel, in der Gegenwart Anjas ganz gesund.

Habe ich nun dem Teufel wirklich ein Schnippchen geschlagen mit dieser Wanderung? Ich hätte wahrscheinlich zu Hause noch mehr gelitten. Ich leide ja schließlich am ärgsten, wenn ich, an einen Ort gebunden, meiner Ruhelosigkeit, meiner Rastlosigkeit nicht nachgeben kann. Aber der Geruch und Geschmack der Carceri – Piranesis Stiche schweben mir vor – hat sich auch auf den sogenannten Bergeshöhen nicht verloren. Ich habe mich schwatzend, lachend, Galgenhumore um mich verbreitend, hin- und fortgeschleppt, die Natur, die Gegenwart meiner Freunde, die Unternehmung als sinnlos empfunden, ja, ich war eine bloße Maschinerie, die, ich möchte sagen, einen bleiernen Tod in selbstauferlegter Tortur über die Berge von einem Ort zum andern trug.

Berlin, am 16. Mai 1896.

Ich sollte im Abschiednehmen doch wohl allmählich Übung bekommen. Wiederum liegen zwei Abschiede, der von Melitta und der von Anja, hinter mir. Ich hatte Melitta und die Kinder in den Zug gesetzt und bestieg selbst einen anderen, der mich zu Anja nach Hannover bringen sollte. Endlich war ich befreit, hatte aber während der Fahrt noch mit der Erinnerung an die wiederum so bedeutsam winkenden, gleichsam bettelnden Hände und Arme zu tun, die auch diesmal bei Abfahrt des Zuges mein Herz erweichen sollten. Bald aber war ich bei Anja – von der ich nun auch schon wieder geschieden bin. Der Zustand aber, in dem ich mich seit der Trennung wiederum befinde, spricht nicht dafür, dass mir Abschiednehmen eine geläufige Sache geworden ist.

Wie werde ich mich nach dem, was über mich hingegangen ist, in den platten Alltag zurückfinden? Noch schwingt mein ganzes Wesen davon. Schon auf dem Wege zu Anja, ahnte ich doch nicht, was mich erwartete. Ich spürte die Macht nicht vor, die sich an mir – sage ich zerstörend? oder sage ich beseligend? – offenbaren sollte. Das Leben mag durch und durch Offenbarung sein, aber nicht dasselbe oder gar alles wird jedem enthüllt. Die wenigsten werden in sich die Tiefen der Liebe voll erfahren. Der nehme alle Kraft zusammen, dass er nicht verkohle, wenn ihn die brennende Hand des Liebesgottes berührt.

Von Anja entfernt, stehe ich trotzdem noch mitten im Mysterium. Glaubte ich je an die Möglichkeit, Anja entbehren zu können, so bin ich eines anderen belehrt. Der Dämon in ihr hat mir seine wachsende Macht gezeigt: und er ist ein Tyrann ohne Gnade.

Scheu wie Diebsvolk trafen wir uns. Wie Tiere des Feldes, die inmitten des Straßengewühls Bestürzung und Angst befällt, suchten wir die

Peripherie der Stadt zu gewinnen. Auf Feldwegen strichen wir zwischen Büschen, Bächen und Wiesen hin. Die Spannung war durch den Gedanken der Trennung unerträglich geworden. Die Lösung und Erlösung davon überfiel uns mit einer tiefen Benommenheit. Anja erzählte, was sie inzwischen erlebt hatte. Wir stapften auf Dörfer und nahe Ortschaften zu, wo wir Versteck und Obdach für die Nacht finden wollten. Und wirklich bot sich, die Nacht war bereits eingefallen, ein Gasthaus, dessen Räume von Blechmusik durch tobt waren, und jener verständnisvolle Wirt, der nicht fragt, woher und wohin.

Die Nacht ist keines Menschen Freund? – Sie war meine und Anjas Freundin, als sie undurchdringlich über uns zusammenschlug.

Die wesentlichsten Ereignisse unseres Lebens, so Geburt und Tod, liegen für uns in Dunkelheit. Wir erfahren das Tiefste, wenn der Sinn des Auges, der Sinn des Gehörs unbeschäftigt ist, wenn die Form zergeht, außer im Getast, also im Gefühl, wo dann eigene und fremde Körperlichkeit fast nur so erkannt und begriffen werden. Auch der Sinn des Geruches entdeckt sich dann, und gegenseitiges heißes Zusammenschmelzen scheint das blinde Geheimnis des Lebens aufzuschließen.

In der wahren Umarmung zweier Menschen bleibt ein Letztes immer noch unerfüllt. Hingebung des einen an den anderen will Besitzergreifung sein. Sie ist aber auch ein Versuch, sich wegzuwerfen, eines Befreiens von sich selbst. Und dieser Versuch ist von Not, Angst, Wut, ja Verzweiflung erzwungen. Man wirft sich weg, will das Andere, das Höhere, das Höchste im bloßen Genusse sein. Statt der Erfüllung aber umfängt uns am Ende Bewusstlosigkeit, und das Letzte der Schönheit, das wir für alle Zeiten uns einprägen möchten, wird nach kurzem, versengendem Aufleuchten durch das Nichts abgelöst.

Noch sind die vergangenen Nächte, noch ist die Blindheit und Betäubung dieser Nächte in mir, so dass mein äußeres Auge, ohne Verbundenheit mit meiner innersten Seele, zugleich sieht und nicht sieht oder nur seelenlose Gespenster sieht. Es war entthront, es ist in seine Hoheitsrechte noch nicht wieder eingesetzt. Noch immer herrscht das gleichsam übersichtig gewordene Gefühl. Jedes kleinste Teilchen meines körperlichen Wesens ist Medium visionärer Fühlungen, durch die ein anderes Wesen, ein lebendiges Bild deutlich gegenwärtig wird. Noch habe ich keine Beziehung zum Straßenlärm, zu den Glocken der Gedächtniskirche, die mir gegenüberliegt, menschliche Sprache vermag sich vor meinem Ohr über den Wert leeren Geräusches nicht hinauszuheben. Aber dieses Ohr liegt noch immer gepresst an das schlagende Geheimnis einer Brust. Es kann sich an der rätselhaften Arbeit jenes inneren Lebewesens, das mit Systole und Diastole keinen Augenblick nachlassen darf, nicht satthören. Es behorcht weiter verzückt und erschreckt jenen unbegreiflichen Puls, ohne den im Himmel und auf Erden kein Leben ist.

Die meisten sind Stümper in der Liebe. Sie wissen nichts von der dunklen Erdglut, die in ihr ist. Sie ist wesentlich nächtig, irdisch, ja, mehr noch unterirdisch. Meinethalb sei der blinde Maulwurf, der im Humus Gänge gräbt, ihr Symbol. Sie ist eng verhaftet mit dem Gebiet, wo die Keime schwellen und Wurzeln fortkriechen, dem Welten, Himmel, Menschen, Pflanzen und Tiere gebärenden Mutterschoß. Ein betrogener Betrüger ist der, der in den Armen seiner Geliebten nicht ganz ein Gedanke ist: Du bist die Erwählte für mein Kind! Und ein Golem ist die Geliebte, die nicht ebenso denkt: Du bist der erwählte Schöpfer in mir, der mich zur Mutter erheben soll! Ja, so verbinden wir uns mit den Müttern. Wir sind den furchtbaren, allgebärenden Müttern nah, verbunden mit den glühenden Magmen des Erdinnern. Wer solcher Dinge gewürdigt wurde, ist in den Kern der Schöpfung eingedrungen.

Ein Letztes in der Liebe, sagte ich, bleibe unerfüllt. Deshalb ist uns beschieden, wie auch mir, immer wieder zur Qual der Entbehrung aufzuwachen.

Herthasruh auf Rügen, am 3. Juli 1896.
Es ist hier sehr schön. Der Vollmond steht über dem Meer, nicht über dem freien, sondern über dem Greifswalder Bodden. Es ist nachts gegen zwölf Uhr. Ich schreibe bei einem Kerzenflämmchen, das hie und da ein Lufthauch durchs offene Fenster herein in Bewegung setzt. Das Inselchen Vilm liegt mir gegenüber.

Ein Nachschlagen in diesem Tagebuch hat mich belehrt, was für Pläne ich mit dem kleinen Eiland gehabt habe. So seltsam sie immerhin auch gewesen sein mögen, dass ich nun hier bin und lebe, ist noch seltsamer. Das Inselchen ist in der Tat eine kleine Kostbarkeit: mit Bäumen in Urwaldmaßen bestanden, von milden und lockenden Fluten umspült.

Die Blätter habe ich leider nicht mitgebracht, auf denen die Niederschläge meiner amerikanischen Träumereien mit Grund und Aufriss meines Wohntempels zu finden sind. Aber ich sehe im Geist das Bauwerk trotzdem zwischen den Bäumen hindurch übers Wasser schimmern.

Was wollte ich doch in ihm verwirklichen? Ich denke, ein Stück antikes Griechentum in der hässlich-christlich-verworrenen Welt. Mein Tempel hatte ein säulenumgebenes Atrium, das seligen Bädern dienen sollte. Götter aus Marmor sollten in ihm sich spiegeln. Marmorstufen führten hinab ins Meer, an deren Seiten nachts auf breiten Pilastern in mächtigen Feuerbecken Pechflammen schwelen und lodern sollten. Eine Stätte der Liebe, eine Stätte der Schönheit, eine Stätte der Lust schwebte mir damals vor, und indem ich mit Zirkel und Schiene arbeitete, wurde das Unglaubliche so lange glaubhaft, als das geschah. Es war eine imaginierte Wirklichkeit, in die ich mich damals retten konnte.

Eben bin ich im selbstgeruderten Boot aus einem Fischerdorf zurückgekehrt, wohin ich Anja und ihre Mutter, die dort eine Sommerwohnung innehaben, gebracht hatte. Die beiden Damen waren bei mir im Herthasruher Kurhaus zum Abendbrot. Es verwirklicht sich also zum ersten Male, was wir bisher vergeblich ersehnt haben, nämlich in einer sommerlich schönen Natur ungestört vereint zu sein.

Anja hat ihr Verhältnis zum Theater, nicht nur zu dem von Hannover, vollständig gelöst und wird sich wieder allein der Musik widmen. Sie und ihre Mutter fühlen sich glücklich hier, und auch ich lebe in einem einzigen Hochgefühl. Man mag hier den Blick hinwenden, wo immer man will, er kehrt gleichsam gebadet in Schönheit zurück.

Ich habe aus voller Kehle und Seele gesungen, als ich die Damen abgesetzt hatte und mein Boot über die stille Wasserbahn, unter taghellem Mondlicht, zurückruderte. Es war ein italienisches Lied. Die Gegend hat um diese Jahreszeit südlichen Reiz. Verstünde ich Griechisch, hätte ich griechisch gesungen. Das sogenannte Kurhaus, in dem ich jetzt bin und auf das ich mein Boot hinsteuerte, stammt aus der Schinkel-Zeit und ist einem griechischen Tempel nachgebildet. Da kein anderes Gebäude in der Nähe ist, wird durch dieses die Gegend gleichsam in eine griechische Landschaft verwandelt.

Melitta, begleitet von meinem Ältesten, Malte, ist bei gemeinsamen Freunden in Norwegen, eine Fahrt, die sie gern unternahm und lange geplant hatte. Ihre Briefe gereichen mir zur Beruhigung. Sie wohnt in einem von drei Blockhäusern, die fernab von anderen menschlichen

Anwesen unweit eines Bergsees errichtet sind, der, überfüllt mit Fischen, die tägliche Kost liefert. Unsere nordischen Freunde betreiben natürlich auch Landwirtschaft. Die großartig einfache Lebensform lenkt Melitta, so scheint es, von ihrem bisher gewohnten Denken, Sorgen und Leben ab und wirkt befreiend auf ihr Gemüt.

So ist also eine Vertagung des Konfliktes und seiner möglichen Lösungen durchgesetzt, und wir können einmal alle in jeder Beziehung aufatmen.

Herthasruh, am 5. Juli 1896.

Wieder habe ich einen goldenen Tag hinter mir: einen lichtüberfüllten, lichttrunkenen.

Ich traf eine Magd, die ihren grasbeschwerten Karren niedergesetzt hatte. Sie war stark und rothaarig, von der Art jener Weiber, deren Schopf die römischen Damen zu stehlen pflegten. Erst näher gekommen, begriff ich, weshalb diese wilde Gudrune, die ganz allein war, abwechselnd lauschte und dann, von maßlosem Staunen geschüttelt, schreiend auflachte. Der Vorgang war rätselhaft und packend in seiner Ursprünglichkeit. Allmählich wurde mir klar, was dieses Naturkind so gebannt und verstört hatte. Es waren die Triller und Läufe von Anjas Geige, war das Schluchzen ihrer Kantilene, was sie sich nicht erklären konnte. Das Gehörte, aus einer Fischerhütte hervordringend, löste einen Rausch der Befremdung und des Entzückens bei ihr aus, der aber, als handle es sich bei dem Gehörten um die seltsame Entartung eines Tierlautes, in Belustigung gipfelte: »Eine Katze, eine Katze!«, kreischte die Magd immer wieder auf platt. Es war tatsächlich für sie eine Katze, die ihr Winseln, Greinen, Knurren und nächtlich liebevolles Miauen bis in diese nie geahnten Möglichkeiten gesteigert hatte.

Ein kleiner Zwischenfall ist zu nennen, der Gott sei Dank keine ernste Bedeutung hat. Wir setzten auf einer Fähre über nach dem Inselchen Vilm. Während der Fahrt, nachdem Anja einige Male unerwartet heftig geniest hatte, fiel sie um. Mir schien es weniger eine Ohnmacht als ein Aussetzen des Bewusstseins zu sein. Als sie nach Sekunden wieder zur Besinnung kam, war der Ausdruck ihrer Augen besonders merkwürdig. Wäre irgendetwas unvergesslich, so müsste es dieser Ausdruck sein: als ob eine Seele aus unendlichen Tiefen und Fernen zum ersten Male auftauche. Sie schien in wenigen Augenblicken Jahrtausende des Vergessens abzutun.

Sie selber macht nicht viel daraus. In ihrer Familie wird man leicht ohnmächtig. Anja sagt, sie fühle sich nach einem solchen Anfall mehr als nach einem tiefen und langen Schlaf ausgeruht.

Auf dem Inselchen ist, mit dem kleinen Gutsbetrieb verbunden, eine Gastwirtschaft. Ich habe dort beim Mittagessen, nicht gerade angenehm berührt, einen Bekannten aus Grünthal getroffen. Es ist dies ein Herr, der seit Langem in ständigen Wirren mit seiner Familie lebt. Er hat mehrere Scheidungen hinter sich und sorgt fortgesetzt für üble Nachrede. Doch schließlich schien mir der Mann nicht unangenehm. Er näherte sich mir mit einer schlichten und offenen Freundlichkeit. In Grünthal sind wir stets aneinander vorübergegangen.

Natürlich habe ich ihn Anja vorgestellt, und beide, nach der heiteren Unterhaltung zu schließen, schienen einander zu gefallen.

Ich hatte übrigens heute einen kleinen Konflikt um Strande in Herthasruh. Vor einer Fischerkate war eine Henne an einem Pflock festgemacht, man hatte ihr eine Schlinge um den Fuß gelegt und das andere Ende der kurzen Schnur an dem Pflocke befestigt. Eine Menge kleiner Hühnchen waren um die Alte her, die sich durch ständiges Reißen entsetzlich quälte, um von dem Pflocke loszukommen. Ich hielt mich ein wenig darüber auf und versuchte, ein in der Nähe Kartoffeln schälendes Weib zu bewegen, die Henne frei zu machen. Ich stieß auf heftigen Widerstand.

Was weiter? Es hat mich ein wenig verstimmt, aber ich habe weiß Gott nichts Neues gesehen und hätte mich, in Betracht der viel schlimmeren Dinge ähnlicher Art in Spanien oder Süditalien, vielleicht besser nicht eingemischt. Die eine befreite Henne könnte ja doch das Los der andern weder in Gegenwart noch Zukunft verbessern.

Und was sind das alles für Kleinigkeiten, besser kleinliche Äußerlichkeiten! Ich beruhe doch schließlich ganz in Ihr, so sehr beruhe ich in ihr und in mir, dass der frühere Antrieb, nach außen zu wirken, wunderlicherweise fast ausgeschaltet ist. Das bedeutet natürlich eine Gefahr für mich. Immerhin, mit oder ohne illusionistisches Ziel, schließlich ist mir ja Arbeit zur zweiten Natur geworden. Auch kann ich mit einem neuen Antrieb einigermaßen rechnen, der anstelle des verlorenen getreten ist: Das ist ein sonderbarer Bekenntnisdrang. Nicht allein, weil ich allenthalben spüre, dass man von Anjas Wert und von dem Wunder, zu dem sie mein Leben gemacht hat, keine Ahnung hat, sondern weil ich das Wunder überhaupt glorifizieren muss, wenn ich nicht zerstört werden will. Für mich allein vermag ich nicht damit fertig zu werden. Immerfort spricht eine Stimme in mir, wie sie in Paulus nach dem Tage von Damaskus gesprochen haben mag: Du bist eines Lichtes teilhaftig geworden, damit es durch dich aller Welt leuchte! Und auch ich, gewiss nicht weniger als der Apostel, bin mir dabei der menschliche Kräfte überschreitenden Aufgabe wohl bewusst.

Sie ist unlöslich verbunden mit mir. Ich muss ihr dienen. Von den ungeschickten Versuchen an, die dem und jenem nüchternen Kopf unter meinen Freunden Anjas Wert anpreisen, bis zu den Tempelbauten der Seele auf Insel Vilm, bis zu all der fantastischen Pracht der Städte und Paläste, die ich für sie im Geiste errichte, der Geschmeide und köstlichen Stoffe, die ich vor ihr ausschütte und mit denen ich sie bekleide und schmücke, von den einfachsten Annehmlichkeiten an, die ich ihr zu bereiten suche, bis zu den raffiniertesten aller Genüsse, die ich für sie ausdenke, Teppiche, Salbungen, marmorne Bäder des Orients, lebendige schwarze Sklaven, regungslose griechische Bildsäulen: Alles und alles dient dieser Aufgabe. Diese steigert sich bis zu einer heilig unentrinnbaren Pflicht und hat nichts zu tun mit Eitelkeit. Ich lege südliche Gärten der Seele für Anja an. Und wenn über ihnen eine andere Sonne als die unsre leuchtet, über Zypressenalleen leuchtet, über Wegen leuchtet, die durch den Schatten alter Zedern, Steineichen und Kastanien in blaues Licht getaucht werden, wenn ich mit Anja über diese Wege zwischen Gebüschen von Lorbeer, Judenkirsche, Eibe und Ölweide lustwandle bis zu gewaltigen Wasserfällen, welche die Wipfel der über und über blühenden Blauglockenbäume mit Diamantstaub bedecken, so bin ich mit ihr ganz allein. Mit ihr allein und doch nicht allein. Denn, einem asiatischen Herrscher nicht unähnlich, muss ich dabei die Gewissheit haben, dass ich jeden Augenblick die Völker der Erde zu Anjas Füßen werfen, die Erde selbst zum Schemel ihrer Füße machen kann. Was ich ausschließlich und ganz allein besitzen muss, um zu leben, daran soll doch seltsamerweise die ganze Welt teilhaben. Durch sie soll der Gegenstand meiner Liebe erhöht, vergottet und in dieser Erhöhung und Vergottung, die der Gegenstand fordern kann, mir noch köstlicher gemacht werden.

Berlin, am 27. Juli 1896.

Die Sommerwochen von Rügen liegen hinter mir. Es ist leider ein Misston, womit ihre Harmonie geendet hat.

Eine helle und warme Mondnacht lag über der Küste von Herthasruh. Wir begleiteten Anja nach Hause, nachdem wir heitere Stunden auf der Terrasse zwischen den weißen Säulen des Kurhauses zugebracht hatten. Der Abschied zog sich ein bisschen hin, die Gesellschaft konnte nicht gleich auseinanderfinden. Gelächter und hallende Zurufe belebten eine Zeit lang die verzauberte Nacht.

In der Nähe des Landungsplatzes von Herthasruh machten plötzlich Fischer, die zum gemeinsamen Fischfang auslaufen wollten, einen rüden Lärm, der in Gejohl und Gepfeife ausartete. Es war nicht zu verkennen, dass man durch dieses Verhalten herausfordern wollte. Die Damen und Herren unserer Gesellschaft, Maler, Schauspieler und junge Gelehrte, sollten als eine moralisch niedrigstehende Kategorie beschimpft werden.

Ein Hin und Wider entwickelte sich. Es wurden von unserer Seite Worte wie »Rowdy« ausgesprochen. Ein besonders reichlicher Schnapsgenuss, die Lindheit und Klarheit der Nacht mochten die Geister der Fischer belebt haben, kurz: Der Handel nahm zu an Heftigkeit. Es fehlte nicht viel, und das Ganze endete in einer Schlägerei, bei der wir, da wir nicht unerlaubte Waffen gebrauchen wollten – Boxen hatten wir nicht gelernt –, überaus übel gefahren wären. Ein junger Fischer besonders befand sich im Zustand einer besinnungslos trunkenen, gleichsam blutunterlaufenen Raserei und wurde am Ende nur noch durch die Besonneneren seiner Berufsgenossen von Gewalttätigkeiten zurückgehalten.

Als die Wut zu verebben begann, die ärgste Gefahr vorüber war, die Sache in ein immerhin noch rohes, aber im Grunde versöhnliches Parlamentieren sich aufgelöst hatte, wurden aufseiten der Fischer Auffassungen laut, die mir, ich gestehe, das Haar zu Berge trieben. Wir glaubten uns nicht zu täuschen, wenn wir den Eindruck gewannen, einer Art zufällig entbrannten nordischen Haberfeldtreibens gegenüberzustehen, das sich gegen Anja und mich richtete. Es wurden Worte laut, dass es doch eine Schande sei und so fort, ein Familienvater mit Kindern ... verlassene Frau ... einem jungen Ding nachlaufen ... und dergleichen mehr.

Hierin lag, für meine Begriffe, eine ausgesuchte Art von Erniedrigung, der ich während der noch übrigen Stunden der Nacht bis zum Gedanken der Aufgabe meiner selbst unterlag. Nie bin ich dem Ende aus Ekel so nahe gewesen. Es gab einen Februartag, eine Februarnacht in Paris, da hing mein Leben an einem noch dünneren Faden. Allein meine Angst war nur die, dass er reißen könnte. Daran, ihn etwa selbst zu zerschneiden, dachte ich nicht. Wogegen ich diesmal nur schwer meine Hand, meine Schere zurückhalten konnte, weil alles und alles, die ganze Summe meines Lebensschicksals in eine übel riechende Materie heruntergezerrt worden war.

Ich hatte mich gegen eine Tierquälerei empört und eine Fischersfrau darauf hingewiesen, dass es grausam sei, eine Henne, wie sie es getan, mit einer kurzen Schnur um den Fuß an einem Pflock zu befestigen. Dieser Erziehungsversuch hatte mir den Hass der Ehemänner zugezogen. Ich war im Gasthaus der Insel Vilm einem wegen Ehewirren berüchtigten Mann mit besonderer Freundlichkeit gegenübergetreten. Er hatte zum Dank dafür jedem, der sie hören wollte, am Wirtstisch, auf der Fähre, auf dem Fischerboot meine Geschichte mit den ärgsten Entstellungen aufgetischt, um mir einen guten Leumund zu machen. Aus diesen zwei Wurzeln schoss ein Abenteuer hervor, das mir beinahe einen Tod durch Erbrechen, einen Lebensverzicht aus Ekel bereitet hätte.

Der Morgen, der nach diesem Erlebnis heraufdämmerte, sah gräulich aus. Er sah widerwärtig aus, er sah schmutzig aus.

Grünthal, am 26. September 1896.
Ein seltsamer Tag hat sein Ende erreicht. Melitta, von ihrer Reise nach Norwegen heimgekehrt, verbringt die Michaelisferien mit den Kindern hier. Nicht ohne eigenen Antrieb dazu habe auch ich mich eingefunden. Mein Vater und ein Onkel Schulte waren hier, ein Gutsbesitzer und frommer Mann, mit der Schwester meiner Mutter verheiratet. Ein ungewöhnlicher Fall ist schon darum dieser Besuch, weil mein Vater während eines langen Lebens sich nur wenig mit dem Schwager berührt hatte.

Die Frömmigkeit dieses Onkels war durchaus nicht von der zelotisch finsteren Art. Ein zweifelsfreier, kindlicher Glaube ließ sein von Natur fröhliches Herz unangetastet, wodurch er selbst meinem so ganz anders gearteten Vater Achtung abnötigte.

Also: Es hatten die beiden Herren gemeinsam den Weg zu uns angetreten. Es ist gleichgültig, was den Onkel nach Schlierke geführt hatte. Der Herbsttag war schön und eine Verlockung das Gebirge hinauf. Ob mein Vater Anlass zu der gemeinsamen Bergfahrt gegeben hatte, ob es den Onkel zu mir zog, dessen Gut ich oftmals besucht hatte, ließ sich im Augenblick nicht feststellen. Immerhin, im Wesen meines Vaters ist seit einiger Zeit eine merkbare Wandlung eingetreten. Er scheint mit vollem Bewusstsein seinen Lebensabend erreicht und mit Welt und Menschen seinen Frieden gemacht zu haben.

Man muss meinen Vater mit seinem martialischen Schnurrbart und seinem unbeweglich strengen Gesicht genau kennen, wenn man Empfindungen oder Gemütsbewegungen bei ihm feststellen will. Er war aber doch wohl stolz, dem Schwager sein hübsches Haus in Schlierke zeigen zu können, und stolzer, dass er ihm sagen konnte: Ich verdanke es meinem Sohn. Dessen »Glück« wollte er ihm dann auch wohl vor Augen bringen.

So saßen wir denn heut, Sonntag Mittag, der Vater, der Onkel, Lore, Bruder Julius, Melitta, ich und die Kinder um den Tisch herum, und es wurde sogar Champagner getrunken. Die beiden alten Herren überkam eine mir an ihnen ganz neue, herzliche Aufgeschlossenheit. Wir jüngeren Leute wurden dadurch in den Bann ihres Lebensschicksals hineingezogen. Über unserer Gesellschaft lag, von diesen beiden Alten ausgehend, die Aura einer friedvoll heiteren, unverbitterten Resignation. Wir sahen und hörten zwei Menschen, die eigentlich schon mit dem Leben, von dem sie nur noch ein bisschen Abendröte verlangten, abgeschlossen hatten. Für mich lag über diesen Stunden Schicksalhaftigkeit. Ich habe nicht Zeit, neben dieses Tagebuch Erlebnis an Erlebnis, Roman an Roman zu setzen. Nach dem, was ich mit Onkel und Tante Schulte von Kindesbeinen an, während eines Zeitraumes von fast dreißig Jahren, erlebt und erfahren hatte, musste mir diese Bewirtung des Onkels an meinem Tisch unwahrscheinlich vorkommen. Hätte ich doch als armer, nicht einmal hoffnungsvoller Junge, der das Gnadenbrot dieser Verwandten aß, eine solche Möglichkeit nicht annehmen können.

Das ist nun freilich dabei nicht die Hauptsache. Was die Alten fühlen und sehen, fühle und sehe ich. Ich fühle und sehe, worüber sie staunen. Glücksumstände, so scheint es ihnen, entwickeln sich hier, wie sie ihnen selber versagt blieben. Die milde Überlegenheit, die ironisch gütige Herablassung des Onkels von einst ist in Respekt umgeschlagen, der höchstens nur noch die einstige blinde Geringschätzung ironisiert. Wie alles sich so entwickeln konnte, versteht er nicht. Jeder Zugang zu diesem Ereignis ist ihm verschlossen. Aber das sozusagen innere Kopfschütteln nimmt ihm nicht seine Bewunderung. Fremd, fremd, gänzlich fremd bleibt ihm meine Welt. Aber er muss sie mit heimlichem Staunen gelten lassen. Wie gesagt: Was die Alten fühlen und sehen, fühle und sehe ich, auch das noch, was sie nicht fühlen und sehen, nämlich das ganze, wahre Schicksal, das in mir verwirklicht ist. Wie aber würde mein Onkel erschrecken, wenn ich nur einen Zipfel des Vorhangs lüftete, der darüber liegt!

Ob mein Vater von dem wahren Stande meiner inneren Kämpfe weiß, kann ich nicht sagen, ich glaube es nicht. Ich meine, er ist der Ansicht, die Sache mit Anja sei vorüber, sei eine Episode, weiter nichts.

Melitta steht gütig lächelnd dem Hauswesen vor. Sie hat immer etwas für alte, gepflegte Herren übrig gehabt, und sie fühlen sich wohl in ihrer Nähe. Sie errötet oder erblasst bei jedem freundlichen Wort, das an sie gerichtet wird. Aber das entsagende Wesen der alten Herren ist im Grunde das ihrige. Es liegt nichts darin, wodurch sie verwirrt oder auch nur beängstigt würde.

Sonst ist es mitunter erstaunlich, welche Geringfügigkeiten genügen, um das Gleichgewicht ihres Wesens zu stören, Harmonie in tiefe Verstimmung zu verwandeln. War dies in unseren glücklichen Zeiten der Fall, um wie viel mehr jetzt, wo sie so überaus Schweres durch meine Schuld oder mein Schicksal zu ertragen und zu verbergen hat. Was krankhaft schien, ist heut natürlich. Ihr Gemüt ist so zart und so tief, dass die leiseste Schwingung anderer Seelen im Raum von ihr empfunden wird. Und die schmerzlichen Fortsetzungen solcher Schwingungen: Sie haben mir oft das Leben in tagelanges Leid verkehrt.

Melitta ist Vater kindlich zugetan, und das weiche, gütige Wesen des Onkels tut ihr wohl. Auch ging der Geist jener Stunde, welche die beiden Alten durchlebten, mehr und mehr in uns ein. Wir fühlten, dass sie sich vielleicht zum ersten Male in einem langen Leben wahrhaft begegneten und dass dieses erste Mal auch das letzte sein würde. Und dass die alten Herren es selbst fühlten, wie wir übereinstimmend zu erkennen glaubten, war das Seltsamste.

Die friedfertige Harmonie dieser beiden Gezeichneten ging auch auf Julius und Lore über, wie denn überhaupt verwandtschaftliches Anhaften bei Julius stärker als bei mir entwickelt ist. Dass Vater so aufgeschlossen und Onkel Schulte zugegen war, nahm auch dem Verhältnis des Bruders zu mir einen Teil seiner Bitterkeit. Es schien, als hätten wir etwas Trennendes nicht erlebt und wären zehn Jahre jünger geworden.

Ich blättre in diesem Tagebuch. Schreibe ich eigentlich, um am Leben zu bleiben, oder lebe ich, um es zu schreiben? Das eine, das andere gelegentlich. Ich neige indessen der Ansicht zu, der erste Antrieb sei ausschlaggebend.

Das, womit ich mich abends hinlege und des Morgens aufwache, das, worauf ich hundertmal des Tages zurückkomme und woran sich die Träume meiner Nächte immer wieder klammern, ist der absurde Wunsch, innig Gewünschtes fortzuschaffen, heiß Umschlungenes zu verstoßen, nie zu Vereinendes zu vereinen, aus der Zahl zwei die Zahl eins zu machen.

Eine Belehrung ziehe ich aus diesen stets misslingenden Versuchen nicht.

Vor Kurzem habe ich wieder einen solchen Versuch eingesargt: Nach dem hannoveranischen Abenteuer stürzte ich mich von Neuem auf das Gleichen-Problem. Diesmal ging ich vom Wort zur Tat über: Ich veranlasste, ich bewog, ja ich zwang Anja und Melitta, Briefe zu wechseln. Das sollte zu einer ersten Begegnung und dann zu einer dauernden Freundschaft der Auftakt sein. Es gelang mir, Melitta zu bestimmen, den ersten Schritt zu tun. Was muss es die Arme gekostet haben!

Mich zu ernüchtern vermochte auch Anja nicht, die alles Geplante ohne eigentlichen Anteil entgegennahm, obgleich sie Melittas Brief beantwortete. Im Grunde waren ja beide Briefe, mit denen ich mir eine Erfüllung vorgaukelte, mein Diktat. Mir die Augen zu öffnen war erst das Werk meines Freundes Hüttenrauch. Ginge ich weiter in dieser Sache, sagte er, so wäre es wohl möglich, bei Melitta durchzusetzen, dass sie etwas auf sich nähme, was über ihre Kräfte gehe. Er warne aber vor diesem Versuch: Sie habe ihm unter vier Augen gestanden, dass sie fest entschlossen sei, das einzige, was ihr noch übrig bliebe, schnell zu tun, wenn sie fühle, einer Begegnung mit Anja nicht gewachsen zu sein.

Zweiter Teil

Venedig, am 6. Februar 1897.

Wir sind in Venedig eingelaufen. Die fantastische Wasserstadt, die ich zum ersten Male sehe, ist mir nun also eine Wirklichkeit. Anjas Jugend ist von den Prokurazien umrahmt, von märchenhaften Gebäuden orientalischer Gotik umstellt, von Glockentürmen und Kirchenkuppeln überragt und schaukelt auf Gondeln durch die Straßen. Ihre und meine Augen, wenn wir sie aufschlagen, treffen auf die Wunder Tintorettos, Veroneses und Tizians. Wir schwimmen gleichsam im Glanz zwischen zwei Himmeln hin, und wenn wir schreiten, sind Marmorstufen unserer Füße tägliches Brot.

Anja ist in einem Hotel untergebracht, während ich ein Zimmer an der Piazza San Marco innehabe. Es ist nachts zwölf Uhr, ich bin allein. Der Fasching lärmt, der Platz scheint in einen Ballsaal verwandelt. Kinder treiben Kreisel, als ob es Tag wäre.

Wenn ich den Blick durch die Scheiben des hohen Fensters meines kahlen, großartig-ungemütlichen Zimmers in den Procuratie vecchie über den Platz schweifen lasse, welch ein buntes Farben- und Maskengewimmel! Pierrots, Kolombinen, grotesk verlarvt oder nur mit der seidenen Halbmaske, ziehen in lachenden, schwatzenden, lärmenden Zügen, nicht ohne Gitarrengeschnarr und Mandolinengeklimper, umher oder stehen in Gruppen beieinander. Die farbenbunten Cafés unter den Lauben strotzen von Licht, und auch sonst ist die Piazza hell erleuchtet.

Wie kommt es nun, dass wir wirklich und wahrhaftig hier gelandet sind? Säulen und Säulengänge sind schuld daran. Sieht man dorische, ionische oder korinthische Säulen im Nordlandnebel, so mag es kommen, dass man einige Tage später im Lande der Säulen und Tempel erwacht. Es waren wiederum die Kolonnaden vor der Nationalgalerie, die es uns antaten, als wir, in ihrem Schutz umherwandelnd, den stürzenden Regen abwarteten, nachdem wir die Museen besucht hatten. Die dort erfahrenen Eindrücke wirkten auch diesmal mit, uns im Gedanken an unser Berliner Winterdasein etwas wie Verbannung oder Gefangenschaft empfinden zu lassen und, verbunden damit, den unwiderstehlichen Drang zur Flucht.

Ich schilderte Anja die Wunder von Rom, malte Neapel, Capri, Herkulanum und Pompeji aus, schwor, wer den Süden nicht kenne, wisse noch nicht, was Leben sei. Auch der sei nur halb, der im Norden nicht die Erinnerung an den glücklichen Himmel Griechenlands und Italiens in sich habe. Wir froren. Unsere Liebe fror. Das nasskalte Wetter drang uns bis auf die Haut, wir mussten uns endlich einmal trocknen. Wir litten allenthalben an einem Gefühl der Obdachlosigkeit: Wir wollten einen glückseligen Wandel unter Palmen, an goldenen Gestaden azurner Golfe daraus machen. Jetzt galt es zu schwelgen, denn wir hatten genug gedarbt.

Wir wurden von einem Wirbel gepackt! Wir hatten es satt, mit dem Reichtum unserer Liebe in Finsternissen, zwischen Gossen und Traufen herumzuirren, waren es müde, uns immer wieder von den Blutegelbissen unseres Gewissens erholen zu müssen. Wir warfen es von uns und traten es tot. Marmorne Götter tauchten auf: Ein weißes Winken weißer Hände versprach uns Berauschten den wahren Rausch. Wir fühlten, sie unbeachtet lassen war Todsünde! Sie beachten aber und ihnen folgen: Auferstehung, Himmelfahrt! Das eine die Hölle, die Verdammnis für ewig, in diesem gar nicht hoch genug zu bewertenden Leben mit seiner Nimmerwiederkehr ein Verlust, der nicht zu ermessen war – das andere ein Jubel, ein Aufschrei des Glücks, eine Vollkommenheit.

Es war eine Woge, die uns ergriff: Wir würden uns hingegeben haben, und wenn wir gewusst hätten, wir müssen an einer Klippe zerschellen!

Wie ungeheure Schwärme von Zugvögeln fuhren die Argumente auf uns ein, unwiderstehlich durch ihre Masse und den schwirrenden Schlag ihrer Flügel, durch die Wucht ihres Schwunges nach Süden fortreißend. Es war mit uns nicht mehr zu paktieren: Kein Zugang führte in unsere Benommenheit.

Bedenken konnten dem Sturme nicht standhalten, sie hatten uns lange genug wie ein widerwärtiger Leim an den Boden geklebt: Mochte Melitta, wenn sie von unserer Flucht in die Freude erfuhr, noch so bitter betroffen sein.

Ja, und abermals ja: Ich hatte recht, mich einmal ganz der Misere zu entraffen, einmal die Verzweiflung abzuschütteln, die eben doch in Berlin unser Begleiter ist. Was haben Anja und ich mit der Trübsal ausgehender und betrogener Existenzen zu tun?! Was gehen uns alte Männer an, die beschränkt und friedlich auf dem Boden ihres Verzichts vegetieren? Oder jenes Donna-Anna-Schicksal in Mozarts »Don Juan«, das sich immer und ewig wiederholt? Hatten wir nicht das Recht, den göttlichen Keim der Freude, den wir beherbergen, einmal an die Sonne zu tragen, statt in Nebel und Kälte immer nur mühsam seiner Verkümmerung entgegenzuarbeiten? Es war ein helles Aufblitzen inneren Lichts, als ich nicht nur das Recht, sondern sogar die Pflicht, das zu tun, deutlich empfand.

Nun auf einmal steht Anja ganz in meinem Schutz. Aller Widerstand der Familie ist von uns beiden zunichte gemacht. Niemand fragt mehr, auch nicht der Vormund, was Anja tut, wo Anja weilt, wenn sie mit mir zusammen ist. Wir sind ein fest verbundenes Paar, freilich zunächst ohne Sinn und Vermögen für alles das, was mit dem Gedanken einer Ehe verbunden ist. Das Bohemientum ist unser Bereich mit allen seinen besonderen Reizen.

Erlösend und befreiend ist die Festivitas dieser Stadt, für Anja und mich das wahrhaft entfaltende Element dessen, was in uns ist. Überall Gold, Purpur und Hermelin, überall Veronese, Tintoretto und Tizian, Tintoretto, Tizian, Veronese. Ein Rausch von lebenbejahender Fülle, Macht der Freude, die ich überall der Geliebten gleichsam zu Füßen legen kann.

Liebe ist eine Trunkenheit, Begeisterung ist eine Trunkenheit, diese Stadt Venedig aber ist eine einzige Trunkenheit: Mit der himmlischen Liebe Mariens hat sie nur zu tun, soweit sie irdisch ist. Denn diese meergeborene Stadt ist die Aphrodite unter den Städten. Aber Pracht und Prunk, der juwelenbesetzte, schwere Mantel, der sie bedeckt, ist einer Königin des Himmels ebenso würdig. Prunkbeladen ist in Venedig selbst die Luft, wenn einmal die Sonne Venedigs alle seine Zauber entbindet.

Ich lehne es ab, an die schlammigen Kummerstraßen im nordischen Nebel zu denken. Ich schüttle mich. Dies und das aber aus jenem Bereich lässt sich besonders in nächtlichen Stunden nicht ganz ausschalten. Vor etwa acht Tagen bin ich von Dresden aufgebrochen, nachdem ich meiner Pflicht genügt und einige Tage bei Melitta und den Kindern zugebracht hatte. Sie mag glauben, obgleich ich davon nicht gesprochen habe, dass ich aus beruflichen Gründen und ohne Anja nach dem Süden gegangen bin.

Widerwillig besuchte ich mit Melitta eine gegossene Schlittschuhbahn, wo man zum grässlichen Lärm einiger Blechinstrumente gegen zehn

Pfennig Eintrittsgeld Bogen schlagen durfte. Dieser vereiste Bauplatz, umgeben von einem hohen Plankenzaun, war ein überaus hässlicher Aufenthalt. Aller Augenblicke wurde man durch das Einfahrt fordernde Heulen eines Zuges auf dem nahen Viadukt stumm und taub gemacht. Das jämmerliche Wintervergnügen, das Melitta genügen musste, schlug mir aufs Herz, der Braunkohlenrauch auf die Lungen. Glück, Freude und Sonne in vollen Zügen zu schlürfen, während Melitta hier verstoßen und einsam herumhumpeln würde, schien mir zeitweilig eine Unmöglichkeit. Es kam der Abschied, es kam die Abreise. Die Kinder waren zur Schule gegangen. Melitta hatte es vorgezogen, um die Schmerzen des Abschieds nicht zu verlängern, statt mit mir auf den Bahnhof, allein auf die Eisbahn zu gehn. Ich sollte ihr im Vorbeifahren, auf dem Viadukt, aus dem Fenster des Schnellzugs winken.

Es war an einem nebelgrauen, feuchtfinsteren Vormittag, als der Zug aus der Halle fuhr. Der schwarze Qualm unserer Maschine, die heftig fauchte, stürzte sich gleichsam kopfüber in die wenig belebten Straßenzüge längs des Viaduktes hinab. Bekannte Gegenden tauchten auf, jetzt das Haus, in dem meine Frau wohnte, dann, mir stockte der Atem, die Eisbahn hinter dem schmutzigen Plankenzaun. Und nun auf der leeren Fläche, in schwarzem Barett, schwarzer Pelzjacke und türkischem Schal, eine einzige, einsam humpelnde Frau. Wir winkten, winkten …!

Ich hatte nicht gedacht, dass mir noch einmal ein Abschied von Melitta so stechend schwer werden würde. In diesem Augenblick wollte ich wieder die Tafel meines Schicksals mit einem Schwamm reinigen und alles außer dem Namen Melitta auslöschen.

Gott sei Dank war ich allein im Coupé. So konnte ich mit den Zähnen knirschen, konnte die Tränen der Wut und des Ingrimms abtrocknen, die mir den Blick verschleiert hatten, als der türkische Schal zu winken begann. Selten ist wohl so stark und so schmerzhaft an meinem Herzen gerissen worden!

Nun, da ist er ja wieder, der Schatten, den das stärkste Licht nicht auflösen, sondern nur vertiefen kann. Ich denke, ich gehe zu Bett, um nicht womöglich zum Verräter zu werden an dieser mir vom Himmel geschenkten, göttlichen Zeit. Freilich, der wäre zum Übermenschen erhoben, der sie ohne den feinen, trübenden Schleier vor der Sonne, der sie im verlorenen Stande der Unschuld genießen könnte. – Oder nicht …?

Rom, am 22. Februar 1897.

Regen, Schauder, schlechte Nacht. Leute wie ich werden ein gewisses
unheimliches Reisegepäck nicht los, wenn sie sich auch noch so viele
Mühe gegeben haben, es daheim zu lassen. Mein Gedächtnis ist zu gut.
Zu dem guten Gedächtnis kommt nun hier in Rom noch das sogenann-
te Hundegedächtnis. Ein wesentlicher Teil meines Jugendlebens und -
leidens hat sich auf dem römischen Boden abgespielt. Ein heiterkühnes
Streben brachte mich mit achtzehn Jahren hierher. Als mich zum ersten
Mal der Lärm dieser ewigen Stadt umrauschte, weckte sie eine Empfindung eigener Bedeutung in mir. Es war das Gefühl für das ungeheure
Schicksal dieser Stadt, das sich mir mitteilte, obgleich ich dieses
Schicksal damals wie heute nur zu ahnen vermochte. Einerlei, das Gefühl war da; und so hatte ich groß fühlen gelernt, ganz gleich, ob ich
in dem Objekt irrte oder nicht, das ich ihm unterschob. Aber wie man,
in einem Sturme wandernd, selbst gleichsam zum Sturme wird, hatte
ich ganz recht, mir nach Maßgabe meiner Gefühlserfahrung Wichtigkeit
zuzubilligen.

Über den Korso bewegen sich jetzt die Maskenzüge des Karnevals.
Um dieselbe Zeit vor siebzehn Jahren hatte mein mächtiger Römer-
rausch sein Ende erreicht. Es wäre beinahe ein Ende mit Schrecken
geworden.

Eines Morgens wachte ich in meinem zellenartigen Zimmerchen mit
hohem Fieber auf, nachdem ich am Abend vorher, als letztes Mittel
gegen ein immer wachsendes Unbehagen, einen langen Dauerlauf
ausgeführt hatte. Meine Wirtin verständigte einen Freund. Der Arzt,
den er brachte, forderte Überführung in ein Krankenhaus. Meine Braut,
damals in Rom, wurde von meinem Zustand unterrichtet – es war
dieselbe Melitta, die nun vielleicht wieder auf dem gräulich vernebelten
Bauplatz humpelt –, Freund Seebaum trug den schwer an Typhus Er-
krankten über die Treppe in die Droschke hinab, um ihn in das
Deutsche Hospital einzuliefern. Noch weiß ich genau, wie auf der Fahrt
über den Korso aller Augenblicke Schellenkappen und Pritschen in
den Wagen hineinlärmten oder Lapilli gegen die Fenster hagelten.

Alles ist wie gestern geschehen und doch, wie gesagt, siebzehn Jahre
her.

Ich hatte heut also eine schlechte Nacht. Die aufgestörten Bilder
dieser Nacht ließen mich vergessen, dass siebzehn Jahre vergangen
sind, und im Aufschrecken war es mir, als käme nun erst jener Morgen,

wo ich die Wirtin an meinem Bett die Hände ringen, dann Freund Seebaum und den Arzt erscheinen, endlich meine Braut, Melitta, in der Bestürzung und Angst ihres Herzens sah. Hundertmal erlebte ich wiederum, in Schweiß gebadet, die langsame Fahrt durch das Faschingsgewimmel und alles, was dem Zusammenbruch vorangegangen war. In diese quälend überfüllte Traumeswelt ergoss sich nun als ein schwarzer Strom alles das, was ich, in Paris, auf dem Meer und überhaupt seit dem Eintritt Anjas in mein Leben, andere leiden gemacht und selber gelitten hatte.

Was zog mich eigentlich nochmals nach diesem Rom und heißt mich die düsteren Todesschauer noch einmal durchkosten, die ich damals empfunden habe? –

Ein Brief meines Vaters ist angelangt. Er teilt mit, dass Onkel Schulte gestorben sei.

Er schließt den Brief: »Wir Alten müssen ja nun alle das Feld räumen, das ist natürlich. Der Gedanke daran stört meine Lebensfreudigkeit nicht. Ich freue mich des Tages, der mir in mäßiger Gesundheit verliehen wird, und sage nur: Walt's Gott!«

Da fängt sie schon an sich auszuwirken, die Stimmung, die über dem Besuch meines Vaters und meines Onkels Schulte in Grünthal lag.

Der erste Blitz ist aus dem heiter-schweren Himmel des Verzichtes herabgezuckt. Ich finde die Haltung und philosophische Ruhe meines Vaters bewundernswert, aber ich bin noch nicht alt genug, um den Todesgedanken, die hier überall um mich aufschießen, ohne Schauder und Furcht zu begegnen.

Rom, am 28. Februar 1897.

Der gestrige Tag ließ sich heiterer an und ist ebenso zu Ende gegangen. Auf Regentrübe ist Sonne gefolgt. Im Allgemeinen bleibt es dabei, dass die Außen- und Innendinge gleichermaßen von der Art der Beleuchtung, der Luftmischung, der Temperatur, kurz, vom Klima abhängen. Außerdem steckt eine Grippe in mir, die vielleicht ihren Höhepunkt überschritten hat.

Anja und ich besuchten Freunde, die in ähnlicher Lage sind wie wir, einen Maler Emmerich Rauscher und seine Geliebte, in der Via Flaminia. Diese beiden Menschen, wenn man von der Kunst des Malens absehen will, besitzen eigentlich nichts als ihre Schönheit und ihre Leidenschaft.

Sie haben sich in einem halb zerbröckelten kleinen Hause in der orientalisch wirkenden, zerbröckelnden Straßenflucht vorstadtmäßig eingenistet. Sie bewohnen zwei Räume von geradezu klassischer Dürftigkeit. Auf den roten Fliesen des einen die Feldbettstelle und Matratze darauf, welche nachts die Liebenden trägt. Als Decken müssen Mäntel und andere Kleidungsstücke herhalten. Der andere Raum ist das Studio. Der einzige Tisch und einige nach italienischer Art unpolierte, strohgeflochtene Bauernstühle können frei gemacht werden, wenn man ein Gelage veranstalten will, wozu es denn gestern auch gekommen ist.

Nachdem die erste Wiedersehensfreude vorüber war, zogen wir aus, um einzukaufen, und kamen mit den erforderlichen Korbflaschen, Brot-, Butter- und Salamimengen heim. Ein andrer »alter Römer« und Freund kam hinzu, der die Eigenschaften eines Malers mit denen eines Forschers vereinigt, da er ernste botanische Schriften geschrieben hat. Und so wurden Stunden begonnen, durchlebt und ausgekostet, die selten sind.

In diesen kahlen Räumen eines römischen Armenviertels hatte der größte und früheste unter den Göttern, hatte Eros sein Quartier aufgeschlagen. Die zauberische Jüdin aus Odessa, Geliebte des Freundes, war so weiß wie Milch und so schwarz wie die Nacht. Schwarzes Feuer brannte in ihren Augen. Wenn es jemals Lemuren gegeben hat, so wie Esther Naëmi mussten sie aussehen. Sechsundzwanzig Jahre höchstens war diese blutlos-wächserne Frau, die ihren Mann verlassen hatte. Das zarte, grade Näschen, der feine, süße, immer gefährlich zuckende Mund waren von solcher Feinheit und Vielfältigkeit des Linienspiels, dass jedes andere weibliche Antlitz dagegen derb wirkte.

Ihr verlassener Mann hatte dieses gefährliche Rassenwunder in Zürich kennengelernt, wo sie unter den frühesten Studentinnen eine war, auch damals in Russland bereits verheiratet, um von den Eltern frei zu werden und einen Auslandspaß zu erhalten. Sie war durch und durch revolutionär, auch im Moralischen, und hielt sich hierin für nur sich selbst verantwortlich.

Ich war nicht froh, als in Gestalt dieser Jüdin das Verhängnis über Rauscher kam. Von Anfang an war es unwahrscheinlich, dass gerade er, verheiratet und Vater von Kindern wie ich, sich jemals dem Gewebe einer solchen Spinne entreißen würde.

Die Spinne ist eine Blutsaugerin. Auch diese Spinne, wie alle anderen. Das Aussehen meines Freundes bestätigt das. Es gibt keinen Mann, der die Gefahr, in der er schwebt, nicht fühlen sollte. Was mit dem vampirisch genossenen Blut geschieht, weiß man nicht, da es Esther Naëmis Farbe nicht ändert.

Alle Bedenken aber, alle Sorgen und Befürchtungen versanken in den immer höher gehenden Wellen unseres Symposions. Gegenwart, eine glückliche und erhöhte Gegenwart, ließ Vergangenheit und Zukunft nicht zurücktreten, nahm sie vielmehr beide in sich auf, aber nur, um sie in ihrem Feuer zu verzehren und als eine Art Freudenopfer verlodern zu lassen. Das große Gastmahl Platons, bei dem ein Sokrates, Alkibiades und Aristophanes unter den Gästen waren, muss es sich gefallen lassen, wenn die meisten kleineren Gastmähler, bei denen Künstler und sonstige Freunde des Schönen zusammen sind, sich ihm verwandt fühlen. Unser Kreis war klein, wenig liegt an den Namen derer, die sich im Laufe des Abends noch anfanden. Genug, sie waren von einem Geist erfüllt, und das, was in Gestalt zweier leidenschaftlich liebender Paare im Zentrum stand, ist ja wohl, wie man bei dem höchsten Priester des Schönen lernen kann, etwas, wodurch man dem wahren Sein und dem Schönen an sich am nächsten kommt. Wir tranken den dunklen südlichen Wein, und so wurden nur immer Libationen und abermals Libationen dargebracht, bis wir Zuzug aus den ewigen Reichen erhielten: Perikles, Pheidias, Platon, ja Sokrates selbst tauchte auf, Winckelmann fand sich oft zitiert, Goethe ersah die Gelegenheit, sich an den Feuern zu erneuen, die hier genährt wurden, und mischte nicht selten seine Stimme unter die unsrigen. Wir beiden irregulären Paare verbrachten hier eine heilige Nacht unter allerhöchster Legitimation. Wussten wir auch am Morgen nicht, was wir gefühlt und genossen hatten, da die Flamme erlischt, wenn der Brennstoff verzehrt worden ist, so zweifelte dennoch keiner, dass wir Stunden der höchsten Befreiung gelebt hatten.

Emmerich Rauscher hatte wohl einen Aufschwung notwendig. Bei Weitem nicht alle Künstler hier in Rom sind von der Art, dass sich die Geister Winckelmanns und Goethes unter ihnen wohlfühlen könnten. Es ist da ein kleiner philiströser Ring, der sich auftraggierig um die deutsche Botschaft herumlagert und Rauscher nach Kräften Schwierigkeiten bereitet. Hier macht ihn das Verhältnis, in dem er lebt, anstößig. Was sie alles selbst auf dem Gewissen haben, stört diese

Kollegen nicht. Seinem Antrag, in den deutschen Künstlerverein aufgenommen zu werden, hat man also nicht stattgegeben und, um das zu rechtfertigen, Rauscher noch besonders verleumdet: er lasse sich von der Geliebten aushalten.

Niemand weiß besser als ich, dass dies die infamste Lüge ist. Ich kenne die Quellen seiner Bezüge. Niederträchtigkeit aber muss sich ausleben, und wer wüsste nicht, dass eine wenn auch nur moralische Steinigung durchzuführen ein gesuchtes Vergnügen ist.

Wie ein Stahlbad hat der gestrige Abend auf Rauscher gewirkt. Er scheint mir ein anderer Mensch geworden. Er hat einen festen Schritt und Blick und, was die Zukunft angeht, neue Zuversicht.

Sorrent, am 2. März 1897. Albergo Cocumella.

Es ist viel unausgesprochen geblieben aus den letzten Tagen und wird es am Ende bleiben für immer. Unausschöpfbar ist dieser Zusammenklang von Gegenwart und Vergangenheit, die ich in Rom erleben musste. Allzu viel drang dort auf mich ein.

Es scheint mir, dass ich hier in Sorrent, insonderheit in der Cocumella - so heißt mein Hotel - den Ort gefunden habe, wo es sich im Verborgenen leben und arbeiten lässt. Wie unaussprechlich die Schönheit des Ortes ist! Fast leidet man Schmerzen unter der Größe und Süße der Eindrücke. Kaum fasslich, dass man dies alles nun vielleicht wochen- und monatelang täglich wiedersehen und genießen soll: am Morgen, am Tag und am Abend zuletzt, während die Sonne sinkt, versunken ist und über dichten Gärten von Zitronen und Apfelsinen die Fläche des Meeres verlischt. Heute tönte und schluchzte dazu ein Sprosser, eine italienische Nachtigall.

Cocumella: mit Behagen schreibe ich das Wort. Wie wohlig umfriedend ist mir schon jetzt dieser Begriff. Ich schreibe, und alles ist ruhig um mich, sitze wie der Mönch in der Zelle. Die Tür ist geöffnet auf ein flaches Terrassendach, ich höre den lauen Regen träufeln.

Jesuiten haben dies ehemalige Kloster bewohnt. Es ist eine morgenländische Anlage, die von heiter verschlossenem Lebensgenusse spricht.

Wir heutigen Nutznießer und Bewohner der Cocumella-Herberge haben den Vorteil von dieser schön verzweigten, weiten mönchischen Anlage. Ich bin kein Mönch, denn wenn ich, von meiner Zelle aus, das Dach überschreite, gelange ich an Anjas Tür, die keine Nonne ist.

Und doch ist mönchisches Wesen auch in mir, dessen ich hier froh werde.

Fast vollkommen ist meine Ruhe und Abgeschlossenheit. Diesen Zustand verbürgt den meisten Bewohnern die klösterlich durchdachte Architektur, ihre stillen Winkel und Andachtsplätze.

Das Gärtchen der Cocumella stößt an den Rand des hohen Steilufers. Im Innern der weichen Felsmassen führt ein Gang mit Treppen und Treppchen, offenen Söllern und Loggien zum Strande hinab. Die kleine Spiaggia gehört zum Hotel und ist außerdem nur noch vom Meere zugänglich. In den Loggien und Söllern genießt man die tiefste Einsamkeit und mehr noch am Strand, den ich deshalb besonders liebe.

Riesige Felsmauern schließen ihn ein, in denen Natur und Architektur sich zu einer seltsamen Phantasmagorie verbinden. Riesige Strebepfeiler sind bis zur Höhe geführt, Vorsprünge zeigen kräftige Rundtürme, an schwindelerregenden Schroffen öffnen sich Höhlen mit Geländern gegen das Meer hinaus. Die ganze natürlich-künstliche Bastion trägt überdies malerischen Schmuck von Bäumen und Schlingpflanzen, sie hängen gleich Wimpern über den Öffnungen und langen mit Strähnen und Ketten von Blüten zur Tiefe hinab.

Auf der kleinen Marina sonnen Anja und ich uns oft stundenlang. Wir waren gewöhnt, da uns niemand bisher gestört hatte, sie als unser Privateigentum zu betrachten. Heute nun fanden wir dort ein Pärchen der üblichen Hochzeitsreisenden vor. Der geschniegelte Ehemann gab sich als Maler aus, er stand wenigstens hinter einer Staffelei. Die junge Gattin im knappen Tailormade-Kleide hatte sich in der Nähe niedergelassen. Ich hoffe zu Gott, dass sie morgen verduftet sein werden.

Sorrent, am 3. März 1897. Albergo Cocumella.

Mein erster Eindruck hat mich getäuscht. Das geschieht mir nicht selten, wie ich allmählich anzunehmen Grund habe. In dem Maler, auf den ich gestern an der Marina stieß, habe ich einen liebenswürdigen Gentleman und Künstler kennengelernt. Wir haben unsere Gedecke zusammengelegt, da auch seine reizende Frau und Anja Freundschaft geschlossen haben.

Der junge Preysing, mit Vornamen Götz, der übrigens ein gesunder Bajuware ist, trat auf mich zu und richtete Grüße von Emmerich Rauscher aus, mit dem er in Rom zusammen war. Merkwürdig, Rauscher hat mir von Preysing nie gesprochen. Seine Bekanntschaft mit ihm geht auf München zurück.

Der Verkehr mit dem jungen, schönen Paar ist sehr wohltuend. Sie ist eine lebenslustige Österreicherin, die, wie Anja, gut lachen kann, Preysing nicht nur ein talentvoller Maler, sondern auch ein gebildeter Mann, der viel in der Welt herumgekommen ist. Er hat Humor und weiß zu erzählen.

Übrigens aber ist er ein Mensch, der das Herz auf dem rechten Flecke hat. Das beweist die Art, wie er von Emmerich Rauscher spricht und immer wieder erwägt, wie man ihm aus der jämmerlichen Lage, in die er geraten ist, heraushelfen könnte. Wenn er auf Esther Naëmi kommt, gerät er in Erbitterung.

Er wünscht ihr den Tod, ja, er behauptet, sie sei schon tot und habe deshalb kein Recht zu leben. Er zitiert die Braut von Korinth:

Ist's um den geschehn,
Muss nach andern gehn,
Und das junge Volk erliegt der Wut.

Er will jedoch Rauscher nicht nur von ihr, sondern auch von seiner eigenen Frau losmachen. Rauscher sei zu gut, um im Broterwerb für die Familie auf- und unterzugehen. Es stellt sich heraus, wir haben für diesen leider etwas willensschwachen jungen Menschen die gleiche Vorliebe.

»Wäre nicht dieses durchtriebene, höchst gefährliche Weib«, sagt Preysing, »so könnte man Rauscher herkommen lassen. Für ihn würde das eine Erlösung, für uns das größte Vergnügen sein, aber sie lässt ihn nicht los, hält ihn fest, wo er ist, oder hängt sich ihm an.« Er schließt: »Ich habe das sichere Vorgefühl, dass die Sache für Rauscher das traurigste Ende nehmen muss, wenn es nicht bald gelingt, ihn aus den Fängen dieser Harpyie zu reißen.«

Es wurde darüber gestritten, ob Rauscher in seiner Liebe glücklich sei oder ob er sich nur in sein unvermeidliches Schicksal ergeben habe.

Eigentlich ist es recht von außen her, wie Preysing über Rauscher spricht, eine Art, in die ich seltsamerweise einstimme. Inwiefern soll diese Sache weniger berechtigt und gefahrvoller als die meine sein? Irgendwie schmeckt die Atmosphäre um dieses fieberhaft überhitzte Paar allerdings nach Untergang: Was dermaßen lodert, muss schnell verbrennen. Hier ist nicht wie bei uns ein Neubeginn an ein Ende geknüpft, sondern hier scheint ein Ausgang, scheint das Ende selber zu sein.

Irgendwie haben die Atmungsorgane meiner Ehe für den Weg, den ich vor mir sehe, nicht ausgelangt. Anja mit ihren frischen Kräften ist eingesprungen. Die Lebensreise wird in einem ganz neuen, schnelleren Rhythmus fortgesetzt. Ich weiß, dass Melitta zu dieser Gangart nicht fähig ist und ihr sowohl für den Weg als für das neue, ferner und höher gesetzte Ziel die Kräfte fehlen. Auch ohne Anja, wie ich jetzt sicher glaube, würde ich das erkannt haben, und eines Tages hätte ich, Melitta zurücklassend, meinen Weg allein fortgesetzt.

Es ist eine gewisse Schwermut in mir, über die ich mich nicht beklage. Seit Rom hat sie wieder Gewalt über mich. Ist sie vielleicht eine Frucht von Italien? Ihr Wesen ist viel zu allgemein, als dass ich sie aus meinen besonderen Umständen herleiten könnte.

Es ist nicht eigentlich eine Verdüsterung, wie sie zuzeiten Melitta gefährlich wird. Sie hat Weite und Größe und erhebt auch wohl, indem sie bedrückt. Sie gab mir jüngst in Florenz in der Sagrestia nuova und in Rom vor der Pietà des Michelangelo die Fähigkeit, diesem Titanen des Schmerzes nachzufühlen. Die Schwermut des nordisch bewölkten, nächtlichen Tages mag furchtbar sein. Die Schwermut des unbewölkten Himmels, wie sie ein Dante, ein Michelangelo auf sich zu nehmen hatten, übersteigt sie an Furchtbarkeit.

> Caro m'è il sonno, e più l'esser di sasso,
> Mentre che il danno e la vergogna dura;
> Non veder, non sentir m'è gran ventura,
> Però non mi destar, deh, parla basso!

Das ist eine übergroße, überirdische Müde!

Meine Schwermut, die bald zu meinem kranken und verarmten Bruder Marcus, bald zu meinem um eine Chimäre wütend ringenden Bruder Julius, bald zu Melitta in die Ferne schweift, bringt in unseren heiteren Kreis immer wieder allzu ernste Gesprächsthemen. Länger als ein Jahrzehnt begleitet mich auf allen meinen Wegen der »Gefesselte Prometheus« des Aischylos. Da ist ein Gott, ein aufsässiger Gigant von Hephaistos auf Befehl des Zeus an eine Felswand über dem Meer geschmiedet. Dort besucht ihn täglich ein riesiger Geier, der seinen Leib zerreißt und an seiner Leber frisst. Im Symbole liebten die Alten das

Grässliche. Warum ergriff ich diese Gestalt, bewahrte ich diese Gestalt, umfange ich diese Gestalt noch heut mit Leidenschaft?

In allen Gestalten des Michelangelo, und zwar nur in den seinen, ist das Prometheische. Wir sprachen davon, und Anja veranlasste mich, den neugewonnenen Freunden Notizen über die Pietà vorzulesen. Eigentümlicherweise sah ich diesmal in der Ewigen Stadt nichts als die Pietà. Auch in dem kahlen, öden, seelenlosen Barock der Peterskirche, das sich nicht einmal zu dem ihm wesenhaften leeren Pathos steigert, sah ich sie allein. Man sollte sie wegnehmen und um sie allein und für sie allein einen Tempel bauen.

Alles Titanentum des Titanen ist hier zerbrochen vor einer rätselhaften Übermacht. Keine Madonna irgendwelchen Meisters hat die unergründliche Tiefe dieser Pietà. Diese Maria ist Wissende, Erdmutter, Gottesmutter. Nicht zerbrochen, sondern nur ruhig geworden in übermenschlicher Leidenskraft. Und plötzlich, in einem Augenblick, kam es mir vor, als sei sie der Gestalt gewordene Genius Michelangelos in seiner tiefsten und eigensten Schöne.

Sorrent, am 16. März 1897. Albergo Cocumella.

Hohe Zeiten, glückselige Zeiten, göttliche Zeiten! Getragen von Jugend, Liebe und Schönheit, haben wir eine Lustfahrt erlebt und leider nun hinter uns. Anja und Frau Preysing im Wagenfond, Preysing und ich auf den Rücksitzen, bewegten wir uns unter heitersten Gesprächen langsam fort, überm Meer, auf der schönsten Felsenstraße der Welt, Positano vorbei, um den ersten Tag in Amalfi zu enden. Im allerglücklichsten Zustand, der Menschen vielleicht geschenkt werden kann, im heitersten Zentrum irdischen Seins und aller Erfüllungen, brannten wir innerlich gleichsam von Ungenügsamkeit und schwelgten in allen Möglichkeiten glückseligen Lebens. Wie viel Schlösser haben wir nicht in die Luft und auf die strahlenden Felsterrassen zur Linken gebaut, Inseln besiedelt, die aus dem wogenden Blau der Tiefe zur Rechten tauchten, und viele andere im Glanze des himmlischen Raums! Irdische Menschen aber überhaupt noch zu sein, mochten wir auf der Terrasse des Kapuzinerklosters in Amalfi, jetzt einer Herberge, nicht mehr annehmen, als wir uns im nächtlichen Mondschein und in einer balsamischen Luft ohnegleichen förmlich auflösten: Von einer ähnlichen, überweltlichen Möglichkeit irdischen Atmens hatten wir bis dahin nicht gewusst.

Gegen diesen Zustand, der alles in uns zum Schweigen brachte, was nicht Empfindung war, erschien alles grob, was selbst Liebe in unserer Lage zu bieten hat. Wir schlossen kein Auge in dieser Nacht und waren am Morgen, als wir in unserem Landauer saßen, beinahe froh, solchen fast unerträglichen Wonnen ins grelle, derbe, formenscharfe Tagesleben entronnen zu sein.

Am zweiten Abend nahm uns das alte Albergo del Sole in Pompeji auf, das ich aus meiner Frühzeit kenne. Niccolò Erre, der alte Wirt, lebt nicht mehr. Er liebte die Künstler und diese ihn, und wenn sie zu tief in die Kreide gekommen waren, so beschmierten sie irgendeine Wand seines Gasthofs mit sogenannter Malerei und lösten sich dadurch aus.

Durch dieses seltsame Museum wurden unsere Humore lebhaft aufgeregt, und wir fanden uns, im Gegensatz zum vergangenen Abend, in eine überlebte, aber sehr wirkliche, von unverwüstlicher Lebensfreude getragene Künstlerwelt zurückversetzt. Da wir, Preysing und ich, einst darin heimisch waren, schwelgten wir in Erinnerungen, kramten Malergeschichten aus, wie sie seit Boccaccio immer wieder vorkommen, und zogen unsere Damen, die keine Spielverderber sind, in einen Wirbel von Lustigkeit. Diesmal waren wir ohne allen Vorbehalt Zigeuner geworden und genossen das tiefe, sorgenlose Behagen des Augenblicks.

Tags darauf erstiegen wir den Vesuv, das heißt, wir bedienten uns kleiner Pferde, die uns treulich hinauftrugen. Allmählich kamen wir in die Regionen der erkalteten Schlackenfelder und Laven, die in ihrer Trostlosigkeit die Welt, die unter uns lag, zu einem unwahrscheinlichen Traum machten. Alle diese Aschen- und Schlackenberge, auf denen nicht der kleinste Grashalm Fuß fassen kann, waren von den Kyklopen, die man im Innern des Berges rumoren hörte, durch die Esse gequetscht oder von ihren Fäusten und Schaufeln in gewaltigem Bogen herausgeschleudert worden. Unwillkürlich griff ich nach der Vorstellung solcher Dämonen, mit denen die Griechen selbst trostlos fürchterliche Höllen bevölkerten. Man wurde dadurch einigermaßen von dem furchtbaren Klange des »Lasciate ogni speranza« abgelenkt. Hephaistos-Humore drängten sich auf, und wir lachten über den zu beneidenden Götterschmied, der eine Aphrodite zur Frau hatte, die ihn, ihrem Wesen gemäß, zwar mit aller Welt betrog, aber dem hitzigen und erhitzten Mann, sooft er nur wollte, ihre unsterblichen Reize zu kosten gab. Mit nicht geringem Vergnügen stellten wir uns die ewig sündlose Sünderin, mit Ares in flagranti ertappt, im kunstvollen Netze des Gatten vor, das den beiden in eins verschlungenen Leibern auseinanderzukommen unmöglich machte. Ist ins Bereich erbarmungsloser Naturmächte je ein Volk wie die Griechen mit Götterhumoren sieghaft eingedrungen? Nehmt sie hinweg, und sogleich umgibt uns tödliche Wüste und Finsternis.

Hie Amalfi, hie Vesuv, die Ruinen des schwelgerischen Pompeji an seinem Fuße: Nicht zu viel Wesens von sich selber und seinen kleinen Beschwerden zu machen würde angesichts dieser Lage zu empfehlen sein. Oder sollten wir uns fortgesetzt über das beklagen, was mit dem Dasein unlöslich verbunden ist? Was wäre der Tag ohne die Nacht, seine Folie?! Was wäre das Leben ohne den Tod?! Wäre ein Anfang möglich ohne ein Ende? Ohne Entbehren ein Genuss? Ein Gewinst ohne den immer drohenden Verlust?

Auf der höchsten Spitze des Feuerberges, mit der weitesten Aussicht über Land und Meer, war ich geneigt, mir die völlige Absolution von jener Schuld zu erteilen, deren Last noch am Kraterrande, bis wohin ich sie mitgeschleppt hatte, auf mir lag.

Sorrent, am 19. März 1897. Albergo Cocumella.

Wir haben an die Idylle von Sorrent wieder angeknüpft und sie fortgesetzt. Gestern hörten wir Tasso, Ottaverime aus dem »Befreiten Jerusalem«. Es war ein Steinmetzmeister, der sie, umgeben von seinen Gesellen, zwischen behauenen und unbehauenen Steinen, zwischen Grabkreuzen und Marmorengeln aus dem Gedächtnis sprach. Außer den Preysings und uns hörten sie noch ein Droschkenkutscher und ein Zollbeamter.

Was der Steinmetz sprach, dass er es sprach und wie er es sprach, hatte etwas Erstaunliches. Dabei war es ein Vorgang, der beinahe nüchtern, selbstverständlich und ohne alles Pathos vorüberging.

Am Morgen hatten wir, im warmen Sande unserer kleinen Marina hingestreckt, also in märchenhafter Umgebung, in einem Märchen aus Tausendundeiner Nacht geschwelgt, dem von Aladin und der Wunderlampe. Den Blick auf das blaue Wasser gerichtet, den Tummelplatz für Dämonen, Zauberer und Abenteurer, um uns die steilen Wände der Felsen mit ihren Höhlen, Stützpfeilern, Treppen und Söllern, konnten wir uns des Wesenhaften dieser Erzählung ganz anders bemächtigen als der Leser im Norden, der, mit dem Rücken am warmen Ofen, im Stübchen sinnt.

Abwechselnd lasen Preysing und ich.

Realität der Gestalten, naive, tiefe Symbolik, die auch die Zauber- und Wunderwelt umfasst und wirklich macht, endlich eine seltene Kunst der Komposition sind das, was in dieser großen Dichtung sogleich in die Augen fällt. Ihre höchste Schönheit aber vollendet sich in dem ewigen Gegenstand, den sie entfaltet.

Aladin beginnt als Nichtsnutz. Er führt sich als Knabe so übel, dass der Vater sich darüber zu Tode grämt, der Schneider, weil sein Sohn kein Schneider werden will. Schicksal in seiner grausen Wunderlichkeit lässt den Alten hinsterben, ohne ihm den leisesten Wink davon zu geben, dass sein Sohn dereinst den Thron des Kalifen besteigen wird.

Von einem so herben und richtigen Zuge abgesehen, ist zu bewundern, wie der Dichter die Linie Aladin edel und ebenfalls richtig führt. Er lässt ihn innerlich und wahrhaft vom Taugenichts zum Kalifen werden, bevor das Glück ihn dazu macht.

Die Kräfte der Wunderlampe werden anfangs nur sparsam gebraucht, allmählich mehr und schließlich zu zwei Hauptleistungen vorgefordert: ein geringer Teil ihrer wahren Kraft. Hierdurch bleibt Aladin der Herr ihrer Wunder und der Anteil, den wir nehmen, seiner menschlichen Art bewahrt. Man verehrt die Klugheit des Jünglings und Mannes, seine sittliche Kraft und Heiterkeit, die maßvoll begehrt und den steilen, gefährlichen Pfad des Glückes sicher wandelt. Man erfreut sich der von ihm bewahrten inneren Harmonie, die sich selber adelt.

Immer wird der Anteil des Hörers vornehmlich an alles Menschliche geknüpft, nächst Aladin an seine Mutter. Schicksal und Wunder unterbrechen den natürlichen Verlauf der Ereignisse nur, ähnlich wie im Leben, an gewissen entscheidenden Wendungen.

Aladins Mutter ist mehr als das: Sie ist die Mutter überhaupt und als solche eine der ergreifendsten Gestalten der Weltliteratur. Wie sie sich gegen den Sohn verhält, als der Vater gestorben ist, wie sie dem Zauberer begegnet, der Wunderlampe gegenüber handelt, wie sie den Gedanken Aladins, die Tochter des Sultans zu heiraten, ihm auszureden sucht, die geplante Werbung Wahnsinn nennt, sich weigert, sie zu überbringen und dann doch sechzig Tage im Diwan harrt, bis sie ebendiese Werbung anbringen kann: Das alles zeigt Wahrheit und Schönheit in tiefster Verbundenheit.

Und dann der Sultan, ein eifriger und tätiger Mann, ein edler Mensch voller Größe und Güte. Er hat eine kindliche Freude an Aladin, liebt ihn heißer als seine Schätze, ist im Verhältnis zu seiner Tochter väterlich und wird denn doch einmal recht zornig, als ihm Palast und Tochter entführt worden sind.

Wie natürlich folgen sich die Wünsche Aladins: Er ist begraben und wünscht sich ans Licht, er hat Hunger und wünscht zu essen. In der Liebe aber und durch die Liebe erst werden seine höheren Wünsche befreit. Nun hofft und begehrt er, göttliche Kräfte auszunützen, durch sie zu wirken, zu beglücken und mitzuteilen, sonst nichts.

Diese Art des Wachstums haben alle großen Naturen mit ihm gemein. Sie sprengen das Dunkel, sie greifen für sich, was notwendig ist, sie gewinnen in der Liebe und durch die Liebe höhere Kräfte, die sie der Menschheit opfern und hinschenken.

Und ich? Ich klopfe bescheiden an die Türe eines Hauses, wo die hohen Träger ähnlicher Schicksale versammelt sind.

Sorrent, am 23. März 1897. Albergo Cocumella.
Ich will noch ein wenig die Feder neben meinen Gedanken herlaufen lassen. Sie mag ihre Spur ziehen, damit ich später einmal, wenn es mir beschieden sein sollte, den Weg wiederfinde, den mein Denken genommen hat. Der letzte Abend in der Cocumella ist da, der letzte Abend in Sorrent. Morgen verlassen wir den alten Häuserkomplex mit seinen Winkeln, Gängen, Treppchen und flachen Dächern. Auf eines von ihnen führt, wie gesagt, die augenblicklich geöffnete Tür meiner Zelle hinaus, die mir lange Zeit ein angenehmes und friedliches Asyl gewesen ist. Es machte mir nichts aus, wenn bei Regen die Decke nass wurde und zu tropfen begann, bei Sturm aber ein gewisser Leinwandhimmel mit farbigen Engelchen, der sie bedeckte, sich wie ein loses Segel klatschend bewegte. Nun freilich verlasse ich ohne Bedauern diesen mir liebgewordenen Raum und das weitverzweigte gastliche Kloster.

Wie gesagt, es war mir ein lieber Aufenthalt. Ungestört konnten wir einander angehören, Anja und ich, hatten gleichgestimmte Freunde getroffen, fanden zu den gehörigen Zeiten den Tisch gedeckt. Eine Fülle unausgenützter Räumlichkeiten, die zu unserer Verfügung standen, ermöglichte uns, beim Tee, beim Chianti, wann immer wir wollten, im kleinsten Kreise allein zu sein, als ob wir ein Privathaus bewohnten.

Die Reise führt, Gott sei Dank nur in Etappen, nach Norden zurück. Naturgemäß kann der Gedanke unserer Rückkehr die Seele nicht allzu sehr beflügeln. Hatte ich doch in der schönen Gegenwart dieser Fremde meine Sorgen fast abgestreift und gewisse Fesseln, die ich nun wieder auf mich nehme. Aber was hilft es, die Zeit ist um.

Man ist in Italien. Laulicher Frühling, weicher Regen wechseln mit jenem unerhörten Glanz über Golf und Küste, der nur diesem Lande eigen ist. An einem leuchtenden Morgen erhebt man sich und findet sein Inneres grau, lustlos und anteillos. Obgleich man nun fast allen Reizen des Lebens empfindungslos gegenübersteht, hat diese Art Kirchhofsruhe mit Gemütsruhe keine Ähnlichkeit. Vielmehr ist man auf eine Weise beunruhigt, die eigentlich beunruhigender als die meisten anderen Arten und Weisen von Unruhe ist.

Irgendein Ablauf hat sich vollendet, irgendein Intervall ist erreicht, es besteht eine Art Entzauberung. Aus dem Licht, aus der Landschaft, aus dem Liebesleben, aus den Beziehungen der Freundschaft, ja des Ehrgeizes ist der Antrieb herausgenommen. Man kann weder wünschen noch wollen, weil Ehre, Ruhm, Reichtum keinen Reiz mehr besitzen. Jenes Organ, das im Menschen die große Illusion, den großen Majaschleier gebiert, hat ausgesetzt. Was aber fängt man mit einem Dasein an, aus dem der schöne Schein, die begeisternde Täuschung, der seligmachende Glaube verschwunden sind!

Um einer solchen Leere zu entgehen, fliegt man nicht plötzlich wie ein Vogel auf, man schleppt sich eher mechanisch fort, auf ähnliche Weise wie ein großes, schwer bewegliches Schiff, das in einer Region der Windstille nach dem kläglichen Auskunftsmittel des Ruders greift.

Eine Begräbnisstimmung ist in mir, wenn ich auf das Dach hinaustrete und meine Augen unter dem Sternenhimmel über die Wunder des südlichen Golfes schweifen lasse, die nichtssagend für mich geworden sind. Auch das Genossene erscheint entwertet, wie denn ebenso wenig das Künftige Anziehungskraft besitzt.

Man fragt sich, gleichsam hilflos aufgestört, wie man die verlorenen Paradiese der Illusionen retten, sich und die verwelkte Welt zu neuem Blühen bringen soll. Durch den Verstand, in dessen Gebiet sich ein Wissen von dem Verlust geflüchtet hat, ist das schöpferische »Fiat« nicht zu ersetzen. Nun, wir müssen geduldig abwarten.

Oder sind wir dazu verurteilt, alle Quellen der Erde leer zu trinken und doch den brennenden Durst nicht loszuwerden, der uns quält?

Soana, am 15. April 1897.

Es lohnt vielleicht festzuhalten, unter welchen Umständen ich diese Zeilen schreibe. Es ist ein Uhr nachts. Mich umgibt ein sehr einfacher Raum: Bett, Waschständer, gelb gebohnerter Brettfußboden mit breiten Ritzen. Vor mir ein Ausziehtisch, darauf Bücher, Schreibzeug und sonstiges Zubehör. Die Fenster klirren, das Haus erbebt von Zeit zu Zeit. Ein kleines Haus, ein winziges »Sanatorium«, welches ein Schweizer erbaut hat, der über das ärztliche Physikum nicht hinausgekommen ist.

Anja und ich sind, neben einer distinguierten jungen Engländerin, die einzigen Gäste dieser engen, weltverlorenen Schweizer Pension.

Anja schläft, wie ich hoffen will. Mir selbst ist es ein, sagen wir ruhig, erhabener Genuss, den Frühlingsaufruhr der Natur zu erleben. Ich habe weißen, starken Waadtländer Wein getrunken, der auf die Nerven geht. Seine Wirkung scheint der ähnlich zu sein, die vom Absinth berichtet wird. Ich darf nicht sagen, ich tränke vorsichtig. Ich brauche zuweilen Betäubung. Aber Betäubung ist nicht das richtige Wort: Ich rette, ich steigere mich gern in jenen Bewusstseinszustand, den wir Rausch nennen. In diesem Augenblick befinde ich mich zum Beispiel in solch einem Rausch.

Aber was ist denn eigentlich Rausch?

Gerade er ist es, der mir nicht ermöglicht, jetzt eine klare Definition des Wortes zu geben. Dagegen kann ich recht wohl dies und das über die Veränderungen meines Wesens aussagen, die er mit sich bringt. Die ungeheure, immer wieder aufleuchtende jähe Lichtfülle der Blitze zum Beispiel, die in unregelmäßigen Zwischenräumen einander folgen und gleichsam jagen, dieses mitunter von allgewaltigem Donner begleitete Phänomen, das mich, nüchtern, erschrecken, peinlich erregen, ängstigen würde, hält mich nun in einem Zustand tiefster Verzückung fest, und anstatt mir wie sonst das Gefühl eigener Nichtigkeit aufzuzwingen, scheint es mich in das Reich übermächtiger Naturgewalten emporzuheben.

Ich sitze hier, ein wenig dabei mit der Feder kritzelnd, bei jedem Blitz, bei jedem Donner von einer dämonischen, göttlich furchtlosen Freude erfüllt, und kann verfolgen, wie ich, gleichsam ein Demiurg, das ganze Schauspiel auf mich beziehend, durch unwillkürliche Ausrufe und Trümmer von Selbstgesprächen mit: Herrlich! Prachtvoll! Göttlich! Zensuren erteile, wie mir der Donner Gelächter abnötigt, wie ich da capo sage, zu leisem, innigem Beifall die Flächen der Hände zusammenschlage, und so fort.

Meine zwei Stearinkerzen sind umgeben von Finsternis. In das ununterbrochene Rauschen des Regens, der in die Weinberge träuft, mischt sich das Rauschen eines nahen Wasserfalls. Er ist aber fern genug und sein Geräusch abgedämpft genug, um nicht zerreißend in die fremde, nächtliche Monotonie der Stunde einzugreifen. Was die Finsternisse in sich bergen, kenne ich. Unser Haus ist an einen steilen Abhang gestellt. Die Felsterrassen, Steilwände und Abstürze des Monte Generoso liegen ihm hallend gegenüber. Der Blitz bringt jedes Mal für diese ganze verborgene Felsenwildnis vollkommen tageshelle Gegenwart.

Gestern Abend brannte der Monte Generoso in wahrer Sinaibrunst. Alle Nebel verschwanden, und Klarheit umgab die aufgetürmten Gesteinsmassen. Sie traten nahe, magisch nahe, und das Buschwerk, das, noch unbelaubt, in rostbraunen Flecken die Schroffen überzieht, leuchtete. Grünspangrün traten gewisse Grasflächen hervor. Wie eine Ziege, die sich verstiegen hat, sitzt ein weißes Gebäude im Geklipp. Es strahlte, als habe es eigenes Licht. Nichts drängt sich hier zwischen den Menschen und die Urnatur. Der Aufruhr aber, der mich in dieser Stunde umgibt, und die Begnadung des Weltaugenblickes, in dem ich lebe, würdigt mich gleichsam der Teilnahme an einem erhabenen Schöpfungsakt.

Ich kenne das Datum meiner Geburt, die Anzahl der Jahre, die ich gelebt habe, die Zeit, welche seit Christi Geburt vergangen ist. Wenn wir nun aber Jahrtausende, Jahrmillionen hinzudenken, so ist in alledem das nicht enthalten, was ich als Weltstunde oder Weltsekunde bezeichne. Es ist vielmehr das, was ein Augenblick ist, was niemals war und was nie wiederkehrt. Mit keinerlei Kreislauf weder der Tage noch der Jahre ist es verbunden.

Was steht nun eigentlich auf dem Papier? Ich werde es später vergeblich zu verstehen suchen. Und nur wenn mich ähnliche, innere Blitze erleuchten wie die wirklichen dieser Nacht, werde ich von dem chaotischen Reichtum und der gärend-schöpferischen Großartigkeit etwas wissen, deren erhabenes Medium ich bin. Wäre ich Musiker, was ich im Grunde eigentlich sein möchte, ein sinfonisches Gleichnis würde diesem grundlosen Erlebnis, dieser Nachtstunde, dieser Vigilie besser gerecht werden.

Ein neuer Blitz! Ist es nicht wie der Widerschein des erhabenen Flügelschlags eines Cherubs? Und was sind das für Fühlungen und für Fantasien? Würde ich sie wohl haben, wenn ich nicht dieses Trauma, diese immer offene Liebeswunde in mir hätte? Es ist freilich eine Metapher, denn eine wirkliche blutende Wunde ist es nicht. Aber in dieser Metapher, in diesem Bilde der Wunde wird das Schicksal, das Menschenschicksal überhaupt, wie in keinem anderen gekennzeichnet.

Hunderte Meilen von mir entfernt schläft oder wacht in diesem Augenblick ein verlassenes Weib. Noch sind unsere Seelen aufs Engste verhaftet. Im nahen Zimmer, nebenan, schläft ein anderes Weib, dem ich ganz unlöslich verbunden bin. Ich habe Briefe erhalten. Man hat die Taufe meiner Kinder nachgeholt. Es würgt mich ein bisschen, dass ich nicht dabeigewesen bin. Ich, der Vater, bin nicht dabeigewesen. Es ist mein Bruder Julius, der mich – wieder muss ich etwas hinabschlucken – bei dem feierlichen Aktus vertreten hat. Ein Usurpator, ein Eindringling! Was geht ihn mein Weib, was gehen ihn meine Kinder an? Der Brief, den er mir geschrieben hat, ist ein Hohn. Ich liebe, leide, empfinde, umfasse meine Geliebten, wie er es niemals vermag noch begreifen wird. Er aber spielt dafür den Mitleidigen. Er schlürft aber eigentlich mit frechen, vollen, herausfordernden Zügen den Schaum von dem Becher meines mir vom Geschick geraubten Familienglückes.

In meiner Seele haben sich vermählt
Schmerz und die Lust: o liebe, goldne Zeit,
Da Schmerz noch Schmerz war, Lust noch Lust. Nun ist
Die Lust das Weh und – ach! – das Weh die Lust. –
Ein lichter Engel fliegt von Ost herauf,
Gleich hebt ein schwarzer sich aus Westens Tor,
Und in die weiche Krone duftiger Lilien,
Womit mich jener krönet, windet dieser
Oh! – scharfe Stacheln. –
Gott schnitt, des Himmels Tropfen drin zu fangen,
Aus Quassiaholz mir meinen Becher: ihn
Und keinen andern darf ich künftig leeren,
Der macht mir bitter selbst den Honigseim!

Aber ich will nicht ins Enge und allzu Persönliche zurückfallen und lieber schlafen gehn.

Nürnberg, am 20. Mai 1897.

Die Winterreise mit Anja ist in dieser Viertelstunde abgeschlossen. Ich bin allein. Ihr kleines, liebes Gesicht kämpfte tapfer wie immer gegen die Tränen, als sie mir noch einmal aus dem Fenster die Hand reichte. Augenblicklich ist sie für mich nur noch eine Vorstellung. Ich weiß nun wirklich nicht, was ich soll und wozu ich noch auf der Erde bin. Aus meinem Uhrwerk ist die Feder, aus meinem Leben der Sinn genommen.

Mein ganzes Wesen fasst gleichsam ins Leere nach ihr. Einige Stunden bin ich noch gefesselt an diese wunderbare alte deutsche Stadt, über der sich Gewölke murrend auftürmen, während die Sonne auf mich heruntersticht. Aber was ist sie mir in diesem Augenblick? Die überschwängliche Fülle der Obstblüte im alten Stadtgraben, das gleichsam jauchzende Wipfelgrün, das an dem alten, rötlichbraunen Gemäuer von Brücken, Türmen und Burgen brandet, an dem ich mich mit Anja nicht satt sehen konnte, lässt mich jetzt anteillos. Wenn ich erst wieder auf den Eisenschienen rolle, wird mir wohler sein. Schon indem ich diese Zeilen schreibe und damit die Zeit töte, genieße ich eine gewisse Beruhigung. Ich überzeuge mich, dass ich gleichsam im Handumdrehen das jetzt Geschriebene, als in der Vergangenheit liegend, durchlesen werde. Und dann wird auch diese peinliche Übergangsstunde vorüber sein.

Ich habe mich also, das ist der Punkt, in ein mir völlig entfremdetes Gestern zurückzufinden. Die im großen ganzen so glückliche Ungebundenheit der letzten Monate wird von unabwendbarem Lebensernst abgelöst. War es nicht eine Zeit der Wunder? Ein einziges Wunder? Ein so schönes und freies Dasein unter eigenster Verantwortung hat im bürgerlich geregelten Gange des Lebens keine Stätte.

Morgen werde ich nun also Melitta und die Kinder in ihrem Dresdner Hauswesen wiedersehen. Aber der Ort, an den die Sehnsucht mancher Stunden, etwa im Anblick der Schönheiten südlicher Natur oder auch in schlaflosen Nächten, meine Seele getragen hat, will mich heute durchaus nicht anlocken. Ich verhehle mir nicht, er steht, fast zu meinem Entsetzen, vor mir wie ein fremdes, leeres Haus, wie eine Flucht unbewohnter, gespenstiger Zimmer, die ich durchschreiten muss.

In der Tat, ich muss dieses Haus durchschreiten. Aber dass ich es eben nur durchschreiten werde, entlastet und beflügelt mich. Indem ich eile, es zu betreten, und alles in mir voll peinlicher Ungeduld danach drängt, fliehe ich eigentlich bereits vor dem, was ich erreichen möchte. Bin ich für eine solche Entfremdung, einen solchen Verrat an dir, arme, heißgeliebte Melitta, verantwortlich? Wenn ich die Jahreszeiten, Kälte, Hitze, Tag, Nacht, Sonnenschein und Finsternis in all ihrer Mannigfaltigkeit betrachte, Regen, Gewitter, Schloßen, Schnee, Wiesengrün und Sandwüste auf mich wirken lasse, so bin ich mir bewusst, ein völlig einflussloser Betrachter dieser Erscheinungen zu sein: Darf ich mir, mit Rücksicht auf Werden und Vergehen in der Natur und die fortgesetzte Wandlung der eigenen Seele, die gleiche Unverantwortlichkeit zubilligen? Ich weiß es nicht. Der Blick des Betrachters aber ist jedenfalls das einzige in mir, dem ich eine Art Unveränderlichkeit zuschreibe.

Wentdorf bei Hamburg, am 2. Juli 1897.
»Es war ein Mann im Lande Uz ...«

»Aktien, Aktien, kaufe diese Masut-Aktien!«, sagt mein Bruder Marcus. »Es dauert nicht lange, so heizt die ganze Kriegs- und Handelsmarine der Welt nicht mehr mit Kohle, sondern mit Masut!« – Er selbst besitzt einen wertlosen Stoß solcher Aktien. Sonst ist Marcus jetzt ganz und gar auf Unterstützung angewiesen. Die kleinen Summen von einer Tante seiner Frau treffen nie anders ein als gewürzt mit Vorwürfen. Aber Marcus macht Pläne, hofft und hofft. Er, den das Glück verlassen, gibt sich überdies viel damit ab, anderen Leuten zu ihrem Glück zu verhelfen.

Melitta und ich wohnen hier in einem einfachen Gasthof. Es schien mir diesmal angemessener, uns hier statt in Dresden zu treffen, in Wentdorf, wo Marcus ein kleines, billiges Häuschen an Wald und Wasser gemietet hat. Sein Geist ist klar, aber seinem Körper sind deutliche Zeichen des Verfalls aufgeprägt. Er ist von allen seinen geschäftlichen Beziehungen losgelöst. Ein Leiden, das ich schon damals in Bußbek dunkel gespürt habe, ist inzwischen auf eine erschreckende Weise fortgeschritten.

Melitta und ich werden durch den Verkehr mit Marcus, der Schwägerin und den Kindern von uns selbst abgelenkt. Hier ist man dem letzten Ernst von alledem nah, was man im festlichen Lichte Italiens noch unter großen Symbolen betrachten konnte.

Marcus atmet kurz, der Kopf des starken Mannes ist zwischen die Schultern gesunken. Er weist mir beim Zubettgehen seine Waden, die er seine Wasserkannen nennt. Er drückt den Finger in das Fleisch und zeigt mir, wie sich die Vertiefungen nur langsam ausgleichen.

Er weiß genau, wie es mit ihm steht, aber Todesfurcht ist ihm nicht anzumerken.

Im tiefen Blauschwarz ihres Haares und der Weiße ihres ovalen Gesichts, immer dunkel gekleidet, geht Melitta wie das verkörperte Schicksal herum. Dennoch ist ihre Stimmung gleichmäßig. Wie ich glaube, ist es ein neuer, harter Entschluss, der sie aufrechterhält. Sie, die einst mit den Kindern nach Amerika die Flucht ergriff, wo sie wahrscheinlich mit ihnen zugrunde gegangen wäre, beherrscht jetzt eine andere, entgegengesetzte Entschlossenheit, mich um keinen Preis der Welt loszulassen. Sie hat den Kampf mit Bewusstsein aufgenommen und stützt sich auf ebendenselben unbeugsamen Geist, der, sobald wir über Paris sprechen, sich geltend macht. Ich sage ihr: Deine Handlungsweise von damals war ein Attentat auf mein Leben! Dann sieht sie mich an, und ihr starres Auge leugnet es nicht. Sie würde nicht mit der Wimper gezuckt haben, wenn dieser Streich mich tödlich getroffen hätte.

Wie gesagt, dieser aus einem entschlossenen Verzicht geborene, unbeugsame Willensakt gibt ihr die neue Sicherheit. Die Hingebung, die sie einst geübt, die Fügsamkeit, der sie sich gegen ihre Natur befleißigte; der verletzliche Stolz, der lieber den Geliebten als den kleinsten Teil seiner Liebe hergeben wollte, sind nicht mehr. Ihr Ersatz ist Härte und meinetwegen die Grausamkeit, der Entschluss: Ich werde ihn nie der anderen ausliefern, ich besitze ihn, ich binde ihn! Er hat den Kindern und mir zu dienen, so wird es heut, morgen und immer sein!

Die tiefe Entfremdung, die aus diesem neuen Wesen hervorgeht, stört mich im Grunde nicht, wird doch mein Leben dadurch erleichtert.

Im ebenerdigen Häuschen meines Bruders Marcus stehen sechs Kinderbetten. Drei Knaben und drei Mädchen tummeln sich tags im Garten herum. Man ist in einer überaus seltsamen Atmosphäre. Ein Vater, noch nicht vierzig Jahr und schon von der Hand des Todes berührt, im Reigen umtanzt von schönen, gesunden Kindern. Eine Frau aus Patrizierkreisen, die klaglos zu ihm hält und den ganzen Haushalt allein bestreitet.

Dazu ist Marcus ein Philosoph, eine Art Hedoniker, der niemand in seiner Umgebung traurig werden lässt. Sein Lieblingsbuch besteht aus den wenigen Seiten des Predigers Salomo, den er nie von der Seite lässt. »Ich habe das Meinige dahin«, sagt er mir. Und dann, mit dem Prediger fortfahrend: »Denn wer hat fröhlicher gegessen, getrunken und sich ergötzt als ich!« So kann man Marcus nichts Lieberes tun, als ihm ein festliches Mahl zu geben mit guten Gerichten und gutem Wein, dem er grundsätzlich nicht entsagt, obgleich er ihm ärztlich verboten ist. Und es gibt keinen zweiten Menschen, der bei einer blumengeschmückten, besetzten Tafel die Welt und ihre Miseren, inbegriffen seine eigenen, so ganz und gar vergisst.

So wurde das Familienfrühstück in unserem Hotel gestern sehr ausgedehnt. Marcus schwelgte in Hummern und Sekt und erging sich in allen seinen Humoren.

Durch Melittas verdüsterte und verdüsternde Gegenwart und die Ausgelassenheit des zum Tode Verurteilten hatte das kleine Gelage, bei dem ich kein Spielverderber war, doch, was ich natürlich nicht merken ließ, etwas Unheimliches. Caroline, die Schwägerin, war übrigens Geburtstagskind. Betrachte ich sie, eine der drei jungen Frauen, die den Aufschwung in unsere Familie brachten, so dauert mich ihr trauriges Los.

Sie, ihre Liebe, ihr Vermögen, war gleichsam die Woge, auf der Marcus aus Dunkelheit ins Licht, aus dem Bereich der Tiefe in das höherer Möglichkeiten gehoben wurde. Heut ist diese Woge zurückgeebbt und kann sich niemals wieder erheben. Aber Caroline weiß es nicht oder beklagt sich wenigstens nicht.

Innerlich erlebtes Leiden macht groß. Der letzte Ernst, der nun mit dem Wesen meines Bruders eins geworden ist, lässt ihn seine geschäftlichen Misserfolge als Geringfügigkeiten ansehen. Auch sein Zorn gegen unseren Vater ist abgekühlt. Etwas wie Naturnähe, Gottesnähe, allgemeines Verstehen brachte die Todesnähe über ihn. Er forscht in den Sternen, behorcht die Stimme der Wälder, gibt sich tiefen Betrachtungen hin, wobei allerdings nicht selten eine ihm eingeborene wilde Lebenslust in erschreckenden, manchmal gruseligen Einfällen zum Durchbruch kommt. »Ich schreie noch aus der Nasenquetsche heraus!«, sagte er lustig gestikulierend beim Geburtstagsmahl. Obgleich niemand wusste, was er mit diesem Ausdruck meinte, war es doch keinem zweifelhaft. Ein eisiger Grufthauch ging durch den Raum.

Venedig und hier, Sorrent und hier: welcher Gegensatz! Wie ertrage ich diese Atmosphäre des Stillstands und des Niedergangs!?

Ich will meinen Zustand in ein Bild fassen.

Auf einer leuchtenden Meeresfläche schwimmt Melitta mit schwarzen Segeln auf schwarzem Boot, ich aber daneben im bloßen Wasser. Die Sonne steht nicht am Himmel, sondern sie liegt am Grunde des Meeres. Das ist die Sphäre Anjas in meinem Innern. Eine Insel von grauem Gewölk steht am Himmel: Auf sie, die ein dunkles, schweres Familienschicksal verbildlicht, wird überdies noch der Schatten des schwarzen Schiffes geworfen. Melitta, Marcus und Caroline haben nur den Blick dorthin, während ich vornehmlich durch das untere Leuchten gesättigt werde.

»Es war ein Mann im Lande Uz ...«

Berlin-Grunewald, am 8. August 1897.

Ich bewohne ein möbliertes Zimmer in Grunewald. Aus irgendeinem Grunde wollte ich die Bibel nachschlagen, fand aber keine in meinen Koffern. Ich führe ja schließlich eine Kofferexistenz. Die Pensionsdame konnte mir aushelfen. Hiob. Ich schlug das Buch Hiob auf. Was ich sonst suchte, war vergessen. Ich las es durch und fühlte die tiefste Erschütterung.

Man pflegt vom »armen Hiob« zu reden. Dann wäre auch Prometheus, der an den Kaukasus geschmiedet ist, dem der Geier die Leber behackt, etwa »armer Prometheus« zu nennen. Der aber ist nicht arm, dessen Titanentrotz durch übermenschliche Qualen nicht gebrochen wird.

Auch Hiobs, des anderen Titanen, Trotz wird nicht gebrochen. Der Schluss des Berichtes oder Gedichtes, worin er zur Demut umgebogen wird, trägt den Stempel der Fälschung allzu deutlich. Hiobs Gott verhält sich zum Zeus des Prometheus etwa wie das Universum zu dem Planeten, auf dem wir heimisch sind.

Bin ich ein Sünder? heult er. Bin ich denn gottlos? Warum leide ich denn solch vergebliche Plage? Seine Töchter wollen ihm einreden, dass er gottlos sei und dieser Gottlosigkeit wegen leide. Nein, wahrhaftig, ruft er, ich bin nicht los von Gott! Warum suchest Du meine Sünden, schreit er zu Gott, als wäre ich gottlos, so Du doch weißt, wie ich nicht gottlos sei, so doch niemand ist, der sich aus Deiner Hand, erretten möge?

Dieser Titan wird groß durch die Erkenntnis seiner Nichtigkeit vor Gott. Anzunehmen, ein Mensch könne gottlos sein, erscheint ihm die aberwitzigste Lästerung, deren menschlicher Hochmut fähig ist.

Er, Gott, ist eins und alles, alles und eins! klagt Hiob. Es ist niemand außer ihm. Wer will ihm antworten? Und er macht es, wie er will. Und wenn er mir gleich vergilt, was ich verdient habe, so ist sein noch mehr dahinten.

Habe ich ein einziges Teil wirklich an der mir zugeschriebenen Sünde, will ich mir einen winzigen Teil davon in aller Demut zumessen, noch mehr, noch bei Weitem mehr daran ist von Gott. Zeus ist ein kleinerer Demiurg. Aber entpersönlicht hat auch Hiob seinen Gott noch nicht. Nur hat er ihm gleichsam die Persönlichkeit als Maske gegeben, während Alles in Allem seine Wahrheit ist.

Hiob, der sich sündlos fühlt, vollkommen sündlos, weil unlöslich aus Gott, wird in seiner schrecklichen Erleuchtung zu einem grauenvollen Hymnus auf Gottes Allmacht und Größe, seines Peinigers, hingerissen. Aus den Furchtbarkeiten der Verwesung und Zersetzung bei lebendigem Leibe heult seine markerstarrende Stimme Gottes Lob. Er ist Gott allzu nah und so der weiseste unter den Menschen geworden. Aber er hält sich selbst nicht dafür: Kehret euch alle her und kommt, ich werde doch keinen Weisen unter euch finden! Er fährt fort: Wo will man aber Weisheit finden und wo die Stätte des Verstandes? Niemand weiß, wo sie liegt, und wird nicht gefunden im Lande der Lebendigen. Der Abgrund spricht: Sie ist in mir nicht. Und das Meer spricht: Sie ist nicht bei mir! Nur die Verbannung und der Tod sprechen: Wir haben mit unseren Ohren ihr Gerücht gehört.

Hiob also hat an der Stätte der Verbannung durch sein übermenschliches Leiden etwas wie ein Gerücht vom Bestehen der Weisheit gehört.

Unter den furchtbaren Gottesoffenbarungen seiner martervollen Stunden wird Hiobs Wesen ins Übermenschliche gedehnt. Aber er hält nichts von seinem nutzlosen Sehertum. Will denn nicht ein Ende haben mein kurzes Leben und von mir lassen, dass ich ein wenig erquicket würde? Er will nicht sehen, er will nicht dieses furchtbar grelle Licht: Warum ist das Licht gegeben dem Mühseligen und das Leben den betrübten Herzen, die des Todes warten, und er kommt nicht, und grüben ihn wohl aus dem Verborgenen? Auf das Drängen seiner Tröster: Sage, Gott ist voll Güte! Gott ist gerecht! Sage: Ich habe seine Strafe verdient! ist Hiobs Schweigen die einzige Antwort.

Aber ich greife auf seine letzten Worte über den Tod zurück: Die des Todes warten, und er kommt nicht, und grüben ihn wohl aus dem Verborgenen! Es klingt paradox, und doch ist es wahr: Der Tod ist dem Leben die allerunumgänglichste Notwendigkeit. Wäre er nicht in der Welt, wir würden die Erde nicht mehr nach Kohle noch nach Gold noch den Himmelsraum nach Göttern und Himmeln durchwühlen, sondern einzig und ganz allein nach ihm.

Ich weiß nicht, woran es liegt, aber mich überfällt, besonders des Morgens nach dem Aufstehen, jetzt wieder eine neue, seltsame Art von Müdigkeit. Mein Tageskreislauf, mein Wochenkreislauf, der Monats- und Jahreskreislauf liegen wie Gebirgswall hinter Gebirgswall vor mir, und die Aufgabe lautet, diese alle, unter Zwang und mit Lasten beschwert, zu übersteigen: Arbeit, Mühsal, Schweiß – eine unlösliche Aufgabe, deren Lösung sogar sinnlos ist.

Diese Lebensmüdigkeit geht über ein Menschenleben hinaus. Wenn ich des Morgens den mit Wasser vollgesogenen Schwamm über meinen Scheitel ausdrücke, so packt mich zuweilen Grauen in der peinlichen Ahnung, die Vollendung dieses Lebens durch den Tod könne der Anfang eines neuen sein. –

Von Marcus erhalte ich eben einen Brief. Es befindet sich dieser Bericht darin:

»Du erinnerst Dich an Emilie, unser kleines, etwas leichtfertiges Dienstmädchen. Caroline war eine Geldsumme abhanden gekommen. Der Schlüssel des Faches, darin sie verwahrt worden war, lag in ihrem Nähtischchen. Der Wachtmeister nahm Emilie ins Gebet, da man eigentlich nur auf sie Verdacht haben konnte. Aber das Mädchen leugnete hartnäckig. Die Sache schien damit abgetan. Vor drei Tagen nun kam das Mädchen von einem Ausgang nicht zurück. Ihre Freundin wurde zugleich vermisst, die im Nachbarhause bedienstet war. Du weißt, dass ein tiefer, schwarzer Graben hinter unserem Hause fließt. In diesem träge schleichenden Wasser, einige Kilometer flussabwärts von uns, hat man die beiden jungen Frauenzimmer nackt, mit Wäscheleinen aneinandergebunden, tot aufgefunden.«

Du weißt, dass ein tiefer, schwarzer Graben hinter unserem Hause fließt ...

Berlin-Grunewald, am 1. Oktober 1897.

Ich trage zu Neste, will sagen, richte mir hier eine Wohnung ein. Das ist ein großer Schritt, der mich viel Kopfzerbrechen und viel Überwindung gekostet hat.

Ich bin, nachdem ich sie in Dresden öfters besucht habe, wieder einige Tage mit Melitta und den Kindern in Grünthal gewesen. Auch hier hat es wegen der neuen Wohnung Kämpfe gegeben. Melitta sieht nicht mit Unrecht in meinem Entschluss, mich hier sesshaft zu machen, einen Umstand, durch den ihre Hoffnung auf meine Rückkehr sehr verringert wird.

»Niemals werden die Kinder einen Fuß über die Schwelle deiner neuen Wohnung setzen!«, sagt Melitta mit Bitterkeit. – »Für diese Maßregel liegt kein Grund vor, da ich allein wohne«, sage ich. »Was ich mir da schaffe, ist ja nur ein Strohwitwer- oder Junggesellenheim. Eine Umgebung, in der ich mich einigermaßen zu Hause fühle, brauche ich. Nicht nur, weil ich dem vogelfreien, gehetzten Zustand entgehen, sondern auch, weil ich arbeiten muss.«

Der junge Mensch, Künstler, Möbelzeichner, Innenarchitekt, der mir fünf Parterrezimmer mit Holzdecken, Paneelen, Kaminanlagen und so weiter versieht, ist ein Original, dessen Umgang mir viel Vergnügen macht. Den Fortschritt der Arbeit verfolge ich, wobei ich jedoch vor jedem Betreten der Wohnung einen entschiedenen Widerwillen hinabzuwürgen habe. Der Maurer, die Tischler gehen und hocken singend und pfeifend in den Zimmern herum, und während ich unter ihnen stehe und mir das warme, behaglich reiche, recht anspruchsvolle Heim vorstelle, das im Entstehen begriffen ist, kann ich einer tiefen, schmerzlichen Bewegung kaum Herr werden bei dem Gedanken, dass ich es mit Melitta und den Kindern nicht teilen kann.

Aus dieser Empfindung aber wächst eine zweite Unmöglichkeit, nämlich mit Anja die Wohnung zu teilen.

Seltsam, dass ich seit meiner Rückkehr von Amerika noch nicht weitergediehen bin. Der Konflikt hat eine schleichende Art angenommen.

Berlin-Grunewald, am 6. Oktober 1897.

Es ist etwas Sonderbares um ein Krankenbett. Die Welt in seinem Bereich ist verändert. Nachdem ich vor Kurzem bei Marcus davon Zeuge gewesen bin, alsdann die Aura erlebt habe, die um das Schmerzenslager des kranken Hiob gewaltig ist, sitze ich nun öfter am Bett einer leidenden Frau, dem der Frau Lydia, Anjas Mutter.

Es besteht keine Gefahr, dass Anja diese Zeilen zu Gesicht bekommt. Den ganzen Ernst des Zustandes nämlich, in dem sich ihre Mutter befindet, kennt sie noch nicht. Freund Hüttenrauch hat sie untersucht und eine Wucherung irgendwo in der Magengegend festgestellt, die zum Tode führen muss. Er sagte es mir, ließ aber einstweilen die Familie Anjas im ungewissen.

Es ist der Gang der Natur, wenn eine Mutter von ihren Kindern, vom Leben scheiden muss. Frau Lydia aber ist kaum sechzig Jahr. Ohne das tückische Übel, das sie befallen hat, könnte sie noch Jahrzehnte leben, umso mehr, da man in ihrer Familie langlebig ist. Ihre Mutter ist wenig vor dem hundertsten Lebensjahr gestorben.

Noch vor Kurzem glich Frau Lydia einer schönen, stolzen, ebenmäßig gebauten Römerin, noch kündete sich die Matrone nicht an. Auch jetzt scheint sie eine Frau, deren Lebenskraft unzeitig gebrochen werden soll.

Anjas Bruder und auch sie selbst ahnen vielleicht das von Hüttenrauch Unausgesprochene. Dass die Kranke selbst den schlimmsten Ausgang ins Auge fasst, ist nicht zweifelhaft. Der Blick würde es sagen, womit sie manchmal in meinem verweilt, aber es klingt auch aus ihren Worten. Es kann am Ende nur diesen Sinn haben, wenn sie von ihrer nahen großen Reise spricht. Und schließlich hat sie Anja unzweideutig erklärt: »Jetzt, wo ich mit deinem Freunde auf guten Fuß komme, ihn kennenlerne und gern habe, ist es aus, und ich muss fort.«

Was um solche Krankenbetten am schwersten ertragen wird, ist jene Entbundenheit des Gefühlslebens, die uns kaum mehr denken, sondern immer nur fühlen, fühlen lässt. Eine so spröde, herbe und tapfere Natur selbst wie Anja ist dem fortwährenden Überfluten durch Gefühle und wieder Gefühle willenlos preisgegeben. Sie lacht, wenn sie weint, und weint, wenn sie lacht. Liebe, Mitleid, Trennungsweh, Angst vor dem nahen Unbekannten, Bewusstsein des drohenden schwersten Augenblicks durchdringen einander und lösen sich voneinander. Auch überträgt sich das Kranksein des Kranken auf die sorgenden Seelen, die um ihn sind. Die fremdartig peinvollen Fantasien seines fiebernden Hirns, seiner marternden Schwäche übertragen sich. Der Wirbel wird auch den Helfern spürbar und gefährlich, und es ist, als wolle er sie in den Abgrund ziehn.

Die Quellader der Kindesliebe ist bei Anja angeschlagen und, man möchte sagen, verblutet sich. Alles strömt jetzt der Mutter zu, bis zur Ausgewundenheit. Wir wissen, dass dieses feierlich wehe Geschehen ein typisches ist: Es bestehen, mit Würde und Treue bestehen, und andererseits es überstehen ist wiederum eine der unumgänglichsten Aufgaben. Wir sind alle unter dem Eindruck einer überkommenen, heiligen Menschenpflicht, die wir als etwas Selbstverständliches hinnehmen, obgleich wir bisher noch nie zu ihrem und einem ähnlichen Dienst gebraucht wurden: dem beizustehen, der dem ungeheuren Augenblick der Trennung vom Dasein entgegengeht. Dieses Geschehnis ist so groß, dass alles andere daneben nichtig wird. Solange der mystische Dienst daran im Gange bleibt, ist man mit allen Ansprüchen profanen Daseins ausgeschlossen. Kaum wage ich Anja anzurühren, als wäre sie eine Priesterin.

In der Pflege und Sorge um ihre Mutter, ob sie mir gleich wenig Zeit von ihrer Zeit widmen kann, vergisst mich Anja trotzdem nicht. Ich erhalte Nachrichten, Briefe, Zettel. Neben der Emsigkeit in der Pflege der Sterbenden geht eine gleiche Emsigkeit im Dienst unserer Liebe her. Und zwar in der Form, die unter solchen Umständen möglich ist. Wie doch die Schrift und das schriftliche Wort eines leidenschaftlich geliebten Menschen zauberhaft und verzaubernd ist! Stundenweise wird das öde Zimmer meiner Pension, in dem ich vereinsamt und harrend sitze, durch ein Stückchen Papier und einige Bleistiftstriche darauf in eine leuchtende Camera mystica verwandelt, in der die Geliebte gegenwärtig ist und meine ganze Seele besitzt.

Grünthal, am 19. Dezember 1897.
Was ist das? Ich bin allein. Es ist nachts zwölf Uhr genau, und ich bin allein. Wo bin ich allein? Draußen ist eine glitzernde Stille. Weite, bläuliche Schneeflächen liegen unterm Mond. Es ist Vollmond, der Himmel rein, die bekannte Kuppel auf die alte Weise mit Sternbildern und Milchstraße ausgeziert.

Ich bin in Grünthal. Heute Morgen war ich noch in Berlin, sah Anja und ihre kranke Mutter. Nun sitze ich hier in der Einsamkeit meines alten Studierzimmers. Was sonst noch das Haus mit mir teilt, ist schlafen gegangen oder eben dabei. Noch knistern zuweilen die alten Rohrdecken.

Sonst aber ist alles Stille, außerhalb der Fenster alles lautloser, mächtiger, einsamer Glanz. Die Uhr steht still. Welcher Gegensatz zu Berlin!

Die Dezembertage vor drei Jahren, jene schicksalhafte Zeit, jene Lebenswende steht vor mir. Sind seitdem wirklich nicht mehr als drei Jahre hingegangen? Was hat« ich alles weniger äußerlich als innen erlebt in so kurzer Zeit!

Da! Fliegen da nicht im Mondschein Fetzen verkohlten Papiers, Reste von Briefumschlägen und Briefen herum, von unsichtbaren Hauchen bewegt? Das einstige Autodafé, das sich in die Schneefläche einbrannte, hat noch immer nicht seine Arbeit ganz getan und scheinbar allerlei Unverbrennliches übriggelassen.

Ist man von Leidenschaften, den damit verbundenen Kämpfen, Sorgen und Gefahren wachgehalten, so dehnt sich die Zeit. Es ist wie mit einer Nacht, die dem gesunden Schläfer eigentlich einen Augenblick, nachdem er sich niedergelegt, zu Ende ist, dem Schlaflosen aber wie ein endloser Zeitraum, erfüllt mit peinvollem Wahnsinn, erscheint.

Melitta ist hier, die Kinder sind hier, wir wollen Weihnachten zusammen feiern. Es besteht diesmal keine Gefahr, wie vor drei Jahren um die gleiche Zeit, ich könne noch vor dem Fest davongehen.

Auch Marcus, seine Caroline und ihre Kinder sind hier. Ich habe diesen Familientag vor einigen Wochen beschlossen, in die Wege geleitet und nun zustande gebracht. Ich wollte, dass Vater und Marcus sich versöhnen, ich wollte beiden und allen Beteiligten eine Freude machen. Die ausgeglichene Güte des kranken Marcus hat überdies bewirkt, dass ich selbst meinem Herzen nachgeben und beiseitesetzen konnte, was ich mit Julius und Lore Bittres erlebt habe.

Marcus hat Vater und Mutter in Schlierke besucht, Vater hat ihn wiedergesehen. Alle waren erschüttert und tief gerührt, sie umarmten sich unter Tränen. Von Konflikten kann angesichts des veränderten Bildes, das der kranke Marcus bietet, nicht mehr die Rede sein.

Das kleine Berghaus ist bis unters Dach mit Besuchern vollgepackt. Hüttenrauch ist mit Marcus, gleichsam als Leibarzt, gekommen. Er hat seine Frau, eine Schweizerin, mitgebracht. Und so müssen Sofas, auf die Erde gelegte Matratzen und anderes als Schlafgelegenheiten herhalten.

Gleich als Marcus aus seinen Decken und Pelzen geschält worden war und das Haus betrat, wurde Doktor Hüttenrauchs Hilfe nötig. Die

Tagereise von Hamburg, die Erregungen des Wiedersehens, die dünne, stählerne Bergesluft fielen ihm aufs Herz. Durch eine Tasse giftschwarzen Kaffees kam es wieder ins Gleichgewicht.

Wie gesagt, ich sitze allein. Wenn ich mich in meinem Studierzimmer umsehe, wo alles, Bücher, Abgüsse nach Antiken, Stehpult, Teppich, noch seine alten Plätze hat, könnte ich recht gut meinen, dass die letzten drei Jahre nichts geschehen und alles beim Alten geblieben sei. Die Empfindung der Traumhaftigkeit allen Lebens drängt sich in solcher Stunde auf.

Was ist der eigentliche, heimliche Sinn dieses Familientages? Er schwebte mir vor als ein Abschiedsfest. Innere Trennungen sind vorhanden und werden sich weiten. Äußere und innere Trennungen stehen nahe bevor. Wie der Blick auf Marcus, der Blick auf die alten Eltern zeigt, Trennungen von solcher Art, die nur Kinderglaube zu überwinden hoffen mag. Aber gerade darum wollte ich alle noch einmal in Liebe, Freundschaft und Freude festlich vereinen, bevor das Bindeband reißt.

So gefasst, ist dieses begonnene Fest unter unendlich vielen sogenannten Festen das einzige wahre und wirkliche.

Im Hausflur stehen drei große Kisten, jede einige Zentner schwer. Den Inhalt habe ich in verschiedenen Delikatessgeschäften der Potsdamer und der Französischen Straße zusammen mit Anja ausgesucht. Das Haus liegt einsam: Ich wollte, dass wir in jeder Beziehung gut versorgt und verproviantiert wären und sich die Mühen des Wirtschaftens dadurch vereinfachten. Welche Erleichterung ist es für mich, dass Anja so klug und fern von allem hysterischen Wesen ist. Alle diese guten Dinge, Prager Schinken, Pasteten, feine Wurstwaren, Gemüse, Kaviar, Mirabellenbüchsen, Weine, Liköre, Punschessenzen, waren ja schließlich für Festlichkeiten bestimmt, die sie nicht mitmachte. Ihre eigene Mutter liegt krank auf den Tod. Wenn ich trotzdem dergleichen Feste durchführte, war es nicht eigentlich kalt und gefühllos von mir? Und lag es nicht nahe, einen Beweis für meine Verwurzelung in der Familie, für eine unüberwindliche Neigung nach der ihr feindlichen Seite zu sehen? Aber weder ein Vorwurf noch auch nur ein Wort des Nichtverstehens, des Befremdens über das, was ich unternahm, ist über ihre Lippen gekommen. Sie wählte aus, sie stellte zusammen, sie ermutigte, wo ich zweifelte, es konnte alles gar nicht reichlich und üppig genug für uns sein. Wenn ich mir dagegen die Gefühle vorstelle, die ihrem unbefangen vernünftigen Wohlwollen in einem ähnlichen Falle antworten würden!

Wie stark, wie stark ist in dieser Stille und an diesem Ort mein allgemeines Liebesgefühl! Immer wieder habe ich mit Erschütterung dieses »Seid umschlungen, Millionen!« der Neunten Sinfonie gehört. Auch in solche Weiten ist hier mein Herz geweitet. Das aber, was ich wirklich umschlinge und in dieser stillen Stunde an meiner Brust, in meinem Herzen vereine, hat eine andre naturgegebene Wirklichkeit. Da ist mein Weib, da sind meine Kinder, da sind meine Brüder, da sind meine Neffen und Nichten, da ist mein Vater und meine Mutter, da ist Hüttenrauch, mein Freund. Und über dem allem schwebt, schwebt: über den Sternen, unter den Sternen der Winternacht – es ist nicht zu ändern – die süße Geliebte!

Grünthal, am 22. Dezember 1897.

Es kommt mir vor, als wären wir alle in einem Zustand krankhaften Nervenlebens. Er ist dem ähnlich, welcher eintritt, wenn man sich etwa zu ungewöhnlicher Stunde nachts wecken lassen muss und sich erhoben hat, um eine Reise anzutreten oder irgendeiner Pflicht zu genügen. Die bekannte Umgebung, alles im Hause und außer dem Hause, bekommt dann ein anderes Gesicht. Auch die Menschen bekommen ein anderes Gesicht. So ungewöhnlich ist der Zustand unseres Zusammenseins.

Äußerlich geht es zu wie etwa in einer kleinen Schweizer Pension. Wir essen an einer gemeinsamen Tafel, das heißt, Bruder Julius und seine Frau, die ja das Haus jetzt allein bewohnen, wirtschaften der Einfachheit halber nicht abgesondert. Die Kinder tummeln sich draußen im Schnee auf Schlitten und Schneeschuhen. Gestern haben Melitta und ich mit dem Ehepaar Hüttenrauch eine Bergpartie gemacht und sind von der bekannten Neuen Baude auf Kammhöhe wie üblich im sausenden Tempo zu Tale gerodelt.

Heute, am Mittwoch, war Festtafel. Die Eltern hatten sich angesagt, da sie Weihnachten und Silvester in aller Stille zu Hause verbringen wollen. Vater fürchtet die Aufregung.

Die Festtafel gegen zwei Uhr mittags hatte einen stillen, gewissermaßen gedämpften Verlauf. Die alten Unstimmigkeiten zwischen Vater und Marcus, die ja doch mit den Lebensereignissen der letzten Jahre innig verflochten sind, durften nicht berührt werden, und so war der

Gesprächsstoffzusammengeschmolzen. Die Wintersonne schien übrigens auf den Tisch, und der Weißwein funkelte in den Römern.

Leider können sich Julius und Lore nicht von einer gewissen Gekniffenheit frei machen. Es kommt mir vor, als ob sie das, was sie zwar mitgenießen, doch mit scheelen Augen betrachten, soweit ich nämlich der Urheber bin. Obgleich das Grünthaler Häuschen mir gehört, kommt ihnen meine Verfügung darüber wahrscheinlich wie ein unerlaubter Eingriff vor. Mehr freilich als Idee denn als Auswirkung. Nur hätte sie statt von mir von Julius und Lore ausgehen, ins Werk gesetzt und durchgeführt werden sollen. Es scheint ihnen peinlich, statt Gastgeber, unter den Geladenen zu sein.

Wenn mich das nun freilich betrübt, so soll es mir doch nicht die Freude verderben an dem, was geschehen ist. Es gewährt mir tiefe Genugtuung. Viele warme Händedrücke von Vater, Mutter, Marcus, Caroline und auch von Melitta sagen mir, dass ich das Rechte getroffen habe. Marcus genießt die Tage trotz seines Leidens mit einer breiten, philosophischen Sorglosigkeit. Man fühlt ihm an, welche Last ihm durch die Versöhnung mit Vater und durch die Aufhebung seiner Vereinsamung von der Brust genommen ist. –

Frau Lydia, wie mir Anja schreibt, ist ins Krankenhaus überführt worden, wo sie operiert werden soll. »Da wird eben noch, bevor sie stirbt, ein Chirurg fünfhundert Mark verdienen!«, sagt, nachdem er es erfahren, Hüttenrauch.

Ich hatte heut einen schlechten Traum. Gegen das Haus, in dem wir wohnen, rückten im Mondschein von allen Seiten Skorpione an. Man durfte den Fuß nicht aus der Tür setzen.

Grünthal, am 27. Dezember 1897.

Es ist gegen 11 Uhr vormittags. Gestern bin ich spät schlafen gegangen. Der übrige Teil der Nacht wurde recht lang durch Schlaflosigkeit und mehrere alpdruckhafte Beängstigungen, mit denen ich nach längeren oder kürzeren Zeitspannen beim Erwachen zu ringen hatte. An solchen Zuständen leide ich. Man kann nicht erwachen, man ist gelähmt, halb bewusst gelähmt. Man schreit, von einem Traumbild beängstigt oder nur deshalb, weil man gelähmt ist und nicht erwachen kann. Es würde schwer sein, die Fälle solcher Alpängste zusammenzuzählen, die ich erleiden musste. Sie scheinen Rückstände keineswegs freundlicher Erlebnisse aus anderen, früheren Entwicklungsstufen unserer Art zu sein und sind keine angenehme Zugabe.

Das Haus ist leer. Man tummelt sich allgemein draußen im Schnee. Selbst Marcus ist in einen sogenannten Hörnerschlitten gesetzt worden, der durch die strahlende Winterlandschaft von einem Gaule gezogen wird. Ich aber habe mich in mein Zimmer eingeschlossen.

Es ist wieder eine Art Alp, der trotz des Wachens immer noch auf mir liegt und mit dem ich einsam ringen, von dem ich mich befreien muss.

Die Spannung in der Atmosphäre dieser seltsamen Woche steigert sich. Die Räume des Hauses scheinen Akkumulatoren, seine erwachsenen Bewohner Batterien zu sein. Dieses Zusammenziehen eines schon auseinandergelebten Familienkreises drängt vielleicht naturgemäß zur Explosion.

Ich bin erregt. Gerade deshalb aber ist ein kühler und klarer Kopf notwendig, wenn ich der Sache Herr werden und unbefangen wieder unter die Meinen treten will.

Die echte Familie ist und bleibt ein sehr kompliziertes Ding, eines, das man mit äußerster Vorsicht behandeln muss. Es stellt sich freundlich und harmlos dar, sofern man der Übereinkunft genügt, was es verschließt, nicht aufzustören. Wenn man Seelisches mit Materiellem vergleichen will, so mag man an die halkyonische Ruhe und Heiterkeit des Meeres denken, das so Fürchterliches verbirgt.

Es überkommen mich Taucherneigungen.

Aber der Mensch versuche die Götter nicht und begehre nimmer und nimmer zu schauen, was sie gnädig bedecken mit Nacht und Grauen. Ein moderner Kyniker, der behaupten würde, auf Gewohnheit und Selbstsucht, keineswegs auf Liebe beruhe Familienzusammenhang, würde durchaus nicht immer recht behalten, in den meisten Fällen sicherlich. Wären diese erzenen Bindungen nicht so stark, sie könnten die zerstörenden Zentrifugalkräfte nicht in Grenzen halten, Kräfte, unter die Neid, Überhebung, Abneigung des allzu Verwandten und allzu Bekannten und schließlich der Hass zu rechnen sind, Hass, in den sich ja Liebe so leicht verwandelt.

Will man mit seiner Familie leben, so bedarf es einer gewissen Oberflächlichkeit. Weder darf das Auge noch die innere Vorstellung noch der Gedanke noch das Gefühl allzu tief in sie eindringen. Kinder könnten von einem ungefähren Blick in die Seele gewisser Väter oder

Mütter den Tod davontragen. Väter könnten dabei, besonders wenn sie Besitz zu hinterlassen haben, denselben, nämlich ihren eigenen Tod, in den mörderischen Augen und Gedanken ihrer Söhne sitzen sehen. Seltsame Dinge könnte entdecken, wer sich über das Verhältnis zwischen Müttern und Töchtern unterrichten will. Und Bruderhass ist ein Hass, gleichsam ein Amalgam aus Liebe und Hass, der in seiner ausgesuchten Furchtbarkeit unter die besterfundenen Martern der Hölle zu rechnen ist.

Vielleicht ist es gar nicht die Ehrsucht in Julius, die ihn auf dem Wege des Bruderhasses vorwärtstreibt. Stecken nicht öfters Frauen dahinter? Ist es vielleicht nur Lore, die mir meine äußere Geltung, meinen wachsenden äußeren Wohlstand nicht verzeiht? Wären wir beide unbeweibt, ein Vorfall wie gestern wäre gewiss nicht eingetreten.

Nachdem es nun aber geschehen ist, nachdem ich dies Urteil über die verborgene Substanz der Familie ausgesprochen habe, kann ich nun eigentlich wieder mit ihr, in ihr heiter und harmlos sein?

Weil ich es sein will, werde ich es sein. Alle diese Menschen, auch innerhalb der Familie, sind schließlich Leidende. Ihr Menschentum haben sie nicht gewählt, und irgendein Drang nach dem Höheren, Besseren steckt noch in allen selbstischen Strebungen. Zwar verdüstert sich weiter das allgemeine Familienbild, wenn ich die unsichtbaren Risse betrachte, durch welche die einzelnen, scheinbar verbundenen Paare tatsächlich geschieden sind. Ich beiße die Zähne zusammen, wenn ich es hinschreibe. Mein vierundsiebzig Jahre alter Vater hat noch vor anderthalb Jahren meiner Schwester im Geheimen die Absicht, sich von meiner Mutter zu trennen, ausgesprochen: ein Gedanke, der einem Sohne unfassbar ist. Und doch klafft derselbe viel breitere Riss, ein Spalt, ein Abgrund, zwischen Melitta und mir, und die Kinder haben damit zu rechnen. – Und mitunter hört man das Gras wachsen! Ich höre das Gras wachsen, das sich über dem Grabe der Ehe Lores mit Julius ausbreiten wird. Die Zerwürfnisse sprechen bereits ihre Sprache. Und endlich sehe ich den sich immer erweiternden Riss zwischen dem Ehepaar Hüttenrauch. Hüttenrauchs Frau versteht sich nicht mit seiner Mutter, die ein armes, von Geistesschwäche befallenes Weibchen ist. Die Mutter soll fort. Aber Hüttenrauch will sie nicht von sich lassen. Deswegen werden sie eines nahen Tages ganz gewiss auseinandergehn.

Also – es knackt, knallt, kracht überall in dem engverbundenen Familien- und Freundesraum, wie in den Möbeln eines erwärmten Zimmers, wenn die Winterkälte, der kristallklare Atem des Todes, hereingelassen wird.

Was war es eigentlich, was gestern zu diesem wüsten Tumult beim Abendessen den Anlass gab?

Mann mit zugeknöpften Taschen,
Dir tut niemand was zulieb:
Hand wird nur von Hand gewaschen;
Wenn du nehmen willst, so gib!

Diese Verse von Goethe waren die schuldig-schuldlose Ursache.

Es geht immer sehr lebhaft zu bei Tisch. Gestern saßen wir zehn Personen an der Tafel, da meine Schwester gekommen und der Lehrer des Ortes eingeladen war. Wir Brüder sind Leute, welche einander keine Ruhe geben und zu einer behaglichen, inhaltslosen Unterhaltung nicht fähig sind. Wir leiden alle drei an Einfällen, sprechen nur wirklich Gedachtes, meist augenblicks erst Gefundenes, und zwar lebhaft, aus. Es wird gestritten: Wir kämpfen für unsere Behauptungen. Wir tun es nicht lau, sondern meistens mit Heftigkeit. Unter uns Brüdern ist Julius der heftigste, aber man ist daran gewöhnt. Marcus ist eine Vollnatur, breiter, überlegener, ruhiger, aber viel gefährlicher als Julius, wenn einmal, wie die Kellnergeschichte beweist, der Jähzorn über ihn kommt. Gestern verbreitete sich das Gespräch über Pädagogik, Naturwissenschaften, Literatur, Anarchie, Sozialismus und Militär, kurzum, die Stimmung war angeregt, unsere neun Kinder an ihrem Tisch im Nebenzimmer aßen, lärmten und amüsierten sich, der Einklang ließ nichts zu wünschen übrig, trotz ziemlich geräuschvoller Vielstimmigkeit.

Ich saß an einer der Schmalseiten der Tafel. Beim Platznehmen hatte Marcus übermütiger- und unvorsichtigerweise laut gesagt: »Titus« – das ist meine Wenigkeit –, »steige auf deinen Präsidentensitz!« Obgleich ich den Fauxpas, da ich die automatische Wirkung eines solchen Wortes auf Julius kenne, nach Kräften zu vertuschen suchte, war es nicht mehr zu verhindern, dass Julius blass, sein heiteres Lächeln starr wurde, dass er sich schweigend niedersetzte und, gleichsam abwesend, mehrmals mit der Hand über den rotblonden Schnurrbart und das dürftige Ziegenbärtchen fuhr. Dann blickte er abwechselnd, unter Innehaltung einer betonten Schweigsamkeit, an seiner Umgebung unbeteilig, die Decke oder Lore an und kaute an seinen langen Bartenden, die er zu diesem Zweck zwischen die Lippen strich.

Dieses Verhalten kenne ich. Es ließ durchaus nichts Gutes vermuten.

Immerhin, nach dem Fisch schien die Sache so ziemlich vergessen zu sein. Hatte ich mich nun, um dieses Ziel zu erreichen, zu lebhaft gezeigt und dadurch Öl in die Lampe seines Ärgers gegossen, jedenfalls trat er nach dem Braten zu allem und jedem, was ich sagte, in die entschiedenste Opposition. Ich will nicht behaupten, dass er mit vollem Bewusstsein Streit suchte. Er ist nun einmal der ältere Bruder, der gewöhnt war, schon als Knabe von höherer Stelle auf mich herabzusehen, wenn er mich auch zu fördern suchte. Meine führende Rolle in diesen Tagen, wie gesagt, wurmte ihn. Es traf seine allerempfindlichste Stelle, als ich nun noch äußerlich, wenn auch nur im Scherz, zum Präsidenten proklamiert wurde. Die Sache war auf die Spitze getrieben, es konnte so nicht weitergehen.

Kurz und gut, Julius rieb sich nach jeder Behauptung, die ich tat, nach jedem Satz, jedem Worte an mir, nichts, aber auch gar nichts wollte er gelten lassen. Ich fühlte natürlich genau, wo es hinauswollte. Julius wollte beweisen, wollte es sozusagen ad oculos demonstrieren, dass er noch immer der Überlegene, dass er und nicht ich der »Präsident« dieses Kreises war.

Stets neigte Julius zur Gewaltsamkeit. Seine geistige Gewandtheit erlaubte ihm, sich für seine Willkürakte eine moralische Begründung zurechtzumachen. Sein ganzes Verhalten gestern bei Tisch ging schließlich auf einen großen Willkürakt, auf eine unantastbare Feststellung seiner alten Macht hinaus. Von Fall zu Fall wurde er diktatorischer. Als ich einen meiner Jungens zurechtweisen musste, wies er seinerseits vor dem Jungen den Vater, das heißt mich selbst zurecht und wurde nur immer angriffslustiger, als ich ihn darauf aufmerksam machte, dass er meine Autorität vor dem Kinde herabsetze. Die Spannung hatte bei diesem Vorgang bereits einen hohen Grad erreicht, und besonders der Gast und freundliche Lehrer des Ortes wusste nicht recht mehr, wie er es anstellen sollte, damit er nach Möglichkeit unbeteiligt, ja ungegenwärtig erschien.

Der Ton, womit Julius mich vor meinen Kindern abkanzelte, genügte noch nicht, so aufreizend, so unmöglich er war, um die Katastrophe herbeizuführen. Ich verlor meine Selbstbeherrschung nicht. Dies ist für den Unbeherrschten sehr aufreizend. Ich schickte den Jungen, der schließlich doch mehr dem Vater als dem Onkel gehorchte, zurück an den Kindertisch, wodurch sich Julius' Verwundung vertiefte, und nahm einen Anlauf, den Tafelfreuden und der geselligen Heiterkeit wieder zu ihrem Recht zu verhelfen.

Ich weiß nicht mehr, wo das Gespräch sich nun hinwandte. Ich versuchte Marcus aufzuheitern, der während der peinlichen Szene geschwiegen, aber auf eine mir Sorge machende Art und Weise mehrmals die Farbe gewechselt hatte. Dies glückte mir auch nach einiger Zeit. Die allgemeine Unterhaltung bewegte sich bald wieder in den Bahnen der Harmlosigkeit, wenn sich auch Julius daran nicht beteiligte. Der Lehrer erzählte Melitta alte Geschichten, die er in den Stunden mit ihren und meinen Kindern erlebt hatte. Die Kinder tumultuierten wie vorher. Plötzlich kreiste irgendein Gespräch um Goethe herum und, Gott weiß es, in welchem Zusammenhang, zitierte ich die bereits oben notierten Worte:

Mann mit zugeknöpften Taschen,
Dir tut niemand was zulieb:
Hand wird nur von Hand gewaschen;
Wenn du nehmen willst, so gib!

Als ich, wieder völlig bei guter Laune, von der Leber weg diese Verse gesprochen hatte, sprang Julius auf, riss dabei die Decke beinah vom Tisch, so dass mehrere Gläser in Scherben gingen, schrie zwei- oder dreimal die Worte zu mir herüber: »Pfui, schäme dich!«, und war in der nächsten Sekunde verschwunden. Dass seinem Bruder Marcus eine solche Szene im Augenblick todbringend sein konnte, daran dachte er nicht.

Eine Grabesstille war eingetreten.

Als diese Grabesstille kaum empfunden worden war, erhob sich meine Schwägerin Lore vom Tisch, zerknüllte die Serviette, warf sie zur Erde und entfernte sich, den Stuhl dabei umstoßend, nachdem sie, allerdings nur ein einziges Mal, auf das Allerheftigste »Pfui!« gesagt hatte.

Die Grabesstille trat nochmals ein.

Was nun geschah, war den Zurückbleibenden doppelt unverständlich. Frau Hüttenrauch nämlich erhob sich schweigend vom Tisch und folgte den beiden auf brüske Weise. Marcus' bärtiger Pflanzerkopf blähte im Atmungsbedürfnis die Backen, er schien wie mit Kalkmilch bestrichen zu sein.

Ich erhob mich und wollte zu reden beginnen. Da stürzte, völlig bewusstlos vor Wut, Julius wieder herein.

Auf die nun folgende Art und Weise suchte der Bruder meinem Charakter gerecht zu werden. Er durchschaue mich wohl, sagte er. Alles, was ich tue, diese ganze Veranstaltung, sei aus den nichtswürdigsten, nichtsnutzigsten und schmutzigsten Beweggründen hervorgegangen. Ich sei durch und durch schmutzig, korrupt und durch meine Gelderfolge verdorben. Ich möge nur nicht den Irrtum begehen, mir meine erbärmlichen Spielgewinste als Verdienst anzurechnen. Der Zufall, schrie er, der bloße Zufall habe mir die Pfennige in die Taschen getan, mit denen ich jetzt wie ein Hansnarr, ein Hanswurst, ein Jahrmarktsbudenbesitzer, ein Marktschreier, ein Tapezierlehrling tagaus, tagein herumklimpere. Ob ich wohl glaube, dass diese paar Kisten voll Fresserei ihn zum Parasiten, zum armen Verwandten, zum Mitesser herabwürdigen könnten, der sich von mir nach meinem Belieben hinter die Ohren schlagen und abwechselnd vor den Bauch und in den Hintern treten lasse. »Behalt dir deine Würste! Behalt dir deine Pasteten! Behalt dir deinen verfluchten Kaviar!«, brüllte er. »Eher sterbe ich Hungers, als dass ich mich noch weiter von dir mit Almosenspeise versehen, von dir regalieren und dafür malträtieren lasse! Ich will dir sagen, wenn du es noch nicht weißt, was du bist: ein Gernegroß! Eine Null! Ein Nichts! Was du weißt und kannst, habe ich, nur ich dir eingetrichtert. Ich muss dir das sagen, du musst das hören, du musst dir das klarmachen, damit du nicht in die Versuchung kommst, dich, durch eine falsche Vorstellung von dir selbst, etwa noch blöder und dümmer zu machen. Mir steht es zu, alles steht mir zu, alles und alles ist mein und ganz allein mein, was du dir in deinem lächerlichen und kindischen Dünkel anmaßest.«

Unter einem solchen Hagel von bösartigem Unsinn, von blinder Wut steht man wie unter einer Naturgewalt, und solche ist nicht zu widerlegen. Man sieht einen Zustand von Besessenheit und glaubt an die Herrschaft wilder Dämonen. Schließlich sind wir ja auch in den sogenannten Zwölf Nächten. Waren etwa die Skorpione, die ich im Traume sah, wie sie von allen Seiten gegen das Haus herankrochen, jene verkappten, tückischen Unholde, die uns hernach aneinanderhetzten? In den Zwölf Nächten, heißt es, walten sie frei. Nun böse Geister, einstmals Götter, sind ihnen christliche Häuser von Weihnachten bis zum Hahnenschrei des sechsten Januar sozusagen freigegeben. Mit Wacholder haben wir nicht geräuchert. Einen Zauberschutz gegen dieses Gelichter von Hexen und Kobolden haben wir nicht ums Haus gelegt. Unkirchlich, wie wir sind, haben wir Kruzifixe, um sie zu vertreiben, nicht hier. Es gelang ihnen jedenfalls, unsere Familien- und Festgemeinschaft dermaßen zu umnachten und zu verwirren, dass ein Ende mit Schrecken nur wie durch ein Wunder vermieden ward.

Marcus, der bis dahin alles in sich hineingewürgt hatte, stand plötzlich wie ein Verstorbener da. Und was er hervorstieß, was er und wie er schrie, das war von der Art, dass uns allen das Blut in den Adern gerinnen wollte. Hier wäre die Grenze! Das ginge zu weit! Julius habe ihm allerdings viel Gutes getan, aber das käme hier nicht infrage. Hier überschreite er, Julius, alle Grenzen der Denkbarkeit und des möglicherweise noch Erduldbaren. Mit einem Schlage vernichte er in ihm, Marcus, alle Gefühle und Verpflichtungen zur Dankbarkeit. Dies Betragen sei so, sagte er, dass der Mann, der es sich erlaube, in eine verschlossene Zelle mit den dicksten Eisenstäben statt der Fenster hineingehöre. Für dieses Betragen rechtfertige sich kein noch so bescheidener Versuch zur Entschuldigung. Er habe mit solchen Leuten nichts zu tun und bitte, ihn nicht mehr zu inkommodieren.

Da er wankte, lief alles herzu, voran der völlig niedergedonnerte Julius, ihn zu stützen. Man gab ihm recht, man beruhigte ihn, Hüttenrauch rief nach schwarzem Kaffee, Melitta weinte, die heulenden Jüngsten wurden von Lore besänftigt und hinausgeführt, der Lehrer versuchte, ohne beachtet zu werden, sich von den Damen des Hauses zu verabschieden. Als sich die Tür hinter Marcus geschlossen hatte, hörte ich, der ich auf meinem Platz geblieben war, wie ihn auf dem Flur ein Asthmaanfall überkam, und erkannte, dass er noch immer alle helfenden Hände von sich stieß. Julius wurde durch die wieder geöffnete Tür von Hüttenrauch zurückgedrückt, und ich muss gestehen, dass der bittere Gallengeschmack, der mir in die Kehle stieg, als ich den nun so veränderten, nun so bestürzten, kleinlaut gewordenen Bruder wiedersah, dessen Unbeherrschtheit ihn vielleicht zu Marcus' Mörder gemacht hatte, nichts zu wünschen übrigließ. Dieses Schlimmste, Gott sei Dank, ist ihm erspart geblieben.

Ich höre Schellen. Der Schlitten meines Bruders Marcus hält vor der Tür. Hüttenrauch hat nachts über in seinem Zimmer geschlafen. Es ist nebenan. Es gab Gelauf, es wurde gesprochen, dem Patienten wurden Medikamente eingeflößt. Aber heut Morgen schien die Gefahr vorüber, der Anfall überwunden zu sein. »Was mich betrifft«, sagte Hüttenrauch, »ich hatte erwartet, es wäre das Ende. Doch hat er's dieses Mal noch geschafft. Unmittelbare Lebensgefahr besteht nicht mehr.«

Marcus selbst ist bei guter Laune. Auf den gestrigen Vorfall hat er nur mit zwei Worten Bezug genommen, als er ins Frühstückszimmer geführt wurde: »Kinder, ich habe nun mal eine Ochsennatur!«

»Es war ein Mann im Lande Uz ...«

Grünthal, am 29. Dezember 1897.

Das Wetter ist gleichmäßig kalt und klar. Wenn ich in den Schnee hinaustrete, in die blendende Helligkeit, so ist mir doch anders zumute als in weniger mit Schicksalsbewusstheit belasteten Zeiten. Die Sonne ist uns ja wohl zu einer selbstverständlichen Erscheinung geworden. Zuweilen, und so auch in diesen Tagen, erfasse ich sie als einen am Tage scheinenden Stern, ja eigentlich als Kometen, dessen Kopf nur sichtbar ist.

Und wenn ich das noch immer gequälte Wesen meines Bruders Julius betrachte, so scheint es mir viel Saturnisches zu haben, wie mir denn unsre ganze Familie unter dem Einfluss des fernsten und merkwürdigsten aller Planeten, des Saturn, zu stehen scheint. Das allerschwerste, allertiefgründigste, allervielfältigste Menschenschicksal ergibt sich ja unter der Strahlung Saturns im Erleiden und Handeln gleich gewaltsam. Melancholie, Tränen, Verworrenheit sind unter ihm heimisch. Der humor melancholicus kommt von der Milz, die dem Saturn untersteht. Er schafft Träume, Träume, Träume, heitere Träume, schwermütige Träume, nichtige und solche, welche hellsehend sind. Julius hat sich von Jugend auf, so gesellig er im Übrigen scheint, gern von seiner Umgebung abgesondert. Auch jetzt, wo gesellige Berührung ja doch der Zweck dieser Familientage ist, ist Julius viel allein. Zu anderer Zeit als die anderen verlässt er das Haus, zu anderer kehrt er wieder heim. Selbst unbemerkt, sehe ich ihn oft mit der ihm eigenen Versonnenheit durch den Schnee dahinstapfen. Ich weiß, er bemerkt mich erst im letzten Augenblick, wenn ich ihm nachgehe oder entgegenkomme. Er ist dann zunächst immer freundlich zerstreut, und man kann es ihm jedes Mal anmerken, er werde es dankbar empfinden, wenn man ihn weiter sich selbst überließe. Sein Blick ist dann gleich wieder grüblerisch nach innen gekehrt, dort gibt es immer vieles zu schaffen.

Es ist das ganze, schwere, reiche, verworrene saturnische Erbe in ihm, was immer wieder der Ordnung und Schlichtung bedarf. Es sind diese Innengewalten, die zugleich äußere Mächte sind und sich dem inneren Blick nicht nur als immerwährende Gegenstände staunender Betrachtung darbieten, sondern auch, da es Naturkräfte sind, der Bezähmung, Begrenzung, Versöhnung und Harmonisierung bedürfen: – wenn sie ihr Gefäß nicht zersprengen sollen.

Ich habe vorgestern etwas gleichsam über das Haupt der Medusa niedergeschrieben, das unter dem Oberflächenleben einer Familie verborgen sein kann. Heute nenne ich es das Saturnische. Kein Wunder, dass man sich in den Tagen, da das Licht der Welt geboren ist (Lux crescit: Diese Formel findet sich in der christlichen Weihnachtspredigt, dem griechischen Kalender und in heidnischer Liturgie!), an astrale Verbundenheiten erinnert. Zogen doch noch vor wenigen Tagen die drei Könige, »Kaspar, Balzer, Melcher zart«, umher, die den Stern des Heilands gesehen haben und, von ihm geführt, das göttliche Kind in der Krippe vorfanden. Also nochmals: Saturn! Saturn! Ich verstehe meinen Bruder besser im Zeichen saturnischer Besessenheit als im Zeichen moderner Psychiatrie. Er, der mir immer, von der Hand des Dämons gezeichnet, zu irgendeinem großen Schicksal berufen schien, erlangt vor meinem Urteil als leidender Träger planetarer Einflüsse höhere Bedeutsamkeit. Eine solche Betrachtungsart macht ihn zu einem Gegenstand reiner Teilnahme. Das, was unpersönlich an ihm wird, weitet und, ich möchte sagen, heiligt seine Persönlichkeit und bringt alles andere in mir zum Schweigen außer einer liebevollen Verbundenheit. O dieses saturnische Mittelalter! Wie hat es den Menschen groß gemacht! Um seinetwillen und um ihn herum war das Weltall geschaffen, wodurch nun freilich der Mensch zum allzu schwachen Träger eines kosmischen Schicksals ausersehen ward. Das ist eine Last, die auch Atlas nur symbolisch zu tragen imstande ist. Dieses Schicksal, diese leidende Verbundenheit mit dem All musste die Erlöseridee gebären, die einen höheren Ausdruck als den uralten indischen niemals gefunden hat.

Immer wieder, wenn der Christbaum brennt, gibt es einen unaussprechlichen Augenblick. Es ist, als ob ein Erkenntnisorgan, das sonst nicht in Erscheinung tritt, uns im besonderen Licht einen einzigen kurzen Einblick gewährte. Nicht durch das Auge, durch das Gefühl. Und wenn man diese unbedingt mystische Erfahrung umschreiben will, so könnte man sagen, es sei ein gedankenschnelles Durchbrechen und Wiederverschwinden sonst unzugänglicher, außermenschlicher Zustände. –

Ich will meinem Bruder alles verzeihen. Wenn ich bedenke, wie ich ihn angesichts der Lichter des Weihnachtsbaumes ergriffen und leidend sah, wie er an sich und anderen trägt, wie er, bewusst und unbewusst, dem ganzen Menschenschicksal verhaftet ist, wie alles in ihm nach Erlösung schreit: für sich, für die anderen, für die Welt, wenn ich bedenke, zu welchen Höhen der Menschheitshoffnung der begeisterte Jüngling uns andere ehemals hinreißen konnte, welche kristallreine Lauterkeit im Wollen und Handeln ihn auszeichnete, so muss ich bekennen, dass ich, was sein Wollen und Ringen anbelangt, einem zweiten Menschen wie ihm nicht begegnet bin.

Es ist ja richtig, dass er den furchtbaren Ausbrüchen seiner Natur nicht mehr wie früher gewachsen ist. Der lichte Genius, der immer bei ihm die Führung wieder übernahm, verdichtet sich nicht mehr zur Sichtbarkeit. Seine Fackel, wenn er nicht gar vertrieben ist, hat die Leuchtkraft verloren. Nach einem Auftritt wie dem letzten würde Julius vor zehn Jahren Reue und Bedauern gezeigt und, soweit er mich betraf, mich durch Zurücknahme aller Beleidigungen versöhnt haben. Eine Regung der Art zeigt er heute nicht.

Aber wie gesagt: Er ist ein Gefäß für Mysterien, er kämpft einen nicht gewöhnlichen Kampf, er trägt ein nicht gewöhnliches Schicksal. Es sind finstere Dämonen, mit denen er zu kämpfen hat, und ein dauerndes schweres Ringen zeigt sich in jedem seiner Züge. Und wo er zurückstößt, ist es nicht vielleicht darum, weil die Welt allenthalben die tiefen Liebeskräfte seiner Seele zurückgestoßen hat? Kräfte, die allerdings von Reizbarkeiten aller Art umgeben sind. Habe ich ihm doch oft gesagt: »Julius, du bist wie ein Mensch ohne Haut. Berührt man dich nur, und geschähe es auch mit der äußersten Vorsicht, schreist du sofort wie ein Besessener.«

Grünthal, am 2. Januar 1898.

Es ist heute, am sogenannten zweiten Neujahrstag, eine gewisse Stille eingetreten. Die festlichen Hindernisse des Lebens liegen hinter uns. So merkwürdig inhaltsschwer und auch schön sie waren, sind sie doch einer Hügelkette nicht unähnlich, die nun überstiegen ist. Die Ebene des kommenden Jahres eröffnet sich.

Der Silvesterabend war doch wohl von allen erlebten der merkwürdigste. Selbst das grübelgrämliche Wesen meines Bruders Julius hatte einer heiter-ernsten Vertiefung Platz gemacht. Ein neues Jahr fängt ja schließlich mit jedem Tage an, und ein Blick in die Zukunft, die immer dunkel bleibt, drängt die gleichen Fragen auf und das gleiche Nachdenken. Dennoch weckt der Zeitpunkt, wo es in der Silvesternacht vom vereinsamten und verschneiten Kirchturm zwölfe schlägt, alles dieses viel tiefer auf.

Der Christbaum war mit frischen Lichtern besteckt worden und erhielt um Mitternacht nochmals seinen Weihnachtsglanz, während draußen Prosit-Neujahr-Rufe durch die verschneiten Täler hallten. Wir hielten die Kinder zum Singen an, wobei zwischen den sangesfrohen Vettern eine Art Wettstreit entstand, der, mit verschiedenen Soli ausgetragen, schließlich einen meiner Jungens, Willfried, die Palme erringen ließ. Er sang das Lied »O wie ist es kalt geworden ...«.

O wie ist es kalt geworden
Und so traurig, öd und leer!
Raue Winde wehn von Norden,
Und die Sonne scheint nicht mehr.
Schöner Frühling, komm doch wieder,
Lieber Frühling, komm doch bald,
Bring uns Blumen, Laub und Lieder,
Schmücke wieder Feld und Wald!

Die Stimme des Knaben ist von der Art, strömt eine solche Unschuld und Reinheit aus, dass sich unser aller Ergriffenheit bemächtigte. Es zuckte bedenklich um Marcus' Mund – wir hatten den armen Mann aus dem Lande Uz in einen alten Familienlehnstuhl gesetzt –, Julius drückte sich unauffällig ins Nebenzimmer, während ich selbst, unter dem verworrenen Zudrang von Gefühlen, nach Fassung rang. Was sieht, was fühlt, was fasst man nicht alles zusammen in einem solchen Augenblick, der schließlich im Mitleid mit allem und allen und nicht zuletzt mit sich selbst gipfelt.

Wir hatten, Hüttenrauch, Julius und ich, in einer bakchischen Raserei unser »Prosit Neujahr« wild in die sternklare Nacht hinausgeschrien.

Inzwischen kam der Christbaum in Brand, eine Bowle wurde zubereitet aus heißem Rotwein, in den man Zucker, zerschmolzen in brennendem Rum, tropfte. Dies brachte uns auf den Gedanken des Bleigießens. Der gläubige Unglaube, der uns beherrschte, ermöglichte uns diese Spielerei, trotz der gefährlichen Brüchigkeit unserer inneren Zustände. Es wurde sogleich nach Blei gesucht, eine Waschschüssel mit Wasser herzugetragen, dazu die nötigen Blechlöffel, und bald bewies das zischende Geräusch der im Wasser verschwindenden und erkaltenden Bleitropfen und das Gelächter der Kinder, dass der Orakelbetrieb im Gange war.

Aus dem tief Verharrenden dieser Tage waren alle nun plötzlich losgelöst, und auch die räumliche Gemeinschaft wurde bereits als Beengung empfunden. Jeder Gedanke drängte voll Ungeduld in die Zukunft der Zeit und des Raumes hinaus. Man konnte es gleichsam nicht ertragen, in der natürlichen und gegebenen Stufenfolge der Ereignisse sich langsam gegen das Neue hinzubewegen. Man zögerte nicht, den Dienst von Dämonen in Anspruch zu nehmen, den unsichtbaren Blitz ihrer jeden Raumes spottenden Flügelschläge, um Kommendes jetzt schon, wenigstens ahnungsweise, vorwegzunehmen. In ein wahres Fieber geriet der Rationalist und Atheist Hüttenrauch, so dass Julius und ich ihn deshalb hänselten.

Merkwürdig war in jedem Betracht die Geisterstunde von zwölf bis eins. Auch ohne das Bleigießen schienen mir die Schleier der Zukunft hinweggenommen. Dass Marcus am kommenden Silvester noch unter den Lebenden sein würde, war nicht anzunehmen. Und doch hatte ich ein Gefühl, er mache irgendwie die Umkehr aus tiefster Nacht zum Lichte mit, aus der Enge rings umschließender Finsterkeit in die weiten Gebiete kommenden Lichtes. Die Hüttenrauchs zeigten sich besonders erregt. Sie haben, da sie beide körperlich kräftig sind, die Gewohnheit, im Scherz zu boxen, ja miteinander zu ringen, wenn sie übermütig sind. Es geht dabei gar nicht weichlich zu, es kommt vielmehr darauf an, kräftige Püffe auszuteilen und ohne Mucksen zu erdulden. Wenn dabei auch der Rahmen einer scherzhaften Tollheit nicht überschritten wird, so gibt es doch Griffe und Blicke dabei, in denen der Ingrimm des Kampfes nicht nur etwas Gespieltes ist. Wir lachten viel über dieses Ringerpaar, ich freilich mit gemischten Gefühlen. Ein wahrer und tiefer Gegensatz verbarg sich, durch die Umstände einigermaßen verharscht, in dieser etwas gesuchten Saturnalie. Es war mehr als fraglich, ob ähnliche Kämpfe am nächsten Silvester noch stattfinden würden.

O wie ist es kalt geworden
Und so traurig, öd und leer!

Was mich betrifft, so regten sich in mir, ohne dass ich es jemand von meiner Umgebung ahnen ließ, weitesten Ausmaßes Feuerflügel.

Raue Winde wehn von Norden,
Und die Sonne scheint nicht mehr.

Spinoza sagt, Trauer sei eine Leidenschaft, durch welche die Seele zu geringerer Vollkommenheit übergehe. Und weil dies so sei, strebe die Seele, »so viel sie kann, sich das vorzustellen, was die Wirkungskraft des Körpers vermehrt oder fördert«. Das aber ist Freude, durch welche auch die Seele zu größerer Vollkommenheit übergeht. Der Affekt der Freude, mit Bezug auf Seele und Körper zugleich, ist auch Lust und Heiterkeit.

Schöner Frühling, komm doch wieder,
Lieber Frühling, komm doch bald,
Bring uns Blumen, Laub und Lieder,
Schmücke wieder Feld und Wald!

Liebe ist nichts anderes als Freude, begleitet von der Idee einer äußeren Ursache: Anja!
Meine Feuerflügel weiten sich und fahren dahin, meine Seele kann nichts mehr halten: nicht der Gedanke an die arme, einer neuen Verlassenheit entgegenlebende Melitta, nicht der Gedanke an den armen Hiob, meinen Bruder, nicht der Gedanke an Anjas wahrscheinlich todgeweihte Mutter löscht ihn aus. Mag sein, ihr Schicksal vollendet sich in der Nacht, das meine drängt, strebt und fliegt nach dem Lichte, der schneeichte Wall der Alpen liegt unter mir, ein großer Zugvogel fliegt nach dem Süden. Dort erwarte ich die Geliebte, ich fühle, dort werde ich sie im Arm halten, wenn sie des Dienstes am Krankenbett der Mutter enthoben ist.
Beim Bleiguss kam für Hüttenrauchs Frau ein Schiff heraus, mit vollem Wind in den Segeln. Als sie es sorgfältig zwischen die Fingerspitzen beider Hände nahm, brach der Rumpf mitten entzwei. Was ich mir goss, nannte man einstimmig einen Zugvogel.

Berlin, am 6. Februar 1898.

Schnelldampfer »Möwe«, der auf der Höhe von Southampton noch Passagiere aufgenommen hat, ist wenige Stunden später, nachts, im Kanal, wahrscheinlich bei Nebel, von einem Kohlenschiff gerammt worden und gesunken. Gerettet sind von der Besatzung zwei Mann und nur wenige Passagiere.

Als ich diese Nachricht las, – im ersten Augenblick begriff ich sie nicht, wenigstens nicht in ihrer ganzen Tragweite. Gleich darauf fiel die furchtbare Wirklichkeit, die hinter diesen wenigen Schriftzeichen steckte, wie ein zusammenstürzendes Gebäude über mich hin.

Schnelldampfer »Möwe«, das war jenes Schiff, mit dem ich vor drei Jahren etwa um dieselbe Zeit den Ozean überquert hatte. Ich gehörte damals in jene Gruppe von Passagieren, die sich auf der Höhe von Southampton einschifften. Als ich das große schwimmende Haus bestiegen hatte, ging ich sogleich beruhigt zu Bett, eingelullt von einem Gefühl der Geborgenheit. Der Untergang eines so gewaltigen Organismus schien vor Gott und Menschen ein Ding der Unmöglichkeit. Und doch waren die Passagiere diesmal schon nach wenigen Stunden mit dem Ruf »Save your souls! Rettet eure Seelen!« geweckt worden. Für den Körper, den irdischen Leib, gab es eine Rettung nicht mehr.

Schnelldampfer »Möwe« ist untergegangen, vor drei Jahren mein Lebens-, mein Schicksalsschiff! Von seinem Steuer, seiner Schraubenwelle, der Festigkeit seiner Wanten, der Zuverlässigkeit seines Kapitäns und seiner Offiziere war während zweier aufwühlender und aufgewühlter Wochen alles, was ich bin und habe, abhängig. Heut sehe ich es als Gespensterschiff, sehe es mit völliger Deutlichkeit, als ob es nicht gesunken sein könnte. Jede Einzelheit des auf Gedeih und Verderb verbundenen Gemeinwesens ist mir volle Gegenwart.

Ich schließe die Augen: Und da schwimmt, kämpft in voller Fahrt das Gespensterschiff. Sein Vorderteil wird über den Kamm eines hohen Wellenberges ins Leere hinausgeschoben. Es kippt vornüber und stößt mit der Spitze in den unteren Teil des nächsten Wellenberges hinein. Die Schraube hinten braust dabei in der Luft. Schwere Fahrt! Schwere Fahrt! Aber es lässt nicht nach, es tut gute Arbeit, das Gespensterschiff. Unsere »Möwe« ist brav, sie wird uns ans Ziel bringen.

Dort steht Herr von Rössel, der Kapitän, dort der Erste Offizier, ein nervig harter, vornehmer Mann, verkörperte Pflicht, verkörperte Furchtlosigkeit. Sie leiten noch immer mein Gespensterschiff. Ihre

Namen nennen die Zeitungen, ihre Leichen sind noch nicht ange-
schwemmt.

Ein Schiffsjunge trat zum Kapitän, wie es heißt, und brachte ihm
einen Schwimmgürtel. Kapitän von Rössel sagte zu ihm: »Ich danke,
mein Sohn, ich brauche ihn nicht.«

Er sagte plötzlich »mein Sohn« zu dem Schiffsjungen.

Nun liegt der Schnelldampfer »Möwe« mit der großen Wunde in
seinen Wanten am Meeresgrund. Ich werde zum Taucher und gehe
darin spazieren.

Im Rauchzimmer schwimmen Fische umher. Sie untersuchen blöde,
was von und unter den Plüschpolstern ist, die Likörflaschen von der
Bar, die Zigarrenkisten und Aschbecher. Natur ist in sich blind, wo
sich der Geist, die hochgebietende Vernunft, nicht geboren hat. Natur
ist sich selber tot, wo sie nicht vergeistigt wird. Auch diese »Möwe«,
die eine Zeit lang mein Schicksal vorwärtsgetragen hat, ist damals Natur,
vergeistigt, gewesen, während sie heut wiederum entgeistigt, der toten
Natur verfallen ist.

Einstmals war sie mein Seelenraum. Ich und das wirkliche Schiff
waren eins geworden. Hilfreich trug es mich über den Ozean, erhielt
mich dem Leben, trug mich der besseren Zukunft entgegen. Sollte ich
mit diesem tätigen, starken Geistleib nicht dankbar zeit meines Lebens
verbunden sein und trauern um ihn wie um einen Toten?

Die »Möwe« hat meinen Wahnsinn gesehen, als meine Halluzinatio-
nen sich gleichsam selbstständig machten und meine kühle Vernunft
erlag. Ich war ein Nichts in ihr und noch weniger ein Etwas auf dem
weiten Ozean und am allerwenigsten eine Sache von Wichtigkeit auf
dem Meere des Lebens. Aber das alles interessiert mich nicht. Was ich
nicht bin, hat keine Bedeutung für mich. Auf das, was ich bin, allein
bin ich angewiesen. Und so bin ich denn alles, was für mich ist, und
das ist überhaupt nicht, was nicht für mich ist. Darum darf sich der
Mensch zum Gotte machen.

Es war nicht die Natur, die mich rettete und in ihre Arme nahm,
als die »Möwe« mich über das Wasser trug, es war der Geist, der
Menschengeist, aus dem ihr Organismus geboren wurde. Durch ihn
allein schwebte ich sicher über der furchtbaren Tiefe des Ozeans und
konnte so seine schreckliche Größe bewundern.

Mein Seelenschiff liegt nun auf dem Grunde des Ozeans. Man
könnte es zertrümmerten Geist nennen. Das ist es für den, der das

Wesenlose der Materie vom Wesenhaften zu trennen weiß. Ich werde seiner noch oft gedenken.

Aber ich bin nicht dort, wo das Gestern hinter mir in Trümmer gesunken ist. Ich bin hier, führe den Griffel, schreibe und lese. Das verdanke ich freilich nicht dem Geist, sondern einer anderen Macht, die über allen Ozeanen und Schiffen erhaben und wirkend ist. Und solange sie mich bejaht, kann mich das Nein irgendeiner geringeren Welt nichts anfechten.

Nürnberg, den 19. März 1898.

Man hat bei Anjas Mutter einen operativen Eingriff gemacht und dabei festgestellt, dass die wirklich geplante Operation nutzlos wäre. Nach Schließung der Wunde wurde die Kranke in ihre Wohnung zurückgebracht, die sie nun lebend nicht mehr verlassen wird. Aus der Narkose erwacht, küsste sie, in dem Gedanken, gerettet zu sein, dem Chirurgen inbrünstig die Hand.

Wie kommt es, dass ich Anja in so schwerer Zeit allein lasse? Es gibt verschiedene Gründe dafür. Und wenn ich auch den Gedanken, dabei von einem gewissen Egoismus geleitet zu sein, mir selbst gegenüber nicht ableugne, so ist er doch nicht die wichtigste Ursache. Eher eine Art Selbsterhaltungstrieb, der sich auf Anja und mich bezieht. Sich zwischen den gebieterischen Forderungen der nun kommenden schweren Stunden und mir zu teilen, müsste, wie ich beobachten konnte, über Anjas Kräfte gehn.

Beistand vermag ich ihr nicht zu leisten. Meine Stellung in der Familie ist nicht derart, dass ich, ohne Befremden zu erregen, im Kreis der Verwandten auftreten könnte. Ich würde also, wenn ich in der Nähe bliebe, von den engeren Trauerfeiern ausgeschlossen sein und müsste bei den erweiterten Fremdheit heucheln.

Wir sind auf dem Wege nach Italien, mein Freund Dr. Joël und ich. Leider – so ist das Leben! – lässt es sich ungefähr voraussehen, wann Anja nachfolgen wird.

Während sie nun aber unter dem Banne schmerzensdüsterer Pflichterfüllung und schwerer Trübsal ist, schenkt sich hier in dieser wundervollen alten Stadt zwei gleichgestimmten Menschen – nochmals sage ich: So ist das Leben! – eine wahrhaft festliche Zeit. Joël, beinahe zehn Jahre jünger als ich, sieht die Wunder von Nürnberg zum ersten Mal, und ich mache dabei den Cicerone.

Wir haben es nun so weit gebracht, dass uns hinter dem Nürnberg von 1450 bis 1550 das Nürnberg von heut versunken ist. Wir verkehren dagegen mit Dürer und Pirckheimer, laden uns in die Werkstätten ein, wo der Erzgießer Peter Vischer mit seinen Söhnen, und zwar am Sebaldusgrabe, arbeitet. Wir vergessen nicht den Schuster Hans Sachs, und wenn wir in das magisch verzaubernde Wasser seiner Schusterkugeln, hinter denen das Öllämpchen knistert, hineinblicken, so sehen wir einen anderen Mann, der wie kein zweiter in diese Umgebung hineingehört und einen Hans Sachs in sich trägt. Ich sage getrost, dass Goethe überhaupt der unsichtbar-gegenwärtige Dritte in unserem Bunde ist.

Goethes »Faust«, wie wir in der Sebalduskirche vor dem Sebaldusgrabe übereinkamen, ist ein diesem aufs Engste verwandtes Gebilde der Renaissance. Renaissance aber sind diese beiden Werke allein insofern, als sie den Inhalt, die Ganzheit, die Materialisation, den Niederschlag zweier individueller Seelen darstellen. Im Übrigen enthalten sie alle Elemente des christlichen Mittelalters. Mir scheint überhaupt die sogenannte Renaissance nicht eigentlich darin zu bestehen, dass antike, heidnische Elemente sich im Christentum erneuern, weil die römisch-katholische Kirche selbst durchaus nichts anderes als Gnosis ist, eine Geistesballung, in der sich jüdisch-christliche und griechisch-heidnisch-christliche Elemente unlöslich durchdringen.

Da Joël und ich tagsüber zusammen sind und eine Menge von Eindrücken durchsprechen, würde es schwerhalten, auch nur die Wegspur dieser Wanderungen im Geiste nachzuzeichnen. Vom Himmel durch die Welt zur Hölle erstreckt sich dieser tägliche Weg und von da aus wiederum zurück.

Durch den Sieg des Protestantismus, glaubten wir zu erkennen, habe die Kunst den schwersten Schlag erhalten. Damit sei ein Gebiet der Seele, vielleicht die gewaltigste Sprache der Seele verstummt. Ein traditionelles, ununterbrochenes Sein weiter Seelenreiche sei dadurch zerstört worden und so wenig mehr vorhanden, dass nicht einmal der Ausdruck »tot« noch anwendbar auf ihr Nichtsein ist. So steht der taube Mensch von heut zum Beispiel vor dem stummen Sebaldusgrab.

Die ganze neuere Philosophie, sagte ich, von Spinoza bis zu Herbert Spencer herauf, hat die Wirklichkeit des Objektes nicht erhärten können. Dass die subjektive Existenz von der objektiven geschieden sei, nennt Spencer einen realistischen Schluss. Die physischen Erscheinungen sind ihm Zeichen, höchstens Symbole einer sogenannt objektiven Existenz. Diese bleibt vollkommen unbekannt. Bewusstsein ist nur ein sehr roher Maßstab für die Außendinge bei ihm. Es liegt also alles im Subjektiven, wobei, wenn von Symbolen und Zeichen mit Fug die Rede ist, äußere Realitäten allerdings vorausgesetzt bleiben müssen.

Nun, der Mythos ist die lebendige Kehrseite einer solchen Auffassung. Eigentlich ist er die Vorderseite, welche diese Erkenntnis zur toten Kehrseite hat. Und so steigen wir, Joël und ich, täglich, stündlich in den großen Mythos des Mittelalters.

Im Mittelpunkt stehen die Dome und Bauhütten. Die Wasserspeier lösen sich los und gehen, steigen, fliegen, kriechen des Nachts, Dämonen mit Adler-, Schafs- und Hundsköpfen, Krallen und Hufen, über die Dächer und durch die Gassen. Hinter den bläulich phosphoreszierenden Kirchenfenstern halten tote Heilige, aus den Krypten steigend, Messen ab. Man hört die Gesänge der Nonnen und Mönche. Auf der Mauer der Pegnitzbrücke sitzt, mit dem Rückenende überm Wasser, ein höchst ordinärer Satanas. Er hat seinen Schwanz in die Flut gehängt, und Pegnitzweibchen benützen ihn wie einen Strick, um emporzuklimmen. Am Tage sogar, unter den Fleischbänken, erkennen wir hier in einem kleinen, verhutzelten Bauern mit gespaltenem linkem Ohr den Wassergeist Schlitzöhrchen. Ein hübsches Bürgermädchen, das auf dem Markte Pfefferkuchen kauft, kann uns mit ihrem feuchten Rocksaum nicht verbergen, dass sie ein Naturwesen, eine Nixfrau und mit dem Wassermann auf dem Grunde der Pegnitz verehelicht ist. Sie weiß, dass wir wissen, und sieht uns an. Aber ihr Mund ist auf eine saugende, satyrhaft-dämonische Weise verführerisch. Wir haben Grund, uns in Acht zu nehmen.

Kein Zweifel, dass es Hexen gibt. Man sieht sie mit fetten Schweinen am Strick daherkommen. Und über dem allem, hinter dem allem, überall: das furchtbar an die Kreuzespfähle genagelte Erlöserbild, mit seinem Blut, Eiter, seinen dornengespickten Gliedmaßen Martern und Verwesung ausschreiend auf grässliche Grünewaldische Art. Diese ewig offene Wunde, dieses alle Innerlichkeit, alle Tränen, alle verzückte Liebesraserei gebärende, ewig fließende Trauma des Mittelalters, mit Wasser, Blut, Eiter, Essigschwamm zusammen: das ewig fließende Licht!

Mindestens einmal des Tages finden wir uns im »Bratwurstglöckl«. Man sitzt dort enggedrängt um den Tisch und erquickt sich an Tucherbier und Bratwürstchen. Gestern hatten wir unter uns einen entlassenen oder entlaufenen Fremdenlegionär. Er wurde in dem Maße gesprächiger, als wir seinem Geldbeutel nachhalfen. Die Wurstportionen und die Krüge Bier mehrten sich. Es war von dem neuen Deutschen Reich bei diesem Burschen wenig zu spüren, der noch völlig in den Humoren der »Facetiae«, des »Rollwagenbüchleins« und der »Briefe der Dunkelmänner« wurzelte. Er spielte sich in einer unserem historischen Bedürfnis sehr entgegenkommenden Art und Weise auf den »miles gloriosus« hinaus und log, sein Deutsch mit französischen Brocken mischend, in einer höchst vollkommenen Art.

Dass er wirklich in Marokko und da herum gedient hatte, war nicht zweifelhaft. Arabische Brocken flogen umher, und die Schilderungen der Städte, der Märsche, der Gefechte, der Militärstationen im Atlas und in den Oasen der Wüste waren zu anschaulich, als dass sie hätten können erfunden oder, was bei einem Mann seiner Art sowieso ganz unmöglich war, erlesen sein.

»Seltsam«, sagte ich später zu Joël, als wir wieder zu zweien allein saßen, »wie gespenstisch in gewisser Beziehung eine solche Erscheinung ist: ein lebendiger Mensch aus versunkener Zeit. Was zieht einen solchen Menschen nach Afrika, heißt ihn, sich in die mohammedanische Welt stürzen, macht ihn zu einem Mischmasch von Gotik und Tausendundeiner Nacht? Isa ist bei ihm Jesus Christ. ›Inschallah‹ ist sein zweites Wort. Als er wegging, grüßte er mit ›Salaam‹. Eine große Rolle spielte bei ihm ein Zauberer, ein Marabut, der Dämonen beschwor und ihm die Zukunft genau voraussagte. Sein Aberglaube war ungeheuer, und doch schimpfte er auf die Mollas und ebenso auf die katholischen Pfaffen und gab ihnen alle Namen, mit denen man Lügner, Betrüger, Räuber und Diebe irgend belegen kann. Nie wird er trotz allem vergessen, sich beim Eintritt in die Kirche mit den in Weihwasser eingetauchten Fingern zu bekreuzigen. Er könnte ein Stammesgenosse der Westgoten aus dem achten Jahrhundert sein, als diese Spanien an die Araber abtreten mussten.«

Joël wies auf den alten Gedanken hin, wonach alle historischen Epochen ihre Vertreter unter den Gegenwartsmenschen hätten. So ist es gewiss, und wir stimmten in dieser Annahme überein. Was daraus folgt, ist auf der Hand liegend. Also sollen wir weniger oder wenigstens nicht ausschließlich alte Pergamente studieren, sondern unser Forscherauge auf die Inhalte der ins Unendliche mannigfaltigen Menschenköpfe richten, welche die unzugänglichsten, geheimnisvollsten und lebendigsten historischen Archive sind.

Einem verwandten Bestreben verdanke ich dieses Tagebuch. Aber das Urlebendige bleibt eben doch das gesprochene Wort: und zwar das naive, aus reinem Mitteilungstrieb gesprochene. Also die immer und immer wieder mit allen Ausdrücken der Geringschätzung bedachte Masse: welch ein ungeheures, unerschöpfliches Erntefeld! Wie unübersehbar die mögliche Ausbeute! Welches uferlose Mysterium!

Bellagio, am 27. März 1898. Villa Serbelloni.

Gestern sind wir hier angekommen. Die Dunkelheit herrschte bereits, als wir den mächtig aufrauschenden Park der Villa Serbelloni betraten, die in ein Hotel umgewandelt ist. Der düstere Bau mit den langen Korridoren, nur erst zum Teil in Betrieb genommen, begrüßte in uns, Joël und mir, wie es schien, die ersten Gäste. Es stellte sich allerdings heut Morgen heraus: Ein Engländer ist noch hier, der mit acht oder zehn Terriers einige kleine ebenerdige Zimmer bewohnt.

Unsere Ankunft, unser einsames Abendessen in dem mit schweren Möbeln und Portieren ausgestatteten düsteren Raum standen in einem unerwarteten Gegensatz zu den sonstigen Eindrücken unserer Fahrt. Man hätte glauben können, in einem weltentlegenen schottischen Schlosse zu sein, in dem düstere Geister umgehen, Gespenster einer blutgetränkten Vergangenheit.

Nichts aber hätte unseren Neigungen, der abenteuerlichen Losgelöstheit unserer Seelen mehr entsprechen können. Von allen Seiten drängten die Gespenster unseres Lebens in diese willkommene Atmosphäre und nahmen ihre Färbung an. Dieser junge Mensch aus Schneidemühl ist zwar nicht in die gleichen Konflikte wie ich verwickelt, aber sein von Natur schwereres Blut, die tragische Erbschaft des Judentums, sein Entwicklungsgang zum Gipfel einer ungewöhnlichen Geistigkeit haben einen Leidens- und Schicksalsweg auferlegt. Er ebenso wenig wie ich empfinden das Leben als eine flache und breite Bequemlichkeit. Wir wünschen es auch nicht als das zu empfinden. Vielmehr sehen wir es nur insofern als wertvoll an, als wir es für eine Idee, die es steigern kann oder darüber hinausgeht, einsetzen und wenn nicht hinwerfen, so doch dafür verbrauchen können.

Schließlich hat jeder Mensch, wie gesagt, seine Utopie. Sie ist eine Fata Morgana meinethalben. Mit trügerischen Oasen und Seen lockt sie den Wüstenwanderer zu sich hin. Aber die meisten verdursten keineswegs, die ihr zustreben, wenn sie auch nur immer wieder die wirkliche Oase finden, niemals die Spiegelung, niemals die Utopie, die nach wie vor hinter allem Erreichten unerreichlich ist: ein unumgänglicher Hausrat der wandernden Seele.

Nun also, wir widmeten uns, wie fast immer, den Gedanken und überhaupt Möglichkeiten, durch die sich, wie wir glauben, das Leben über sich selbst hinaus steigern lässt, und taten es schließlich im Sinne von Wanderern, denen das trügerische Wesen der Luftspiegelungen trotzdem nichts Fremdes ist: Was wir indessen seit Wochen geübt haben und weiter tun werden, das auf eine dämonische Weise einmal gleichsam zu vollenden, wie in ein Metakosmion in die Fata Morgana, die Utopie mitten hineinzusteigen, sie in einem Akt schönen Wahnsinns wirklich auf Stunden zu erobern, gaben wir uns, ohne Gläser und Flaschen zu zählen, im Schlosse des blutigen Than von Cawdor dem Genusse hin.

Der Butler, der einzige Kellner, der alte Diener Daniel aus dem Räuber-Drama Schillers, schlich auf unhörbaren Sohlen und brachte getreulich bis lange nach Mitternacht, was wir wieder und wieder zu haben wünschten. Aus den dämmrigen Winkeln des hohen und dumpfen Raumes traten nacheinander beschworene Geister hervor, Geister von Toten, Geister von Lebenden, Geister in einer solchen Menge und Deutlichkeit, dass man erstaunen muss, welche Völker von Schatten das Hirn auch nur eines Menschen beherbergen kann.

Tremezzo, 11. April 1898. Ostern. Villa Cornelia.

Anja ist hier. Die Mutter ist am 28. März ihren Leiden erlegen. Villa Serbelloni mit der schönen Halbinsel, wo ich mit Joël bis vor Kurzem gewohnt habe, liegt uns nun schräg gegenüber, jenseits des Sees. Wir haben das Haus, in dem wir sind, für längere Zeit gemietet und wohnen, Anja, Joël und ich, allein darin.

Bis Bellinzona bin ich Anja entgegengeeilt und habe sie auf dem Bahnsteig glücklich in Empfang genommen. Wir durchlebten nun etwa zweimal vierundzwanzig Stunden, in denen Leben und Tod, Trübsal und Glück, Liebeswahnsinn und harte Wirklichkeit unlöslich verbunden gewesen sind. Es schlugen Dinge hinein, die an das Italien der Romantik und an die Zeit erinnerten, wo Liebe und Romantik dasselbe bedeuteten. Der Rausch des Wiedersehens und Wiederbesitzens blühte neben der grundlosen Kluft, die eine Trennung für ewig gerissen hatte.

Etwas anderes trat hinzu. Welche Veränderung geht mit einem Mädchen vor, das, bereits vaterlos, nun seine Mutter verloren hat! In Trümmern hinter ihr liegt das Elternhaus. Anja ist einsam und schutzlos geworden. Denn nun hat sie plötzlich auch keinen Bruder und keine Schwestern mehr. Die Familie ist auseinandergefallen.

Niemals würde Anja sagen: Titus, ich habe fortan nur dich. Aber wer sollte verkennen, dass es wirklich so ist. Sie verrät es mit keinem Wort, umso weniger kann es ihr Wesen verbergen. Mit einer ganz anderen Inbrunst und Hingabe, mit einem ganz anderen Vertrauen umfängt sie mich.

Wir werden hier von einer prachtvollen Frau aus dem Volke, einer Böhmin, bedient, die einen Italiener geheiratet hat. Sie ist die Kastellanin des Hauses. Die häuslichen Arbeiten, inbegriffen die Küche, werden von ihr aufs Beste besorgt. Wir, Joel, die Geliebte und ich, bilden fast zu allen Stunden des Tages ein angeregtes Trifolium mit dem einzigen Wunsch, in unserer Dreieinsamkeit nicht gestört zu werden.

Das Häuschen selbst war ehedem Eigentum eines napoleonischen Generals, der hier seine Tage beschlossen hat. Die hübschen Zimmer enthalten Empiremöbel. Unzählige Kupferstiche an den Wänden, alle aus den Ruhmestagen Napoleons, offenbaren die leidenschaftliche Liebe des Generals zu seinem einstigen Kaiser und Herrn. »Une belle époque« steht unter einem Holzschnitt, welcher den ersten Napoleon, gestiefelt und gespornt, auf einem Adler stehend zeigt. Nur in dieser Epoche wünscht er zu leben: Die Mauern, welche die spätere dem alten, verbitterten Haudegen ausschließen mussten, strahlen die geliebte schöne Epoche aus Hunderten von Rahmen und Rähmchen nach innen aus, wozu eine Unzahl von Souvenirs kommen, Degenquasten, Sporen, Schärpen und Miniaturen auf Porzellan, die in Vitrinen verschlossen sind. Den Abschluss macht »Marche du cortège funèbre, une veritable marche triomphale, de Napoleon, dans les Champs Elysées à Paris, le 15 décembre 1840«, womit die schöne Epoche noch einen schmerzlich erhabenen Nachklang fand.

Der Wandel dieser Tage ist leicht. Was kann es Schöneres geben, als im Augenblicke des Lebens durch das Leben selber belohnt zu werden, zu wissen, wozu man lebt, indem man lebt. Alles trägt hier dazu bei, diesen Zustand zu gewährleisten, vor allem die süße, weiche, an sich beglückende Natur um uns her. Die köstliche Luft, das blau flutende Licht überall, der farbig immaterielle Zauber der Obstblüte, das zitternde Schilf, die Pracht und Macht des Ganzen vollkommen in Schönheit aufgelöst. Dahinter und über allem gegen Norden die blendend weiße Fata Morgana der Alpen, so nahe also der Tod, die Schnee- und Eiswüste, wo Leben sich nicht mehr erhalten kann. Dies alles an jedem Morgen begrüßen dürfen, bis zum Abend darin versinken, um nachts, im Scheine des Mondes, eine noch bei Weitem märchenhaftere Welt in staunendem Schweigen zu genießen, genügt gewiss, um die Frage nach dem Sinne des Lebens aufzuheben. Wir aber sind drei Menschen, aus dem Gewöhnlichen und Banalen des Daseins ausgeschieden, dem Zwange des Alltäglichen entflohen und entrückt, durch die Abgeschlossenheit und Art unseres Wohnens sogar in eine andere, schöne Epoche, »une belle époque«, abgesunken und hingeschieden. Wir lieben einander. Wir sind miteinander harmonisch eingestimmt. Joël genießt den Süden zum ersten Mal. Aus dem Auge des einen holt der andere Vertiefung. Wir haben alle genug gelitten, um uns des wundervollen, beglückenden Gegensatzes eines solchen Daseins voll und innig fühlend bewusst zu sein. Und nun ich, der letzte von den dreien, würde nicht einmal, mit Anja vereint, mit ihr zum ersten Male unter eigenem, schützendem Dach, aller der äußeren Wonnen bedürfen. Aber wie erfüllen sie uns unter solchen Umständen, und wie werden sie wiederum von uns erfüllt!

Tremezzo, 13. April 1898. Villa Cornelia.

Eben hat das Orchester den letzten Satz einer Sinfonie gespielt. Jetzt stimmen die Musikanten für ein neues Stück: eine Katzenmusik löste die göttliche Eingebung Schuberts, die Unvollendete, ab. Noch besser! Die Musikanten zanken sich. Sie schlagen einander die Fiedelbögen und Notenblätter um die Ohren. Die Instrumente selbst werden zu Waffen. Wie bei homerischen Helden und Kämpfen sausen Schimpfworte, Kotwürfen ähnlich, hin und her.

Was will ich eigentlich damit sagen?

Was immer und überall in uns und außer uns überwunden werden muss, wenn wir zur Harmonie gelangen wollen, das ist Anarchie.

Schon mit zehn Jahren und früher habe ich über mich nachgedacht. Ich fange keineswegs jetzt erst damit an. Mit sechzehn Jahren wusste ich, dass ich eine Menge Anlagen, auch zum Schlimmen, in mir hatte, ja dass es nicht viele Verbrechen gibt, die außerhalb des Bereiches liegen, denen der beste aller Menschen in einem unbewachten, hemmungslosen Augenblick nicht verfallen könnte. Es kommt also darauf an, die inneren Bestien, Triebe, Regungen, Gedanken an ihren Ketten, in ihren Käfigen, hinter ihren Gittern und Maulkörben festzuhalten.

Sollte ein Mensch diese Zeilen lesen, so wird er finden, dass sie ein Spiegel seines Inneren sind. Weil aber irgendein Affekt in ihm sich vielleicht mit einer Lüge verbinden wird, gerät er in Wut und bestreitet das.

Ich leide wieder einmal an niederdrückenden Stimmungen.

Man hat mir den verwilderten Nachbargarten zur Verfügung gestellt. Nun also: Inmitten dieser Einsamkeit fallen die Musikanten in meinem Innern, fallen die Bestien meines Innern wütend übereinander her – und schließlich auch über mich, ihren Dirigenten und Bändiger. Für diesen hat das Schwäche, Übelkeit, Blutverlust, Ekel an allem, besonders am Leben im Gefolge.

Ich fülle hier eine offenkundige Lücke in meinem Tagebuch, vielleicht aber mit zu großen Worten aus. Rückwärts brauche ich nicht zu blättern, da ja schließlich alles hier Geschriebene noch in mir ist. Der Rhythmus aber, in dem sich meine anarchischen Stunden wiederholen, ist ganz gewiss in diesen Blättern nicht innegehalten. Sie treten regelmäßig, nach nicht allzu langen Zwischenräumen auf und enden jedes Mal mit dem äußersten Tiefpunkt meiner Lust zu leben. Es kommt darauf an, diese dunklen Stunden zu überwinden.

Von Dresden kommen Briefe mit Anklagen. Hätte ich nicht vielleicht besser getan, diese Sache mit Anja gar nicht erst anzufangen? War nicht die Gelegenheit zum Abbruch gegeben mit der Fahrt über den Ozean? Häusliche Harmonie, bürgerliches Behagen, wohlhabender und wohlhäbiger Lebensgenuss im Kreise der Meinen wäre mir durch die Achtung der Welt veredelt worden, ein so klug durchdachtes und geführtes Leben hätte mich zu einem sorgenlosen, tätigglücklichen Mann gemacht. Ich habe mir selbst mein Leben zerstört, den zu dreiviertel vollendeten Bau meines Glückes eingerissen.

Wo sind meine Kinder? Ich sehe sie nicht. Und doch brauche ich den Umgang mit Kindern, um jung zu bleiben. Wo sind die geselligen Kreise, in denen ich meinen Stolz hätte können spazierenführen, das Echo, den Erfolg meines Lebens hätte erfahren können? Heute drücke ich mich mit einem krampfhaft an mich gezogenen Freunde voll feiger Furcht in Verstecken herum, bin heimatlos, ja fast landflüchtig geworden.

O diese Musikanten, Dämonen, Bauchredner! Der eine schreit: Du hast das Vermögen deiner Frau hinausgeworfen! Du hast drei Haushalte zu bestreiten und den vierten, von Bruder Marcus, zum Teil. Merkst du nicht, dass du immer magerer, immer reizbarer, immer hohlwangiger wirst? Wie willst du deine Berufsarbeit durchführen, die es dir einzig ermöglicht, deinen, Anjas, Melittas und den Haushalt des Bruders Marcus über Wasser zu halten? Was aber dann, wenn du zusammenbrichst? Dann bleibt für euch alle die Straße, die Armenfürsorge!

Mag sein, ich bin körperlich nicht auf der Höhe. Das Leben ist, wie es heißt, ein bewegliches Gleichgewicht. Körperschwäche macht willensschwach. Der Waagebalken ist allen Anstößen feindlicher Mächte preisgegeben. Ich kann mir indes nicht verhehlen, dass meine schlechte Gesundheit eine Folge der fortgesetzten Zermürbung des Gemütes ist. Dieses schreckliche Kreiseldenken, das immer wieder die unlösliche Frage lösen will, schlägt auf den Magen, schlägt auf das Herz, unterhält im unteren Brustkorb ein Gefühl der Übelkeit. Mir ist schlecht, Kinder! will ich wieder und wieder sagen, schweige aber, um Anja und Joël nicht zu erschrecken, und stürze wohl einen Kognak hinunter.

Beim Mittagessen war ich einsilbig. Ich musste mir sagen, dass meine Schweigsamkeit, meine mangelnde Esslust Anja und Joël zu irritieren und zu bedrücken geeignet waren. Anja hielt sich lange zurück, dann wollte sie wissen, an was ich dächte. Ich gab zur Antwort: »Ich weiß es nicht.« Diese Antwort war keine Antwort. Anja und Joël stocherten daraufhin verstimmt und verletzt im Essen herum. Ich hätte nicht gut geschlafen, fügte ich an.

Anja fühlte die Richtung meiner Gedanken.

Als Joël nun eine Frage nach meinem körperlichen Befinden tat, konnte ich nicht mehr an mich halten. Ich unterlag einer Störung des Gleichgewichts. Ich müsse mir eingestehen, erklärte ich, was ich mir nicht verbergen könne. Alle Selbsttäuschung helfe nichts. Ich sei am Ende mit meinen Kräften. Ich hätte es mir und andern zu verbergen gesucht, aber es sei leider eine Tatsache: Mich vergifte ein Ekel an allem und allem. Die produktiven Kräfte meines Geistes seien versiegt, ich hätte frivol damit gewirtschaftet. Es mache mir aber im Grunde nichts. Ich sagte: »Es klingt nichts mehr in mir oder so viel und so wenig wie bei einer Glocke, die Sprünge hat.« Ich hätte versucht, allerlei grobe Lügen, als ob ich einer Leidenschaft, einer Liebe, einer Tat, einer folgerichtigen, fleißigen Arbeit noch fähig wäre, aufrechtzuerhalten. Nichts von alledem liege mehr im Bereich meiner Möglichkeit, nicht die Hingabe, geschweige die Treue. Lediglich unüberlegt und frivol und nahezu verbrecherisch hätte ich Anja in meinen verderblichen Strudel gezogen. Ich sei einfach ein Bankrotteur, der, längst völlig verarmt und mittellos, seinen Gläubigern einen Reichtum erlogen habe.

Anja stand auf und verließ den Raum. Joël aber sah mich mit einem gleichsam entfremdeten, tief erstaunten Blicke an, der weite Entfernungen zwischen uns legte.

Wie seltsam, dass aus drei innig verbundenen Seelen in wenigen Augenblicken drei vollständig Fremde werden können!

Schwarze Stunde in Villa Cornelia.

Tremezzo, am 13. April 1898, zwölf Uhr nachts. Villa Cornelia. Anja schläft, Joël schläft. Der Zwischenfall ist wieder ausgeglichen.

Habe ich Bruder Julius sowie meine ganze Familie vor einiger Zeit als unter dem Einfluss des Planeten Saturn angesehen, so hat sich das wiederum bestätigt. Denn heute an Anja weniger maßlos und übel gehandelt zu haben als bei der jüngsten Grünthaler Tischszene Julius an uns, darf ich mir nicht zubilligen. Ich kam zur Besinnung in dem Augenblick, als ich es um Anjas lieben und tapferen Mund zucken sah – aber da war sie auch schon verschwunden.

In ebendemselben Augenblick, nicht früher, nicht später, war auch die ganze Fülle der Neigung, die Liebe zu ihr wieder da. Wie ein gestauter Quell brach sie aus, unaufhaltsam mein Wesen zu ihr fortreißend. Ich ging ihr nach, ich kniete vor ihr und leistete tausendfache Abbitte, ihre Stirn, ihren Mund, ihre Hände mit Küssen versöhnend.

Und so bin ich über den toten Punkt auch dieses Tages wieder hinweg.

Bei lauen Naturen können Vorgänge wie der, dessen Urheber jüngst mein Bruder, und der, dessen Urheber ich am heutigen Tage war, nicht stattfinden. Ihr Verlauf, wenn ich bis zum Bewusstwerden meines Geistes in das Vergangene zurückblicke, scheint sie beinahe als wesentlich und für die Erhaltung gegenseitiger Neigung organisch notwendig auszuweisen.

Aber ich werde jedenfalls weiter an meiner Erziehung arbeiten und nehme mir also aufs Neue vor, Depressionen, Mutlosigkeiten, Kleinmutstimmungen bei mir selbst zu verbergen und bei mir selbst durchzukämpfen.

Tremezzo, am 15. April 1898. Villa Cornelia.

Die prächtige böhmische Beschließerin der Villa Cornelia hat uns die Bücher- und Autografensammlung gezeigt, die der einstige Besitzer des Hauses, jener ehemalige napoleonische General, hinterlassen hat. Alles dreht sich naturgemäß auch hier um das Idol des alten Haudegens. Joël bekam bei dieser Gelegenheit ein vergilbtes Heftchen in die Hand, dessen Inhalt, in englischer Sprache geschrieben, allerdings davon eine Ausnahme darstellte. Einen gewissen Brief ins Deutsche zu übertragen reizte ihn und wurde ihm von unserer verständigen Adoptivmutter gern erlaubt. Es handelt sich um das Schreiben eines jungen Lords, in Paris verfasst und an einen unverheirateten Onkel in England gerichtet. Gestern schon konnte ihn Joël in deutscher Sprache vorlesen, als wir, wie üblich, nach dem Abendbrot unsere kleine Akademie zu dreien eröffneten. Der Gentleman, der, reich, unabhängig und von hohem Stande, vor ungefähr achtzig Jahren seine Jugend in Paris genossen haben muss, macht seinem Onkel Eröffnungen über eine gewisse Marion, mit der er ein Liebesverhältnis angefangen hat. Ich war verblüfft, denn, von vielen andersgearteten Umständen abgesehen, schien es mir doch in mancher Beziehung, als ob ich in einen Spiegel hineinblickte. Das Vergnügen, das ich aus diesem Grunde an dem frisch heruntergeredeten Briefe fand, bewog mich, ihn abzuschreiben, und ich reihe ihn hiermit unter die Dokumente von Tremezzo ein. Leider ist sein Schluss verloren gegangen, und wir bleiben darüber im Unklaren, wie die Sache geendet hat.

Brief des jungen Lord B. aus Paris
an seinen unverheirateten Onkel, Lord S. in London

Geliebter Onkel!

Aus einer Anzahl von guten Gründen bin ich hier in Paris. Ich höre an der Sorbonne, ich besuche die Kunstsammlungen, ich vervollkomm-ne mich in der französischen Sprache, indem ich nur französische Bü-cher lese, mich in die Gesellschaft stürze und fast jeden Abend im Theater zu sehen bin. Schließlich und endlich aber bin ich hier, um zu leben und zu genießen, und Du bist es gewesen, dessen Erzählungen am Kamin mir die Leidenschaft für diese wunderbare Stadt eingeflößt und der mir, eingehüllt in viele unschätzbare Ratschläge, seinen Segen hierher mitgegeben hat.

Bereits in einem meiner ersten Briefe schrieb ich Dir etwas von einer gewissen Marion. Mit einem dergleichen Namen aufwarten zu können hätte sicher noch etwas Zeit gehabt. Aber Du warst durchaus nicht erstaunt. Das Leben sei kurz, sagtest Du, und Paris sei nicht die Stadt, um in solchen Dingen Zeit zu verlieren. »Ich gratuliere Dir zu Deiner Marion, und mögest Du alle Himmel aller Himmelbetten der Jugend mit ihr durchfliegen.«

Seit September bin ich nun hier. Heute, wo ich diese Zeilen schreibe, ist es um die Mitte des Januar. Ich habe, nachdem ich Dir einmal Marions Namen nannte, vermieden, auf sie zurückzukommen. Du wirst angenommen haben, ich sei ihrer längst müde geworden und inzwischen tändelnderweise von Blume zu Blume weitergeflogen, meinen Schnabel nach Art der Kolibris in immer neue Kelche versenkend.

Das ist, bester Onkel, nicht der Fall.

Da wirst Du nun freilich bedenklich den Kopf schütteln: Er, der als gläubiger, hoffnungsvoller Schüler zu meinen Füßen saß, hat doch wohl meine Lehren, meine Mahnungen, meine Leitgedanken in den Wind geschlagen, jedenfalls aber nicht mit der genügenden Gewissenhaftigkeit befolgt. – Wenn Du solche Gedanken hast, so ist es schwer, Dir darauf zu antworten. Einerseits habe ich immer genau darauf zu achten versucht, Deiner aus reicher Erfahrung stammenden Weisheit nachzuleben. Andererseits bin ich nicht imstande, heute mit der Freiheit des Hedonikers Aristipp vor Dich hinzutreten, der Dein unsterbliches Vorbild ist. Ich würde lügen, wenn ich Dir sagte, dass ich zwar Lais besitze, aber nicht von ihr besessen bin.

Onkel, ich bin von Lais besessen.

Du wirst wissen wollen, inwiefern.

Du sprachst mir oft von dem Reiz der Pariserin. Sie spiegle sich, sagtest Du, ganz und gar in der anmutigen Oberflächlichkeit ihrer Konversation. Sie sei durch Grazie, Unpersönlichkeit und leidenschaftliche Hingabe mehr an die Liebe als an den Geliebten bezaubernd. Alle diese Züge, den letzten ausgenommen, sind zutreffend bei Marion. Denn nur ich und nur ich genieße voll und ganz ihre Hingabe.

Sie ist eine kleine Schauspielerin an der Comédie Française, wie Du weißt. Es ist möglich, dass sie Karriere machen würde. Ich habe sie nicht zuerst im Theater, sondern, ganz im Gegenteil, in der Kirche kennengelernt. Meine Zugehörigkeit zur High Church hindert mich nicht, das Zeremonial des römisch-katholischen Glaubens mitzumachen, wenn ich eine katholische Kirche betrete. So bin ich, nach berühmten Mustern, unweit der kleinen Marion, weil ich mich von ihr angezogen fühlte – natürlich war es in Notre-Dame –, als der Priester den Kelch emporhob, niedergekniet. Wir sahen uns von der Seite an, und auf der Stelle war alles entschieden.

Nun ja, wirst Du sagen, warum denn nicht?! Ach, lieber Onkel, wenn es nur das wäre! Es ist ja richtig, dass die Schnelligkeit, mit welcher dergleichen Verbindungen eingegangen werden, meist für ihre kurze Dauer und die Leichtigkeit ihrer Lösung spricht. Erschrick nicht, wenn sich in meinem Gedankengang das Wort Ehe nicht ganz vermeiden lässt. Ehen, sagt man, werden im Himmel geschlossen. Nun kann ja von einer Ehe zwischen mir und Marion in Deinen Augen allerdings nicht die Rede sein, aber die Vorstellung lässt mich nicht los, wir seien da, in der mächtigen Kathedrale, nebeneinander kniend, von einer höheren Macht ohne unser Wissen und Wollen zusammengegeben und gewissermaßen getraut worden.

Sie nennt mich François. Dass ich den Lordtitel führe, weiß sie nicht. Hierin habe ich Deinen Rat, bester Onkel, besonders genau durchführen können. Du rietest mir: Wenn Du lernen, leben, lieben willst, so steige weniger in die Gesellschaft hinauf als in sie hinab. Dort aber begibt man sich aller überordnenden Titel und Auszeichnungen, oder man bleibt ein Fremder und zieht enttäuscht und mit langer Nase ab. Dies ist ein Rat, der mir das wahre, echte, volle Leben erschlossen hat.

Onkel, ich dachte, eine kleine Liebschaft zu entrieren. Es ist etwas ganz anderes daraus geworden. Ich bin unter die Auswirkung irgendeiner himmlischen Macht, eines Planeten geraten. Ich weiß nicht, ob es die Venus ist. Dann wäre sie wohl in eine Verbindung mit Saturn getreten, den, wie ich neulich gelesen habe, die Babylonier Stern der Nemesis nannten oder so. Ich sollte es, sagtest Du, in der Liebe nie recht ernst werden lassen. Nun, wenn dies ein Spiel ist, was ich erlebe, so ist es ein Spiel der Katze mit der Maus, und ich bin wahrhaftig dabei nicht die Katze.

Warum soll ich mich aber bemühen, Dir meine innen und außen veränderten Zustände deutlich zu machen? Du würdest, wenn Du nicht auch auf diesem Gebiet Erfahrung hättest, mich kaum, so wie Du es tatest, davor gewarnt haben. Nur ein Kind, das sich den Finger daran verbrannt hat, kennt das Licht. Also: Gott grüße Dich, liebes Kind!

Es kommt mir sehr gelegen, dies Licht, um es zum Symbole meines Erlebnisses zu erheben. Seit ich Marion kenne, sehe ich Paris in einem neuen Licht, sehe ich mich in einem neuen Licht, ganz zu schweigen davon, was ich nach meiner Verwandlung durch Marion oder durch die Konjunktion von Saturn und Venus alles in einem neuen Lichte sehe: meine Lordschaft, Eure Lordschaft, meine ganze Verwandtschaft, England, die ganze Welt.

Das Bild von der Katze und der Maus bezieht sich übrigens nur auf mein Ausgeliefertsein an sich. Ich bin fremden Mächten ausgeliefert. Sie können mich einzig und allein durch das Medium der Seele reich und glücklich oder arm machen und zur Verzweiflung treiben. Einstweilen haben sie mich reich, reich, reich gemacht!

Mit dem Reichtum standen aber die Sorgen auf. Ich habe nicht geglaubt, dass so ein bisschen Liebschaft eine solche Revolution an Haupt und Gliedern hervorrufen kann. Früher lebte ich sorgenfrei, weil ich nichts zu verlieren hatte. Heute ist – von wem? Vom Teufel? – eine Gedankenfabrik in mir errichtet, in der mit Tag- und Nachtschicht durchgearbeitet wird.

Fragst Du, warum ich nicht in den vorigen Zustand zurücktrete, so ist das für mich ebenso, als ob Du mich fragtest, warum ich mir nicht einen Strick um den Hals lege und mich erdrossele. Ich würde das Leben aufgeben, wenn ich das neue Leben aufgeben müsste, da ein anderes seitdem für mich nicht mehr vorhanden ist.

Du hattest auch zu Deiner Zeit Deine Marion. Sie hat Dir sogar einen Sohn geschenkt. Du pflegtest immer lächelnd zu sagen: Zwar hättest Du ihn nur bis zu einem Alter von einem Jahre und drei Monaten gekannt, aber Du wärest überzeugt, Du könntest mit ihm, was die Beherrschung der französischen Sprache anbelangt, nicht mehr konkurrieren. Eines Tages bist Du, ohne dass Deine Marion etwas davon erfuhr, über den Kanal zurückgereist, allerdings nicht ohne vorher ihr und dem Kinde ein kleines Vermögen auszuwerfen, das beide der Sorge um das tägliche Brot enthob.

Ein solcher Ausgang wäre für mich ein Ding der Unmöglichkeit.

Du kannst Dir von den bezaubernden Reizen, von der bestrickenden Jugend meiner Marion keinen Begriff machen. Dabei besitzt sie einen überlegenen Geist und in ihm jede Grazie und Schalkhaftigkeit.

Selbstverständlich, dass sie mir hierin und noch in manchem anderen weit überlegen ist. Aber da höre ich Dich lachen: Das wolle nichts sagen.

Ihr Gedächtnis ist wunderbar. Sie liest eine Rolle durch und hat sie im Kopfe. Ich kann Dir aber gar nicht sagen, was sie sonst noch alles im Kopfe hat. Wo man nicht hindenkt, sogar bis hinein in die Politik, zeigt sie Interesse und gute Kenntnisse. Sie weiß mehr von unseren englischen Staatsmännern als ich und hat sogar ihre Bücher gelesen. Sie spielt Violine, sie spielt Klavier, sie hat eine zauberhafte Singstimme, ihre Chansons stellen sie neben die erste Chansonette, obgleich sie ein zartes Geschöpf und heut noch nicht achtzehn Jahre ist. Sie könnte als Drahtseilkünstlerin auftreten. Seit etwa vier Wochen gebe ich ihr Reitunterricht. Heute springt sie bereits mit so überlegener Sicherheit, dass selbst Lady Cromwell einpacken könnte. Sie kleidet sich mit vollendeter Anmut und ist dabei ohne Eitelkeit, wie sie denn auch, trotz aller ungewöhnlichen Gaben, ohne allen Dünkel ist. Und nun erst jene Reize, von denen sich nicht einmal in einem vertraulichen Briefe reden lässt! Onkel, Onkel, Du würdest wahnsinnig! Die Musen, welche die Tage beherrschen, werden des Nachts von den Grazien durchaus entthront. Psyche, Aphrodite, der ganze griechische Olymp ist an solchen Nächten beteiligt, an diesem von der Sonne durchglühten Inselmarmor, der beweglich ist. So absurd es klingt und so wenig Verwandtes ich mit Kandaules habe, zuweilen leide ich körperlichen Schmerz unter diesen Blitzen von Schönheit eines fremden, seligen Gestirns, von dem sie zu kommen scheint. Ich möchte sie fast, nämlich diese Erlebnisse, unerhörte Botschaften, verzückt in die Welt hinausschreien. Kannst Du mir sagen, warum einem siebzehnjährigen Dinge vor Stumpfsinn der Speichel aus dem Munde läuft, während es eine andere Siebzehnjährige geben kann, die der Inbegriff aller irdischen und himmlischen Begabungen ist?

Dieser Dithyrambus, wie ich weiß, wird Dir nur Dein bekanntes allwissendes Lächeln abnötigen. Ich darf mich aber dabei nicht aufhalten. Es gibt Dinge, die der Mentor meiner Jugend wissen muss. Das große Wunder und damit die große Wendung, die größte Erneuerung und Wandlung meines bisherigen Lebens ist eingetreten. Ich lebe eine früher nicht einmal geahnte Gegenwart, und keine Zukunft ohne Marion könnte für mich eine Zukunft sein.

Ich bin noch nicht vierundzwanzig Jahre. Vorschriften in Bezug auf den Stand der Familien, deren Töchter für mich als Gattinnen in Betracht kommen, sind nicht mit dem Besitze verbunden, dessen Erbe ich bin. Dass ich trotzdem Marion, allein schon als Französin und überhaupt, nur nach schweren Kämpfen als Herrin von Alston und Longford werde durchsetzen können, ist selbstverständlich. Solche Kämpfe scheue ich nicht: weder mit noch ohne Bundesgenossen.

Damit ist nun wohl das Hauptsächlichste von dem zu Deiner Kenntnis gebracht, was Du wissen musst, nämlich, dass ich Marion heirate.

Wenn Du nun, nachdem Du diesen Passus gelesen, von Deinem bekannten Kaminsessel aufspringen, dem alten Joe klingeln, einen Familienrat zusammenrufen und mich schließlich mit dem ganzen Familienrat hier in Paris überfallen solltest, so ändert das nicht das Geringste daran. Gott sei Dank habe ich ein hübsches Hotel auf dem Boulevard St. Germain und einen französischen Koch, der sich ebenso wenig wie ich vor Euch fürchten wird und ebenso wohl wie ich bereit sein wird, Euch den Mund zu stopfen, allerdings mit bedeutend delikateren Dingen als ich. Was Euch aber bei keiner Tafel außerdem erspart werden kann, ist Marion.

Onkel, ihre Mutter ist krank. Sie wird vielleicht binnen wenigen Wochen nicht mehr am Leben sein. Ich habe für beide ein hübsches Quartier gemietet, das, so hell, heiter und elegant es ist, doch nun durch das Schmerzenslager der Mutter einen etwas spitalartigen Charakter bekommen hat. Eine Krankenschwester, die nach Karbol riecht, öffnet Dir etwa die Tür, und klingelt es, wenn Du in der Wohnung bist, so lässt man gewiss den Arzt herein, oder es kommt etwas aus der Apotheke. Es ist nun erstaunlich, wie Marion zugleich das höchste Glück und den tiefsten Schmerz mit ihrem Wesen umschließen kann. Denn wie sie mich liebt, ist noch niemand geliebt worden. Um meinetwillen würfe sie alles hin. Ihr Bruder, ein junger Kleriker, hat es mir unter Kopf schütteln ausgesprochen. Ich, sagte sie, sei ihr Gott, ihre Religion, ihre Mutter, ihre Kunst und ihr Vaterland. Ihren Schauspielberuf wird sie nächstens aufgeben. Bei alledem ist sie in Tränen gebadet. Ihre Augen stehen fast immer voll Tränen, wenn sie nicht um die Kranke beschäftigt ist. Und wenn sie mit dem Lachen des Glücks dich stürmisch umfängt, so kann sie das Schluchzen trotzdem nicht zurückhalten.

Es ist Natur, es ist Wildheit in ihr. Du musst nicht glauben, dass sie etwa eines dieser bekannten französischen Püppchen ist. Eine ihrer Großmütter hat sich der französische Großvater und alte Gallier wahrscheinlich aus der Tungusensteppe mitgebracht. Daher hat sie das Elementare und Kraftvolle in der Leidenschaft, was sie für mich zu rauben, Hühner zu stehlen, zu hungern, zu morden, zu sterben befähigen würde. Du glaubst natürlich an solche Märchenerzählungen Deines Neffen nicht. Du nimmst an, sie wisse, wer ich sei, und fuße darauf in ihrem Verhalten. Nun, dass ich einigermaßen vermögend bin, kann ihr kaum noch verborgen sein. Meinen Stand, meinen Lordtitel kennt sie noch immer nicht. Trotzdem aber, ich schwöre zu Gott: Stellte ich mich heute als Bettler und etwas noch Schlimmeres heraus, sie würde, um mich über Wasser zu halten ... ja, was würde sie denn? – sie würde sogar auf die ... kein Wort weiter! Kurz: Sie würde sich unbedenklich für mich aufopfern.

Nun ja, ich weiß, was Du sagen wirst: dass man solche Eigenschaften gewiss für einen Zigeuner und Strauchdieb brauche, für eine künftige Lady Alston und Longford nicht. Ich aber brauche sie, lieber Onkel. In ihnen manifestiert sich jenes unlösbare Ineinandersein, ohne das eine Liebe keine ist und ebenso wenig eine Ehe. Mann und Weib, heißt es, sollen sein ein Leib, und ich setze hinzu: eine Seele.

Mit einer Leidenschaft, einer Passion in ihren Anfängen auszukommen ist keine Kleinigkeit. Es ist, lache nicht, weder physisch noch psychisch eine Kleinigkeit. Bis zum achtzehnten, zwanzigsten, zweiundzwanzigsten Jahre wird der Mann langsam aufgebaut. Nun erlebt er in Wochen, in Tagen, in Stunden eine Körper und Seele um und um stürzende, eruptiv-explosiv-revolutionäre Umbildung. Ich schreibe Dir etwas ausführlicher, weil ich nun einmal grade dabei bin und übrigens Deine Gepflogenheit kenne, Briefen solcher Art besondere Beachtung zu schenken und ihnen einen Platz in Deinem Archiv einzuräumen. Eigentlich habe ich zum Schreiben so gut wie gar keine Zeit. So wird, weil das Leben nun einmal weitergeht und neue Schichten sich über die alten legen, was ich erlebe, für mich eines Tages nicht mehr im Geiste gegenwärtig, greifbar, fassbar sein, bis eben auf das, was ich etwa in Briefen wie diesem gelegentlich wiederfinde. Werde ich aber selbst aus den Briefen die ganze Macht der Erschütterung wieder herauslesen, der ich jetzt preisgegeben bin?

Mein ganzes Wesen ist eine ungeheure Erschütterung, die, einer Erderschütterung ähnlich, alles und alles mit Einsturz bedroht. Die Kräfte des Abgrunds sind befreit und leben in der Entfesselung. Gut englisch ausgedrückt, lieber Onkel, ich komme mir manchmal so sehr wie ein Tollhäusler vor, dass ich plötzlich zusammenschrecke und mir der Kopf in den Nacken fährt, weil ich, wie den Hundefänger mit seinem Netz, den Narrenhausvorsteher mit seiner Zwangsjacke hinter mir her glaube.

Ich werde vielleicht diesen Brief nicht absenden. Er bietet, wenn ich, wie es mich fortzufahren reizt, in meinen Bekenntnissen wirklich fortfahre, Euch und allen vielleicht eine Handhabe; mich zu entmündigen, wenn Euch das etwa dienlich erscheint. Ich betone aber, dass, wenn Leidenschaft allerdings mit einer Krankheit viel Ähnliches hat, sie eine gesunde Krankheit ist. Sie wird ertragen, sie wird überwunden, sie steigert sogar das Wesen des Menschen und vollendet es, wenn der Mensch, was er soll, dieser naturnotwendigen Krisis gewachsen ist. Die durch neun Monate laufende Krisis im Leben eines Weibes, das empfangen hat und schließlich unter Wehen gebiert, ist ein analoger Fall. Ich glaube sogar, dass auch wir gebären, aber freilich nur unter dem Schein des Gleichen in uns den neuen Menschen und Mann hervorbringen. Hier wie dort das Mysterium der Geburt, das in beiden Fällen mit Lebensgefahr verbunden ist.

Man nehme allein die Explosionen des Trieblebens. Ich will kein Engländer sein, lieber Onkel, wenn das nicht allein schon Wahnwitz ist. Ich bin zum Skelett abgemagert. Der Dienst, den niemand von mir verlangt, ist fürchterlich. Aber warum ist er fürchterlich? Weil er Genüsse betäubender, verwirrender, völlig betörender Art in sich schließt, die uns bis dahin nicht bekannt waren und nach denen man also mit lechzender Gier immer wieder verlangt, zugleich gehetzt von quälender Angst, sie könnten einem durch Tücke des Schicksals plötzlich entzogen werden. Diese Angst ist meist eine vollständig sinnlose. Nur dann aber ist man von ihr befreit, wenn man den geliebten Gegenstand umfangen und buchstäblich gefangen hält.

Onkel, ich bin wahrhaftig kein Zyniker, aber ich komme mir manchmal wie einer vor. Es handelt sich da um Dinge, die, wenn man sie mir von andern erzählt hätte, mir Schlüsse von Verworfenheit und dergleichen aufgedrängt hätten, obgleich alles vielleicht nur auf eine erheblich gesteigerte Temperatur, also beschleunigten Puls und beschleunigtes Lebenstempo zurückzuführen ist. Jawohl, es handelt sich hier um ein Fieber, eine vertrocknende Fieberglut, einen vertrocknenden Schlund, eine brennende Wut, einen Wüstendurst, ja einen Durst wie jenen des reichen Mannes in der Hölle, den Lazarus nicht durch einen Tropfen Wassers lindern darf ... Ein solcher Durst also sucht überall mit kühner, mit frecher Rücksichtslosigkeit und Waghalsigkeit seine Befriedigung: dort, wo zwei Türen davon der Arzt mit der Krankenschwester am Bette der Mutter steht, dort, wo jeden Augenblick die Klingel des Inspizienten Marion auf die Bühne rufen kann, nachts oder gegen Morgen unter Apachengefahr auf den Bänken des Bois de Boulogne, in der Eisenbahn, im Getreidefeld, kurz überall, lieber Onkel, wo Ort und Augenblick mit der Distinktion eines Lords nicht entfernt in Übereinstimmung zu bringen sind. Und auch Marion ist im Kloster erzogen ...

Schließlich entbehrt dieses alles nicht der Sinnlosigkeit. Du weißt, unser alter deutscher Diener Krause ist mit mir, den Vater sich seinerzeit aus Hannover mitbrachte;: Sein Takt und seine Ergebenheit sind über jeden Zweifel erhaben. Und eine Menge Schlafräume, von einem erfahrenen, freundlichen alten Mädchen bedient, atmen die vollkommenste Diskretion. Was ist zu tun? Dieser Eros scheint sich im Bereiche des wilden Zufalls und außerhalb aller abgesteckten Grenzen des Hergebrachten und Verpflichtenden am wohlsten zu fühlen.

Willst Du mir glauben, dass, während ich auf der einen Seite von dem Gedanken eines neuen, höheren Lebens, einer tätigen, nach höchsten Zielen ringenden Zukunft besessen bin, ich zugleich eine ausgesprochene Neigung zum Vulgären bekommen habe? Wir sind nicht nur oft in Moulin Rouge zu sehen, nicht nur in den Studentenkneipen des Quartier Latin, sondern auch in Montmartre-Lokalen, wo sogenannte Künstler, Straßendirnen und Apachen ständige Gäste sind. Dort unter allerlei Pärchen als eben auch so ein Pärchen zu sitzen ist ein schwer zu beschreibendes Vergnügen für uns. Diese Leute von der Straße, Gassensänger, Zeitungsverkäufer, Leierkastenmänner, Dirnen und Zuhälter, sind von einer vollendeten Höflichkeit. Fällt Marion etwas auf die Erde, gleich bücken sich vier, fünf Köpfe danach. Man bietet uns Zigaretten an, bettelnde Eindringlinge stoßen auf eine selbstverständliche Freigebigkeit. Vielleicht mehr, als Dir gut scheint, habe ich mir, wie Du siehst, Deinen Rat, in die Tiefe der Gesellschaft zu tauchen, zu Gemüte geführt.

Hiermit schließt leider das erfrischende Dokument.

Dresden, am 12. Mai 1898.

Die Stadt blüht, und ringsum ist Harmonie. Melitta ist dankbar für meine Gegenwart, wir freuen uns einfach der schönen Jahreszeit, besuchen Theater und Restaurants und machen mit den Kindern Ausflüge.

Meine Winterreise mit Anja und Joël erfuhr zuletzt eine schöne Steigerung. Es war mir gelungen, den blonden Siegfried, Emmerich Rauscher, von den beiden um ihn kämpfenden Frauen für einige Wochen loszumachen, und als er mit Feldstuhl, Staffelei und Malkasten, Utensilien, die er seine Malgebeine nannte, in Lugano aus dem Zuge sprang, schien er so heiter, zuversichtlich und sorgenfrei wie in seiner besten Zeit.

Etwas Aufschwunghaftes kam durch Rauscher in unseren Kreis. Man wundert sich nicht, dass die Frauen ihm nachstellen. Irgendwie wird man froh und festlich gestimmt in seiner Gegenwart. Wenn ihn die wunderbare Luft und Natur von Lugano entzücken, so ist das ein Grund, um doppelt und dreifach von ihr beglückt zu sein. Meine heimliche Freude war groß, wenn ich ihn an irgendeiner schönen Stelle, an der Straße nach Cassarate etwa, hinter seiner Staffelei beobachten konnte, in Ausübung seiner Kunst, die er infolge seiner Ehewirren fast aufgegeben hatte. Das wiedergewonnene freie Dasein gefiel ihm so gut, dass er allerlei kühne Pläne äußerte. Er habe von den Frauen eigentlich nie etwas wissen wollen und sei schließlich nur immer in ihre Schlingen gefallen. Nun fühle er, wie eine ganz entschiedene Wendung seiner versklavten Umstände sich ankündige. Noch einmal müsse er zwar nach Berlin zurück, dann werde er aber auf lange Zeit hinaus für jedermann unauffindbar sein. Eine naturnahe Lebens- und Arbeitsperiode in den völlig fremden Verhältnissen irgendeiner Südseeinsel schwebt ihm vor, etwa nach dem Vorbilde Gauguins, der sich und seine Kunst in selbstgewählter Verbannung auf Tahiti erneuert.

Es ist das einzige, was ihn retten kann.

Unvergessliche Abende haben wir in der Nische einer stillen italienischen Trattoria zugebracht, am runden Tisch, um die Korbflasche herum, im Holzkohlenduft der nahen Bratküche, im Genuss italienischer Speisen und schöner Früchte und vor allem unser selbst. In diesen bedeutsamen Stunden, die sich meist bis tief in die Nacht fortsetzten, schwieg jeder andere Wunsch als der, möglichst lange in einem Zustand zu verweilen, der uns, wie eben unserer, wunschlos machte. Er enthielt ein Genügen, dessen Wesenhaftes schwer auszusprechen ist. Es steigt vielleicht aus der Kraft, alles Miserable des Daseins auszuschließen, alles Gute, Große und Schöne zu lieben, gastlich zu hegen und, als einzigen Gegenstand endloser, heiterer Gespräche, zu verehren.

Auch im Verkehr mit Melitta besteht in guten Zeiten diese Möglichkeit, und wer uns in diesen Tagen begegnet, die ich, ohne die Nemesis herauszufordern, als gute bezeichnen möchte, würde nichts von der Tragik ahnen, die in uns verborgen ist. So ist es mir eben doch gelungen, durch die überwiegende Versöhnungstendenz gegenüber dem Unvereinbaren unserer Zustände, Melitta eine verhältnismäßig heitere Lebensform zu erkämpfen, was meine instinktive Absicht gewesen ist.

Wir sprechen von Rauscher, sprechen von Joël, den ich ihr vorgestellt habe, sprechen sogar von unserer Luganeser Tafelrunde, inbegriffen Anja, mit Unbefangenheit. Melitta denkt mich in Berlin zu besuchen, was mich allerdings in mancherlei Peinlichkeiten verwickeln würde.

Übrigens hat sie sich hier einen angenehmen Kreis geschaffen, ist beliebt und wird verehrt, besucht Ateliers von Malern und Bildhauern, Menschen, die ohne Vorurteile, strebsam und heiter sind und durch die sie in das lebendigste Leben verwickelt wird.

Berlin-Grunewald, am 5. Juli 1898.
Seit einigen Tagen bin ich in meiner neuen Wohnung in Grunewald. Ein tiefer Schatten ist gleich zu Anfang hineingefallen.

Anja kam gegen Mittag aus der Stadt. Ohne auf meine Begrüßung einzugehen, ließ sie es zu, dass ich ihr aus dem Mäntelchen half. Ein bisschen befremdet durch ihre Schweigsamkeit, wollte ich eben eine Frage tun, als sie mir die Pupille ihres linken Auges zeigte. Sie war erweitert. Ich erschrak. Ein Augenarzt hatte ihr Atropin hineingegeben.

Es habe sich ein schwarzer Fleck vor dem Auge eingefunden, sagte sie, sie habe sogleich den Arzt aufgesucht und dieser einen Netzhautriss festgestellt. Hoffnung, dass der schwarze Fleck sich verlieren werde, habe er ihr nicht zu geben vermocht.

Sie hielt sich nicht mehr, begreiflicherweise: Anja brach in Tränen aus. Sie dürfe nun nicht mehr lesen und schreiben, womit auch der Beruf als Geigerin unterbunden sei. Sie könne fortan weder turnen noch radfahren, was ihr doch bei ihrer Freude an sportlichen Dingen eine große Entsagung bedeute. Dabei hatte der Arzt zur Vorsicht gemahnt, es könnten, würde sie außer Acht gelassen, neue Netzhautrisse und also neue Verfinsterungsflecken auftreten.

Also auch Anja ist nun von einem Hiobsschicksal gestreift worden. Ihren großen, dunklen Augen sah man es niemals an, dass sie kurzsichtig sind. Man sieht ihnen auch den neuen Defekt nicht an. Natürlich erging ich mich in allen möglichen und unmöglichen Trö-stungen, wobei auch diese Tatsache immer wieder törichterweise Er-wähnung fand. Gewöhnung, sagte ich, werde sie bald das kleine Seh-hindernis bis zur Unbemerklichkeit überwinden lassen. Und wirklich: An eine solche Möglichkeit und Wahrscheinlichkeit glaube ich. Ich beschwor sie vor allem, nicht zu weinen. Ein gleichsam monatelanges Sterben der Mutter und das ewige Weinen aus Nervenschwäche und Abschiedsweh machte ich für das eingetretene Übel verantwortlich. Ich liebe, liebe Anja und fühle es tausendfach in einem solchen Augenblick. Was aber sagt ein Liebender etwa zum andern unter solchen Umstän-den? Geliebte, ich bin dein zweites Ich. Du wirst mit meinen Augen sehen, soweit dich die deinen im Stich lassen. Ich bin du, du bist ich. Ich werde keinen Beruf mehr haben in der Welt, als dir, nur dir zu Diensten zu sein.

Und wirklich, Anjas Liebe zu mir, meine Liebe zu ihr hat ihr schon im Laufe des heutigen Nachmittags mindestens zu einer verständigen Fassung durchgeholfen. Stundenlang war ich um sie bemüht, und schließlich hatte sich ihr resoluter Lebensmut wiedereingestellt. Immer-hin: Kaum glaubten wir, ein wenig festeren Boden unter den Füßen zu fühlen, mit einer Menge von Widerständen fertig geworden zu sein, die ärgsten Hindernisse aus unserem Weg geräumt zu haben, da trifft von irgendwoher ein Pfeil aus dem Hinterhalt und reißt eine neue, unheilbare Wunde.

Schlierke, am 28. Juli 1898.

Vor wenig Tagen, am fünfundzwanzigsten, traf ich meinen Vater im Lehnstuhl am offenen Fenster sitzend an. Er war etwas bleicher als gewöhnlich. Seine angeschwollenen Beine waren hochgelegt. Er betrach-tete die ihm so liebe Gegend, wie es mir schien, mit einer gelassenen Heiterkeit. »Es ist hübsch, dass du noch mal kommst!«, sagte er. Dann sprachen wir still und friedlich zusammen. Es war das erste Mal, dass er in meiner Gegenwart Anja erwähnte, und zwar mit den Worten: »Wo hast du denn deine Kleine zurückgelassen?« Es lag eine Uhrkette auf dem Tisch, über dem sich der schwarze Schrank mit dem von meinem Vater geschätzten Tischlerwerkzeug erhob. Er wusste, dass ich die Kette von jeher bewundert hatte. Ich tat es wieder, gewohnheitsgemäß. Er bemerkte wie beiläufig: »Nimm sie dir! Aber nimm sie dir gleich!«, wiederholte er und ruhte nicht eher, als bis ich sie an der Weste befestigt hatte.

Mutter weckte mich in der folgenden Nacht, weil Vater unruhig und von Beängstigungen befallen wurde. Wir setzten ihn auf den Großvaterstuhl im Wohnzimmer. Er schien beruhigt und hieß uns zu Bette gehn. Am Morgen wurde der Arzt geholt. Ich sah Vater erst, als er schon bei ihm war. Man hatte ihm das sogenannte türkische Tuch meiner Mutter um die Schultern gelegt, er saß auf dem ärmlichen Diwan seines kleinen Arbeitszimmerchens. Seine Beine waren in Decken gewickelt. Ich setzte mich ihm zur Seite und griff seine Hand. Der Arzt hatte Knie an Knie mit ihm auf einem Rohrstuhl Platz genommen.

Seine Untersuchung hatte, wie er sagte, nichts Erhebliches festgestellt. Die kleine Indisposition ginge wohl bald vorüber. Da, unter seinen Händen und Worten, eigentlich ohne Ankündigung, brach der große Anfall aus. Immer schneller senkte und hob sich des Kranken Brust. Er glaubte die letzte Stunde gekommen. Gott gebe, dass es seine schwerste gewesen ist. Jedes Ausstoßen des Atems war ein unfreiwilliger Schmerzensschrei, jedes Einholen der Luft ein Rasseln und Röcheln: Beides drang durch das ganze Haus. Kopfnickend sah er uns in den Pausen an, wie: Ja, ja, nun ist es wirklich soweit, daran ist nun eben nichts mehr zu ändern. Und nachdem er die sehnsüchtig erwartete, vom Arzt verschriebene Medizin eingenommen, sagte er: »Keine Linderung!« Dabei hing sein Auge an der Medizinflasche mit verzweifelter Hoffnung und furchtbarer Seelenangst. Man hatte ihm jetzt die eiskalten Hände an eine mit heißem Wasser gefüllte grüne Brunnenflasche gelegt, die zufällig das Etikett einer Mineralquelle trug, die vor Jahren uns gehört hatte. Nie vergesse ich dieses »Keine Linderung!«. Es kam aber doch eine Linderung. Die Hände des Kranken krampften sich, der Kopf ward von einer fremden Macht nach hinten geworfen, das Auge brach, und die Lebensfrist, die ihm vielleicht noch gegeben war, schätzte der Arzt nach Sekunden. Allein der Kranke sank nur in einen tiefen Schlaf, und bis heut ist ein ähnlicher Anfall nicht wiedergekehrt.

»Wenn nur nicht noch allzu viel Leiden vor dem Ende durchzukämpfen sind!«, hat Vater gestern zu Mutter gesagt. »Das Ende ist mir nicht fürchterlich, was dann kommt, darauf bin ich vorbereitet.«

Heute Morgen, als er erwachte, lehnte er jede Unterhaltung mit der Begründung ab, man solle ihn dort lassen, wo er sei, und nicht wieder ins Leben zurückreißen. Vater war allezeit ein beherrschter Mensch, der keinen schlimmeren Vorwurf kannte als den der »Gefühlsduselei«. Aber nun hatte er eine Landschaft, einen Garten gesehen, eine Empfindung von Wonne gehabt, von der er sich nicht mehr trennen wollte. Kissen und Rollen mussten verlegt werden. Auf alle mögliche Weise wurde versucht, die Lage wiederzufinden, in der ihm das Wunder zuteil wurde. »Es war Kindheit!«, sagte er.

Ist es vielleicht doch Rekonvaleszenz, die ja mit vielen Zeichen jugendlicher Erneuerung verbunden ist? Ein altes Weibchen von denen, die nie fehlen, wo ein Todesfall in der Luft liegt, ist allerdings nicht der gleichen Meinung. Er habe das Paradies gesehen, sagte sie, in das er in wenigen Tagen eingehen werde.

Vor einigen Tagen noch war ich bei Anja in Grunewald. In den partiellen Verlust der Sehkraft des einen ihrer lieben, schönen Augen hat sie sich tapfer hineingefunden. Was aber noch immer in ihre Seele seinen Schatten wirft, das ist das Krankenlager, der Tod ihrer Mutter. Nicht nur ihre Träume, sondern auch gewisse schreckhafte Nervenerregungen am hellichten Tage zeugen davon.

Sie hat mich auf meiner Reise hierher bis Königswusterhausen begleitet. Während der Fahrt erzählte sie mir: Sie habe Violine geübt und sei plötzlich unterbrochen worden. Oder besser: Sie unterbrach sich selbst und war nicht imstande weiterzuspielen, weil irgendein Ton, ein Klingelzeichen ihr plötzlich die Mutter gegenwärtig gemacht habe. Sie wollte nun wissen, was es gewesen sei, und erfuhr, die in der Küche tätige Wienerin habe unversehens eine Handklingel vom Tische gestoßen. Es war ebendieselbe Klingel, die wochenlang am Krankenbett der Mutter gestanden hatte und von ihr gebraucht worden war, wenn sie jemand herbeirufen wollte.

Ich habe während der schweren Stunden meines Vaters immer wieder an die sonderbare Schelle von Anjas Mutter denken müssen, die der Köchin vom Tische fiel.

Berlin-Grunewald, am 3. Oktober 1898.

Was ist alles geschehen inzwischen?! Nichts, als dass mein Vater gestorben ist.

Seit ich Bewusstsein habe und darin das Bild meines Vaters trug, war in mir die Furcht vor dem, was jetzt eingetreten ist. Nun aber ist es bereits vorüber: Es erschien wie der Dieb in der Nacht, und schon entferne ich mich weiter und weiter davon, förmlich mit Siebenmeilenschritten. Auch die Zeit des Wartens und Fürchtens scheint mir nun wie ein Augenblick. Irgendwo stehen die Worte zu lesen: »Das, was nach tausend Jahren geschehen wird, das wird schnell eintreffen.«

Ich habe die Totenmaske meines Vaters nehmen lassen und hier in meiner engen, gewölbten Mönchsbibliothek aufbewahrt. Wenn ich den Deckel der kleinen, altertümlichen Truhe öffne, darin sie geborgen ist, und sie aus ihrer Hülle von schwarzem Samt herausschäle, so tritt ein unaufhaltsames, automatisches Tränenfließen bei mir ein, ein eigentümliches, mir völlig unbekanntes Phänomen, das so lange dauert, als ich sie anblicke.

Die Nachricht, es sei wiederum eine Wendung zum Schlimmen eingetreten, erreichte mich abends auf Hiddensee. Nach einer forcierten Reise traf ich vierundzwanzig Stunden später in Schlierke ein und habe den Vater noch lebend getroffen. Es war nicht zu erkennen, ob er an meinem Kommen noch Anteil nahm.

Im Morgengrauen trat dann das Erwartete ein. Der Kranke wünschte, dass Schwester Balbina, eine Nonne, ihn im Bett aufrichte. Er schob die Füße aus dem Bett heraus und saß auf dessen Kante, als ob er aufstehen wollte, als der Tod ihn traf. So, noch lebenswarm, fanden ihn Julius und ich, die der schreckliche Ruf unserer Schwester »Vater stirbt!« aus dem Schlaf gerissen hatte. Der Tod hatte eben die Stunde bei Tagesgrauen gewählt, die sich mein Vater als die nun einmal nicht zu umgehende letzte immer gewünscht hatte.

Ich fühlte die letzte Wärme in ihm. Die Nonne flüsterte: »Nur nicht laut sprechen.« Wie ein weißer Vorhang sank es über seinen Scheitel, seine Stirn, sein Gesicht und weiter allmählich herab.

Es kam der Arzt, der den Tod meines Vaters attestieren musste. Warum fiel eine kurze Angst mich an, als der Arzt den Leichnam behorchte? Wie, wenn das Herz noch schlüge, der Tote erwachte und das furchtbare Leiden aufs Neue anfinge? Es war eine überspannte

Befürchtung, aber schon der bloße Gedanke an eine solche Möglichkeit flößte mir Grauen ein.

Um elf Uhr früh war Vater bereits aufgebahrt, um zwölf Uhr das Begräbnis bestellt, um ein Uhr der Platz auf dem Kirchhof ausgesucht. In mir stieg eine Woge von Hass, wie ich ihn kaum je gefühlt, beim Anblick des Totengräbers auf. Im Verhandeln mit ihm verlor sie sich.

Wir haben Vater am dritten Tage, vor und mit Aufgang der Sonne, also früh gegen fünf, zur Ruhe gebracht.

Um dreiviertel fünf betrat ich die Straße. Es herrschte eine graue, tiefe Dämmerung. Hinter großen Gewölken ahnte man Licht. Ich ging allein. Blasse Himmelsstellen waren sichtbar. Da begannen die Glocken eines Kirchturms zu läuten, wie wir es angeordnet hatten. Jeder Ton, der erscholl, war allein für ihn. Da brach alles Rätsel, alle Liebe in mir auf.

Auch davon hatte Vater zuweilen gesprochen, dass er wünsche, bei Morgengrauen beerdigt zu werden. Er wollte des Glaubens schon leben und ihn durch die letzte Fahrt betont wissen, am Anfang eines großen Morgens zu sein. Wären wir doch eine Dämmerstunde früher aufgestanden! Das erwachte Leben der Gasse beleidigte mich. Schon als sie den Toten aus seinem Hause heraustrugen, gab mir der Zynismus des Alltags einen Schlag vor die Brust. Ein Kutscher des Leichenwagens auf der gegenüberliegenden Straßenseite schlug sein Wasser ab. Arbeiter, lebhaft sprechend, überholten dann den Leichenzug und rissen flüchtig die Mützen herunter. Alles und alles, die glotzenden Blicke der Neugierigen, die berufliche Beileidsmiene des Pastors, die sogenannten Leidtragenden – alles und alles, mit dem Stempel des Alltäglichen behaftet, beleidigte mich.

Nun, auch das ist vorübergegangen.

Grünthal, den 24. Juli 1899.

Das Gestern hab ich verloren,
Das Morgen muss ich suchen gehn,
Eine bange Stunde ist mir gewiss.

Es gewittert und wetterleuchtet. Von Zeit zu Zeit rauscht ein Platzregen über das Haus und in die Wipfel der hundertjährigen Linden vor dem Fenster. Es ist eine halbe Stunde vor Mitternacht. Eine schwere kosmische Bangnis zwingt mir die Feder in die Hand. An dieses Tagebuch habe ich lange nicht gedacht. Wie lange nicht? Die letzte Eintragung stammt, wie ich sehe, vom 3. Oktober vergangenen Jahres, was darin steht, weiß ich nicht. Zwischen heut und damals liegen neuneinhalb Monate.

Ich bin wieder Hausvater. Melitta und die Kinder schlafen nebenan. Sie schlafen. Man schläft inmitten der Bangnisse, Gefahren und Furchtbarkeiten des Lebens. Die letzten Monate waren voll davon.

Es gewittert, wie gesagt. Es blitzt, und ich zucke zusammen. Man hat wohl Grund zusammenzuzucken, wenn plötzlich der Himmel zerreißt und Verderben herniederfährt. War es denn darauf abgesehen, als die Sonne schien und der Monat Mai die Menschen beglückte?

Caroline mit ihren Kindern ist hier. Sie ist Witwe geworden. Ich habe sie nach neun schweren Tagen – darunter die letzten, die Marcus zu leben hatte – von Wentdorf hierher geleitet. Mutter und Kinder sind über mir, in den engen Dachkammern, untergebracht.

Der Todeskampf meines Bruders Marcus war ein furchtbarer. Genug davon. Wie kommt es, dass Menschen solche übermenschlichen Foltern zu erdulden haben? Sein lautes Röcheln wurde während dreimal vierundzwanzig Stunden in allen Nachbarhäusern gehört und ließ die Leute des Nachts nicht schlafen.

Ein Brief meines Bruders traf mich vor vierzehn Tagen hier, noch eigenhändig von ihm geschrieben. Er legte die Sorge für die Seinen in meine Hand. Es war das einzige, was man aus den wirren Zeilen herauslesen konnte. Caroline schrieb, er sei erkrankt. Da mich die Fassung des brüderlichen Briefes das Allerschlimmste ahnen ließ, ja, da ich in ihm den letzten Notschrei erkannte, trat ich sogleich die Reise nach Wentdorf an.

Beruhigen über das Schicksal der Seinen konnte ich ihn nicht mehr, der Todeskampf war bereits eingetreten.

Ich schreibe bei einem Petroleumlämpchen. Überallher, als wenn dieses noch gelöscht werden sollte, drängt und drückt eine tiefe, heiße, feuchte Finsternis. Verirrte Insekten, Käfer, Nachtschwärmer taumeln herein. Leben wir denn nicht auch am hellichten Tag in einer ähnlich erstickenden Nachtschwärze, die selbst den Raum nur durch die Bewegung der Luft ahnen lässt?

Eben hat es wieder geblitzt. Alles, der Garten, das Tal, die Wiesenbäche, die Berglehnen, die Hütten, Fernes und Nahes, lag für einen

Augenblick wie unter dem hellsten, ruhigsten Mittagslicht. Schon hat alles die Nacht wieder eingeschluckt. Wenn man rückwärts blickt, ist es dann etwa anders mit unserem Leben?

Die meisten Menschen unterliegen wohl immer wieder, Gott sei Dank, möchte man sagen, ein und demselben Gedankengang: Gewiss, mein Vater, meine Tochter, mein Vorgesetzter starb. Das hat seine Nachteile und hat seine Vorteile. Sonst geht mich die Sache am Ende nichts an. Ein furchtbares Unglück ist geschehen, es sind Bergleute verschüttet worden. Bei einem Eisenbahnunglück sind viele Menschen, darunter Bekannte, zerquetscht, verbrannt, zerrissen worden, sind auf entsetzliche Weise zugrunde gegangen. Man liest das des Morgens in den Zeitungen. Natürlich, wozu sind die Zeitungen da? Das Zeitunglesen hat seine Zeit. Man wird deshalb nicht eine Minute später vom Frühstück aufstehen. Dass einem selber etwas dergleichen passieren könnte, damit rechnet man ja eigentlich nicht, gewöhnt, selbst wenn man an die eisernen Notwendigkeiten, die Naturgesetze denkt, sich stillschweigend auszunehmen. Da aber plötzlich, mit einem Male, spürt man ganz nahe eine furchtbare, unversöhnliche Macht, die man ebenso wohl einen unversöhnlichen Feind nennen könnte, die in einem Augenblick dem einen armen Gimpel die Belehrung und dem andern die Vernichtung bringt. Sie hat lange gezögert, aber nun ist sie gekommen!

Mir ist, als müsste diese schadenfrohe, gnadenlose Macht, dieser von Tücke und Wut weißglühende Dämon und alles zermalmende höllische Scharfrichter im nächsten Augenblick hervortreten und an mir vollstrecken, was seines Amtes ist.

In Wentdorf, nach schlimmsten Tagen und schlaflosen Nächten, in denen ich nur immer Gott bitten konnte, den Bruder vom Leben zu erlösen, traf mich ganz unvermittelt die Nachricht von meines Freundes Emmerich Rauscher schwerer Erkrankung und am Tage darauf von seinem Tode. Überdies ist am gleichen Tage, als mein Bruder starb, ein Blitz in eine der Linden vor unserem Hause gefahren, hat Äste abgeschlagen und einen Pfosten der Laube geschält, in der meine Mutter und meine Schwester saßen, die, halb betäubt, mit dem Schrecken davonkamen. Kann man sich da des Gedankens erwehren, dass man durch irgendeinen geheimen Urteilsspruch – Vater, Mutter, Schwester, Bruder, Freund – dem Verderber zur Exekution überantwortet werden sei?!

Welche Ahnungen, welche näher und näher dringenden Drohungen!

Emmerich Rauscher also ist tot, dessen seelische Gesundung in den hoffnungsvollen Luganeser Tagen so nahe schien. Er starb in dem furchtbaren Coma diabeticum an einer schnell verlaufenden Zuckerruhr. Nach dem lustigen Abschied in Leipzig, auf der Rückreise von Italien, mit dem allerfröhlichsten, zuversichtlichen Ruf »Auf Wiedersehen!« habe ich ihn aus den Augen verloren. Nun wird sein Fehlen im Kreise der Lebenden fast zur Unbegreiflichkeit. Man muss auf die düsteren Ahnungen, die in der römischen Zeit seine krampfhaften Umstände hervorriefen, zurückkommen, wenn man diesen jähen Ausgang verstehen will. So betrachtet, ist Rauscher ein Mann, den Liebe getötet hat.

Kann mir das Unerwartete, kaum Gefürchtete nicht ebenso nahe wie Rauscher sein? Ist nicht die Macht, deren Joch ich trage, die nämliche?

Sollten wir wirklich noch von Verantwortung reden bei alledem? Ich bin völlig verzagt, völlig eingeschüchtert. Meine Konflikte, ob Anja, ob Melitta, scheinen mir lächerlich. Anjas, meine und Melittas Schmerzen um dieser Sache willen erscheinen mir lächerlich. Im Grubenlichte dieser Nacht, in den Bedrängnissen und Erschließungen dieser Nacht treten sie mir als ein unverschämter, herausfordernder Dünkel vor die Seele, gemacht, die Nemesis auf uns herabzurufen. Was einigen wir uns nicht, was lieben und beglücken wir uns nicht nach allen unseren Kräften in dieser furchtbaren Abhängigkeit, in dieser kurzen Gnadenfrist, deren Ende im Tausendstel eines Augenblicks ohne Kündigung eintreten kann? Warum bin ich hier, und Anja ist tot? Ich dulde, dass sie für mich tot ist, obgleich sie lebendig ist. Oder ist ein Mensch, der nicht bei uns ist, für uns nicht so lange tot, als er nicht bei uns ist? Und ist dieser Verlust wiedergutzumachen? Kann ich Anja für die Zeit je wieder lebendig machen, in der sie für mich tot gewesen ist?

Was wühlt, wimmelt, atmet, ächzt, träumt, weint, wartet, lauert, wird, wächst und stirbt nicht alles im Bauch der Nacht! Die Zimmerdecke knirscht über mir. Ich höre ein weinendes Kinderstimmchen. Die arme Witwe läuft hin und her, um erwachte Kinder, die sich fürchten, zu beruhigen. Wo ist bei solchen Umdrängungen, solchen Gefühlen von Begrabensein unter feindlichen Mächten der Welt die sogenannte Kultur? Die Geschichte, die Geografie, das Einmaleins, der Darwinismus, die allgemeine Wehrpflicht, die Errungenschaften der Technik, der Antisemitismus haben nichts dabei zu tun. Dagegen ist das Gefühl, das elementare Gefühl der Ohnmacht da des auf Gnade und Ungnade Preisgegebenen. Mag sein, dass die Zerknirschung, die Urangst, das Zittern, das damit verbunden ist, in die Gebiete des Religiösen hinüberführen.

Ich schließe ab. Ich rufe die Bewusstlosigkeit. Doch kann ich die Hoffnung, im Licht zu erwachen, nicht aufgeben.

Dresden, am 12. November 1899.

Es ist eine neue Welle, Woge, Flut, Sorge oder Freude, die mich heute trägt. Ihr tieferes Wesen muss noch geheim bleiben. Es ist nicht mehr die einsaugende, rückwärts treibende, rückwärts reißende, einschlürfende, nächtliche Ebbe, deren Opfer ich noch jüngst in Grünthal war, mit den dumpfen Gewitterschlägen, so hörbaren als unhörbaren. Sind dies etwa zu große Worte? Ja, wenn sie klein wirken: denn es gibt keine Worte, groß genug, um an das Leben und an das Lebensschicksal auch nur eines Menschen heranzureichen. Es ist ein bloßer Gedanke, eine Wirklichkeit des Gedankens, die Idee von etwas, das sich raunend, nicht einmal flüsternd ankündigt. Dieser Gedanke freilich, diese Idee hat in einem irdischen Keime ihren Ausgangspunkt. Das Geheimnis bleibt ungelüftet. Aber die Woge, die große, vorwärts tragende Woge ist da, die große Flut.

Wenn ich das Geheimnis nicht einmal diesen nur mir bekannten Blättern anvertraue, so ist es nicht darum, weil das, was daran eine große Tatsache ist, von unberufenen Augen entdeckt werden könnte. Nein, es ist das Zarte daran, das Wunderbare, das Heilige darin, was vorerst selbst den Weg in die Hieroglyphe des Griffels scheut, sich fast vor mir selbst geheimhalten möchte. Dieses Erlebnis zartester Geistigkeit lässt jeden Vergleich als zu grob erscheinen, den man heranzöge, um es verständlich zu machen, mit der Rosenknospe etwa, die, fest verschlossen, allein von ihrem Inhalt weiß, mit den märzlichen Frühlingsschauern beim Anblick eines Krokusfeldes am Rande der Schneegrenze! Diese Vita nuova, in deren Inneres das Geheimnis gebettet, mit der es verbunden ist, lässt sich vielleicht durch lyrische Poesie oder, was das Gleiche ist, durch Musik ausdrücken.

Das Weib ist vom Manne befruchtet worden. Der männliche Keim wurde von je im weiblichen Körper zur Reife gebracht. Später hat dann die Seele des Weibes die Seele des Mannes befruchtet, einen weiblichen Keim in sie gelegt, dem die Veredlung dieser Seele, ihre Beseligung,

242

wenn sie beseligt ist, ihre Besänftigung, wenn sie besänftigt ist, allein zu danken ist. Kinder können wir nicht zur Welt bringen. Seltsamerweise blieb unser beneidenswertes Geschlecht verschont von dieser furchtbaren Aufgabe. Aber etwas Analoges zum Werden, Wachsen und Geborenwerden des Liebeskeimes tritt in der Seele des echten Mannes ein, wenn er von der Seele eines geliebten Weibes erkannt worden ist. Mit diesem Vorgang im Leben des Mannes ist Freude im allerzartesten Betracht verknüpft.

Ich meine nicht Herrennaturen mit Schnauzbärten, die den Begriff des Männlichen, das sie verehren, mit Zorn, Härte und Dickfelligkeit und nur den Begriff des Weiblichen, das sie verachten, mit Weichheit, Güte und Zartheit verbinden: Ihre Härte, ihr Zorn, ihre Dickfelligkeit machen sie keineswegs weiser und retten sie ebenso wenig vom Tod, wie Weichheit, Güte und Zartheit zum Toren machen oder ein frühes Sterben nach sich ziehen. Und übrigens, Männer mit wetterfestesten Ansichten sind oft und oft jämmerlich verstrickt in die allerweichliste, allerfeigste Bigotterie, während Heldentaten erstaunlichster Art von Weichlingen getan werden.

Es ist eine neue Welle, Woge, Flut, Sorge oder Freude, die mich heute trägt. Ihr tieferes Wesen muss noch geheim bleiben. Wenn ich aber die Sorge darum herausgreife, so kann ich mir nicht verhehlen, dass sie, wenn auch von Freude und Hoffnung getragen, eine bitterschwere ist.

Denn das Schöne, wovon ich schweige, ist doch auch dazu verurteilt, alles Hässlichste in der Welt wider sich aufzurufen. Sollen wir sagen, das Dichten und Trachten des menschlichen Herzens ist böse von Jugend auf, und das sei die Ursache? Sagen wir lieber, das Dichten und Trachten des menschlichen Herzens ist wirr von Jugend auf.

Ich lebe hier im Kreise meiner Familie. Mag sein, dass ein gewisser Trieb, gleichsam Nester zu bauen, mit dem unausgesprochenen Neuen zusammenhängt, das in mein Leben getreten ist. Ich habe einen Bauplatz an der Elbe gekauft und bin eben wieder mit Melitta und den Kindern dort gewesen, um ihn zu besichtigen. Was für ein wunderliches Quiproquo! Oder ist es kein Quiproquo, wenn ich eigentlich ein Asyl für jemand anderen und noch jemand anderen gemeinsam mit mir errichten will, es aber für Melitta und mich errichte? Aber der Trieb ist unwiderstehlich. Er ähnelt, wie gesagt, einem Zustand, wie es das Nesterbauen und Zu-Neste-Tragen der Vögel ist.

In einem solchen Zustand verdichtet sich Jugend, deren Wesen Hoffnung ist, deren Wesen wiederum Heiterkeit. So bin ich denn unter dem erwärmten Blicke Melittas – es ist ein milder, schneefreier Tag – auf dem Rasen und zwischen den Obstbäumen des Bauplatzes mit den Kindern herumgetollt.

Welches grausame Versteckenspiel fordert doch von uns mitunter die Wirklichkeit! Man ist gezwungen, jemand in den Taumel einer Hoffnung zu verwickeln, deren Verwirklichung auf Kosten seines Lebensglückes geht, ihn an einer Erneuerung teilnehmen zu lassen, die für ihn nicht nur keine ist, sondern dazu führen muss, die letzte Möglichkeit einer solchen für ihn auszuschließen. Und doch ist meine Absicht durchaus nicht, zu täuschen. Ich möchte Melitta, ich möchte die Kinder allen Ernstes an dem neuen Lebensabschnitt und Aufschwung teilnehmen lassen, der sich ankündigt. Dies ist noch möglich im Augenblick. Aber wird es noch möglich sein und sich fortsetzen lassen, wenn der Keimpunkt des kommenden Aufbaues nicht mehr zu verbergen ist?

Ein hübsches Landhaus mit freier Aussicht über den belebten Strom soll für Melitta und die Kinder errichtet werden. Und zwar soll es deshalb errichtet werden, weil ich für Anja und mich ein Landhaus in meiner Heimatgegend bauen will. Dies zu tun, uns beide endlich unter dem gleichen Dach zu vereinigen, ergibt sich als eine Notwendigkeit. Doch könnte ich mir die Verwirklichung dieses Planes nicht abringen, wenn ich nicht Melitta und die Kinder vorher aus der dürftigen Etage herausgenommen und in gleicher Weise versorgt hätte. Selbstverständlich, dass der Bau von zwei Villen zugleich meine materiellen Kräfte aufs Äußerste anspannen muss.

Diese Seite der Sache indessen belastet mich nicht. Ich fühle Kräfte, ich fühle Gewissheiten, Steigerungen der Arbeit, Wirkung ins Allgemeine, ich fühle Zukunft unter den Flügeln trotz alledem, besitze Freunde, habe Hilfsquellen und werde ganz gewiss das durchsetzen, weshalb mein ganzes Wesen Wille und nur Wille geworden ist.

Melitta ahnt die wahre Ursache meines Handelns nicht. Ihr forschender Blick, den ich auch heute auf dem Grund und Boden ihres künftigen Hauses immer wieder auf mir ruhen fühlte, kann unmöglich dahinterkommen. Ihre zaghafte Deutung geht, bitter genug für sie und mich, dahin, als ob ich nunmehr die Anstalten träfe, meine Genie- oder Künstlerfahrten aufzugeben, um auf neuer, besserer Basis ein

Bürgerleben mit ihr und den Kindern aufzubauen. Natürlich halte ich die andere kommende Gründung, zu der diese nur eine Stufe ist, vor Melitta geheim.

Mein Gewissen ist rein. Ich bin mir mit Sicherheit bewusst, dass ich kein frevelhaftes Spiel spiele, sondern versuche, diejenigen in dem Kreis meines Lebens und meiner Sorge festzuhalten, mit denen mich Pflicht und Liebe nach wie vor verbunden halten. Die Kraft aber, über Melittas Kopf hinweg zu entscheiden, geht keineswegs aus Willkür hervor, sondern ebenfalls aus Liebe und Pflicht, die mich gleichermaßen mit Anja verbinden.

Dieser sonderbare Instinkt, dessen belebter, angefachter, betäubter, undurchsichtiger Ausdruck ich augenblicklich bin, ist sicherlich etwas, das samt seinem Ausgangspunkte irgendwie schicksalsmäßig zweckhaft ist. Er löst und er hebt sich aus einer Zeit, wo der Boden gleichsam unter den Füßen wankte und Geräusche des Berstens und Brechens laut wurden, nicht anders als unter den Hufen eines Reiters über dem Bodensee. In einer Zeit oder nach einer Zeit, wo die dumpfen Pauken-schläge des Todes die Welt zu einer einzigen Drohung machten, gebiert sich der Lebenskeim, um alle sonnenhaft aufwärtsdringenden, vertrau-enden und liebenden Regungen um sich zu sammeln, trotz alledem und alledem!

Soll ich Melitta die Wahrheit sagen, die sie in wenigen Monaten doch erfahren muss?

Dresden, am 13. November 1899.

Ich habe Melitta die Wahrheit gesagt.

Auf einmal muss ich erkennen, wie zäh ihre Liebe und Hoffnung und wie noch ganz ungebrochen sie ist. Alle die hinter uns liegenden Kämpfe, endgültigen Regelungen und Abschlüsse haben den Glauben, dass sich das Ausgebrochene wieder zurückfinden, das Krummgebogene wieder gerade machen ließe, nicht zerstören, nicht einmal schwächen können. Der ganze Konflikt, die alte, umgekehrte Zwickmühle ist wieder da. Man ist selber in ihr der Stein, der immer, wenn er das eine voll-kommen macht, die Einheit des anderen zerstört: Hätte ich wohl ge-glaubt, dass Melitta noch einmal so heftig gegen die Zerstörung auf-stehen würde?

Es kann am Ende nicht anders sein. Ruhiges Nachdenken, wie es jetzt, da ich hinter verschlossener Tür schreibe, wieder möglich ist, bestätigt mir das. Dadurch, dass Anja sich Mutter fühlt, ist eine neue Lage gegeben, eine Wirklichkeit, gegen die gehalten alle noch so bestimmten, noch so heftigen Auseinandersetzungen zwischen mir und Melitta gegenstandslose Luftgebilde sind. Mit solchen hatte Melitta sich abgefunden. Mochten sie sich durch Jahre fortsetzen, sie legten der Rückkehr alter Zustände kein neues Hindernis in den Weg. Das aber geschah durch die neue Tatsache.

Wie hilflos, wie unkompliziert und wie wenig dem Leben gewachsen ist das Seelenvermögen, das man metaphorisch als Herz bezeichnet. Um und um erblindet, erkennt es nur seinen Gegenstand. Es lehnt jede Hilfe des Verstandes ab in den besonderen Nöten, denen es unterworfen ist, und gerät doch, mit oder ohne solche Hilfe, in immer dasselbe Netz von Irrwegen nur tiefer hinein. Alles, was Melitta in ihrer Abwehr tut und spricht, ist zweckwidrig. Die Härte, mit der sie das Schuldlose schuldig macht, entfremdet sie mir. Was gleichsam das Kapital unserer Liebe und Ehe retten soll, hilft es, im Gegenteil, abtragen. Müsste sie denn nicht wissen, dass mich jeder Schlag gegen das Ungeborene im Allerheiligsten meiner Seele und Liebe treffen und verwunden muss?

Allzu leicht überschlägt sich Leidenschaft und gerät in den Zustand von Raserei, der sie gegen sich selbst bewaffnet.

Freilich ist es nicht leicht, womit sich Melitta abzufinden hat. Das Mittel geduldigen Ausharrens, von dem sie die Lösung unseres Konfliktes erwartete, hilft gegen den neuen, schuldlosen, ungeborenen Gegner nicht. Aber es mag auch Frauen geben, Mütter, die durch das bloße Wesen der Mutterschaft, selbst wenn es sich mit einer Rivalin verbindet, zu Mitgefühlen bewegt und über ihren engen Egoismus erhoben werden. Anzeichen solcher Art zeigt Melitta nicht.

Es lohnt, einen Blick in mich selber zu tun. Es ist beinah so, als ob ich, und nicht die Geliebte, das Kind gebären sollte. Trägt sie es wirklich, so trage ich seine Idee in mir. Und wenn ich ebendiese Idee heut vor Melitta enthüllt habe, so geschah es im Dienste der Idee, geschah es, nicht nur die kommende Inkarnation der Idee vorzubereiten, sondern den Empfang und den Weg des entstandenen Geschöpfes in der Welt. Vielleicht würde Melitta, habe ich, wie ich jetzt erkenne, gedacht, etwas ganz Wunderbares tun, es würde vielleicht etwas menschlich Großes, menschlich Allversöhnendes, tief Verstehendes über sie kommen und sie befähigen zu erkennen, wie unabwendbar göttlich, heilig,

glückselig und schwer, unendlich schwer für Anja und mich das Gegebene zu tragen sein würde. Das Wunderbare indes ist nicht eingetreten.

Im großen ganzen habe ich diese Eröffnung nur ungern und mit
Widerstreben gemacht. Das Pflänzchen der Hoffnung, das Pflänzchen
der Freude, das Pflänzchen des Glückes ist noch allzu zart, als dass
man es gern dem Eishauch konträrer Winde aussetzen möchte. Ich
habe dabei vielmehr einem harten Gebote der Pflicht gehorcht, das
sich, wenn nicht heute oder morgen, so doch übermorgen durchsetzen
müsste. Außerdem vertrage ich selbst eine Lüge durch bloßes Verschwei-
gen nur kurze Zeit.

Welche stillen und innigen Ereignisse gingen dieser Feuertaufe der
neuen Schicksalsphase voraus? Zweifel, Sorgen und dann gewonnene
Klarheit über das, womit man sich abfinden musste. Abfinden ist in
dem Sinne gemeint, der nun einmal für höher organisierte Menschen
durch die illegitime Lage und die damit gegebenen widerwärtigen
Kämpfe gegen das nichtsnutzige Vorurteil der Welt gegeben ist. Aber
die Besinnung war kurz, die Freude brach durch, und der entschlossene
Mut für das kommende Geschenk unserer Liebe trat hervor, um sich
durch keine Drohung noch Finte niederer Mächte fortan mehr beirren
zu lassen. Es war ein Glück, ein Rausch, ein Fest, als Anja und ich bis
dahin gelangt waren und, im Refektorium meiner Wohnung einander
gegenübersitzend, das Gegebene als Begnadung willkommen hießen
und den kommenden Kämpfen und Mühsalen mit einer Art Über-
schwang ins Auge blickten: auch dem großen Ernst, dem ein Weib in
solcher Lage gegenübersteht, wo sie ja doch ihr eigenes Leben wagen
muss. Bis gegen Abend saßen wir, von den Mysterien des Werdens
unmittelbar berührt, bei Tisch und ließen sogar die Gläser klingen,
dem Gegenwärtig-Ungegenwärtigen kleine Libationen darbringend und
dem, was einstweilen weder weiblich noch männlich war, allerlei Namen
des einen und anderen Geschlechtes im vorhinein aussuchend.

Was man nicht sieht, nicht persönlich erlebt, davon ist der Begriff
meist schattenhaft. So macht sich auch Melitta nicht den rechten Begriff
davon, welcher unabwendbaren Macht sie gegenübersteht. Oder verbirgt
sie es selbst vor sich selber? Jedenfalls nimmt sie den Kampf gegen
diese Macht mit allen erdenklichen Mitteln auf. Die Heftigkeit, die
Verwicklung und Endlosigkeit des Gesprächs bringen es mit sich, dass
alle Seiten der Frage bis zur Geisteszerrüttung erörtert werden. Für die
physische Gefahr, die Anja droht, hat sie keinen Sinn. Ebendieselbe

Frau lässt sich hier zu keiner Art Teilnahme bereit finden, die selbst in legitimer Ehe, sooft sie sich Mutter fühlte, in begreiflicher Angst vor den kommenden Sorgen und Nöten fast verzweifelte. Welche Erschwerung des Lebens das Kind zu bewältigen haben werde, wenn es außer der Ehe geboren würde, auch das, wie sie sagte, ginge sie nicht das Mindeste an. Sie lehnte sogar jede Erwägung darüber ab, ob es nicht ihre wie meine Pflicht wäre, des Kindes wegen sich scheiden zu lassen. Sie werde das nie und nimmer tun. Sie sähe recht wohl, dass die ganze Sache nichts anderes als ein kalter, raffiniert ertüftelter Schachzug sei, den Anja gegen sie ausspiele. Sie solle nur ja nicht glauben, dass sie, Melitta, dawider nicht auf der Hut wäre. Anjas Kind interessiere sie nicht, sie habe ja ihre eigenen Kinder.

Ich selbst bin natürlich in einer Verfassung, die man als ganz normal kaum mehr bezeichnen kann. Der Zustand Anjas, die Würde, mit der sie ihn trägt, erschüttern mich. Die verdoppelte und verdreifachte Sorge um sie ist eigentlich mit einer vielfach gesteigerten Liebe gleichbedeutend. Diese Liebe fließt auch auf die Meinen über und findet ihren Ausdruck in dem Drange, ihnen zum Beispiel durch den Villenbau wohlzutun. Aber das Herz, wie gesagt, ist dumm, und auch ich kann von mir nicht behaupten, in Behandlung seiner Angelegenheiten dem kühlen Verstande den Vorrang gelassen zu haben.

Berlin-Grunewald, am 3. Januar 1900.
Es ist zwei Stunden nach Mitternacht. Ein Tag hat begonnen, dessen Ende für mich eine Entscheidung bringen wird. Ich gehe auf die Art meines Berufes nicht ein, mit dem sie zusammenhängt. Es handelt sich um ein Werk, über dessen Gelingen oder Misslingen, Erfolg oder Misserfolg gleichsam coram publico das Urteil gefällt werden soll.

Alle Kerzen meiner einsamen Wohnung sind in Brand gesteckt, im Speisezimmer und im Wohnzimmer auf den Kronleuchtern, auf Handleuchtern in der kleinen dazwischenliegenden Mönchszelle und Bibliothek. Hier sitze ich und schreibe wiederum in dies Buch, nachdem ich eben zum soundsovielten Male mein Testament für den Todesfall durchgesehen und abgeändert habe.

Sind es nicht Schlachten, vor denen man immer wieder steht und die man immer wieder durchkämpfen muss? Ein »echter Hausvater« wird, da ihr Ausgang unsicher ist, seine Angelegenheiten beizeiten ordnen.

Ordnen? Das wäre zu viel gesagt. Er wird versuchen, der Anarchie nach seinem Tode wenigstens einigermaßen mildernd entgegenzutreten.

Ich denke hauptsächlich an Anja und an die Sicherungen, die sie und das kommende Kind schützen sollen, wenn ich nicht mehr am Leben bin.

Eine Abendgesellschaft, die wir gaben, endete schon nach elf Uhr. Dann habe ich Anja nach Hause gebracht und, zurückgekehrt, zwei Stunden geschlafen. Das ist die kurze Frist, die mir seit Wochen und Wochen beschieden ist und nach der ich, regelmäßig erwachend, so munter wie am Tage bin.

Immer kann das nun freilich nicht so fortgehen.

Ich habe eben eine hunderthändige Seelenbeschäftigung, wenn diese Metapher gestattet ist: die ideelle für meinen Beruf, die materielle, die mit ihr verbunden ist, die sorgende, die Melitta und die Erziehung meiner Kinder betrifft, die sorgende, die Anja betrifft, die sorgende, die mich selbst betrifft, da ich körperlich ziemlich erholungsbedürftig bin und mich nur durch stärkste Anspannung meines Willens aufrechterhalte. Weiter wird meine Seele durch die Witwe meines Bruders Marcus und ihre Kinder sorgend beschäftigt. Auch Julius gibt ihr Arbeit, dessen Schritt äußerst unsicher ist, dessen Zustände arger Verwirrung entgegengehen. Rauscher ist hin, aber auch dort ist nach seinem Tode ein Söhnchen von Esther Naëmi erschienen, ein engelhaft schönes, leider krankes Kind, das Sorge macht.

Aber die schwerste, am stärksten lastende Aufgabe bezieht sich auf Anja und die nun kommende kritische Zeit, die, an sich ein Martyrium, in unserer Lage doppelt und dreifach ein solches ist und Aufbietung aller Liebe, Umsicht und Fürsorge fordert. Bei alledem immer die Angst, es könne in Dresden etwas Schreckliches eintreten. Melittas Anlage an und für sich, verbunden mit dem Druck der Ereignisse, der nun wieder beinah so stark wie am Anfang unseres Konfliktes ist, können sie immerhin zu irgendeiner unwiderruflichen Handlung hinreißen.

Unter den Gästen, die vor noch nicht drei Stunden die jetzt so verlassenen Räume belebten, befand sich diesmal auch Götz Preysing, mit dem wir seit den Tagen von Sorrent in Beziehung geblieben sind. Er kam ohne seine schöne Frau, die seltsamerweise in Zürich studiert. Sie habe, sagte er, plötzlich sich die Marotte, Ärztin zu werden, in den Kopf gesetzt.

Wie sich doch seit den Sorrentiner Tagen das kaleidoskopische Bild unseres Lebenskreises bereits verändert hat! Wir sprachen von Rauschers Liebesidyll in Rom und dann – welcher ungeheure Schritt! – von den schrecklichen Brunhild-Kriemhild-Szenen, die sich über dem Totenbette dieses blonden Siegfried zwischen seiner angetrauten Frau und Esther Naëmi abgespielt hatten. Sie waren in Gegenwart des Toten sozusagen mit Nägeln und Zähnen aneinandergeraten.

Dieses Leben, sagte ich, und insonderheit diese Stadt Berlin kocht von Leidenschaft.

Wie anders die Welt doch aussieht, wenn man sich des Nachts zu ungewöhnlicher Stunde erhebt. Man ist gleichsam den Müttern, den innersten Quellen der Dinge, näher. Es ist, als sei man von der Oberfläche des Lebensmeeres in seine Tiefe gesunken und dort zu einem neuen, magischen Tiefenleben aufgewacht.

Berlin-Grunewald, am 4. Januar 1900.

Der Graus ist vorübergezogen, das Urteil gesprochen, das ich gestern noch zu erwarten hatte. Die Öffentlichkeit des Welttheaters hat über mich gestritten wie über einen Gladiator. Mir ist zumute wie einem, der im Kampfe gegen afrikanische Löwen und Tiger unterlag, von ihnen zerrissen und darüber noch von dem ganzen Amphitheater ausgezischt wurde.

Dabei bin ich im Frack. Bei gewissen Hinrichtungen ist nämlich nicht nur der Scharfrichter im Frack, sondern auch der Verurteilte. Genug davon. In zwei Tagen lasse ich Berlin hinter mir.

Es ist hohe Zeit. Wie gestern, ist es genau zwei Uhr. Wie gestern habe ich alle Kerzen in meiner Wohnung entzündet. Ich komme mir vor wie eingeschlossen in einer wohnlich ausgestatteten, magisch erleuchteten Gruft.

Eben habe ich Anja nach Hause gebracht. Ich war abgehetzt, zerrüttet, zerstört. Aber irgendwie hat mein heutiges Schicksal Anjas Neigung – Mitleid ist Liebe! – leidenschaftlich gesteigert. Das wurde zur Marter, wurde zur Qual für mich. Es gibt keinen noch so geliebten Menschen, den man nicht zuweilen bitterlich hassen muss. Gott sei Dank, dass endlich außer mir niemand als meine alte Wirtschafterin in der Wohnung ist.

Ich bin Schmerz, Wut, Hass, Ekel, Abscheu, Lebensüberdruss durch und durch. Wäre es nicht das Beste, wenn ich, statt dass mir andre fortwährend Streiche spielen, dem Leben, der Welt, dem Himmel und dem engen Kreise der Meinen einen Streich spielte? Sie närren mich, sagt Hamlet, dass mir die Geduld reißt. – Still!

Was ist das für ein Wort: still? Könnte ich es sagen als ein großer Magier: Still! – Still, ihr Verfolger, ihr Neider, ihr Pharisäer, ihr Schlechtmacher und Besserwisser, ihr Sorgen, ihr Stimmen nutzloser Bemühungen, Hader, Zank, Streit, still! Still!

»Übers Niederträchtige niemand sich beklage«, sagt Goethe. Doch, doch! Ich beklage mich. Ich bin den Nichtsnutzigkeiten, Schurkereien und Gemeinheiten des Lebens nicht gewachsen. Ich bin wehleidig! Alles tut mir weh, weh, weh! Wenn ich eine Harfe mit tausend Saiten wäre und man spielte darauf, wie man auf mir spielt: schreien, schreien vor Schmerz würde jede Saite! Diese ganze nutzlose Qual des Daseins sei verflucht!

Ich fürchte mich vor dem Bett. Jemand wollte keinen Posten auf einem Ozeandampfer annehmen, ob er auch noch so viel Geld verdiene: Eine Seereise habe zu viele schlechte Momente. Das kann ich bezeugen: meine Fahrt nach Amerika. Nein, ich gehe heut nicht zu Bett. Auch meine Lebens- und Landreise hat zu viele schlechte Momente, und nicht nur damals in Paris war mir das Bett etwas Ähnliches wie der glühende Rost des heiligen Laurentius.

Bin ich denn überhaupt seit jener Zeit auch nur um einen Schritt weitergekommen? Würge ich mich nicht noch immer hoffnungslos in der gleichen Schlinge herum?

Mit meinem öffentlichen Misslingen ist eine äußerliche Hoffnung zusammengebrochen. Ein wenig Gelingen auf einer Seite hätte mir gerade in diesen Zeiten unendlich wohlgetan. Schließlich aber, mein eigner augenblicklicher Zusammenbruch ist noch kläglicher. Wo bleibt denn mein bisschen Philosophie? Habe ich mir nicht eine ganze Sammlung von Krücken, Latwergen, Pflastern, Salben und Balsamtöpfen, Tropfen und Pillen angelegt? Wo bleibt mein Seneca? Marc Aurel? »Verursacht dir ein Gegenstand der Außenwelt Leid, so ist er es nicht, der dich beunruhigt, sondern dein Urteil darüber.« Schön gesagt, schwer getan. »Wenn es dir Leid bringt, dass du nicht wirken kannst, wie es dir vernünftig erscheint, warum nicht lieber wirken, wie es eben geht, als sich dem Leide hingeben?« Leicht gesagt, schwer getan! »Kann ich nicht wirken, wie ich will, hat das Leben für mich keinen Wert.« – »Nun, so verlass das Leben freundlich, wie wenn du es vollbracht hättest, in milder Stimmung gegen deine Widersacher!« Leicht gesagt, schwer getan.

Das kalte Licht einer Gaslaterne dringt von der Straße herein. Jenseits düstern die Grunewaldkiefern, diese Besen, zwischen die hinein sich von Zeit zu Zeit der Inhalt Berlins ergießt, um jedes Mal, wie Ebbe nach Flut, zurückzuweichen. Was haben sie nicht alles gesehen! Wie viel Trümmer, Scherben, Leichen und sonstiges Strandgut des Lebens ist nicht in diesem furchtbaren Walde zurückgeblieben und abgelagert worden! Nein, ich will nicht, ich sträube mich, eines von diesen Dutzendopfern abzugeben und morgen den Polizeibericht zu bereichern.

Soana, am 17. Februar 1900.

Ich lebe mit Anja unter den düsternden und nebelnden Schroffen des Monte Generoso im Bergversteck. Draußen glitzert lockerer Schnee, der tagsüber, mit Regen untermischt, gefallen ist. So geschieht es hier öfters im Winter. Morgen um die Mittagszeit wird die weiße Decke nicht mehr vorhanden sein. Wie gesagt, wir liegen hier im Versteck. Wir haben uns vor der Welt verkrochen. Das ärmliche kleine Sanatorium, von dem braven Schweizer Arzte geführt, passt gerade für uns, in seiner verlassenen Enge und Trostlosigkeit. Außer uns hat es keine Gäste.

Weshalb müssen wir uns verkriechen? Diesmal mag wohl ein Grund alle anderen überwiegen, die dabei mitwirkten. Es ist der Tyrann, der, ob auch unsichtbar, gegenwärtig ist, und zwar, ob auch unsichtbar, als Tyrann! Aber schließlich haben wir uns auch schon früher hier erholt, winzig geworden in der überragenden Größe der Allnatur, die auch persönliche Schicksale kleiner, weil allgemeiner macht und ihre Lasten somit verringert.

Man pflegt in Badeorte zu gehen, um den vom Kampfe des Lebens ramponierten und abgenutzten Leib zu erneuern. Was wir hier bisher gesucht und gefunden haben, war gleichsam ein Seelenbad. Und es ist ja auch wirklich ein ziemlich hoher Wall zwischen hier und den Kampfplätzen Niflheims, den man durch eine Röhre im Gestein, Gotthardtunnel genannt, von Norden nach Süden durchschlief, so dass man, von Staub, Schweiß, Blut und Wunden abgeschnitten, sich Bädern und Waschungen der Seele hingeben kann.

Nun ja, das ist eine Überlegung, die triftige, ehemals fast allein wirkende Gründe für unsern hiesigen Aufenthalt zu finden weiß. Er wurde aber auch deshalb gewählt, weil er vor den Verfolgungen der Welt einige Sicherheit bietet. Und damit komme ich auf den Punkt, komme auf den Tyrannen, von dem ich anfangs gesprochen habe und dessen Anspruch und Macht täglich stärker und stärker wird.

Deshalb ist es heute nicht so schlechthin wahr, das Seelenbad!

Ich heiße der Mangel.
Ich heiße die Schuld.
Ich heiße die Sorge.
Ich heiße die Not.

Die vier grauen Schwestern, die sich mit solchen Worten vorstellen, sind jedenfalls dieses Mal unsere Badeweiber.

Leide ich wohl ein wenig an Verfolgungswahn?

Mangel? Er steht nun wohl gerade nicht vor der Tür. Immerhin tritt sein Gespenst immer wieder aus Briefen Melittas hervor, die es seltsamerweise seit der Stunde unserer Verheiratung an alle Wände zu malen nicht müde ward. Die Gewöhnung an Besitz liegt der Enkelin Augsburger Patrizier nun einmal im Blut und der Zwang, sich immer wieder nach Kräften zehnfach und tausendfach vor dem gefürchteten Mangel zu verbarrikadieren. Ich selbst war dieserhalb, was meine Person betrifft, von je ziemlich gleichgültig, wenngleich ich natürlich auch meine Träume vom Reichtum eines Krösus gehegt habe. Nun aber haben wir, bevor ich selber »verdiente«, etwas gedankenlos von Melittas Vermögen drauflosgelebt, und so ist es beträchtlich zusammengeschmolzen, und ich fühle die Pflicht, der ich auch teilweise schon genügt habe, es nach und nach wiederherzustellen. Aber diese Beweise vom Ernste meines guten Willens genügen nicht, ihre Furcht zu beschwichtigen.

Da kommt nun freilich auch mit dem ersten warmen Lüftchen der Hausbau an der Elbe in Gang. Durch Hypotheken und Baugelder ist alles im Großen und Ganzen gesichert, aber ich habe durch diese Marotte des Gemüts erhebliche Lasten auf mich genommen. Und dass Voranschläge bei Bauten überschritten werden, ist eine Alltäglichkeit. Melitta hält mich von jeher für unpraktisch, obgleich sie einen Beweis dafür nicht in Händen hat. Sie sagt, ich sei ein Illusionist – was ich im Hinblick auf Kunst gelten lasse. Aber ihre furchtbeladene, schwarzseherische Anlage meint damit den Optimismus in mir, der mich, blinder Gläubigkeit, zu gewagtesten Unternehmungen fortreiße.

Nun ja, vielleicht habe ich etwas am Leibe wie einen blindbeflügelten Schritt. Es ist in mir bei allem Erleiden, bei allem Erdulden ein Geist des Vordringens. Meine Fregatte liegt nicht im Hafen, sie hat Fahrt, wie man sagt, und ich bin ihr Steuermann. Was würde Melitta sagen und schreiben, wenn sie wüsste, dass ich für Anja, mich und das kommende Kind ein Asyl, eine Herberge, eine Burg in der Nähe von Grünthal plane? Sie würde glauben, es sei hohe Zeit, mich zu entmündigen.

Warum soll ich es mir verbergen: Ich gehe in der Tat mit einem gewissen gläubigen Leichtsinn in diese und manche andere Unternehmungen hinein, keineswegs sicher, dass sie mir nicht über den Kopf wachsen, weshalb Melittas Sorgeninstinkte nicht durchaus unberechtigt sind. Aber Nachtwandler darf man nicht anrufen.

Sorgen und Ängste, wie sie Melitta hegt, kennt Anja nicht. Ihre Überlegungen gehen über die Erfordernisse der Stunde nicht hinaus. Furcht, eines Tages in Not geraten zu können oder nicht satt zu werden, hat sie mir niemals ausgedrückt. Das ist eine große Hilfe für mich.

Kein Gedanke, der an Vorwurf oder auch nur an Klage, des Kindes wegen, streifen könnte, ist je über ihre Lippen gekommen.

Und weiter: Ihr ganzes Wesen ist unter der wachsenden Veränderung schon heute nichts als schlichte, stille, selbstverständliche, stolze, unbeirrbare, unberührbare Mütterlichkeit. Ich muss sie nur immer heimlich anstaunen. Welche Haltung, welche Ruhe, welche Würde, welcher Ernst, obgleich sie auch körperlich leiden muss. Das große Mysterium ist fühlbar über ihr. Und was sehe ich nicht alles daneben klein werden!

Anja ist eine Frau geworden. Wie die ihr sonst eigenen schnellen Bewegungen sich verbieten, so hat auch ihr schlagfertig schneller Geist den Rhythmus der Ruhe und Würde erhalten. Ihre Worte, Atemzüge und Schritte sind still und gedankenvoll. Mir ist ein ganz neuer Mensch geschenkt worden, an dem sich mir die ganze Hoheit des weiblichen Berufes offenbart.

Soana, am 20. Februar 1900.

Regen, Kälte, schlechtes Wetter, öde und kalte Zimmer, schlechte Betten, schlechtes Essen, Verlassenheit! Anja braucht Pflege und hat nichts als meine Unbeholfenheit und höchstens einmal das Mädchen oder den dicken Wirt mit der Wärmflasche. Ein bisschen Tee, ein bisschen Semmel, das ist alles, was sie seit Wochen zu sich nimmt.

Kein Arzt, keine Hilfe weit und breit, was Anja auch immer zustoßen mag. Schwere Tage, qualvolle Nächte! Aber wo sollen wir schließlich hinflüchten?

Anja könnte sich in die Behandlung eines Arztes geben. Es gibt Institute genug in der Schweiz, wo eine Frau ungestört ihre Stunde erwarten kann. Aber wir trennen uns nicht voneinander. Gerade jetzt kann sie nicht ohne mich sein und ich ohne sie ebenso wenig. Wenn sie wieder reisefähig ist, wollen wir nach einem anderen Asyl auf die Suche gehen.

Soana, am 22. Februar 1900.

Ich habe heute wieder seltsam geträumt. Jetzt, im Wachen, werden meine Träume Gegenstand des Nachdenkens. »Gegenstände« in Bezug auf Träume, ein seltsames Wort. Aber ich weiß augenblicklich kein besseres. Träume: Das ist der Teil des menschlichen Wesens, der sich durchaus selbst begnügt. Es ist derjenige Inhalt des Geistes, der Realität vortäuscht. Es ist der vollkommen allein schöpferische Teil des Geistes, der auf Regungen hin tätig wird, aber nicht dadurch, dass Objekte von den fünf Sinnen ergriffen werden. Am Tage durchschreitet das Bewusstsein wie ein Mann mit einem Lämpchen die äußere Welt, in der Nacht die innere. Aber was ist das für ein Mann, der die innere Welt mit dem Lämpchen durchschreitet? Ein anderer, ganz unsichtbarer und doppelt schöpferischer, der Objekt und Beleuchtung zugleich bedeutet.

Ich kann mein Ich bei diesem inneren Vorgang nicht ausschließen. Was ist nun aber wohl dieses Ich? Ich treibe keine wissenschaftliche Psychologie. Herbart sagt, das Ich sei durchaus kein wirkliches Wesen, ebenso wenig die Seele selbst: Es beruhe dagegen auf einem Geschehen der Seele. Aber nicht einmal als ein ursprüngliches Geschehen der Seele sei es anzusprechen. Es sei zum Beispiel beim Säugling nicht da, sondern kristallisiere sich erst aus den Niederschlägen während der Sukzession der übrigen Lebensvorgänge. Das reine Ich sei lediglich ein Werk der Spekulation. Es gäbe nur ein sogenanntes empirisches Ich: Es bestünde aus der Summe seiner Vorstellungen, Begehrungen und Gefühle, oder sagen wir, aus der Summe seiner Erfahrungen. Seltsam, dass wir trotz alledem immer das reine Ich voraussetzen. Meinethalben: Beim Säugling ist es nicht da, aber im Tiefschlaf ist es auch nicht da. Warum soll man nicht einen geschliffenen Diamanten in dickem Seidenpapier unsichtbar aufbewahren und ihn in einem gegebenen Augenblick herauswickeln?!

Während meiner Träume ist mein Ich das Lämpchen, als Bewusstsein gedacht: Dieses Bewusstsein erstreckt sich auf Empfindungen des Gesichts, des Gehörs, des Geruchs, des Geschmacks und des Tastgefühls, ohne dass die Sinne durch wirkliche Gegenstände beschäftigt sind.

So entsteht eine zweite Welt. Ist es vielleicht die einzig wirkliche Welt, von der andern, der zweiten, der trügerischen, die wir nicht kennen, noch kennen werden, unabhängig? Sie ist ebenso weit, ebenso reich, makrokosmisch und mikrokosmisch ebenso ausgestattet wie die äußere. Sie bietet Details bis in die Fäden eines Rockes, eines Hemdes, eines seidenen Taschentuchs. Ja, sie bietet weit mehr als die wirkliche Welt, da sie uns den Luftraum ebenso wie die Tiefen des Meeres erschließt, in die wir uns mühelos versenken, während wir ebenso mühelos, und zwar ohne Flügel, uns in die Lüfte erheben können.

In ihrem Traumbesitz besteht und besitzt sich die Persönlichkeit. Und darum hat jeder mehr als nur das Recht, Träumer zu sein. Es ist für ein großes Leben, für ein Aus-dem-Grunde-Leben notwendig, immer wieder in die allüberflutende Traumsee hinabzutauchen. Wie sollten Erfahrungen des wirklichen Lebens einen Wert, einen Klang, kurz Poesie erhalten, ohne mit dieser magischen Flut getauft zu werden! Wie eng und beschränkt, wie klein, blöde, stumpf, zerbröckelt, zerstückelt müsste ohne das Traumreservoir, ohne den Zauber des unerschöpflichen unterirdischen Stroms das Dasein hinlaufen. Ohne den schöpferischen Durchbruch der Universalität des Traumes würde der Mensch kein Mensch geworden sein.

Was wissenschaftlich trockene Menschen über Träume aussagen, interessiert mich nicht. Man kann am Rande des Traumsees verharren und nie von seinem Wasser geweiht werden. Auch will ich nichts wissen vom Handwerk der Traumdeuter. Sie führen das Wunder der Träume auf eine Zukunftsbanalität zurück, wie die Psychologen auf eine ursächliche Banalität, also auf eine in der Vergangenheit. Ich gebe mir nur von der Universalität Rechenschaft, in welche das Traumleben den zusammenfassenden Geist versetzt.

Also: Ich bin im Traum, um mit dem düstersten Erfahrungsgebiete anzufangen, erschossen, von rückwärts erdolcht, kurz, auf alle möglichen Arten und Weisen getötet worden und habe ebenso oft das Ereignis des Todes bis zur Bewusstlosigkeit durchgemacht. Ich bin mit dem

Pferd, mit dem Rad gestürzt, mit oder ohne Pferd und Rad in Abgründe, Gletscherspalten und dergleichen kopfüber hineingeschleudert worden. Immer wieder habe ich erfahren, wie einem in dem Augenblick zumute ist, wo das Unglück eben geschieht und nicht mehr zu wenden ist. Es wäre ein Ding der Unmöglichkeit, auch nur einen Teil von diesem Erleben mit allen seinen minuziösen Einzelheiten darzustellen. Man hebt im Traum eine Handvoll Sand, und hätte man die entsprechende, jahrelange Zeit, so könnte man seine Körner zählen, die einer ganz bestimmten Summe entsprechen würden.

Ich komme nun zu den andere betreffenden Todesfällen: Bevor mein Vater wirklich starb, wie oft habe ich, in Weinen aufgelöst, an seinem Totenbett, seinem Sarge, seinem Katafalk gestanden! Dasselbe geschah bei meiner Mutter, die heut noch lebt. Welche Menge schwerster Erfahrungen ringsherum, die mich wissend gemacht haben, bevor ich irgendeinen wirklichen Todesfall erfuhr, der dann keineswegs stärker, sondern milder wirkte.

Und dann, bevor die Liebe in mein Leben trat: Wie viele Liebchen habe ich nicht in Träumen gehabt, so süß, zärtlich, gütig, jung und schön, dass der Abschied auf ewig, den ich von ihnen jedes Mal beim Erwachen nehmen musste, mir nicht leicht wurde! Es half nichts – so vollkommen war ihre Existenz –, mir zu sagen, dass ich mich in ein Geschöpf meiner eigenen Fantasie verliebt hätte, das ja schließlich, wenn auch im zerteilten Zustand, noch in mir sei. Es war mir, als wenn mich ein wirkliches Wesen besucht, geküsst, umarmt und hingebend geliebt hätte. Viele Tage, oft wochenlang, gingen mir diese Erscheinungen nach. Ich gedachte ihrer mit bitter schmerzender Wehmut und Entsagung. Dies alles geht über die enge menschliche Erfahrungsmöglichkeit bereits weit hinaus.

Nun aber hatte ich schon als Kind kosmische Träume, hatte eine Größenvorstellung, eine Größenempfindung, die eine noch so unsinnige Zahl der bekannten Weltraummessungen mir heut nicht mehr vermitteln kann. Später – da diese Träume mir noch heute wirklicher als jede erlebte Wirklichkeit vor der Seele stehen und mir noch immer die gleiche Größenvorstellung, die gleiche Empfindung ungeheurer Massenausdehnungen geben – glaubte ich zu dem Schlusse berechtigt zu sein, dass man, fünf- oder sechsjährig, den kosmischen Ursprüngen näher sei und die Erinnerung an sie noch unverhüllter bei sich trage. Nun also: In einer Zeit, wo mir noch die Welt mit dem allerengsten Horizont zu Ende war, ich einen Blick in den nächtlichen Himmel wohl kaum mit Bewusstsein getan habe, sah ich Weltkörper riesenhaftester Art in mir kreisen, die mir noch nach dem Erwachen Schreie des Entsetzens, Schreie des Staunens, Rufe der Bewunderung abnötigten.

So habe ich, lange bevor ich den Pizzo Centrale in Leinwandschuhen mühsam bestieg, im Traum auf unendlich höheren Bergen gestanden: Damit verbunden ist meist ein Schwindelgefühl. Was ist überhaupt das Schwindelgefühl? Ist es nicht etwas, dem eine Realität entspricht und das wir um unserer Erhaltung willen überwunden haben? Der Mann, der über das Turmseil geht, hat es ebenfalls überwunden, sonst würde er auf das Pflaster hinabstürzen.

Und enthält nicht der Traum den unendlichen Raum und in ihm Myriaden von Welten, Myriaden von Göttern und Menschen, Dingen, von denen in der wirklichen Welt nichts sichtbar geworden ist? Darum ist der Traum keineswegs nur der Inbegriff aller Erfahrungen der Wirklichkeit, sondern unendlich viel mehr und etwas ganz anderes!

Nehmen wir nun die Oberfläche der Erde, soweit sie Landschaft zu nennen ist. Ich weiß ungefähr von den Landschaftstypen, die meinem offenen Auge im Leben vorgekommen sind, etwa: Schlesien, Gebirge und Ebene, Oder, Elbe, Teile von anderen großen Flussläufen, Städte, Blicke auf die Hochalpen, Ostseegebiete, Seereise um Europa herum. Wie mit einem Scheinwerfer vermag sie noch heut mein inneres Auge in einem fast zeitlosen Augenblick zu übergehen. Ich sehe Landschaften aller Art, von den Landschaften meiner Träume ist keine darunter. Bin ich selber in meinen Träumen der einzige Demiurg und Weltschöpfer? In gewissem Sinne, aber in einem höheren Sinne nur Medium. Andere Planeten, andere Weltzeitaugenblicke, andere Sphären sind es, aus denen meine Traumlandschaften hervorgegangen, in welche sie hineingeboren sind. Die mir bekannte Flora sehe ich wohl darin, aber in einem ganz anderen, fremden Lichte. Die rote Tulpe hat ein ganz anderes Rot, die Hyazinthe ein anderes Blau. Wenn mir Anja oder Melitta in einer solchen Landschaft begegnen, so haben sie wohl mit ihren Urbildern eine mir unverkennbare Ähnlichkeit, sie sind aber nicht mehr Menschen, sondern Göttinnen. Und dementsprechend ist auch meine Empfindung süßer, heißer, und zwar von einem neuen Feuer, und selig geworden. Ich werde hier nicht diese Landschaften schildern, in denen meine ganze Seele, seelenhaft innig verbunden mit jedem Blatt, Wassertropfen, Sonnenstrahl, Grashalm oder Sandkorn, hängt: Das abgenutzte Wort »paradiesisch« dafür einsetzen hieße ihr Wesen nicht verdeutlichen. Genug dass alle diese Landschaften meines Innern eine zweite, andere Erde ausmachen, auf deren heiligen und seligen Fluren – ein Geschenk meiner Träume – ich mich auch im Wachen ergehen kann. – Mein Leben fängt in den sechziger Jahren dieses Jahrhunderts an: Wie kommt es, dass ich heut so alt wie die Menschheit zu sein glaube?! Das läppische nahe Datum hemmt mich nicht, ich gehe drei, vier, fünf Jahrtausende, Jahrmillionen in die Vergangenheit. Ich lasse die Diluvialperiode, die Bronze-, die Steinzeit, die Zeit des Pithekanthropos hinter mir, kurz, ich bin »so alt wie der Westerwald«, und das alles aus Gnaden meines Traumlebens. Eine so ungeheure Welle wirft die nächtliche Traumwelt in die trockene Wüste des Lebens herauf und hinein, alles in Zauberprismen spiegelnd.

Aber der Traum enthüllt auch das Furchtbare. Schrecken, Schrecken ohne Ende, nie im Leben erlebt, dringen ein. Metzgereien, Zerschmetterungen, Totschläge, Folterkeller, Bergstürze, blutige Henker und Henkerwerkzeuge. Sie lassen mich Verbrechen begehen, Verbrechen hehlen. Ich muss mich verstecken, ich habe Häscher hinter mir. Ich werde überführt und zum Richtplatz geschleppt. Und wenn ich in Schweiß gebadet erwache, glaube ich dem schrecklichen Verhängnis eines früheren Lebens entflohen zu sein.

Soana, am 4. März 1900.
Götz Preysing war zwei Tage hier und ist heut wieder abgereist.

Ich gedenke des schönen Paares auf der kleinen Marina der Cocumella. Was es zu verkörpern schien, war Glück, Jugend, vornehme Unabhängigkeit, ein Paradigma von alledem, das junge Paar auf der Hochzeitsreise. Es war der beneidenswerte Fall, den man immerhin auf Reisen manchmal sieht, wo der schöne Mensch den ebenbürtigen schönen Menschen gefunden hat. Eine Bevorzugung dieser Art schien mir damals beinah herausfordernd. Nun also: Die schöne Frau ist tot. Die vornehm schlanke Gestalt in dem Tailormade-Kleide liegt heute unter der Erde und modert. Aber sie ist nicht einmal leicht dahingelangt und hat vorher manches zu erdulden gehabt. Das Ende hat sie dann selbst bestimmt.

Preysing hat uns aus keinem anderen Grunde besucht, als um uns sein Herz auszuschütten.

Er lebte von seiner Frau geschieden. Es war nicht recht darüber klarzuwerden, wann die Scheidung betrieben und durchgesetzt worden ist. Wahrscheinlich schon vor unserer letzten Begegnung. Die elegante und schöne Frau Preysing studierte, wie schon gesagt, in Zürich, um sich zu zerstreuen und abzulenken.

Preysing erwies sich bei seinen Konfessionen mächtig erregt. Aus allerlei Andeutungen löste sich aber, außer der tragischen Katastrophe, nicht volle Klarheit über die Einzelheiten heraus. Die schöne, bei ihrem Tode etwa zweiundzwanzigjährige Frau war jedenfalls diskreter Geburt, die Tochter eines Fürsten S. und einer Erzherzogin. Dieser Umstand schien Folgen gehabt zu haben, die Preysings Rolle bei der Heirat problematisch erscheinen ließen und sein Gewissen belasteten. Das Mädchen war im Kloster erzogen, hatte dann, wie es scheint, allein unter der Protektion des Vaters in Wien gelebt, bis Preysing sie, Gott weiß unter welchen Bedingungen, übernommen hatte.

Sie war blond, blauäugig, licht, vollendete Dame, flotte Reiterin, hatte das frohe Wiener Blut, und dennoch unterlag sie der tiefsten Verdüsterung. In Zürich ist nun ein Student in Erscheinung getreten, der ihr zum Verhängnis geworden ist.

Zu den Unbegreiflichkeiten und labyrinthischen Verzweigungen der liebenden Seele und ihrer Konflikte gehört auch das Sich-Trennen, obgleich man durch leidenschaftliche Neigung unlöslich verbunden ist. So war die Studentin mit dem Maler und der Maler mit ihr in Verbindung geblieben. So hing die Verstoßene nach wie vor mit leidenschaftlicher Liebe an ihm, und so geriet sie in meine Lage, nämlich, wie ich zwischen Frauen, zwischen zwei feindliche Männer.

Preysing erzählt: »Wir waren übereingekommen, ich und meine geschiedene Frau, als unabhängige Freunde eine gemeinsame Reise um die Welt anzutreten, die etwa auf anderthalb Jahre berechnet war. Wir dachten uns dies als neue Probezeit. Glückte die Probe und fanden wir uns am Schluss der Reise in unserem gemeinsamen Leben bestärkt, so wollten wir uns abermals heiraten.«

Solche Pläne und Proben tragen den Charakter einer ganz besonderen Unbegreiflichkeit, die nur aus dem Seelenfieber der Leidenschaft erklärbar ist. Weiter lässt sich davon nichts sagen. Das Unverständliche aber: In dem Seelenringen der Liebenden hat es seine Verständlichkeit.

Es war drei Uhr nachts: Schlackerwetter mit Schnee vermischt im Monat Januar. Preysing begab sich mit dem Hotelwagen nach der Bahn, wo er – es war in München – seine von Zürich kommende ehemalige Frau erwartete. Sie kommt, sie fliegt ihm glückselig um den Hals. Man fährt ins Hotel, erregt von der Freude des Wiederfindens. Preysing hat einen Imbiss und Wein zurechtstellen lassen. Morgen will man die Reise nach Bremen und von da nach New York antreten. Man ist guter Dinge, speist und trinkt. Wiedersehen und Stille der Nacht fordern, wie immer, ihre Rechte.

Wiedersehen, Wiederhaben, Wiederbesitzen, Wiedergenießen und Stille der Nacht!

Da geschieht es, das Unerwartete.

Es klopft. Der Nachtportier reicht eine Karte herein. Man sieht sich an, man versteht das nicht. Ein cand. med.! – Preysing liest, der Name ist ihm unbekannt. Nun liest auch Frau Preysing die Karte.

Das Folgende muss man in der Erzählung Preysings gehört haben. Frau Preysing lacht auf. Sie findet sich scheinbar belustigt. »Das ist ein Irrtum«, sagt sie zu ihrem Mann. »Bitte, nur einen Augenblick!« Darauf schlägt sie sich oberflächlich den Mantel um und ist im Nu aus dem Zimmer verschwunden.

Preysing weiß nicht, ob, als sie heiter wieder erscheint, zwei, drei oder fünf Minuten vergangen sind; mehr, sagt er, können es nicht gewesen sein. Und schon fliegt sie ihm wieder in die Arme. Aber da wird sie ihm plötzlich so schwer … Und ob er es glauben will oder nicht, ob er zu Stein erstarrt oder nicht, er fühlt, er hat eine Tote im Arme.

Sie hatte dem unlösbaren Dilemma durch schnell wirkendes Gift ein Ende gemacht.

Das Erlebnis ist ungeheuer! Schwer, sich vorzustellen, wie jemand es überwinden kann.

Die Tote wurde in aller Stille aus dem Hotel geschafft. Ein Skandal ist vermieden worden. –

Das Auge Preysings ist nicht mehr das alte, der ganze stämmige bajuwarische Mensch nicht mehr im Gleichgewicht. Mehrere Nächte, gesteht er mir, habe er, unsinnig vor Schmerz, mit den leeren Kleidern seiner toten Frau im Bett gelegen, als ob er etwas von ihr damit festhalten oder wiedergewinnen könne, und vielleicht nur durch diesen Fetischismus sei er bewahrt geblieben vor dem völligen Niederbruch.

Wird er sich wieder ins Leben zurückfinden?

Er hatte, als das Schlimmste geschah, ein Porträt des Prinzregenten beendet und dafür den Titel Professor erhalten. Nun sollte die Reise um die Welt, zu der er mit vielen Empfehlungen ausgestattet war, ihm Ruhm, Geld und Frieden bringen. Nach der Heimkehr erwartete ihn eine Anstellung unter den berühmten Lehrern der Akademie.

Preysing schwieg lange, als er auch das erzählt hatte, und stürzte ein Glas des schweren Waadtländer Weins hinunter.

In mir wurde vieles aufgewühlt. Unwillkürlich vermischte sich Melittas Gestalt mit der jener unglückseligen Frau, die Ratlosigkeit in den Tod gejagt hatte. Wer konnte sich dafür verbürgen, dass bei Melitta diese Gefahr vorüber war?!

Vielleicht aber ist sogar etwas Schönes, etwas Großes, etwas Erhabenes um diese Gefahrenzonen des Lebens, wenn aus den Tiefen des Wesens die Gefühle schmerzhaft, wehvoll, brennend und auch wieder lustvoll aufbranden, wenn ein rätselvolles und peinlich groß geartetes Traumleben den Schlaf ersetzt, darin alle Geheimnisse des Urlebens brodeln und wiederum die Gefühle frei, mächtig, farbig und magisch bildergebärend wogen, dem von Stürmen aufgerissenen Meere gleich: große Worte, die wiederum an die Größe der Sache nicht heranreichen. Nennt das jemand sentimental? Glaubt jemand, ohne Gefühle zu sein? Genau so weit ist er ohne Gefühl, als der Mensch ohne Leben ist. Das Leben ist selbst ein bloßes Gefühl.

Wo werden wir unser Kind zur Welt bringen?

Preysing rät, wir sollen die Villa Diodati in der Nähe von Genf mieten, die Lord Byron einige Zeit beherbergt hat. Er kennt das Haus. Genf hat ausgezeichnete Ärzte. Man müsste selbst wirtschaften, eine Schwester und Dienstleute engagieren oder aus Deutschland nachkommen lassen. Es ist ein Gedanke, der aus manchen Gründen zu erwägen ist.

Genf, am 17. März 1900.

Wir haben mit Entschluss den Weg hierher gemacht. Die Gänge und Türspalten des großen Hotels, in dem wir wohnen, singen, klappern und brechen in stoßweises Greinen aus. Die Bise heult. Die unzähligen Windfänger auf den Dächern der Stadt Genf bewegen sich und schicken hie und da Quietschgeräusche in die sausenden Straßen. Es fehlte nicht viel, und der gewaltige Bergwind hätte uns, als wir aus der Stadt zurückkehrten, mitsamt unserem Droschkenwägelchen von der Brücke in die Rhone geweht.

Frau Trigloff ist heute gekommen. Frau Trigloff ist meine Wirtschafterin. Ich habe sie zunächst zur Dienstleistung bei Anja ausersehen, deren Befinden weibliche Hilfe nötig macht.

Die Gegenwart der immerhin erfahrenen Frau bringt eine gewisse Beruhigung.

Wir hatten das nachgerade notwendig.

Es ist hier nicht wie in Soana. Die große Welt, das große Hotel legt uns allerhand Rücksichten auf. Wir sind nicht als Ehepaar eingeschrieben, dürfen deshalb nicht auffallen, die äußere Form nicht außer Acht lassen. Ich muss mit Besuchen in Anjas Zimmer vorsichtig sein, da die Hotelbediensteten Augen haben, und so konnte ich der Geliebten nur wenig Beistand leisten.

So führen wir auch getrennte Rechnungen.

Bei einer Lage wie der unseren ist vielleicht das Allerärgste, in der Hand jedes übelwollenden Menschen zu sein. Man kann sich nicht eigentlich wehren, wenn man beleidigt wird. Noch sind wir von niemand beleidigt worden. Aber die Angst, unverschämt und verächtlich behandelt zu werden, ist immer wach. Das Personal jeden Hotels kennt die Verfassung genau, in der solche Paare wie wir sich befinden, und rechnet in solchen Fällen, dass man es mit besonders hohen Trinkgeldern, gewissermaßen Schweigegeldern, abfindet. Jeden Augenblick kann trotzdem ein Kellner oder ein sonstiger Hausbeamter erscheinen, der einem ein Briefchen des Direktors oder des Besitzers bringt, in dem man ersucht wird, das Hotel zu verlassen. Dann hätte man eine Erniedrigung zu quittieren, die nicht so leicht zu verwinden ist, und wäre außerdem obdachlos.

Ich hätte nie gedacht, in welcher banalen Bequemlichkeit des Glücks legitime Hochzeitsreisende sich befinden. Diese Bevorzugten ahnen es nicht.

Wir haben die Byron-Villa besucht: ein Gespensterhaus mit Täfelungen und Wandschränken. Gewiss, man wäre darin geborgen. Wenigstens Anja würde darin geborgen sein, denn ich würde wohl kaum im gleichen Hause mit ihr wohnen dürfen. Aber Anja fürchtet sich vor dem Ticken des Holzwurms und, wie gesagt, vor den Gespenstern einer versunkenen Zeit, denen sie nachts ausgeliefert sein würde. Selbst die Aussicht, dem großen Lord auf diese Weise als Geist zu begegnen, lockt sie nicht.

Es würde eine Glorie um das Kind legen, wenn es hier geboren würde. Manfred Diodatus könnte es heißen, falls es ein Knabe, Allegra, falls es ein Mädchen wäre. Manfred nach dem Drama des großen Dichters, Diodatus nach dem Ort der Geburt oder Allegra nach Byrons Tochter. Aber dieser Gedanke überwindet Anjas Schauder vor dem berühmten Hause nicht.

So wird dieser Plan also fallengelassen, und immer noch wissen wir nicht, wohin.

Unsere Hilflosigkeit ist auf dem Höhepunkt.

Wir erwägen dies, wir erwägen das. Manchmal ist es so weit, dass wir Schritte einleiten, werden aber im letzten Augenblick abgeschreckt. Die Erörterung dieser Frage, wohin mit uns, wird von morgens bis abends kaum ausgesetzt. Und nun, nachdem wir aus Deutschland geflohen, um in den kommenden schweren Zeiten verborgen zu sein, wollen wir plötzlich dahin zurück.

Pallanza, 1. Osterfeiertag 1900.

Anja ist mit Frau Trigloff von Genf nach Luzern vorausgegangen. Ich hatte mir meinen nun schon dreizehnjährigen ältesten Sohn in Begleitung eines jungen Verwandten, Lenz, nach Lausanne bestellt, habe die beiden dort in Empfang genommen und bin, ich weiß eigentlich nicht warum, mit ihnen hierher gereist. Malte ist ein verständiger Junge geworden. Trotz des Sorgenzustandes oder auch wohl gerade wegen des Sorgenzustandes, in dem ich bin, war der brennende Wunsch, ihn bei mir zu haben, nicht zu beschwichtigen. Gewisse Dinge unternimmt man aus keinem anderen Grunde, als weil man sie nicht unterlassen kann. So war meine Absicht – und diese ist teilweise durchgeführt –, als ich den Jungen zu mir beschied, ihn in die Sachlage einzuweihen.

Die Spannung, in der ich mich befand, ging – hat sie nun wirklich nachgelassen? – bis zur Unerträglichkeit. Eine Belehrung Maltes, eine Erklärung und Eröffnung meiner Lage sollte sie lindern. Ich wollte ihm eine Art Verständnis vermitteln und sein Vertrauen gewinnen, indem ich ihm das meine, und zwar wie einem erwachsenen Menschen, entgegenbrachte. Gelang es mir, so ist damit einer absichtlich oder unabsichtlich falschen und gehässigen Darstellung vorgebeugt, und ich glaube, es ist mir gelungen.

Hätte ich warten sollen, bis aus dem Knaben ein Jüngling geworden ist, irgendwelcher erziehlicher Gründe wegen? Es bleibt mir vielleicht dazu keine Zeit. Nicht nur, wenn ich zum soundsovielten Male mein Testament revidiere, sondern auch, wenn ich Malte in mein Schicksal einweihe, geschieht es hauptsächlich mit Rücksicht auf den Todesfall. Ich bin nicht gesund. Ein unangenehmer Husten verlässt mich nicht. Ich vermeide, mich untersuchen zu lassen, obgleich ich öfters in verdächtigen Nachtschweißen liege, in der Furcht, man könnte feststellen, dass meine Lungen nicht in Ordnung sind. Gegen Speisen hege ich Widerwillen. Ich leide an immerwährendem Aufstoßen. Nur das Trinken gibt mir sozusagen eine Lebensmöglichkeit.

Ich kann nicht einsehen, warum man einen dreizehnjährigen Knaben nicht zum Mitwisser schwerer, gewissenhaft durchkämpfter Schicksale machen sollte. Das Wissen vom Schicksal seines Vaters und vom Kampf seines Vaters kann ihm in ähnlichen Fällen Trost bringen und ihn gegen sie stark machen. Freilich ist dies wohl kaum der Grund, weshalb ich auf den sonnenbrennenden Wegen der Gegend das Herz meinem Sohne väterlich ausschütte. Eigentlich weiß ich nicht aus noch ein und suche die Stütze, als welche mir nun mein Junge herhalten muss.

Und wirklich, der dreizehnjährige Bursche ist mein Freund. In einer Art platonischen Frage-und-Antwort-Spiels sind seine Äußerungen warm und leidenschaftslos, wie mir vorkommt, gerecht nach beiden Seiten. Natürlich hat er sich seit der Amerikafahrt und dem Wiedersehen in Hoboken die Jahre hindurch über die Art, wie Vater und Mutter lebten, Gedanken gemacht. Er ist mit ihnen der Wahrheit ziemlich nahegekommen. Es ist üblich, vom Scharfsinn der Kinder, vom Scharfsinn eines Dreizehnjährigen gering zu denken. Unendlich sind aber die Eindrücke und Erfahrungen, die er bis hierher mit frischen Sinnen, frischem Verstande und schnellem Urteil bereits bewältigt hat. Hatte ich ihm etwas Neues zu sagen? Wahrscheinlich habe ich nur im gerechten Vortrag unserer Geschichte Ordnung und Ruhe in das von ihm schon Gewusste gebracht.

Ich war beflissen, gerecht zu sein. Und es ward mir nicht schwer, den Gedanken der Schuld nach beiden, ja nach drei Seiten auszuschalten. Nichts, was ihm Anteil und Liebe an seiner Mutter irgend schmälern konnte, brachte ich vor. Und so darf ich mich wohl im Großen und Ganzen begründeter Hoffnung hingeben, dass auch nach dem, was bevorsteht, Entfremdung zwischen uns nicht eintreten wird.

Das Fernsein von Anja fällt mir schwer. Andrerseits tritt, wenn auch in schwächerer Form als früher, jene Erleichterung ein, die immer mit dem Fernsein von beiden Frauen verbunden war.

Der Dresdner Bau ist in Angriff genommen. Malte berichtet manches davon. Die Mauern sind bereits einige Fuß hoch über der Erde. Seine Mutter nimmt, wie Malte erzählt, großen Anteil daran. Im Mai aber wird der Bau in Waldbach begonnen, den ich mit Anja gemeinsam zu bewohnen entschlossen bin. Die Pläne dafür sind durchgesprochen, und, seltsam genug, gerade aus meiner allertiefsten Hilflosigkeit heraus habe ich heut den unwiderruflichen Auftrag zum Beginn einem Berliner Architekten erteilt und die erste Bausumme angewiesen.

Wir wohnen in einem großen Hotel, das voller Menschen ist. Malte ist groß und ein schöner Junge. Lenz, der Maler, bleich, bartlos, mit tintenschwarzem Schopf, wird, wie ich erfuhr, für einen Abbate und seinen Erzieher gehalten.

Natürlich gibt es da frohe Momente. Ein dreizehnjähriger Junge kann nicht traurig sein, wenn er zum ersten Mal Ostern an den Ufern des Lago Maggiore verlebt, und ebenso wenig ein Maler im gleichen Fall. Der Schönheit von Isola Madre und Isola Bella, den beiden Inseljuwelen, widersteht keine Traurigkeit, und wenn man in ihrer Nähe ist, ist man trotz allem und allem belebt vom elysischen Hauch seliger Eilande.

Waldbach im Riesengebirge, am 16. Mai 1900.

Es hat lange gedauert und unendlich viel Sorge gekostet, bis ich in diesem einsamen Bauernhäuschen gelandet bin. Es ist das letzte und höchste des Dorfes, wenige Schritte vom Waldrand gelegen. Wenn ich von hier eine kleine Stunde parallel dem Streifen des alten Granitgebirges durch den Wald wandere, treffe ich auf ein ebenso kleines, ebenso verborgenes Bauernhaus, das, wie meines, so ziemlich am äußersten Ende oder Anfang des Nachbardorfes gelegen ist. Von dort hierher und von hier dorthin kann man verkehren, ohne andre Menschen zu treffen als einen Förster, einen Waldarbeiter, ein altes Weibchen mit einer Hucke Holz oder einen mit Rucksack und Stock bewehrten einsamen Wanderer hier und da. So muss es sein, wenn wir ungestört und ungesehen einander besuchen wollen. Anja nämlich ist in jenem anderen Häuschen untergebracht.

Wir haben einige Tage gesucht, ein Verwandter Anjas und ich, bis wir diese Verstecke gefunden hatten.

Von der einen hauptsächlichsten Sorge: Werde ich Anja behalten? sind einstweilen alle anderen zurückgedrängt. Jede Trennung, wenn ich tagsüber bei ihr gewesen bin, ist fast so schwer wie eine endgültige. Das Wetter ist schön, und so pflegt sie mich denn meist ein Stück durch den Wald zu begleiten, obgleich ihr das Gehen beschwerlich wird. Aber Anja ist schön im Zustand der Mutterschaft, und ich muss sie betrachten wie eine Heilige. Ein schlichter Ernst, eine Feierlichkeit ist über ihr, eine dienend stille Ergebenheit, die sich selbst mit der Möglichkeit eines nahen Todes abfindet. »Sollte es kommen«, sagt sie, »dass unser Kind lebt, ich aber nicht mehr bin, um meiner Liebe und meines Todes willen versprich mir, Titus, dass du es nie von dir lassen wirst!«

Die Krisis aber rückt näher und näher. Ich verberge mir nicht, dass morgen, übermorgen, in fünf, in sechs, in acht Tagen auch bei mir die letzte aller irdischen Entscheidungen vielleicht gefallen ist.

Nach langer Zeit zum ersten Male habe ich heut wiederum das Buch meiner Aufzeichnungen aus dem Koffer geholt. Diese Eintragung kann recht lang werden. Ich denke heut Nacht nicht schlafen zu gehen. Ein Dauerzustand von allertiefsten Spannungen und Erregungen des Gemüts liegt hinter mir, den man vielleicht einen hohen, voll belebten nennen kann, aber ganz gewiss auch einen zerrüttenden. Es steht mit mir so, dass an Schlafen kaum noch zu denken ist.

Mein Sekretär namens Leisegang ist bei mir. Er sorgt in freundlicher Weise für mich. Er hat mir ein kleines Abendbrot auf den Tisch gestellt. Die gute Stube des Bauern ist mir eingeräumt, oben im Giebel liegt mein Schlafzimmer. Ein durch viele Granittrümmer immer wieder gestautes Bergwasser schickt sein Rauschen herein. Hinter ihm erhebt sich ein gewaltiger Block, genannt Tümmelstein, auf dem sich das ärmliche Anwesen eines Gebirgshäuslers festklammert. Hier und da tritt es im bleichen Lichte hervor, wenn schwache Gewölke den Mond freigeben, wo dann auch der breite Bach ein fließendes, schäumendes, stäubendes, gurgelndes Silber wird.

War nicht Heimweh vielleicht der stärkste Grund, weshalb ich hierhergekommen bin?

Anja ist gleichfalls gut versorgt. In der Küche ihres Häuschens schaltet mit einem ländlichen Mädchen meine Wirtschafterin. Eine mir und Anja befreundete Ärztin geht ihr eigentlich nicht von der Seite. Ein weiterer Schutz für sie ist ein naher Verwandter und seine Frau. Der Arzt des Ortes ist verständigt worden, und in Berlin ist ein junger Professor und Freund der Familie, zu dem sie besonderes Vertrauen hat, bereit, sich auf Anruf hierherzubegeben.

Warum ich dies eigentlich niederschreibe? Weil ich überhaupt schreiben, etwas tun, mich ablenken will. Diese Sorgen, diese Belastungen, Ängste und Bangigkeiten, Schicksalsstunden und Gehetztheiten machen müde und stumpfsinnig. Und so findet man nicht einmal mehr den Zugang zu dem, was einen bis zum Rande erfüllt, vermag sich nicht auszusprechen, nicht zu erleichtern.

Das Dorf Waldbach wird von drei Bergbächen in drei Täler zerrissen. Über dem von hier weitest entlegenen wird morgen der Grundstein zu unserm neuen Asyle gelegt. Das Haus, nach den Plänen, ist burgartig. Gebe Gott, dass es, im Sinne seines Zweckes, nach seiner Vollendung nicht überflüssig geworden ist. Man plant und baut, als ob man unsterblich wäre und sein Schicksal fest in der Hand hätte. Aber wer kann auch nur für den Ausgang dessen gutsagen, was vielleicht morgen geschehen wird?!

Schlierke erreicht man von hier in etwa anderthalb Stunden. Aber bei dem, was geschieht, bleiben Mutter, Schwester und Bruder ausgeschaltet. Sie können mit ihren ängstlich schweigenden Mienen und frostig abgewandten Gesichtern mir weder Trost noch Stütze sein.

Waldbach, am 18. Mai 1900.

Was ist mir eben begegnet, eben geschehen?

In diesem Augenblick bin ich von drüben zurückgekehrt. Ich war bis in die Nähe ihres Häuschens gelangt, das jetzt ihre Folterkammer ist. Dort hörte ich etwas wie den Schrei eines Tieres unterm Messer, der mich in blindem, feigem Entsetzen aus dem Bereich des Hauses fort in den Wald jagte.

Aber wo ich auch war, ich hörte den Laut, wo ich auch bin, ich höre das arme, gemarterte Tier schreien.

Wir trennten uns gestern Abend gegen sieben Uhr. Der Abschied war uns besonders schwer. Wir schieden an einer Stelle des Weges, die etwa in der Mitte zwischen Anjas Wohnort Silberlehne und Waldbach liegt. Auf einer grünen, gestrichenen Bank, die dort steht, saßen und sprachen wir miteinander, bis Anjas Verwandter und seine Frau erschienen, um ihr auf dem Rückweg zur Seite zu sein. Wieder und wieder sah sie sich um und winkte mit ihrem grünen Schleier, ehe sie meinen Blicken entschwand.

Heute untertags musste ich allerlei Liegengebliebenes aufarbeiten. Das hatte ich ihr schon gestern gesagt. Zwischen fünf und sechs Uhr sollten wir uns auf der bekannten Wald- und Bergstraße entgegenkommen. Im ersten Viertel des Weges traf ich sie nicht. Als im zweiten Viertel ebenfalls nichts von Anja zu sehen war, trotzdem ich mich etwas verspätet hatte, wurde ich unruhig.

Ich hatte die Pausen des Bauplans in der Tasche. Ich wollte ihr zeigen, wie die Lage und Art ihrer eigenen, besonderen Zimmer beschaffen sein würde. Ich dachte, dass sie die Vorstellung dessen, was bei gutem Ausgang hinter der schweren Stunde lag, erfreuen und von dem Gedanken an diese ablenken müsste.

Als ich nun aber bei jeder Wendung des Weges vergeblich nach ihrem Anblick geschmachtet hatte, nestelte sich mehr und mehr die Angst an mich, es könne in Silberlehne nicht alles in Ordnung sein. Ich wusste, wenn Anja mir nicht entgegenkommt, so kann sie nur physischer Zwang davon abhalten. Es gibt keine andere Erklärung bei ihr.

Was ich erlebte und was ich empfinde, auszudrücken, steht in der Macht von Worten, in der Macht einer Sprache nicht.

Auf dem letzten Viertel des Weges zu ihr war ich nicht ein normaler Mensch. Die Natur bekam eine Sprache: Die Wand zwischen ihrer Seele und meiner schien niedergerissen. Im Gebirge wurde ein Baum gefällt. Der Gongton des Falles, der über das unendliche Waldgebiet bis zu mir herunterhallte, war das, weshalb er gefällt worden war, nämlich die mir in dieser Weltsekunde zugedachte Mitteilung. Nun war ich von dem, was sich zutrug, unterrichtet. Ein Rauschen, das durch die Fichten ging und ihre Zweige auf unzweideutige Art bewegte, war die allgemeine Teilnahme, die der große Schicksalsaugenblick, in dem Anja und ich und ein drittes Wesen nunmehr standen, im Walde erregte. Es ging ein Erwachen, Sich-Ermannen, ein geistiges Gegenwärtigwerden durch die Reiche des scheinbar Unbeseelten. Ich staunte, ich konnte es nicht begreifen, wie es jemals möglich war, alle diese Geräusche und Bewegungen für etwas anderes als Winke, Anrufe, Ermutigungen, Tröstungen und darüber hinaus für Andeutungen eines wahren, höheren Daseins zu halten. Bethlehem, die Schalmeien und

Gesänge der Hirten auf dem Felde, die Erscheinung der Engel mit dem Ruf »Ehre sei Gott in der Höhe, Friede auf Erden und den Menschen ein Wohlgefallen!« schienen, noch unsichtbar, nahe zu sein und auf den Augenblick ihrer Betätigung nur zu warten. Schenke ich meinem Fall hierdurch nicht wieder eine allzu große Bedeutsamkeit? Ich meine nicht. Denn auch die traulich erhabene Legende von Bethlehem ist aus dem tiefen Erleben einer einzigen Menschenseele entstanden, und ein Vorgang, der im Allerheiligsten geschieht, verliert, auch wenn er sich täglich und stündlich erneuert, wie das Geborenwerden von Menschen, nur in den Augen des vom Grund aus Unheiligen etwas von seiner Heiligkeit.

Aber ich schweife ab, ich verwirre mich. Ich wollte schildern, in welchen Zustand ich durch die Ahnung der Wahrheit versetzt wurde. Es ist der, in dem ich auch noch im gegenwärtigen Augenblicke bin. Das Rauschen des Baches vor der Tür, der Flug eines Vogels, das Gurren einer Haustaube unterm Fenster, das Blitzen einer Lichtbrechung unter den Porzellan- und Glasschätzen der bäuerlichen Vitrine, die mein Zimmer schmückt, alles ist das Verhalten von Mitwissenden. Unzählige Augenblicke solcher sinnlichen Zeichen lösen sich ab, gleichsam wie immer neue Bulletins, ausgegeben am Bette Anjas, von dem großen Geist der Verantwortlichkeit, von den Myriaden bedienender Hände der Natur übermittelt.

Wer ruft da? Mit lauten Schlägen wird an der Haustür angepocht. Leisegang geht hinaus, um zu öffnen ...

Ein Kärtchen, und ich bin wieder, der ich gewesen bin. Das Kärtchen besagt: Ein gesunder Knabe ist angekommen. Die Mutter befindet sich, den Umständen angemessen, wohl.

Schalmeien, Hirten, Engel: Ehre sei Gott in der Höhe, Friede auf Erden und den Menschen ein Wohlgefallen!

Tutti, himmlische Chöre! Te deum laudamus! Te deum laudamus! Gott! Gott! Amen, Amen, Amen. Te deum laudamus! Te deum laudamus! Lauter, lauter: Bäche, Vögel, Bäume, Gras, Himmel, Erde: Te deum laudamus!

Waldbach, am 2. Juni 1900.

Ich habe einen ungeheuren Brummschädel. Im Hause »Zur schönen Aussicht«, wie die Geburtsstätte meines Sohnes Manfred Diodatus heißt, wurde sozusagen ein Tauffest ohne Pastor gefeiert. War es eigentlich im Hinblick auf die Wöchnerin, die oben im Giebelzimmer wohnt, richtig, dass wir in dem darunterliegenden Raum zu ebener Erde bis gegen drei Uhr morgens einen so wüsten Lärm machten? So ungefähr gegen den Schluss zerschmetterte ich noch, nachdem ich es auf das Wohl des Täuflings geleert und weil es nach diesem Akt niemand mehr gebrauchen sollte, mein Glas an der Wand.

Niemals wurde ein Erdenbürger von seiner ersten, geheimnisvollen Anmeldung an bis zu seinem Eintritt in die Welt mit größerer Freude willkommen geheißen.

Wie schön doch Anja in ihrer Schwäche ist! Welche ungeahnte neue Macht gewinnt ihre neue Schönheit über mich! Wie rührend zurückhaltend ist ihre Hilflosigkeit! Dieses der Stille bedürftige, tiefe, zarte Glück behält für den etwas derben, bakchantischen Kreis ihrer Umgebung ein schonendes Verstehen, wogegen sie mir allerdings mitunter eine sorgenvolle Klage, der angeblich lieblosen Betreuung des Kindes wegen, ins Ohr flüstert.

Irgendein plötzlicher Impuls hatte noch spät am Abend meinen Bruder Julius von Grünthal nach dem Hause »Zur schönen Aussicht« geführt. Man wandert von da vier Stunden dorthin. Etwas dergleichen trotz aller Widerstände der Umgebung plötzlich zu tun und so einer guten Regung zu folgen liegt von je in seiner Art. Vielleicht war es nun sogar seine Gegenwart, wodurch meine an sich frohe Laune so gesteigert wurde, dass ich schließlich ganz aus dem Häuschen kam.

In dieser Nacht, in welcher das Schicksalhafte hinter den dünnen Mauern, inmitten der weiten, rauschenden Bergwälder von uns so aufwühlend empfunden wurde, waren wir beide, mein Bruder und ich, wieder die alten begeisterten Jünglinge, und dieser kleine, fauchende Säugling, den die sauber gekleidete weise Frau einen Augenblick herunter an unseren Tisch brachte, wo wir ihn bewunderten, war uns gleichsam der göttliche Ausdruck des Selbstbestimmungsrechts höheren Menschentums.

Im Übrigen ist es erstaunlich, welche Veränderung mein Wesen durch das Dasein des Kindes erfährt: Der letzte Rest einer Unsicherheit in der Frage, ob recht oder unrecht, wohl oder übel, vorwärts oder rückwärts, auf mein und Anjas Verhältnis bezogen, ist mit dem Dasein des Kindes aus der Welt geschafft. Es braucht keines Pfarrers, keines Beichtigers, wo der Schöpfer selbst ein Geschöpf nach seinem Ebenbilde hervorgerufen hat. Wer dies nicht fühlt, ist nicht einmal in den äußersten Vorhof wahren Wissens eingetreten.

Nun aber heißt es, dieses Knäblein wie ein neuer Christophorus auf den Nacken nehmen und durch allerlei rauschende Bergwässer rettend hindurchtragen, ähnlich dem, das unter meinen Fenstern zu Tale stürzt. Wird mir das Knäblein einstmals zu schwer werden?

Manfred Diodatus, die Burg – das Kastell, würde Don Quijote sagen – auf dem Hügel zwischen dem zweiten und dritten Bergbach des Dorfes, zu dem die Werkleute eben den Grund legen, wird für dich errichtet! Nicht nur, dass du der Urheber des Gedankens dazu bist, du bist Bauherr, bist Architekt und Nutznießer. Anja und ich sind nur gleichsam die Anhängsel.

Waldbach, am 22. Juli 1900.

Das Haus ist gar kein Ding an sich selbst, sondern nur eine Erscheinung, d.i. Vorstellung, deren transzendentaler Gegenstand unbekannt ist.

Immanuel Kant

Wasserwaage und Lot, Lot, Wasserwaage und Bindfaden. Der Bindfaden macht die idealen Linien materiell. Waagrechte Linien, genau nach der Wasserwaage ausgewogen, senkrechte Linien genau nach dem Lot. Die Spinne aber, welche das webt, ist der Maurerpolier, ist ein kleiner, flinker, beweglicher Mann. Er scheint mitten in seine Netze verstrickt. Was er webt, sind die Grund- und Aufrisslinien meines künftigen Hauses. Danach werden die Fundamente gelegt, aus denen Mauern hervorwachsen.

Dieser Eindruck ist überholt. Heute, als ich mit Anja, die wieder leidlich wohlauf ist, den Bauplatz besuchte, ragten bereits kleine und große Werkstücke aus Granit über den Boden hervor. Arbeiter sahen wir nicht, da es Sonntag war. Wir schritten in rechteckigen Feldern, den Grundflächen unserer künftigen Zimmer, umher und konnten bequem von einem zum anderen steigen. Es gelang uns dagegen nicht, uns das künftige Haus aufgrund dieses nüchternen Zirkelwerkes lockend und wohnlich vorzustellen.

Das Gras des Hügels, auf dem die Fundamente sich abzeichnen, war von Tritten zerquetscht, von Hufen zerwühlt und von Räderspuren durchfurcht. Rohe Granitblöcke lagen umher oder Trümmer von solchen, durch Meißel oder Dynamit gesprengt. Hier und da auch fertige Werkstücke. Regelmäßig aufgeschichtete, nach Tausenden zählende Ziegel standen herum. Alles war mit vieler Mühe, vielen Menschen- und Pferdekräften herbeigeschafft worden. Die Fuhrknechte gaben dabei ihre wildesten Schreie, die brabantischen Pferde ihre letzten Kräfte her. Der Bauplatz war ohne Rücksicht auf Zufahrtsstraßen gewählt worden.

Hatte Julius auch wohl dabei ein wenig an sich gedacht, als er mich darin bestärkte, meine neuen Wurzeln hier und nicht in Grünthal einzusenken, oder mir eifrig wegen des Grundstückes mit dem Bauern verhandeln half? Und Schwester Charlotte, die an Julius mehr als an irgendeinem anderen Menschen hing, was war ihr wohl, als sie später mit großer Federgewandtheit den Kauf mit dem Bauern perfekt machte, durch den Kopf geblitzt? Dachte sie nicht am Ende daran, dass Julius dadurch aller Wahrscheinlichkeit nach in Grünthal und in meinem Grünthaler Hause Alleinherrscher wurde? Wie dem auch sei, ich hätte es nie über mich vermocht, dort mit Anja einzuziehen, wo ich einst mit Melitta gehaust hatte.

Genug. Ich stehe und gehe mit Anja auf dem neuen Lebensgrund. Wir wollen etwas von der Zukunft vorwegnehmen, die sich schneckenhausartig schützend um und über Manfred Diodatus wölben soll. Ich sprach Anja, die noch immer weich und ein wenig müde ist, von dem Schnurengewebe des flinken Maurerpoliers, der, ohne es zu ahnen, an unserem künftigen Schicksal wob. Und wer unter allen, die für diesen Bau zusammentragen, ahnt etwas davon!

Der Tag ist schön. Kirchenglocken klingen aus fernen Tälern herauf. Vor uns liegt der Wall des Gebirges mit der Kleinen und Großen Schneegrube, der Großen Sturmhaube und dem Hohen Rad. Gegenüber, durch einen Bergbach getrennt, liegt ein Haus, in dessen Kellerlokal italienische Arbeiter singen: Das Feuer und die Schönheit ihres Gesanges sowie ihrer Stimmen ist in diesen Bereichen ein fremder Laut. Es sind jene Leute, die man für den Bau unseres neuen Asyls herangezogen hat.

Italienische Hände also erbauen das deutsche Asyl. An einem gewissen Punkte meines Schicksals sind sie da und greifen ein. Ich war ebenso erstaunt über sie und über ihr Auftauchen wie der ganze kleine Ort. Und überhaupt, was wurde da plötzlich in seiner Mitte ganz ohne alle Vorbereitung, gänzlich überraschend, für ein gewaltiger Bau errichtet?! Er war wohl gewaltig, da man ja nur kleine, geduckte Hütten zum Vergleich hatte. Was stellte er vor? Weshalb wurde er gerade hier errichtet, in einer abgelegenen Welt, die noch nicht einmal durch die Landstraße mit dem allgemeinen Verkehrsnetz verbunden ist? Es musste den Leuten vorkommen, als sei der Mond vom Himmel und mitten in ihr Dorf gefallen. Um ihn anzufeinden, war er zu groß, aber es mochte doch in Waldbach Leute geben, die das versuchten und Unrat witterten. Anja meinte sogar, wir säßen doch ein wenig zu sehr mitten in dem kleinen dörflerischen Ameisenhaufen drin.

Sofern ich alles dessen gedenke, widerstrebt es einigermaßen meiner Bescheidenheit. Es meldet sich eine Stimme in mir, die in alledem einen unverhältnismäßig großen Aufwand sieht um etwas herum, das eigentlich nur eine schlichte Angelegenheit der Seelen ist. Dieser planende Architektenkopf, dieser Maurermeister und Zimmermeister, dieser Maurerpolier und Zimmerpolier, diese Zimmerleute und Maurer, diese deutschen und italienischen Arbeiter, Handlanger, Tischler, Schlosser, Schmiede, Maler, Elektrotechniker und so fort anderthalb Jahre lang beinahe nur für mich beschäftigt: Ich leugne nicht, dass mich neulich in ihrem Getriebe etwas wie böses Gewissen, zum Mindesten eine leise Verlegenheit befallen hat. Nun, die Sache ist jetzt im Zug, und es gibt kein Aufhalten.

Bin ich eigentlich, sind wir eigentlich anspruchsvoll?

Wenn ich diese Frage stelle, so meldet sich als Antwort das Nein. Das sehr entschiedene Nein weist auf Manfred Diodatus' sowie unseren hilfsbedürftigen Zustand hin, auf die feindlichen Mächte in Gestalt von giftigen Zungen, vor denen uns eine Burg schützen soll. Und der alte Höhlenbewohner Mensch braucht auch auf höherer Stufe die Höhle, die ihn umgrenzt, sichert und dadurch auf ihre Weise befreit. Vielleicht half sich nicht nur die Sprache auf durch den gleichsam spiegelhaften Widerhall von der Höhlenwand, sondern es wurde auch das erste Schriftzeichen, das erste Bild einer Höhlenwand eingeritzt und anvertraut. Kurz, wir wollen uns ein- und ausleben und dadurch, inmitten der allgemeinen, unsere eigenste, ausschließende Welt gründen. Eitelkeitsgefühle; Fassadengefühle haben wir nicht.

Die gerade Linie gibt es nicht, außer in unserem Kopf, ebenso wenig den rechten Winkel. Sie gehören ins Reich der Idee. Und ins Reich der Ideen gehört unser künftiges und jedes menschliche Haus, ins Reich der Ideen, die verwirklicht sind. Ich durfte, mit Anja auf der Grundfläche des unseren stehend, es mit gutem Gewissen und vollem Recht, trotz der harten Hände, die es mühsam erbauen, und des Schweißes, der darum von Mensch und Tier noch fließen wird, eine hohe und reine Idee nennen.

Berlin-Grunewald, am 10. Januar 1901.

Ich schreibe im Bett. Auf einer Reise nach Waldbach habe ich mir eine Grippe zugezogen. Es konnte kaum anders sein, wir waren für einen Winter, wie er im Gebirge tobte, nicht vorbereitet. Ein Jugendfreund, ein Musiker, begleitete mich.

Ich war allein, ich hatte ihn nötig.

In der fantastischen Bilder- und Hieroglyphensprache des Traums, wie sie ein Romantiker nennt, tritt bei mir in diesen Tagen eine nächtlich umheulte, in Schneegestöber und stürmender Finsternis fast begrabene Ruine auf, deren Fenster mit Brettern notdürftig verschlagen sind, in deren verfallenen Kaminen Feuer jagen und fieberhaft huschende Lichtflecken über zermorschte Decken und Wände öder Räume ausstreuen.

Diese Ruine ist nichts anderes als das Nachbild meiner Burg, die im Gebirge errichtet wird, nur dass es nicht so schauerlich und so trostlos ist wie der Eindruck, den ich bei unserem Besuch von ihr hatte.

Bei einem Schneesturm, der mit höchster Gewalt von der Sturmhaube und von den Schneegruben herunterfiel, kämpfte sich unser Wagen von Quolsdorf gegen Waldbach hinauf. Wir blieben stehen, die Pferde mussten verschnaufen. Dann ermannten sie sich und krochen wie Schnecken weiter bergan. Der Landauer konnte geschlossen keinen Schutz bieten. Es war Tag, und doch schien es zuweilen Nacht zu sein. Der Luftdruck verhielt einem manchmal den Atem. Höchstens auf meinen Seefahrten hatte ich Ähnliches kennengelernt.

Aber von einem gewissen Gasthof Waldbachs an kamen wir nur noch zu Fuß, mit Aufbietung aller Kräfte bergan. Schließlich erreichten wir so durch einen Graus, gegen den der weiter unten erlebte nichts bedeutet, den schneeverwehten, von Schneewolken umrasten Bau, in dessen Innerem – er ist unter Dach, seine Fensteröffnungen hat man mit Brettern vernagelt – man tatsächlich trotz des Wetters arbeitete.

Ein Durcheinander von lauten Geräuschen begrüßte uns, als wir eintraten. Das Niedersausen von Hämmern auf Nagelköpfe, das lauter und lauter wird, je weiter der Nagel in das Holz getrieben ist, und ehe es abschließt, am lautesten, wenn Nagelkopf und Holz eine Ebene sind, das Fallen von Brettern, das Rauschen und Fegen von Tischlerhobeln, das Schelten des Maurerpoliers: Dies alles verbindet sich mit dem bissigen Pfeifen und Greinen des ausgesperrten Sturmwetters, das immer wieder Wolken von Flocken durch alle Ritzen treibt. Leitern, Gerüste tragen uns. In einem Saal, der frei liegt, wird am Kamin Leim gekocht. Das Feuer dazu wird mit Hobelspänen in Gang erhalten. Selten in meinem Leben hat etwas einen so bis zum Erfrieren frostigen, grönländisch öden und, im Höhlenlicht des frühen Winterabends, einen so infernalischen Eindruck gemacht. In dieser Gegend ein Haus zu errichten mutete wie der Gedanke eines Tollhäuslers an, und ich bin mir als solcher vorgekommen. Kurz, jeder Hammerschlag, jeder Hobelzug in dem finsteren, wilden Werdezustand des Neubaus tat mir weh, und es war mir, als müsste ich den Handwerkern in den Arm fallen und Hammer, Säge, Hobel und Maurerkelle aufhalten.

Ich floh, ich suchte so schnell wie möglich wieder ins Tal zu kommen.

Auch in meinen Fieberträumen herrscht dieser unüberwindliche Widerspruch. Mein arbeitender Geist sucht vergeblich über ihn hinwegzugelangen. Ich will etwas, was ich zugleich nicht will. Aber der Versuch, es nicht zu wollen, stößt jedes Mal auf ein hartes, unüberwindliches Hindernis.

Auch dieser Traum, der mit einem angstvollen Auffahren endet, hat sich in den Fiebernächten der letzten Woche oft wiederholt: Anja und ich, Manfred Diodatus abwechselnd tragend, schleppen uns mit dem Kinde durch das Schneegestöber zu unserem Asyl hinauf. Wir finden es, wie ich es gefunden habe, ins Furchtbare gesteigert, an eine Bulge des Dante erinnernd. Es ist das Gegenteil eines Asyls, eine Ruine mit offenem Dach, in der nicht ein regen-, schnee- oder sturmsicherer Winkel für uns zu finden ist.

Soana, am 25. Februar 1901.

Wiederum sind wir geflohen, Anja und ich, haben uns aus Nebel und Nacht hierhergerettet. Unsere Lage ist nicht mehr die vom vergangenen Jahr, als wir ruhelos mit dem Ungeborenen herumirrten. Wir ließen den kleinen Manfred Diodatus in Anjas Wohnung in der Hut einer zuverlässigen Pflegerin. Täglich wird er von einer Ärztin besucht, wöchentlich mehrmals sehen befreundete Frauen nach ihm.

Das Dresdner Haus ist von Melitta und den Kindern bezogen worden. Ich habe sie wenige Tage später besucht und das neue Asyl mit den Meinen durch ein kleines Fest eingeweiht. Dabei probierten die Kinder den großen Hallenkamin, indem sie ihn dermaßen mit Holz vollstopften, dass die Flamme, wie Nachbarn feststellten, aus dem Schornstein schlug.

Ich unterlasse es, meine innere Lage bei dieser nun vollendeten Neugründung und während der kleinen Feier zu schildern. Ein in Dresden praktizierender Arzt, dessen Frau, eine Ärztin, und ihre beiden Kinder, Knabe und Mädchen, waren da, und die überschäumende Freude der Jugend wirkte ansteckend. Die Tage dieses Besuches sind eigentlich ohne erhebliche Störungen vorübergegangen.

Was Melitta übrigens denkt und was in ihr vorgeht, durchschaue ich nicht. Sie scheint sich der neuen Phase unseres Verhältnisses bewusst zu verschließen. Auch weiß ich nicht, inwieweit sie von den Vorgängen in Silberlehne und Waldbach unterrichtet ist.

Das Wohnen und Hausen in dem neuen, schönen Asyl an der Elbe hatte sehr viel Anheimelndes. Welch ein ausgesuchtes, befriedetes Glück täuschte der Zustand, in dem wir lebten, uns vor! Zimmer und Söller mit Blicken über den belebten Strom, jenseits an steigenden Ufern die Albrechtsschlösser, die schöne, lebenslustige alte Königsstadt ringsumher. Was musste ich dagegen empfinden, wenn ich an die sturmumraste Höhlung in Waldbach dachte, drin die Dämonen hobelten, sägten und hämmerten?! Das konnte vielleicht eine Burg werden, zu Schutz und Trutz in die kosmischen Ödeneien der Lebenswildnis hinausgerückt, aber niemals konnte sich darin wie hier echtes Bürgerglück und wahres, warmes Bürgerbehagen entwickeln.

In dieses schöne Landhaus am Fluss fiel man wie in ein gemachtes Bett, solange es einem gelingen konnte, den gegebenen Zustand für voll zu nehmen. Dort fand auch die müde Seele ihre volle Bequemlichkeit. Denken und Sprache ruhten in dem lustig-saloppen Verkehrston aus, der sich in Familienkreisen bildet. Nöte und Mühe, diesen Zustand aufrechtzuerhalten, etwa gar zu rechtfertigen, gab es nicht. Alles, was in Waldbach mit vielem Für und Wider erwogen und gegen Widerstände der ganzen Welt durchgesetzt werden musste, ergab sich in diesem Heimwesen ganz von selbst. Man brauchte die Schlafmütze tagelang nicht von den Ohren zu ziehen, und der ordnungsmäßige, selbstverständliche Gang des bürgerlichen Anwesens erlitt trotzdem keine Einbuße.

Der Bergfried, wie Anja und ich unser Asyl in Waldbach nennen wollen, ist durchaus eine Gründung für sich. Er steht nach Bestimmung und Lage außerhalb des Bürgertums. Er hat einen festen, gedrungenen Turm, der die Dämonen schrecken und einer Welt von Feinden Trotz bieten soll. Er riecht nach Wehrgängen, Bastionen und Schießscharten. Sein Inneres, wenn erst der Bergfried einmal bewohnbar ist, denke ich mir heimlich-unheimlich, eine Stätte bedrohter Sicherheit.

Anja hat nichts dagegen, wie sie sagt, wenn ich nach unserer Rückkehr im Frühjahr einige Wochen in Dresden zubringe. Ich gestehe mir ein, dass mein Zug nach Waldbach augenblicklich ein schwächerer ist. Während mich das eine vertraulich lockt, sendet mir das andere leise Schauder. Die Seele aber, die das helle, freundliche Haus am Elbufer, wie eine Taube ihren Söller, am Tage umkreist, umschwebt den Bergfried des Nachts mit Fledermausaugen, Fledermauszähnen und Fledermausflügeln.

Melitta und ich, wir haben uns viel in dem großen Arbeitsraum aufgehalten, der in dem neuen Hause für mich vorhanden ist. War es nicht, wenigstens was mich betrifft, unsinnig, wenn wir über die beste Art, ihn einzurichten, uns berieten und nachdachten? Oder wenn ich mich selber darin am Werk, in friedlich-fruchtbarer Arbeit sah, als ob ich noch Herr meiner selber wäre? Die Kinder, hieß es, durften hier ungerufen nicht hereinkommen, höchstens wenn sie etwa, mir das zweite Frühstück zu bringen, von Melitta beauftragt waren. Aber nur selten würde das sein, da sie es mir wohl immer persönlich darbieten würde. Es ist nicht zu leugnen, dass sie eine sorgliche Hausfrau ist, was man von Anja nicht sagen kann.

Ich freue mich sehr auf die kommende Dresdner Frühlingszeit. Sie, ich möchte sagen, gedankenlos auszukosten soll meine Aufgabe sein.

Gott sei Dank durchleben Anja und ich nun ebenfalls einigermaßen ruhige Zeit. Wir können uns, weniger aufgewühlt, unseren Aufgaben hingeben. Ich arbeite viel, und Anja übt den ganzen Tag.

Uns beglückt eine Ruhe nach dem Sturm. Über Manfred Diodatus, ein wohlgebildetes Kind, kommen täglich gute Nachrichten. Anlass zu irgendwelchen besonderen Sorgen seines Befindens wegen gibt er nicht. Anders ist es mit dem, was seine Zukunft betrifft. Aber morgen ist auch noch ein Tag.

Soeben erhalte ich einen Brief, in dem Melitta mir mitteilt, sie erwarte mich etwa Mitte März, ich möge nur nicht zu lange ausbleiben. Die Kinder bestürmen sie täglich mit Fragen, wann ich denn endlich heimkehren werde.

Dresden, Haus an der Elbe, am 22. März 1901.

Melitta hat mir eine derbe und nicht misszuverstehende Lehre gegeben. Begreife ich gleich nach ihrem letzten Brief ihre Handlungsweise nicht, so muss ich mir doch bekennen, sie ist willensstark und durchgreifend. Hatte ich mich wieder einmal in törichte Illusionen eingelullt, so bin ich, womit mir recht geschieht, gründlich ernüchtert worden. Der Nachtwandler ist vom Dache gestürzt, von dem unsanften Anruf Melittens geweckt.

Ich schreibe dies im neuen Haus an der Elbe, im Morgendämmer, nach einer durchwachten Nacht. Meine Lage ist ebenso übel wie lächerlich. War diese Sache von Melitta vorbedacht, so bin ich in eine Falle gegangen. Gewann sie im letzten Augenblicke nicht die Kraft, mich wiederzusehen, und verließ aus diesem Grunde das Haus, wie geschehen ist, so wird man sie einer solchen Bosheit nicht beschuldigen. Wie es immer auch sei, im Grunde muss ich ihr für eine so klare Sprache dankbar sein, für den Trennungsschnitt, den sie mit entschiedener Hand nun gezogen hat.

Es scheint festzustehen, dass Melitta bei ihrer Schwester in Leipzig ist. Indem sie mir das Haus allein überließ, hat sie es mir für immer verschlossen. Damit ist meiner viel zu lange getriebenen Pendel- und Zwickmühlenpolitik ein Ziel gesetzt.

Wer der irrigen Meinung ist, eine Stufe abwärts steigen zu müssen, und so vorwärts schreitet, kann sich das Bein brechen. Als mich Melitta auf dem Dresdner Hauptbahnhof nicht erwartete, habe ich keinen Verdacht geschöpft, denn ich war gewiss, sie in unserem Hause anzutreffen. Als mir das Gartentor, das Hausportal geöffnet wurde, war ich dessen immer noch gewiss. Die Begrüßung der Kinder mochte etwas weniger stürmisch als früher sein, ins Bewusstsein kam es mir nicht, da ich in der nächsten Minute ihre Mutter zu sehen erwartete.

In der Halle mit dem großen Kamin war sie nicht. Ich dachte, sie sei in ihrem Zimmer. Ahnungslos stieg ich die Treppe hinauf.

Oben traf ich auf das Hausmädchen. Sie öffnete mir den Raum, in dem man für mich das Nachtlager aufgeschlagen hatte.

Noch immer nichts ahnend, fragte ich nach der gnädigen Frau.

Ihr Gesicht war ein wenig befremdet – oder war es schadenfroh? – bei dem Bericht, die gnädige Frau sei irgendwohin gereist.

Melitta hatte mir damit nicht den Stuhl, wohl aber das neue Haus vor die Tür gesetzt. Sie hatte es mir vor die Füße geworfen. In ihrem Verhalten lag der Gedanke: Genieße dein Recht, genieße dein Haus – aber ohne mich. Lieber, als dies alles mit dir zu teilen, bin ich obdachlos. Hatte sie mir das früher verborgen? Oder war es ihr jetzt erst eingefallen?

Eine leichte Bestürzung muss bei dieser Nachricht in meinem Betragen sichtbar geworden sein.

Was mir hier hinunterzuwürgen vorbehalten war, hatte mit dem Streich von Paris eine verzweifelte Ähnlichkeit. Auch die Wirkung, obgleich schließlich weniger stark, war eine ähnliche. War Melitta wirklich nach Leipzig zu ihrer Schwester gereist, so hätte sie mir doch wohl müssen einige ihren Schritt erklärende Zeilen zurücklassen. So aber hatte sie mit der peinlichen Überraschung gerechnet, der sie mich aussetzte. Sie konnte mich überdies noch tiefer treffen, wenn Angst, mich trotz der Hoffnungslosigkeit unserer Umstände wiederzusehen, sie im letzten Augenblick gepackt und einen Zusammenbruch bewirkt hatte. Wer konnte dann wissen, ob sie nicht vielleicht irgendetwas Überspanntes getan hatte! Wenn auch das sogenannte Gift, das unser Freund Dr. Hüttenrauch ihr vor Jahren gegeben, nur gestoßener Zucker war, das Elbufer war ja in der Nähe.

Ich rief sogleich Malte in mein Schlafzimmer. Er beruhigte mich: Die Mutter sei gestern schon nach Leipzig zu Tante E. gereist, man habe sie und ihren Koffer an die Droschke gebracht, sie wolle etwa acht Tage fortbleiben.

Ich aß mit den Kindern zusammen ein ziemlich trauriges Abendbrot. Wären sie nicht gewesen, ich hätte mein Quartier in das nächste Hotel verlegt, denn ich konnte es kaum im Hause aushalten. Der böse Blick der gekränkten Frau schien es in eine Ruine, in ein Verlies verwandelt zu haben, in dem die Seele inmitten einer Galgenfinsternis gemartert wurde. Nunmehr war zwischen dem winterlichen Bergfried und diesem Hause kein Unterschied. Melitta selbst hatte die Dämonen herbeigerufen und ihnen durch einen Wink ihrer Laune Einlass gewährt.

Ich weiß, welcher Wendepunkt heut erreicht worden ist. Mag Melitta auch wirklich, während ich hier wach sitze, in dem behaglichen Heim ihrer Schwester einen traumlosen Schlaf schlafen, mag in mir nicht nur die Angst um ihr Leben, sondern auch meine egoistische Enttäuschung überwunden sein, in dieser Stunde muss ich mir sagen, dass die wirkliche Trennung von Melitta eingetreten ist. Sie aber, die ich zu sehen, zu umarmen hoffte, werde ich nun, wie ich mit einer taghellen Einsicht schmerzhaft erkenne, nicht wiedersehn.

Waldbach, am 8. Juli 1901.

Wäre ich nicht so tief ins Leben verstrickt, ich könnte nun wohl mein Waldbuch schreiben, meine Upanishad, nach Art indischer Einsiedler. So aber kann mein augenblicklicher Zustand nur vorübergehend sein.

Seit Wochen lebe ich hier allein in demselben kleinen Bauernhaus am Ende oder Anfang des Dorfes, das ich bei Manfred Diodatus' Geburt innehatte. Der Bach vor der Tür füllt wieder Tag und Nacht meine Wohnung mit seinem Rauschen. Im Dorfwirtshaus nehme ich meine Mittagsmahlzeit ein, im Übrigen sorgt Leisegang für mich. In wenigen Wochen wird der Bergfried, im westlichen Teile des Dorfes gelegen, bewohnbar sein.

Meine Beschäftigung ist, im einsamen Wohnen und Wandern dieser Zeit, nach vorwärts und rückwärts ordnen, planen, versenken und denken. Ich denke vor und denke zurück, überdenke mein Leben in der Vergangenheit, verfolge es bis ans mögliche Ende und gehe nach Art meiner mitgeborenen Wesenheit noch darüber hinaus. Ich spreche mit niemand, außer das Notwendigste, aber unablässig vollzieht sich ein schweigender Dialog in mir, der nur endet, wenn ich gleichsam zu den Füßen Platons sitze und seine Gespräche in mich aufnehme.

Mindestens einmal täglich besuche ich das neue Haus. Sein Gesicht ist freundlich geworden, obgleich es einen feierlichen und vielleicht ein wenig zu anspruchsvollen Charakter hat. Immerhin ist es bereits ein Stück von mir, und meine gestaltende Fantasie ist unlöslich damit verbunden. Melittens unvermutet harte Lehre trägt ihre Frucht. Der Zwiespalt meines Innern ist nicht mehr, und nur noch dem Bergfried allein gehört meine ganze, ungeteilte, äußerliche und innere Wirksamkeit. Hic Rhodus, hic salta! ist der kategorische Imperativ, dem ich nun ohne ernsthafte Störung nachlebe.

Aber ich bin wie ein Mann, ein Kapitän, dessen Schiff noch nicht fertig zur Reise ist, und kann mich inzwischen der Muße hingeben.

Ist nicht Vorwärtsdenken das Denken als Illusion und Rückwärtsdenken das wahre Denken? Die Summe meiner Erfahrungen, deren letztes Resultat mein augenblickliches Denken ist, liegt nicht vor, sondern hinter mir. Unter dem Blitz des Gedankens entschleiert sich die Vergangenheit und werden willkürlich zusammengestellte Bilder dieser Vergangenheit in die absolute Leere der Zukunft geworfen, wodurch eine Täuschung von Wirklichkeit in der ewig leeren Zukunft zustande kommt. Zukunft ist immer das, was nicht ist. Daher auch ein Voraussagen der Zukunft immer nur so viel heißt, als mit nichts in das Nichts hineinleuchten. Dagegen blättre und blättre ich immer wieder in den Seiten des Tagebuches meines Lebens herum, aus dem ja dieses nur ein winziger Ausschnitt ist. Solange ich aber in dieser versteckten Hütte bin, sind es die Ereignisse um die Geburt von Manfred Diodatus, mit denen ich hauptsächlich zu tun habe.

Das Lichtbild des kleinen Putto liegt vor mir. Ich muss es immer wieder ansehen. Es kommt mir vor, als ob sich aus diesem so wohlgeborenen Wesen etwas Außergewöhnliches entwickeln müsste. Nun, jedes wahrhafte Elternpaar sieht in seinem Erstling etwas wie den Heiland der Welt. Es sorgt für die Glorie selbst, die das Kind in der Krippe umgeben hat.

Anja wird in Berlin durch ihr Studium festgehalten. Ich denke, dass der Einzug ins neue Haus in etwa vier Wochen geschehen wird. Einstweilen ist sie mit ihrem Astralleib hier. Die Stunden und Tage um das Geburtshaus in Silberlehne, länger als ein Jahr nun zurückliegend, haben sich unverwischbar eingeprägt. Immer noch sind sie mir gegenwärtig. Zwar, die weiten Bergwälder verharren längst nicht mehr in ihrer Verzauberung. Aber ich vergesse es nie, wie sie plötzlich Sprache bekamen und die trennende Wand zwischen ihrer und meiner Seele verschwunden war. Ich vergesse den Gongton nicht, um dessentwillen eine alte Bergfichte fallen musste. Ich blickte damals durch eine offene Tür, die sich seitdem wieder geschlossen hat, in Gebiete hinein, die uns im Allgemeinen nicht zugänglich sind, Gebiete jedoch, die dem Menschen von einst vielleicht offenstanden, wodurch sein Leben möglicherweise in einer verlorengegangenen Naturverbundenheit gestanden hat.

Ich besuche nicht selten die grüne Bank, auf der ich mit Anja saß, bevor sie ihrer Stunde entgegenging. Ist es nicht seltsam, wenn mich dort jedes Mal das Abschiedsweh übermannt, das eigentlich erst durch das Ereignis des folgenden Tages seine Vertiefung gefunden hat? dass es mich übermannt, obgleich Anja lebt, gesund und froh ihre Studien treibt, sich des Kindes freut und mir unverloren ist? Und so betrachtet, rückwärts: Wie viel unnütze Schmerzen sind erlitten, wie viel zwecklose Ängste ertragen worden, und wie viele Gefühle sind lebendig in uns, deren Gegenstände auf Irrtum beruhen, nie vorhanden waren oder längst entschwunden sind! Gedanken entstehen und verschwinden schnell, Gefühle, einmal geboren, haben ein langes Leben: Davon besonders, sooft ich darin blättere, überzeugt mich dies Tagebuch. Ist es nicht immer wieder ein Versuch, gewisser Gefühle Herr zu werden, deren Macht nicht zu brechen ist?

Unter dem billigen Hausrat meines niedrigen Bauernzimmers nimmt sich der Colleoni des Verrocchio, eine große Fotografie im Rahmen, die ich an die Wand gehängt habe, seltsam aus. Der Anblick des Bildes hat eine stählende Wirkung auf mich. Ein geharnischter und behelmter Mann, straff und aufrecht im Sitz, wie der Gaul, den er reitet, Bronze durch und durch, blickt geradeaus, den Feldherrnstab in der Hand, in der Richtung, die der erzene Schritt seines Rosses nimmt. Alles an diesem Monument ist gesammelte Kraft, unaufhaltsam vorwärtsdrängender Wille, ist Verkörperung einer Entschlossenheit, die dem Kampfe des Lebens in jeder möglichen Form gewachsen ist. Aber mache ich mich nicht vor mir selbst lächerlich, wenn ich mir in meinen kleinen Seelenkämpfen solche Beispiele vorhalte? Es möchte sein, wenn nicht allzu oft solche Recken, die allen Stürmen der Schlachten zu trotzen wussten und getrotzt haben, sich schwächer als ich in ihrem Verhältnis zum Weibe erwiesen hätten.

Waldbach, am 15. August 1901.

Brennbar ist sie, die Seele, und ebenso ist sie verbrennbar,
Und die meine, versengt, stirbt wohl morgen dahin.
Allzu lange, mir scheint, hat das glühende Hemd sie getragen:
Ach, der löschende Guss kommt, wie ich fürchte, zu spät!

Eine sonderbare Gemütsverfassung gibt mir zu denken. Die Natur im Ganzen und Einzelnen macht mir jetzt vielfach den Eindruck des Unheimlichen. Unheimlich scheint mir der graue, wandernde Himmel, der die Luft schon um sechs Uhr nachmittags, wie im Winter, verfinstert. Unheimlich scheinen mir die Glut und der glühende Sturm, in dem der Landmann draußen sein Heu mäht. Überhaupt diese heiße, mühselige, unter Donner und Blitz stehende, schweißtriefende Tätigkeit! Man ist gezwungen, sich der Kleider zu entledigen. Man ist hinter heißen Mauern zur Nacktheit gezwungen. Das ist der natürliche Zustand. Man sagt, die heißen Sümpfe des Planeten Venus lägen beinahe in Nacht, unter einer für die Sonne undurchdringlichen Wolkenschicht. In diesen Sümpfen geilen und zeugen nackte Tiere. Das Leben ist dort vielleicht nichts als Geilheit, Geschlechtswut und Angst. Dunkle Zeugung, schwarze Zeugung: das furchtbarste aller Mysterien, schon weil es dem Tode vorarbeitet. Es sind auch Seligkeiten dabei, Ahnungen, aber alles düster, bang und unheimlich. Die heiße brausende Luft riecht nach Eisen! Angst! Steht irgendetwas bevor, was zu fürchten ist? Etwas dergleichen steht immer bevor. Ich bin heiß und nass. Adam und Eva waren nackt. Eva reichte Adam den Apfel, und dann schämten sie sich. Jedes wahre Weib gibt noch heute dem Manne den Apfel, und also steht es an Kühnheit der Eva nicht nach. Wollust: Aber auch hier lauert in der nackten Verschlingung die nackte Angst. Ich halte in Grunewald einen Rosella-Papagei, der von Zeit zu Zeit bei Sonnenaufgang furchtbar kreischt. Der neuseeländische Bart-Papagei reißt lebendige Hammel auf und nährt sich vom Talg ihrer Nieren. Wie kommt man auf solche beängstigenden Vorstellungen? Ich weiß es nicht. Man kommt eben darauf. Man wird sie nicht los. Manchmal hört man schon morgens das herzversteinernde Gebrüll eines Schweins, das in einem der Kätneranwesen geschlachtet wird oder glaubt, dass es geschlachtet werden soll. Die Gedanken verfallen auf Blut und Schlächterei. Beinah riecht es danach. Es riecht weniger nach Leichen als nach Mord. Meine Gemütslage, die seltsam fremde Art meiner Vorstellungen gibt mir zu denken, wie gesagt. Die Welt hat ein anderes Gesicht bekommen. Oder ich sehe mittels eines Organes, das sich krankhaft erschlossen hat. Bin ich gesund, oder bin ich krank? Ich neige dazu, mich für gesund zu halten. – Julius mit der ältesten Tochter meines verstorbenen Bruders waren da. Ich hätte sie gern allein gesprochen. Ich sagte, dass sie mich doch in einigen Tagen nochmals besuchen möge. Das ginge nicht, aus den und den Gründen, sagte Julius, und schob sogleich einen Riegel vor.

Nun ist Melitta auf Island! Was tut es mir?! Die Zeit ist vorüber, wo sie mich, wie damals über den Ozean, nach sich zog. Alles verstehen heißt alles verzeihen: Also lerne man nur verstehen. Ich will verstehen und also verzeihen bis zur Charakterlosigkeit. Je näher man jemandem steht, je schwerer ist das. Immerhin sollten Versöhnungsfeste regelmäßig gefeiert werden. Wir alle haben uns viel zu verzeihen, alle haben sich viel zu verzeihen.

Nicht anklagen, niemand verklagen! Auch sich nicht anklagen, auch sich nicht verklagen! Überhaupt nicht immer im ewig Gestrigen wühlen, wie in einem beizenden Rauch ausbrodelnden heißen Sumpf!

Verzeih auch dem, der dir nicht verzeiht: Ich will auch meinem Bruder verzeihen, was zu verzeihen und was nicht zu verzeihen ist. Ich will keinem unverzeihlichen Ereignis, das mir nach Maßgabe der verursachten Schmerzen bedeutend erscheint, eine solche Bedeutung beimessen. Du sollst lieben, nicht urteilen. Urteilen heißt nichts anderes als richten und meistens zugrunde richten.

Ich fasse Vorsätze. Ich habe viele gute Vorsätze in diesem seltsamen Kampf zwischen meinem Bruder und mir, zwischen mir und aller Welt gefasst. Vielleicht waren es schlechte, und nur dieser neue ist gut. Ich will sehen, ob irgendein Vorsatz noch wirksam ist.

Ich gehe zu Bett. Bei mir ist Besuchstag jede Nacht, die Säle meiner Träume sind vollgefüllt: Männer, Frauen, Kostüme aller Zeitalter. Irgendwie ist das ein seltsames Wesen, vielleicht klimatisch, ich weiß es nicht.

Berlin-Grunewald, am 18. Januar 1902.
Alles stockt. Es ist eine trostlose Zeit. Ich liege zu Bett. Der Wind heult. Um Schutz vor seiner Wucht und seinem Lärm zu finden, habe ich ein Hinterzimmer zu meiner Krankenstube gemacht. Mir ist übel zumute. Ich habe eine traurige Muße, zu lesen und zu schreiben. Beides wird mir schwer. Dagegen sind meine Gedanken und meine Vorstellungen aufgestört.

Meine Schwäche ist groß. Mich plagt ein Darmübel. Wie wird das werden, wenn ich in wenigen Tagen gewisse offizielle Reisen antreten muss?

Die vorige Eintragung stammt, wie ich sehe, vom 15. August vergangenen Jahres. Dazwischen liegt sehr, sehr viel, wovon zu reden, auch nur andeutungsweise zu reden, viel mehr Zeit und viel mehr Papier notwendig wäre, als mir jetzt zur Verfügung steht. Es handelt sich dabei, wie immer, um Neues und Altes: den alten Span, den alten Gram, die alte Freude, die alte Arbeit, den neuen Kampf neben dem alten Kampf.

Bei alledem bin ich krank geworden.

Es wäre ein etwas grausamer Streich der Vorsehung, wenn ich jetzt, nach all diesen Jahren und so nahe dem Ziel, scheitern sollte.

Der letzte Zwist mit Julius fällt mir ein. Mich würgt die Empörung, wenn ich nur daran denke. Nichts in der Welt hinterlässt mir einen so gallebitteren Nachgeschmack, als wenn ich wieder einmal seine Maßlosigkeit zu erdulden hatte. Ich sprach von einem Buche, das er nicht kannte. Er bekämpfte und entwertete es aber trotzdem mit Entschiedenheit. Jeden Versuch, das Werkchen ins richtige Licht zu stellen, erstickte der Schwall seiner Heftigkeit. Da wurde von mir in irgendeinem Zusammenhang der Name Jakob Böhmes genannt. Julius schimpfte ihn einen eingebildeten und törichten Schuster. Ich nannte diesen Ausspruch eine Nichtsnutzigkeit und sagte ihm, wenn ich nicht wüsste, dass er mein Bruder sei, so würde ich glauben, dass er von dem berüchtigten Pastor primarius Richter in Görlitz abstamme, der den erlauchten Schuster mit seinem Hass verfolgt habe. Der Erfolg war, dass nun Böhme von ihm als ein kleines Dreierlichtchen bezeichnet ward.

Der alte Jammer, die alte Not! Geheimes Motiv: die Eigenliebe, die in etwas anderem Guten und Großen eine Schmälerung des eigenen Ansehens findet.

Überall sehe ich Zerwürfnis, Erregung, undurchdringliche Wirrnis des Bösartigen, Hände, die sich beschwörend oder drohend geballt emporstrecken, weil irgendetwas in meinem Geschick ihnen Wut erregt. –

Vor einiger Zeit sind eine Reihe von Totenmasken angekommen, darunter auch die Beethovens. Anja war erschüttert und weinte, als sie sie sah. Auch Beethoven hatte einen Bruder, dazu hatte er einen Neffen, den er liebte. Vielleicht sind Bruderzwiste das Fürchterlichste, was über Menschen verhängt werden kann.

»Durch ihn ist doch am meisten hindurchgegangen«, sagte Anja bei Beethovens Maske. Sie schloss: »Mit diesem Antlitz hat er noch die zehnte Sinfonie gehört.«

Meine Mutter war krank, und wir hatten Sorgen. »Titus«, sagte sie, als sie, aus der Bewusstlosigkeit und Wirrnis hoher Fiebergrade entronnen, der Genesung entgegensah, »Titus, ich war so gewiss und so froh, dass es nun mit mir endlich zu Ende ginge, und nun habe ich mich doch wieder getäuscht und muss noch einmal ins Leben zurück.«

Das ist alles sehr arg, und wenn Anja nicht bei mir ist, fällt es mir doppelt bleiern aufs Herz.

Aber: Auf einem Schlackenberge sitzend, bauen wir unsern Himmel! Unser Leben ist Himmelsfron: Blind, wollen wir sehend werden, taub, wollen wir hören lernen. Allein und einsam, wollen wir mit allem einig werden. Kämpfend, wollen wir den Frieden, und so immer weiter fort.

Das Fieberthermometer zeigt bei mir 38,5. Wer wüsste nicht, wie solche Temperaturen den Geist qualvoll rege machen. Ohnmacht lässt die Sorgen ins Unüberwindliche anwachsen, die sonst gesunder Wille überwältigen kann. Alles, was ich sehe, ist unheimlich: die offene Bodenluke eines Hauses, als ich noch auf den Beinen war, mit der darin verborgenen Finsternis jagte mir Grabesschauer ein.

Ich bat Melitta um eine Anleihe, ich brauche Mittel für fällige Baugelder. Sie schreibt, und ich halte den Brief in der Hand: »Wovon sollen wir leben, wenn Du einmal nicht mehr bist?!« Ihre Ablehnung berührt mich nicht, da ich inzwischen die Sache auf eine andere Weise geregelt habe. Da sie aber nicht weiß, dass ich bettlägerig bin, ist ihre Bemerkung vielleicht kassandrisch.

An der Wand meines Krankenzimmers hängt eine Uhr. Sie ist über hundert Jahre alt und hat vielleicht früher einem Schiffskapitän gehört, der seinen Ruhestand genoss. Ihr Kasten ist etwa meterlang, die handtellergroße, runde Messingscheibe des Perpendikels blitzt unten in einem kleinen Fenster auf, sooft sie hin- und widerschaukelt. Das Zifferblatt gleicht einem alten guten Gesicht mit Großmutterbemalungen. Dort, wo die weißen Scheitellöckchen der alten Dame sein würden, schwanken, zugleich mit dem Perpendikel, sehr geruhig zinnerne Segelschiffchen hin und her, so einen behaglichen Seesturm etwa auf der Höhe von Helgoland ausführend, dessen rote Felsen und Häuser sichtbar sind. Bei diesem Anblick dachte der Hamburger oder Bremer Kapitän, der das Uhrwerk besaß, vom behaglichen Ofen, mit gewärmtem Rücken, im sicheren Häuschen, auf festem Land, der Stürme, die er hinter sich hatte. Auch ich habe die Uhr oft angeschaut, aber nichts von der Seelenruhe ihres ersten Besitzers ist bisher in mich eingezogen.

Berlin-Grunewald, am 22. Juli 1902.

Seit dem 18. März, also seit vier Monaten, bin ich, Ausnahmen abgerechnet, nicht auf den Beinen gewesen. In Ospedaletti kam ich zum Liegen. Als mich der Arzt aufstehen ließ, reiste ich nach Lugano. Dort lag ich Monate. Zwei Ärzte und ein Pfleger betreuten mich. Da das Fieber nicht wich, trat ich die Heimreise an, um hier sofort wieder ins Bett gesteckt zu werden. Die Materie oder Substanz meiner Körperlichkeit wog noch ungefähr hundert Pfund.

Heut nun kann ich wieder umhergehen.

Es ist irgendwie schmachvoll, krank zu sein, hauptsächlich wegen der Hilflosigkeit. Man ist auf das Mitleid seiner Umgebung angewiesen. Man ist auf die Verfassung eines Säuglings zurückverwiesen, der ohne unausgesetzte Hilfe anderer notwendig zugrunde gehen muss.

Nun, meine hiesigen Freunde haben sich meiner sogleich mit großer Entschiedenheit angenommen, so dass meine Krankheit erkannt und ihre kunstgerechte Behandlung in die Wege geleitet werden konnte. Von der Hungerkur der Kurpfuscher wurde ich sofort auf kräftige Nahrungszufuhr gesetzt, und seit sechs oder sieben Wochen bin ich ganz einfach gemästet worden.

Noch ist mir nicht wohl in meinem Fett. Es umgibt mich wie Watte, in fremden Schichten. Ich bin sozusagen davon eingehüllt. Ich muss es mir erst durch Bewegung, Gewohnheit, Willensdurchdringung zu eigen machen. Auch hat das lange Liegen meine Fußsohlen taub gemacht. Und so stört mich auch dort beim Schreiten ein unangenehmes Wattegefühl.

Der Sommer ist heiß. Den wolkenlosen Monaten in Lugano, die mich mit ihrem Einerlei des Krankenzimmers peinigten, sind nun zwei ebensolche gefolgt, die mich aber doch vorwärtsgebracht haben.

Dass ich bereits mit einem Fuße im Grabe gestanden habe, ist gewiss.

In Lugano erkannte ich meinen Zustand noch nicht. Ich hätte stutzig werden müssen, als mir mein Pfleger, ein Schweizer, davon sprach, welche Summen dem Begleiter eines in Lugano Verstorbenen beim Transport nach Deutschland für gewöhnlich gezahlt würden. Ich bin überzeugt, er hat die Hoffnung, dieses Honorar auch bei mir einzustreichen, bis zuletzt festgehalten. Und hätte mir Gott den Gedanken der schnellen Flucht nicht eingegeben, ich würde den Armen nicht enttäuscht haben. Immerhin dachte auch ich an die Möglichkeit eines schlimmsten Ausganges. Besonders wurde ich dabei durch die Sorge

um Anja und Manfred Diodatus beängstigt: Mittellos würden sie daste-
hen, da mit einer Hilfe von der anderen Seite nicht zu rechnen war.
Heut war das Kind in liebevollste Fürsorge eingehüllt durch Anja und
die erfahrenste, gütigste Kinderpflegerin. Stürbe ich, so hatten Kind
und Mutter kein Asyl, man würde beide selbst aus dem auf Manfred
Diodatus wartenden Bergfried hinausweisen.

Gott sei Dank, dass ich nun wenigstens soweit wieder auf den Beinen
bin und begründete Hoffnung habe, ganz zu genesen.

Ich spreche die einfachste Wahrheit aus, wenn ich sage, dass meine
Krankheit, mein Zusammenbruch eine Revolte des Körpers gegen die
endlos fortgesetzten Leiden und Kämpfe meiner Seele war. Nun aber,
deutlich spüre ich es, baut sich ein neuer Körper auf, und es wird mit
ihm ein neuer Mensch geboren werden, der eine unzerrissene Seele
besitzt und ein ganzes, rundes, kräftiges Herz im Brustkasten.

Gewisse Naturen, wie Goethe sagt, durchleben verschiedene Puber-
tätsperioden. Die Entwicklung meines Körpers scheint in der Tat in
eine neue eingetreten zu sein, um sich nun erst in ihr mit dem vierzig-
sten Lebensjahr zu vollenden. Ich war schmal und flachbrüstig, nun
ist mein Brustkorb breit und gewölbt. Ich frage mich, an mir hinunter-
blickend, ob ich wirklich der Mensch von gestern bin.

Nicht einmal Anja gab sich, solange wir in Lugano waren, von dem
Zustand, in dem ich war, Rechenschaft.

Ich hatte Malte hinbestellt, der nun mit ihr in gutem Einvernehmen
ist, und die beiden, heiter angelegt, vertrieben sich miteinander die
Zeit, ohne an etwas Schlimmes zu denken. Wie es in Wahrheit mit
mir stand, das wurde ihnen erst hier deutlich, und von da ab wurde
Anja meine strenge, unermüdliche Pflegerin.

Bänglich, kleinlich, ängstlich, aber auch zugleich – vorausgesetzt,
dass man weiterlebt – fruchtbar für das Leben der Seele ist eine Zeit,
in der die Krankheit herrschend ist. Die bängliche Frage: Wirst du
wieder in Besitz der verlorenen Kräfte gelangen, wieder ein Mensch
und Mann werden? mit Hartnäckigkeit immer wieder gestellt, bleibt
ebenso hartnäckig ohne Antwort. Anja brachte mir vor einigen Tagen
von einem Waldspaziergang in einem flachen Kistchen einige Erdschol-
len mit den darin verwurzelten Moosen und Schachtelhalmen, die
wiederzusehen meine quälende Sehnsucht war. Ich habe es immer als
eine Seelenwohltat empfunden, das Auge während des langsamen
Wanderns über die Vegetation der Waldgräben und Bachränder mit

ihren Schachtelhalmen, Gräsern, Vergissmeinnicht-Wolken und fantastisch bemoosten feuchten Steinblöcken hingleiten zu lassen. Diese fremde, schöne, in sich so köstlich genügsame Welt, die mich durch Form und Farbe entzückte, hatte zugleich die Kraft, mich zu beruhigen. Unzählige Male bin ich durch diese wunderreiche Weide der Augen von meinem persönlichen Schicksal abgezogen und also auch gestärkt worden. Noch sind meine Nerven indessen so schwach, dass der Anblick der begrünten Erdstücke mir, in der Art wie ehemals die Totenmaske meines Vaters, hemmungsloses Weinen verursachte, vielleicht weil ich dies erzwungene Wiedersehen, wobei die Waldscholle sich, ganz gegen ihre Natur, in rührender Weise zu mir, statt ich zu ihr, bewegt hatte, doch nur als einen erschwerten Abschied empfinden konnte. – Das Bängliche aber und das Bange kommt daher, dass man sowohl seinem eigenen sterblichen Wesen als dem Abgrund des Todes näher ist. Das Somatische oder sagen wir Körperliche, das beim gesunden Menschen eine nur gelegentlich ins Bewusstsein dringende Allgemein- oder Sonderempfindung ist, nimmt das Bewusstsein des Kranken fast völlig ein und wird von ihm ununterbrochen beobachtet. Fast nur noch im eigenen Körper gibt es für ihn Ereignisse. Allein aus diesem Gebiete steigen für ihn die Sinneseindrücke, Überraschungen, Wünsche, Fragen, Hoffnungen, Enttäuschungen und Befürchtungen auf: Das macht den Kranken für andere so unsympathisch.

Gott sei Dank, indem ich dies niederschreibe, zwar noch immer schwach, aber außer Bett, blicke ich bereits auf diese Zustände wie auf etwas Überwundenes zurück: Also fangen sie an, mir fruchtbar zu werden.

Und wie gesagt, neben dem Zwang zum Kleinlichen und Erbärmlichen in Gedanken und Empfindungen gehen andre Erfahrungen im Verlaufe der Krankheit einher, die durchaus nicht beglückend, aber jedenfalls großartig sind. Es würde lohnen, etwas über die Veränderung bekannter Sinneseindrücke in solchen Krankheitszeiten festzuhalten, in denen neue Gerüche, neue Geschmacksempfindungen, neue Tastgefühle, Laute und Gesichte auftauchen. Die Färbung aller dieser Wahrnehmungen geschieht von innen heraus. Trotzdem erscheinen sie neu und fremdartig. Ja, was denen des Gesichtes vor allem anhaftet, ist die Fremdartigkeit. So verändert waren zum Beispiel die Räume meiner Wohnung, dass sie sich eher wie ein Verlies ausnahmen. Sie atmeten, ich möchte sagen, eine katakombenartige Furchtbarkeit.

Damit ist es genug für die seit langer Zeit erste Zwiesprache eines noch immer nicht zu seiner alten Kraft Erstandenen, wenn auch Wiedergeborenen, mit seinem Tagebuch. Immerhin will ich versuchen, die Feder, die ich wieder ergriffen habe, nachdem das Gespenst der Schwäche sie mir aus der Hand genommen, noch ein Stückchen weiterzuführen. Über dieses Gespenst nämlich, das Gespenst der Schwäche, und seine durchweg unheimliche Wesensart würde ich gern etwas aussagen. Ich bin eine Kreatur, die immer noch von dem hämisch grimassierenden Gespenst der Schwäche besessen ist. Es ist eines, das nicht außerhalb des Körpers erscheint, sondern in ihm, und zwar in allen seinen Teilen, Wohnung nimmt. Seine Tätigkeit, die zugleich Bosheit und Tücke ist, beruht darin, sich überall gegen den Willen zu setzen. So nahm es mir eben die Feder aus der Hand, so zwingt es mich, ein Buch, dessen Inhalt ich mir aneignen will, nachdem ich kaum eine halbe Seite gelesen, wegzulegen. Mich hungert und dürstet nach Musik. Ich bitte Anja, mir irgendein Adagio vorzuspielen, während ich vor der Tür auf die Loggia gebettet bin. Das graue Gespenst der Schwäche badet mich in Tränen und Schweiß und zwingt die Spielende aufzuhören, weil mir Musik zu einem unerträglichen Lärme wird. Es macht dagegen auf eigene Faust klingende und rauschende Musik in meinem Gehör oder unterhält sich mit dessen Betäubungen. Ich sitze bei Tisch und muss plötzlich Gabel und Messer weglegen, um mich an ihm festzuhalten, weil das Gespenst der Schwäche ihn und mit ihm das ganze Zimmer wie eine Schiffskabine ins Schwanken bringt. Wellen von Kraft, Wellen von Hoffnung, Wellen glücklicher Voraussichten schwellen auf, und plötzlich deckt das spinnwebgraue Gespenst der Schwäche seinen spinnwebgrauen Mantel darüber, seine grauen, undurchdringlichen Nebel, in denen alles und alles versinkt. Jede Stufe macht es einem zum Feind, wenn man sie besteigen muss, und jegliches Ziel, von denen fast alle schwer- oder unerreichlich sind.

Bergfried, am 2. September 1902.

Mein ganzes Wesen ist Dankbarkeit! »Damit du dankbar würdest ...«, sagt Gott zum Propheten im Koran. Darum also belehrte er ihn. Was hatte ich alles durchzumachen, welche Schule durch ein Jahrzehnt, das vergangen ist! Nun stehe ich hier, auf neuem Grunde, im neuen Haus, durch dessen Tür ich, von unsichtbaren Händen geführt, gestern eingetreten bin. Wer ist es, wer hat dies Haus erbaut? Manfred Diodatus? Ich? Oder wer? In diesem Augenblick weiß ich es nicht. Es ist entstanden, es ist geworden, die Zeit, die Umstände und wiederum die Zeit schufen dies steinerne Mysterium. Setzte ich nicht meine Hoffnung auf die Macht der Zeit? Nun, so hat sie Erfüllung gefunden.

Die Krankheit, der ich beinahe erlegen wäre, hat mich in einem gewissen Sinne erneuert und rein gebrannt. Eine Art Wiedergeburt wurde eingeleitet und durchgeführt. Meine Sinne haben ihre verlorengegangene Feinheit wiedererlangt, so dass ich in eine neue Welt hineinwachse. Ein nicht mitzuteilendes sublimes Wesen durchzittert mich, eine mit innerem Staunen verbundene stumme Heiterkeit. »Damit du dankbar würdest ...«, sagt der Koran. Mein ganzes Wesen ist Dankbarkeit, denn wie konnte ich so bewahrt werden!

Die erste Nacht im Bergfried liegt hinter mir. Mein sogenannter Schlaf war ein Traumwachen. Statt dass ich mich unterm Dach des Hauses geborgen gefühlt hätte, war ich in meinem Bewusstsein selbst das Haus. Der Bergfried und ich unterschieden sich nicht, wir waren ein und dasselbe geworden. Das setzte mich dem nächtlich gestirnten Himmel, dem Schicksalsweg der Planeten, der kristallklaren, scharfen Bergluft aus. Ein Körper und nackt waren der Bergfried und ich und so dem offenen Weltraum preisgegeben.

Erst nach dem Erwachen wurde ich wieder die soundso genannte, soundso gestaltete bürgerliche Persönlichkeit. Es war nicht schwer, meinen nächtlichen Zustand zu deuten.

Das Wetter ist gestern umgeschlagen. Die Luft von Norden hat Kälte und Klarheit mitgebracht. Den Wechsel leiteten Blitze und Regen ein. Das Haus überwölbte ein Regenbogen, als ich mich gestern ihm näherte. Es heißt, Gott ließ diesen Farbenhalbkreis entstehen zum Zeichen, dass er mit uns Frieden gemacht habe. So gering ich bin und so groß die Gottheit ist, nahm auch ich ihn für mich als Friedenszeichen. Die Zeit der Versöhnung ist angebrochen.

Es ist gegen Abend, und ich schreibe dies in der Bibliothek, durch deren hohe Fenster Wälder und Berge hereingrüßen. Wann hatte ich je ein solches Lebensgefühl?! Etwa, nachdem ich Melitta geheiratet, in den ersten Tagen, als ich mich plötzlich mit ihr auf dem Boden des gemeinsamen Hauswesens fand? Nein, denn es war etwas Schweres, Wirres, Fremdes, was damals in mir seinen Anspruch erhob. Damals bestand meine Zukunft zwar auch in Verpflichtungen, aber wie und wodurch und mit welchem Erfolg ich sie durchsetzen konnte, wusste ich nicht. Die Aufgaben, die heut vor mir liegen, sind an sich bedeutend schwieriger, nur nicht für meine Kraft, die sich inzwischen gesteigert hat. Sie scheint sich mit den Fundamenten des Bergfried unter, seinem Dach über mir zu vervielfachen. Bei diesem Erlebnis fällt mir der feste Punkt des Archimedes ein, der ermöglichen würde, die Welt aus den Angeln zu heben.

In überraschender Weise offenbaren sich mir Segen und Macht der Sesshaftigkeit. War sie es nicht, die ich am 9. Dezember 1894 einbüßte, dem Tag, an dem meine Irrfahrten anfingen? Also erlebe ich heut die große Stunde, in der sie beendet sind. War sie es nicht, nämlich die Sesshaftigkeit, die neue Verwurzelung, die ich oft mit verzweifelnder Seele gesucht habe und die nun, so Gott will, gefunden ist? Nun flüchte ich nicht mehr vor der Welt, ich stelle mich nun vielmehr der Welt. Mein Haus meine Burg! Ein Weichen, Flüchten, Ducken oder Versteckenspielen gibt es ferner nicht. Mit diesen Mauern werde ich Weib und Kind und mein Recht auf Selbstbestimmung bis zum letzten Tropfen Blutes verteidigen.

So haben Anja und Manfred Diodatus nicht nur eine Heimat, sondern ich habe meine Heimat wiedergefunden: Ein Umstand, der für uns alle vielleicht der wichtigste ist. Die Wälder, die uns umgeben, sind meine Wälder, obgleich sie nach dem Gesetz Eigentum eines anderen sind. Diese Berge sind meine Berge, mein Himmel ist der Himmel über mir. Und alles das zusammen hat eine Seele, die meine Seele ist: Wie hätte sie sich sonst, wie bei meines Sohnes Geburt, teilnahmsvoll zu offenbaren vermocht? Dies ist die wahre Erde, deren Berührung Antaios unüberwindlich machte:, weil sie ihm jeweilen alle verlorene Kraft wiedergab. Ich betrachte sie als die köstlichste Bundesgenossenschaft in den Kämpfen, die ja bei keinem Menschen aufhören.

Alles lässt sich hier anders an. Gewiss, einer der Laren meines verflossenen Hauses muss seine Stätte auch hier haben. Opfer der Erinnerung werden ihm zu seiner Zeit gern und mit Andacht dargebracht. Malte, der hier ist und den Bergfried in diesen Tagen allein mit mir bewohnt, hat gleichsam diesen Lar überführt. Sonst aber stehen die Nischen bereit für neue Hausgötter. Ganz anders als in irgendeinem früheren scheint mir mit dem heutigen Augenblick ein Anfang begründet zu sein. Gleichsam wie Nebel sehe ich die Vergangenheit unter mir um den Felsen des Bergfried wogen, der auf seinem Standort darüber erhaben steht. Aber selbst die Nebel und damit alle Wirklichkeiten meines früheren Daseins schwinden dahin. Und was gedankenlos übernommene Traditionen aller Art betrifft, angehend Verwandtschaft, Freundschaft, Lebenshaltung, Ethik, Kunst, so hat mich davon ein Schnitt getrennt, gleichsam wie durch gespannte Saiten, die höchstens mit einem leisen Aufschrei davonwimmern.

Eine große Last sentimentalen Erbes, weichlicher Familiensüßlichkeiten und kümmerlicher Verbundenheiten ist auf einmal abgestreift. Nur scheinbar frei und losgelöst, schleppte ich mich bisher immer noch mit den Eierschalen des Kleinbürgertums und hatte den Mut zu mir selbst nicht gewonnen. Heute erst ist mein Selbstbewusstsein ganz erwacht. Voll bewusst will ich fortan mein inneres und äußeres Sein aufbauen. Gelingt der Bau, so ist es, dem Bergfried verwandt, ein Werk meiner neuen Gestaltungskraft und wird einen großen, neuen Sinn haben, der allem Schalen, Abgestandenen, Hergebrachten überlegen ist. In diesen erregten Stunden, wo ein Stück Erde als ungeteiltes Eigentum unter mir, der schützende Bergfried um mich ist, fühle ich mich zum ersten Male selbst als mein Eigentum, dessen Verwaltung und Verwendung ganz allein meine Sache ist. Wenn es wahr ist, dass der Mensch im Menschen erst gefunden werden muss, so habe ich jetzt und hier diesen Fund gemacht.

Ich bereite das Haus für den Empfang von Manfred Diodatus und seiner Mutter vor. Sie sollen die ganze Anlage wirtlich und wohnlich finden. Frau Trigloff ist in die halb unterirdische Küche eingezogen und waltet bereits mit einigen Mädchen darin. Einen jungen Glasbläser, den ich kannte, habe ich als Helfer angenommen. Der Zwang, nach dem Rechten zu sehen, Nötiges da und dort anzuordnen, treibt mich in dem neuen, fremden Gebäude treppauf, treppab.

Als ich mit Malte an einem der Fenster stand, ging ein abendliches Gewitter mit mächtigen Schlägen und heiligem Aufleuchten über das Gebirge gegen die Schneekoppe hin. Es war alles so wunderbar großartig. Und dann, als es dunkel geworden war, fielen in Schwärmen die Sternschnuppen. Es war, als könnte der ausgestirnte Himmel seine Sterne nicht mehr festhalten, gelockert und abgelöst fielen sie als ein goldener Regen herab. Alles ist groß, ernst, feierlich und tief bedeutsam in dieser Zeit. Ich nehme es hin zur Weihe des Hauses.

Bergfried, am 7. Januar 1903.

Diese Blätter sind nun eigentlich Vigilien oder Nachtwachen. Ich hatte zu leben und zu arbeiten, darum habe ich lange nicht an sie gedacht. Anja, Manfred Diodatus und ich bewohnen nun unseren Bergfried beinahe ein halbes Jahr. In dieser Zeit haben das Leben und wir an seiner Beseelung gearbeitet. Er ist gleichsam der Bauch eines mystischen Instrumentes, das gespielt sein will. Von außen spielt die wildkapriziöse Laune des leidenschaftlich bewegten Klimas unserer Berge auf ihm, Stürme, Schneetreiben, ungeheure Gewitterböen mit Wasserstürzen, Vereisungen und tausend Düsterkeiten treibender Gewölke und wechselnden Lichts.

Der Kampf und der Trotz dieser Burg gegen die feindlichen Mächte der Natur ist ein Studium. Sie steht auf einem Granitrücken zwischen Gletscherbächen. Die Schneegruben über uns, wo sie entspringen, und das ganze Tal sind altes Gletschergebiet. Im Garten sind alte Granitblöcke von mächtigen Ausmaßen stehen geblieben. Die Arbeit des Wassers zeigt sich in runden Näpfen darin, sogenannten Gletschertöpfen. Hier, wo Eis und Wasser bei der Schmelze seit Millionen von Jahren ihren Weg nehmen, stürzt sich immer wieder der wilde, launische Föhn hinab, nachdem eine langgezogene Wolke, ähnlich einer Watterolle den Kontur des Gebirgskammes deckend, Tage vorher sichtbar gewesen ist.

Im Herbst hat uns ein solcher Föhn das Dach abgedeckt. Vom Asyle des Manfred Diodatus flogen die Ziegel stundenlang in die Schwärze der Nacht und zerschellten krachend auf den Terrassen. Wenn Rhea den jungen Zeus auf dem kretischen Ida birgt und durch die Korybanten Lärm schlagen lässt, damit Saturn des Kindes Geschrei nicht vernimmt, so konnte der Lärm nicht furchtbarer sein.

Das Dach ist gedeckt, die Ziegel sind besser befestigt worden. Das Haus auf seinem vorgeschobenen Posten scheint den Bergdämonen, die es immer wieder berennen, gewachsen zu sein. Was der Bergfried nicht ausschließen kann, was er in einer düsteren Größe zum Ausdruck bringt, ja zu steigern vermag, ist das Kosmische. Ich kenne kein Haus und keinen Ort, wo es so machtvoll gegenwärtig wäre. Mehrere Hausmädchen baten schon nach einigen Tagen um ihre Entlassung, weil sie, wie in einem Gespensterschloss nachts von irrenden Geistern geängstigt, am Tage nicht froh wurden. Wirklich scheint das Gebäude, scheinen seine Räume heute bereits uralt zu sein. Und wir, die wir treu und gern darin aushalten, Frau Trigloff, Leisegang, mein Sekretär, der Bursche Franz, ein Hausmädchen, ein dummes Fräulein, das Manfred Diodatus betreut, Anja und ich, werden aller Augenblicke von unerklärlichen Poch- und Klopfgeräuschen, eigentümlichem Geplärr und Gegrein beunruhigt.

Es ist ein Uhr nachts. Ich habe mein Buch auf ein Stehpult gelegt und schreite zuweilen, während der Sturm auf die hohen Fenster drückt, auf und ab. Dabei frage ich mich, wieso es möglich sei, dass dünne Scheiben einen Luftdruck wie diesen aushalten. Der Bursche Franz, dessen Schlafraum unter der Bibliothek gelegen ist, behauptet jedem gegenüber, der es hören will, dass, auch wenn ich längst schlafen gegangen bin, ununterbrochen bis zum Morgen Tritte eines auf und ab Schreitenden in der Bibliothek gehört werden.

Das Haus ist also schon ziemlich beseelt, aber nicht nur von Kobolden oder Klopfgeistern, sondern auch Gott sei Dank von anderen, die höheren Ranges sind. So zum Beispiel vom Geist der Musik, den Anja mit ihrer Geige entbindet.

Alle guten Geister loben den Herrn in diesem Hause, und so lobe ich alle guten Geister darin. Es sind ihrer genug, und wir freuen uns dieses Larariums. Diese guten Gottheiten überdauern nicht nur alle Unbilden der wild und launisch wechselnden Natur, deren Sturmzeichen beinahe nicht abreißen, sondern sie sind es auch, die bewirken, dass keine ihrer Schönheiten dem Hause verloren geht.

Nirgend habe ich mit den Großartigkeiten der Natur im Zarten und Rauen, im Guten und Argen so verbunden gelebt. Mit dem Glänze der Sternschnuppen, der sogenannten August-Schwärme, auch Tränen des heiligen Laurentius, fing es an. Dann im Oktober klangen die Räume von morgens bis abends von dem Geläute der Herden, die draußen in der Herbstsonne weideten. Dann ging über dem ersten, still gefallenen Schnee die Sonne auf. Das Haus stand im Glänze von Diamantfeldern. Wir durchlebten im Innern des durchsonnten Gebäudes und außerhalb eine Jahreszeit, die wir nicht mehr kannten und die man einen Schneefrühling nennen muss. Wenn wir nach Berlin gereist waren, kamen wir gern hierher zurück und wurden schon im Dezember von leuchtender Winterstille empfangen. Arbeitszimmer, die ein schöner Morgen so heiter macht, habe ich bisher nicht gekannt und ebenso wenig ihre himmlische, friedliche Stille.

Durch Wochen geht Anja gleichsam mit einem zufriedenen, unbewussten Summen der Seele herum, weil unsere Liebe zum ersten Male auf einem gesicherten Grunde sich selbst genießt.

Bergfried, am 13. Januar 1904.

Ich setze mich nieder, um ein Ereignis von gestern festzuhalten, so gut ich kann. Es war ein grauer, grämlicher Tag mit großflockigem Schneetreiben, an dem es nicht eigentlich einmal hell wurde, als mir, ganz wider alles Erwarten bei solchem Wetter, ein Fremder gemeldet wurde.

Die Karte enthielt einen Namen, den ich vor Jahren von meiner Mutter gehört hatte, und obgleich mir der Besuch irgendwie unwillkommen, ja unheimlich war, beschloss ich, ihn anzunehmen. Schließlich hatte sich doch der Mann auch schon mit dem Vordringen bis hier herauf Mühe gemacht.

Der Liebesnarr

Ich ließ ihn ins Speisezimmer führen, weil es vom Eingang des Hauses das nächste ist. Beim Lichte der Kerzen eines dreiarmigen Messingleuchters erkannte ich einen starken, bärtigen Mann, der mich mit stechenden, typisch schielenden Augen anblickte. Auch mein Instinkt, wenn nicht mein Kursus in der Psychiatrie, würde mir sofort gezeigt haben, dass ich keinen normalen Menschen vor mir hatte. Bei der Riesenhaftigkeit der Person war ich verloren, wenn er etwa in einem Anfall von Verfolgungswahn sich über mich warf.

So begrüßte ich ihn mit ausgesuchtester Herzlichkeit und bat ihn zugleich, mich, ehe ich ihm zur Verfügung stünde, einen Augenblick zu entschuldigen. Diesen Augenblick benützte ich, um Leisegang, meinen Sekretär, und Franz, den Burschen, hinter der geschlossenen Tür aufzupflanzen. Auf Anruf sollten sie, mit kräftigen Stöcken bewaffnet, an meiner Seite sein.

Dann trat ich entschlossen, wie ein Raubtierbändiger in den Käfig, in das dämmrige Zimmer zurück, wo der bedenkliche Fremde meiner wartete.

Er fing sogleich sehr heftig und leidenschaftlich zu reden an.

Nachdem er mich mehrmals bei Namen genannt hatte, ging es etwa auf folgende Weise fort:

»Ich habe etwas auf dem Herzen, etwas ganz Gewaltiges, wovon ich nur Ihnen gegenüber reden kann. Es gibt keinen Menschen im ganzen Kreise, in der ganzen Provinz außer Ihnen, ja, im ganzen Reiche gibt es keinen, dem ich ein solches Vertrauen, außer Ihnen, entgegenzubringen vermöchte. Ich bin der und der, heiße soundso, bin in guten Verhältnissen, bin verheiratet, bin schon zum zweiten Male verheiratet, wenn Sie wollen, Familienvater, meine Kinder sind wohlerzogen, Töchterschule, Gymnasium. Manche sagen, ich wäre ein Lebemann. Nun, meinethalben ein Lebemann, sagen wir meinethalben, ich bin ein Lebemann. Was ganz Gewaltiges, sage ich Ihnen, es ist was Gewaltiges, was ich Ihnen vortragen will.

Bereits meine erste Frau war schön, meine zweite aber bei Weitem schöner. Ich habe die schönsten Frauen im Kreise, in der ganzen Provinz gehabt. Es war anerkannt, sie waren die schönsten. Meine zweite habe ich natürlich noch und lebe in glücklichster Ehe mit ihr.«

Das wäre sehr zu begrüßen, sagte ich, und ein Mann, dem es so gut gehe, könne sich gratulieren. Ich sah diesen funkelnden Augen und diesen geballten Fäusten an oder glaubte es ihnen anzusehen, dass ich verloren sein würde, wenn ich irgendeine seiner Behauptungen bezweifelte. Er fuhr fort: »Die schönsten Frauen im ganzen Kreise!«, und verbesserte sich durch: »Die schönsten Frauen der Welt!

Also nehmen wir an, ich bin Lebemann. Ich sitze also mal eines Tages ... nein, es war oben in Niklasdorf, ich schreite auf einem einsamen Waldwege, passen Sie auf, die Sache ist merkwürdig! Plötzlich, höre ich, schreitet es hinter mir her. Ich höre es deutlich hinter mir herschreiten. Schön! Gut! Ich drehe mich also um, obgleich mir die Sache nicht ganz geheuer ist oder weil sie mir nicht ganz geheuer ist. Was soll ich sagen? Es ist eine Frau, eben auch ein bildschönes Weib, das hinter mir herschreitet.

Ich gehe langsam, bleibe zurück. Schön! Gut! Sie schreitet vorüber. Ich lüfte den Hut, denn schließlich, man weiß ja, was sich gehört, ich sehe sie an, sie sieht mich an, irgendwo biegt sie ab und ist verschwunden.

Ich sah sofort, dass dies nicht eine beliebige Dame war. Schließlich hat man dafür einen Blick. Ich will mich weiter darüber nicht auslassen. Ich kenne Damen aus hohen Kreisen, ich habe Damen allerhöchster Kreise aus nächster Nähe gesehen. Aber lassen wir das, zunächst ist das gleichgültig.«

Ich stimmte ihm höchst beflissen zu und war ganz seiner Meinung, es sei zunächst gleichgültig.

Draußen war es stocknacht, und der Sturm wurde heftiger. Außer einem Dackelhunde von noch nicht einem halben Jahr und den beiden Helden hinter der Tür waren nur weibliche Wesen im Hause. Anjas Energie, die in den oberen Zimmern mit Manfred Diodatus vollauf beschäftigt war, wollte ich zunächst nicht beanspruchen.

»Ich wusste also, woran ich war, und«, fuhr er fort, »habe deshalb auch den Hut fast bis zur Erde gezogen. Ich sage nicht mehr, weil ich mich schließlich nicht ohne Not oder überhaupt nicht – nein, überhaupt nicht! – an der Ehrfurcht, die man gegen allerhöchste Personen untertänigst empfinden muss, vergehen will.

Vierzehn Tage später, denken Sie sich, befinde ich mich in der Gegend von Erdmannsdorf. Im Buchwalder Park, in Richtung auf Schmiedeberg, sehe ich wieder ein schönes Weib vor mir hergehen. Ich gehe vorbei. Diesmal bin ich's, der sie überholt, der Hut fliegt mir gleichsam von selber vom Kopf, und – was glauben Sie? – es ist wieder dieselbe Persönlichkeit.

Sie werden mir hoffentlich nicht sagen wollen, dass dies ein Spiel des Zufalls ist.«

Ganz gewiss nicht, ich wollte das nicht!

»Zufall hin, Zufall her, bei solchen Sachen gibt es bestimmte Anhalte. Warf die Dame ein Auge auf mich? Das ist so schlechthin nicht anzunehmen. Sie würden ganz recht haben, wenn Sie die gegenteilige Ansicht zu vertreten nicht umhin könnten. Schließlich bin ich ja doch nur bürgerlich, es wäre nicht üblich in hohen und höchsten Kreisen. Hölle und Teufel, es gibt aber Ausnahmen! Ausnahmen hier und Ausnahmen dort, und Ehen werden im Himmel geschlossen.«

Der Fremde schlug mit der Faust auf den Tisch, und ich hörte die Lauscher hinter der Tür flüstern.

»Sie werden es nie erfahren, wer die Dame gewesen ist. Sehen Sie meine Muskeln an. Stählerne Arme, stählerne Muskeln. Hier, versuchen Sie mal meine Waden zusammenzudrücken! Nicht auf der Folter könnte man von mir erfahren, wer die Dame gewesen ist. Zwicken Sie mich mit glühenden Zangen: ein Hundsfott, wenn ich auch nur den Anfangsbuchstaben ihres Vornamens von mir gebe.«

Ich sagte, ein Ehrenmann täte das nicht.

»Nein, ein Ehrenmann tut das nicht. Aber erst recht nicht der, der, wie sich allmählich herausstellen wird, noch eine Kleinigkeit mehr ist als ein gewöhnlicher Ehrenmann. Schön! Gut! Ich schweige davon. Aber in meinem Stammbaum stehen immerhin seltsame Dinge.

Wir wissen nicht, wer die Dame ist. Ich betone bei dem, was kommt, ganz besonders: Wir wissen nicht, wer die Dame ist.

Ich sitze in einer Konditorei. In unserer Kreisstadt unten, mit Stadträten. Ganz einfach, vierzehn Tage später sitze ich mit befreundeten Bürgern in einer Konditorei. Plötzlich kommt sie herein. Natürlich inkognito. Man schaut sich an, die Stadträte stecken die Köpfe zusammen, die Verkäuferinnen tuscheln hinter dem Ladentisch. Die Fremde bestellt eine Tasse Kaffee.

Ich sah nun sofort, dass ich mich irgendwie getäuscht hatte. Ganz gewiss waren die Stadträte da, aber ob es wirklich Stadträte waren, weiß ich nicht. Ich glaube es nicht, ich glaube es nicht. Nein, ich weiß es, sie waren es nicht. Unsereins merkt das schon an den Schnuten. Und wenn ich erst solche Manöver erkannt habe, bin ich gewohnt, dies und das in der Stille dagegen zu tun.

Diesmal ging es glatt, und die Stadträte waren im Hui verschwunden. Sie merken, was hier im Gange ist?«

Natürlich, wie sollte ich das nicht merken!

»So war ich denn mit der Dame allein.

Sehen Sie, ich bin Lebemann. Es kommt in Betracht, dass meine Gewalt über weibliche Wesen eine fast unbegrenzte ist. Ich bin nicht eitel, aber was hilft es: Als Mann bin ich schön. Wir haben nur schöne Männer in unserer Familie. Was kann ich dafür, wenn ich auf der Stelle erkannte, was die Dame in die Konditorei führte. Meinen Sie, dass es bei einer so hohen Person der Bliemchenkaffee und der altbackene Kuchen gewesen ist? Schlagt mich tot: Ich bin es gewesen!

Meine Kühnheit war geradezu grauenhaft. Die Dame war etwa dreißigjährig. Ich verschweige die Titel, die ich ihr selbstverständlich bei der Anrede gab. Gewiss, es war vielleicht unüberlegt. Die Dame erblasste und wollte; aufstehen. Sie blieb, denn ich sah meinen Fehler ein und wäre bei einem Haar vor ihr niedergestürzt, sie fußfällig um Verzeihung zu bitten. Ich sagte nun laut, um abzulenken und auch vor den Ohren der Verkäuferinnen die Sache ins Banale zu ziehen: ›Sie haben einen beneidenswerten Appetit, gnädige Frau, ich habe Sie geradezu höchlich bewundert.‹

Die Dame verstand mich. Das Wagnis war groß. Es hätte ebensoleicht können anders ausfallen. Sie verzog keine Miene, zahlte und ging. Ich folgte ihr nun bis auf die Straße. Dort hatten wir einen kleinen Wortwechsel mit einem geradezu ungeheuren Resultat, das ich mit mir ins Grab nehmen muss.

Gekrönte Häupter, Herr X., hiermit habe ich vor Ihnen das Wort ›gekrönte Häupter‹ ausgesprochen. Ich sage noch einmal, gekrönte Häupter! Ich würde es aber niemand raten, an anderer Stelle irgendwie laut werden zu lassen, dass ich hier das Wort ›gekrönte Häupter‹ gebraucht habe ...«

Er kam mir nahe, ich hörte ihn keuchen. In der Einsamkeit des gotischen Zimmers, dessen Winkel das Kerzenlicht nicht aufhellen konnte, unter den heftigen und feindlichen Geräuschen der Schneeböen gegen die Fenster, blitzten mich seine Augen drohend an.

»Gekrönte Häupter«, fuhr er fort, »wer das erlebt, ein Lebemann, der unter den Baldachinen auf Polstern von Scharlach ... weiter sage ich nichts. Andre werden behaupten, ein Lebemann, eine unbefriedigte Frau, die Bedürfnisse hat, ein Trinkgeld an den Portier, ein Hotelzimmer. Schön! Gut! Es freut mich. Es kommt mir gelegen, es passt mir sozusagen in den Kram, wenn es so betrachtet wird. Diese Schwätzer sind nicht meine Feinde. Andre, ganz andre Feinde, mächtige Feinde, allmächtige Feinde, Feinde, die unsichtbar in die Ferne wirken können – aber ich bin gewappnet, ich bin auf der Hut! –, solche furchtbaren Feinde habe ich gegen mich aufgebracht.

Sie dürfen es ahnen, wenn auch nicht wissen, zu welchen erhabenen Verbrechen ich hinauf- oder meinethalben hinabgerissen worden bin. Aber sie sagte zu mir, was ja schließlich auch in der Hitze des Liebeskampfes das Gegebene war: ›Georg, du bist schöner als jeder Edelmann!‹ Ich heiße Georg, nämlich Georg ist mein Vorname. Und sie fügte hinzu: ›Nun muss ich dich grafen.‹ Sie meinte damit in den Grafenstand erheben oder wenigstens zum Baron machen. ›Ich muss dich erheben, damit ich keine Gefallene bin.‹

Als wir uns trennten, sagte sie: ›Du erfährst von mir, aber frage mich nicht nach meinem Namen. Es könnte, wenn du ihn wüsstest, von furchtbaren Folgen für dich sein, und es würde mich hindern, für dich zu wirken. Ich rechne damit, dass man dich bald, wie gesagt, zum Grafen und dann vielleicht zum Oberpräsidenten der Provinz – übrigens hast du dann ganz die Wahl –, vielleicht auch zum Gouverneur von

Straßburg machen wird. Hohenlohe ist alt, und wir könnten uns dort, auch natürlich inkognito, öfters sehen.‹ Sie hatte mich verpflichtet, im Zimmer zu bleiben, als sie den Gasthof verließ, ich durfte auch nicht aus dem Fenster sehen, aber hier konnte ich doch nicht umhin, die Gardine ein wenig beiseitezuschlagen. Und als es geschehen, wusst' ich genug.

Das war gegen Ostern, vergangenes Jahr. Und nun geben Sie acht, nun kommt das Gewaltige, kommen die dunklen Mächte, denen ich preisgegeben worden bin. Doch ich weiß ihre Schläge zu parieren.

Nachdem ich drei Monate lang die Ungenannte weder gesehen noch etwas von ihr erfahren hatte, lief ein patschuliduftendes anonymes Billet doux bei mir ein.

Nun, ich war ein anderer Mensch, ein anderer Mann geworden in der Zwischenzeit. Meine gute Frau, die ich innig liebe, sagte: ›Du wirst dich noch ruinieren, Georg.‹ Ich gab nämlich drei-, vier-, fünffach so viel Geld als bisher an den Schneider aus. Es war natürlich, dass ich meinen bis dahin gepflegten Verkehr nicht gerade in alter Weise fortsetzte. Die Leute sahen es mir ja schließlich an, dass ich nicht mehr derselbe war. Selbstverständlich fuhr ich nur noch erster Klasse. Ich war immer ein bisschen als der übergeschnappte Georg bekannt, aber nun hatte ich ganz verspielt, da ja die Leute nicht Bescheid wussten. Wichen nun meine Bürgersleutchen und Konsorten mehr und mehr von mir zurück, so konnte ich sehen, konnte erleben, wie sich Reichsgrafen und überhaupt die Majoratsherren Schlesiens, wo sie nur konnten, an mich anvetterten.«

Hier sah mich der Fremde an wie ein Nussknacker und fing mit den Zähnen zu knirschen an.

Ich tat, als wär' ich ganz Ohr, denn ich fürchtete mich. Aber ich war wirklich auch ganz Ohr, weil mich die Erzählung des Fremden gefangen nahm. Meine angstvolle Sorge jedoch war das Ende. Was war der Grund, weshalb der Verrückte gekommen war, und was führte er schließlich und endlich im Schilde?

»Richtig, ich sprach von dem Billet doux ...«

Das Knirschen verstummte, als der immer grimmig blickende Mensch seine Rede fortsetzte.

»Als ich es mehrmals berochen, entziffert – das war nicht ganz leicht – und in den Fingern gedreht hatte, sagte ich ohne Zögern, a tempo, sofort zu meiner Frau: ›Käthe, ich muss auf der Stelle abreisen!‹ Natürlich, Sie wissen, wie Frauen sind. ›Bist du verrückt, Georg?‹, gab sie zur Antwort. ›Du steckst eben die Semmel in den Mund‹ – ich hatte tatsächlich die erste Frühstücksbuttersemmel noch nicht aufgegessen –, ›in diesem Augenblick hast du davon gesprochen, dass wir einen Ausflug nach Görlitz machen wollen, und jetzt schreist du: Abreisen!, ohne dass etwas geschehen ist.‹ Sie müssen wissen, das Blättchen kam nicht durch den Briefträger, ich fand es ganz einfach in der Jackettasche, als ich nach meinem Schnupftuch griff. ›Wohin willst du denn reisen?‹, fragte die Frau. Ich hütete mich natürlich zu sagen, dass mein Ziel Ostende ist. Ostende! Woher nimmt man das Geld für Ostende? Mein Geschäft ist solid, mein Geschäft geht gut, aber ich hatte in letzter Zeit eben ein bisschen zu viel herausgenommen. Schließlich, da ich ja wusste, was auf dem Spiele steht, rannte ich von Pontius zu Pilatus, und so konnte ich fünf- oder sechstausend Mark gegen das Pfand meiner Lebensversicherung flüssigmachen.

Nun geben Sie acht, nun fing die geheime Intrige zum ersten Mal, und zwar an der Schwelle meines eigenen Hauses an. Sie fing sich an, als ich über die Schwelle ein-, zwei-, drei-, viermal nicht hinauskonnte. Herr X., ich nahm Anlauf, nahm wieder Anlauf, eins, zwei, drei, vier! und konnte nicht über die Schwelle hinaus. Ich wusste sogleich, es war der Feind. Aber passen Sie auf, ich sollte noch viel mehr Feinde bekommen. Sie werden ja sehen, ob ich aufschneide. Es ist da ein Mensch, ich sage nicht wo, ein Hypnotiseur, ein Mensch, gar nicht so dumm, der sich auf Telepathie versteht. Ich werde mich hüten, ihn zu nennen. Das möchte er wohl, es würde seine Kraft verzehnfachen. Schluss damit. Augenblicklich sitzt er in einer Gefängniszelle. Aber das macht nichts: Er spielt Klavier, und die Puppen tanzen ...«

Dem Erzähler trat ein leichter Schaum in die Mundwinkel. Es hing ihm eine schwarze Haarsträhne tief in die Stirn. Diese perlte. Auch roch er nach Schweiß. Sein Düffelpaletot, den er noch anhatte, durchnässt von dem nun auf ihm zerschmolzenen Schnee, gab ein penetrantes Arom.

»Er spielt Klavier, und die Puppen tanzen. Und was für Puppen!«, fährt er fort. »Sie müssen erst einmal wissen, was das für Puppen sind. Die ersten Namen, Sie meinen vielleicht Geheimräte, meinen Gelehrte, meinen Künstler? Immer höher hinauf. Offiziere, Generale, mag sein, auch ein General ist darunter. Im Übrigen immer höher hinauf. Ein Fürst? Schon eher! Ein Herzog, ein Prinz? Wir kommen der Wahrheit immer näher. Nun werden Sie denken, Herr X., händeringend werden Sie denken, o bliebe der tolle Mensch doch zu Haus! Schön! Gut! Aber ein Ritter, ein fahrender Ritter bleibt nicht zu Haus, wenn seine Dame ihn ruft, wenn eine hohe Dame ihn ruft, ihm durch unsichtbare Boten und Zeichen verständlich macht, dass sie gefangen sitzt.

Wissen Sie«, unterbrach er sich, »was in Deutschland im Gange ist?« Er wollte sagen: Sie Waisenknabe wissen es nicht.

»Wenn Sie es erfahren wollen«, fährt er fort, »so denken Sie immer das Gegenteil von alledem, was ich jetzt sage. Ganz genau immer das Gegenteil: Etwas ganz Geringfügiges, ganz Minimales bereitet sich vor! Etwas, bei dem ein kleiner Mann zum Führer ausersehen ist, mit dem ich als der sogenannte übergeschnappte Schorsch nicht das Allergeringste zu tun habe! Eine hohe Dame liebt diesen Mann und ist vom Geschicke ausersehen, ihm den Weg zur Rettung des Landes zu ebnen. Ich schwöre, dass ich der Mann nicht bin! – So ist es, denken Sie nun, was Sie wollen.

Aber glauben Sie nicht, wenn ich zum Beispiel der Mann wäre, dass ich dann der Mann bin, gegen den Ruf des Schicksals taub zu sein! Und wenn die Welt voll Teufel wäre. Gott helfe mir, Amen! Hier stehe ich, und so fort, und so fort. Punktum also. Sie wissen genug.

Ich hatte fünftausend Mark in der Tasche. Ich hätte es eigentlich für die Begleichung eines Wechsels aufheben müssen, der drei Tage später fällig war. Ich schaffte mir aber in Berlin noch einige Kleinigkeiten, einen eleganten Koffer und eine sehr schöne Reisetasche an. Überhaupt, es war eine Sache des Auftretens.

Natürlich Ostende, das erste Hotel. Ich war im Coupé mit einem jungen Herrn ins Gespräch gekommen. Ich hatte sofort erkannt, wer er war. Ich will mich näher darüber nicht auslassen. Es war eben eine in die Augen fallende unverkennbare Ähnlichkeit. Unser Kaiser hat es gesagt. Er muss es wissen. Und ich wiederhole es Ihnen dreimal, nämlich, dass Blut dicker als Wasser ist. Blut ist dicker als Wasser, Herr X...«

Damit griff er mir, wie mit zwei Schraubstöcken, um die Gelenke. Er ließ Gott sei Dank los, als ich ihm lebhaft und herzlich zustimmte.

»Nie werde ich etwa ›Geliebte‹ sagen. Es gibt für die Hoheit, die sich zu mir herabgelassen hatte, gibt für das was nach mir rief und dem ich blindlings folgen musste, kein Wort. Eine gewisse Beatrice hat sich, glaub ich, zu einem Dichter, der, glaube ich, Italiener war, aus dem

Paradiese herabgelassen. Dichter sind Dichter. Was geht es mich an? Hier, wo diese ungeheure, diese ungeheuer gewaltige, immense Wahrheit, diese geradezu grandiose Tatsache ist.

Da saß der Bruder. Ich starrte ihn an. Ich konnte jegliche Linie ihres hochadligen ... entschuldigen Sie, ich verspreche mich, und es genügt, wenn ich sage, ich konnte jede Linie nachziehen.

Aber der Bursche kannte mich.

Ich hatte es mit einer allmächtigen Clique zu tun. Wie gesagt, die prinzlichen Blicke waren sprechend. Sie waren vielsagend, peinlich vielsagend. Ich konnte mir hinter die Ohren schreiben: Dein Freund ist der gute Junge nicht. Er weiß, weshalb du gekommen bist, er wird dich umgehend avisieren und seinen Standesgenossen verraten, obgleich er allerhöchst nur verschwindend wenige hat.

Ich entschloss mich, ihn anzureden.

›Wollen Eure Kaiserliche und Königliche Hoheit allerhuldvollst so gnädig und herablassend sein‹, sagte ich, ›einem in Ehrfurcht ersterbenden, allzeit getreuen und dienstwilligst gehorsamsten Untertanen zwei Worte der Rechtfertigung zu gestatten?‹

Was glauben Sie, meine Lippen bewegten sich nicht.

Aber da wölbte sich meine Brust. Da fühlte der tolle Schorsch – sie nennen mich auch den tollen Schorsch – sein Herz pochen. Wen eine solche Schwester ruft, und wem eine solche Flamme im Busen lodert ... Gott nicht und auch der Teufel nicht, geschweige zehn Brüder konnten mich da zurückhalten. Damit war ich im Reinen, und nun nahm ich entschlossen den Kampf auf der ganzen Linie auf.

Ich hatte Geld. Selbstverständlich sofort am Abend französischer Sekt. An runden Tischen saßen die Herrschaften. Ich war unterrichtet. Die Namen von Lords, Großherzögen, Fürstinnen, kaiserlichen Prinzen schwirrten durch die Luft. Vollkommen überflüssig für mich. Ich wusste ja, wen ich hier treffen würde. Die Herrschaften sahen herüber und tuschelten. Aber ich tat, als bemerkte ich nichts. ›Kellner‹, sage ich, ›bringen Sie mir noch zwei Dutzend Austern, und bringen Sie eine andere Flasche Sekt! Die erste ist schlecht, sie schmeckt nach dem Pfropfen.‹ Der Kellner bedauert, probiert und behauptet, er schmecke nichts. Ich schreie: ›Ich habe Sie nicht gefragt, Sie Esel! Fort mit dem miserablen Gesöff! Ich zahle den Sekt!‹

Parbleu, das wirkte wie eine Bombe.

›Weiß man denn hier nicht‹, sagte ich laut, ›wie man mit Männern aus höheren Kreisen umgehen muss?‹

Und nun geben Sie acht! Was war die Folge? Auf meinem Zimmer lag ein Kuvert und in dem Kuvert wiederum ein Billett, auf dem gesagt wurde, dass leider das Zimmer anderweitig vergeben sei und auch leider ein anderes Zimmer für mich nicht frei wäre ...«

Er blinzte mich an: »Begreifen Sie was?«

Natürlich begriff ich alles sofort und suchte sein geheimnisvoll lauerndes Grinsen und Nicken nachzumachen.

»Also das war der erste Schlag. Ich ließ meine Sachen in einem Wagen fortschaffen und ging zu Fuß den Strand entlang in der Richtung des neuen Hotels, in dem ein Zimmer für mich vorhanden war. Alle Welt war am Strand. Man konnte kaum durchkommen. Komtessen, Grafen, Lords und Herzöge, kurz, doppelt und dreifach die ganze Gesellschaft, der ganze hohe und allerhöchste Klüngel, der eifersüchtig und gegen mich im Harnisch war.

Nun, sehen Sie, ich bin ein Kerl. Mein Exterieur kann es mit jedem Herzog aufnehmen. Wenn ich auf meinem Weg einen Stein traf, und es lagen viele Steine da, sagte ich in dem allerschneidigsten Ton, natürlich ganz von oben herab: ›Ah, Fürst von J., bitte gehen Sie mir aus dem Wege, Fürst!‹, und schleuderte den Stein verächtlich mit dem Fuße fort. Ein neuer Stein: Herzog von Toggenburg. ›Lieber Herzog, entfernen Sie sich!‹, und auch er tat es im weiten Bogen. Ein dritter Stein: ›Verzeihung, Prinz, freie Bahn dem Tüchtigen!‹ Ein Esel kriegte den Stein an die Schnauze, als ich ihn mit der Spitze des Fußes wie einen Fußball befördert hatte. Es sammelten sich natürlich Menschen. Der ganze Strand wurde aufmerksam. ›Königliche Hoheit, empfehlen Sie: sich! Ich habe nicht Lust, mir von jedem beliebigen meine Karriere verstellen zu lassen.‹ Ein Rollstein flog wie ein Vogel hinweg. Ich sah, wie gewisse Leute bleich wurden, aber ich habe diesen boshaften Gegencoup durchgeführt und die Sache lange fortgesetzt.

In dem neuen Hotel war ein kluger Hausdiener. Ich sah es ihm an, man konnte ihn ins Vertrauen ziehn. Er war für die Sache Feuer und Flamme, als er mein erstes Goldstück in der Hand hatte und das zweite, falls ich mit ihm zufrieden wäre, in Aussicht sah. Er sollte die Wohnung der Dame; ermitteln, die man aus guten Gründen verborgen hielt. Schließlich kam er zurück und nannte mir einen kleinen, etwa eine: Meile entfernt gelegenen Ort, an dem sich nur ein Gasthof befände, in den sich die Dame zurückgezogen hatte, um in der Stille auf jemand zu warten, wie man ihm ganz bestimmt versichert hatte.«

Meinen Gedanken, dass man auf diese Art und Weise auch in dem zweiten Hotel den übergeschnappten Schorsch loswerden wollte, verriet ich nicht.

»Als ich diese Gewissheit hatte«, fuhr er fort, »brach ich zunächst mal mehreren Flaschen Champagner die Hälse. Unmöglich zu sagen, wie viel Austern ich geschluckt habe. Der Direktor schlug mir vor, in die Kneipstube des Hotels zu gehen, und bezeichnend für die Gewalt und Erhabenheit meiner Empfindung und meines Selbstbewusstseins war – und nicht zu vergessen der nahen Erfüllungen –, dass die Leute umher mir wie Kutscher vorkamen. Schließlich tranken sie alle mit, wobei der Champagner in Strömen floss. Hochs und Hochs wurden ausgebracht auf das, was die nahe Zukunft für mich im Schoße hatte.

Wieder war mein Gepäck vorausgekutscht, ich zog es vor, ihm per pedes apostolorum zu folgen.

An diesen Weg, es war Nacht, werde ich denken, Herr X.! Stocknacht, man sah nicht die Hand vor den Augen. Dann war so ein Schimmer da vom Meerleuchten. Und schließlich, als sich das Auge gewöhnt hatte und eine hellere Wolke am Himmel die Stelle verriet, wo die Mondsichel sein mochte, sah man etwas entfernt eine in der Richtung des Strandes laufende dunkle Mauer, den Wald. Und da, da merkte ich, was hier, gerade hier Entscheidendes auf mich wartete. Ich spürte fast, wie mich der schwarze Schurke, der Satan in der Gefängniszelle, in seinen verfluchten Klauen hielt. Warum hatte ich keine Droschke genommen oder war mit der Bahn gereist?! Aber nein, das war nur die Falle, in die ich im letzten Augenblick vor Erreichung des Ziels gelockt werden sollte. Nun, Sie können mir glauben, als ich das erst einmal erkannt hatte, war ich entschlossen, durchzubrechen.

›Georg, nicht weiter! Georg, nicht weiter!‹, schrie es aus dem Wald.«

Der Fremde schrie so laut, dass, was der Schreier durchaus nicht bemerkte, die beiden Lauscher die Tür öffneten. Sie zogen sich auf ein Zeichen von mir zurück. Der Mensch fuhr fort: »Auf die Worte ›Georg, nicht weiter! Georg, nicht weiter!‹, gab ich mit Stentorstimme zur Antwort: ›Nun erst recht! Dir zum Trotz! Nun erst recht!‹

›Ich steche dich ins Gehirn!‹, schrie es aus dem Wald, worauf ich zurückgab: ›Stich, stich, stich!‹

›Hänge dich auf! Hänge dich auf!‹, kam nun wieder die Stimme aus dem Wald, ›denn die Dame, von der du faselst, gibt es nicht. Oder geh ins Wasser, du hast es ja nahe.!‹

›Halt deinen Rachen, Satanas!‹, gab ich brüllend zur Antwort. Bei alledem lief ich wie rasend am Strande fort. – ›Esel, die Dame verachtet dich!‹ – ›Nicht so sehr wie ich dich!‹, gab ich auf diese unverschämte Invektive dieses säuischen Hundes von einem abgerichteten Kielkropf oder was er war, zurück. ›Himmeldonnerwetter noch mal, kann man denn nicht mehr nachts, ohne von diesem Pack belästigt zu werden, einen kleinen Spaziergang machen?‹

Nein, das war es nun freilich nicht. Schließlich handelte er in höherem Auftrage.

Ich habe den Burschen zum Schweigen gebracht.

Wollen Sie wissen, wie? Auf die allergewöhnlichste Weise.

Schreien Sie mal! Schreien Sie mich mal wütend an! Wollen Sie mich mal bitte gefälligst wütend anschrein! Bitte gefälligst, schreien Sie doch!«

Er meinte tatsächlich mich mit dieser Aufforderung, obgleich mir das längere Zeit nicht klarwurde. Schreien, auf Befehl schreien wollte ich nun natürlich nicht. Schließlich hätte das ja im Hause das größte Entsetzen hervorgerufen. Aber der Kerl wurde immer dringlicher: »Schreien Sie doch, zum Teufel noch mal, und stellen Sie sich nicht zimperlich! Ich will Ihnen zeigen, wie man solche Schreier zum Schweigen bringt!«

Er griff in die Tasche, und ich dachte nicht anders, als im nächsten Augenblick einen Revolver zu sehen. Du bist hin, wenn du schreist, war mein erster Gedanke. Und hätte ich geschrien, ich lebte nicht mehr. Ich zwang mich, ganz leise zu sagen: »Sie haben wahrscheinlich ganz lustig und heiter in das Waldversteck des Gesellen hineingeknallt.«

»Das tat ich. Ein Unfug sondergleichen. Ich schlug eine ungeheure Lache auf, weil ich an seinem Schweigen merkte, dass es ihm in die Hosen ging. Aber, das muss ich sagen, er lachte wieder. Er lachte, bevor er endgültig schwieg. Auf eine Weise lachte der Hund, die ich lieber zum zweiten Male nicht hören möchte.

Im selben Augenblick war ich vor meinem erleuchteten Gasthause angelangt.

Ich traf gewöhnliche Leute im Gastzimmer. Notabene, ich habe vergessen, dass ich wieder fünf-, sechs-, siebenmal Anlauf nahm, ehe ich über die Schwelle des Hauses kam. Nämlich ich wurde von Armen und Fäusten, unsichtbaren Armen und Fäusten zurückgehalten. Aber ich merkte, dass ich jemandem alle Zähne aus dem Rachen geschlagen haben musste, als ich um mich hieb.

Kein Zweifel, ich war am rechten Orte. Nicht nur, weil ich das Haus, das Gastzimmer erst zu erkämpfen hatte, sondern weil ich, hineingelangt, sofort erkannte, wes Geistes Kinder ich hier beisammen fand. Ich ließ natürlich Champagner auffahren.

Das war das reinste Kostümfest, Herr X. Da war ein Förster, ein dicker Wirt, die Wirtin, gekleidet wie eine Innsbruckerin. Sie rauchte Pfeife und lächelte nur, als ich ihr ein Glas Sekt in den Busen schüttete. Ein hübscher Bursche, ein Zitherspieler, war so polizeiwidrig, saumäßig dumm, dass er glaubte, ich erkenne ihn nicht. Wollen Sie wissen, wer er war?« – Der Erzähler drückte den Mund an mein Ohr und hauchte kaum hörbar hinein: »Der Bruder!« Dann trat er zurück, schlug die Hand auf das Herz und bekräftigte mit zwei brüllenden Schwüren: »Auf Ehr und Gewissen, der Bruder! Der Prinz!!

Ha! ...«

Er knöpfte an seinem Überrock, als sei er zu Ende und wolle gehen.

»Es saßen noch andere Leute da. Wie diese Leute mich zu behandeln versuchten, entbindet mich heute der Schweigepflicht. Sie mögen wissen, ich habe Ihre Majestät, die Tirolerin, sans façon geradezu mit dem ihr zukommenden Titel angeredet. Mochten sie ihre Komödie spielen, meinethalben, nur nicht mit mir. ›Ihre kaiserliche Majestät‹, sagte ich, ›haben sich allergütigst herbeigelassen‹, sagte ich, höchstselbst in einem untertänigst äußerst gelungenen kleinen Mummenschanz Ihre Teilnahme nicht zu versagen. Ich stelle mich ebenfalls gern zur Verfügung‹, sagte ich. – ›Wie gefällt dir der Herr, lieber Nikolaus?‹, wandte sie sich an den Wirt, bei dem es nicht schwerhielt, zu erkennen, dass sein Umfang nicht von Fleisch und Fett, sondern von einigen Federkissen herrührte. Der Zar war in Frankfurt voriges Jahr. Er war nach Ostende herübergekommen. Einen Irrtum gab es da nicht.

Bis dahin hatte der Zar mich bedient. Nun, sah ich, erschien die Kellnerin, die sofort mit der Wirtin, die sie hinausweisen wollte, einen Wortwechsel hatte. ›Was willst du denn, Trine?‹, sagte Ihre Majestät zu der sogenannten Magd, die ein Tuch unterm Kinn herum und über dem Kopf zusammengebunden hatte. ›Was willst du denn, Trine? Geh schlafen, du kannst doch hier nicht bedienen, wenn du Ziegenpeter hast, du wirst uns noch alle zusammen anstecken.‹

Ein Blitz, ein Blick, mein Plan war gemacht.

Die Verkleidung konnte nicht besser sein. Mit Erlaubnis zu sagen, die richtige Rotznase. Schlumpig, dreckig, mieserig und dazu noch die Backe aufgetrieben wie von einem Kartoffelkloß. Die Gesellschaft schien aber sehr zufrieden damit. Trotzdem wurde sie eigentlich mit einer unverkennbaren Ängstlichkeit von der ganzen Gesellschaft hinausgewiesen und schleunigst aus meinem Gesichtskreis gebracht.

Mein Zweck war in anderthalb Stunden erreicht, die ganze hochmögende Rasselbande lag unter den Tischen. Und wissen Sie was, ich habe das auf ganz einfache Weise zuwege gebracht. Ich forderte sie auf, auf das Wohl unseres Allerhöchsten Herrn einen Ganzen zu trinken, des Zaren einen Ganzen zu trinken, des Kaisers Franz Joseph einen Ganzen zu trinken, des Kronprinzen Friedrich einen Halben zu trinken, auf meine huldvolle Herrin eine ganze Flasche zu trinken, und so fort und so fort, bis alles stockhagelmäßig besoffen war. Dann begab ich mich ganz gelassen, von niemand gehindert und als ob nichts geschehen wäre« – er zwinkerte, wie ich bisher noch niemand im Leben zwinkern sah, er zwinkerte diebisch, er zwinkerte grimmig und lüstern –, »begab ich mich ganz gelassen, sagte ich, begab mich tatsächlich ohne Weiteres zu meiner quietschvergnügten Magd in die Koje hinauf.

Unten lag das Gesindel und schnarchte.

Am nächsten Morgen kam Kavallerie, und ich musste, Hals über Kopf, das Feld räumen. Meinen Spaß freilich hatte ich weg.«

»Haben Sie«, fragte ich, »Ihr Geld wieder mit zurückgebracht?«

»Ich musste vierter Klasse zurückreisen. Ich habe Ihrer Majestät die letzten zweitausend Mark an einer diskreten Stelle des Nachttischchens deponiert. Ich musste das tun, es war das Mindeste.

Nun also, warum ich gekommen bin. Sagen Sie, was raten Sie mir? Soll ich über die Grenze gehen, oder soll ich ganz einfach nach Berlin und die Leitung des Reiches in die Hand nehmen?«

»Aber, aber«, sagte ich, »natürlich nehmen Sie die Leitung des Reiches sofort in die Hand.«

Er schien befriedigt, nahm seinen Hut und war einen Augenblick später verschwunden.

Bergfried, den 19. September 1904.

Eine neue, stille Schönheit erfüllt mein Haus. Eine neue, stille Schönheit erfüllt unser Haus. Mit allen seinen Räumen, mit allen seinen

Mauern, vom Fundament bis zum Dachziegel ist eine Veränderung vorgegangen. Das Material des Hauses ist über Nacht ein ganz anderes geworden. Niemals hätte ich eine solche Verwandlung für möglich gehalten.

Seit gestern erst darf ich von diesem Baue sagen, er stehe fest. Seit gestern erst atmen wir darin eine miasmenfreie Luft; Sporen, die sich auf die Organe der Seele legen, sie reizen und entzünden, schweben nicht mehr darin herum. Das Geschwebe, wie der Planktonforscher das Plankton im Wasser nennt, ist fort und trübt ferner die Klarheit des Elementes nicht.

Was ist geschehen? Was hat sich ereignet? Warum ist dieses Haus nun eine feste Burg, eine erst wahrhaft feste geworden in dem Augenblick, wo sie nicht mehr belagert wird? Gerade die Feinde, um derentwillen sie errichtet worden ist, sind nun abgezogen. Das Atmen geschieht mit einer Leichtigkeit, die ich seit einem Jahrzehnt nicht gekannt habe. Dieselbe Leichtigkeit ist in die Bewegungen meines Körpers eingezogen. Ich gehe aufrecht und befreit, wie jemand, der mit einer niederziehenden, bleiernen Last im Wachen und Schlafen behaftet gewesen ist, die er nun abgeworfen hat. Er hat seine Arme, seine Schultern, seinen Nacken freibekommen, Aufgaben zu bewältigen, die er früher mit und trotz der bleiernen Last bewältigen musste.

Dies niederschreibend, sitze ich in dem runden, braungetäfelten Turmzimmer an meinem Arbeitstisch, auf dem gleichen Lehnstuhl, den gestern der Standesbeamte eingenommen hat. Von diesem Tisch und von dieser Stelle aus bin ich gestern Mittag mit Anja getraut worden.

Der Standesbeamte Herr H. hatte angeboten, um jedes Aufsehen zu vermeiden, wie das Gesetz ihm freistelle, die Formalitäten der Trauung im Bergfried selbst vorzunehmen. Und das wird ewig wahr bleiben, dass dies ernste Refugium während dieser Viertelstunde wirklich zu einer Art Kirche wurde.

Es ist vormittags und jene tiefe Stille um mich, die nur diesem Hause zuweilen eigen ist, eine an Verlassenheit grenzende Stille, und, da wir nun einmal in Bildern (τὸ σύμβολον: das Sinnbild) zu denken und zu sprechen gezwungen sind, darf ich sagen, dass man die Anwesenheit eines heiligen Boten, die Kraft seiner Aura, auch nun er geschieden ist, noch überall spüren kann. Sie wird diesem kleinen Steinhaufen nie vor seinem Einsturz ganz verlorengehn.

Dieser Angelus hat die Verwandlung, von der ich sprach, der Räume, der granitnen Fundamente, der Ziegelsteine, der Dachsparren, des Lichtes, das durch die Fenster dringt, der Luft, die ich atme, mit sich gebracht und ein ätherzartes neues Element, reiner als Luft und Licht, zurückgelassen. Auch die Stille, von der ich schrieb, ist von der unaussprechlichen Heiterkeit dieser Gnadengabe erfüllt.

Wie die Scheidung erreicht wurde? Durch kluge Politik meines juristischen Freundes und durch Melittas Sinnesänderung. Sie hielt es nun doch wohl für nutzlos, weiterzukämpfen. Schon ihre Flucht vor meinem letzten Besuch in Dresden deutete darauf hin.

Praktische Rücksichten mochten mitsprechen.

So ist es also den Jahren doch gelungen, ein friedliches Auseinandergehen herbeizuführen. Aber der langsame Lösungsprozess, den ich um Melittas willen gewählt habe, hätte mich fast das Leben gekostet.

Ich bin bewegt, wenn ich denke, wie ich geführt worden bin. Aber, werden gewisse Philosophen sagen, es gibt keine Führung, es gibt keine Vorsehung, höchstens eine Notwendigkeit. Nun, ich bin hier im Bereich des Persönlichen und Lebendigen, soweit es zu erfüllen und zu erleben ist. Und so bin ich erschüttert davon, dass dieses Haus nun meine und Anjas Hochzeitskapelle und unser steinerner Trauzeuge geworden ist. Es hat damit seinen höchsten Zweck erfüllt, seine letzte Weihe erhalten.

So ist ein nunmehr zehnjähriges bitteres Ringen zum Abschluss gebracht.

In der großen Halle oder Diele vollzog sich das kleine Hochzeitsmahl, dem der Standesbeamte, Anjas Bruder, Justizrat J. und zwei befreundete Ehepaare beiwohnten.

Eine Teilnahme meiner Familie fand nicht statt.